油画

王晓方/著

作家出版社

献给竹青、千一

目　录

我的很多灵感都是在书店里闲翻书时获得的，我喜欢书店里的气息，每当我走进书店，就像走进了天堂一样。我时常将书店设想成天堂的样子。除了艺术类书籍，我最喜欢的就是小说了。今天是星期六，我刚刚完成大型组画《咒语》，本想放自己的假，逛逛街，春天来了，万物复苏，百花齐放，正是女人扮靓的季节，可是我在东州市最繁华的商业街闲逛时，竟然情不自禁地走进了书店。在艺术类书籍前徜徉一番后，没有发现可心的书，便像往常一样走到小说类图书前，希望发现几本能打动我的小说。可是一连翻了十几本刚出版的小说，没有一本能吸引我的，失望之余，刚想离开，却被一本名为《历史》的长篇小说的精美装帧吸引住了，便随手拿过来翻了翻，想不到第一句话便深深地触动了我。“历史是发生过的现实，现实是正在发生的历史。”乖乖，这不正是我刚刚完成的系列油画《咒语》的主题嘛！莫非这位作家和我心有灵犀？便情不自禁地读了起来，越往下读就越让我震惊，小说的内容几乎就是对我的《咒语》的解读，最令我不可思议的是，小说中的许多场景描写都在我的梦中出现过，这位作家是谁？莫非是我未谋面的知音？我赶紧翻看作者的名字，原来是近几年颇具人气的唯心现实主义大家顾文白的作品。我对顾文白的传奇经历早有耳闻，只是虽然都久居东州，却从未谋面。据说顾文白在弃官从文之前是东州市市长的秘书，在官场上曾经是个呼风唤雨的人物，可是一场突如其来的反腐风暴，让他服务多年的老板翻身下马，他虽未受到牵连，心灵却经受了炼狱般的折磨，案子尘埃落定后，本可以重新抱一棵大树继续从政，然而他却毅然决然地弃政从文，销声匿迹没几年，竟然异军突起，不仅华丽转身为著名作家，还开“唯心现实主义”之先河，成为一个文学新流派的鼻祖，大作一部接一部，每一部都非同凡响。或许是经历了心灵炼狱的缘故，尽管他的作品蜚声文坛，他却是一个相当低调的人。无论是在艺术圈里，还是在文学圈里，没听说他和谁过从甚密。这是我第一次读他的作品，想不到我通过画笔想表达却尚未表达清楚的思想，他却用小说醍醐灌顶般地表达清楚了，就好像他曾经潜伏在我的梦中，窃得我的思想后，才开始创作小说的，说白了，简直就是对我的梦境的抄袭。而且在《历史》这部作品中，顾文白几乎完全排除了传统小说的叙事，采用唯心现实主义手法，从头到尾可以说都是画面的描绘。这些画面几乎就是我刚刚完成的组画《咒语》的文字版，简直令人匪夷所思。由此我断定，他不是另一个我，便是我的知音。想到这儿，我的心顿时激动起来，常言道，人生得一知己足矣，何况是得到一位艺术上的知音呢？我迫不及待地买下《历史》这本书，匆匆离开书店，然后站在商业街上望着熙熙攘攘的人流茫然四顾，恨不得迎面就碰上顾文白。我知道这是一个妄想，不过我暗下决心，一定要设法找到这位唯心现实主义知音，无论如何也要和这位神秘作家成为朋友。

我花了一个星期时间不仅读完了长篇小说《历史》，还通过艺术圈的朋友找到了顾文白的宅电。我了解作家的作息时间，他们大多都颠倒黑白，因此我断定顾文白很可能白天睡觉，晚上创作，其实搞艺术的人大多如此，我就习惯在夜深人静时作画。为了不打扰顾文白休息，我选择下午四点钟拨通了他家的电话。电话连响了好几声也没有人接，我心里既激动又紧张，激动是因为我太想结识这位捕梦人了，紧张是因为顾文白行事低调，我担心他不见我。还好，终于有人接电话了，不过不是男人的声音，而是一个女人接的电话。“喂，您好，您找哪一位？”她的声音热情且亲切。我连忙问：“是顾老师家吗？”对方回答：“是。”又问：“您是哪位？”我赶紧做了自我介绍，又把冒味打电话的意图解释一番。对方听罢十分惊讶地问："朱小丹？真的是女画家朱小丹吗？"我谦虚地说："是我，我是画油画的朱小丹。怎么，你听说过我？"对方喜出望外地说："我老公非常喜欢你的油画，不仅收藏了你十几幅油画，还买了你出版的全部画册。"我这才恍然大悟，怪不得顾文白的长篇小说《历史》中有那么多令我魂牵梦绕的文字画面，原来他不仅是个喜欢油画的作家，而且还对我的画作情有独钟。这就更坚定了我结识他的决心。我用试探的语气亲切地问了对方一句："是嫂子吧？"对方咯咯笑着说："是我，是我！"就这么一句，我们的距离一下子拉近了，好像认识好多年了似的。我私下里了解过，顾文白结婚晚，妻子叫张欣，是《东州日报》记者，别看比顾文白小十几岁，却在那场血雨腥风的政治风暴中不离不弃，不仅支撑着顾文白走出了那场炼狱般的灾难，而且用爱使顾文白涅槃重生。这是个被顾文白视为生命的女人。或许是被他们相濡以沫的故事感动的缘故，我对张欣油然而生肃然起敬之情。一番寒暄之后，话题又回到了正题。我试探地问："顾老师在家吗？"她说："不在家，在工作室。"我又问："工作室在哪儿？"她说："在西山慈恩寺僧客楼。"都说顾文白成名后非常低调，不承想竟然低调到寺院里去了，这可大大出乎我的意料。从张欣口中得知，顾文白正在创作一部题为《神话》的长篇小说，读了《历史》以后，我几乎买了顾文白的全部作品，我发现他的作品有一个共同的特点：他常常用浓郁抒情的笔调描绘出色彩斑斓的画面，从中可以看到光与影的交织，寂静与回声的对比，诗与画的结合。只可惜没有一部作品配过插图，顾文白的作品不配插图真是太遗憾了。想到这儿，我顿时萌生了一个想法，我要为《神话》这部作品配上精美的插图。我把想法告诉了张欣，她兴奋地说："你的想法太好了，文白知道了一定会很兴奋。"说完她竟催促我赶紧去西山慈恩寺。挂断电话，一番梳妆打扮之后，我迫不及待地离开画室，开车驶往西山。

西山在东州市西郊，山并不高，却林木茂密，葱翠欲滴。慈恩寺虽然有上千年的历史，但在十年浩劫期间被毁，现在的慈恩寺是2000年后修建的。正因为它太新，所以我从未去过。这还是我第一次拜访这座崭新的古刹。

正是人间四月天，山寺丁香始盛开。慈恩寺依山而建，每个院落散落山中，以石阶相连，山泉清澈潺潺，古木新芽，绿得让人心醉，还真是一处佛门圣地。拾阶而上，一路上都能闻到丁香花吐出的芳香，放眼眺望，一簇簇淡紫、粉白的羽冠沐浴在晚霞中，宛若少女芳香闪亮的鬈发，真是应了那四个字：沁人心脾！曲径幽幽的尽头便是僧客楼。连成“冂”字形的二层楼，四周绿树环抱，我刚进院子，就听见古琴悠悠之音从楼上传来，顿时让人内心宁静下来，油然而生深山茂林悉心静听流水淙淙之音的愉悦心情。我情不自禁地循声而去，上了二楼沿回廊轻轻走到琴音溢出的房间，门楣上挂着一块匾额，上面镌刻着三个秀美的金字：耕香斋，落款是“文白”二字。我知道这就是顾文白的工作室了。此时此刻，琴音起承转合之间，其韵扬扬悠悠，俨若行云流水，犹如高山之巍，云雾缭绕，瀑布飞溅，山泉奔涌。我不知道这是什么曲子，只感觉心旷神怡，美不胜收。我没有打搅弹奏者，等曲子终了我才轻轻地敲了敲门，随着一声“请进”，门开了，开门的不是别人，正是顾文白。因为他的小说扉页上有他的照片，只是眼前的顾文白比照片上的要显得沧桑一些，刚过不惑之年，他的头发就已经花白了，可见那场突如其来的政治风暴对他摧残之烈。不过他的眼睛却炯炯有神，仿佛刚刚听到什么喜讯似的。他非常热情地将我请进屋内，一边请我坐一边告诉我，刚才张欣给他打手机了，他已经知道我的来意，一边说“欢迎”一边给我沏茶。房间宽敞，除写字的桌子椅子外，还有一对藤椅，藤椅之间夹着茶几，写字台上堆满了书，笔记本电脑也处在工作状态，藤椅对面是一张木板床，床上除被褥外，贴着墙还摞着半床书。窗户对面的墙上有一幅挂轴，上面写的是宋代禅宗“无门禅师”的一首诗偈：“春有百花秋有月，夏有凉风冬有雪；若无闲事挂心头，便是人间好时节。”落款是灵宣，想必是慈恩寺的法师。挂轴下面琴架上放的便是尚且余音绕梁的古琴。我望着古琴饶有兴趣地问：“顾老师刚才弹的是什么曲子？我在门口听得如醉如痴。”他淡淡一笑说：“高山流水。”不知为什么，他话一出口，我竟有一种怦然心动的感觉，仿佛在梦中寻了他千百次，如今终于相见了，竟手足无措得像个小姑娘。“怎么，朱老师也喜欢古琴曲？”他见我沉思便追问了一句。我不好意思地说：“顾老师，我和张欣年龄差不多，还是叫我小丹吧。”他雅然一笑说：“既然如此，你也别叫我顾老师了，叫我老顾或文白吧。”顾文白的儒雅着实让我心动。因为他的儒雅与一般人不同，儒雅中透着一种特立独行的气质和闲云野鹤的洒脱。“既然如此，我就叫你文白哥吧。”我亲切地说。“也好，也好！”他和蔼地笑着说。“文白哥，”我好奇地问，“为什么要把工作室安排在寺院内呢，莫非你是有佛缘的人？”他微笑着说：“确实和佛缘有关。有一次，我在山里散步，不小心滑倒，掉进了水潭，爬上来时已如落汤鸡一般，当时正值深秋，我冻得直发抖，幸好被慈恩寺住持灵宣法师撞见，他请我到寺里换衣服。喝茶闲聊时心下纳闷，莫非这出家人也喜欢文学？还真让我猜着了，二十年前，灵宣法师在俗时是学中文的，曾经梦想成为作家，而且发表过短篇小说。出家后虽然潜心佛法，但闲暇时仍然喜欢读小说，尤其钟爱我的作品，得知我就是顾文白后，非要在寺里给我安排一间工作室。灵宣法师说，慈恩寺一直致力于文化艺术的推广，除了每周一次的讲经会，寺院也通过摄影、绘画等展览传播佛教文化。不过，与其他艺术相比，他还是更喜欢文学，非常希望闲下来时身边能有一个随时和他谈文学的人，盛情难却，我只好答应了。何况像慈恩寺这种几乎接近世外桃源的地方，我求之不得。你不知道，我这个人喜欢静，我最喜欢阿多尼斯的一句诗：我的孤独是一座花园。”“《历史》就是在这里写成的吗？”我用羡慕的口吻问。“是的，在这里我不仅完成了我最重要的作品，而且还有一个更大的收获。”他不无得意地说。“什么收获？”我好奇地问。“灵宣法师是功力深厚的古琴家，我拜他为师学会了古琴。刚才我弹奏的《高山流水》就是他最喜欢的曲子。”他如数家珍地说。“正所谓高山流水觅知音，文白哥，你能回答我一个问题吗？”我卖关子地说。“当然可以，能回答美女画家朱小丹的问题，是我的荣幸！”他用开玩笑的语气说。“我在你的书中看到了我的画，我算你的知音吗？”我妩媚地笑着问。他诡谲地一笑说：“其实这个问题我已经回答过了。”我一头雾水地问：“这话怎么讲？”他走到古琴边，轻轻用手指在琴弦上滑过，琴弦发出一阵悦耳的流水声，我顿时恍然大悟，莞尔一笑说："文白哥，既然如此，我有个心愿，不知你可否答应?""什么心愿?"他试探地问。"我们为何不合作一本书呢?我插图，你配文字。"我诚恳地说。"这当然好，这当然好!"他用求之不得的语气说。我如愿以偿地说："我听嫂子说，你正在创作长篇小说《神话》，不知这是怎样一个故事?"他将我请到笔记本电脑前，颇有成就感地说："这是我挑战自己想象力的一本书，配插图再好不过了，初稿我已经完成了，正在修改，你看看吧，望多多批评指正。"我饶有兴趣地坐在电脑前，想不到刚瞭了几眼开头，就被吸引住了。

灵风只记得父亲叫孤寂，是一位剑尊，一把光阴之剑纵横在神、人、魔三界，所向披靡；母亲叫英晒，出生在世外桃源，为桃源源主的女儿，长得艳若桃花。孤寂娶英晒时，桃源人已经在桃花源生活上千年了。孤寂是女娲所造的第一个男人和第一个女人所生的后人。这第一个男人人称天父，第一个女人人称地母。当年女娲创造天父和地母之后，留给他们一部经书，叫作《光阴真经》，留给他们一柄宝剑，叫作光阴之剑。这两样宝物天父和地母一直奉为神明代代流传，可子孙不争气，无人能看懂《光阴真经》，无人会使用光阴之剑。传到孤寂的父亲这一辈时，小孤寂一出生便会读《光阴真经》，五岁时就会使光阴之剑。女娲曾留言天父和地母的后人，只要对这两样宝物无师自通，便是人神。孤寂的先人世世代代在夜山为天父和地母守灵。夜山不高也不陡，却由一块块昼石形成。女娲补天之石就取自夜山的昼石。昼石为上古异石，是补天的最好原料。五颜六色的石子被女娲炼成了焦糊状的液体，把天空的窟窿填补起来。后来剩余的液体也浇在夜山之上，使夜山终日仙气缭绕。天父和地母死后就安葬在夜山，从此，天父和地母的后代世世代代在夜山守灵。然而，当年女娲补天之时，大地洪水滔天，以黑龙为首的妖魔鬼怪从大海和山林中窜出来，妄想霸占女娲，残害人类，女娲奋起反抗，平息了滔天的洪水，击散了危害无穷的魔界妖孽黑龙的魂魄，赶走了各种妖魔鬼怪。女娲终因疲劳成疾而仙去，黑龙的后代黑魔从此与人类结下了血海深仇，他们积聚力量向人类反击，终于有一天，战争在夜山爆发了。那场战争异常惨烈，黑魔调集大量的恶禽玄冥鸟和长着龙头人身龙爪的怪兽突袭夜山，孤寂率领夜山剑士奋力抵抗，终因寡不敌众，身负重伤。当时妻子英晒怀着灵风马上就要临产，痛不欲生，孤寂在众剑士的掩护下，爬到英晒身边，此时英晒也身负重伤，奄奄一息。“我的夫，一定要让儿子活下去，我已无力将儿子生出，你用光阴之剑将我腹部剖开，一定要救救儿子！天父不能无后啊！”英晒有气无力地伸出纤纤玉手抓住孤寂含泪说道。战场上，剑士们已经尸横遍野，怪兽和玄冥鸟的尸体也堆满了夜山，躲在黑云中的魔尊黑魔眼见就要取胜，暗自高兴，咆哮着指挥黑压压的怪兽向夜山猛冲，天空中的玄冥鸟也发出凄厉的锐啸向林中俯冲。眼见孤寂已经抵挡不住，正好有两位天神经过，一位是身披水袍的雨神，叫楚雅，只见他头发若雨丝般飘逸，英俊潇洒，手中一柄闪电之剑，斩妖除魔；另一位是身披雪袍的雪神，叫辞颂，他的头发漫若云海，腰间围系一条宽带，手握一把雪白的长箫，宽带若剑，箫音似刀，神武非凡。两位天神路见不平，拔刀相助，直杀得玄冥鸟和众怪兽四散奔逃，只有黑魔化作一条黑龙负隅顽抗。这时，孤寂已经用光阴之剑将英晒的腹部剖开，取出了孩子。“我的夫，给孩子取个名字吧！”英晒咽气前残喘着说道。这时，漫天大雪夹着大雨，狂风四起。“就叫灵风吧！”孤寂悲痛欲绝地嘶吼道。小灵风的哭声惊天地吓鬼神，此时英晒的血被雨水冲下夜山，形成血泉，血泉汩汩流向东方，形成滔滔血海。孤寂双膝跪地将孩子举过头顶，只说了一句：“请两位天神救救我的孩子！”楚雅和辞颂刚接过小灵风，孤寂举起光阴之剑腾空而起，奋力向黑魔劈去。黑魔的龙爪刺穿了孤寂的胸膛，孤寂的光阴之剑削掉了黑魔的半个脸。黑魔元气大伤，率众怪兽和玄冥鸟大败而去，不知逃往何处。孤寂和英晒的尸体融化成血水汇入滔滔血海。此时，天边出现一道奇妙的极光，那是通往天堂的路，孤寂牵英晒的灵魂踏极光而去，远远地传来声声呼唤：“我的儿，别忘了给爹娘报仇啊！”楚雅和辞颂手捧灵风，目送极光远去。从此在夜山住下，抚养灵风。

桃源是一个山清水秀，云雾缭绕，桃林清溪，朱栏玉砌，飞花流水的地方，虽然是幻若仙海的凡间，却有一年四季开不败的桃花，连空气都是粉红色的。这里阡陌纵横，屋舍俨然，男耕女织，鸡犬相闻。桃源人从来没有走出过桃源。这里，没有人知道外面的世界是什么样子。他们只知道桃源人都是炎帝的后代。其实与桃源相邻的国家有须弥国、逍遥国、春秋国、圣母国和星月国，这些国家为了国土面积和权力从没有停止过战争，但是这些国家的人谁也不知道与他们比邻的世外有一个美丽的桃源，这里的人过着与世隔绝、与世无争的生活。其实桃源是凡间最后一块净土。在桃源，人们供奉的是炎帝的灵位。桃源的桃林没有年代，桃源人的祖上来到这里时，这里就漫山遍野长满了桃林，结满了鲜桃。人们继承了炎帝教导的种植五谷的方法和治病的方法，不仅丰衣足食，还可以解除疾病的痛苦。闲暇时，人们射箭打猎，击鼓弹琴取乐。因为年代太久远了，桃源人也不知道自己的祖先是怎么来到桃源的，只知道桃源人是炎帝的后代，炎帝也叫神农氏。英晒是第一个走出桃源的人。那天她上山摘桃，被两只美丽的蝴蝶吸引，一只是像杨树叶大的粉黄色的蝴蝶，另一只是身披七彩的花蝴蝶，两只蝴蝶宛若空中的花朵，又像被女巫赋予了生命的小精灵，在英晒面前盘旋一会儿，又转了一个弯，在桃林中互相追逐着，她紧紧跟踪一路扑蝶，美丽的蝴蝶近在眼前就是扑不到，她便追呀追呀，不知追了多久，蝴蝶没有扑到，却迷了路。英晒走进了一片自己从未见过的林子，她找不到回桃源的路了，急得大哭起来。英晒的哭声引来一位英俊少年，这位少年便是孤寂。当时孤寂正在玫林中打猎。玫林是天父和地母亲手种下的森林，这片森林高大茂密，由于年岁太大都充满了灵性。英晒看见眼前站着的这位英俊少年，长发白袍，浓眉大眼，腰间配一柄奇异的宝剑，身材高大威猛，不禁脸色羞红，止住哭泣。孤寂看到眼前这位凄清美丽的姑娘惊呆了，这不是自己经常在梦中梦见的那位姑娘吗？父母曾经预言，自己的妻子不是夜山人，她来自世外一个叫桃源的地方。“爹，为什么我的妻子会来自世外桃源呢？”孤寂曾经问过父亲。“因为你是人神，你的婚姻在女娲娘娘传下的《光阴真经》中早有预言。”父亲肃然说道。“爹，我为什么没有读到？”孤寂狐疑地问道。“在《光阴真经》里，我和你娘只能看到这一段文字，其余皆为空白，而你是人神能看到法典的全部文字，但关于你的婚姻和命运的文字你却看不到，这大概是女娲娘娘特意安排的。”父亲若有所思地说。孤寂看着眼前梨花带雨的英晒，伤心的样子竟也美得动人心魄，心中一阵恍惚，难道她就是来自世外桃源的姑娘？“姑娘从哪里来？为什么哭得这么伤心？”孤寂望着脸上有幽幽羞涩的女孩，痴了一样地低声道。“我是桃源人，为追一只蝴蝶迷路了，请问这里是什么地方？”英晒羞怯地问道，脸上闪过淡淡的红晕。孤寂听到姑娘果真是桃源人，喜出望外，心怦怦直跳，脸也腾地红了起来。“我叫孤寂，这里是夜山，欢迎你来到夜山！”“我叫英晒，我只知道桃源，从不知道世上还有一个叫夜山的地方。”英晒见到眼前这位英俊少年也是怦然心动。两个情窦初开的年轻人情不自禁地坐在一块昼石上，一五一十地介绍起来。孤寂讲述了夜山的来历，听得英晒杏目圆睁，异常惊讶！英晒也把桃源的情况讲得美轮美奂，听得孤寂艳羡不已。两个人很快就熟了起来。孤寂将英晒领回家中，孤寂的父母十分热情，他们心里清楚，这就是未来的儿媳妇。于是全家人杀猪宰羊热情款待，还拿出了酿制百年的玫酒款待英晒。夜山人听说孤寂领回一位如花似玉的姑娘，也都来一睹芳容，全山的人热闹非凡。英晒不知她喝了玫酒后，便不同于常人，身体里便有了灵异性，只是感到身轻如燕，总有一种飘飘欲仙的感觉，她以为自己喝醉了。孤寂答应英晒第二天送她回桃源，两个人都起得很早。吃过早饭后，英晒与孤寂父母告别，两个人便匆匆上路了。孤寂按英晒回忆的路线前行，走了十几天也没有找到桃源，英晒急坏了，不停地流泪，回不了家，父母一定急坏了。两个人又找了十几天还是没有找着。孤寂也犯难了，他打开《光阴真经》仔细阅读，却只记载了桃源的历史，并没有记载找到桃源的路线。两个人又找了一个月终于失去了信心，孤寂领着英晒又返回了夜山。在夜山脚下，孤寂鼓起勇气大胆地说出了心里话：“英晒，嫁给我吧！”英晒脸色羞红低着头嘴里讷讷道：“孤寂哥，我听你的！”说完她含情脉脉地看着孤寂。一阵风吹过，玫林发出哗哗的声响，几片玫叶纷纷落在英晒的头上。就这样两个人相爱了。一个月后，孤寂的父母为这对新人举行了盛大的婚礼。

夜山人庆贺了三天三夜。可是，三个月后，孤寂的父母相继离世，孤寂悲痛欲绝，埋葬了父母，孤寂成了夜山的掌门人。自从孤寂的父母死后，夜山的天空经常出没一种长着龙头的黑色大鸟，丑恶至极，夜山人从未见过。孤寂从《光阴真经》中查找，发现这种鸟叫玄冥鸟，由黑龙的后代黑魔以人心豢养，孤寂心下暗叹，看来要有大战临头了。果然，黑龙自从被女娲击散魂魄以后，他的后代黑魔一直要找天父和地母的后人报仇，这玄冥鸟就是黑魔的探子。从玄冥鸟出现的那天起，孤寂就命令夜山的剑士们加强警戒。果然，那场惊心动魄的战争就在英晒临产的那一天爆发了。那是灵风最不可触摸的伤痛，他一出生就失去了父母。爹娘的样子是楚雅和辞颂在抚养灵风的过程中一点点告诉他的。灵风在梦中常常梦见父亲冷峻的面容和母亲紧皱的眉头。灵风是一位真正的人神，他一出生便会诵读《光阴真经》，并精通光阴剑法。灵风知道了母亲的身世后，他有一个梦想，一定要找到世外桃源，找到母亲的亲人。他耳边经常萦绕着母亲临终前的嘱咐，“一定要为爹娘报这血海深仇啊！”灵风下决心要找到黑魔，为父母报仇！然而自己长到十六岁了，已经是一位翩翩少年了，仍然没有黑魔的消息。当年父母与黑魔在夜山大战的惨烈景象常常浮现在梦中。灵风惆怅无比，郁郁寡欢。楚雅和辞颂理解灵风的心情，只好陪灵风整日饮酒比剑，打发时光。

黑魔被孤寂和英晒重创之后，仓皇逃窜，沿一条大河一路逃去，不知逃了多少时日，忽见远方有粉红云雾缭绕，大为惊奇，急行数里，见有大海无波无浪却沸腾不止，海平线上有粉红云雾缭绕，甚是美观。黑魔一时兴起，忘了削脸之痛，用魔咒将一棵大树变为巨船，独自划行驶向粉雾方向，想看个究竟。不知划了多少时日，终于看见了海岸，却仍不见粉雾的出处，黑魔心急，恰好一只苍鹰在空中盘旋，黑魔用魔咒将其变成玄冥鸟骑上，飞向天空。经一番巡视，发现粉雾是从一处山谷中缭绕而上，山谷之中漫山遍野皆为桃树，没有一棵杂树，桃花盛开，在太阳的映照下，粉雾缭绕，美不胜收。黑魔发现在桃林中有一位仙风道骨的老者正在上坟，哭诉的是自己的老伴和女儿。“老伴呀，你怎么就这么走了呢，咱们的女儿英晒还没有找到，你怎么就能丢下我一个人走了。”林中老者一边哭诉一边烧纸。哭声哀婉凄厉。黑魔大喜，心中揣摩道：“原来这老者是仇人英晒的爹，想不到这就是人间净土世外桃源，真是踏破铁鞋无觅处，得来全不费功夫。”黑魔灵机一动，心想，“这里可比我的魔府强多了，何不在这里休养生息建立我的魔国。”想到这里，他收起魔咒，放走苍鹰，从空中悄悄潜在桃林中，变成一位翩翩中年书生向老者走去。“老人家，因何如此伤心？”中年书生走到老者面前鞠躬施礼温和地问道。因桃源从无生人来访过，老者见书生略显惊慌。“老人家莫惊，我是路过此地，听到你的哭声寻了过来。”书生温声笑道。老者稳了稳心神，见书生细眉方脸，额角饱满，眉目中透着儒雅，幽深的瞳仁里炯炯放光，一袭儒袍，腰间别着一块玲珑剔透的翡翠玉佩，风度翩翩地站在面前。“请问，这位小兄弟从何处来？”老者忙起身彬彬有礼地问道。“老人家，我是从夜山而来。”书生谦和地答道。“夜山，夜山是什么地方？”老者沉思片刻疑惑地问道。“夜山乃女娲炼石补天之所在，离此处相当遥远。老人家，请问此处为何地？”书生一拱手问道。“此处是世外桃源，这里的人世世代代生活在这里，不知道外面的世界。我们只知道祖先是炎帝，不知道女娲。公子既然是远道而来的客人，就到家中做客吧。”老者一边收拾祭品，一边客气地言道。“不急不急，刚才我听老人家喊着英晒的名字，莫非英晒是你的女儿？”书生微微一笑道。“先生有所不知，二十年前，我的女儿英晒上山摘桃丢失，一直没有寻到，老伴思念女儿过分伤心弃我而去。”老者言罢又悲伤起来。“看老人家仙风道骨，气度非凡，一定在这桃源德高望重吧？”书生露出仰慕的神情问道。“先生见笑，老朽叫英黄炎，我的侄子英仓建便是这桃源的源主。”老者言罢刀刻般的脸上露出自豪的神情。“原来如此，失敬失敬！”书生温文尔雅地拱手后，顺手从一棵桃树上摘下一朵桃花，桃花长在树上时还是粉色，到了书生的手里却变成了黑色，同时书生的眉宇之间隐隐有戾煞之气。老者虽然有些诧异，但桃源人太善良了，他们从来不知道什么是恶，因此对书生的举动并未警觉。“老人家，晚辈会一些幻术，您老吃下这朵桃花，便会看见您的女儿英晒。”书生诡谲地一笑道。老者思女心切，听后大喜，想都没想，便一口将黑色的桃花吞下，老人顿时进入一种幻觉之中，他果然看见了女儿英晒，不过他看见的不是天真烂漫的英晒，而是惨死的女儿，老者哎呀一声气绝身亡。书生看着倒下的老者，狰狞大笑，然后他化作一股黑烟钻入老者的鼻孔，很快老者又活了，他慢慢从地上爬起，露出一丝狞笑，然后，他迈着方步向桃源的村落走去。

法慧是须弥国的大国师，近来他夜观天象，发现须弥国的东方有黑云密布，心下不禁骇然，心想，“须弥国的东方怎么会有黑云密布？难道是……”他不敢多想，连忙密见国王唐宗。大殿之上，帘垂香袅，文武百官齐聚，一派肃穆威严，唐宗正在召集群臣商讨圣母国使者联合须弥国攻打星月国之事。“圣母国与星月国打了几百年了，无非是为了称王称霸，我们须弥国是以普度众生为国之根本，如何打发圣母国的使者，各位议议吧。”唐宗花白的胡子梳理得一丝不乱，浓眉下一双瞳仁炯炯有神，黑得深不见底，一副天威难测的气派。“启禀国王，那圣母国向来目空一切，虎视眈眈，他觊觎各国的国土已经不是一日两日了，况且圣母国在众国之中国力最强，对圣母国的态度还是谨慎为好。”一位精瘦老臣深沉而言。“我须弥国一向以慈爱为本，绝不能因为圣母国强大，就屈威而助纣为虐。”另一位年轻的大臣反驳道。“启禀国王，大国师到。”殿外兵士报道。法慧面容清瘦，鹤骨仙风，身穿金袍手执狼头禅杖匆匆走上大殿。“大国师来得正好，关于圣母国联合我国攻打星月国一事，寡人想听听你的意见！”唐宗的语气融融似春。“陛下，老臣夜观天象，见我国东方有黑云笼罩，魔气冲天，我猜测是被压在十八层地狱之下的魔府之尊黑魔已然逃出地狱！”法慧眼中闪着寒森森的光肃然禀道。唐宗和满朝大臣惊骇不已。“请问大国师，我国的东方是什么地方？”刚才那位年轻的大臣探问道。“神农氏的后人开辟的世外桃源。”大国师幽幽地回答道。“世外桃源？”“世外桃源是什么地方？”“怎么从来没听说过？”满朝大臣面面相觑，疑惑重重。“那是人间的最后一块净土。”法慧慨然长叹道。“如果这块净土被魔界所占，那么人间岂不是没有净土了吗？”唐宗紧锁双眉颓然道。“陛下，事情没有这么简单，黑魔霸占了人类最后一块净土，其野心是让人类成为魔的奴隶，人类将面临空前的灾难。”法慧忧虑重重地凛然道。大殿之上一片哗然。“大国师，人间有个圣母国就够让天下人头疼的了，魔界又要泛滥人间，想不到人类的处境如此岌岌可危，难道人类劫数已到吗?”唐宗紧锁眉头长叹道，心头陡地袭过阵阵寒意。这时，天空一个明闪，接着一个石破天惊的炸雷响起，撼得大殿颤动。“陛下，眼下圣母国已经不算什么威胁了，只要将魔界泛滥人间之事详情告之，圣母国的使者必将离去。”法慧眉棱微微一抖款款说道。“大国师，圣母国一向专横跋扈，岂肯善罢离去?”唐宗惆怅地说道。“陛下，俯视天下，圣母国的国力最强，所以黑魔一旦对人类下手，必先取圣母国，所以不善罢也得离去。”法慧的目光像是结了冰一样，煞是鲜亮。“大国师，此言差矣，黑魔或许从众国中最弱小的逍遥国先下手，最后攻打实力最强的圣母国。”精瘦的老臣气喘道。“不对，你不了解黑魔，黑魔的性格是极度贪婪、凶残、自私的，他喜欢征服强权，他的占有欲是无与伦比的，他目空一切，他的欲望是征服和统治整个世界。”法慧凛然反驳道。“大国师未免太长他人志气了吧，您不是常说，回头是岸吗?”刚才那位年轻的大臣不服气地争辩道。“对于黑魔来说，是回不了头的，对付黑魔只有一个办法那就是消灭他!”法慧陡然哈哈大笑道。“我国虽然慈悲天下，但从未惧怕过强敌，千百年来，我们须弥国从未与别国发生过战争，看来这个规矩要破一破了。”唐宗眉宇间荡漾着天威，隐隐然有雄霸之气。“陛下，圣母国使者查理求见。”殿外兵士急报。“请圣母国使者。”唐宗不动声色地从容说道。满朝大臣交头接耳，面面相觑。圣母国使者查理十分傲慢地走进大殿。“陛下，我在须弥国已经住了十日，想必我们两国战略联盟之事已经有了结论。我想听听陛下的意见，好回国复命。”查理向国王唐宗深施一礼昂首说道。“查理先生莫急，我们大国师有话要对你说。”唐宗淡然一笑说道。查理猜不透唐宗葫芦里卖的什么药，傲慢地看着法慧。“查理先生，请你宁心静气地观看，答案尽在球中。”法慧不急不慢地将狼头禅杖戳在查理面前，默诵法咒，狼嘴中的水晶球发出幽幽白光。查理不敢小看这位富有传奇色彩的须弥国大国师，他知道法慧不仅法力无边，而且以慈悲为怀。查理小心翼翼地走到禅杖旁，定睛向水晶球深处看去，他顿时惊得面无血色。魔火在世外桃源熊熊燃烧，一条黑龙张牙舞爪地在大火中上下飞舞，查理耳边仿佛有声音在回荡："回到黑暗中来吧，黑暗会给你欲望的力量。"声音愈来愈强，仿佛有巨大的吸力，查理感觉自己正在被那黑龙张开的血盆大口吸吞进去。查理吓得毛骨悚然，大惊失色！"查理先生，人类就要大难临头了，你们圣母国还要搞霸权，回去奉劝你们大帝国王，苦海无边，回头是岸啊！"法慧的脸色像严霜一样冷峻凝视道。查理知道刚才有些失态，他静静心，又恢复了傲慢的姿态。"我知道大国师法力无边，不过，不要用巫术骗人。""查理先生，你也是圣母国的红衣大祭司，应该知道我法慧从不用巫术骗人。"法慧铁青着脸冷笑道。"既然贵国没有合作的诚意，我就告辞了。"查理冷哼一声，不向唐宗施告别礼便拂袖而去。"陛下，天上发现一只奇丑无比的黑色大鸟，样子极为恐怖。"查理还未走出大殿，一位兵士仓皇跑上大殿禀报。这时，天空之上黑云滚滚，翻涌不止。众大臣簇拥着国王唐宗走出大殿仰首观看，只见十几只长着黑色短毛的龙头恶禽，硕大无比，正是黑魔豢养的恶禽玄冥鸟在大殿上空盘旋，嘶鸣声撕心裂肺，凄厉恐怖，城中百姓吓得纷纷逃回家中。"陛下，这是黑魔派来的探子，看来我国要早做防备了。"法慧眼中掠过两道红芒沉吟道。查理也被这空中的怪物惊呆了，他正在仰头观望之际，一只巨大的玄冥鸟一声厉啸，展开毛茸茸的双翅突然俯冲下来，用巨爪抓住查理，陡然向远方飞去。"大国师，救命啊！"查理一阵惨叫，鲜血已经滴在唐宗的脸上。

我一口气读完第一章，很显然这是一部画面感非常强的作品，我一边读，脑海中一边浮现出一幅幅精美的插图，我心里迫不及待地想拿到全稿，好尽快进入创作，怎奈顾文白正在对这部作品进行字斟句酌的修改，怕是一时半会儿还不能定稿，便怀着一种依依不舍的心情问："文白哥，什么时候能让我看到定稿?"顾文白美滋滋地说："两个月吧。""要那么长时间，我都等不及了！"我娇嗔道。"不瞒你说，我也希望早一点给你，你知道我为什么喜欢你的画吗?"他深情地说。“为什么？”我娇美地笑着问。“因为你超凡脱俗的想象力常常激发出我的灵感。”他脸上漾着笑容说。“刚好下个月在中国美术馆有我的画展，能参加画展的开幕典礼吗？”我诚挚地邀请道。“我当然荣幸之至了，什么题目？”他兴奋地问。“大型组画，题目叫《咒语》。”我用推介的口吻说。“这个题目好，这个欲望横流的时代，如同喝了黄表纸灰冲的符水，带着咒语的陀螺疯转，是应该为那些所谓百毒不侵的护体神功除一除魅了。”顾文白深沉地说。他的话深深地打动了我，尽管他还没有看到我的作品，却已经懂得如此通透，不由得让我心生敬意甚至爱意。我用心有灵犀的口吻说：“其实你的长篇小说《历史》也是时代的咒语，我感觉你把命运的闪电都吸入了笔端，于是在字里行间无穷无尽的光涌现出来。”他听了我的话，深情地看着我，然后慨叹道：“也不知中国何日才能从冗长的历史梦魇里醒转过来啊！”我颇有同感地说：“我之所以创作《咒语》，就是想用思想的咒语，破解那些用‘之乎者也’来骗人的迷魂汤，进而戳穿那些阳光下的罪恶。文白哥，其实我的《咒语》和你的《历史》有着惊人的契合，你看了我的画展，会认定我这个知音的。”他的嘴边噙着淡淡的沉思的微笑，平静地说：“不瞒你说，我第一次看到你的画作时，就感觉每一幅都犹如黑暗中夜莺的歌唱，那歌声让我灵魂的外壳和表皮一下子迸裂了，我感觉我内心最深处的原始力量一下子被激活了，我不知道为什么会这样，或许这就是心有灵犀一点通吧。”不知为什么，他的这番话突然让我的心海澎湃起汗流浃背的兴奋和冲动。我没有马上回应，而是沉默了一会儿，屋子里的灯光氤氲出一股安静的力量，让人很受用，我看了看表，然后莞尔一笑说：“时间不早了，就不耽误你的宝贵时间了，哪天我请你到我的画室做客，你可无论如何都要赏光哟！”说完我起身告辞，他一边非常绅士地起身送我，一边流露出依依不舍的神情说：“小丹，在画家中，我一直以为，达利是可以见到上帝的人；在作家中，我坚信我是一个可以见到天使的人，想不到我的梦想这么快就实现了。”我会心地笑了笑说：“大作家就是大作家，连恭维人都透着美感。”他听罢爽朗地大笑起来。

我用了一个月时间通读了顾文白所有的作品，我发现如果不是从内心去体验，顾文白什么也不是。只有在心灵的苦难里，在艺术的非理性中，在那个潜藏着的、一直被压抑着的、只有在梦的状态下才不知不觉表现出来的我显现魔性的时候，一句话只有站在生命的最边缘时，也就是人性根源所在的地方，我们才有希望与顾文白建立联系。这是因为在一个普遍认为“外面的世界很精彩”的世界里，内在的世界太陌生了。人们习惯了在浮华的世界里随波逐流，安静一秒钟都觉得寂寞，又怎么能理解顾文白花园般的孤独呢？进入顾文白的天地，就犹如进入他的长篇小说《神话》一样，那是一个被魔性统治的世界，从中我们可以尽情地体悟脱离肉体、纵横世界、意乱神迷的魔性，这种魔性驱使我们追问、求索、冒险、超越，甚至置我们于危险的境地，通过调动我们不安的血液、不安的神经、不安的思想，去体验生命中的悲剧气息，顾文白为什么要与自己的魔性展开较量？莫非他中了魔毒，或者要做魔鬼的主人？不，没有哪一种艺术没有魔性，小说更是思想之魔的载体，正如《神话》主人公灵风手中的光阴之剑，顾文白寻找的并不是思想的模式，而是人性中最灿烂的一笔，为此，他不惜与魔鬼共舞。他深知复制一个世界毫无意义，创造一个世界才能体现艺术家的价值。创造一个什么样的世界？评论家称其为唯心现实主义世界，不，我不认同，我认为他用艺术之魔的天赋去挑战现实之恶的巫术，他的世界魔幻但不唯心，梦是魔鬼的花园，但魔鬼却是梦的天使。我现在就卷入了顾文白的梦中，像《神话》中美丽的女主人公英桃落一样，再也找不到回家的归途。甚至干脆与英俊潇洒的男主人公灵风在梦中相会。

桃源源主英仓建近来总做一个怪梦，梦见桃源漫山遍野的桃林全部开黑色的花结黑色的果，他觉得这是个不祥的征兆。自从祖先在世外桃源扎下根后，桃源人从来都是过着男耕女织、平平淡淡、和和美美、生老病死的生活，从未发生过什么灾难。英仓建已经五十多岁了，五绺黑髯，面色红润，精神矍铄，十分健壮。他有一儿一女，儿子叫英冰澈，年方二十，英俊潇洒，琴棋书画无所不能，尤善使剑；女儿英桃落，年方十八，长得笑弯秋月，羞晕朝霞，能歌善舞，可爱动人，是桃源小伙子们心中的女神，也是英仓建的掌上明珠。英仓建的妻子名曰蓝姬，也是桃源数得着的美人，性情温和，柔弱可人，虽然年近四十，仍然有闭月羞花的魅力。今天是叔父英黄炎的七十大寿。英仓建的父亲，也就是桃源的老源主英黄炎的兄长死得早，英仓建十二岁就继承了源主之位，一直是叔父帮助自己打理桃源，直到英仓建成人。叔父英黄炎一向慈祥谦和，自从英晒丢失以后，老人一直郁郁寡欢，婶娘也因思女心切，长期病魔缠身而死，所以英仓建一直将叔父当作父亲看待。由于是老爷子英黄炎的七十大寿，全桃源都热闹起来。桃源人非常爱戴他们的源主和德高望重的英黄炎，前来桃花居贺寿的人络绎不绝。正当英仓建为叔父寿诞大宴乡亲之时，贪玩的桃落领着一帮女孩惊慌失措地跑进桃花居，这里是英仓建平常商议桃源大事的地方。“爹，爹，山上的桃花都变成了黑色，好恐怖呀！”桃落边跑边喊。英仓建听后心里咯噔一下，这不是自己这几天常做的梦吗，但知道自己的女儿贪玩，不定性，他厉声道：“落儿，今天是爷爷的生日，还如此信口雌黄，真是不懂事。”“爹，是真的，您出去看看就知道了。”桃落委屈地嗔道。众人大笑，仍然推杯换盏。英冰澈看妹妹不像是在编故事，他一个人悄悄走出桃花居向山上望去，这一望让他大惊失色。满山喷霞蒸雾似的桃花变得如墨汁染了一般，粉色的空气也变成了黑雾。英冰澈心下骇然，急匆匆折回桃花居，悄悄对父亲说了此事。英仓建知道儿子办事稳妥不能有假，他紧锁双眉，沉思良久，心下已然有不祥之感，因为这正是他梦中之景。为了不破坏寿宴的气氛，他告诉儿子先不要告诉爷爷。没想到在蓝姬敬酒之时，英黄炎一边品酒一边娓娓言道：“我昨夜做了个梦，梦见老祖宗炎帝，他见我在坟前哭诉老伴思念女儿，便说，‘英黄炎，你的女儿已经不在人世了，还是节哀吧。’我听了更加悲痛欲绝，老祖宗顺手掐下一朵桃花，递给我让我吃下，没想到那桃花到我的手中变成了黑色，老祖宗说，‘吃下这朵黑桃花，什么烦恼都没有了。’我便吃了下去，果然我的痛苦慢慢消失了，只是漫山遍野的桃花都变成了黑色，这时，老祖宗化作一股仙气，飞走了，他在空中留下一句话，‘英黄炎，就让这黑桃花造福桃源吧，吃下它可以消除烦恼，长生不老。’

刚才桃落说，漫山遍野的桃花都变成了黑色，看来是祖宗显灵了，落儿，去跟你的小姐妹摘些黑桃花来，招待大家。老祖宗说，这花吃了可以消除烦恼，长生不老呀!”老泰斗英黄炎在桃源德高望重，老人家这么说了，桃源人没有不信的。英桃落听爷爷说完，也没有多想，领着小姐妹们咯咯笑着跑出桃花居。众人继续推杯换盏，只有英仓建忧心忡忡，因为他发现自己一向敬爱的叔父，看着自己妻子蓝姬的眼神色迷迷的，这是老爷子从未有过的行为，叔父今天举止怪异，英仓建心中很是不快。不一会儿，英桃落和小姐妹们拎着十几筐黑桃花进来了。只见那桃花黑亮黑亮的，虽然是黑色，却也黑得漂亮，有一种诱人的魔力，让人看了就有想吃它的欲望。然而只有英仓建看一眼有一种要吐的感觉，没等英仓建劝阻，众人就迫不及待地将篮中的黑桃花一抢而空，人人都狼吞虎咽地把黑桃花塞进嘴里。只见吃下黑桃花的人个个东倒西歪地死在地上，英仓建和儿子英冰澈大惊，英桃落和小姐妹们也吓得目瞪口呆。“叔父，这是怎么回事?”蓝姬骇然问道。“没事，没事。”英黄炎狡猾地哈哈大笑，手捋长髯说道。话音刚落，倒下的人又都站起来了，而且排成方队齐刷刷跪在地上。“魔尊，属下听候调遣。”人们异口同声地言道。英仓建一家人惊呆了，他们不知道应该怎样应付眼前的局面。“来呀，将英仓建、英冰澈给我拿下!”英黄炎的脸色突然变得阴森森的，眼睛里凶光闪烁，断然喝道。跪在地上的人一拥而上将英仓建父子五花大绑起来，捆得跟米粽似的。“叔父，你这是干什么?”英仓建怒目问道。“我不是你的叔父，你的叔父早就死了，我是魔界界尊黑魔。”英黄炎狞笑道。这时，整个桃源上空成千上万只奇丑无比的玄冥鸟，展着巨大且毛茸茸的翅膀，盘旋锐啸嘶鸣，空气中充满了死腐的臭气，天空中黑云激荡，世外桃源已然变成黑魔的魔窟。

夜山越来越装不下灵风，他一心想为父母报仇，怎奈夜山人离不开他的保护，灵风很寂寞，很孤独，他经常一个人在父母坟前静思，虽然有楚雅和辞颂陪伴，他仍然内心躁动。他想弄清楚夜山以外的世界是什么样，怎么样才能找到黑魔。这天中午，楚雅和辞颂陪灵风在山顶的日月亭子里饮酒比剑，忽听远处有嘤嘤的哭泣声，三个人沿着哭声寻去，发现山腰玫林中有一个女孩蓬头垢面掩面而泣。那女孩韶秀的面孔泛着粉嫩的红晕，嘴角下还有两个似隐似现的笑靥，散乱的头发黑得乌鸦翅膀似的在风中翩翩飘动，忽闪黑亮的眸子带着稚气，也带着与年龄不相称的机敏和成熟，衣服很特别，粉纱一样，艳若桃花，香气袭人。“这位姑娘从哪儿来呀？因何哭泣？”楚雅淡然一笑和蔼地问道。姑娘不答，呜咽得更厉害了。“姑娘，有什么难处，跟我们说说，我们或许能帮你什么忙。”辞颂瓮声瓮气地说道。也许是楚雅和辞颂铁塔一般的样子吓着了姑娘，她一边呜咽一边往后躲，灵风从未见过如此漂亮的女孩，他的心怦怦直跳，暗叹不已。“姑娘，我是这夜山的掌门人，有什么难处就跟我说吧。”灵风平静一下自己，从容问道。姑娘也被眼前这位虎目炯炯英武爽气的少年吸引了，她擦干了眼泪，捋了捋头发哽咽道：“多谢三位大哥，我是世外桃源源主英仓建的女儿英桃落……”灵风一听“世外桃源”四个字，心头一惊，心想，“这不是母亲的故乡吗？”楚雅和辞颂也惊得面面相觑！“姑娘，你果真是桃源人？”灵风抑制不住内心的激动深情地问道。英桃落抬头看了一眼目光炯炯的灵风，嗫嚅地点了点头。“那你怎么到了夜山？”灵风迫不及待地追问道。他这么一问，英桃落又呜咽起来，“三位大哥有所不知，”她一边抽泣一边款款言道，“如今的世外桃源再也不是净土了，而是变成了魔窟，桃源人再也不是善良纯朴的乡亲了，全都中了魔咒，变成了黑魔的奴隶和士兵，我的母亲蓝姬被黑魔霸占，父亲和兄长生死不明。”灵风听得既兴奋又气愤，他双拳紧握心想，“终于有了黑魔的踪迹，原来他将桃源变成了魔窟。”楚雅和辞颂紧锁双眉，他们知道黑魔的再度出现，必将给人类带来一场空前的浩劫。“英姑娘，那你是怎么逃出来的呢？”灵风关切地问道。“在我爷爷英黄炎七十大寿的寿宴上，黑魔幻化作他老人家的模样，骗取了我父兄的信任，也不知这恶魔何时害死了爷爷，他事先用魔力将漫山遍野的桃花变成黑色，诱骗大伙吃了黑桃花，不承想凡是吃了黑桃花的人都中了魔咒，心智被魔咒所控制，成了冷酷无情的魔兵，然后黑魔一声令下将我父兄拿下打入地牢，并将母亲霸占，母亲死都不从，黑魔就要对我下手，母亲为了保护我，只好答应黑魔委身于他，在取得黑魔信任后，趁黑魔酒醉酣睡之际，母亲偷了他的令牌给我，我拿了令牌才得以通过层层关卡逃了出来，母亲说，这世上一定有能制服黑魔的人神，让我千方百计找到，救救桃源那些善良纯朴的百姓，还有我可怜的父母兄长！”英桃落说完又嘤嘤地哭泣起来。“灵风，当年黑龙的魂魄被女娲打散后，残渣余孽被女娲压在了地狱的第十九层，由阎罗率领地狱军团看守，没想到这股恶势力黑暗能量越聚越大，竟然突破地狱军团的包围，到夜山寻你爹报仇。”楚雅锁着眉头，语气沉重地徐徐言道。“灵风，二十年前，这股恶势力被赶出夜山时，黑魔虽然伤了元气，可是他们如今占据了世外桃源休养生息，必会变本加厉向人类反扑，看来这场战争是不可避免了。”辞颂长长地叹了口气说道。在灵风的内心深处，黑魔已经成了他隐隐作痛的一块心病，杀父弑母之仇不共戴天，这血海深仇是早晚要报的。“落儿，你说你的父亲叫英仓建，母亲叫蓝姬，哥哥叫英冰澈，那你就是我的妹妹，因为我的母亲是英晒，英黄炎就是我的外公呀！”灵风拉着桃落的手欣然动容说道。英桃落几乎不敢相信自己的耳朵，悲喜交加，做梦也想不到眼前这位英俊潇洒的男子竟是自己的表哥，姑姑英晒的儿子。桃落抑制不住自己的情绪，一头扎到灵风的怀中号啕大哭起来。

自从圣母国使者查理出事以后，法慧大国师便悄然离开须弥国三个多月，除了国王唐宗以外，无人知道大国师的去向，其间，在百姓中谣言四起，人们惶惶不可终日；在大臣中，世界末日即将来临的悲观思想也十分流行。其实，这三个月，法慧专门为灭魔之事寻访高人。他知道人类离生灵涂炭的时日不远了，要不惜一切代价避免这场灾难。然而，此时野心勃勃的圣母国正在摩拳擦掌准备进攻星月国，并且对须弥国没有参与他们的战略联盟而恶语相伤。逍遥国一向主张无为而治，事不关己，高高挂起。只有以礼仪之邦自居的泱泱大国春秋国还在做着外交大国的美梦。殊不知，圣母国早有独霸世界的野心，然而，螳螂捕蝉，黄雀在后，黑魔的黑势力也对圣母国早就垂涎欲滴。自从法慧大国师夜观天象，预测到黑魔将祸患人间，须弥国国王唐宗便整日忧心忡忡，他深夜召见法慧到养心殿密商如何才能解除人类这场灾难。两个人促膝长谈，直到黎明。“大国师，要是天下那些善良纯朴的百姓真的有一天被黑魔奴役，人间怕连地狱都不如啊！”唐宗忧心忡忡地喟然道。“陛下，我想了很久，对付黑魔的黑恶势力，单靠人类自己的力量不行，必须与神界的力量联合起来。”法慧的眼睛鬼火似的灼然生光幽幽道。“可是，我们去哪里寻找神界的勇士呢？”唐宗的目光霍地一跳颓然说道。“陛下，我这次离宫是特意到狼山寻找我的老朋友狼王的，我们虽不是同类，但都曾在菩提祖师门下修炼，他是我的师兄，也是兽神，狼王告诉我，很久以前，有一位人神叫孤寂，在夜山与黑魔大战了一场，结果战死在夜山，这位人神还有一子，名叫灵风，也是一位人神，只要找到灵风，便有可能救黎民于水火。”法慧蹙额沉吟道。唐宗听后异常振奋。“大国师，孤寂战死，难道说灵风比其父更有本事？”“陛下，当年女娲曾留在人间两样宝物，一样是宝典《光阴真经》，另一样是宝剑光阴之剑，这位人神灵风是两样宝物的嫡传继承人，听说他身边还有两位神界高人，一位是雨神楚雅，另一位是雪神辞颂。”法慧娓娓而言。“太好了，人类有救了，大国师，怎样才能找到这几位神界高人？”唐宗急切地问道。法慧被唐宗这么一问也犯了难，他双眉倒竖地沉思良久款款道：“陛下，能不能找到灵风，要看有没有缘分了。”“事不宜迟，大国师，你多多辛苦，带上你的弟子，就是踏遍千山万水，也一定要找到人神，为人类解除这场劫难。”唐宗说完，脸上掠过一丝沧桑之色。微光中，法慧的脸上，凛然之色仿佛更深邃了。此时天色已露出鱼肚白，风声骤起，远处传来玄冥鸟凄厉的叫声，法慧走出养心殿，望着寥落的星辰，发出深长的叹息声。第二天，法慧带着传真等十几名亲授弟子，准备好了行囊，选了十几匹上乘的马匹，快马加鞭奔狼山进发。

油画一：黑屋

作者：朱小丹
创作时间：2004年
材质：布面油画
尺寸：120×140 cm

画面描绘了在阴森森的黑夜里，原本金黄色的圆月被黑绿色的天幕蒙上了一层狡黠的绿光，诡异得犹如深夜里野兽的眼睛，它张着大嘴，喘着粗气，机警、冷酷、贪婪。一座坟墓般的黑屋犹如一座荒凉的祭坛，四周充满了地狱般的死气，花朵凋谢，植物枯萎，一切都在死去。然而从黑屋深处却发出了痛苦的呻吟声，这声音如泣如诉，冤深似海，好像在唤醒梦魇中无法苏醒的苦难。画家通过让色彩呼喊的手法，营造出黑暗无所不在的氛围，将心灵的恐惧渲染得淋漓尽致！

为了筹备画展，我先去了京城。走之前，我又去了一趟慈恩寺顾文白的工作室，给他送去了请柬。他望着精美的请柬，流露出非常渴望参加的神情，但一边向我致谢，一边提出了两个条件：典礼嘉宾名单中不要出现他的名字，不参加答谢晚宴。他为人低调，我只好答应。典礼那天，艺术圈有许多名家前来捧场，美术馆大厅站满了人，我站在台上寻了半天，才发现他静静地站在人群后面，默默地注视着我，就像一个普普通通的参观者。典礼非常成功，答谢晚宴后我非常兴奋，特别想和他分享我成功的快乐，便拨通了他的手机，想请他找个地方坐一坐，结果他说他正在三里屯酒吧等着我一起庆贺呢。挂断电话，我迫不及待地打了一辆出租车。赶到酒吧时，他正坐在一个靠窗的位置默默地抽烟，桌子上摆着一个精美的大果盘和几瓶啤酒。看见我连忙起身向我祝贺。我俩分别落座后，我问他晚饭吃的什么。他微微一笑说："美术馆东门有一家一哥牛肉面馆，味道不错，我每次去美术馆都会到那儿吃碗面。"我很难想象，如此安静低调的人，脑海中竟然能创造出一个像《神话》那样离奇壮阔、光怪陆离的世界，这一定是一个投身过深渊的人，不然他不会面对欲望横流的浮华世界如此淡定。在常人看来，他每天的生活像坐监狱一样，但是在我看来，他把自己关在想象的世界里幸福极了。和那些被体制包养的所谓艺术家和作家比起来，他就像原始森林里自由自在的野兽那样拒绝驯养，在他眼里，那些人不过是些精神上的阉人，都是些断了根且迷失了方向的人。我爱极了他身上那种特立独行的魔性。但是我还是用嗔怪的口吻说了一句："你真是个怪人！"他却不以为然地笑了笑说："其实我们都是被魔鬼选中的人。"我语气温柔地问："怎见得?"他温文尔雅地说："布勒东说，美就是痉挛，否则就没有美，今天的画展的确让我痉挛了，我觉得你在作画时，心灵一定处于昏迷状态。"我不解地问："为什么?"他语出惊人地说："因为你的画使梦话变成了旋律的宣告，一定是在梦中按照女巫的口述画成的，那些生机勃勃的画面，即使在黑暗之中，也会熠熠生辉的。祝贺你，站在那些美不胜收的画前真是人生巨大的享受，来，我们为画展成功干一杯！"毫无疑问，他对美的鉴赏力是一流的，尽管他对画展评价很高，但我仍然不满足，我不想听他的溢美之词，我想听他中肯的批评，因为在晚宴上我听到太多的言不由衷的恭维，在中国根本没有真正的艺术批评，有的只是表扬与自我表扬，我厌恶透了艺术圈子里相互吹捧的恶习，要想听到对画展有真知灼见的批评，在体制内恐怕是没希望了，只有寄希望于体制外，而在我心中，顾文白是最佳人选。因此，饮罢杯中酒后，我按捺不住地问："赞美之词，我已经听够了，我想知道我的不足是什么?"他沉思片刻，然后凝视着我的眼睛说："我刚才说过了，你的画是按照女巫口述创作的，画面显现的是女巫的咒语，并不是你的咒语，或者说你藏在了女巫的身后，我总觉得你的心灵图景没有完全打开，好像作画时你有很多顾虑。"顾文白的确是美的鉴赏家，一句话便说到了我的痛处，我心服口服地说："其实在创作前，我的心灵图景清晰极了，它扰得我寝食不安，然而当我拿起画笔时，一切又变得模糊起来，但创作冲动逼迫我不得不把那些迷糊的东西表现出来，可是作品完成后，我总觉得缺了点什么，直到我看到你的长篇小说《历史》，我才发现我不是缺了什么而是遇到了挑战。""是啊。"顾文白若有所思地说，"现实荒诞得令人匪夷所思，我们的想象力在现实面前倒显得有些画蛇添足了，这就是我们面临的最大挑战。"说完他的目光中掠过一丝挑衅式的微笑，只是一闪，我却有一种被电着了的感觉。我喜欢这种感觉，便迎着他的目光说："在这种挑战面前，我无法用常规之法让别人分辨我画的是心灵图景，还是现实。我感觉现实已经折断了我想象的翅膀。”他点了点头，表情宛若古琴弹奏中的一个重音，仿佛思绪又进入了《神话》的世界，微微扯了扯嘴角说：“歌德说，历史是上帝的神秘作坊，那么现实就是魔鬼的神秘作坊。”我用反驳的口吻说：“可我拒绝人类末日。”“所以我才从你的作品中看到了某种怀着希望的东西，这也恰恰是你的作品的魅力所在。”他那轻柔低沉的嗓音充满了磁性。我完全被他折服了，喃喃地说：“怪不得里尔克说，生活与伟大的作品之间，总存在某种古老的敌意，艺术家不仅要跟现实过不去，还要跟自己过不去。”他听了我的话默默地看着窗外，仿佛魔鬼就在窗外徘徊。良久，他话锋一转，用非常谨慎的口吻问：“小丹，能问你一个私人问题吗？”我爽快地说：“当然可以。”他点上一支烟，深吸一口说：“和现实过不去我可以理解，和自己过不去我就不完全理解了。”我不解地问：“为什么？”他用作家独有的好奇口吻试探地问：“恕我冒昧，你至今还单身一人，是不是也是和自己过不去的结果？”他可能还是觉得问得有些唐突，温和地笑着补充道：“你别误会，我只是想听听你的故事。”就这么几句话，一下子使我的思绪飞到了让我魂牵梦绕、痛不欲生的巴黎。回忆犹如梨花带雨瞬间飘落。我沉默着平复了一下心绪，然后动情地说：“其实我的画都是和他一起画的。”顾文白略显惊愕地问：“他是谁？”我深情地叹道：“一个用生命爱我的男人。”顾文白用既惊异又关切的口吻问：“他在哪儿？为什么没有来参加画展？”我凄苦地笑了笑，平静地说：“他来不了了。”顾文白不解地问：“为什么？”我哀婉地说：“因为他去了一个永远也回不来的地方。”顾文白迫切地问：“小丹，到底是怎么回事？”片刻的沉默，让我感觉脸慢慢地肿胀起来，不堪回首的悲伤不断撞击着我的灵魂，我控制住情绪，凄苦地说：“我和我丈夫是大学同班同学，毕业后我们一起去法国留学，我们的专业都是油画，当时他风华正茂、才气逼人，如果不是那场车祸夺去了他的生命，我坚信……”我的眼睛有些管不住眼泪了，只好停顿一会儿，然后接着说：“我坚信他一定是一位蜚声世界画坛的大画家。”顾文白没有打断我，但他又点上了一支烟，默默地吸着，并用抚慰的目光看着我，我感到了兄长般的温暖，这种温暖让我贴心，有一种倾诉的冲动，我一往情深地说：“那天风和日丽，我们开车到巴黎郊外写生，他心情非常好，一路上他都哼着歌，就在我俩沉浸在欢声笑语之时，一辆黑色的轿车突然超车，就在这时迎面驶来一辆吉普车，三辆车撞到了一起，当时我坐在副驾驶的位置最危险，他却本能地一打轮，将我让到了相对安全的一面，结果我们的车被甩出了二十多米，我醒来时，已经浑身缠满了绷带，躺在了医院里，当时我多处受伤，严重的脑震荡、鼻骨粉碎，还有三根肋骨被撞断了，而且颈椎、腰椎和尾骨严重挫伤。只是我还不知道他的伤情，但我知道他的伤势一定比我严重，我醒来后见到的第一个人是我的主治医生，我问他我丈夫怎么样了，他为什么不在我的病房？他关怀备至地告诉我，我丈夫伤得很重，正在另一家医院抢救，其实他早就知道我丈夫根本没来得及抢救就去世了，但是他每天都在向我通报一些我丈夫的新‘病情’，足见他的医德是多么的高尚，他的博爱精神至今还感染着我，他在我心目中早已经是一个神了。后来我终于得知了我丈夫已经不在人世的消息，由于他事先在我脆弱的心灵上加了一层保护膜，确实缓解了对我的打击。最让我痛不欲生的是，遗体火化的前夜，我不能去送他，我怀着巨大的悲痛和肉体的疼痛，为他画了一张他微笑着的肖像，他笑起来是那么阳光，那么自信，只是这张画浸满了我的泪水，我在心里说，亲爱的心肝，我不能去送你，只好用我的吻和你诀别了，我忍着疼痛往瘀肿的嘴上涂唇膏，嘴唇肿得已经没有唇形了，可是我对着小镜子一丝不苟地画着，然后在他的肖像上深情地吻下去，就这么不停地涂，不停地吻，也不知在他微笑的脸上吻了多少个唇印，一边吻一边在心里和他说着悄悄话，泪水像断了线的珠子落个不停，他生前最喜欢我的吻，可是我平时给他的太少了，我恨不得将我一生的吻都印在他的肖像上，可是……可是这又有什么用呢？我再也听不到他的欢歌笑语了，我再也听不到他喊我‘亲爱的小妞妞’了，巨大的悲痛让我捧着他的肖像泣不成声，文白哥，你知道吗，我到现在也不相信他死了，我总觉得他在什么地方充满深情地看着我、保佑着我，当我创作没有灵感时，只要想起他，我的脑袋里就会灵光乍现，画思泉涌，我一直觉得是他的在天之灵引领我一步步走向成功的。”很显然，顾文白被我的故事深深地打动了，这个一向不动声色的男人，眼睛里闪着泪花，我讲完后，他沉默良久才用李清照的词，黯然神伤地表达了他的心情。他低吟道：“‘风住尘香花已尽，日晚倦梳头。物是人非事事休，欲语泪先流。闻说双溪春尚好，也拟泛轻舟。只恐双溪舴艋舟，载不动，许多愁。’”然后他慨然长叹道：“小丹，谢谢你的故事，你让我懂得了什么是真爱，我时常问自己，比美更美的是什么？我一直在寻找答案，听了你的故事，我终于明白了，那就是真爱。许多人将‘熟人’视为朋友，我不认同，我一向认为，真正的朋友一定是可以心灵沟通的，甚至比亲人还重要，正因为如此，我的朋友不多，但是凡是我认定的朋友，我会永远不离不弃的，我虽然没有见过你丈夫，但是他的死让我有一种痛失好友般的悲凉。小丹，我是个经历过生死的人，对许多事情都看淡了，但唯独对友谊十分珍视，只可惜，现实当中，友谊添加了越来越多的功利性，知己尚且难求，更别说知音了，因此，我对友谊从不奢望，不过，自从认识你以后，我相信我不仅找到了真正的友谊，更找到了艺术上的知音。上天如此眷顾我，陪我敬老天爷一杯吧。”说着他为我的酒杯斟满酒，我被他的真诚所打动，莞尔一笑，然后端起酒杯，两个酒杯碰出清脆的响声，他一饮而尽，我轻轻地呷了一口，温婉地问：“有朝一日我会不会成为你小说里的女主人公。”他微微一笑说：“到时候我一定把你写得比英桃落还要美丽。”“对了，”我迫不及待地问，“《神话》修改得怎么样了？我都有些等不及了！”他笑容可掬地说：“已经修改一半了，知道你喜欢，所以我带来了半部书的打印稿。”我高兴地说：“太好了，快给我。”他不慌不忙地从挎包里拿出一个厚厚的牛皮纸袋递给我，我接过稿子开玩笑地说：“不瞒你说，自从看了《神话》以后，我就像吃了黑桃花中了魔似的，文白哥，我怀疑你是黑魔转世。”他抿嘴笑着说：“其实黑魔就是心魔，如此说来，我们谁又不是中了魔的人呢？”我们一直聊到半夜才离开酒吧，他打车送我回贵宾楼，我问他住哪儿了，他竟然告诉我，他住在中国美术馆附近的一家快捷酒店了，我听罢心情复杂得恨不得留下他过夜，可是面对这样一位谦谦君子，我即使有这样的想法也说不出口。

第二天顾文白就回东州了，我由于画展和其他一些事情，还需要在京城待几天。一连忙了两天，我才得空阅读《神话》。晚上我泡了一杯绿茶，静静地躺在床上，刚捧起那摞厚厚的打印稿，脑海中已经浮现出魔幻世界里的刀光剑影。

狼山位于北方茫茫草原的残月河边，这里是狼的世界。狼王是一位长着狼头人身的兽神，他是兽界的统治者。与法慧情义深厚。不仅法力深不可测，而且集灵性、兽性、人性于一身。当法慧率领十几名弟子策马奔驰在残月河边时，漫山遍野的狼群啸吼齐嚎，欢迎狼王的朋友。然而，这群狼的嚎叫撕肝裂肺地恐怖，十几匹马当场吓死，只有法慧的宝马良驹战神昂首嘶鸣，威武不屈。法慧的弟子们也被漫山遍野的狼群惊得怦然心跳。“你们不要怕，这些狼是我的朋友，狼性高于人性，人是可以互相残害的，你们谁见过狼互相残害？在狼社会，团结是最高原则，这一点比人类不知要强多少倍。”法慧哈哈大笑后敛容说道。然而，弟子们仍然手握宝剑随时准备和狼群拼命。狼群若即若离地围着他们，法慧跟着一个高大威猛的灰色头狼迤逦前行，他知道，这只头狼是引路的。狼山幽幽，危机四伏，没有头狼引路，就是踏遍狼山的山山水水，不仅找不到狼王的洞府，而且有葬身狼腹的危险。已经是午夜时分，万籁俱寂，只有漫山遍野的无数狼眼绿幽幽的像鬼火一样闪烁，十几个人身穿斗篷随头狼穿梭在森林幽谷中，不时有狼引颈低嚎，嚎得弟子们个个浑身起鸡皮疙瘩。又过了一个时辰，不远处传来一阵爽朗的笑声，一个黑影骑着一匹人面狼身的高大坐骑缓缓迎了上来。“师弟，别来无恙?”来人正是狼王，他身披狼毫大氅，从坐骑上跳下来，热情地与法慧拥抱，牵着他的手向林麓深处走去。这个黑森林与其他夜晚的森林不同，这里能嗅到死魂灵的气息，这些死魂灵不仅包括各种兽类，也包括人类，这些死魂灵的肉体虽然被狼群吃掉了，但是飘荡在空气中的魂灵还是活的。这是狼王的仁慈，杀死了他们的肉体，但并未杀死他们的魂灵，这些魂灵随时听候狼王的调遣。因此，林麓中绿幽幽闪烁的光不仅是狼群的眼睛，也是死魂灵发出的绿芒。夜晚的死魂灵像飘在空气中的绿雾，他们千变万化，发出嘁嘁嚓嚓的议论声，死魂灵飘荡在夜幕中，一会儿从人的左鼻孔钻进去，一会儿又从人的右鼻孔冒出来，就这样不停地捉弄着法慧的弟子们，如果不是法慧事先交代过，死魂灵是朋友，弟子们早就大打出手了。狼王的洞府简直像一座巨大的宫殿，富丽堂皇，这里是天下所有兽类的国都，其实在神、魔、人三界之外还有一个兽界，统治兽界的兽神，既不是狮虎，也不是熊豹，而是狼。狼的狡黠和智慧，狼的军事才能和顽强不屈的性格，狼的视死如归和不屈不挠，狼族中的友爱亲情，都使狼的灵性大增，自从狼王修成正果以后，狼山便成了兽界的国都。为了保守秘密，狼王遣退手下，和法慧促膝密谈了起来。"狼兄，我始终没有弄清楚黑魔的来龙去脉。"法慧拈须笑道。"在女娲创造人类之前，世界由黑暗势力掌控，统治黑暗势力的就是黑魔的祖先黑龙，"狼王脱掉大氅幽幽道，"黑龙一直想霸占女娲，女娲不从，黑龙便开始对女娲创造的人类下手，他先是聚集黑势力把天弄塌，露出一个大窟窿，人类面临灭顶之灾，女娲见此惨状，痛苦万分，为了拯救自己的孩子们，她勇敢地担负起炼石补天的伟大使命。可是黑龙并不甘心，他又将洪水放出来妄想淹灭人类，面对苍茫大地一片汪洋，女娲又奋不顾身地去平息滔天洪水，并与黑龙进行了殊死搏斗，终于凭借母性巨大的灵力击散黑龙的魂魄，黑魔是黑龙的后代，见大势已去，率残渣余孽仓皇逃窜，却被女娲压在了地狱的第十九层，女娲也因拼尽最后的力气而涅槃。千百年来黑魔从未甘心自己的失败，他们躲在地狱的第十九层，暗中积聚黑暗力量，并在那里建立了魔府。""女娲为什么不把黑魔的魂魄也击散，而是把他压在地狱的第十九层?"法慧凝视狼王肃然问道。"因为当时女娲已经无力将黑魔的魂魄击散，只好将他打入第十九层地狱，交由阎罗看管。而且即使作恶多端的人死后，也只能打入第十八层地狱，人类的魂魄永远无法达到地狱的第十九层。"狼王一边说一边负手在殿中徘徊，似乎不胜感慨。"真想不到黑魔被孤寂打败以后会逃到世外桃源，那可是人类最后一块净土。"法慧喟然长叹道。"是啊，黑魔在世外桃源之所以能在短期内积聚了这么大的黑势力，是因为他不仅凝聚了魔界的力量，而且凝聚了神、人、兽等各界的黑势力加入魔窟。现在在世外桃源，黑魔的黑势力越来越大，野心也越来越大。他不仅要奴役人类，而且还要奴役神界、兽界。”狼王的面孔冷峻，语气显得忧心忡忡。“这么说，要想战胜黑魔，捣毁魔窟，必须团结神、人、兽三界。”法慧的目光越发凝重了。“对，只有积聚三界的力量，才能战胜黑魔，捣毁魔窟，拯救桃源，拯救人类，这可是神、人、兽三界历史上空前的战争。”狼王斩钉截铁地说道。“狼兄，我们下一步该怎么办?”法慧心急如焚地问道。“上次我跟你说过，只有一个办法，那就是去夜山，寻找孤寂的儿子灵风，他是人神，只有他可以积聚神、人两界力量抗衡黑魔，到时候，我们兽界再加入战争，想必一定能战胜黑魔，捣毁魔窟，还人类这块净土。”狼王瞿然开目道。“只是圣母国野心勃勃妄想吞并星月国，逍遥国又讲究无为而治，一切顺其自然，而春秋国一向反对战争，倡导和平，国王圣孔崇尚以德治国，要想把各国团结起来一致抗魔，难呀!”法慧愁眉紧锁颓然说道。“事不宜迟，就连我这狼山也不安全，现在世界的每一个角落都危机四伏，桃源不再是人间净土，已经成为藏污纳垢的罪恶源泉，我想黑魔已经用魔咒控制了桃源人的心智，大部分人不仅变成了行尸走肉，而且可能成了充当炮灰的魔兵。黑暗即将吞噬光明，一旦黑势力得逞，世界将重新回到黑暗时代，黑魔会不惜一切代价凝聚黑龙的魂魄，黑魔的祖先黑龙一旦复活，人类必将灭亡，神界和兽界也将沦为黑势力的奴隶，我这次出山不仅是为了人类，也是为了兽界，说实话，我看不起人类的虚伪、贪婪和狡诈，人类从诞生的那天起就犹如一盘散沙，如果人类像我们狼一样团结，黑势力也不会有机可乘。”狼王的眼中闪着寒森森的绿光，脸上像挂了一层严霜一样冷峻。法慧听了狼王的话肃然动容，手持狼王送给他的狼头禅杖，长长地叹了口气。

太阳就要落山了，霞光橙红如盖，将天地间映得红彤彤的，英桃落眺望两旁山谷收拢的地方，层峦叠嶂之处，烟雾缭绕，虚幻的景象千变万化，悠悠将旋转着向山下落去的太阳，从下端一点一点地吞食。落日越加殷红，就越加柔和，并且将金烁烁的倒影投射到山脚下的河水里，幽蓝的水色同闪耀的霞光连在一起，显得赤红的落日越发的安详，端庄中又带着点妩媚，让英桃落油然而生思乡之情。英桃落在夜山一直郁郁寡欢，灵风知道桃落是在为身陷魔窟的父母和兄长担心，也在为桃源的命运担心。他心绪烦乱，一筹莫展，一个人在夜山日月亭旁独自舞剑，闪展腾挪，刺抹挑劈，剑芒闪烁，人剑合一，时而冲天，时而落地，光阴之剑刺出，霞光万道，这是一把神剑，可以斩妖除魔，充满灵性。舞剑的锐响惊动了郁郁寡欢静静欣赏日落的英桃落，她漫步到此，被灵风雄健的剑姿惊呆了，她从没有见过如此寒气逼人的神剑，一剑刺出霞光万道，寒气凝冰。英桃落倒吸了口凉气，心想，这宝剑的锋利可以直透人的魂魄。英桃落从小就爱看父亲和兄长舞剑，父兄的剑术在桃源无人能及，特别是兄长英冰澈的剑术，一剑刺出便能震落周围桃树的叶子，但与灵风相比简直不可同日而语。英桃落的心早就默默地许给了这位英俊沉稳的表哥，这是一种先天之爱，因为桃落在梦中经常梦见一个白马王子舞剑，就是现在灵风的样子，逼人的潇洒，刚毅的表情，特别是与剑飘舞的猎猎白袍呼啸生风，更增添了灵风的英气。今天，灵风的剑法发挥得淋漓尽致，已经到了忘我的境界。灵风说不清自己哪儿来的这股力量，其实剑由心生，心由爱生，这爱是对父亲孤寂母亲英晒的无限思念，这爱更是因英桃落的出现而涌出的浓浓真情。灵风不懂在一个男人心中永远放不下一个女孩的感觉就是爱情，他只知道这种感觉不仅美妙，而且在心头还隐隐的有一丝痛，这种幸福的痛撩拨得灵风浑身充满了力量，他觉得这力量可以摧毁一切困难和烦恼，却又被这力量搅得心乱如麻，在无端的烦恼中不能自拔。剑是发泄的最好工具，灵风剑舞云霞，势若狂雷，却不见让他整日牵肠挂肚如梦如幻的英桃落已经情不自禁地走到了他的身边。灵风转身一剑刺出，却险些刺到英桃落如花似玉般的脸，灵风大惊急忙收剑，剑气吹动英桃落用桃花做成的桃香四溢的花衣，花落满地，露出桃落如桃花一般的粉颈和由于紧张而上下起伏的乳沟。“对不起，落儿，没伤着你吧？”灵风心旌动荡，刹那间脑海中一片空白。“表哥，你的剑法太精妙了，这就是光阴之剑吗？”英桃落那动人心魄的眼眸，宛如玛瑙翡翠般忽闪着微笑道。“对，你喜欢我可以教你。”灵风憨憨地傻笑道。“表哥，你是人神，而我是凡人，怎么可以学会这么精妙的剑法？”英桃落微微低着头，修长而纤细的睫毛仿佛遮盖着自己那柔弱的心思。“落儿，你已经喝过夜山的玫酒，吃过夜山的玫果，你身上已经有了灵性。再说，你是一个聪明的女孩，我相信你一定能学会。我娘也是桃源人，可我爹就教会了她光阴之剑。”“姑姑是我们桃源的第一美人，她不仅美丽，而且聪明绝顶，她是我们桃源的女神，我怎么能与姑姑相比？”英桃落如水一样的目光落在灵风脸上，灵风忽地心头一阵迷茫。“可你，可你是我心里的女神！”灵风呆呆地看着桃落讷讷道。“表哥，你贫嘴！不老实！”英桃落脸颊羞红，如水的眼波盈盈荡漾。“真的，《光阴真经》上说，我爹见到的第一个桃源女孩定是他的妻子，我见过的第一个桃源女孩也定是我的……”“是你的什么？……”“是我的！”“是什么？”“是我的妻子！”“表哥，你坏……”“哈哈哈……”这时，楚雅和辞颂哈哈大笑地走上山来。“桃落，”楚雅欣然笑道，“你表哥没说错，凡是《光阴真经》上记载的都会应验的，这可是天神女娲的旨意。难道你不喜欢灵风？”“楚雅，你们合伙欺负我！”英桃落娇柔地嗔道。“桃落，这是天意，我看这事就这么定了。”辞颂大笑道。桃落心中虽然非常喜欢灵风，怎奈父母和兄长还在魔鬼的手中，灵风报父母之仇心切，心也没全在此事上面，但两个人的心早就融在一起了。他们目光互相凝视着，仿佛千言万语已尽在不言中。“灵风，我知道你大仇未报，不愿意谈婚论嫁，”楚雅似乎看透了两个人的心事，便和蔼地说道，“桃落，我也知道你为父母和兄长担心，希望我们快点想办法把他们解救出来。不过爱也是我们战胜魔鬼的法宝，我相信你们的爱会使你们更有信心完成使命，我和辞颂怎么说都是你们的长辈，此事就这么定了。按我们神界的规矩，你们的血融在一起就算是结合了。来，把手给我。”说时迟，那时快，楚雅从腰间拔出一把匕首将灵风和桃落的手指割破，抓住两双手将伤口对在一起，鲜血顿时融合了。桃落的脸羞成了桃花，灵风也幸福得憨态可掬。两个人情不自禁地拥到了一起。这时，天空发出一声凄厉的锐啸，几个人仰头看去，一只巨大的恶禽玄冥鸟正虎视眈眈地望着下面盘旋。“这是黑魔的探子。”辞颂说话间已将腰中的宽带投向空中，那宽带顿时变成了一把钢鞭，以雷霆万钧之势，瞬间就将那恶禽的龙头击碎，那恶禽旋转着一头扎进了血海。这时，一艘大船正在血海中扬帆向夜山驶来。“灵风，看来山雨真的要来了。”辞颂收起宽带幽幽叹道。血海翻腾着巨浪将大船推至夜山脚下。

进入六月，天气炎热起来，顾文白终于修改完《神话》，通过电子邮件发给了我。他在邮件里写道：

小丹：你好！

《神话》终于定稿了，我却有意犹未尽之感。我说过，这是一部挑战我的想象力的作品，我称之为“想象的游戏”，我一直认为一个艺术家或作家如果想象力不丰富是走不远的，之所以意犹未尽是因为想象是无止境的。我在《神话》中试图创造一种“离奇美”，因此在创作这部作品时，“离奇”是我要追求的首要效果，为了追求这种效果，我企图创造一种惊世骇俗的陌生性。我不能确定自己是否做到了这一点，我期待你能给我一个准确的回答。因为审美价值产生于艺术家之间的交流，你是我的知音，一定会给我信心的。不知为什么，总觉得路越走越难走，无法确定方向。我是一个唯心主义者，这在中国简直就是稀有之物，因为人人都是唯物主义者。如果我是一个唯心现实主义的创造者，那么简直就是怪物了。让我匪夷所思的是，如果不唯心只唯物，那么心灵家园在哪里？灵魂又是什么？在创作《神话》时我时常想起布莱克伟大的“地狱箴言”：“狮子和牛共用法律就等于压迫。”说句心里话，我一直处在压迫中。在画家中，我非常崇尚康定斯基，因为从他开始，画家彻底脱离了物象，开始用绘画的形式发现自己内心尚未发现的东西。也就是说，从康定斯基开始，画家才开始真正描绘内心的心灵图景。康定斯基生前一个人孤独地生活在沙漠里，没有人理解他，我现在也感觉像一个人生活在沙漠里，好在有一缕清泉流进来，我耳边已经听到了水声……

我读完这封信，心情久久不能平静，他把我比作沙漠中的清泉，可见我在他心目中有多重，可是我真的能胜任吗？我说不好，但有一点我是清楚的，尽管他一直保持低调，像个红尘中的隐居者，但他内心却在进行着一场异常激烈的竞赛，这是一场雄心与传统的赛跑，他能不能赢我不知道，但我知道能够战胜和涵盖传统的人仅是少数，然而心魔驱赶着他，他要么战胜心魔，要么成为心魔的奴隶。可是他已经被心魔驱赶到悬崖边上了，一般人一定会逃离，可是他不会做这种人，他一定会扑向深渊。正如灵风寻找魔窟一样，找到了魔窟也就找到了世外桃源。其实《神话》就是在临摹他自己的心灵，灵风就是他心灵的化身，灵风的困境就是他的心灵困境。初次见他，他的低调会让人感觉他身上某种令人不快的阴险古怪的东西，再加上他曾经在官场如鱼得水的职业背景，很容易给人一种城府极深的错觉。其实一旦深入了解他，就会被他身上独有的魔性深深吸引，如果是女人甚至会深深地爱上他，因为这个难以接近的人，一旦让你靠近他，你就会感觉他的心灵有一股巨大的宛如宇宙黑洞般的吸力，你想逃也逃不掉，我甚至怀疑万丈深渊不在别处，就在他的内心。因为他的心魔之威散发出一股煞气，似乎死亡与毁灭离他仅有咫尺之隔。正因为如此，每次坐在他的对面都感觉他的目光深深地投向那看不见的深渊。以至于我每次手捧《神话》都会无厘头地想，与他交往会不会有危险？顾文白明白心魔的危害性，不然他不会写出《神话》这种离奇古怪的作品，他将心魔外化为黑魔，就是想摆脱这种危害性，正如我画《咒语》就是想摆脱来自内心深处的魔咒一样。我从他的全部作品中体悟着他实际的内心生活，脑海中渐渐浮现出他本性的生动画面，如果只临摹他的外表，就只能画一张麻木不仁甚至冷漠的肖像，但是我现在已经看见了藏在他内心深处心魔的影子，我有把握画出一幅表现他内心世界的肖像。我相信这幅肖像画出来他一定会喜欢，因为这不仅仅是一幅肖像，更是一位知音对另一位知音心灵图景的解读，这无疑是一种最高级的审美，这幅肖像代表着我对他的心灵的全部理解，甚至是爱，因为我会将我对他的全部深情倾注于画笔中，当然在这幅肖像上不会看见他心魔的影子，因为艺术之于他乃是祛魔术，不然他不会将心魔从煎熬的肉体中驱赶到魔幻的《神话》中去，而且还不依不饶地铲除它，他真将自己的笔当成灵风手中铲妖除魔的光阴之剑了，只可惜《神话》并非《光阴真经》。即便如此，心魔也不会放过他，在《神话》中，他心灵的化身灵风在寻找黑魔决斗；在现实中，心魔一直在追逐他，就像猎人追逐猎物一样。但他从未逃跑过，看似逃跑的撤退不过是与心魔的一种周旋而已，他有可能被毁灭，但他绝不会认输。

或许是创作太投入了，我竟然病倒了，不仅发高烧，而且还咳嗽，本来想吃点药在家躺两天就会好，不承想高烧一直不退，只好去社区医院打点滴，一连打了十天，终于止住了咳嗽。今天是最后一瓶点滴，打完就算彻底好了。由于着急创作，我吃过早餐就去了医院，在观察室打点滴的病友有十几个，大家一边打点滴一边闲聊，一位四十多岁胖乎乎的女病友竟然讲了一件十分可怕的事。她说她小姑子昨天到市妇婴医院做妇科检查，听到患者们私下议论，产科一连死了四个新生儿。有一个五十多岁的男患者插嘴说："新生儿夭折并不是什么怪事，连死了四个，怕是凑巧了吧？"女病友又摆手又摇头地说："哪儿有这么巧的，一下子就死了四个新生儿，而且个个七窍流血地死在了急救台上。"坐在胖女人旁边的瘦女人吃惊地问："七窍流血？该不会是中毒了吧。"我旁边的一个戴着眼镜的中年男人说："莫非是瘟疫？"胖女人未置可否地说："谁知道呢，反正这件事很蹊跷。"中年男人好奇地问："院方怎么说？"胖女人愤愤地说："家丑不可外扬，院方一直在封锁消息。"瘦女人用质疑的口吻说："既然封锁消息就一定不正常！"中年男人似笑非笑地说："依我看，这件事才刚刚开始，说不定会愈演愈烈。"我不解地问："为什么？"他扯了扯嘴角，眨着黠慧的眼睛说："院方封锁消息，就会不断有待产的孕妇住进医院，可是婴儿的死因尚未查明，如果是病毒感染，就会不断地有新生儿死去，到时候院方想捂也捂不住，事情只能越闹越大。"被这位中年男人这么一分析，大家都觉得是这么个理儿，便七嘴八舌地议论起来。不知为什么，我听了这件事后，心情非常沉重，打完点滴后，特意开车从市妇婴医院门前路过，除了天突然阴了起来，并未发现异常，心情才稍稍好了一些，但还是有一种如鲠在喉的感觉，回到画室，情不自禁地在画布上涂抹起来。我一边画一边想，市妇婴医院是专门接生新生儿的医院，怎么会有病毒传染呢？不可能，还是那个五十多岁的男人说得对，一定是早产儿夭折碰在一起了，不然怎么会一连死了四个婴儿？可是万一让那个中年男人言中了呢？我简直不敢深想，为了排遣自己的不良情绪，我既十分认真又漫不经心地在画布上涂抹着，画着画着，耳边似乎传来婴儿的啼哭声，这声音由远及近，似有似无，脑海中竟然浮现起灵风出生时的情景，父亲举着血葫芦一般的婴儿，灵风一双稚嫩的小手拼命地挥舞着，天空中一块上下翻滚的黑云不时地发出骇人的狂笑，放眼四周，尸横遍野。天啊，这是幻梦还是预言？我离开社区医院时还晴空万里，但是开车路过市妇婴医院时天空却突然黑云密布，电闪雷鸣，莫非这是一种不吉利的征兆吗？我憋闷极了，心里有一种想喊的冲动，但我没有喊，只是把喊的感觉画了出来，一个惊恐万状的女人手足无措地望着挂在葫芦架上的四个滴着血的葫芦，声嘶力竭地尖声大叫着，好像要极力唤醒梦魇中无法苏醒的苦难，周围四野茫茫，天上流动的乌云像一条黑暗的河流，分明就是一条张牙舞爪的恶龙。让我匪夷所思的是画中的女人非常面熟，却怎么也想不起来她像谁，莫非我也像顾文白一样中了心魔，一想起顾文白，我顿时恍然大悟，画中那个声嘶力竭尖叫着的女人不是别人，就是我自己。这太不可思议了，我竟然将自己画得如此恐怖，我不喜欢诅咒自己，便用黑油彩在画面上涂抹起来，女人和四个血葫芦不见了，整个画面犹如布满了黑云。在《神话》里，每当黑云密布时黑魔就会出现，望着不可思议的画面，我更惆怅了，总觉得自己在召唤魔鬼，耳畔甚至回荡起尼采的心声：“接受我的敬意吧，魔鬼们！”我在心里不断地重复着这句话，竟然情不自禁地油然而生使命感。我仿佛沉醉了，却被一声炸雷吓了一跳，随着这声惊雷，窗外下起了瓢泼大雨，我下意识地摇了摇头，扔掉手中的画笔，走到饮水机前给自己接了一杯冰水，一边喝一边想，《神话》这本书我看到哪儿了？对了，灵风该出发去寻找世外桃源了。

从船上下来的正是狼王和他的几十名手下以及法慧和他的十几名弟子。英桃落见狼王的形象怪异甚至是恐惧，她紧贴在灵风的怀中。“楚雅，来的是什么人？”灵风紧锁眉头警觉地问道。“别怕，他是兽神狼王，是兽界的界尊，他来一定是为灭魔之事。”楚雅目中熠熠闪光沉吟道。众人热情地迎上前去。“狼王远道而来，不知到夜山有何贵干？”灵风抱拳拱手问道。“敢问少侠就是夜山山主人神灵风吧？”狼王抱拳还礼客气地问道。“正是，这两位是我的朋友雨神楚雅和雪神辞颂。”灵风从容答道。楚雅和辞颂向狼王抱了抱拳。“果然是气度非凡，少侠，这桃花般的仙女可是……”狼王一边向楚雅和辞颂抱拳还礼一边问道。“这位是桃源源主英仓建之女，我的妻子英桃落。”灵风脸上红晕一闪剑眉轻挑脱口说道。“果然是天作之合，既然有桃落公主协助，灭魔就又添了一份力量。”狼王欣然道。“看来狼王是为黑魔而来，敢问这位大师是……”灵风见法慧虽仙风道骨却沉默不语，便微笑着问道。“噢，这位是须弥国大国师，我的师弟，法慧。”狼王把法慧让到前面，法慧抱拳施礼道：“久仰人神、雨神、雪神威名，今日得见，三生有幸啊！”“大国师太客气了，”灵风手一让微笑道，“请上山吧！”众人随灵风缓步上山到聚义堂议事，夜山的剑士们列队欢迎，个个是威风凛凛，气宇轩昂。聚义堂之上，众人席地而坐，灵风拿出百年玫酒招待客人。“少侠，如果没有狼王助我，我是万万找不到夜山的。”法慧颇为感慨地苦笑道，“我这次来肩负着须弥国国王唐宗的重要使命，我们人类就要生灵涂炭了，少侠是人神，还望少侠出面救人类于水火呀！”“大师言重了，铲除黑魔为我父母报仇，救人类于水火是在下义不容辞的责任，只是这去桃源的路太难找了，当年我母亲英晒走出桃源后就再也没找到回去的路。”灵风不无惆怅地叹道。“少侠有女娲娘娘传下的宝典《光阴真经》，又有桃落公主和雨神、雪神相助，相信我们会找到桃源的，只是……”法慧愁容满面地迟疑道。“只是什么？”灵风凛然问道。“只是一旦找到世外桃源，我担心能否战胜魔头，铲除魔患啊！此次我和狼王拜山叨扰，就是想商议出一个万全之策呀！”法慧忧心忡忡地长叹道。“二十年前，我和辞颂与黑魔交过手，那恶魔的确不好对付，不过，大国师有所不知，灵风手中的光明之剑是女娲娘娘传下来斩妖除魔的神剑，能否打败恶魔的关键不在恶魔，而在于人类本身。如今世界人类犹如一盘散沙，争名夺利，尔虞我诈，巧取豪夺，称王称霸，人类的许多厄运都是由于贪婪造成的。这一点正是黑魔猖狂的源泉。”楚雅一针见血地痛陈人类弊端。“雨神说得极是，但是黑魔不仅仅是人类的敌人，也是我们神兽两界的大敌。我和法慧这次来的目的就是要团结神、人、兽三界的力量消灭黑魔，捣毁魔窟，将黑势力重新赶到黑暗中去。”狼王掷地有声地愤然道。“狼兄说得极是，现在时局凶多吉少，令人忧心如焚。眼见东方黑云四起，光明正一点点被黑暗吞噬，我们必须马上采取行动。”辞颂忽地站起身恶狠狠地说道。“既然东方黑云四起，想必桃源就在东方，因为自从黑魔占领桃源后，山上的桃花也变成了黑色，终日黑雾缭绕。”桃落插嘴嗔道。“落儿说得有道理，只要我们将须弥国、逍遥国、春秋国、圣母国、星月国联合起来，再加上狼王的帮助，相信我们一定能战胜恶魔。”灵风信心十足地说道。“少侠说得太好了，只是眼下圣母国以星月国正在研制的火弹威胁圣母国安全为由，要先发制人，正在准备沙漠风暴行动，侵略星月国，两国剑拔弩张，一触即发呀！”法慧忧郁地叹道。“大国师，您德高望重，由您出面讲清道理，相信他们会在乎的。”灵风抱拳说道。“眼下最重要的有两件事，一是说服各国联合抗魔，二是设法找到世外桃源，也就是攻打魔窟的路线。”狼王沉思片刻瞿然开目道。“我同意狼王的看法，我建议我们兵分两路，大国师和狼王去说服各国联合抗魔，我和桃落、楚雅、辞颂寻找去桃源的路线。”灵风沉稳地说道。“那我们怎么联系呢？”法慧幽幽问道。“我想黑魔不会让我们顺利联络的，一路上会艰险重重，只有走一步看一步了。”楚雅肃然道。“不过，我们会用狼嚎声和你们联系，你们就放心吧，我们兽界会全兽皆兵的。”狼王坦诚地笑道。众人商议到午夜，才去休息。灵风和桃落睡不着，两个人依偎在日月亭里听血海的涛声。“风哥，听说这血海是姑姑的血流成的。”桃落含情脉脉地凝视着灵风清艳动人。一句话触动灵风幽幽心事，往事如潮，涌上心头。“对，也不知何时能报了爹娘的血海深仇！”灵风仰面望了望夜空，微弱的星光暗淡而遥远……“风哥，我真不敢想象我们的未来，我不敢想战争结束后我们会是什么样子。”“落儿，无论发生什么事，我们都不会分开，我会用爱保护你，用生命保护你。”英桃落感动地依偎在灵风的怀里，眼泪打湿了他的白袍。“风哥，也不知道我爹我娘和哥哥怎么样了？”月光如水，轻轻照下，映得桃落的脸庞凄然而美丽。“无论怎么样，我都要救出他们。”灵风决然道。“如果他们被害死了呢？”桃落话一出口，眼泪又像走珠一样滚落下来。“我会用我的生命唤醒他们！”灵风用袍袖一边为桃落拭泪一边低吟道。因为灵风是人神，他可以用自己的生命去唤醒凡人的生命，但是代价是失去自己的生命，灵魂升入天堂。灵风这么说，就等于自己下决心用生命去拯救桃源，去拯救人类。英桃落已经是泪流满面，前面是凶多吉少，她不愿意失去心爱的人。“风哥，你要保护好自己，我真承受不了失去你！”英桃落的话深深刺痛了灵风的心，他在梦中不止一次地梦见桃落，他知道桃落是他一生的爱。这种爱才刚刚开始，就要接受生死的考验，这真是太残酷了。“落儿，这是一场圣战，我们都要做好牺牲的准备。不过，女娲娘娘、天父地母和我爹娘在天堂会保佑我们的，我是人神，人神必须胸怀苍生。”灵风用手抚摸着桃落飘着淡淡馨香的头发，深沉地说道。灵风的话让桃落震撼，她觉得自己只有刚强才配做人神的妻子。

第二天早晨，狼王和法慧向灵风、英桃落、楚雅和辞颂辞行。“朋友们，我们的时间不多了，还望大家抓紧行动，拯救人类的使命就靠我们了。”法慧说完向众人深鞠一躬。“大国师请放心，消灭黑魔是我们神、人、兽各界的共同使命，请大师和狼王上路吧！我安排完夜山的事马上就出发。”灵风抱拳拱手道。法慧第一站准备去春秋国，狼王并未与法慧一起走，他要回狼山安排一下，做好攻打魔窟的准备，然后再与法慧会合。狼王上了帆船按原路返回，帆船之上挂着一面大旗迎风猎猎飞舞，上面写着一个大大的“狼”字，十分醒目，一脸煞气的狼王站立船头显得十分威武。法慧大师向众人抱拳后飞身上了白马战神，众弟子也飞身上马，马蹄嘚嘚，身披斗篷的十几个身影不一会儿便消失在山林之中。

灵感来了挡都挡不住，我几乎以一天一幅的速度画完了三十幅插图，准备请文白从中选出十幅。这期间我没有和他联系，之所以这么做，是为了画作完成后给他一个惊喜。当然，他也没敢打扰我。在我的印象里，顾文白是第一位强调创造就是澄清心灵图景的作家。这也是他的唯心现实主义的立足点。基于顾文白的理念，我画的插图并没有按照《神话》的情节画，而是按照我看完《神话》后内心所呈现的心灵图景来画的。每一幅画面都充斥着神秘的象征色彩和神话传说的邈远情调，追求天人合一的原始性，力求反映生命本真的东西。我感觉为《神话》配插图不仅是灵魂的解脱也是灵魂的升华，我就在这种解脱与升华中涅槃了。不知为什么，我在完成三十幅插图后，心情格外轻松，感觉自己的灵魂终于可以安心地在爱与美中自娱一番了，便情不自禁地想起了顾文白在他的长篇小说《历史》中的一句话："生活就是奔赴审判。"这句发自火焰的金石之言让我对顾文白的深刻有了进一步的认识。我感觉灵风的形象一直存在于顾文白的思想中，不仅常驻，而且随时被更新。正如英桃落的形象始终在我的梦中一样。我断定，《神话》中的一些暗示不仅隐含着顾文白的思想，而且联系着历史和现实的真正本质。别看他躲在慈恩寺的僧客楼里像个世外的隐士，其实他狡黠地一丝不苟地注视着整个世界。表面上看，顾文白把杰出的原创性极强烈地表现在他笔下的人物身上，其实这些人物发出的声音都是他自己的声音。在畅饮《神话》语言的独特甘醴时，我突然听到了顾文白的这种声音，它不是来自远方，而是来自我的内心深处，犹如魔鬼般的呼唤，抑或是来自深渊的呼救，这是心灵的共鸣吗？在幻觉中，我似乎看见了他被现实抛到他自己心境的苦难深渊，他站在窗前，望着时代的旌幡迎风招展，从手中放下古琴，泪眼潸潸地说："如果连死路都堵死了，那么只有拼命地活！"天哪，这是幻觉吗？我怎么感觉幻觉中隐含着幻觉！这种幻觉很扫兴，让我心里有一种莫名其妙的不安。脑海中始终浮现着四个血葫芦，我心想，见到文白后我一定将那天在医院里听到的事情告诉他，说不定可以成为他下一部小说的素材。这么想着，我竟情不自禁地拿出自己的手机调出顾文白的号码，拨了过去，心想，如果他得知我为《神话》画了三十幅插图，指不定会多高兴呢，可是他的手机竟然关机，真扫兴，也难怪，已经是晚上八点多了，这个时间正是他的创作时间，我估计现在他正躲在慈恩寺僧客楼的工作室里奋笔疾书呢，怕别人打扰，所以关掉了手机。既然如此就不打扰他了，等明天他在家里睡足了觉再给他打电话，到时候他一定兴奋得恨不得飞到我的画室。我要将画室好好布置一番，我到他的工作室时，他用古琴曲《高山流水》迎接我，我也不能让他小看了我，当他走进我的画室时，我要让他感觉走进了一座艺术殿堂，为此，我将我最得意的作品全都挂在了墙上。我自己欣赏一番后，觉得无可挑剔了，才美滋滋地离开了画室。我的画室在北郊，我的别墅在南郊，回家时刚好要穿过东州城。郊外的夏夜，幽静极了，上车前我情不自禁地望了一眼天空，真可谓是繁星似锦，在市中心根本不可能看到这么多闪闪烁烁的星星。突然，一颗流星拖着长长的尾巴，无声无息地从夜空中坠落了，紧接着又连坠了三颗，起初我以为自己幸运地撞上流星雨了呢，可是等了半天，没再看见一颗流星坠落，好奇怪呀，怎么刚好是四颗？我的脑海中一下子就浮现出四个血葫芦，原本兴奋的心情一下子抑郁起来，我心烦意乱地钻进车里。一边开车一边胡思乱想，本来往家开，却鬼使神差地开到了市妇婴医院。医院里阴森森的，楼上每个窗子的灯光都没精打采地亮着，医院大门前停着五六辆车，车灯像鬼火一样不停地闪烁着，四周三五成群的百姓似乎在议论着什么，看样子是医院出事了，莫非真被那个和我一起打点滴的中年男人言中了？我赶紧把车停在路旁，下车装作散步的闲人凑到一伙人旁边静听，一位六十多岁的大妈无奈地说：“真是太惨了，简直就是作孽啊！”另一个四十多岁的中年妇女诅咒道：“早晚会遭报应的！”站在中年妇女对面的一位白胡子老头说：“大妹子，你太天真了，权力掌握在人家手里，人家要风得风，要雨得雨，你见他们什么时候遭过报应？远的不说，医院里一下子死了二十多个孩子，孩子的父母和亲人闹了那么长时间，报纸上连个影子都没报道过，我天天听半导体里的新闻，天天讲的都是和谐，就好像死孩子的事根本没有发生似的，连天理都长着一双势利眼，老百姓要讨公道谈何容易啊!”老者的话让我心里咯噔一下，我脑海中浮现出的不再是四个血葫芦，而是漫天的繁星都变成了血葫芦。心想，老天爷呀，怎么会发生这么悲惨的事情呢？这时站在大妈身边的一位胖男人气呼呼地说：“我小舅子在报社当记者，本来这件事是可以见报的，可是省里市里的头头都开会不让报，记者也没有办法呀!”中年妇女愤愤不平地说：“不是还有网络吗?”胖男人用悲凉的语气说：“那些死婴的父母都被控制了，怕是连上网的机会都没有，即使有也别想发出去，即便发出去了，你也别想打开网页，不瞒你们说，我小舅子一直想报道这件事，不仅遭到了跟踪，而且连电话也被监听了。”胖男人正说着，突然转身就走，大家正在纳闷时，发现一辆警车闪着警灯向人群开了过来，众人只好悻悻地散去，我也满怀凄凉地回到自己的车上。我感觉自己胸闷极了，真想找一个人好好聊聊，可是找谁聊呢？我拿出手机下意识地拨了顾文白的手机号，还是关机，我心想，这件事我一定要让他写进小说里，他曾经在政治风暴的核心砥砺过，一定知道伸向婴儿的黑手是什么，也知道这只罪恶的黑手是怎样伸向孩子的，在我心里，顾文白似乎可以知道“风月宝鉴”后面的任何秘密，只要他想知道，他就能知道，因为他太了解那只宛若黑魔般的黑手了，他曾经是那只黑手的帮凶，后来被那只黑手抛弃了，成了牺牲品，如今他表面上像个与世无争的隐士，其实自从他觉醒那天开始，他心里就一直是一个与魔抗争的战士。或许，死婴事件他已经知晓，正躲在书斋里奋笔疾书呢！如果他将这件事写成了小说，我一定要为这部小说配插图，否则我无法排解掉时不时浮现在我脑海中的四个血葫芦。我坐在车里静静地观察着那些车，那些车时不时地就开向聚在医院四周闲聊的人群，目的很明确，冲散人群，不让他们聚在一起。看到这种情景我突然领悟了顾文白在《神话》中设计一个黑魔的良苦用心，特别是黑魔将魔窟选在了世外桃源，简直深刻极了。起初我以为黑魔就是顾文白的心魔外化，其实这是我对《神话》的误读。医院门前闪烁的警灯透出一种森严的死寂，莫非黑魔就藏在那红蓝相间的强光中？就在我陷入沉思之际，一辆车“嘎嘎”地叫了两声，闪着灯向我开来，一阵莫名的恐惧顿时袭向我的心头，我赶紧给车打着火，猛踩油门离开了市妇婴医院，但车一直跟了三个红绿灯后才转了回去。我惊出一身冷汗，怎么也想不明白，它为什么跟踪我。我一边开车一边悲愤地想，难道那二十多个孩子真的就这么白白地死了吗？那些手握重权的人为什么害怕曝光这件事？这里面一定有不可告人的秘密，到底会是些什么秘密呢？只好等到明天见到顾文白再说了，到时候我一定要让他帮我分析分析，黑魔为什么连婴儿都不放过！这么想着，我竟情不自禁地流出了眼泪，我抽出一张纸巾，一边擦泪一边想，还是尼采说得对："如果你长久地凝望一个深渊，它便也凝望着你了。"

由于死婴事件闹得我天亮时才睡着，一觉竟然睡到了下午两点，起床后简单吃了点东西，便给顾文白打手机，还是关机，我只好往他家打电话，竟然无人接听。这个工作狂，还真把自己置身世外了。莫非又开始创作新作品了？《神话》才完成两个多月，怎么又有新的灵感了？这么写下去，身体怎么受得了？张欣也是，丈夫这么玩命也不心疼，万一病倒了，看她到哪儿去买后悔药！我可是痛失过丈夫的人，失夫之痛可不是一般女人能承受得了的，当然，前提是要有真爱！说句心里话，到现在我都害怕整理丈夫的遗物，害怕看他的日记，那段痛不欲生的日子，让我深深体会到李清照"凄凄惨惨戚戚"词中所蕴含的复杂情感，根本不是"怎一个愁字了得"，而是"怎一个痛字了得"啊！不行，见了文白，我要劝劝他，没有好的身体，一切都无从谈起。但是我也能理解顾文白的执着，我在画画时何尝不是像着了魔似的无所顾忌，恨不得将生命的本质画个透彻。我和文白之所以互为知音，是因为我们都属于普罗米修斯的同类，激烈地突破自我，造反似的突破各种形式、突破生活的边界，仿佛有一种超我的力量一直在操控着我们，正如歌德所言："每一种最高级的创造性，每一种重要的构想……都不是在任何人的控制之中，它凌驾于一切尘世势力之上。"顾文白是一个挣脱了束缚的人，一个在常人眼里拥有魔性的人，他允许自己的心魔凌驾于尘世势力之上，但不允许凌驾于自己之上，因此他和自己伟大的对手——心魔不屈不挠地斗争着，令我骚动不安的是，我担心这种斗争的悲剧趋向，因为顾文白是个永不屈服的人，不做心魔的奴仆，就只能做心魔的主人，然而心魔是创造之母，又岂能是被轻易征服得了的？于是斗争就会进入白热化，那么与魔争斗的人，其身上的魔性就越来越浓，除非你掌控了魔的方向，否则必落入魔的深渊。通过阅读《神话》，我感觉顾文白已经站在了深渊的边缘，不行，我不能眼睁睁地看他跳下去，我收拾好三十幅插图，简单梳妆一番，开车直奔西山慈恩寺。一路上我都在想，见了文白一定要好好和他商量商量，一定要将“死婴事件”通过某种形式发布出去，市里省里的记者不作为，我就不相信国家级媒体也不作为，只要引起全国媒体的关注，真相总会大白于天下的。这么一想，原本沮丧的心情舒缓了许多。我听文白讲过，慈恩寺的灵宣住持并不强调烧香拜佛，他认为，佛教的本质是放下名利是非，追求内心的宁静，并不是烧香拜佛。我觉得慈恩寺的确营造了这份宁静。车至山脚，便见几间黛瓦黄墙飞檐斗拱的殿堂掩映在繁花古木之中，弃车而步行至半山腰，近处层层叠叠、郁郁葱葱，不时露出寺庙飞檐的一角；放眼望去，滚滚滔滔的黑水河映入眼帘，河对面就是红尘中高楼林立的东州古城。我一边走一边想，见到文白后一定要请他为我引见一下灵宣住持，在这个欲望横流的浮华世界中，佛教早就被人间烟火熏变了味，难得还有这么一位能守住内心宁静、守住佛教本质并且酷爱文学艺术的大德高僧，不被红尘中的功名利禄所扰，这可真是佛教之幸，善男信女之幸，更是顾文白之幸。不知不觉间，眼前闪现一块“为善最美”的石碑，不远处就是僧客楼了，古木浓荫中，鸟鸣啾啾，我似乎又听到了悠悠古琴声，我迫不及待地加快了脚步，上了僧客楼的二楼，迎面碰上一位年轻的和尚，看样子像是打扫房间的，我略有些气喘地问：“请问师傅，顾先生在工作室吗？”年轻和尚双手合十温和地说：“顾施主有半个多月没来了。”我吃惊地问：“为什么？”和尚腼腆地说：“不太清楚。”我像突然迷失了方向似的，觉得头有些眩晕，我定了定神，用请求的口吻说：“师傅，顾文白是灵宣住持的好朋友，既然他已经有半个多月没来耕香斋了，我想灵宣住持一定知道原因，我是顾文白的好朋友，能不能帮我引见一下灵宣住持，我想了解一下顾文白为什么这么长时间没来工作室。”和尚双手合十用抱歉的口吻说：“对不起，女施主，灵宣住持参加佛教文化交流团去日本了，走了也有半个多月了，估计需要半个多月才能回来。”我一听就感觉从头到脚被浇了盆冷水似的，心中油然而生一种不祥的预感。告别和尚，我一边往山下走一边说服自己，会不会是和张欣到哪儿旅游休假去了？不然家里怎么会没有人接电话呢？不对，去外地旅游休假也用不着关掉手机呀，再说，以我对顾文白的了解，走之前他一定会告诉我一声的，至少要发个邮件给我，怎么也不会不辞而别的。我越想越觉得蹊跷，回到车上，一张一张地看着自己精心创作的插图，脑海中顿时浮现出灵风在葵卯河里和楚雅、辞颂率领众剑士与恶浪搏斗时的情景，我甚至听到了英桃落失魂落魄的尖叫声。

灵风、桃落、楚雅、辞颂率领一百多名夜山剑士，都是百里挑一的勇士，拜别夜山父老乡亲，踏着露水向东方出发了。早晨出发时天空便阴暗起来，乌黑的云团，就像一群群奇形怪状的异兽，在高高的天空中飞驰着，一直跟随着灵风等人，没有一丝微风，空气沉闷得让人透不过气来，一切树木的枝叶，都无声地低垂着一动也不动，好像死去一般。大家的心情也像这天气一样非常沉重，起初是连绵起伏的山路，走了几十里，山路变成了一条弯弯曲曲难以攀登的羊肠小道，他们沿着这小道登上一座陡峭的岩峰，前面一条宽阔的大河波涛滚滚地拦住了去路。“风哥，我从桃源逃到夜山，从未遇到过这条大河。”桃落闪烁着湖水般的大眼睛疑惑地说道。灵风站在岩峰上远眺，脚下的小路像一条细长的带子沿着大河蜿蜒伸向东方。“我在《光阴真经》上看过，这条大河叫葵卯河，我们沿河往东走就没错。”灵风自言自语道。众人随着灵风继续前行。“灵风，我们好像出了夜山地界，这条大河一直往东流，我们不如搭几条大木筏，顺河而下，这样走起来更快一些。”楚雅挥舞着手说道。“楚雅的主意不错，灵风，你们歇一会儿，我带剑士们上山伐木造筏。”辞颂兴奋地说道。“既然这样，大家也累了，不如就地休息，”灵风淡淡一笑说道，“楚雅，你去弄点柴来，我去打水，落儿，你给大家弄点吃的，我们吃饱喝足，坐木筏顺河而下，这样又快又省力，大家分头行动吧。”大木筏很快就造好了，众人吃过饭后，灵风命令剑士们将五条大木筏抬入水中，众人分别上了木筏，楚雅和辞颂在不同的木筏上，慢慢点着篙撑开木筏，河水静静地流着，一点也不关心大木筏上的人，更不关心周围的一切，死一样寂静地流着，充满了诱人的神秘和恐怖。天色阴沉，河水暗淡，高峡之间，暮云茫茫，那些挺拔多姿的峰峦，像许多站着、蹲着、坐着的巨人，在云缠雾裹中沉思冥想，相互低声细谈着大木筏上神秘的人们。而河水不肯停留片刻，死寂而又焦急地向前奔涌，仿佛要逃离后面的追捕。望着弥漫着淡淡黑雾的河水，桃落突然有一种莫名的恐惧袭上心头。“风哥，我觉得这河水有一些怪异!”桃落话音未落，葵卯河瞬间变成了一条黑水河。那河水乌黑恐怖，掀起的巨浪一个接一个，雪崩似的重叠起来，卷起巨大的旋涡，狂怒地冲击着大木筏，浪头之上酷似一条条黑龙，发出哇哇的响声，好像不把大木筏上的人撕烂，咬碎，是绝不罢休的！灵风暗自叫苦道：“不好，这河水好像施了魔咒。”黑色的巨浪一浪接一浪施展出巨大的淫威，袭向大木筏，大木筏一会儿被推到浪尖，一会儿被摔入谷底，几名剑士被掀入黑色旋涡中不知生死。“楚雅，赶紧靠岸!”灵风紧紧护住桃落高声喝道。楚雅、辞颂和众剑士奋力撑篙，眼看大木筏就要散架了，几十只恶禽玄冥鸟突然从山后面腾起，黑压压卷着黑云向大木筏频繁发起了攻击。这些巨大而恐怖的恶禽锐啸着，哀鸣着，嘶吼着，疯狂而凶猛地向大木筏俯冲，一个剑士被一只玄冥鸟的利爪抓起飞向空中，那剑士奋力将宝剑插入恶禽咽喉，大鸟一声凄厉的哀鸣松开利爪，与剑士一起坠入滔滔大河的黑旋涡之中。此时，河面上狂风怒卷，恶浪排空。河水在呜咽，在怒吼，宛如无数的黑龙在疯狂地咆哮。他们互相冲撞着、拥挤着、旋转着，陡然蹿出水面，排山倒海般砸向大木筏，然后如同一大群原始部落的野人耸起黑色的身躯，放浪形骸地扭动着四肢，围着几条大木筏仿佛在举行盛大的魔祭，跳着疯狂、野蛮、贪婪、丑陋的舞蹈。灵风一手护着桃落，一手挥舞着光阴之剑与恶禽进行着惊心动魄的格斗，楚雅也是一手撑篙，一手用闪电之剑奋力搏杀。辞颂不愧是雪神，眼看着大木筏靠不了岸，只见他一边撑篙一边口诵法咒，很快天空中就纷纷扬扬卷起了漫天大雪，好像捣碎了一个水晶世界，银屑玉粉般飘落下来，大雪张牙舞爪地肆意在这排山倒海的巨浪中奔腾、飞扬、咆哮，仿佛在与河水中的无数黑龙进行着殊死搏斗，很快无数蹿起的浪头被冻成了一块块冰块，漂浮在河面上的冰块互相冲撞着像驯服野马一样将翻腾呼啸的河水驯服，不一会儿葵卯河开始大面积冻结，众人赶紧踏冰上岸。灵风、楚雅、辞颂和几个灵力强的剑士凌空而起，与几十只恶禽展开殊死搏斗。光阴之剑剑芒闪过几只恶禽应声而落，闪电之剑电闪雷鸣，电闪处，恶禽被劈得粉身碎骨。辞颂的宽带犹如钢鞭，将恶禽的龙头击得粉碎，玄冥鸟知难而退，哀鸣着向远方逃去。“楚雅、辞颂，看来我们的行踪被黑魔发现了，这一路上会有千难万险，希望大家多加小心!”灵风凝眉言道。剑士们没想到刚踏上征程就遭遇如此凶险，一个个心中都是混沌一片。大家退敌之后，有些筋疲力尽，都坐在雪地上歇息。“辞颂，将凝雪咒收起吧!”灵风望着仍然漫天飘落的大雪徐徐道。辞颂掐指默念几句，然后大手一挥，洁白世界顿时恢复原样，葵卯河就像缎子一样平滑而柔润，平静地向前流去，刚才的嚣张气焰荡然无存。“走吧，这是个是非之地，我们赶紧离开。”灵风望了一眼犬牙似的群峰，扶起懒懒地坐在一块石头上的桃落缓缓道。“灵风，不能再沿着葵卯河走了，得另辟蹊径。”楚雅瞟了一眼日头喟然道。“这里千岩万壑，重峦叠嶂，只有沿河这一条羊肠小路，还是往前走走再说吧。”辞颂沉吟半晌叹道。众人继续前行。大约走了一个时辰，一座大山挡住去路，众人只好往山上爬，爬到半山腰时，桃落兴奋地叫道：“风哥，前边有一个大山洞。”剑士们见了山洞也都很兴奋，人人都像落汤鸡似的，巴不得在山洞里暖和暖和。“我们到这里休息一下吧，我们的衣服都湿了，可以在里边烤烤火。”桃落声音带着恳求言道。“好吧，我看天色已晚，我们就在这里过夜吧。”灵风吩咐道。众人很赞同，便鱼贯而入。灵风让几名剑士捡木柴生火，火光照亮了整个山洞。这个山洞巨大无比，仿佛是一个国都的宫殿一样。在这个巨大的山洞中有两排老态龙钟的大树整齐地排列着，这些大树青枝绿叶，亭亭如盖，并且还悬垂着潇洒的长长的胡须，中间像是皇帝宝座的位子长着一棵巨大无比像是坐着的神树，这种树谁也没见过，只有灵风在《光阴真经》上看见过。“风哥，这棵大树是什么树，好威严啊!”桃落好奇地问道。“这是寅树，他们的祖先与女娲齐名。”灵风望着寅树沉思道。正当剑士们对这些奇异的大树议论纷纷之时，仿佛两排的大树也互相交谈了起来，只是谁也听不懂他们的语言，叽叽喳喳一阵子后，坐在宝座上的老寅树用沙哑的声音说话了。“欢迎大家来到森林国国都寅山，人类称寅山为太极山，这里有金木水火土五大山峰，我是森林国国王寅瑶。请问，你们是什么人？来我们森林国有何贵干？”老寅树说的话众人都能听懂，众人无不惊奇于这些老树会说话。同时，这些老树盘根错节，张牙舞爪的怪吓人的。“你们这些树不长在山上，为什么长在洞中？”桃落忽闪着热忱而机灵的大眼睛，好奇地问道。“小姑娘，你见过哪个国的国王不坐在宫殿里，而是天天在外面溜达?!”老寅树哈哈大笑着说道。灵风心想，这些大树不知修炼了几千年，已经成精，他们不仅具有了灵性，而且已经具有了人性。严格来说，他们也属于神界的一员，绝不可等闲视之。于是灵风深施一礼恭谨地说道：“对不起，寅瑶陛下，我是夜山的灵风，这两位是雨神楚雅、雪神辞颂，这位姑娘是我的妻子英桃落。”“英桃落？想必姑娘就是世外桃源源主英仓建的女儿？灵风，你不是孤寂和英晒的儿子嘛！你父母还是我的老朋友呢！当年孤寂和英晒寻找世外桃源在我这儿歇过脚，你们夜山的玫酒很好喝呀！”老寅树像遇到久别重逢的朋友一样爽朗地说道。“寅瑶陛下，你既然和我父母是朋友，又知道桃源源主英仓建，想必知道去桃源的路，还望您多加指点。”灵风诚恳地说道。“灵风，天下所有的树木都归我森林国管辖，唯独这桃源的桃树除外。因为它是女娲娘娘种植，而且桃源在世外，这世外其实是飘忽不定的，生活在桃源的人浑然不知他们身处世外，他们善良纯朴，怡然自得，更不知还有世内的世界，可是世内的人只有在人神的引导下，才有可能找到世外，不过，人神要经过女娲布下的重重关碍，磨炼得无欲无求，才有希望找到世外桃源。当年，你母亲思乡心切，也没能找到故乡啊！”“可是，寅瑶陛下，桃源如今已经变成了魔窟，我是人神，我有责任拯救桃源呀！”“桃源虽不归我森林国管辖，但桃树毕竟是我们的同类，我们有责任救出那些被凌辱的桃林，灵风，你们不能再顺葵卯河漂流了，前方也无路可去。我建议你们翻过寅山，一直向黑云聚集的方向走，哪里黑云聚集得越多，哪里就是魔窟。好吧，我送你们上路。”说完，老寅树站起来向洞口走去，其行若人，众树也一起站起向洞口走去，洞内大大小小的树皆若人形，他们一边拱手相送，一边说着一路顺风的祝福话，老寅树抬起一枝宛若举手的树干，将灵风等人托起，大树越长越高，直长到能把灵风等人送到最高峰。众人站在山顶向森林国国王告辞，沿着往山下的一条小路继续前行。

世外桃源从前是仙桃常结果，修竹每留云，如今再也没有了芬芳四野、怡然自得的景象，取而代之的是黑云遮日，怪兽如林。黑压压的手持长矛的魔兵，原本是桃源善良纯朴的山民，现在，他们的心智已经被黑魔的魔咒所控制，像傀儡一样绝对听从黑魔的命令。让这些善良的人变成恶魔去屠杀同类是黑魔的一大乐事。黑魔的野心极大，他要剥夺神、人、兽各界的欲望，哪里欲望横流，黑魔就对哪里垂涎三尺，因为欲望是黑魔增大魔力的唯一动力，黑魔的魔力越大，黑暗的力量就越大，黑魔的目标是让世界重新回到黑暗时代。黑魔仍然附体在英黄炎的肉躯上，但是气度不再是仙风道骨，而是狰狞凶恶。他在桃源不仅修建了巨大的地牢和军事工事，而且建立了怪兽军团、玄冥鸟军团和黑魔兵军团，其中，黑魔兵军团是由被魔咒控制了心智的桃源百姓组成的。怪兽军团和玄冥鸟军团是主要战斗军团，玄冥鸟军团还兼有侦察的任务。至此，桃源的百姓成了恶魔们的帮凶。而黑魔最得力的干将是极其凶残的东西南北中五大护法，也就是火魔、水魔、土魔、花魔和鬼魔，黑魔与外界的联系主要靠五魔。沧桑的桃源仙桃居已经成了黑魔的大殿，此时黑魔正在召开军事会议。大殿两侧黑压压站满了三大军团的头目。黑魔宝座旁的剑架上，横放着一把嗜血的魔剑，魔剑剑头上一双血红的眼睛放出红光。“诸位，我魔国的势力越来越大，发动圣战的时候到了。”黑魔阴冷地扫视一眼殿下的大小魔头凶残地说道。“魔尊，据可靠消息，夜山的灵风已经离开了夜山。”玄冥鸟军团头目恶毒的绿幽幽的小眼睛斜睨了一眼黑魔颤声说道。“这个娃娃是想替父母报仇啊！”黑魔突然哈哈大笑，然后倏然收住，恶狠狠地说道，“好，他一定是冲我们魔国来的，我命令怪兽军团和玄冥鸟军团火速出击拦截。”“魔尊，那个灵风甚是厉害，一把光阴之剑杀死了我们不少兄弟。他还有两个帮手，一个是雨神，一个是雪神。上次我们在葵卯河伤亡惨重，就败在了这两位天神手中。”玄冥鸟军团的头目低垂着肮脏的龙头说道。“想不到这两个浑蛋还在夜山，”黑魔揶揄地阴笑道，“他们可是我的老对手了，想当年，如果不是他们乱管闲事，我也不至于被孤寂伤了元气，不是还有个女的吗?”“是的，魔尊，”玄冥鸟军团头目一脸龌龊地说道，“那个女的就是从魔国逃走的英仓建的女儿英桃落，她已经嫁给灵风，并且怀了他的孽种。”“这就好办了，只要你们狠狠打击英桃落，搅乱灵风的心智，就会大大削弱他们的战斗力。不过，这次行动只准成功不许失败，否则我活剥了你们。”黑魔满脸阴笑地说道。“属下明白!”玄冥鸟军团头目龇牙咧嘴地颤声说道，然后和怪兽军团头目一起退下。黑魔兵军团的头目不是别人，正是英桃落的兄长英冰澈。英冰澈由于吃了黑桃花，他的心智已经被黑魔掌控，所以和傀儡一样，唯黑魔马首是瞻。“启禀魔尊，圣母国即将出兵攻打星月国，何不借圣母国国都空虚之际拿下它。”英冰澈谄媚地说道。“侄儿，看来你是进步了，这个主意甚好，叔父就命你密切监视圣母国的动态，一旦圣母国出兵，我们便一举攻下圣母国。哈哈哈……”黑魔装出英黄炎的样子一脸平和地说完，一扬黑袍，扬长而去。

现在看来，只好去张欣单位弄个明白了，张欣是新闻记者，相信她对死婴事件早就一清二楚了，一想到张欣的记者身份，我情不自禁地倒吸了口凉气，我断定顾文白一定知道死婴事件了，张欣是他的妻子，一定会在第一时间将这场灾难告诉丈夫的，而且以他们两口子的性格断不会对这件事袖手旁观，一定会设法弄个水落石出的。我之所以倒吸了口凉气，是因为上面不会不注意到这两口子的，说不定已经成了重点“封嘴”对象。果真如此，这两口子凶多吉少。更何况张欣本身就是个奇女子，在那场政治风暴突如其来的时候，顾文白突然失踪，当时的东州政坛可谓是血雨腥风，但是张欣相信自己的丈夫是清白的，一般的小女人吓也被吓坏了，可是张欣面对那么大的一场政治灾难不仅没胆怯，还明知山有虎偏向虎山行，由于没有任何一级组织向她告知丈夫“失踪”的原因，她虽然心知肚明，却偏偏装作什么也不知道，不仅向公安局报案说丈夫失踪了，而且还向上面要人，搞得上面没办法，只好请专案组出面向她解释顾文白“失踪”的原因。在我看来，张欣是个不信邪的女人，面对如此凄惨的死婴事件，尽管层层封堵消息，她也会想尽办法突破封堵的，何况她身边还有一位宁折不弯、面对体制毫不妥协的作家丈夫，这么一想，我对他俩就更担心了，特别是顾文白，别看他平时少言寡语的，又很少和世俗之人来往，其实他是个骨子里充满侠气的人，当然他身上的侠气并非侠客式的侠气，亦非武士式的侠气，而是一个殉道者的侠气，他会为作家的良知去受苦受难，会为自己的信仰和理想而任由权势摧毁。他曾不止一次地跟我说过，以前那个蝇营狗苟的小官僚早就死了，现在活在世上的顾文白是一个堂堂正正的人。当然他是一个被命运的箭矢伤害过的人，正因为如此，他才躲进自己的内心世界，在幻想的天空中遨游，以回避人间的丑恶和社会的冷酷。可是当他无处可躲的时候，他会瞬间变成一个勇士，会毫不犹豫地向着命运的暗礁跌跌撞撞地冲过去。这些年他那些撼人心魄的作品，搅得官场不得安宁。据说他是《内参》上的常客，是一些腐败分子的眼中钉肉中刺。正因为如此，一位评论家才幽默地说：“顾文白说得上是现在最有人气的作家之一，他的小说连续登上畅销书的排行榜，几乎创下了畅销小说的神话。短短几年时间里，他就写出了十多部小说，每一部都能引起社会的强烈反响。毫无疑问，顾文白是一位绝顶聪明的人。绝顶聪明的人干哪一行都会创造奇迹。其实顾文白本来并不是以写小说为业的，他大学毕业后就进入了政界，但是当他经历了一次政治的风暴之后，就绝然地从政界撤了出来，做起了职业作家。这似乎是上帝的安排，要让一位作家预先到政界闯荡一番，窃得政界的机密，然后以文学的方式泄露出去。上帝最后选中了顾文白来完成这一使命。”我断定，这位评论家也一定是古琴的爱好者，即使不是爱好者，也是欣赏者，而且也一定对《高山流水》情有独钟。只是我担心，向世人揭露死婴事件的黑幕，上帝也会选中顾文白。我脑海中已经浮现出一条在空中上下翻滚的黑龙，一个毫无准备地走向暴风骤雨的人，除了一个坚毅不屈的灵魂再无其他武器。老天爷，此时此刻，我多么期盼顾文白就是灵风，他手中的笔就是光阴之剑。可是这是怎样一个妄想啊！一想到顾文白和张欣的危险处境，我情不自禁地加快了车速。

当我走进东州报业大厦时，已经接近下班时间，新闻部的门开着，有七八位记者正在电脑前紧张地忙碌着，我轻轻地敲了敲门，有一位三十岁左右戴眼镜的女记者问我找谁，我礼貌地说，找张欣。“张欣”二字一出口，在场的七八位记者全都抬起头用异样的目光看着我，女记者用警觉的口吻问：“你是她什么人?”她如此问我，让我有一种如鲠在喉的感觉，我尽量用平和的语气说：“我是她的朋友。”女记者冲我露出意味深长的警告式的微笑说：“她已经一个多月没来上班了。”我吃惊地问：“为什么?”女记者冷漠地一笑说：“不清楚。”我对她冷冰冰的态度顿时警觉起来，不客气地问：“你们都是张欣的同事，怎么会不清楚呢?”女记者合抱双臂，细眉一挑，冷笑着说：“你是张欣的好朋友，不也是不清楚吗!”被她双臂挤压的双乳玲珑挺拔，仿佛怀抱两颗颤巍巍鲜嫩的果子。我听了她的话仿佛有什么东西突然被打碎了似的，对了，是冰块，我觉得自己就像一块被粉碎的冰块，理不直气不壮地说：“可你们毕竟和她朝夕相处啊!”女记者用阴风阳气的口吻说：“朝夕相处的夫妻还同床异梦呢，何况我们只是同事。”我着实被她气着了，感觉两个眼珠子像一对煤球似的燃烧起来，我提高声音，尖锐地问：“你这是怎么说话呢?”我话音刚落，突然闯进来一男一女，男的四十岁左右，中等身材，眉宇间紧锁着一个疙瘩，满脸欲哭无泪的表情；女的三十六七岁，憔悴的脸上一对红肿的眼睛透着痛不欲生的悲情，两个人一进门就冲着七八个记者质问道：“市妇婴医院出事了，你们知不知道?”女记者没好气地问：“你们是干什么的?”男人气冲冲地反问道：“你们是干什么的?”女记者像斗鸡似的昂起脸说：“明知故问，少在这儿无理取闹，你们是怎么进来的?”男人怒不可遏地说：“看来，你们还知道自己是记者，那么市妇婴死了那么多孩子，你们为什么不报道?”男人话一出口，女人顿时呜呜大哭了起来，她悲恸欲绝地哭诉道：“如果你们及时报道这件事，我们就不去市妇婴医院生孩子了，不去市妇婴医院，我的孩子就不会死。你们哪里知道，我有习惯性流产，为了保住这个孩子，我吃了多少苦啊，医生说，生下这个孩子我再也不能怀孕了，可是孩子生下来时还好好的，没过几个小时就被送进了抢救室，可怜我的儿呀，七窍流血死在了急救台上，我和丈夫找医院理论，他们竟然说孩子是正常死亡，你们给评评理，正常死亡能七窍流血吗？”说着说着已泣不成声。男人将悲恸欲绝的妻子揽在怀里，痛不欲生地吼道：“你们记者是干什么吃的，死了那么多孩子，你们为什么不报道？你们不是人民的喉舌吗？眼睁睁看着那么多孩子无辜地死去，你们竟然无动于衷，你们的良知都喂狗了吗？”一位三十多岁的男记者实在听不下去了，他呼地站起申辩道：“这位大哥，不是我们不报道，而是上面不让报道，我们的稿子早就写好了，可是……可是……”话没说完，他又长叹一声无奈地坐在了椅子上。男人不依不饶地吼道：“不就是那些贪官不让你们报道吗？不让报道你们就不报了？你们还有没有心肝，你们如此不作为，简直就是和那些贪官同流合污，腐败不可怕，可怕的是知识分子的良知烂了！”男人的最后一句话深深地刺痛了我，我刚想替这个可怜的夫妻说两句，突然闯进来十几个保安，不容分说就把夫妻俩带走了，男人几乎是被拖出去的，尽管如此，男人也没屈服，他嘴里不停地吼道：“多行不义必自毙！老天爷呀，救救孩子吧！”吼声振聋发聩，令人万箭穿心！这时男记者气呼呼地走到女记者面前质问道：“你为什么要叫保安？”女记者不以为然地说：“叫保安怎么了，你没看见他们无理取闹吗？”男记者气恼地说：“这两口子如此可怜，连向我们哭诉的机会你都不给，你不觉得太过分了吗？”女记者杏眼圆睁，毫无愧色地说：“我警告你，说话注意点，小心做第二个张欣！”她话一出口，我再也忍不住了，一步冲到女记者面前急切地问：“张欣怎么了？请告诉我张欣怎么了？”女记者斜睨了我一眼，不理不睬地走了。男记者用同情的口吻说：“你既然是张欣的好朋友，为什么不到她家看看呢？”我听了她的话如梦方醒，二话没说就离开了这个是非之地。走出报业大厦，我亲眼看见那一男一女像囚徒一样被塞进车带走了。一股巨大的悲凉从心头涌起，就仿佛塞进车的那一男一女不是别人，而是顾文白和张欣似的。我钻进车里，感觉自己像一摊炙热浓稠的泥浆拿不起个儿来，远去的笛声宛如来自地狱的笑声令人心惊胆战，我无助地坐在车里仿佛深陷地狱一般，此时此刻，我感觉无声的悲哀比有声的更深、更沉、更痛彻肺腑。不行，我必须马上找到顾文白和张欣。可是我突然意识到，我根本不知道他俩住在哪里，只好平静一下心情，给艺术圈、文学圈的朋友打电话，最后从一位市文联副主席那里终于打听清楚了顾文白家的住址，原来在黑水河畔的药王庙小区。挂断电话，我赶紧驱车前往，无奈正值下班高峰时间，车堵得厉害，想快也快不了，尽管我心急如焚，也只能随车流缓慢地往前挪。从男记者与女记者的对话中我知道张欣一定出事了，张欣是一个有良知的记者，面对令人肝肠寸断的死婴事件，她一定会深入虎穴、挺身调查，她的行为令那些躲在黑幕后面见不得光的黑魔非常恐惧，结果可想而知。张欣凶多吉少，那么顾文白呢？这个自以为离开体制就逃脱了魔的控制的人，面对妻子的困境会怎么办？我作为他的知音，深知他胸中封闭着炽烈的高傲，这种高傲一旦受到亵渎，他会以毁灭换取尊严。这个自以为通过创作可以解放自己的人，其实一刻都没有摆脱魔的控制，因为魔无处不在，哪怕你像纵身跃入万丈深渊一样投入自己的内心深处。此时此刻，我多么希望自己变成《神话》中的雨神或雪神去帮帮他，可是尽管灵风是他心灵幻化的人物，然而毕竟不是他，我当然不可能穿越到《神话》中，眼下我唯一能做的就是千方百计让车速快一点。红灯，又是红灯！血一样的红灯！这样的时刻，我迷茫的眼睛已经见不得红色，因为它条件反射地让我想起四个血淋淋的葫芦。一想起这个画面，我就感觉自己的内心承受着全部地狱的重负，两个乳房就像挂在胸前的两块顽石，坠得我身体前躬，喘不上气来，我尽力抬着头、昂着脸、瞪着眼看着血红的红灯，脑海中顿时浮现出这样的情景：医院的急救室里，二十多个七窍流血的死婴齐刷刷地摆成一排，一大群医护人员手忙脚乱地围着婴儿尸体打转，而此时此刻走廊里婴儿父母都还在焦急地等待着抢救结果，他们哪里知道，那些昨天还在襁褓中哭闹的婴儿，此刻都已经沉沉地睡去，并且永远也不会再睁开那还未来得及仔细打量这个魔幻世界的眼睛。很快，我的耳朵就听到了揪人心肺的哭喊声，肆意流淌的泪水在重重地撞击着那些刚刚成为母亲的心灵。我感到了一种万箭穿心般的痛，眼泪像断了线的珠子一样滚落下来。我觉得我开的不是车，而是一艘在海洋上漂荡的小船，可怕的是“我的船没有舵，它是由风来驱使的，而那风是从死亡的冷冻地区吹来的”。长久以来，这个画面就潜藏在我的脑海中，如今它终于显现了，我知道这个画面同样困扰过卡夫卡，正因为如此，他才借猎人格拉胡斯之口说，整个世界已成为黑暗的栖身地。我现在坐在车里和那个猎人躺在床板上在生死两界间漂泊有什么区别？其实顾文白借助灵风寻找的世外桃源不就是“黑森林”吗！此时此刻，我眼前似乎站满了成千上万的黑魔兵，只是与《神话》里的黑魔兵有所不同，他们全都戴着乌纱帽。在《神话》中给我印象最深的一句话是大国师法慧所言，他在春秋国大殿上揭穿黑魔使者英冰澈臭皮囊的身份后对宰相子路说：“宰相有所不知，此人的心智已经被黑魔的魔咒所控制，言行都不是自己的，已经成了地地道道的傀儡。”这句话之所以深刻，是因为我们就生活在魔幻世界中。

法慧率领传真等弟子星夜兼程，策马飞奔，长途跋涉一个多月才到达春秋国。春秋国的国都咸安城一派富贵风流景象，店铺通衢连巷，热闹非凡，什么肉肆铺、敷粉行、成衣行、玉石珠宝行、绸缎铺、纸行、海味鲜鱼行、靓汤店、药肆、浆洗店、酒楼……真可谓是车水马龙人潮如涌，红男绿女万头攒动。春秋国在诸国中国土面积最大，人口最多。泱泱大国崇尚礼教，国王圣孔以盛世自居，却非常柔弱，此时圣孔还没有意识到魔窟的魔影已经鬼魅般地笼罩了人类世界。法慧率领弟子们登上春秋国大殿台阶时，春秋国的宰相子路正在恭送魔国的使者。这使者不是别人，正是世外桃源少源主英冰澈。法慧在大殿前的台阶上偶遇英冰澈，一眼就看出此人被魔咒控制了心智，观此人剑眉虎目，一副英雄形象，身上隐隐却有魔气蒸腾。“法慧大国师，我来介绍一下，这位是魔国使者英冰澈先生。”子路满脸堆笑地引见道。“英冰澈？英冰澈是世外桃源的少源主，老源主英仓建的长子，怎么可能充当黑魔的使者？我看这位使者不过是被黑魔所控的臭皮囊而已，他本人是谁连他自己也不清楚了，真可笑，你人不人魔不魔的也能当使者？”法慧冷冷地揶揄道。“子路宰相，是谁活得不耐烦了，敢对魔国使者口出不逊。”英冰澈听了法慧的话非常气愤，他愤愤地说道。“尊敬的魔国使者，这位是须弥国大国师法慧，误会了！误会了！”子路急忙打圆场说道。“久闻法慧大国师很有点法力，今天我这个臭皮囊就试试大国师的本事吧。”英冰澈阴冷地笑道。说时迟，那时快，英冰澈一挥手一只巨大的玄冥鸟一声锐啸从空中俯冲下来直逼法慧，法慧侧身闪过，恶禽扑空，它腾空而起向法慧再次扑来。法慧不慌不忙等恶禽即将扑向自己时，手持狼头禅杖一杖打在恶禽的龙头上，恶禽一声惨叫摔落在石板上，化成了一摊黑水。场面惊心动魄，英冰澈阴冷的眼中露出震撼。这时，春秋国御林军黑压压冲到大殿广场上，戈戟顿时紧张碰响，头盔红缨攒动，一双双眼睛虎视眈眈，气氛紧张得像要绷断，一触即发。“臭皮囊，还不快滚，回去告诉黑魔，多行不义必自毙。”法慧看了一眼英冰澈冷冷地说道。英冰澈知道此地不可久留，此时又有一只恶禽哀鸣着在空中盘旋，他一挥手，那只巨大的玄冥鸟俯冲下来掠地而起，英冰澈飞身坐在恶禽身上，向远方飞去。“法慧，你们就等着魔尊的严惩吧！”英冰澈在空中远远地抛下一句狠话。“让大国师受惊了！大国师为何说魔国使者是臭皮囊呢？”子路赶紧抱拳施礼满脸堆笑地问道。“宰相有所不知，此人的心智已经被黑魔的魔咒所控制，言行都不是自己的，已经成了地地道道的傀儡。”法慧肃然道。“何以见得？”子路惊诧地问道。法慧将狼王送给他的狼头禅杖往地上一戳，狼嘴中的水晶球立即旋转起来，不一会儿就看见英冰澈的心中一条小恶龙正张牙舞爪地上下翻腾。“法慧大国师，我们国王已经同意与魔国建交了，想不到魔国的人都是些妖精。来来来，大国师与本相一起去见国王吧！”子路一脸阴霾地失色道。子路牵着法慧的手，一起走进大殿。圣孔端坐在宝座上，仪态万千，两侧站满了文武百官。“大国师，你们须弥国的唐宗国王可好？”圣孔向正在施礼的法慧问道。“陛下，不太好，我们唐宗国王正在为黑魔即将涂炭人间而忧虑，特派我来与春秋国结盟共抗黑魔！”法慧开门见山直述胸臆。“唐宗国王多虑了，我们春秋国一向以礼服人，不喜欢的从不强加于人，喜欢的也希望大家一起分享。魔国虽不信礼教，但他们派使者来与春秋国搞战略同盟，这是给我圣孔面子，瞧得起春秋国，这就是礼。”圣孔一双三角眼闪烁着白光侃侃言道。“陛下，此言差矣，人魔怎么可以同盟？魔的目的是奴役人类，涂炭生灵，他们派使者与春秋国结盟，不过是黑魔涂炭诸国的阴谋，妄想离间诸国，达到各个击破的目的。”法慧看着糊涂国王圣孔心下十分气恼，慷慨陈词。“大国师，须弥国愿与我们春秋国搞战略同盟，我们求之不得，但大国师对我的同盟国魔国妄加评论是否欠妥？”圣孔离开宝座，负手而踱，橐橐有声，徐徐说道。“陛下了解魔国多少？春秋国与魔国结盟，简直是是非不分，黑白颠倒，早晚要自食恶果。”法慧义愤地言道。“法慧，你太猖狂了，不仅信口雌黄，而且对陛下竟如此无礼！”圣孔的小儿子大将军朝杜按剑喝道。“朝杜，法慧大国师是修真之人，在须弥国德高望重，绝不会信口雌黄，应该让法慧把话说完，再断轻重！”圣孔的长子春秋国刑部大臣宗法见自己的弟弟朝杜出言不逊，肃然阻止道。“我看大国师危言耸听了，你有什么证据证明这个世外的魔国会给人类造成灾难？”圣孔不屑地看了一眼法慧沉吟道。“陛下，等您看到证据再相信就晚了，人类已经遭受灭顶之灾了。眼下唯一的出路就是联合各国，共同灭魔！”法慧的语气略微有些激动。“圣孔，要证据吗？我可以给你提供。”一个浑厚的声音在大殿之上幽幽言道，却不见踪影。众臣子皆惊，四处张望。“何方神圣，请现身！”圣孔嗫嚅道。一道黄光闪过，狼王突然站在了法慧的身边。他大手一挥，一段瀑布呼啸而来，并定格在大殿之上，宛如巨大的镜子。“圣孔，我看你是得了天下，却失去了自己，你仔细看看就知道了。”狼王双目灼灼生光阴郁道。话音刚落，水幕之上恶龙翻腾，张牙舞爪，黑魔虎视眈眈立于黑桃林之中，周围怪兽林立，空中玄冥鸟哀号。“法慧，久闻你有个师兄是兽神，眼前的这位可是狼王？”圣孔一哂言道。“圣孔，在下正是狼王。”狼王凛然道。“狼兄，我春秋国是礼仪之邦，可不相信什么魔法呀。”圣孔哈哈大笑说道。“圣孔，只有黑魔才崇尚什么魔法，我狼王从来不搞什么魔法，刚才是通过我的灵力让你看看魔国是个什么样子。黑魔与人类结怨从女娲娘娘时代就开始了，目前人中之神灵风已经会同雨神楚雅、雪神辞颂开始寻找魔窟，我和法慧是特意来联盟贵国加入抗魔大业的。”狼王额上一根青筋霍然跳动阴冷地说道。“狼兄，果然有人中之神?”“当然，人神灵风是女娲娘娘的法宝《光阴真经》和光阴之剑的嫡系传人，是我们抗魔大业的统帅。”“好吧，目前圣母国正在出兵攻打星月国，法慧、狼兄，如果你们能用你们的灵力制止两国的战争，我将考虑与你们结盟之事，因为从古到今，人、神、兽从未联盟过。人类就像一盘散沙，互不信任，互相残杀，就让我们借助神与兽的力量拯救人类吧!”圣孔冷冷地言道。“圣孔，我一向仰慕春秋国是礼仪之邦，为了对付神、人、兽三界共同的敌人，我和法慧这就去星月国和圣母国走一趟。”狼王从容道。“好吧!二位果然能制止人类之间的杀戮，我将相信你们是和平的使者，狼王水幕示给我们的景象我将信以为真。子路送客。”圣孔深深地长叹一声说道。“二位，请!”子路客气地将手一让说道。狼王和法慧阔步走出大殿。

让我不知所措的是顾文白家里根本没有人，我几乎敲了半个小时的门，门里一点动静也没有，就犹如灵风带着心爱的英桃落离开了夜山。由于胡思乱想的狂澜无法从我体内排出去，我焦急得像热锅上的蚂蚁。刚才那一男一女像囚徒一样被塞进车时的情景不断地浮现在我的眼前，我预感到顾文白和张欣的处境要比那一男一女糟得多，怎么办？我感觉我心灵上一个个灼热的细胞正在爆裂，我恨不得像咳血一样将胸中的郁闷倾吐出来，如果现在我手中有一把古琴，我会像俞伯牙一样毫不犹豫地摔在楼梯上，“摔得玉珍抛残，金微零乱”。正所谓：“摔碎瑶琴凤尾寒，子期不在对谁弹！春风满面皆朋友，欲觅知音难上难。”我用右手抚慰着左胸，尽量让自己焦虑的心平静下来，我暗下决心，要助顾文白和张欣逃离魔爪，可是眼下最要紧的是打探到他俩的下落。他们会在哪儿呢？看来只有向官场中人打探了，可是我平时是个视权贵如粪土的人，很少与戴乌纱帽的人来往，向谁打听呢？就在我站在楼梯口搜肠刮肚的时候，从楼下上来一位年龄和顾文白差不多的大姐，体态丰腴，目光明丽，面容和蔼，干净利落。她见我站在顾文白家门口打转，便试探着问："是画家朱老师吧？"我惊异地问："大姐，你认识我？"她和善地笑道："我一看你的气质就断定，你准是顾文白说的那个女画家朱老师。"我喜出望外地问："大姐，这么说你肯定知道文白两口子的下落？""唉，这年头好人没好报啊！"她一边说，一边掏出钥匙开门，原来她是顾文白家的对门。"朱老师，到家坐吧。"她热情地招呼我，我像遇上救星似的走进她的家门。她把我让进客厅，又要沏茶又要洗水果，我心里有事，连忙阻止，迫不及待地问："大姐，我怎么也找不到文白和张欣，这两口子到底怎么了？""朱老师，你别着急，急也没有用，你先喝口水，消消汗，听我慢慢跟你说，"她一边说一边在饮水机前给我接了杯白水，然后坐在我对面的沙发上叹着气说，"一个月前，文白陪张欣到市妇婴医院生孩子……"她话一出口，我的心顿时像雷击了一般，就感觉血管里流的不是鲜血，而是来自地核最深、最不可及、最能置人于死地的深处的炽热的岩浆，我似乎什么都明白了，却又像被五雷轰顶一般蒙了。我极力地从几乎憋死人的内心困境中挣脱出来，难以置信地问："怎么，张欣怀孕了？""对呀，怎么你不知道？"她吃惊地问。"一个月前，在市妇婴生的孩子？"我似乎不敢相信自己的耳朵，继续追问道。"是呀，不去市妇婴生孩子还不会有这场灾难呢！"她无限悲凉地说。天哪，我原以为这两口子只不过是见义勇为者，没想到，他们竟然是这场悲剧的主角。我的神经电压开始微微震颤，内心的不安犹如雪崩一波高过一波地爆发出来，感觉脚下的地板仿佛蹦床般绷得紧紧的，甚至听到了木板互相挤压的声响，我再也按捺不住内心的惊骇，语气悲怆地问："孩子没了？"大姐痛楚地说："我老公最喜欢看文白的小说，文白新写的小说叫《神话》，还没出版，他就要来打印稿看，一下子就迷上了，据我老公讲，文白写了一个魔幻世界，里面有一个无恶不作的黑魔，依我看文白写的不是小说，而是现实，不然孩子不会一出生就遭到灭顶之灾，除了魔，谁会一下子夺走二十多个婴儿的生命啊！"听了大姐的话，我脑子乱极了，我无论如何也无法相信那死掉的二十多个婴儿里竟然会有文白和张欣的孩子，然而这就是摆在我面前的事实，这事实犹如晴天霹雳，我现在似乎对他俩所陷的深渊一览无遗，可我却束手无策，只感到有一股冰冷的寒噤传遍我的四肢百骸。我尽量让自己镇定下来，却不愿意接受这样的事实，无限悲凉地问："大姐，他们的孩子真的被黑魔夺走了生命吗?"她悲悯地点了点头，用回忆的口吻说："一个月前的一天半夜，我和我老公都睡下了，突然有人敲门，我赶紧起来开门，竟然是文白，他既激动又略显焦急地说，大姐，张欣要生了，我现在想送她去医院，她有些紧张，我想麻烦你陪陪她。我说没问题，让你大哥一起陪着去吧，也好有个照应。就这样，我和老公陪着张欣和文白一起去了市妇婴医院。想不到生产得非常顺利，到医院不到两个小时，就生了个大胖小子，别提多招人喜欢了。忙到快天亮，一切顺利，文白催我和老公回家休息，我说回家也行，好给张欣熬点小米粥，就这样，我们两口子就回家了。没想到，早晨我刚熬完粥，文白就带着哭腔打来电话，说孩子出事了，正在急救室抢救。我赶紧喊上老公往医院赶，心想，孩子生出来时可精神了，怎么突然就进抢救室了呢？等我们到医院时，孩子已经七窍流血地死在了急救台上。这简直就是晴天霹雳，别说张欣和文白无法接受，连我和我老公也无法接受，好在他们俩经历过风雨，尽管悲痛欲绝，但头脑还算清醒，当时文白搀着张欣正在院长办公室要求解释死因，没想到院长的解释竟然是正常死亡，我们实在不敢相信自己的耳朵，张欣痛不欲生地质问道，正常死亡的孩子能七窍流血吗？就在这时，一名医生突然闯进来脸色煞白地说：院长，又死了三个！院长一听，呼地站起身撇下我们，随那位医生急匆匆地走了。这时张欣一下子瘫在了文白的怀里，嘴里喃喃地说，文白，咱儿子一定是冤死的！说完泣不成声。"大姐说到这儿，情不自禁地抹了抹眼泪，我也被悲痛的尖刀刺透了心脏的中央，我恨不得我的心脏像炸弹一样瞬间炸开我的胸膛，着实地透一口气，然而我却觉得我的胸膛像一个地下的囚笼，胸中的妖魔紧紧抓住我的灵魂不放，恶狠狠地塞进了囚笼，我猜想这个世界的胸膛也一定和我的一样，里面藏着一个地下的囚笼，凡是人性的，凡是灵魂的，一律被黑魔附体，像小魔头的母亲灿若一样惨遭罪恶的蹂躏。我多么希望文白和张欣的孩子能变成小魔头逃出地狱啊！然而这样的奇遇只能出现在像《神话》那样的小说里，在现实当中人是永远也无法战胜魔的。我想，文白在创作《神话》时也一定不会想到黑魔的黑手会伸向他的生活。我见大姐的情绪舒缓了一些，便辛酸地问："后来呢?"她哀叹道："得知又死了三个孩子后，张欣意识到事态的严重，为了引起上面的关注，以便查明真相，她忍着痛失爱子的巨大悲痛和产后的虚弱，给报社写了一份新闻稿，并让文白陪着她拖着羸弱的身子亲自送到了报社，报社总编得知死婴事件后十分重视，答应她第二天就见报，可是第二天报纸上并没有报道，这时又有四个孩子七窍流血地死在了急救台上，连续死了八个孩子，她躺在病床上打电话给报社总编质问他，为什么不发稿，如果及时发稿，那四个孩子就不会死了！报社总编无奈地说，他接到省市领导的指令，他们认为死婴事件有损清江省和东州市的形象，因此，绝不允许报道这次死婴事件！这是原则，是纪律！我们媒体绝对是一支纪律部队，所以省市领导的指令必须服从！张欣听了总编的话几乎失去了理智，她声嘶力竭地吼道，狗屁指令，这是在草菅人命！我就是拼了命也要让世人知道真相。总编威胁道，你如果一意孤行，小心后果！朱老师，你应该了解张欣的性格，她上来倔犟劲，九头牛也拉不回来。她想到了网络，她想把消息发到网上，可是还没等她来得及采取行动，他和文白就从医院被带走了。我老公是铁路警察，他告诉我，看来上面是要封他俩的嘴呀，我焦急地问，这可怎么办？我老公说，通过关系打听打听再说。一连几天没有文白和张欣的消息，我老公打听到，医院里又死了十几个孩子。"我实在忍不住了，义愤填膺地插嘴问："根据法律规定，在同一家医院因为同样症状死亡五人以上的，就应该立即上报并立即封锁医院，他们怎么在死了八个孩子后，还不采取措施，还在开门营业?"大姐用唾弃的口吻说："利欲熏心了呗！"我关心文白和张欣的安危，便用催促的口吻问："他们到底把文白和张欣怎么了?"大姐长叹一声说："后来那些死婴父母抱成团到市里上访，结果都被带走了。大约过了一个多星期，文白和张欣被放了出来，我和老公总算松了口气，原来他们是被逼着写了封嘴保证书后才被放出来的。当然这是他俩的缓兵之计，他俩是想出来后进京上访。我老公毕竟是警察，他觉得事情没那么简单，他说文白和张欣很可能被监控了，劝他俩别轻举妄动，他打探一番再说，果然他在市公安局的朋友告诉他，文白和张欣的电话、电脑都被监控了，连这两口子的每日行踪都有人监控，去了什么地方，见了什么人，吃了什么东西，乃至当天穿了什么衣服都记录在案。”大姐这番话听得我后脖颈子直冒凉风，就感觉灿若忍受的地狱之火正在煎熬我的心，耳朵里充斥着逍遥国奸后则姬的狞笑，脑海中浮现的是那些在天空中锐啸着的恶禽，心里着实为文白和张欣今后的命运捏着一把汗。以文白和张欣的性格，他们是一定要进京的，然而他们走得了吗？如果走成了，路上会不会像灵风和桃落一样在寻找世外桃源的路上遭遇种种生死磨难？最可怕的是灵风和桃落寻找的世外桃源是黑魔的魔窟，那文白和张欣进京后真的就能讨回公道吗？这些问题扰得我五味杂陈，我很想往好的方向想，但我做不到，因为文白和张欣以及那二十多个失去孩子的父母们的遭遇让我对现实不敢寄予厚望，我觉得以文白和张欣的聪明，他们不会想不到这些问题，何况他们是经受过心灵苦难的人，那场突如其来的政治风暴应该让他们对现实看得更清楚，思来想去，只有一个理由可以解释他们的行为，与灵风和桃落必须寻找世外桃源一样，那就是两个字：责任。是“责任”二字提醒我，文白和张欣不仅仅是痛失爱子的父母，他们更是有良知的知识分子，一个是作家，一个是记者，如果他们不行动，他们的良知会与他们过不去，他们的灵魂会搅得他们一刻也别想得到安宁，然而那些戴着乌纱帽行平庸之恶的人，以及那些拜金的“白衣天使”们，何尝不是知识分子呢？可是他们都被黑魔施了魔咒，心智早就不是自己的了。这样的知识分子正在变成精致的利己主义者，他们高智商、世俗、老道、善于表演，懂得配合，更善于利用体制达到自己的目的。正是不屑与这些人为伍，顾文白才毅然决然地离开了官场，并且勇敢地拿起笔向一切黑暗势力说“不”！我终于明白了他常说“文学是火”的真正内涵，只有火才能烧尽黑暗。这么一想，我倒是迫不及待地想知道，他们俩是怎么突破了重围，前往北京的。看大姐的神情似乎又回到了那段提心吊胆的日子，她和她老公的善良着实让我感动，我动情地问：“大姐，他们是怎么脱离魔爪的？”大姐的心似乎仍然被黑暗笼罩着，她慨然长叹道："本来文白想和张欣一起走，可是张欣说文白目标太大，再说，家里也需要有人和她保持联系，随时通报东州的情况，我老公也是这个意见，文白只好同意了。我跟你说过，我老公是铁路警察，是我老公想办法将张欣送上火车的，如果没有我老公，张欣插翅也去不了京城，机场、火车站、长途客车站等所有重要路口都是他们的人。可是，张欣一走就杳无音信了，文白急得整日坐立不安，吃不好，睡不着，一晃半个月过去了，张欣仍然没有消息，文白再也受不了了，便跟我老公商量能不能也把他带上火车，我老公说上次冒了很大的风险，文白不比张欣，名气太大，认识他的人又多，我老公实在没有把握。文白说只好求助灵宣住持了，他说灵宣住持刚好要参加全国佛教文化交流团到日本去，交流团成员先到京城集合，我老公问他，灵宣住持如何帮忙？文白说，他可以化装成和尚随灵宣进京。我老公说这个办法好，到时候我会全力配合你们。事情定好后，文白就去了慈恩寺了。"我听得心都悬在了嗓子眼儿，担心地问："他去慈恩寺一定有尾巴跟踪他吧？"大姐机智地说："反正他的工作室在慈恩寺，平时每天都要在工作室创作，也没有太引起他们的警觉。当然肯定有尾巴跟踪他，不过文白还是在灵宣法师的掩护下装扮成和尚，在我老公的配合下，顺利地登上了进京的火车。对了，我还差一点忘了，文白去慈恩寺前还给你写了封信，放在我这儿了，他断定你会来找他。你等一下，我去拿信。"得知文白顺利逃离东州的消息，我悬着的心有了些许宽慰，但是仍然悬在半空，因为我知道那些人最怕的就是他进京，他们怎么可能放过他呢！张欣一去杳无音信就不是吉兆，如果张欣躲开了他们的魔爪，他们定然会发疯的，可是张欣走后，他们却像什么事也没发生过似的，竟然没有登门骚扰文白，他们为什么会如此淡定？我越想越觉得不对劲，期盼着文白的信能给我一线希望。可是当我看到文白的信后，悬在半空的心一下子就提到了嗓子眼儿：

小丹：你好！

收到这封信时，想必你已经知道了一切，我们是知音，我失踪了，你一定会像俞伯牙寻找钟子期一样寻找我的，所以我给你留下这封信。我万万没有想到，现实会比《神话》更离奇，我们是搞艺术的，艺术除了探索美，当然也要探索真理，可是当我们接近真理时，真理却让我们非常绝望，为什么？原因很简单，真理已经成为权力的傀儡。但是我坚信不管希望多么非理性，毕竟比绝望强大。这也是我坚守唯心现实主义的根本原因。唯物现实主义者以现实的名义，为历史寻回肉体，但他们的心灵必然屈从于肉体的死亡，而肉体的死亡意味着心灵的死亡。相反，唯心现实主义是千方百计为现实与历史甚至是未来寻回心灵，怎么寻回？就是对人类的精神进行反思！因此唯心现实主义是追求一颗比我们自己的心灵更原创的心灵。我一直认为，没有心灵就没有现实，只有魔幻。别为我担心，生活或许是一次语无伦次的玩笑，但经验告诉我，玩笑有时候会十分狰狞恐怖，它可以使二十多个刚刚来到这个世界的婴儿遭受灭顶之灾，它可以把现实变成魔幻世界，它可以扭转历史的方向和时代的车轮。这样的玩笑谁也开不起，当然黑魔除外。当正义四处溃散时，我听见假扮成正义的邪恶却在开怀大笑！小丹，我记得你用你的组画诅咒过这种笑声，当然我用我的小说也鞭挞过这种笑声，然而这种笑声却越来越和谐了！为什么？我这次进京一定要找到答案！绝不能让真理成为粉饰世界的油彩！多保重！

愚兄：文白

×年×月×日

这封信写得很从容、很理智、很淡定，我却被其中所透露出来的冷深深震撼了，原来我们心中的恐惧竟然来自邪恶的笑声，我不知道这是暴力，还是幽默，但是我们的确被和谐世界如此深刻地娱乐着，娱乐的结果是，刚刚出世的孩子被抛入了地狱，谁会拿下地狱当玩笑？我们似乎心知肚明，我们又似乎一无所知！毫无疑问，文白豁出去了，他心里非常清楚，他寻找的答案或许是万丈深渊，但他刚出生的儿子就在渊底，他还能有别的选择吗？我问大姐，文白走后有没有和她或者她老公联系过？大姐叹着气说，和张欣一样杳无音讯。大姐的话让我嗅到了黑魔的气息，即使我强迫自己往好的方面想也只能是自我安慰。和大姐告别时，天已经彻底黑下来了，我怀着沉重的心情走出楼道时，外面已经下起了淅淅沥沥的小雨，我钻进车里，感觉四周隐藏着无数双眼睛，院子里有几个人影像鬼魂一样飘动，我把车开上马路时，就感觉在地狱里穿行。这一天我太累了，也承受了太多的恐惧，我记得博尔赫斯说："生命是纯粹的火焰，我们靠我们体内一个看不见的太阳活着。"此时此刻，我感觉我体内的太阳已经陨落了，而一个活灵活现的小魔头正在我脑海里翻腾。

灵风一行辞别森林国，一路上跋山涉水，走了三天，在月亮刚刚爬上树梢时，发现一汪碧湖，呈扇面状舒展开去，月光下，碧波荡漾的湖水显得妩媚辽阔，阵阵微波涟漪舒徐有致，有一种意态丰满、婉顺柔从的慵怠之美，看了叫人心扉顿开。"落儿，这里风光不错，我们就在这湖畔休息一晚吧。"灵风颇有兴致地言道。"风哥，要是再弄几条烤鱼吃就更好了！"桃落咯咯笑着说道。"好啊，今晚我们就吃烤鱼！"灵风莞尔一笑说道。剑士们各施绝技兴高采烈地下湖捕鱼，桃落围着灵风拽着衣裙如斑斓的蝴蝶咯咯笑个不停，灵风觉得桃落的眼神像长长的丝线，继而一弯，弯成了一个弧形的钩，自己的心早就被钩走了。"风哥，鱼！鱼！"桃落高喊道，然后是银铃般的笑声。一个剑士用剑尖儿戳到一条大鱼，大鱼的尾鳍拍打着水面，躯体在抽搐、扭动……此时，皓月当空，微风吹拂着灵风的白色长袍，他紧锁双眉凝视远方，桃落依偎在灵风的身旁，身上散发着桃花的馨香，这馨香让灵风紧锁的双眉渐渐舒展，因为桃落的快乐已经成为他生命的信仰，他要用生命保护桃落，就像父亲保护母亲一样。然而，桃落银铃般的笑声戛然而止，仿佛一下子想起了什么，灵风知道她准是又想起了世外桃源。桃落一直无法接受世外桃源会变成黑魔的魔窟这一事实，不过，一路上，她已经嗅到呛人的魔气，黑魔的探子恶禽玄冥鸟不时从天空掠过，怪兽四处游荡，桃落惦记父母和兄长，所以一直心神不宁，今晚是剑士们捕鱼的嬉戏，让她暂时忘记了痛苦，银铃般的笑声也让大家的心头舒坦了许多。眼前的湖水升起淡淡的雾气，雾气伴着清凉的月光舔着桃落的秀发，并且轻轻打湿了她的头发。灵风环顾四周，扶桃落轻轻坐在一棵树下，并把自己的白袍脱下给桃落披上。桃落望着心上人，眼神中仿佛在倾诉凄美动人的故事。这时，楚雅和辞颂已经烤好了鲜鱼，鱼香缭绕，诱人垂涎，剑士们打开了从夜山带来的玫酒，大家围坐在篝火旁刚要享受美味，突然听到一阵婴儿般的痴笑，这笑声鬼精鬼灵的，一眨眼的工夫，在火堆上烤好的鲜鱼不见了。大家正在狐疑时，在一棵大树上传来男孩儿吧嗒嘴儿的声音："好香啊，真好吃！"众人向那棵大树望去，只见一个鬼精鬼灵的小男孩正坐在树上大嚼刚刚烤好的鲜鱼。这小男孩长得与普通孩子没有什么不同，唯一不同的是长了一双翅膀，只见他长得鬼头鬼脑，一副蹦精蹦灵的样子，嘴巴是扁圆形的，向两腮边弯出尖尖的嘴角，连着泉眼般的深酒窝，正优哉游哉地吐着鱼刺儿。"小东西，你是谁？为什么抢我们的东西？"灵风又好气又好笑地问道。"大东西，你是谁？抢了你的东西你又能怎样？"小男孩嬉皮笑脸地反驳道。"小东西，我最讨厌贼，想吃，你就下来一起吃吧！"灵风被气笑了，他从心里觉得这个鬼头鬼脑的小家伙怪甜津人的。"别骗我了，我一下去你们就动手抓我，说不定把我当野味烤着吃了呢！"小男孩警觉地说道。"这小小的年纪怎么这么诡道？"桃落用大姐姐的语气问道。"小妹妹，你多大了？"小男孩不屑地反问道。众人听后哈哈大笑，因为小男孩看上去也就五六岁。"小东西，下来吧，我看你不像神界的人，但也不是凡人。"楚雅用一根枯树枝一边挑着篝火一边淡淡地笑着说道。小男孩嗖地从树上飞下来落到火堆旁神神秘秘地问道："那你们猜猜我是什么界的？""看你一肚子坏水，你大概是个小魔头。"辞颂没好脸地说道。"大个子，恭喜你，答对了，我就是魔界的小魔头，怎么着，怕了吧！"小男孩嬉皮笑脸地说道。小男孩话音刚落，剑士们呼地站起来，纷纷拔出宝剑，小魔头一惊，嗖的一声，又飞身落到树上。"怎么着，要打架呀？有本事一对一。"小魔头一边撇嘴一边拍着胸脯叫道。辞颂哈哈大笑，他随手甩出宽带，一条白练像一道闪电似的飞出，小魔头躲闪不及，被紧紧捆住，辞颂轻轻一带，小魔头已经摔在眼前。“小东西，说实话，你到底是什么人？不说实话，小心要你的狗命。”辞颂目露凶光恐吓道。小魔头哪里肯服，默诵魔咒，驱动魔火，妄想烧断宽带。魔火一起，众人更加惊讶！“小东西，你果真是魔界的人？”楚雅肃然问道。小魔头的魔火根本烧不断辞颂的宽带，他气得大哭起来，“你们仗着人多，竟欺负人。”灵风拔出光明之剑，剑锋一指，魔火当即灭了。“我确实是魔界中人，”小男孩一边哭一边喊道，“我爹是魔尊黑魔，我娘是阎王爷的妃子灿若。”众人被小魔头的回答弄愣了，灵风心想，“什么乱七八糟的！”“你说什么？你娘是阎罗的妃子？”辞颂说完，“喷”地大笑起来。“你笑什么？我是为救我娘才逃出地狱的。”小魔头认真地说道。“小魔头，你娘是阎罗的老婆，怎么会和黑魔生出你来呀！”辞颂忍住笑问道。小魔头“哇”的一声大哭起来！原来，灿若生前原本是逍遥国的凤凰公主，是逍遥国国王殇旦的女儿。殇旦由于整日沉迷于炼丹，不理朝政，致使皇后则姬专权，则姬不但专权，而且荒淫。有一次灿若去拜见母后，不巧，正赶上则姬与一位大臣淫乱，灿若惊慌失措碰碎了花瓶，被则姬发现，她怕事情败露，被殇旦发现，则姬心如蛇蝎，她命人用毒酒将女儿赐死。灿若之死，惊动了阎罗，他早闻灿若是逍遥国第一美女，群芳之首，奇艳娇花，阎罗慕名已久，所以灿若死后，魂魄顺利通过鬼门关，直接到了地府，阎罗大喜，爱若明珠，被其收为妃子。新婚之夜，阎罗因高兴喝醉了。被压在地狱之下的黑魔也早就对灿若心怀艳羡，想收为魔府的镇府夫人，怎奈自己被压在地狱之下，处处受到阎罗和小鬼们的牵制，不得下手。正好阎罗在新婚之夜大醉，黑魔开始蠢蠢欲动，他偷偷溜出地狱的第十九层，潜入阎罗的新房，将灿若用魔咒迷醉抢走，灿若在阎罗的新婚之夜却成了黑魔的镇府夫人。气急败坏的阎罗哪肯戴这顶绿帽子，为雪奇耻大辱率领魑魅魍魉四大护法及众小鬼杀到魔府欲抢回灿若，怎奈此时的黑魔虽无力冲出女娲在地狱设下的层层镇压，但是由于黑魔卷土人间之心不死，一直在暗中蓄积的黑势力，足以与阎罗抗衡，阎罗与黑魔大战了五百回合，终因势均力敌不能占先，只好鸣金收兵。不久，灿若生下了小魔头，黑魔大喜，欲杀出地狱大战夜山为黑龙报仇。然而灿若心系阎罗，痛恨黑魔，在黑魔率众魔杀出地狱之时，抱着小魔头躲进了阎罗殿，并没有和黑魔去夜山。灿若和小魔头躲在阎罗殿被小鬼们发现，阎王把黑魔的夺妻之恨都发泄在灿若母子身上，天天用地狱之火煎熬这母子俩。其实这也是不得已而为之，心中万分痛苦的阎罗，为驱除灿若母子俩身上的魔毒，必须用地狱之火煎熬她们，但是痛苦的阎罗救他们并不明说，看上去倒像是在折磨他们。小魔头似乎并不畏惧地狱之火，因为他有魔火护身，整日在地狱中窜来窜去。灿若却被地狱之火折磨得痛苦不堪。有一天，小魔头趁小鬼们熟睡之际，想救出母亲，可是无论如何，也扑不灭地狱之火。"儿呀，想救母亲只有一个办法，只有杀死黑魔，这地狱的大火才可扑灭。"灿若在熊熊燃烧的地狱之火中，痛苦地扭曲着依旧美丽的脸，垂着眼帘低沉地说道。"娘，那我就杀了那个大魔头。"小魔头望着在地狱之火中备受煎熬，几近绝望的母亲抹着眼泪义愤地说道。"儿呀，没那么容易，"灿若微微睁开眼无力地催促道，"你快逃出这地狱，娘听小鬼们私下议论，黑魔在夜山大败后，已经逃到一个叫世外桃源的地方。他在那里建立了魔窟，黑魔迟早要涂炭生灵，人类将大难临头，去夜山，快去夜山，只有找到人神灵风，才能找到消灭黑魔的办法，娘才有救，快，快逃出地狱！"小魔头就这样告别了母亲，逃出了地狱。也不知他走了多少时日，发现林子边有一个碧绿的湖泊，他又累又饿，湖边长着又高又粗的苇草，天气燥热，成群的苍蝇与飞虫嗡嗡不绝于耳，小魔头的脚步越来越沉重，瞌睡虫似乎从地下钻了出来，叮在他的眼皮上，他不但困，还渴得很，这时，眼前闪出一棵大树，粗大的树根伸进了水里，就像盘龙探身汲水，小魔头骑坐在一条粗壮的树枝上，探身喝足了水，然后他便趴在树枝上呼呼大睡起来。没想到睡着睡着，一股烤鱼的香味窜入他的鼻中，小魔头醒后顺着香味嗅去，这才遇上了灵风等人……众人听完小魔头的诉说，不禁心生同情，桃落甚至落了泪，就在这时，一名剑士去湖边喝水，突然一头硕大的湖怪浮出水面，张开血盆大口，咬住剑士的左臂瞬间吞掉，剑士大叫一声窜出老远，疼得满地打滚嗷嗷乱叫。众人大惊，月光下却见湖中又浮出几十只硕大的湖怪向岸上爬来，那些湖怪身子像鳄鱼却长着龙头，一个个正张着血盆大口凶猛地向众人扑来，剑士们拔出宝剑迎头砍杀。“大家莫惊，看我的。”小魔头喊道。说时迟，那时快，他一摇头，口中的魔火向众湖怪喷去，众湖怪来不及回到湖里，便化作缕缕青烟散去，湖岸上留下了几十具白骨。“风哥，这是不是黑魔搞的鬼?”桃落心有余悸地问道。“不是，他们是小鬼变的，是阎罗派来抓我的追兵。”小魔头幽幽地插嘴说道。“此地不宜久留，我们还是趁夜色上路吧。”灵风望了一眼湖面沉吟道。楚雅和辞颂都点点头，众人收拾行囊再次踏上寻找世外桃源的征程。

逍遥国王后则姬不仅跋扈专权操纵朝政，而且野心勃勃，妄想成为逍遥国的女王。她依仗其弟千命金是逍遥国的大将军执掌兵权，为所欲为。数月以来，星月国为了抵御圣母国的进攻，派使者阿齐兹奔走各国游说，想与诸国结成联盟共同抵御圣母国的进攻。然而，均遭到须弥国、春秋国的婉拒，无奈阿齐兹又来到逍遥国。逍遥国国王殇旦沉湎于炼丹术根本不见，阿齐兹失望之余，私下买通了则姬的丫鬟，终于得到王后则姬的谒见，阿齐兹喜出望外。午夜时分，阿齐兹随则姬的心腹宫女溜进后宫，夜空如洗，弯月如钩，后宫里庑廊檐角吊着一盏盏昏黄的宫灯，地上临清砖路曲折婉转，都镀着淡淡的银灰色。垂帘之后，斜躺在大迎枕上的则姬傲慢地说道：“阿齐兹先生，请坐吧。”“王后，久闻您巾帼威名，再配上我们星月国的翡翠王，真是相得益彰，神采照人!”阿齐兹恭维道。“不错，你们星月国的宝石就是稀罕个人儿!”则姬贪婪地把玩着手中价值连城的翡翠王手镯幽幽道。此时，心腹宫女进来禀报：“启禀王后，大将军千命金到了。”“快请!”则姬从大迎枕上站起来催促道。“属下拜见王后娘娘。”大将军千命金身披亮锃锃的铠甲威风凛凛地走了进来。“起来吧，”则姬悠然地介绍道，“这位是逍遥国的使臣阿齐兹，阿齐兹，这是我国大将军千命金，也是我的胞弟。”千命金傲慢地向阿齐兹抱拳施礼，阿齐兹也微鞠一躬。“久闻大将军的威名，今日一见，果然名不虚传!”阿齐兹阴笑着恭维道。“星月国与我国联盟共同抗击圣母国，我国能得到什么好处?”千命金傲慢地问道。“我们星月国盛产美女，逍遥国需要多少我们就送多少。”阿齐兹笑容可掬地说道。千命金听后哈哈大笑。“本宫早就知道星月国的白山城盛产宝石，这宝石能不能我们需要多少就送我们多少啊？”则姬阴险而诡谲地问道。“那当然，王后娘娘如果配饰上我国的宝石，一定是天下最美丽的女人。”阿齐兹违心地说道。“本宫想要白山城全部宝石，贵国舍不舍得？”则姬得寸进尺地淫笑道。“如果我没有理解错的话，王后娘娘是想让我国割让白山城方可出兵。”阿齐兹扭曲的脸青白不定地问道。“阿齐兹，这笔交易很划算的，你想啊，如果逍遥国不帮贵国，贵国只能独自抵御圣母国，以贵国的实力，肯定不是圣母国的对手，以一城保一国划算得很呀！”千命金贪婪地说道。“是啊！失去一城总比亡国好呀！”则姬变本加厉地说道。“我也只好相忍为国了，军情紧急，还望贵国速速发兵，告辞了。”阿齐兹无奈地说道。阿齐兹走后，则姬从垂帘后走出来诡谲地问道：“大将军心中可有退敌之计？”“娘娘，圣母国兵强马壮，如狼似虎，即使我国与星月国联手恐怕也不是对手。臣弟有一计不知娘娘能否应允？”千命金阴冷地说道。“有什么计？快说吧！”则姬的杏目放着幽幽绿光悠然道。“我们一方面发兵星月国，另一方面选一些强悍的敢死队趁圣母国国内兵力空虚之际，快速偷袭，一定能大获全胜。”千命金得意地说道。“此计甚好，快去准备吧！”则姬沉吟片刻，眼中闪着鬼火一样的光幽幽道。“娘娘，臣弟走后，你要千万当心，我听说，太子无为正联合相国等人要废黜你，你把无为的母亲废为‘人彘’，他怀恨在心，一心要为母报仇啊！”千命金忧心忡忡地提醒道。“让他们来吧，本宫正等着呢。”则姬说完，突然仰天大笑起来，样子狰狞可怖。“姐姐，你将无为的母亲手脚砍断，眼睛挖掉，耳朵震聋，喉咙弄哑，太残忍了，弄得满朝文武愤愤不平。如此下去，必然引起公愤呀！”千命金苦口婆心地劝慰道。“都说无毒不丈夫，大将军怎么变得心慈手软了呢？还不如我这个女流之辈，如此下去怎么能成就未来的霸业？”则姬恶狠狠地说道。“王后说得极是，臣弟告辞了。”千命金还不敢与这个权倾朝野的王后姐姐抗衡，知趣地说道。“大将军，到了星月国不要沉湎女色，误了抗敌大事。”则姬又睨了千命金一眼冷冷地扔了一句。千命金红着脸退了出去。

油画二：梦魇

作者：朱小丹

创作时间：2005年

材质：布面油画

尺寸：205×299 cm

画面上，黑色的群山仿佛魔影般张牙舞爪地从远方压过来，一群被扭曲变形的男男女女无助地、惊恐地、绝望地站在血河中声嘶力竭地哀号，凄惨的尖叫在画家的描绘下变成了可见的震动，像声波一样四处扩散，仿佛从地狱深处传出了响彻天地、令人毛骨悚然的呐喊声。画面中的人物一个个双眼空洞而苍白，面部严重扭曲，身躯模糊变形，天空中的云彩如流动的血水弥漫在他们的头顶，云彩与河流的血色与群山交织在一起，铺天盖地地压过来，压得让人呼吸困难，几近窒息。扭曲的造型和夸张的色彩使画面宛如梦魇，具有让人惊恐万分的视觉冲击力。

我觉得应该把我对死婴事件的心灵感悟画下来，所以从大姐家回来的第二天清晨，我就来到了我的画室。昨天晚上我一宿也没睡好，一个噩梦接着一个噩梦。印象最深的是一张巨大的圆形餐桌四周摆着二十一个像盆一样大的高脚玻璃酒杯，酒杯是倒过来的乌纱帽形状，酒杯里倒满了红酒，每杯红酒上都漂浮着一个婴儿的头，就像泡在福尔马林里似的，最令人恐怖的是，这些头颅在不停地哭嚎，餐桌旁边还站着一位女士，服务员的打扮，可能是被哭嚎声吓呆了，惊恐万分地抱着头，无助地尖叫着，面部由于恐惧而严重扭曲，双眼空洞而苍白，头发令人毛骨悚然地蓬蓬着，最可怕的是我知道那个女人不是幻影，而是我自己，我大喊："快跑！快跑！"却一动也不能动，因为我的手正压在胸口上，我魇住了，幸亏我养的金毛似乎听到了什么声音，叫了两声，我才被惊醒，否则我怕是活不过来了。还有一个噩梦让我百思不得其解，我梦见一座金山上像旗杆一样插着一柄权杖，权杖很像一棵枯死的大树，枝干上一片叶子也没有，却挂满了婴儿的头颅，那些鲜红的头颅随风摇摆像《神话》中世外桃源桃树上的黑桃一样鲜活，就在我试图寻找爬上金山的台阶时，我听到了一声令我魂飞魄散的叫声："小丹阿姨，快来救我！"我惊得心都快吐出来了，大叫而醒！类似的梦一晚上我不知做了多少个，醒来后，我极力回忆这些梦，觉得这些梦其实就是我对死婴事件的心灵感悟，我想把这些梦画下来，或许可以作为文白下一部作品的插图。我有一个预感，一旦这场劫难过去了，文白一定会以死婴事件为素材写一部长篇小说的，一旦写出来，要比《神话》更为魔幻。就在我站在画框前默想沉思之际，门外有人按画室的门铃，很少有人来我的画室打扰我，朋友找我一般都事先打手机，会是谁呢？我在镜子前简单修饰了一下，才去开门。让我万万没有想到的是，门口站着一男一女两个陌生人，但从衣着和气质上看，我断定他们是官员。男的一见我便用严肃的口气问："是朱小丹同志吗？"我丈二和尚地点了点头。女的也用同样严肃的口吻说："鉴于你和顾文白、张欣非同一般的关系，我们代表组织和你谈一谈，可以进去吗？"尽管我无法理解他们为什么会找我，但我还是不情愿地将他们请进了画室。这真是一对不速之客，看样子他们对我的情况已经了如指掌，很显然，是我昨天的行动触碰了他们敏感的神经，我猜想是我去慈恩寺时引起了他们的注意，由于心里抵触，我既没有给他们沏茶，更没有洗水果，只是在饮水机前为他们每人接了一杯白水。我请他们坐在沙发上，我搬了一把椅子坐在了他们对面，感觉自己像一个被审讯的犯人，但还是耐着性子客气地问："二位想找我谈什么？"男的开门见山地说："朱小丹同志，我们注意你不是一天两天了，有一天晚上你把车停在市妇婴医院大门对面，你离开时我们的警车就跟上了你。我们知道你一直在关注死婴事件，我们也了解顾文白非常喜欢你的画，你也非常喜欢他的小说，可谓是艺术上的知音，正因为你们有这样一份友谊，组织上对你对顾文白、张欣痛失爱子表现出来的关心表示理解，可是你又似乎表现得过于关心了，这就不能不引起我们的警觉。"我觉得他的话既滑稽又可气，不客气地插嘴问："警觉？为什么要警觉？"女的扯了扯嘴角似笑非笑地说："朱小丹同志，想必你早就知道家丑不可外扬这句俗语，对于东州来说，死婴事件无疑是家丑，张扬出去必然有损城市形象，顾文白是作家，张欣是记者，都是高级知识分子，不会不懂这个道理，可是他们完全忘记了他们是喝黑水河水成长起来的，无论组织上如何好言相劝就是听不进去，一意孤行，非要往家乡的脸上抹黑，甚至闹到进京上访的地步，你和这样的人来往密切，难道还不值得警觉吗？"听了她这番话，我对汉娜·阿伦特所说的“平庸之恶”又有了更深刻的理解，我恨不得敲开她的脑壳看一看她的大脑是不是结构有问题，但我没有动怒，因为不值得，而是用戏谑的口吻说：“这么说，在您二位看来，维护东州形象比孩子们的生命更重要喽?!”女的似乎听出来我话里有话，竟然引用一位著名诗人的诗句一脸幸福地说：“党疼国爱，纵做鬼，也幸福。”我的胃顿时痉挛了，我想起了在《神话》里世外桃源那些吃了黑桃花的山民，我也理解了文白为什么要写这样一部怪诞的小说的苦衷，与现实比较起来，《神话》里的世界倒相形见绌了，我不得不由衷地佩服顾文白的精神洞见。我心想，和眼前的二位不会有什么道理可讲了，不如将计就计套出点死婴事件的实情来，我决定先给他们一颗定心丸，便用周旋的口吻说：“那么你们能不能对死婴事件给我一个合理的解释？如果你们的解释说得过去我一定配合你们的工作。”两个人听我这么一说，脸上严肃的表情顿时放松下来，男的用肯定的口吻说：“你能端正态度，我们很欣慰，艺术家也要讲政治嘛！什么是讲政治？其实很简单，就是到什么时候都要全力配合组织。”女的用手指推了推鼻梁上的黑框眼镜，用教诲的口吻说：“在我看来，无论是工人、农民、商人、记者，还是艺术家、作家，人人都离不开政治，所以人人都是公务员。既然我们都是公务员，当然要对组织负责，组织是什么？就是我们每个人的灵魂，谁脱离组织谁就等于失去了灵魂。像顾文白、张欣这种脱离组织的人，无异于行尸走肉。”接着男的用平易近人的口吻说：“至于婴儿死亡的原因嘛，目前还在调查中，不过我们已经有了初步结论，当然这个结论目前还处于绝密状态，按照组织原则是不应该告诉你的，但是鉴于你配合组织心切，也不妨向你透露一点，省得你疑神疑鬼的。实话告诉你吧，这次死婴事件都是老鼠惹的祸。”我惊异地问：“老鼠？”女的乖戾地瞥了我一眼，流露出不以为然的表情，插嘴说：“也不知是什么原因导致市妇婴医院闹老鼠，老鼠咬伤了一名出血热婴儿的脚趾后，病毒在医院里传播开来，经调查，我们发现那些死亡婴儿的尿布、奶瓶等物品上都有老鼠的踪迹。”一瞬间，我听得目瞪口呆，像僵尸一样僵坐在那里。男的似乎根本没注意到我的表情变化，假惺惺地叹了口气，用一种深恶痛绝的口吻说："该死的老鼠竟然夺去了那么多孩子的生命！"然后他用不可思议的目光看了女的一眼，仿佛要把她拖入泥潭似的，接着用迷茫的口吻说："也不知为什么，这些年咱们机关里鼠患成灾，越灭越多，想不到医院里的鼠患比机关还厉害，连鼠疫都闹出来了，再不想点办法，怕是整个东州城都要成为老鼠的天下了！"我觉得这两个人耽误我这么长时间，就这句话说得有一定道理。女的听了男的话似乎颇有些同感，下意识地四处张望一圈，仿佛在寻找老鼠，然后巧言令色地说："鼠患不可怕，可怕的是病毒传播，我们为什么要阻止顾文白、张欣以及那些死婴的父母进京，就是怕他们将病毒传到京城去，毫无疑问，他们都是病毒携带者，病毒要是在京城肆虐起来，后果不堪设想啊！"我听着这些奇谈怪论心里又可气又好笑，更觉得他们既可怜又可悲，但是我必须再和他们周旋一会儿，因为我想从他们嘴里套出文白和张欣的下落，便用一种挑衅的口吻说："可是顾文白和张欣已经进京了！"女的听了我的话像是被捅了腰眼儿似的，嗓音尖厉地说："你以为他们进了京城就能逃出我们的手心吗？实话告诉你，鸟儿已经自投罗网了！"她话音未落，我就感觉一股阴森的气息扑面而来，几乎让我窒息，在我内心深处，比梦魇还要幽深的内心深处，一道闪电，惊得我感觉心脏瞬间裂成了碎块，我迫不及待地问："这么说顾文白和张欣出事了？"男的诡谲地一笑，意味深长地说："他们俩的确应该好好反省反省了！"说着从沙发上站起来背着手闲庭信步地走到我挂在墙上的画作前，一幅一幅地欣赏起来，接着女的也起身走到画作前审视起来，好像他们不是组织上派来找我谈话的官员，倒像是我请来参观画展的客人。我也只好跟着他俩耐着性子一幅一幅地看，突然两个人都在一幅名为《诞生》的画作前站住了，仿佛眼前挂着的不是一幅油画，而是从墙上长出来的毒草。画面描绘了一张铺着白布的手术台上，放着一个硕大的已经裂开的蛋壳，蛋壳上方悬挂着一把手术刀，一个婴儿正挣扎着从裂缝里往外钻，蛋壳下面的白布已经染上了一滴殷红的鲜血，画面右下角，一只蹲坐着的老鼠正瞪着一双贼溜溜的眼睛，贪婪地望着婴儿。看完画，男的和女的交换了一下眼神，然后转向我，用质疑的目光看着我说："朱小丹同志，对不起，这幅画我们得带走。"我疑惑地问："为什么?"女的嘴一撇，不客气地说："主题有问题。"我不解地问："有什么问题?"男的换了一副笑脸，显得城府颇深，他一边抽搐着笑容一边温声说："小丹同志，这种画婴儿的画有影射死婴事件的嫌疑，一旦展出来，很容易让人产生联想，还是由组织替你保存一段时间吧，我保证，一旦死婴事件的风头过去，组织上一定完璧归赵。"看来我想拦也拦不住了，而且我恨不得他们赶紧离开我的画室，只好顺从地答应了他们，他们心满意足地从墙上摘下画，临走前女的还酸溜溜地扔了一句："朱小丹，这段时间组织上还会关注你，希望你能谨言慎行!"总算把这两个瘟神送走了，我感觉他俩就像《神话》里的土魔和水魔，很显然，文白和张欣进京并不顺利，他们现在怎么样了？由于担心，我心中的焦虑像海水一样汹涌澎湃，我再也没有心情作画，一个人坐在沙发上漫不经心地看我为《神话》配的插图，不夸张地说，这段时间，《神话》已经成了我的《光阴真经》。翻着翻着，一个想法闪过心头，何不去京城帮帮文白和张欣！我为这个想法激动起来，猛一起身，一张插图掉在地上，我捡起来一看，刚好画的是小魔头将黑甲校尉的头一脚踢了出去。

灵风一行日夜兼程，傍晚时分，来到一处逍遥国的小镇，叫三岔镇，这是一处深埋在大山深腹却离逍遥国国都名城只有两日路程的热闹小镇。这个镇子山清水绿，是众山环抱之中的一箭平滩，无数山峰在这里减缓了陡峭。灵风环顾四周，五彩缤纷的晚霞一朵朵、一条条由西向东延伸，越来越淡，把附近渐渐发暗的村树笼罩在无与伦比的美丽华盖之下，众人疲惫地走到一处搭着席棚的酒馆旁准备打尖，刚刚坐在席棚下，忽然听见骤起的马蹄声，几乎将人的胸膛击碎。土路上，黑甲骑兵成千上万排着整齐的方队，从小镇疾驶而过。马蹄狂奔，卷起腾腾白烟，真可谓旌旗招展，铁马金戈。锋利的戈刃熠熠闪光，队首掌旗官高举一面白色大旗，大旗中央写着三个黑色的大字："逍遥国"。"小二，这莫非是逍遥国的军队?"灵风凝眉问道。"客官，这正是我们逍遥国的军队。”店小二随和地应酬道。“小二，可知道逍遥国的军队要去哪里？”灵风疑惑地问道。“去星月国打仗。”店小二摇摇头苦叹道。“为什么要打星月国？”灵风与楚雅、辞颂互相觑了一眼问道。“是圣母国要打星月国的，我们逍遥国去帮星月国。”店小二抱怨道。“你们逍遥国国王殇旦一向讲究无为而治，并不喜战，怎么会参与这种见利忘义的战争？”楚雅意味深长地笑道。“客官有所不知，我们逍遥国是国王有道，王后无德，则姬与其弟大将军千命金把持朝政，祸乱朝纲，小百姓苦不堪言呀。这不，我的儿子也在军中，这一去说不定有去无回呀！”店小二无可奈何地拉着长脸小声抱怨道。众人正在说话之际，一阵马蹄敲击石板路的声音，一位黑甲校尉骑马过来，命手下将水囊、干粮袋、干肉袋往店小二的几案上一堆命令道：“全都装满。”店小二不敢怠慢，赶紧准备。“看样子，这位将军不与大队人马走？”辞颂端着酒，瞳仁中闪着阴冷的光信口问道。“喝你的酒，少管闲事。”黑甲校尉怒气冲冲地喝道。“问问何妨？”小魔头鬼头鬼脑地顶了一句。“小兔崽子，找死呀？”黑甲校尉骂道。桃落怕小魔头惹事，节外生枝，连忙制止道：“小魔头，煮肉凉了，赶紧吃！”“校尉，这位姑娘如花似玉，何不送给大将军？”一位士兵嬉皮笑脸地说道。黑甲校尉嘿嘿一阵淫笑，向兵士命令道：“将这姑娘带走。”“小魔头，给我教训教训这帮畜生！”灵风拍案大怒喊道。“看我的。”小魔头话音未落，黑甲校尉血淋淋的人头已提在小魔头的手中，几个兵士见一个小男孩瞬间可以取下黑甲校尉的人头，吓得魂飞魄散，眨眼工夫逃得无影无踪。“别跑，带上你们的将军。”小魔头冲着逃跑的兵士喊道，然后他飞起一脚将黑甲校尉的人头踢出，那人头从空中像离弦的箭一样飞了出去。“此处不宜久留，我们还是上路吧。”灵风让剑士们将水囊和干粮袋装满警觉地说道。此时逍遥国的军队已经穿过三岔镇，暮霭之中，大军卷起的尘烟，迷蒙着，起伏着，涌动着，翻滚向前……“灵风，我觉得那小队人马甚是蹊跷，他们好像另有任务。”辞颂皱眉说道。“再走两日就到逍遥国国都名城了，我们去会会逍遥国国王殇旦。”灵风意味深长地一笑说道。“听店小二的话里话外，好像王后则姬已经篡夺了国王的权力。”

楚雅粗重地喘了一口气叹道。“风哥，看来黑魔祸乱天下之事，逍遥国并不知晓。”桃落忧郁地说道。“如此我们更应该去逍遥国走一趟了。”灵风淡淡地笑道。

逍遥国国都名城气氛紧张，街巷内黑甲骑兵你来我往，杀气腾腾，百姓们紧闭店门、家门，无人敢轻易上街，灵风等人来到逍遥国王宫大殿前，王宫已经被黑甲兵士团团围住，而王宫城墙上也站满了兵士剑拔弩张。灵风制服一位小校打听后才得知真情。原来国王殇旦长期服用丹药，身体越来越虚，夜里与王后则姬同榻时，则姬趁殇旦熟睡时，用枕头将殇旦活活闷死，并且密不发丧，此事被太子无为安插在宫中的宫女发现后告发，无为随即与相国商议发动宫廷政变。则姬既然敢对国王下毒手，自然做好了应付突变的一切准备，她早就命近卫军在宫墙四周做好埋伏，只等太子出现就将其斩杀。让则姬没有想到的是太子无为在则姬害其母后为“人彘”之后，便暗自招兵买马，在一个山洞里训练敢死队，以备来日之需。今日果然派上了用场。只是近卫军训练有素，以保卫王宫为荣，无为指挥敢死队数次攻城都未攻下。正在一筹莫展之际，空中黑云翻滚，嘶吼锐啸哀鸣四起，飞来大批龙头巨翅的怪鸟，宫内宫外的兵士大惊，正在不知所措之时，怪鸟向所有人发起了攻击。“不好，黑魔的玄冥鸟兵团！”灵风大喝一声。这时，空气中弥漫着刺鼻的死腐的臭气，恶禽玄冥鸟不停地俯冲攻击，将兵士们一个一个叼到空中然后将他们抛出活活摔死。宫内宫外乱作一团。太子无为骑在马上正在不知所措之际，一头巨大的玄冥鸟向他俯冲下来，战马吓得昂首一声嘶鸣，披散的鬃毛像云一样翻滚，无为险些掉下马来。“快救太子！”与玄冥鸟正在激战的灵风大喝一声。只见楚雅和辞颂分别使出杀手锏，那头巨大的玄冥鸟被楚雅的闪电之剑的剑芒和辞颂的宽带分别击中，恶禽哀号着摔落在地上化作一摊黑水。此时，小魔头、桃落和众剑士也各施本领和玄冥鸟兵团战在一起。很显然，黑魔是趁逍遥国内乱之际来趁火打劫的。玄冥鸟遮天数日，逍遥国士兵死伤无数。混战中，小魔头不见了，众人也顾不上找他，灵风率众剑士边打边往城内撤。这时城门早已打开，城门周围堆满了死伤兵士的尸体，众人退往王宫大殿，已然退到数百级台阶上，身后就是威严漆黑的王殿。殿前广场，灵风、桃落、楚雅和辞颂指挥众剑士保护无为与不断俯冲下来的玄冥鸟进行殊死搏斗。此时的无为已吓得瑟瑟发抖，宫廷政变变成了人魔大战。就在双方战得焦灼之际，宫门外传来了震耳的马蹄声，那马蹄声犹如焦雷击打着峭壁，迸着火星，转眼已经逼近宫门。宫门外狂风大作，大地震撼，第一道宫门，第二道宫门，马队铁蹄不停，转眼间已然到了第三道宫门，那马队如风暴般向殿前广场狂扑。铁蹄嘶鸣处，众人定睛一看，一匹白马电闪一般嘶鸣，扯着一道白光，打马狂奔身披白袍的正是法慧，另一匹青鬃马上身披金袍的正是狼王。灵风大喜，援兵一到，众人杀敌兴起。法慧和狼王率领传真、白狼等弟子旋即投入战斗。这时的逍遥国国都早已火光四起，一片妇孺的哭声。此时，城墙箭楼之上立着一只比其他恶禽大两倍的家伙，昂首喷火，不可一世，这家伙所到之处横尸遍野，一片哀号。“法慧，那个大家伙像是首领。”狼王双目射出绿幽幽的凶光大喊道。“狼兄，擒贼先擒王。”法慧打马向箭楼冲去。与此同时，灵风、楚雅、辞颂也已腾身而起冲向那巨大的恶禽。众神各施法力向那只巨大的玄冥鸟首领击去，那家伙没想到众神会一起向它发起攻击，猝不及防，龙头已被灵风的光阴之剑剑芒击中，左翅膀被楚雅的闪电之剑击下，右翅膀被法慧的狼头禅杖击碎，只剩下一具肉身正在摔落之际，狼王口吐神火已将它化为灰烬。漫天飞舞的玄冥鸟见兵团首领阵亡，纷纷发出凄厉的嘶鸣。群龙无首，玄冥鸟在哀鸣声中向远方逃去。众人望着黑压压远去的玄冥鸟都松了一口气。灵风收起光阴之剑，连忙抱拳向法慧和狼王施礼。“不知两位因何赶来?”灵风含笑问道。“我本想去星月国，路上听说逍遥国已经出兵援助星月国抵御圣母国的进攻，我想逍遥国国王殇旦一定不知黑魔作乱的事，便往逍遥国赶，路上遇到黑魔的怪兽兵团伏击，正在激战之时，狼王率白狼等弟子赶到，这才解了围。”法慧温声说道。“我和法慧从春秋国分手后，本应去圣母国，半路上听说圣母国已经兵发星月国，我想法慧去了星月国，我何不先稳住逍遥国，在去逍遥国的路上，发现法慧被怪兽军团伏击，便上前解围，然后我们共同赴逍遥国，没想到逍遥国遭此大劫。”狼王一拱手爽朗地说道。众人正在寒暄，一位剑士突然喊道："屋脊上有人！"只见远处屋脊上，一个人影晃动，众人定睛一看，不是别人，正是小魔头。只见小魔头左手拖着一个妇人，从屋脊上飞身而下，身后大殿如大鹏展翅，笼罩四方，殿门深沉，深不可测，更显得小魔头身影娇小矫健。小魔头来到众人面前，将手中的妇人扔在地上，那妇人不是别人，正是则姬。太子无为看见害死自己父王和母后的奸后，祸国殃民的则姬，血灌瞳仁，他大嚎一声，挥刀向则姬砍去。"慢着！这是毒死我母亲的妖后，应当由我来处置。"小魔头喝道。"你的母亲是谁？"无为被小魔头喝愣了，他疑惑地问道。"我的母亲就是逍遥国的凤凰公主灿若。"小魔头趾高气扬地说道。"胡说，我亡妹灿若早就被奸后毒死了，怎么会有儿子？"无为怒道。"殿下有所不知，小魔头确是灿若的儿子。"灵风解释道。于是灵风把小魔头的身世讲给无为听。无为听后半信半疑。"小魔头还不拜见太子殿下？他可是你的舅舅。"辞颂绷着脸目光中却忍着笑说道。"胡说，凭什么让我叫他舅舅？"小魔头梗着脖子说道。"小魔头，你母亲如果还活在阳间得称你舅舅为兄长，你说应该叫他什么？"灵风微笑着拍了拍小魔头的脑袋说道。众人听后哈哈大笑。"家有家法，国有国规。这奸后祸国殃民，还是由太子无为按逍遥国的法律惩治吧。"法慧怒视则姬说道。"来人哪，把这奸后打入死牢，听候发落。"无为大喝一声。几个兵士将则姬拖了下去。无为感谢灵风等人的救命之恩，当晚设宴款待。三天后无为为父王殇旦发丧，并将奸后则姬推出午门外斩首示众。灵风等人告别太子无为重新上路，狼王率白狼等弟子继续前往圣母国。法慧为结盟诸国伐魔之事留下来与无为商议。无为目前最头痛的事是则姬的弟弟逍遥国大将军千命金，一旦他在星月国得知逍遥国的时局必然回师夺权。"法慧大国师，逍遥国无兵如何御敌呀？"无为皱着眉头问道。"你现在已经是逍遥国的国王了，你赐我尚方宝剑，我去星月国见机行事想办法除掉千命金，为逍遥国夺回兵权。"法慧凛然说道。"果然如此，大国师便是我无为的恩人，更是逍遥国百姓的恩人，请受无为一拜！"无为说完伏地便拜。"使不得，使不得！"法慧双手扶起无为。翌日，法慧辞别无为，率领传真等弟子策马向星月国飞奔而去。

灵风一行上路之时，却不见了小魔头，这小东西因没有亲手杀死则姬而愤恨不已。一气之下，与灵风一行分道扬镳，不知去向。灵风无暇顾及小魔头，一行人马继续往东行进，骄阳似火，炎腾腾烤着滚热的大地，一丝风也没有，阵阵热浪扑面而来，热得人透不过气来。大约走了一月有余，天气更是燥热难耐，剑士们口干舌燥，众人盼着眼前呈现一眼甘泉或者一条大河，可眼前却陡然出现了一望无垠的大沙漠。大沙漠浩浩渺渺，荒寂而苍凉，人在其间，顿时显得那么渺小。沙丘连绵不断，黄沙在太阳的照射下，像耀眼的黄金，烤得人喘不上气来。仿佛大自然在这里把汹涌的波涛、排空的怒浪，刹那间凝固了起来，让它永远静止不动。已经有两匹马倒下了，灵风预感到危险就要临近。“灵风，往东走，不应该有沙漠呀！”楚雅也似乎意识到了什么，疑惑地说道。灵风未置可否。“灵风，还是看看《光阴真经》吧！”辞颂用担心的口吻说道。桃落打开包袱，拿出那卷竹简递给灵风，这本神书，可以随灵风的感应变换所需的文字，灵风想知道什么，宝典就会呈现什么内容。“我们没有走错路，按书上记载，这里应该是一片山谷地带，怎么会变成了沙漠？”灵风紧锁眉头看了半天自言自语道。“听老人常说，沧海桑田，是不是这里发生了什么？”桃落温声问道。“不可能，女娲娘娘记下的事情不会错的。”灵风毫不怀疑地说道。“那为什么我们走进了大漠？”桃落不解地问道。“反正走进来了，再往前走一程再说吧。”灵风心下也是扑朔迷离，他略微迟疑地说道。众人继续前行，翻过一座大沙丘，突然天暗了下来，狂风骤起，飞沙走石，像恶魔似的横冲直撞，狂风中还透着一股魔气。“大家小心！”灵风大声喊道。话音未落，整个人向下陷去。“风哥快抓住我！”桃落伸出手要拽灵风，随着灵风也陷了下去。紧接着所有人纷纷陷入沙海，越陷越深，仿佛地下有巨大的吸力，不能自拔。“辞颂，我们八成是中了土魔的陷阱了。”楚雅一边抵抗着沙漠巨大的吸力一边说道。“也可能是迷障，黑魔在这里有魔咒。”辞颂话音刚落，头已被沙海埋没。此时所有的人无不被沙海吞没。一段漆黑过后，灵风率先摔在地上，紧接着众人一个个扑通扑通地都摔在了地上，周围漆黑一片，仿佛到了地狱，空气中充满了死腐的臭气，无为赠送的所有马匹全部被闷死了，灵风用驱沙咒护住桃落，桃落才躲过一劫。楚雅、辞颂和众剑士也都各施绝技安然无恙。灵风命剑士点着火把，腾腾腾，几支火把点亮了，众人借着火光一看大吃一惊，大家是在一个巨大的山洞里，并且站在一座利陡利崖的山顶上，周围是漆黑的万丈深渊，简直是到了绝境。众人正在彷徨之际，从对面黑漆漆的深处发出了咯咯的巨响，像是一道尘封千年的石门被推开了，紧接着万箭齐发射向绝壁。众人赶紧用手中的武器拨打飞箭，眼看几个剑士有些抵挡不住，辞颂的箫声响起，那箫声浑厚低沉，宛如一扇巨大的盾牌，飞箭随着箫声掉头向巨门飞去。只听见嗷嗷几声怪叫，几头怪兽哀号着摔下万丈深渊。这时，几只巨大的玄冥鸟扑打着翅膀从石门处向绝壁一字排开搭了一座空中飞桥。一头巨大的怪兽迈着像熊一样的脚步向绝壁逼近，他的鼻子、眼睛、嘴都喷着火，手里拿着一个巨大的链球锤。“欢迎来到魔狱之门，你们跑不了了。”怪兽瓮声瓮气地说完，又嘿嘿地大笑起来，一股煞气扑向绝壁。怪兽突然收住笑声抡起巨大的链球锤卷着黑气呼啸着以势不可当之力向绝壁砸下来，说时迟，那时快，灵风腾空跃起，避过风头，光阴之剑划过一道白光，侧身劈了下去，那巨锤还未碰到光阴之剑，只是剑光就将锤头劈落。怪兽大惊，狂啸着喷出一团魔火，他就像一座火山一样向绝壁挪过来，一边走一边吐出几个字：“孩儿们，上来吧！”顿时，漆黑的万丈深渊变成了火海，那火苗发出嘶嘶的声音，仿佛是成千上万的幽灵发出的冷笑声。那怪兽的身影伴着火光飘动起来，越飘动越高大，从里到外透着一股令人恐怖的力量。“楚雅，《光阴真经》上有这家伙，他是黑魔的五大护法之一，叫火魔。”灵风手握光阴之剑，脸上像挂了一层严霜一样冷峻，咬着牙说道。还未等楚雅答话，火魔手中的铁链化作一条火棍横扫过来，一名剑士惨叫着坠入火海。“看我的！”楚雅话音落处，人已在空中，他挥舞闪电之剑，如霹雳，似惊雷，剑芒像巨大的瀑布一般扑向火魔，火魔用火棍相迎，由于用力过猛，一时收不住，重重地摔倒，砸向一字排开悬在空中的玄冥鸟肉桥。那些玄冥鸟经不住火魔重重的一砸，卷着火团纷纷落进深渊。此时，辞颂一抖宽带，宽带化作瀑布倾泻而下，火魔也变成了巨大的黑影，摔向火海。火海渐渐熄灭了，辞颂一边挥舞宽带甩向巨石门嘴，一边催促道：“快，大家快点过去！”那宽带如一座玉桥横亘过去。辞颂话音刚落，灵风怀抱桃落第一个踩着宽带向前冲去，巨石门前的怪兽们发出嗷嗷的叫声，灵风挥舞光阴之剑奋力砍杀，终于杀入巨石门。进入巨石门，狭窄而悠长，四周全是幽灵般的眼睛。密密麻麻，不计其数。有些眼睛闪着让人恐惧的绿光，有些眼睛闪着令人毛骨悚然的血光。“风哥，这里太恐怖了，我有些害怕。”桃落偎缩在灵风怀中颤声说道。“落儿，别怕！这只不过是黑魔的把戏而已，这些绿眼睛、红眼睛伤不了你。”灵风几乎将桃落夹在腋下从容说道。众人没走多远，洞中嗡嗡的声音开始鼓噪起来，声音越来越响，四周的绿眼睛、红眼睛也越来越亮，突然所有的眼睛都嗡嗡地飞了起来，旋即变成无数大马蜂势如破竹地向众人叮来。“快跑！”灵风喊完一把拉起桃落就跑，众人紧随其后。成群的大马蜂嗡嗡地在后面狂追，几个跑在后面的剑士不一会儿就被蜇得遍体鳞伤。灵风几乎夹着桃落奔跑，终于见到光了，灵风心里一阵兴奋，想不到一脚踏出去，竟踩空了，直挺挺地摔了下去。“扑通，扑通”，随后众人像下饺子似的全都摔到了一汪碧波荡漾的湖泊里，好在因祸得福，大家都将头藏在湖水里，蜂群围着湖水转了几圈嗡嗡地逃回了黑洞。众人刚刚把头露出湖面，一个巨浪就将他们举到了空中，然后重重地摔在岸上。正在大家惊魂未定之时，那巨浪飘忽着，越涨越高，似人非人，还发出恐怖的怪笑，像一股烟一样向众人走来。灵风拔出光阴之剑向着水怪劈去，但无济于事，那宝剑就像在水中划了一下一样，楚雅也用闪电之剑劈去，效果和灵风一样，水怪哈哈大笑，他掀起巨浪向人们砸来，众人又被巨浪高高举起，扔了出去。“大家别慌，这是水魔，也是黑魔的五大护法之一，我在《光阴真经》上看过，辞颂，你是雪神，给他点厉害瞧瞧！”灵风护住桃落肃然说道。就在这时，水魔抛出若长臂一样的巨浪击向灵风，灵风挥剑舞出巨芒如墙一般将巨浪挡住，只听见浪芒相撞，轰然巨响，却不知是计，水魔虚晃一招，将灵风引开，另一条水臂早已将桃落抓住高高举起。“投降吧，灵风，你们不是我的对手。”水魔哈哈大笑，如此猖狂桀骜，如此不可一世，如此睥睨苍生！灵风情急之下挥起光阴之剑想斩断水魔的水臂，但又怕伤着桃落，急得灵风青筋暴跳。此时，桃落在水魔的两只由巨浪形成的水臂之间抛来抛去，宛若玩物。“风哥，快救我！”桃落惊恐地呼喊道。“灵风，莫急！看我的！”辞颂慌忙将宽带抛出想缠住水魔的水臂，但被水魔轻轻一拂就化解了。“投降吧，不然，我摔死她。”水魔威胁的吼声若奔腾咆哮的巨流。惊骇之中，辞颂幽幽吹起长箫，湖面顿时波涛汹涌，白浪滔天，竟比水魔掀起的巨浪还险恶。“灵风，你带领大家快离开水面，我倒要看看这水魔有什么魔力。”辞颂说完霍然拔地而起，声动天地，长箫发出的豪光灿烂无比。灵风和楚雅用剑芒将众人托住抛向山崖。剑士们刚刚离开，辞颂的长箫悠悠，天空突然下起鹅毛大雪，只见他白袍猎猎，沐浴在璀璨的箫芒之中，宛若天尊，漫天箫芒，如长鲸吸水，将湖水尽收箫内，只剩下如烟若雾的水魔冻在湖面上寸步难行。“雪神，好手段啊！”水魔绝望地低吼道。吼音刚落，水魔就像一座冰山一样被冻在了那里。桃落却毫发无损，孤零零立于冰山之上，望过去楚楚动人！辞颂抛出宽带缠在桃落纤纤细腰上，然后轻轻一带，桃落便回到岸上，这时，灵风和楚雅赶紧跑过来，却见桃落冻得粉面可人瑟瑟发抖，灵风赶紧脱下长袍披在桃落的身上，紧紧抱着她。“灵风，此处不宜久留，我们得赶紧离开这摊魔水。”辞颂决然道。众人腾空而起跃上山崖。

我正在民航售票处购买去京城的飞机票的时候，接到了车夫的电话，他说他到东州了，要见我，我只好退掉机票，请他到家中做客。在京城，车夫是一位颇有分量的画商，他的画廊捧红了许多画家，我的画大多是经他的手售出的。按理说，车夫也是搞油画的，却是一个不高明的画家，不过他对艺术却有敏锐的鉴赏力，又极具经营头脑，似乎天生就是个做画商的料。他特别善于发掘有才能的新人，因此生意一直做得有声有色。车夫的年龄和文白差不多，丧妻，有一个儿子，为了追求我一直未婚。第一次他向我表白爱意是在他位于北京郊外的别墅，我去那里做客，当时他半开玩笑地对我说：“小丹，你看我这栋别墅周围的环境不亚于曼德·霍贝玛笔下的风景画吧，可惜就缺一位女主人了。”我也开玩笑地回敬他：“你看我像一只金丝雀吗?”他听后尴尬地笑了。还有一次我在他的画廊办画展，他把我领到一面镜子前和我并肩站在一起动情地说：“小丹，你看我们是不是天生的一对，如果你肯嫁给我，我的事业一定会如虎添翼。”我莞尔一笑，幽默地说：“可惜我不想做别人的翅膀!”他不死心地说：“那就让我做你的翅膀，好不好?”我只好坦诚地说：“车夫，谢谢你，被爱的感觉的确很好，但是我更喜欢爱的感觉。”他听了我的话虽然有些伤心，但还是充满希望地说：“小丹，我一定会努力让你爱上我的!”从那以后，我们就成了无话不谈的朋友，但仅仅是朋友而已。因为我一直向往的爱情是爱与被爱的完美融合。不知为什么，这种感觉在车夫身上我一点也找不到，但在顾文白身上似乎有了一些感觉，或许正因为如此，我才会对他的失踪如此上心。车夫一进我家就看出我有心事，便用开玩笑的语气问：“小丹，我觉得你不太对劲儿，是不是想我了?”这段时间我内心确实很郁闷，车夫是个乐天派，又是我最信任的朋友，所以他的到来真的让我很开心，便喜滋滋地回答道：“你永远都是个梦想家。”他笑眯眯地摇晃着大脑袋，眨着极具穿透力的小眼睛，仿佛他的头脑比天空还要辽阔似的，右手伸出食指，一边点着一边眉舒目展地说：“你真是一个相信爱情的怀疑主义者。”我似乎被他说到了痛处，便顾影自怜地说：“三毛有几句诗，我很喜欢，她说，爱情的滋味复杂，绝对值得一试二尝三醉，三次以后，就不大会再有人勇于痛饮了。”车夫不依不饶地说：“可是小丹，你才试了一次，便没有勇气痛饮了！我觉得你什么都可以拒绝，就是不能拒绝阳光，为了你，我愿在漫无尽头的黑夜中永远等你。”我看他滑稽的样子，忍不住咯咯地笑了起来，我一边捂着嘴一边说：“车夫，几天不见，你什么时候变成诗人了?”他用大手摸了一下自己的大脑袋，也嘿嘿地笑着说：“我这个人身上铜臭味太浓，永远都成不了诗人，但有一套在梦态时使用的语言。”我逗趣地问：“那么你现在是梦态还是醒态?”他脸上挂着古怪的微笑，双眸闪耀着诡谲的欢欣说：“小丹，我只有见到你时才会情不自禁地使用梦态语言，我甚至怀疑你的灵魂中孕育着我的灵魂，在你没把我的灵魂生出来之前，我俩的灵魂必须在一起。”我又被他逗得笑了起来，一边笑一边指责他油嘴滑舌。他竟一脸庄重地靠近我，庄重得让人有些感动，他用深沉的目光看着我说：“小丹，正因为我对你的爱深沉，所以每次见到你便情不自禁地进入梦态，你知道这梦态给我的最大收获是什么吗?”我装作不经意地摇了摇头。他继续一本正经地说：“就是你让我产生了一个伟大的想法。你知道有信仰的民族都是善于做梦的民族，这恰恰是中华民族当下所缺失的。我的想法是有朝一日写一部和《圣经》相媲美的《梦经》，汇集天下人做的美梦，创立梦教，以《梦经》为图腾，号召所有中国人不再信仰权力、崇拜权力，而是信仰美梦，崇拜美梦，你觉得我这个想法伟大不伟大?”说完他虔诚地看着我，仿佛我就是他的教主似的。尽管车夫的话几近梦呓，却让我深受启发，我和他认识这么久了，还是第一次听到他来自头脑和心灵的话语，便用赞赏的口吻说：“行啊，车夫，士别三日当刮目相看啊!”他听了美滋滋的，脸上挂着得意的微笑，灼灼的小眼睛闪烁着奇妙的光，得寸进尺地说：“小丹，你觉得《梦经》有没有可能成为一部伟大的作品呢?”我莞尔一笑，宛如在和谐的旋律中加了一个重音，用将军的口气问：“那么请问，衡量伟大作品的标准是什么?”他似乎看破了我的心机，故而采取了迂回策略，避重就轻地说：“托尔斯泰在他的《安娜·卡列尼娜》的开篇讲了一句发人深省的话，幸福的家庭都是相似的，不幸的家庭各有各的不幸。我套用他老人家的话说就是，低劣的作品都是相似的，优秀的作品各有各的不同。对了小丹，有一个人的作品让我刮目相看。”我好奇地问：“谁?”他不假思索地说：“顾文白。”我惊愕地问：“为什么?”他用一种发现新大陆的口吻说：“顾文白的每一部小说都会给我带来新的激动，就仿佛在迷宫中迷失了很久，突然找到了出口似的。小丹，不知道你注没注意到，顾文白的文字和你的画有异曲同工之妙，就仿佛他窃取了你的想象力似的，我敢断言，你们俩是天生的知音，对了小丹，我这次到东州很想见见顾文白，也不知道你俩认识不认识?”车夫这番话说得我心里五味杂陈的，自从得知文白和张欣出事以后，噩梦就成了我的迷宫，我现在迫不及待地想逃出这迷宫，可是我似乎才刚刚被抛入梦中。我知道车夫做事功利心很强，他绝不会仅仅为了喜欢一个作家的作品而专程拜访的，他想见顾文白一定有他的打算，便用试探的口吻问：“你一定又有什么鬼主意了，说，见顾文白想干什么？”车夫听了我的话好像悟出了什么，用惊异的眼神看着我说：“小丹，听你的口气，你好像和顾文白很熟嘛！莫非你们俩真成了知音？”车夫是个精明的生意人，很善于洞察别人的心思，此时此刻，我感觉他体内正缱绻着一个窃笑的小魔头，不知是让他说中了心事，还是油然而生对顾文白的牵挂之情，我竟情不自禁地抹起了眼泪，他顿时意识到问题的严重性，收紧肥硕的下巴，谨慎而机敏地问：“小丹，实话告诉我吧，你们之间是不是有什么事？”我重重地点了点头，仿佛看见了久别的亲人似的，一股脑地将文白和张欣两口子的遭遇向他和盘托出，也许是太久没有找人倾诉了，也许是文白两口子的事太沉重了，向车夫和盘托出后，我竟然觉得自己将心头的一块大石头给推开了似的，轻松了许多。车夫听罢沉默良久才叹息道：“小丹，顾文白的遭遇让我想起了托马斯·曼在《魔山》里的人物纳夫塔的一句话：我们时代的神秘性和准则，不是自我的解放和发展，我们时代所需要的，它所要求的，它将为自己创造的，是——恐怖。其实这是顾文白全部作品所要揭示的主题。可惜，本来我想……”“你想什么？”我就知道车夫想见顾文白一定有目的，便警觉地问。车夫像是被人突然在头顶上泼了一盆凉水似的沮丧地说：“本来我想聘请顾文白为我的画展当顾问呢，可是……”“画展？什么画展？”我丈二和尚地问，“顾文白是作家，如何为你的画展当顾问？”他脸上露出失望的神情，像一个清楚地知道自己永远也不可能获得角色的演员，用遗憾的口吻说：“自从顾文白开唯心现实主义之先河后，尽管引起了文学圈子里很多人的嘲笑和攻击，但在艺术界却掀起了一股崭新的思潮，特别是在绘画界诞生了一大批唯心现实主义的追随者，他们的画作主题非常特别，基本上是前无古人的，艺术手法也颇具创造性，追求一种离奇的效果，他们善于通过直觉抓住易逝的幻觉，再通过理性表达出来。仿佛幻觉已经成为他们自我的一部分，那种割破现实的自我伤害给人心灵的震撼，即使用我独创的梦态语言也无法描述，顾文白在他的长篇小说《历史》中有一句话令人印象深刻：真实需要创造。我觉得唯心现实主义者的根本目的就是想创造一个真实的自我。当前这种思潮暗潮涌动，特别需要一个好的平台来展示自己，我认为一旦将唯心现实主义画作集中展示，一定会引起巨大的轰动。顾文白是唯心现实主义的首创者，你想一想我的画展要想成功，怎么可能离开他的智慧，我这次到东州就是专程为他来的，可是……唉！”他这一声无可奈何的长叹，就仿佛一个令人着迷的梦想像气球一样破灭了似的，我非常理解他此时的心情，便劝慰道：“干吗这么悲观，就好像我们这辈子再也见不到顾文白了似的，我坚信文白和张欣一定能闯过这一劫的！不瞒你说，你给我打电话时，我正在买去北京的飞机票呢。”“你要去北京？”车夫换了一副喜忧参半的神情，用意想不到的语气问。我既忧郁又语气坚定地说：“对，我准备去北京寻找顾文白，你愿意帮我吗？”车夫没有马上回答，他起身走到窗前，望着天空灰白的金色云层，良久才所答非所问地说：“小丹，你一定读过他的《历史》，里面有一句很典型的唯心现实主义箴言：我们认为思想存在于头脑中，这是唯物主义者的错觉，其实我们连同头脑一起都存在于思想之中，因为思想是宇宙，是天空。郁达夫有一句送给每一个中国人的话，他说，没有伟大人物出现的民族，是世界上最可怜的生物之群；有了伟大的人物，而不知拥护、爱戴、崇仰的国家，是没有希望的奴隶之邦。我觉得你和文白都属于值得拥护、爱戴、崇仰的人，我这个凡夫俗子有什么理由不帮你呢？”我万万没有想到车夫会说出一番这样的话，他着实感动了我，我开始重新审视眼前这个胖乎乎的男人，我甚至产生了一头扎进他怀里的冲动，但我还是理智地抑制住了自己，因为我太了解车夫了，他做事做人永远像做生意那样，要讲投入产出的，这也是我无法接受他的爱的根本原因。我知道他答应帮我一定有条件，所以站在他身后默默地看着他的背影，并未露声色。果然，他突然转过身，眨着诡谲的小眼睛，心机深沉地说：“不过，我有一个条件。”说完，他笑眯眯地看着我，眼神犹如丝绸般油滑。我用一副果然不出我所料的神情看着他，仿佛在欣赏一幅肖像画，脸上挂着揶揄的微笑说：“只要不让我嫁给你，什么条件我都答应。”他苦笑着摇摇头，咬了咬薄薄的嘴唇，仿佛舌根突然莫名其妙地涌出了酸水似的，扯了扯嘴角说："我听说顾文白做人非常低调，从不在公众场合抛头露面，请他出山怕不是件容易的事，小丹，我的条件很简单，我帮你找到顾文白后，你帮我说服他做'唯心现实主义画展'的总策划，怎么样?"我还以为车夫会提出什么苛刻的条件呢，想不到这么容易，便长长地舒了口气，心想，要是文白在的话，他和车夫一定能谈得来，因为车夫对艺术的鉴赏力一定会令他刮目相看的。我向车夫简单介绍了文白的性格，车夫听了大有相识恨晚之感，我又向他介绍了顾文白的新作——长篇小说《神话》，他迫不及待地想看我为《神话》配的插图，当我把插图交给他后，他看得如醉如痴，一边看一边惊叹道："小丹，这些插图如果画成油画，每一幅都可称得上是唯心现实主义的精品，可以说每一幅都是你的心灵图景啊，你务必答应我，把这些插图画成油画，到时候参加我主办的唯心现实主义画展，我敢保证，这些作品一定会引起画坛轰动的。"我得意地问："你最喜欢哪一幅?"他仔细斟酌后说："英冰澈在魔窟坐牢这幅画很震撼，灵风助英桃落大战花魔这幅画得摄人魂魄，总而言之，每一张都充满着艺术的张力，太难得了，我都喜欢。"得到他如此高的评价，我心里美滋滋的，但想起文白的遭遇，心情一下子又忧郁起来，应该说这些画是我献给文白的《高山流水》，可是我不知道何时才能向他展示我的心灵图景，这可真应了蓝姬那句歌词："皆因萧墙暗天起，愁煞断肠妹!"

自从黑魔霸占了蓝姬以后，英仓建一直被关在地牢中，他毕竟是世外桃源的源主，属于半人半神之体，黑魔虽然也给他吃了黑桃花，但是仍然不能控制英仓建的灵魂，黑魔没办法，只好将他关在地牢中。蓝姬多次想死，但是她的一举一动都在黑魔的监视之下，想死比登天还难，再加上心中放不下丈夫和儿子，只好委身于黑魔，黑魔为了满足淫欲，对她百般蹂躏，蓝姬只能忍辱负重，苟且偷生。不过，蓝姬可以经常去地牢看望丈夫，黑魔并不阻拦，黑魔特别欢喜蓝姬每次看完英仓建痛苦无奈的表情，每当看到美人落泪，都会勾起黑魔的淫欲，于是蓝姬会再被蹂躏，痛上加痛。英仓建在地牢中被铁索锁住手脚，他每次见到痛苦的蓝姬都心如刀绞，自己无力救出自己的爱妻，更不知女儿现在是生是死。夫妻俩每次见面都痛哭不已。最近，蓝姬总是做一个梦，梦见女儿桃落跋涉在青山绿水之间，不知是凶是吉。她趁探望英仓建之时，把这个梦告诉了他。“蓝姬，最近我也经常做这个梦。不过女儿周围有很多人，这些人保护着女儿在跋山涉水。”英仓建虽然蓬头垢面，而且被折磨得瘦骨嶙峋，但是双眼仍然灼然有光，他望着凄楚的蓝姬徐徐说道。“仓建，会不会是女儿托梦给我们，她已经找到能打败黑魔的神，领着神仙救我们来了？”蓝姬企盼地说道。“但愿如此吧。”英仓建喟然长叹道。两个人没说几句话，就听见地牢外玄冥鸟的哀号。“蓝姬，黑魔又派人监视你了，你快回去吧！”英仓建痛苦地说道。“这个恶魔，不仅蹂躏我，而且糟蹋了桃源所有的美女，自己玩够了玩腻了，就赏给那些怪兽，真是惨极了。”蓝姬掩面啜泣道。“儿子怎么样？”英仓建见蓝姬如此悲痛，转移话题问道。“冰澈的心智已经完全被魔咒所控制，成了恶魔的帮凶。”蓝姬呜咽着拭泪说道。“苍天哪，谁来救救我的世外桃源！”英仓建痛苦地把双手举过头顶，缚手的铁索哗哗山响，嘶哑着喉咙像一头困兽一样绝望地哀号着。在魔窟，男人们因吞了黑桃花，他们的心智都被黑魔控制了，成了魔兵；只有女人们没有吃黑桃花，专供恶魔们享乐。因为黑魔不喜欢听话的女人，吞了黑桃花的女人会百依百顺，像傀儡一样，这样的女人不合黑魔的口味，他喜欢征服和占有，包括征服和占有女人。蓝姬巍巍颤颤地回到了仙桃居，黑魔仍然化作英黄炎的形象坐在大殿宝座上，宫女们正翩翩起舞，黑魔见蓝姬如一缕缠绵不去的幽魂哀哀怨怨地踽踽而入，心下大喜，他一见到蓝姬悲切迷离之色便神魂颠倒。“爱妃，本尊今天高兴，何不抚琴一曲为本尊祝祝酒兴。”黑魔狞笑道。蓝姬知道，黑魔的话是不能违逆的，与其被蹂躏，不如抚琴敷衍更好。打定主意踽步走到琴台，理弦调音，勾抹挑拨，娓娓而歌：嗟呀！一夜东风恶，春去何时归。桃花弱，女儿悲，怎堪禁狂飙疾雷催！心藏风云世莫知，盼只盼春回大地桃花醉。桃花醉，女儿泪，皆因萧墙暗天起，愁煞断肠妹！蓝姬拂琴歌唱，黑魔饮酒作乐之际，怪兽军团长急急冲冲进来报告。“启禀魔尊，土魔、火魔、水魔三大护法大败。”斜躺在魔椅上的黑魔一下子坐起，摔了酒斛，大怒骂道：“浑蛋！都是些无用的废物。”正在翩翩起舞的众宫女吓得连忙退出了大殿，蓝姬也借机悄然离开。“灵风是不是已经闯出魔阵了？”黑魔颓然问道。“尚未闯出，不过，已经到了花护法的地界。”怪兽军团长怯生生地说道。“好了，通知小花，一定要把灵风等人消灭在花迷障之中。”黑魔阴郁地说道。

灵风率众一路遇险，终于冲出水魔的阻击，长长地松了一口气，他驻足远望，将阳光收入眼帘，一条溪水静静流过，绿丛中浮动着一片姹紫嫣红，就像天边飘落的云霭！赭色的泥土，碧绿的溪流，如黛的青山，暗灰的卵石……斑驳陆离之中，燃烧着天边的彩虹。这一片娇艳的花海，灿烂而耀目，惹得桃落恬然欢笑，银铃般的笑声伴着微风，荡得花海漾出阵阵涟漪。花朵随涟漪在枝头颤动，野蜂嗡嗡飘飞的声音在花丛间流泻，在人们的血管中搏动，冲去了恐慌和疲乏，那透绿的声音流过花茎的弦索飘上野蜂的薄翼，扇动得每个人的头仿佛都变成了花朵。“怪异！”灵风心下骇然，自言自语道。只见艳丽的花海中，五彩缤纷，却不是玫瑰、牡丹、野菊……那花朵从来没见过，娇嫩妖邪，所有的花朵都呈现出一种龙头形态，竞相开放，花香诱人，让人嗅后心旷神怡，飘飘欲醉，乐不思蜀。众人惊诧之际，花海中隐隐飘浮出一座富丽堂皇的宫殿，宫殿彩虹为穹，鲜花为柱，美女如云，欢声笑语。宫殿之上长裙及地的美女摇步嬉戏，妩媚动人，她们逐蝶捉蜂，摄魂吸魄，让人觉得仿佛进入了华丽而奢侈的梦境。这时，花宫大殿之上怡人心魄的琴声响起，真可谓高山流水，悦耳穿云。一位清艳绝伦的美女目送秋鸿，抚琴弹唱，靡靡之音悠扬悦耳，如梦如幻：烟云美女入梦来，酒酣歌罢情窦开。良宵千金若流水，垂罗摇舞离人哀。醉忘归，醉忘归，花香似海几人回？莫不如，莫不如，今宵贯酒与君倾，柔情一夜送泉明。歌声缭绕，缠缠绵绵，空气中的花香伴随着歌声浓浓鼓荡，剑士们仿佛喝醉了酒，迷离恍惚，东倒西歪地躺在地上。就连灵风、楚雅、辞颂也感到梦呓一般的恍惚，头晕眼花，摇摇欲坠，只有桃落头脑非常清醒，惊厥地看着众人，觉得匪夷所思！因为桃落生在世外桃源，天生就是花仙子，她可以抵抗住任何鲜花的诱惑。这时，五彩缤纷的鲜花随着琴音歌声全都飘逸起来，宛若漫天花雨，在空气中像蒲公英一样飘荡。“风哥，你们这是怎么了?!”桃落微带讶异地温声问道。“不好，我们进入了花魔的迷障。”灵风霍然变色道。“你怎么知道是花魔的迷障?”桃落不知所措地问道。“女娲娘娘的《光阴真经》中有记载，花魔是黑魔的五大护法之一，会使摄魂术。”灵风有气无力地说道。“风哥，我们怎么办?”桃落焦急地问道。这时，辞颂试图用箫声与花魔对抗，然而因为花魔先发制人，谁都猝不及防，辞颂已被花香诱惑得无力抵抗，长箫颓然滑落在地。而此时的灵风和楚雅也已无力使用兵器。“落儿，莫慌，”灵风沉着冷静地说道，“你喝过玫酒后，已经有了灵力，快捡起辞颂的长箫，用箫声与花魔对抗，你一定能战胜她!”桃落捡起辞颂的长箫，脑海中一下子浮现出哥哥英冰澈的音容笑貌，从小英冰澈就爱带着桃落在桃花盛开的树下吹箫，许多小伙伴围着英俊潇洒的英冰澈听箫赏花，想着想着，耳畔仿佛传来了哥哥那魂牵梦绕的箫声，眼前闪烁着爹和娘慈祥的目光，血海深仇在心间鼓荡，桃落宁神静气地将辞颂的长箫对准自己的樱唇，一曲《桃源情》悠悠响起，浑厚舒缓，深沉悠扬，与花魔的魔琴胶着碰撞，此起彼伏，斗得不可开交。花魔是一位能幻化出绝世容颜的大魔头，此时，五根琴弦在花魔的纤纤玉手间翻飞跳动，无数艳丽无比的龙头花瓣在空气中飘舞游荡。花魔的表情似笑非笑，充满贪婪的诱惑，她巧笑嫣然，笑容如湖中涟漪幽幽荡漾。其实遍地野花只是迷障，不过是花魔用魔琴弹出的琴咒，那些在空气中上下飘逸的花瓣随着琴音激荡，仿佛积蓄了越来越大的能量，突然，花魔琴弦挑拨急促如雨，所有的花瓣像离弦的箭一样向灵风等人攻击。灵风等人被打得头昏脑涨，如万针扎心，桃落见灵风等人受到攻击，竟一时乱了方寸，箫声杂乱无章，露出意乱情迷的破绽，花魔身边的花娇们咯咯咯发出柔媚的笑容，那笑容动人心扉，慑人魂魄，几名剑士的魂魄已经脱离肉体在空气中弥漫。“落儿，沉住气，别慌，你能行!”灵风面无血色沉声说道。英桃落望着灵风强作欢颜的笑容，知道遇上了强劲的对手，她宁心静气，调整情绪，悠悠箫音低沉婉转，直逼花魔，刹那间，双方的乐律撞击在一起，在空中形成一个巨大的气团。这个气团在空中蒸腾旋转，将空中飘逸的花瓣聚作一团，形成一个巨大的花球，随着桃落灵力与花魔魔力的较量，那个花球在空中或上下翻腾，或左右飘逸，或定格不动，或旋转不止，真可谓是势均力敌，旗鼓相当。由于桃落扼住了花魔的魔力，花魔幻化出一些花妖美女开始化作各色烟尘缓缓消散，几个魂魄离体的剑士由于魂魄的回归又恢复了知觉，灵风和楚雅逐渐摆脱迷离，分别拔出光阴之剑和闪电之剑，辞颂也抖出了宽带，三件法宝在悦耳的音律作用下，跃跃欲试。此时，桃落将对灵风的一片深情已经幻化成璀璨的梦境，那梦境感天动地，催人泪下，缠缠绵绵，凄凄切切，低回徘徊，曲调华美而灿烂，面容悦目而惊心。这正是“生如夏花之绚烂，死若秋叶之静美”。桃落显然占了上风，花球不断地推向花宫大殿，花魔显然因为轻敌而陷入困境，她一向幻化作魔界第一美女，从来都傲视群花，目空一切，此时她做梦也未想到世外桃源的一个普通女子会有这份灵力，真是匪夷所思！今天本来想让灵风等人葬身花海，没想到桃落竟用对灵风的挚爱通过箫声幻化作梦境抑制住了自己的魔力，正是以爱化恨，以道降魔。花魔难以抵挡桃落梦境的诱惑，琴声渐弱，梦境像阳光一样一点点驱散她内心的魔力，她几番努力想将内心的魔力再度凝聚起来，凝聚成更大的魔力袭击桃落，然而凝聚起来却无法将魔力发出。桃落与花魔正在胶着之际，灵风在桃落的梦境感召下，渐渐恢复了灵力，他盘膝打坐凝神静气，突然凌空而起，一道白芒划过，光阴之剑借助桃落梦境的力量增强了近十倍的灵力，将一团剑芒以迅雷不及掩耳之势，击向那空中的花球。花魔和桃落的力量一下子失衡了，花球被剑芒击散后，掉头射向花魔，成千上万的花瓣如万箭齐发，花魔魔力凌乱，无力抵挡，娇嗔尖叫一声，化作一缕彩色的香魂向远方逃去。漫天花瓣随着花宫大殿的坍塌，化作漫天尘土，腾起阵阵尘埃，尘埃落定，一张巨大的膜状物脱离众人，如柳絮一样随风飘去，众人浑身上下黏黏糊糊的，正当不知所措之际，周围突现出巨大的山谷和森林。“落儿，你打败了花魔，我们冲出黑魔设置的魔障了！”灵风紧紧抱起桃落欣喜地喊道。此时的桃落已经是筋疲力尽，她温暖地瘫在灵风的怀中。

法慧率众弟子离开逍遥国后，日夜兼程地往星月国赶，路上遇到许多逃难的星月国百姓，都说逍遥国的大将军千命金叛投圣母国，星月国国都阿拉城已经被千命金的十万大军团团围住，万分危急。法慧知道必须与时间赛跑，才有可能解救星月国的危机。前面是广袤无垠的沙海，法慧一马当先，几十骑人马在星月国的大沙漠上呈扇形突进。法慧的长袍随风猎猎飘荡，手中的狼头禅杖熠熠生辉，胯下战神云一样的鬃毛在风中翻卷，单调又枯燥的马蹄声在黄沙中发出千篇一律的嘚嘚声，疾驰而去。望山跑死马，人马急驰了一整天也没跑到山脚下，只是山的轮廓大了些。黄昏时分，一条小河拦住去路。“人困马乏，就在这河边歇一夜再走吧。”法慧勒住马，对弟子们摆摆手说道。“师傅，见到山就快到星月国了吧?”大弟子传真喘着粗气问道。“是啊，星月国被群山所围，群山之外是沙漠，我们看见山就说明很快就到星月国了。”法慧深邃的目光忧郁中带着茫然说道。“师傅，那边飞过来一只恶禽玄冥鸟，好像背上还坐着一个人!”传真惊呼道。法慧抬头望去，一个人骑着一只玄冥鸟正向西飞行，忽然一只苍鹰在玄冥鸟的前方飞过，那恶禽口吐魔火，苍鹰顿时化作火团烧成灰烬。众弟子唏嘘不已。“看来黑魔对星月国也要下手了。”法慧神色忧郁地缓缓叹道。其实，玄冥鸟背上坐的不是别人，正是代表黑魔出使地狱的魔兵军团长英冰澈。天渐渐黑了下来，一轮明月在云中时隐时现，万籁俱寂，只能听见河水哗哗地流淌和篝火噼噼啪啪的声音，众人围坐在篝火旁休息，法慧的目光透过火光随着波光粼粼的河水投向远方。远处沙丘之上稀稀落落地生长着沙棘，在夜幕中像是魔鬼的踪迹。弟子们渐渐睡去了，法慧却怎么也睡不着。他不知道前面的路有多艰险，但有一点是肯定的，无数场恶仗在等待着他们。大弟子传真见师傅枯坐着，又心疼又担心，也没睡着，他坐在师傅身边默默地望着幽幽篝火发愣。“传真，想什么呢?”法慧温声问道。“师傅，我在想圣母国与星月国之间的干戈尚未化解，又杀出来个千命金，这个乱摊子够收拾的。”传真茫然说道。“只要夺下千命金的兵权，控制住逍遥国的十万人马，为师就有把握取胜圣母国。”法慧笃定地说道。其实，法慧心里非常清楚，化解圣母国与星月国之间的干戈非常艰难，圣母国的野心从某种程度上说，不亚于黑魔，圣母国国王大帝早就有吞并诸国的野心，他梦寐以求的是做人类的主宰。多年以来，圣母国与星月国摩擦不断，无非是星月国物产丰富，富得流油，圣母国垂涎欲滴，多次出兵掠夺。星月国为了报复，一直在秘密研制一种能大规模杀伤敌人的火弹，星月国的百姓复仇心切，经常潜入圣母国滥杀无辜，两国百姓互相敌视，恩怨已成痼疾。师徒俩枯坐一宿，分析了各种可能发生的情况，此时在传真眼里面永远是慈爱和温馨的师傅，眼睛却深邃得像一口古井。东方的天空渐渐露出了鱼肚白，星星正渐次隐退，白蒙蒙的光亮慢慢露出，古铜色的云一抹一抹地夹杂着金黄和红色，太阳隐在地平线后就要升起来了。早晨是沙漠中的空气最轻柔的时辰，轻柔得有些温暖，稀稀落落的沙生植物清香袭人，让人蒙蒙眬眬的睡意瞬间消散。弟子们在清凉的河水边洗罢脸后，正要烧火做饭，忽然一位弟子喊道："师傅，好像有马蹄声。"互相嬉闹的弟子们一下子静了下来，传真指着远处一团弥漫的黄雾喊道："师傅，看，有一队人马，好像朝我们这边来了。"其实，法慧早就听到了远处奔驰而来的马蹄声，一开始还是看不太清的小点点，一转眼就是全副武装的马队了。马队风驰电掣般飞奔而来，大有来者不善的意味，领头的银盔银甲，身披白袍，腰挎弯刀，满脸络腮大胡子，众人正在迟疑之际，飞驰而来的马队瞬间就到了眼前。领头的大汉突然勒住马头，几十匹马腾空嘶鸣，马上的壮士们个个身披铠甲，银光闪闪，不仅人高大魁梧，强健威武，动作迅猛，而且马匹也魁伟健壮，四肢匀称，好不壮观。骑士们以惊人的骑术，迅速地勒住马头，拨转坐骑，一圈一圈地将法慧师徒团团围住，马蹄杂沓起的黄尘呼啸盘旋，迷得地上的人睁不开眼，透不过气来。骑士们不停地呐喊，密集的长短兵器直指这些陌生人。传真率众师弟各执兵器，围成一个圆圈，将师傅法慧护在中间，法慧手执狼头禅杖，微闭双目，手捋长髯，神宁气定。"你们是什么人？来星月国干什么？"领头的将军眼睛射出阴毒的光，如临大敌地质问道。"将军，该不是圣母国的探子吧？"一位副将不怀好意地插嘴道。"胡说，须弥国大国师在此，还不下马！"传真怒气冲冲地断喝道。"你说什么？是须弥国的法慧大国师吗？"领头的军官喜出望外地问道。“正是老朽。”法慧目光霍地一跳徐徐答道。“快他妈的下马！咱们的救星到了。”领头的军官一边滚鞍下马一边骂道。众骑士立即从马上跳了下来，齐刷刷单腿跪地，搞得法慧师徒蒙了一般。“大国师，在下是星月国国王古兰御前统领穆萨，是连夜冲出重围，去须弥国求援的。”领头的军官哽咽着说道。“星月国发生了什么事？”法慧滚热焦急的心一下子提到了嗓子眼，厉声问道。“逍遥国大将军千命金叛乱，已经重兵包围了星月国国都阿拉城，逼国王古兰交出阿拉城，他要拿白山城的宝石作为投降圣母国的见面礼，好联合圣母国一起发兵逍遥国，给他姐姐逍遥国王后则姬报仇，掠夺太子无为的王位。”很显然愤怒像一团驱赶不散的阴云压迫着穆萨，使他说话时盯着法慧的眼神就像盯着仇人一样。“我早料到千命金会叛乱，所以日夜兼程地赶往星月国，不料还是迟了一步。”法慧颓然说道。“大国师，千命金有十万人马，就凭你们几十个人怎么对付得了十万大军？”穆萨用失望的目光询问道。“擒贼先擒王。我手上有逍遥国国王无为亲赐的令牌和尚方宝剑。穆萨统领，现在阿拉城里你们的人马有多少？”法慧清癯的面颊轻轻一抖问道。“只有三万。”穆萨方寸大乱粗声粗气地说道。“怎么会只有三万？我没记错的话，星月国的人马也有五六十万之众啊！”法慧悚然动容道。“大国师，大部分人马都驻守在边城，千命金把国都包围得水泄不通，边城驻军根本得不到军令，不可能发兵救驾。”穆萨凄惶地说道。“看来，你们的古兰国王处境十分危险。徒儿们，上马！跟随穆萨将军前往阿拉城。”法慧双眸炯然生光，顾盼之间显得神采照人，他一声断喝，弟子们宝剑入鞘，纷纷跃上战马。

本来我是想坐飞机去京城的，可是车夫非要坐火车，我问他为什么。他说坐火车可以和我多待一会儿。我开玩笑地说：“任凭你怎么编织情网，我都不会上当的。”他却自信地说：“哪怕你是一块冰，我也会用爱焐化的，对此，我充满信心！”他的执着确实让我的心弦时常有一种颤动的感觉，但是一想到文白我的心绪更是剪不断，理还乱，别有一番滋味在心头。车夫不来，我还无法判断自己的心境；车夫一来，我才清醒地意识到，其实在我倾注心血为《神话》配插图时，已经无意识地爱上了顾文白，那些插图之所以宛如色彩的交响曲，完全是由爱激发出来的，我是将爱注入到了色彩的语言中，其实这些插图犹如我献给他的一封封情书，每一幅都代表着我爱他的心曲。我之所以没有意识到或者不愿意承认我已经爱上了顾文白，是因为潜意识一直在告诫我，爱上顾文白将注定是虚妄的。因为在他心里没有任何女人可以取代张欣。自从车祸夺走我丈夫的生命之后，我就给自己的心上了一把锁。此后，有太多的男人追求我，他们当中有艺术家，有企业家，也有高官显贵，我却从来不曾动心过。即使像车夫这么执着真诚的男人，我也从未给过他机会。在法国，我有一位好朋友，是著名的作曲家，从未结过婚，我曾经问过他为什么不组建家庭，他说艺术家太强调自我，不适合结婚。但不结婚既不意味着没有爱情，更不意味着滥情。而且他特别强调艺术家必须有爱情，他说他的每一首曲子都是因为爱情激发出来的灵感。其实我骨子里和这位作曲家一样，是渴望爱情的，但是我并不渴望婚姻。不过不知为什么，对于顾文白我似乎两者都渴望。我知道我中毒了，那种不可救药的魔毒。其实车夫也中了这种毒，他对我的爱恰如我对文白的。我甚至想，恰恰是因为车夫爱着我，才会痴迷文白的小说的。此时，他一上火车就手不释卷地读起了《神话》的打印稿。我问他读到哪儿了，他说灵风发现了“爱”的秘密。这是最能触动我的一个段落，于是我便问他，看了这段有什么感想？他感佩地说：“顾文白在创作时必定有魔力附身。”坐在对面的是一位三十岁左右的女人，本来目光一直凝重地看着窗外，听我俩讨论顾文白，便将目光收回来，冷静地倾听着我们的观点。这时我才意外地发现，原来她手里一直拿着一本书，正是顾文白的长篇小说《历史》。她长着令人怜爱的心形脸蛋，宛如皮草般光亮柔顺的短发，文雅的眼镜后面有一双清澈的眼睛，拿书的手看上去细小冰凉，她长得太精巧了，就像一只珍贵而又胆怯的小动物。在听到车夫的观点后，她情不自禁地插嘴道：“顾文白创作时靠的并不是什么魔力，而是像输血一样，将自己的灵魂注入到语言的脉络中，其实顾文白的每一部作品都是他心灵的受难所。”车夫的注意力本来都在我身上，没想到小女人的一番话一下子吸引了他，他竟用顾文白粉丝的口吻反驳说："真正的艺术家在创作时，都不可避免地与他的魔性展开较量，所不同的是，有的成功征服了他的魔性，有的却做了魔的奴仆，顾文白显然是前者。"小女人显然不敢苟同，她用崇拜者的语气说："顾文白的作品之所以受欢迎，是因为每一位读者都可以借助他的指点而看到心灵图景，不管这个心灵图景已变得怎样的破碎。顾文白是天使，绝不会与魔共舞的。"车夫显然小看了这个小女人，他坐直身子，看样子想重新审视她，却发现她手里拿着一本顾文白的《历史》，便兴奋地问："这么说你也喜欢顾文白的作品？"小女人纤巧的指关节紧紧扣住书的边缘，就好像生怕被谁一把夺过去似的，不过表情却淡定而自信，她看车夫的目光就仿佛在审视她内心深处的黑暗，脸上却挂着高贵的微笑说："我读过顾文白的每一部作品，他的笔端蕴含着无奈的反讽，比如他在《历史》中就断言：为了善与爱，人不应该让偶像来统治他的思想。"然而我从她的语气中明显感觉到顾文白显然已经成了她的偶像，她对偶像浓得化不开的深情深深地刺痛了我的味蕾，一股酸溜溜的醋味从胃里涌上来，嘴里喷着老陈醋的气息问道："那么你在《历史》中看到了怎样的反讽？"问完我感觉自己就像个醋海翻波的老处女。小女人看我的眼神仿佛来自眼睛之后的某处，我却觉得她给了我一个谴责式的白眼，仿佛我是和她争夺顾文白的情敌，我有一种担心被她看穿心思的惶恐，尽量用微笑掩饰着，她也显得略微有些拘谨，脸上挂着冰凉的笑容说："其实顾文白作品的意义全都体现在他的长篇小说《历史》中最兴之所至的一句话里：当我与狗玩耍时，有谁知道是狗在耍我，还是我在耍狗？这是对国人苟且生存的激烈讽刺。毫无疑问，国人的处境无疑是难以逃脱却又无法生存。"车夫显然被小女人的深刻给镇住了，他眨着一对圆溜溜的小眼睛，像是看见美杜莎似的惶恐不安地问："那么你认为是体制上出了问题，还是文化上出了问题？"小女人的表情像是在清洗自己的梦，好像她的梦是被黑云遮蔽的一弯月牙儿，秀美微蹙的样子又像是一幅肖像画，只不过是在半明半暗中绘制的，她用深思熟虑的语气说："按照顾文白的《历史》中的观点，尽管体制、文化等因素对中国现实有影响，但不是根本性的。根本性原因是思维僵化，致使人们丧失了独立思考的能力。历史上有那么多次的王朝更替，后朝始终重复前朝，就是最好的证明。正因为我们丧失了独立思考的能力，所以两千多年来中国人一直忍辱负重地活着，从来就没有普罗米修斯式的反抗精神，文学作品中更是鲜有‘我要揍扁太阳，要是它胆敢欺侮我！’这种发自肺腑的呐喊，我们不乏大学问家，却鲜有思想的创造者，什么是思想？尼采振聋发聩地说，在所有写就的著作里，我只喜爱作者用鲜血写成的。用鲜血写成的著作，你将体验到，鲜血就是思想。”听了小女人的这番话，我和车夫被镇住了，我俩面面相觑地看着彼此，似乎谁都无言以对，我自认为是顾文白的知音，但是在这个小女人面前却有些自惭形秽，车夫更是流露出肃然起敬的表情，用赞赏的语气问：“妹妹，看你的气质就不一般，你也是搞艺术的吧?”小女人谦逊地笑了笑，温文尔雅地说：“别误会，我只是个普通记者。我倒觉得你们俩是搞艺术的。”“让你猜着了，”车夫不谦虚地说，“我俩不仅是搞艺术的，而且还是顾文白的好朋友。”小女人听罢仿佛在地狱里突然瞥见了天堂，目光顿时明亮起来，但仍不失谨慎，用将信将疑的口吻问：“那么怎么证明你们是顾文白的好朋友呢?”车夫将《神话》的打印稿推到小女人的面前，目光中掠过一丝得意的微笑，用吹嘘的口吻说：“这是顾文白最新完成的长篇小说《神话》的打印稿，你瞧，我刚好看到这儿，《光阴真经》显示黑魔要复活黑龙，这本书还没出版，如果不是好朋友怎么可能在我手里?”说完，他还诡秘地冲我微微一笑。小女人右手拿着打印稿，但左手指仍然紧扣着《历史》，她一边翻看一边兴奋地说：“还真是顾文白的新作，黑魔要复活黑龙，其实黑龙一直活着，不然黑魔不会如此猖獗，有意思，连坟墓都能跟踪我们的行踪，这种意象是顾文白常用的，典型的唯心现实主义，他的作品有一种特殊的魅力，就是让我们时常有可能在幻觉中看到他尚未写的书，这是他全部作品的美学尊严。不过这部《神话》似乎与以往的作品有所不同，表面看上去很魔幻，实际上是对现实的一次戏仿，其实黑魔就是心魔，心魔不光依附于个人身上，更依附于民族、国家身上，你们说是不是?”她说话的样子就像一只快要冻僵的百灵鸟，但站在树枝间仍然顽强地鸣唱着，那楚楚动人的样子感动得我竟然随手给她画了一张素描肖像，本想送给她作为这次愉快旅途的纪念，可是就在火车即将进入京城站时，走过来一高一矮两个壮实的人，高个子见了小女人脸上挂着一丝冷笑，严厉地问："你就是《京报》记者沈丹娜吧?"小女人的气息顿时凝重起来，很显然她在极力压抑着自己内心的惶恐，不过她好像很快就从梦魇中挣脱出来，神情镇定地回答道："是我。"矮个子双臂交叠于魁梧的胸前，语气强硬地说："别像没事儿人似的，跟我们走吧。"小女人流露出一种坚定的神情，随手将顾文白的《历史》塞给我，从容地说："大姐，这本书真好看，还给你吧。"说完起身收拾自己的东西，我接过《历史》，发现里面夹着几张纸，于是迅速地抽出来打开，竟然是一篇题为《东州死婴事件：不能让正义迟到》的文章，我的心顿时提到了嗓子眼儿，紧接着几行关键性的文字映入我的眼帘："……我当即前往医院进行采访，但医院的领导却三缄其口，坚决否认医院里有婴儿死亡。两个多小时的采访里，医院领导先是红包奉上，再是软硬兼施，最后是恐吓威胁！但我始终坚持要看看孩子的尸体，终于院长对我的坚持恼羞成怒了，他喝令我滚蛋，我并没有被他的淫威所吓倒，质问道：'此刻如果我七窍流血地死在你面前，是不是也要被定义为正常死亡?'他歇斯底里地吼道：'当然不是，但你要是胆敢报道此事，我怕你也会正常死亡！'就在这时，一位医生推门进来，惊慌失措地说："不好了，院长，又死了八个！"听到这个噩耗，我的眼前顿时天旋地转起来，我和院长一起冲出办公室，心里只有一个念头，救救孩子！绝不能再让孩子们无辜地死去！……"看到这里，我再也忍不住了，情不自禁地大喊一声："你们不能把人带走！"此时两个人夹着沈丹娜已经走到车门前，火车正在徐徐驶入站内，正在议论纷纷的乘客全都被我这一嗓子给喊愣了，两个人也被这突如其来的呐喊给镇住了，车夫反应最快，他拎着行李三步并作两步冲到车门前，拦住了他们的去路，也不知从哪儿来的一股力量和勇气，我慷慨激昂地说："那位《京报》记者是为东州死婴事件讨公道的，快拦住那两个人，绝不能让他们把人带走。"说完我高举着顾文白那本《历史》，拼命挤过人群，乘客们听了我的话顿时沸腾了，他们一边斥责那两个人，一边将他们与沈丹娜隔开，这时车停了，我立即将夹着文稿的《历史》连同我随手为她画的肖像素描一起塞给了沈丹娜，然后一把将她推下车去，两个人无奈地看着沈丹娜跑了，人们仍然不依不饶地将他们夹在中间，我见沈丹娜已经安全了，向车夫递了一个眼神，他心领神会地和我一起溜下了车，一只手拎着行李，另一只手还攥着《神话》的打印稿，他异常兴奋地说："小丹，我们终于冲出魔障了！"看他傻乎乎的样子，我动情地瞥了他一眼。

眼前的河流像一条忧郁的古歌，这是灵风率众人冲出花魔迷障后，遇到的第一条河流，河流静静地在大草原上伏行、扭动，好像是满腹心事的少年，寂寞忧伤，有一肚子不可告人无法诉说的痛苦。这正符合此时灵风的心境。大家走了一天一夜，终于离开了峡谷，却在这茫茫苍苍的山地草原上迷失了方向，只好就地宿营。灵风陷入极度苦恼之中，自从离开夜山后，长途跋涉，日夜兼程地寻找世外桃源，虽历经艰险，却一无所获，不能再这样盲目地走下去了，他决定在这片山地草原上休整几日，自己要潜心研读女娲娘娘传下来的《光阴真经》。他知道，答案肯定在《光阴真经》中，只是这是一本神书，虽然只是一卷竹简，却永远也看不完。竹简上的文字也在随时变化，内容不断更新。他突然领悟到，《光阴真经》是有生命的，它除了不能走以外，每天都在新陈代谢。他甚至想，这本圣书说不定哪天就会开口说话。灵风虽然生下来就对《光阴真经》无师自通，但从未认真研读过它，他忽然意识到，光阴之剑和《光阴真经》说不定会有什么联系呢！他取下后背的包袱，从包袱中取出圣书，《光阴真经》上的文字都是用刀雕刻的，他却从未想过是用什么刀刻上去的。他将竹简轻轻打开，仔细看时，惊得几乎说不出话来。只见竹简之上，了无痕迹，过去常见的刀雕文字像蒸发了一样，字迹全无。他一屁股坐在地上，怔怔地看着竹简，却发现竹简微微泛起金黄的光，他仰头望了一眼天空中大朵大朵爆裂在阳光下的云，喟然长叹一声。"风哥，你怎么了？"桃落觉得灵风不太对劲，走过来温柔地问道。"圣书上居然一个字也没有，让我一头雾水，理不清思路。”灵风苦笑着摇摇头说道。“风哥，《光阴真经》既然是一本神书，必然充满灵性，参透这本书一靠悟性，二靠智慧。哪是随随便便就能看懂的！”桃落娇嗔道，阵阵淡淡的幽香飘入灵风鼻子中，使他顿觉神清气爽。“看来我没看见经文，是自己过于沉迷于本心了。”灵风凄然一笑惭愧地说道。“风哥，竹简上的文字不是用笔写上去的，就是用刀剑刻上去的，《光阴真经》和光阴之剑既然都是女娲娘娘传下来的，说不定当年女娲娘娘就是用光阴之剑写下的这本神书。”桃落的秀发从她白皙的脖子披下，明眸晶莹流转地嫣然说道。“有道理，说不定当年光阴之剑与《光阴真经》是书剑合一的。”灵风兴奋地说道。“风哥，你的意思是说，光阴之剑有可能是用《光阴真经》上的竹简锻造而成。”桃落雪白的牙齿轻轻咬了咬下唇，抿嘴笑道。“落儿，你真聪明，不过，《光阴真经》上的文字不轻易显现，一定是绝密的内容。”灵风说完，拔出光阴之剑用剑芒照亮圣书，竹筒的金光与剑芒交相辉映，文字顿时显现出来。“落儿，文字出现了。”灵风哂然一笑说道。“风哥，我怎么没看见？”桃落嗔道。“别着急，让我仔细看看，看完我告诉你。”灵风诡谲地说道。他越看越惊诧，脸冷得像结了冰，竟咬金断玉地读出声来：“黑魔复活黑龙之心不死，正纠集黑龙的阴魂将魂魄储存在世外桃源黑桃核中，消灭黑龙必须找到女娲娘娘沐浴过的圣盆，用圣盆竭泽血海之水，驱散黑暗势力，压黑魔于山下，使其永世不得超生。然而，取圣盆必须闯过蜥蜴人国、蜘蛛兽国和飞狮国三道大关，才可抵达福地圣境，路途非常艰险，只有人神可以完成……”读到这里，文字不见了，灵风赶紧用光阴之剑的剑芒与竹简上微微泛起的金光辉映，竹简上微微泛起的金光却渐渐散去，就连光阴之剑的剑芒也像自惭形秽似的失去了光辉，暗淡下来。“为什么、为什么神书不告诉我们获取圣盆的路线？”灵风不知所措地喊道，气急败坏地将《光阴真经》重重地摔在地上。“风哥，我知道你心里急，可是你不能拿女娲娘娘传给你的宝书出气呀！”桃落赶紧将《光阴真经》捡起来，轻轻地将竹简卷起，用包袱包好，背在灵风的肩上。灵风知道自己有些失态，脸红红地将光阴之剑插入剑鞘。“风哥，我陪你走走，散散心吧。”桃落理解灵风此时的心情，她挽起灵风的手臂柔情似水地轻轻说道。灵风望着桃落眼中欲滴的柔情，忍不住心头一跳。“你呀……”桃落口中低低一声娇嗔，两个人手挽着手走向不远处的一片山林。默默地走进这片山林就像走进了另一个世界，没有鸟语虫鸣，只有陈年的腐叶在脚下沙沙地响着，仿佛生命在这里搁浅，冷酷而死寂。眼前突现出一片坟地，还有几处灵幡是新插上去的，让人心中陡生狐疑，这里四野茫茫，杳无人烟，竟会有这么一大片坟地，而且像是有人刚刚上过坟，灵风的胸膛中突然感到一丝痛楚，仿佛刚有点明白什么旋即又跌进更大更深的困惑之中。坟地带着一番落寞的敌视，静静地卧在乱草丛中，一股股幽怨之气，从那些坟头间氤氲升起。“风哥，想陪你在这林子里散散心，却不曾想是一片坟地，真晦气，我们还是离开吧！”桃落扫兴地抱怨道。“就陪这些孤魂野鬼坐会儿吧，这片坟地出现得过于蹊跷，看来地狱的阎罗也在关注着我们的行踪啊！”灵风说完，拉着桃落走到一块石头前，坐在石头上，天空是没有破绽的蓝。“风哥，你是说这些孤魂野鬼是阎罗的探子？阎罗为什么跟踪我们？”桃落不解地问道。“阎罗与黑魔有夺妻之恨，这口恶气阎罗是不会咽下的！”灵风望了一眼心神不宁的桃落，苍白的面孔绽出一丝笑容淡淡说道。“这么说，阎罗会成为我们灭魔的盟友。”桃落轻轻笑道，样子妩媚至极。“也许是吧。”灵风沉吟片刻说道。“太好了，有阎罗加盟，看黑魔还能猖狂几日！”桃落咬着细细的白牙说道。“落儿，我们一定要找到桃源，打败黑魔，救出你的父母和兄长。”灵风决然说道。“风哥，越是遇到困难时，就越要冷静，记住，只要我们的爱在，就没有不可战胜的困难！”桃落紧握灵风的手深情地说道。灵风听了桃落的话，内心涌出幸福的忧郁，是啊，莫非寻找圣盆的路线就在“爱”的秘诀中，对，一切都在爱中。女娲娘娘就是爱神，也是人类的媒神，应该在爱中寻找。“落儿，答案找到了，寻找圣盆的路线就在‘爱’字中。”灵风一下子跳起来抱起桃落激动不已地说道。灵风放下桃落，拔出光阴之剑在刚刚坐过的平板石头上刻了一个大大的“爱”字。“落儿，‘爱’字就是我们的地图，‘爱’中间的心字就是福地圣境，我们只要将‘爱’周围的所有困难都克服了就能到达福地圣境。”灵风傲然说道。“风哥，这个‘爱’字有许多断裂之处，并不像地图呀！”桃落见灵风兴奋得像一个孩子似的，扑哧一笑说道。“我们的困难就在这些断裂处，我们每战胜一次困难，就将‘爱’字的断裂处连起来一些，等我们将‘爱’字的所有笔画都连在一起了，地图就完成了，那时，福地圣境就找到了。”灵风得意地说道。“风哥，那怎么才能拿到圣盆呢？”桃落凝视着灵风问道。“我们只要找到福地圣境，如何拿到圣盆自然就知道了。走，落儿，找楚雅和辞颂商量商量去。”灵风掩饰不住兴奋的心情，拉起桃落的手一阵风似的跑出林子。楚雅打了一头鹿，辞颂打了一头野猪，两个人和剑士们一起正在篝火上烤着野味，楚雅见灵风和桃落跑过来，打趣地说道：“悄悄话说完了？”桃落秀美清丽的脸庞上掠过一丝绯红，露出淡淡的羞涩嗔道：“有好吃的也堵不住你的嘴！”辞颂瞥了楚雅一眼，哈哈大笑起来。“楚雅、辞颂，寻找圣盆的路线找到了，我们应该往南走。”灵风迫不及待地说道。“为什么要往南走？《光阴真经》上显示路线图了吗？”辞颂一边嚼着半生不熟的鹿肉一边问道。“寻找圣盆的目的地是一个叫福地圣境的地方，要闯过蜥蜴人国、蜘蛛兽国和飞狮国，正是‘爱’字头上的三个点，闯过这三关，就是‘爱’字中间的心字，那就是福地圣境。所以，我断定，只有向南走才能找到圣盆。”灵风目光炯炯地说道。“灵风，不愧是爱神女娲的后裔！”辞颂赞许地夸道。“这才是真正的人神，智慧不在你父亲孤寂之下。”楚雅跷足坐在一块石头上眯着眼睛笑道。“看来女娲娘娘留给人类的这本《光阴真经》是为了告诉人们爱的真谛呀！”辞颂颇为感慨地叹道。“可是人类从诞生那天起就为了欲望和利益互相残杀，否则，也不会让黑魔乘虚而入。”桃落的话让众人沉默良久。“好了，弟兄们吃饱喝足，咱们好好在这里休整一天，明日一早出发！”灵风眼中灼然生光声如洪钟地笑道。灵风话音刚落，划破长空的一声厉啸，一头巨大的玄冥鸟从头顶飞过，那只恶禽背上端坐一人，桃落见了大惊失色！“灵风，那是我哥哥！哥哥！”桃落仰天大喊，像疯了一样。望着失魂落魄的桃落，灵风心中像撒了辣椒面一般，五内俱焚，他像被雷击死的老树呆呆地望着天空，一时束手无策。辞颂情急之下，抖出宽带，想擒住大恶禽，救下英冰澈，怎奈恶禽已经飞远了，只能看见一个小小的黑点。“风哥，我哥哥一定是出事了，”桃落梨花带雨地哭诉道，“他怎么会坐在玄冥鸟的背上呢？他怎么会听到我的声音不理我呢？”“看来，你哥哥的心智已经被黑魔所控制，不知他骑着那恶禽干什么去？”灵风紧紧地搂着桃落幽幽说道。“不会干什么好事，要不是怕伤着英冰澈，我定将那恶禽击毙。”辞颂厉声说道。“灵风，英冰澈能从这儿过，说明我们离桃源很近了。”楚雅若有所思地说道。“那就是说，我们离魔窟很近了？”辞颂插嘴问。“没那么简单，不过，大家还是小心为妙，我们明日仍然按原计划行事！”灵风冷然说道。此时墨色的雨云从山林上空压下来，风从树梢上掠过，带着几分煞气，灰黑色的云在人们头顶上缓缓地飘动，像一团团乱发，闷雷在低低的云层中滚过之后，滂沱大雨就铺天盖地地泻了下来。

我非常高兴我画的那张素描肖像和沈丹娜写的那篇文章一起夹在《历史》书里了，遗憾的是我没来得及在画上签名，不过即使我现在躺在了宾馆的大床上，我仍然为我在火车上那瞬间的正义感而激动，此时此刻，我回味着当时的情景，就好像篝火突然被点燃，大火腾地燃起那样妙不可言。我甚至想，如果文白得知我和车夫在火车上的义举后，一定会将当时的场面写进下一部作品里，而且会像我用画笔描绘心灵图景一样将他的激情像闪电一样植入作品，使其成为撼天动地的绝响，正如他在《神话》中写的那样，掐住黑魔的喉咙并把它整个拽进文字中，任由刀片般的文字对其进行凌迟。届时，我会为这个情节配上一幅惊心动魄的插图，让每一块色彩都像交响音符一样跳动起来。此时，我的内心视觉显示了卓尔不群的戏剧力量，恨不得现在就支起画板，画个痛快！然而对文白牵念的情愫让我的激情宛若一根相思的琴弦，如同弹奏古琴一样倾诉着忧郁的旋律，我发现我的孤独是灾难性的，因为我即使点亮了满屋子的灯也无法照亮自己，对文白的担心与思念不仅让我辗转反侧，更让我痛苦不堪，我甚至觉得被这种痛苦抛进了自己内心的苦难深渊。我的心灵越是疲惫不堪，就越是牵念文白，因为我知道他是个深渊里的航行者，他有本事在深渊里航行而不沉入其中，不仅如此，他还有能力将心中的魔鬼化为乐章，正如我手捧着的《神话》，这哪是顾文白的长篇小说，根本就是一碗阎罗赐予的还魂汤，我喝了，感觉在梦中已经坠入悠悠冥界，因为我清醒地听到了窗外的雷鸣，就仿佛魔火与冥火相撞时发出的轰响，紧接着地狱之门轰然打开，不，不是地狱之门，分明是房间的门，对，是我住的房间的门突然打开了，那种令人恐怖的感觉就仿佛地狱突然张开了嘴巴，一下子吞噬了我的灵魂，是谁？是谁像鬼魂似的站在我的门前，她长发披肩，白裙拖地，脸色像月亮一样惨白，她一定是一个冤死鬼，不然她身上不会弥漫着令人同情的悲伤之气，看她泪流满面的样子，我就知道她一定冤深似海，我恐惧极了，全身蜷缩着瑟瑟发抖，两眼惊骇地看着她，借着窗外的闪电我发现，她的眼泪竟然是红色的，不，她的眼睛里流出来的不是眼泪，而是鲜血，她似乎对我并无恶意，缓缓飘到我的床前，用十分温和而悠远的声音说："小丹，别怕，我是张欣，深夜打扰是因为我有要事相托。"我望着她的眼睛，脑海中顿时闪过波德莱尔的一句诗："这眼睛是无数泪滴汇成的深井，一滴泪水泣下足以流成长河。"想不到，我和张欣的第一面竟是如此的情景，一种发自肺腑的不计后果的大胆促使我终于鼓足勇气问："你真的是张欣？"她凄然地点了点头，用纤弱的白蝴蝶般的玉手抹了抹血色的眼泪，她苍白的脸顿时宛若映照在银镜中的一朵白莲花。可是她的白裙却像一块裹尸布似的紧紧地裹着她，让人不得不想到"死亡"二字，莫非她是个已经死亡的女人？不可能，张欣怎么可能……我不敢深想，只是两眼直勾勾地凝视着她，盼她说出她想说的话。她长长地叹了口气，房间里顿时充满了怨气，她幽幽地说："小丹，我知道你已经知道了一切，孩子们死得太惨了，我不能容忍他们一出生就被阎罗夺去生命，我要去地狱保护他们，我要像维吉尔引导但丁一样，引导孩子们去天堂。小丹，我把文白托付给你了，我知道你们不仅是知音，你爱文白，不然你也不会冒着巨大的风险来北京寻找他，不瞒你说，我也不知道他的下落，但是我知道他只能去世外桃源，因为黑魔是不会放过他的。小丹，快去救救他，答应我千万不要像我一样辜负他，我能感觉到他已经被黑魔撕扯得支离破碎，唯有爱可以救他出苦海，不要为我难过，我解脱了，从此我不会在尘世间出现了，我会带着孩子们在天堂里翱翔，祈祷太阳保佑你们，答应我绝不能让孩子们白死，一定要用你的笔为他们讨个公道！小丹，天边已经发白了，我该去陪孩子们了，再见，你多保重！”说完她化作一缕青烟消散了，这无疑是我平生最接近死亡的一次睡眠，那缕青烟充满灵性的暗示，让我用沉睡航行到了心灵的尽头，但我并没有沉入黑夜，反倒有一种黎明般的复苏感，我被内心的火焚烧着，渐渐地化作灰烬，然后又从自己的灰烬中升起来张开巨大的翅膀，降向黑暗。此时我才从死亡的睡眠中惊醒，我呼喊着张欣的名字，情不自禁地扑向窗前，一把推开窗户，企盼着一把抓住那刚刚消逝的青烟，然而我抓住的除了冰凉的夜色，便是从指缝间流失的清风。我仰望着天空中那轮冰清玉洁的月亮，脑海中竟然浮现出一个怀抱婴儿的天使从月亮上飞落而来，我耳畔甚至听到了婴儿咯咯咯的笑声，我知道这是我心灵尽头的幻象，但这幻象却给我的心灵无可匹比的力量，很快那幻象就被乌云遮蔽了，因为一场雷阵雨刚过，天空还没有完全放晴。今晚的一切都太奇怪了，我甚至怀疑自己是不是精神出了问题，即使确认现在的我是绝对清醒的，我心中也难以抑制难以言表的不安与神秘感，我怕刚才的一切天亮以后便会沉入慷慨的遗忘，连忙拿起笔将所梦、所思、所想、所幻画在纸上，然而即便如此，我的心仍然感到躁动不安，一种不祥的预感搅得我再也无法入睡，如果不马上找人倾诉，我怕我会冲到窗前歇斯底里地大喊，现在是黎明前的黑暗，正常人都已沉入梦乡，除了车夫这个甘愿被我折磨的男人，谁还会从梦乡中醒来听我倾诉呢？说不定这个胖乎乎的家伙正在梦中和我约会呢，如此一想，我毫不犹豫地拨通了车夫的电话……好半天才听到他半梦半醒的一声：“喂。”我用抱歉的口吻说：“对不起，车夫，把你的美梦搅了吧，可是我实在睡不着了，就想找你聊聊。”车夫一听是我的声音，顿时精神起来，他用一种得意的口吻说：“该不会是想我想的吧？”我用娇嗔的语气说：“美得你！”他嘿嘿笑道：“那为什么睡不着呢？”我六神无主地说：“我梦见一个人。”他不以为然地问：“梦见谁了？”我一五一十地将刚才的梦境复述了一遍，然后惴惴不安地问：“车夫，我从未见过张欣，她怎么会托梦给我？你觉得这个梦是真的吗？”车夫酸溜溜地说：“我也纳闷，按理说你心里最惦记的是顾文白，理所当然应该梦见他，就像我在梦中始终梦到的是你一样，你知道我刚才梦见你在干什么吗？”我好奇地问：“我在干什么？”他笑嘻嘻地说：“你让我摆成米开朗琪罗雕塑的《大卫》的姿态，你正在聚精会神地画我，那种幸福的场面即使顾文白看了也会感动的！”别看他说得文绉绉的，其实他在发坏，因为《大卫》雕塑的是一位健壮的裸体青年，而且是正面的，我认为这尊雕塑的灵魂就是健美的男性生殖器，车夫如此褒扬自己，根本就是对顾文白的性嫉妒，我一想到他那肉球一般的躯体摆弄成《大卫》的姿态，我就觉得好笑，不过我还真觉得这是一幅极具反讽意味的油画，便不依不饶地说：“既然你对这种幸福场面那么向往，等找到文白后我一定满足你成为大卫的愿望，不过到时候你可不许反悔。”他像是打了强心剂似的说：“太好了，我做梦都想给你当模特，不过，你要有个心理准备，因为当你看到我灵魂里的大卫后，我怕你不爱我都不行了。”我无心和他打情骂俏，因为张欣长发披肩、白裙拖地的样子始终在我眼前晃荡，便一脸惆怅地问：“车夫，你说张欣会不会出事了？不然，我为什么会做这么可怕的梦呢？”车夫言归正传地说：“是福不是祸，是祸躲不过，大不了我俩像英冰澈和小白那样到地狱里走一趟。”车夫的仗义是最吸引我的地方，我时常被他的仗义所感动，甚至很感激。但是我也非常清醒，感激不是爱，却是友谊的基石，总之我对车夫的感情非常复杂，但从未像爱那样复杂过，我觉得真正的爱总是给人以悲伤，比如我死去的丈夫，比如让我牵念的文白，思来想去，还是车夫最让我开心，可我却对他没有爱的感觉，也不知他在爱我的苦狱中是如何消解自己的。此时此刻，车夫肥硕的大脑袋浮现在我的脑海里，他诡谲的小眼睛笑眯眯地看着我，让正在我全身蔓延的不安感觉渐渐消退，我得寸进尺地问：“那么你有没有胆量像英冰澈那样深入魔窟呢。”说完我就后悔了，因为这话很容易让他钻空子，果然他不失时机地说：“有像小白那样纯洁漂亮的姑娘陪着我，我哪儿都敢去！”我一直以为车夫的诡谲是商人的本性决定的，但他诡谲得可爱、智慧，这也恰恰是他最有趣的地方。我开玩笑地说："你放心，我一定给你画一张小白。"说完，我就挂断了电话，屋子里一下子静了下来，我记得文白的《历史》中有一句话：梦是魔鬼的花园。我现在就有一种误闯魔鬼花园的感觉，又仿佛迷失在《历史》的字里行间，我有些后怕，心想，如果我迷失在那个梦中，结果会怎样？这么一想，我又神魂不定起来，脑海中浮现出车夫坐在白天鹅的背上扶摇在天际间的情景，我情不自禁地拿起《神话》的打印稿，随手翻到六十五页读了起来。

黑云之上，英冰澈端坐在玄冥鸟的背上，一副傲视天下的表情，那大鸟不可一世地扶摇在天际之间，仿佛它是黑云的主宰。英冰澈骑着这只恶禽，遥遥听到英桃落声嘶力竭的喊声，那凄厉而绝望的喊声传到他的耳边化作了苍茫的雾气，他心中既失落又向往，仿佛在什么地方听见过那亲切而熟悉的声音，就像干渴的人喝了一杯清水，但不是沁人心脾，而是撕心裂肺。他竭力回想让自己如此难过的喊声在什么地方听过，记忆却既模糊，又遥远而渺茫。英冰澈半人半魔地想着，觉得自己做了一个波光潋滟的梦，这梦的所有美好都被雾气化掉了。那雾气围绕着自己痒痒的，湿湿的，有一种忧伤的感觉。英冰澈茫然了，心想，我是一个魔鬼，怎么会有凄恻的感觉？忽然，围绕着自己蒸腾的雾气化成了充满戾煞的黑烟，他的表情顿时充满了诡谲的邪气。英冰澈龇牙咧嘴地狰狞而笑，心想，我是魔鬼，我是魔鬼！于是，他的两眼像樱桃一般火红起来。在这个世界上，所有的火山喷口都是地狱之门，魔界有火魔，神界有火神，冥界有火冥。把守地狱之门的就是火冥。在茫茫大海之上，一座火山正在无情地喷发，那是火冥在舞蹈，火冥聚集了太多幽灵的力量，只有通过舞蹈消灭掉。火冥正在舞蹈之际，发现一只大鸟向地狱之门飞来，他凝聚冥力向天空奋力舞蹈，巨大的火焰带着岩浆喷薄而出。那怪鸟毫无畏惧，口喷巨大的魔火，直射向地狱之门，魔火与冥火相撞发出雷鸣般的轰响，火山喷口的火势更凶猛了，烈烈火团蒸腾而上，露出两个黑洞，从黑洞中不时射出两股黑烟，这就是火冥的眼睛。"来者是何方妖孽？"火冥用沙哑而低沉的吼声问道。英冰澈端坐在玄冥鸟上，将手中的魔牌高高举起喊道："魔国使者英冰澈在此，奉魔尊之命拜见阎罗。"阎罗是统治地狱的冥界界尊，他统治着所有死去生命的亡灵。阎罗统治着幽灵军团、恶鬼军团、骷髅军团和僵尸军团，分别由魑魅魍魉四大护法统帅。"你说的是那位从地狱第十九层逃脱的囚徒吧？我们界尊正找他呢！想不到他竟敢派爪牙寻上门来！"火冥听罢英冰澈的话嘿嘿大笑道。"那就请火冥速速通报。"英冰澈傲慢地言道。"没那么容易，你得先闯过我的火冥湖。"火冥鼓荡着如山如海的漫天火焰诡异地吼道。"火冥，你忘了吧，当年魔尊虽然被压在地狱的第十九层，却在那里建立了魔府，这地下不仅仅是你们这些恶鬼的乐园，也是我们魔国的老家。当年魔尊率众魔杀出地狱之时，你们地狱的十八层鬼门关就已经不是障碍了。"英冰澈端坐在玄冥鸟上揶揄大笑道。此时玄冥鸟口吐黑烟，黑烟蒸腾缭绕，缓缓散开，化作巨大的黑桃状雾气，将英冰澈和玄冥鸟罩住，同时巨大的黑桃状雾气底部还生出两片巨大的黑桃叶片，宛如翅膀，在空中缓缓振翅，然后以迅雷不及掩耳之势一头扎进火山喷口，那是地狱之门，也是十八层地狱的第一层，又名火冥湖。当巨大的黑桃呼啸着投入火冥湖时，宛如天外陨石砸向火海，炽热的岩浆咆哮着涌向天空，暴怒的火冥妄想积聚冥力将巨大的黑桃抛出地狱之门，然而巨大的黑桃早已施过闭火魔咒，宛如异兽的火焰遇到飞奔的黑桃，嗞嗞怪叫着四散奔逃。"浑蛋！"气急败坏的火冥望着闯过火冥湖越来越小的黑桃颓然低吼道。英冰澈骑着玄冥鸟一连闯过了火冥湖，恶鬼谷，幽灵峡，僵尸海，骷髅阵，腐臭沼，尸骨山，葬魔墙，怨魂洞，聚泪塔，含恨峰，冥血河，冷酷林，血肉桥，诅咒庙，绝望梦十七道关，终于来到地狱的第十八层阎罗殿。阎罗殿由累累白骨堆砌而成，银光闪闪，鬼气森森，大殿之上无数由冥火点燃的死魂灵将大殿照得明如白昼。拾阶而上是三百六十级白骨台阶，仰头望去，大殿中央用白骨架起一座平台，平台中央一把豪华的白骨鬼椅上端坐的正是冥界界尊阎罗。阎罗两侧站立的正是魑魅魍魉四大护法和幽灵军团、恶鬼军团、骷髅军团、僵尸军团的大小头目以及数不清的小鬼，一个个青面獠牙，赤须血口，龇牙咧嘴，嬉皮笑脸。正所谓毛发毡毯铺地，人筋绕柱缠梁，骷髅若岭，骸骨如林。英冰澈和恶禽玄冥鸟踏毛发毡毯缓缓拾阶而上，傲视群鬼，不可一世。大小鬼魅见英冰澈如此傲慢，纷纷发出鬼哭狼嚎般的叫骂声。“你闯过十七层地狱不会是来送死的吧？”阎罗阴森森地问道。“英冰澈奉魔国界尊之命，前来拜会阎罗，魔尊希望阎罗摒弃过去的误会，共同讨伐人类，共享黑暗文明。”英冰澈趾高气扬地说道。“魔国？黑魔被女娲压在地狱第十九层时，不过是个永世不得超生的囚徒，怎么逃出去没几天就建立魔国了？你们魔国建在哪儿呀？”阎罗揶揄着幽幽问道。“魔国建都在人类的最后一块净土世外桃源，将来整个世界皆为魔国。”英冰澈狂傲地说道。“黑魔的野心不小啊！想统治整个世界，从女娲创造人类开始，黑暗势力就从未战胜过光明，我看黑魔是活得不耐烦了，又想到我这地狱来报到呀！”阎罗嘿然笑道。魑魅魍魉四大护法看着口出狂言的英冰澈如提线木偶般的表情，知道他不过是心智被黑魔控制的活僵尸，不禁哈哈大笑起来，众小鬼更是鼓噪嬉笑不止。阎罗看过黑魔的帖子后，随手将帖子扔到了火盆里，那帖子在火中被烤得乱蹦一气后化作一颗黑桃核。“世外桃源被黑魔所占，人类难免一场浩劫，看来又要有无数亡灵到我这儿报到了，我与黑魔有夺妻之恨，让我出兵与黑魔为伍打击人类，简直是痴心妄想。”阎罗狰狞地说道。“现在魔国兵强马壮，越来越多的黑暗势力向魔国集结，魔尊有话，如果地狱阎罗不听调遣，魔尊将派兵踏平地狱。”英冰澈威胁道。阎罗听后哈哈大笑，魑魅魍魉四大护法青面獠牙地怒目而视，众小鬼齐声喝道：“捣了他，磨了他！煎了他！”“英冰澈，你在我阎罗的死亡簿上还没挂号，你本不该亡，不过，你不顾生死闯入我阎罗殿，就只剩半条命了，我知道你是世外桃源源主英仓建的儿子，世外桃源遭此大难，想必你的心智已经被黑魔所控制，今天我就破破例，救救你。小的们，把还魂汤拿上来给他灌上。”阎罗冷笑着说道。“一派胡言，难道你们就不怕魔尊踏平地狱。”还没等英冰澈说完，众小鬼已经把他按在地上，捏鼻子撬嘴，灌入还魂汤。英冰澈喝下还魂汤后，顿时昏死过去，旁边的玄冥鸟一声凄厉的锐啸，暴怒地口吐魔火。“小的们，给这个畜生也灌一碗。”阎罗幽幽说道。“是！”众小鬼又将玄冥鸟打翻在地，掰开龙嘴，灌入还魂汤，玄冥鸟也顿时昏死过去。过了一会儿，英冰澈和玄冥鸟嘴中分别窜出一缕黑烟，两缕黑烟看上去似龙非龙，一副惊魂未定的样子，妄想逃窜，阎罗一挥手一缕冥火宛如绳索将两缕黑烟缚住，两缕黑烟垂死挣扎了一会儿，终于化作两摊黑水。英冰澈和玄冥鸟慢慢苏醒过来，那玄冥鸟竟然现了原形，原来是一只美丽的白天鹅。“我这是在哪里？我怎么会在这里？”英冰澈惶惑地问道。“英冰澈，你是在地狱里，正在和我阎王爷讲话。”阎罗鬼气森森地笑道。“这么说，我已经死了？”英冰澈像是压抑了很久长叹一声说道。众小鬼嘿嘿大笑。“你还没有死，不过，你到我这里来，就只剩下半条命了。”阎罗幽幽说道。“阎王爷，我怎么会来到地狱呢？”英冰澈瘫在地上无精打采地问道。“你吃了黑魔的魔桃，心智被控制，现在我已经将魔桃给你驱除了，你现在是个正常的人了。”阎罗阴冷地笑道。阎罗这么一提醒，英冰澈一下子想起了在爷爷生日那天世外桃源惨遭大难，“哎哟”一声又晕厥过去。阎罗诡异地笑了笑，吹了一口冥气，英冰澈“哎呀”一声再次苏醒过来。“阎王爷，您大慈大悲，救救世外桃源的百姓吧！”英冰澈扑通一声跪在地上哀求道。“我阎罗是地狱之王，一向保持中立，从不管人间和天上的事。既然黑魔公然向我挑衅，我阎王爷也破破例，管一管这人间不平之事。”阎罗愤然说道。英冰澈头磕得如捣蒜一般，震得地面嗡嗡山响。“不用谢我，消灭黑魔，光靠我冥界还不行，还需要神界、人界和冥界的共同努力。驱除黑暗势力，甚至是人类永恒的任务。因为人类的欲望太强烈了，争权夺势，自私自利，无休止地贪婪，一盘散沙，只剩下世外桃源一块净土，还被黑魔所占，人类要躲过这场浩劫，必须控制欲望。”阎王爷挥挥手说道。“阎王爷，可眼下怎么办？”英冰澈愁容满面地问道。“我的探子告诉我，圣母国即将攻打星月国，须弥国的法慧大国师正在游说各国，要采取合纵的策略抗击魔国。人神灵风，也就是你的妹夫，联合众神正在寻找世外桃源的路上，想必一场大战迫在眉睫呀！”阎罗喟然说道。“阎王爷，你是说我的妹妹没有死，她嫁给了灵风？还是个神？”英冰澈悲喜交加地问道。“正是。而且英桃落喝了夜山玫酒后，已经成为一位花神，这都是前世注定的。人神与黑魔的战争也是前世注定的。”阎罗双目鬼火幽幽闪烁着说道。“阎王爷，我现在该怎么办？如何才能拯救世外桃源？”英冰澈颓然问道。“好办，”阎罗无所谓地说道，“你现在就回世外桃源，佯装心智仍然被控制，迷惑黑魔，等大军一到，好里应外合，你走后，我会派地使寻找法慧和灵风，我相信神、人、冥三股力量团结起来，一定能打败黑魔，还人类一片净土。”“可是，我怎么回去呀？”英冰澈无可奈何地问道。“这个不难，”阎罗轻蔑地一笑说道，“你和白天鹅吃下我地狱之火炼的鬼丹，不仅可以恢复你们以前的样子，而且你和白天鹅就成了冥神，灵力足可以应付黑魔，只要你们谨慎行事，是不会被看破的。你们按原路返回，见到黑魔就说我阎罗保持中立，既不与黑魔为敌，也不与人类为友。”此时，白天鹅痛苦地在地上扭动着，挣扎着，仿佛要脱胎换骨一般，英冰澈不解地望了一眼阎罗，意思是询问白天鹅这是怎么了？“想不到，这还是一只修行千年的白天鹅，”阎罗惊异地说道，“英冰澈，不要紧，她这是被黑魔压抑的灵力一下子释放出来，所以很痛苦，痛苦过后她就要现出人形了。”阎罗的话刚说完，扭动着的白天鹅缓缓站起，一抖身上的污秽，竟现出了人形。英冰澈定睛一看，刚才在地上痛苦挣扎的白天鹅，一下子变成了个绝世美女，只见她肌肤若雪，眉目如画，更有万种风情，千般温柔，尽在婉约身姿之中。英冰澈几乎看痴了。阎罗看了一眼白天鹅，哈哈大笑道：“白天鹅，想不到以你千年的修行，竟也抵不住黑魔的魔咒，看来我小看黑魔了。”“阎罗君，多谢搭救小女！黑魔已将天地间所有生灵的欲望集于一身，魔力已经出神入化，即使神、人、冥三界联手也未必就有取胜的把握，我们应该做好打持久战的准备。”白天鹅行色嫣然，娓娓而谈，眉宇间却带着千年的沧桑和悲凉。“这一点，本尊已然料到了，你们回去，深入魔窟，势单力薄，危险重重，万望小心啊！”阎罗谆谆嘱咐道。此时，小鬼们已将鬼丹呈在阎罗面前，阎罗看了看轻轻地点了点头，小鬼郑重地将鬼丹递给英冰澈和白天鹅，两个人用还魂汤吞下，白天鹅立刻化作玄冥鸟的模样。英冰澈给阎罗磕了头后，旋即骑上白天鹅幻化的玄冥鸟，风驰电掣般冲出十八层地狱。

我一觉睡到上午十点，车夫打电话来，问我想吃什么，我说想吃面，他说我住的酒店东边有一家山西刀削面馆，味道纯正，可以到那儿吃，我同意了。他说开车来接我，我说不用了，我想走一走，分头去面馆即可。我简单梳妆打扮后，便步行去了面馆。刚坐下点了面，车夫就兴冲冲地走进来，手里还拿着一份报纸。我开玩笑地问："干吗这么兴奋，好像刚刚艳遇了似的。"他用卖关子的语气说："你看看报纸就知道了。"我接过报纸，原来是份《京报》，我好奇地问："登什么好消息了，让你这么高兴？"他点了一支烟一边抽一边喜滋滋地看着我，我只好自己翻阅，翻着翻着，我惊喜地发现一张素描肖像，正是我在火车上为沈丹娜画的那张，旁边登的恰恰是那篇题为《东州死婴事件：不能让正义迟到》的文章，我手捧着这篇文章，激动得手都微微抖动起来，简直不敢相信自己的眼睛，就感觉有一缕清风吹入我的心里，吹得我心头即将熄灭的生命之火重新又升腾起呐喊式的火苗，这心头之火不仅有高傲的渴望，而且给我一个不灭的启示，那就是生命必须向前走！我甚至产生了这样的幻觉，接下来我和车夫会进行一次《神曲》式的旅行，看来寻找一个更新奇的世界还为时不晚。我把我的幻觉告诉了车夫，他却认为我太乐观了，还说在这个世界上没有几个人会有但丁那种幸运，因此我俩不可能进行《神曲》式的旅行，只能进行《神话》式的探险。我觉得他太悲观了，看着报纸上那张沈丹娜的肖像，我信心十足地说："车夫，我敢跟你打赌，文白和张欣很快就会有消息的。"车夫深吸一口烟，眨巴着一双城府颇深的小眼睛，意味深长地说："小丹，我非常理解你此时的心情，其实我和你的心情一样，也盼着顾文白两口子早点有消息，这篇文章虽然可以引起舆论的关注，但是关注和真相之间还有相当大的距离，我们还是务实一点，踏踏实实地到信访部门寻找顾文白和张欣。"车夫是个老江湖，命运耗损了他太多的锐气，这恰恰是我不喜欢他的地方；文白同样很城府，但文白身上永远保存着一股不屈服的锐气，这恰恰是文白最吸引我的地方。我记得他在《历史》中引用撒旦提出的那个大问题："绝不屈服绝不顺从的勇气，除了这个是不败的，还有别的么？"我觉得文白就是和谐社会的撒旦，不然他也不会落到今天这种被和谐的地步。看来车夫的建议是对的，我竟忘了和谐的本质就是专政。但是那天在火车上乘客们团结一致解救沈丹娜时的情景再次激动着我，而且沈丹娜的文章在我心里暗示了某种美好的东西，哪怕这种美好只是一种幻觉，我也从未放弃从内心寻找心灵图景这一野心，正因为如此，我才用反驳的语气说："车夫，我记得爱默生说过，我们是什么，我们便只能看见什么，也就是说，我们是奴才，便只能看见主子；我们是艺术家，便会看到心灵图景，那么我们是公民呢？"车夫脸上挂着捉摸不透的微笑，眨巴着如蜥蜴皮般坚韧的眼睑，黠慧地说："问题的关键就在于我们的社会只有人民，没有公民！"说完他闪烁着老狐狸般的眼神，微笑地看着我，好像他掌控了真理，得意地往烟灰缸里掸了掸烟灰。不知为什么，我心底竟涌起一丝轻蔑之情，反唇相讥道："谁说没有公民？顾文白、张欣、沈丹娜都是公民，我也是，火车上那些挺身保护沈丹娜的人都是公民。"说这话时我感觉脚下似乎流动着沙子，遍布每一个角落。车夫无意与我争辩，他讨好地笑着，胖乎乎的一张大脸凑过来，满嘴烟气地问："那我是不是公民，在火车上，我可是第一个冲到警察面前的。"我顿时被他滑稽的表情逗笑了，瞥了他一眼，微嗔道："你嘛，只能算半个公民。"他嘿嘿笑道，逗趣地说："这么说，我的身体里只有半个我了，我说我怎么成不了像你那样的大画家呢，原来我身体里有半个主子半个奴才，那半个奴才整天向半个主子卑躬屈膝，搞得那半个主子整天作威作福的，连自己是谁都不知道了，当然就更不知道什么是灵魂了，如此一来，半个主子被半个奴才惯坏了，无法做信仰的一跃，又怎么可能看清心灵图景呢？看不清心灵图景，当然就与艺术家无缘了。看来我命中注定只能做个商人了。"我吃惊地发现，原来车夫对自己认识得如此透彻，怪不得他对艺术品鉴赏慧眼独具呢！便用一种欣赏的口吻说："看来你与你的灵魂之间的关系是有希望的，那么你为什么不把你身体里的半个奴才赶走呢？"车夫像个监考老师似的盯着我说："小丹，你能分清莎士比亚是隐藏在哈姆雷特的躯体里，还是隐藏在福斯塔夫的灵魂中吗？或许你能，但是我不能，因为我躯体里的半个主子与半个奴才是无法分清的。"说完，他皱着眉头，挠了挠柔软的下颌。这时我点的两碗刀削面和四个小菜上来了，车夫往碗里放了一勺辣椒，又拿起醋罐子淋了淋，用筷子拌巴拌巴，便津津有味地吃了起来。我见他吃得香，也学着他的样子往碗里放了辣椒淋了陈醋，一边吃一边说：“你躯体里的主子和奴才分不清，《京报》为什么登我给沈丹娜画的这张肖像，你总该清楚吧？”他一边吃着面一边说：“《京报》在向你致敬。”他吃得肉乎乎的鼻头上满是细汗，眼神里似乎有一些诡异的东西闪烁着。不过他的话让我很受用，仿佛体内有什么东西打开了，对了，是一扇窗户，此时此刻，这扇窗户正面对着广阔、遥远、黑暗而荒凉的平原，我一边回味着喉咙深处老陈醋的酸味，一边加重语气说：“不是向我致敬，是向公民致敬！”浮动的黄铜色的阳光照在餐桌上，让人心里暖洋洋的，车夫一脸憨笑地说：“有道理，这么说也包括半个公民的我了。”他的神态就像刚被牵入草场的羔羊。这时我突然被《京报》的另一篇文章吸引住了，题目是《进京上访人员神秘失踪调查》，文章称，《京报》不断接到进京上访人员家属求助，反映他们的亲人进京上访后神秘失踪，这些失踪人员有一个共同特征，就是到京城各信访部门登记后，不久便失踪了，据目击者称，他们看见访民模样的人被一些彪形大汉粗暴地塞进一辆依维柯车内强行带走了，最让我吃惊的是，到《京报》求助的还有两名东州进京上访人员的家属，文章称，这两名上访人员是为东州死婴事件而进京上访的，进京不久就与家人失去了联系。看到这儿，我心里咯噔一下，心想，这两名失踪的访民会不会就是顾文白和张欣呢？这么一想，我竟惊出一身冷汗，赶紧将报纸递给车夫，车夫看后也一脸吃惊地看着我，不可思议地问：“莫非顾文白和张欣被绑架了？”然后他又耸了耸厚厚的肩膀说：“这怎么可能呢？”车夫的话让我一下子想到了《神话》中的魔，我觉得这些魔无处不在，像窥视狂一样盯着我们。怪不得魔鬼总是出现在顾文白的作品中，他笔下的魔鬼似乎要多少就有多少，我原以为那些魔鬼来自他的想象，其实它们就来自现实，可也是，像他这种对魔鬼不遗余力地穷追猛打的人，魔鬼怎么可能轻易放过他呢？想到这儿，我长叹一声反驳道：“怎么不可能？当今中国，一切皆有可能！”车夫似乎意识到了寻找顾文白和张欣的危险性，他一脸愁苦地看着我，小眼睛焦虑地转动着，就仿佛我身后站满了魔鬼似的，然后勉强地笑了笑，一边挠着柔软的下巴，一边皱着眉说："小丹，我有一个担心。"我感觉他说话的样子很像一只关在笼子里的大白兔，那种怯懦的眼神就好像是我把他骗进笼子里的，我讨厌他现在的神情，用挑衅的冷淡口气问："你担心什么？"他用一种嘲弄的口吻说："我担心如果我们不放弃寻找顾文白和张欣，也会像他俩一样神秘失踪的，你不觉得这太可怕了吗？"他的神情太幽默了，我情不自禁地咯咯咯地笑了起来，他一头雾水地问："你笑什么？"我一边笑一边说："有什么可怕的，我巴不得神秘失踪呢，果真如此，我就有机会看到黑暗的真相，我如果有幸画出黑暗的本相，那一定是我一生的杰作。"车夫古怪而可笑地摇摇头，一脸回味老陈醋的表情，眼睛里有些可怕的东西闪烁着，仿佛我是那四肢张开的标本，而他是解剖者，用一种旁观者的口吻说："小丹，你可真是天真得可爱，人都消失了，还怎么作画？"我生气地白了他一眼，心情烦乱地说："反正我坚信我一定能找到文白。"这时进来四五个农民工打扮的人，坐在了我们的邻桌，他们每人要了一碗刀削面，一边吃一边议论一位老乡失踪的事，我侧耳细听，原来这几位农民工的一位老乡因代表乡亲们进京反映县里领导将修水库的钱修了水上乐园，进京没几天就神秘失踪了，几个人凑在一起一边吃面一边商议寻找失踪老乡的办法。很显然，车夫也听明白了几位农民工议论的事，他虽然面带笑容地看我，但在笑容背后，却好像有什么东西在颤抖。我更是觉得咽喉里像有块大理石似的，我惆怅地问："车夫，那些失踪的访民该不会也像法慧一样遭遇魔兽了吧？"车夫默不作声地看着我，然后无助地点上一支烟，淡蓝色的烟雾缭绕而上，那烟气如此复杂，像是一个颤动的问号。

法慧率众弟子随穆萨策马急驰到一处小山崖，突然勒住了马头。山崖之下是茂密沧桑的灌木丛，崎岖阡陌迤逦而去。"大国师，为什么不走了？"穆萨莫名地问道。"穆萨将军莫急，我发现一些奇怪的脚印，不像是人类的。"法慧说完率先滚鞍下马，众人也纷纷下马步行。“大国师，是不是我们来时留下的马蹄印？”穆萨谨慎地问道。“不是，像是魔怪的脚印。”法慧肃然说道。“我早就耳闻，大国师法术高明，但也不用拿魔怪吓唬我们，再说，人世间哪儿有什么魔怪呀？”穆萨笑着说道，语气中似有揶揄之意。“我这次就是因为魔怪之事来拜访贵国国王古兰的，你们只知道圣母国和千命金的厉害，哪里知道整个人类都将面临灭顶之灾！”法慧无声地透了一口气说道。“大国师，到底发生了什么事情？难道这世界上还有比圣母国和千命金更可恶的？”穆萨越发不解地问道。“将军有所不知，”法慧神情憔悴地徐徐说道，“这世界上不光生存着人类，还有神界、魔界和冥界。魔界的大魔头叫黑魔，是被女娲打败的黑龙的后代，他一直对人类恨之入骨，不仅想毁灭人类，而且还想统治世界。现在已经积蓄了足够的黑暗势力，即将对人类大举进攻，从眼下的怪兽脚印来看，他们已经盯上贵国了。”穆萨和众骑士第一次听说如此骇人耸听的奇闻，都半信半疑。“大国师，难道这世界上真有魔鬼？”穆萨疑惑地问道。“魔是魔，鬼是鬼，鬼生存在地下，归阎罗管，属于冥界，魔却可上天入地，无恶不作。”法慧对眼前这位不开窍的将军有点不耐烦，他剜筋剔骨地解释道。“大国师，那我们人类该怎么应对？”穆萨将信将疑地问道。“只有一个办法，那就是团结。”法慧斩钉截铁地说道。“团结？圣母国无缘无故来攻打我们星月国，还有什么团结可言？”穆萨压着一脑门子火气反诘道。“总会找到办法的，”法慧踌躇地说道，“黑魔是不会放过圣母国的，如果圣母国不与诸国团结，必然被黑魔所灭。你们跟着我，我们沿着这些脚印走，一定会发现怪兽的踪迹。”众人牵着马跟在法慧后面沿着乱七八糟的脚印往前走，走了几里路后，连绵起伏的山路突然变成了一条弯弯曲曲的羊肠小道，两边的灌木更茂密了，小道上的脚印也更集中更清晰了。“穆萨将军，你看，这些脚印既不是人类的，也不是兽类的，这必定是黑魔的怪兽来刺探贵国军情的。”法慧语气肯定地说道。“大国师，一旦动起手来，我们是不是这些怪兽的对手？”穆萨手握弯刀面容紧张地问道。“但愿是小股怪兽。”法慧黯然说道。“弟兄们，操家伙，准备战斗！”穆萨回头对自己的骑兵命令道。众人沿着羊肠小道登上山坡，发现山下是一片洼地，点缀着簇簇灌木丛，渐渐融入远处褐色林地的苍茫烟岚之中。“穆萨将军，前面的那片山地十分危险，我们要加倍小心。”法慧说完率先沿着羊肠小道走下去，穆萨的士兵已经紧张得透不过气来，因为他们不知道即将遇上的敌人有多强大，既跃跃欲试，又心惊胆战。地势越来越平缓了，空气更加凝重起来，这里的山林都一人多高，全是灌木，而且密集、盘根错节，众人牵着马在这里走起来十分吃力。“快看！一具尸体！”一个骑兵突然惊叫道。众人赶紧围上去，那具倒在地上的尸体长着龙头，人身，龙爪，死相十分恐怖，是被扭断了脖子，肉和筋还连在身体上，一摊黑血浸了满地，恶臭难闻。“大国师，这就是你说的魔界怪兽？”穆萨用弯刀指着尸体问道。“正是，这家伙打起仗来十分凶猛。”法慧脸色阴沉地说道。两个人正在说着话，传真大喊道：“师傅，这里也有一头！”众人呼地一下子围了过去。“大国师，这家伙也是被扭断了脖子。”穆萨惊叹道。“谁会有这么大的力气能扭断怪兽的脖子？”法慧心下也暗自惊叹，他自言自语地说道。众人小心翼翼地往前搜寻，他们走到山林的尽头，开阔的草地突然展现在面前，在草地中间地带，上百头怪兽正围着一个长着翅膀的小男孩发威，那小男孩力大无穷，揪住一头怪兽的耳朵和前爪用力一甩，那头怪兽大头冲地摔了出去。法慧一眼认出了那个小男孩，他暗自一喜喝道：“小魔头！你怎么在这儿？”小魔头一看来了援兵欣喜若狂，他用力扔出一头怪兽，然后大声喊道：“大国师，快来帮我！”众怪兽见来了许多人，也嗷嗷叫着冲向人群，法慧抡起狼头禅杖冲向怪兽群，传真和师弟们也都纷纷抽出宝剑杀了上去。穆萨见法慧率弟子杀进了重围，也一声令下，率众骑兵各操兵器冲进怪兽群，霎时间杀声阵阵，人魔大战，杀得是血肉横飞。本来穆萨的骑兵中有些是弓箭手，善于策马挽弓，但是由于众人与怪兽混战在一起，弓箭一时发挥不了威力，只能用弯刀肉搏，损失惨重。小魔头见众人与怪兽们混战在一起，他拍着双手喜滋滋地跳到一棵树上看起了热闹。“小魔头，你怎么不帮忙呀？”传真生气地问道。“我打累了，先歇一会儿。”小魔头笑嘻嘻地答道。“小魔头，你可太滑头了，穆萨将军快撑不住了，还不快下来帮忙！”正说着，一头怪兽向树上喷了一团魔火，小魔头张嘴吸了进去，然后又反吐出来，喷向那怪兽，怪兽顿时变成了火团，被烧得嗷嗷怪叫，不一会儿就化成了一摊恶臭的黑水。此时，怪兽纷纷向对手喷射魔火，几个星月国的骑兵被烧得火人一般，没来得及惨叫就化作了焦土。“小魔头，还不来帮忙！”法慧看情况不好，大喝道。在这群人中，能对付魔火的只有法慧和小魔头。法慧喝罢举起狼头禅杖扑向敌人，那狼头喷出的是神火，神火遇魔火相当勇猛，两种火在空中厮打扭曲，发出吆吆的怪叫。小魔头坐不住了，从树上飞了起来，大喊一声，“看我的。”好一个小魔头，猛然喷射出一道火龙，张牙舞爪，声势震天，烧得怪兽纷纷化作一摊恶臭的黑水。“师傅，为什么你和小魔头杀死的怪兽都化成了一摊恶臭的黑水？而我们杀死的只变成尸体？”传真不服气地问道。“因为师傅和小魔头的法力比你们深厚。”法慧杖毙一头怪兽后傲然说道。“为什么我们一开始发现的那两具尸体没变成恶臭的黑水？”传真诡谲地问道。“那是小魔头一个人孤军奋战大概不愿意伤元气吧。”师徒俩一边打一边说着话，不远处的小魔头扔出一头怪兽问道：“你们俩说我什么呢？”“小魔头，你怎么会到这儿来？我还以为你和灵风在一起。”法慧错愕地问道。“我离开逍遥国的时候，发现有怪兽脚印，就尾随着这帮家伙，后来听他们说，魔国要攻打圣母国，而圣母国的军队正在攻打星月国，这些家伙是来窥探星月国情况的，我跟着跟着就被发现了，于是就打了起来。”小魔头手舞足蹈地说道。“小魔头，你还是去追灵风吧，他们更需要你！”法慧手中的禅杖舞得呼呼生风，苍凉地说道。“消灭了这帮浑蛋再说吧。”小魔头桀骜地一哂说道。众人与怪兽激战了三个时辰才结束战斗，穆萨的骑兵死伤近半，法慧的徒弟也有几个受了轻伤，上百头怪兽全部被歼。穆萨浑身溅满了黑血，他感慨地叹道：“大国师，看来人类真的要大难临头了。”“根据小魔头说的情况，”法慧寒声说道，“圣母国目前最危险，穆萨将军前面带路，我们火速赶往星月国，争取早些时间化解星月国的危机，然后我们将赶往圣母国。”“师傅，好在狼王已经去了圣母国。”传真插嘴说道。“虽然狼王在，但是我听说圣母国国王大帝是个十分顽固的人，一定是不见棺材不落泪，再加上狼王不太了解这边发生的情况，我怕生出意外来。”法慧沉声低吟道。此时，残阳似血，黄沙若金，萧瑟的田野在回光返照下显得无比璀璨，落日却凄清冷峻且庄严沉肃。一场战斗让法慧深深地陷入沉思，他的目光辽阔而深远，凝望了一会儿远方的山峰，深沉地命令道：“上马，出发！”

烈日当空，火热的太阳像一团在天地间四溅的水流，映得山壁闪烁着耀眼的白光。天色蔚蓝夺目，耀得山体从浓艳的绿野中分离出来，耸立并插进蔚蓝的天空，带着那种即将变成火红的橙黄，就像金属过于接近炉火时一样。远处蹒跚而行一队人马，看上去由于马不停蹄日夜兼程已经疲惫至极。有几个弟子骑在马上几乎昏昏欲睡，但他们仍然强打起精神跟在不知疲倦的师傅后面跑着，除了马蹄的嘚嘚声，周围静极了，连一丝儿风也没有，只有炎热的暑气，战栗地跳跃着。这位师傅正是率领弟子们风餐露宿赶往圣母国的狼王。“看，前面有一座巨大的雪山。”狼王的大弟子白狼突然高声喊道。“你瞎了，那不是一座巨大的雪山，而是一座巨大的白色宫殿，那就是我们要去的圣母国国都列顿城。”狼王笑着骂道。“好家伙！这么伟大的国都！”白狼赞叹道。只见远处半山腰的绿树丛中，耸立着一座银光闪闪的城堡，那城堡中央的宏大宫殿好像全是用汉白玉建成的，在阳光的映照下，仿佛雪峰一样刺眼。“白狼，圣母国的士兵很强悍，也很傲慢，我们是为和平而来，不是为了挑衅，所以见了圣母国的士兵要忍耐，无论他们如何傲慢和粗鲁，也要忍耐，听清楚了吗？”狼王不放心地扫视了一眼弟子们叮嘱道。“师傅，您是兽界界尊，是兽神，我们怕过谁呀？”白狼大大咧咧地嘟囔道。“小子，别忘了我们的使命，只有团结一切可以团结的力量，才能战胜黑魔。”狼王瞪了一眼白狼说道。“师傅，圣母国的国王大帝四处发动侵略战争，与黑魔没什么两样，要不是为了天下苍生，就让黑魔铲平圣母国。”白狼愤愤不平地说道。“混账话，大帝是魔王不等于百姓也是魔王，百姓是无辜的，我们就是为了无辜的百姓而来的。”狼王训斥道。他和白狼一边走一边说着话，突然从城堡中冲出一哨人马，向山下俯冲而来，马上的士兵个个身披闪闪发光的铠甲，手持长矛，呈扇形排开，如一只张开双翼的鹰，从山上滑了下来，不一会儿，他们就来到狼王面前拦住了去路。“看你们长得人不人兽不兽的，莫非是星月国的奸细?”领头的百夫长傲慢无礼地问道。“放肆！这是兽界界尊兽神狼王，小小的百夫长也敢如此无礼，殊不知圣母国快大难临头了！”白狼揶揄道。“从未听说过有什么兽神，更没有人敢妄言圣母国大难临头，我们圣母国兵强马壮，所向披靡，轮得上你们这帮野兽来指手画脚吗?”领头的百夫长狂笑着说道。白狼怒火中烧，早忘了狼王刚才嘱咐的话，心想，非教训教训你这不知天高地厚的狂傲之徒不可。他从马上如鬼魅一般飞身跃起，卷起一阵旋风，瞬间，圣母国十几个士兵的长矛就被白狼夺下。“你们蠢得连兵器都拿不住，有什么强悍的?”白狼将兵器扔在地上轻蔑地说道。百夫长和圣母国的士兵被白狼突如其来的袭击吓傻了，他们从未见过这么快的身手，瞬间可以夺下十几个士兵的长矛，如果要取他们的性命易如反掌。“对不起，请原谅我等冒失。因为我国正在与星月国交战，国王让我们加强盘查，怕星月国的士兵们袭击我国。”百夫长率兵士们滚鞍下马毕恭毕敬地说道。“好了，不知者不怪，百夫长，请给我们带路，我要拜访你们国王大帝，通报重要事情。”狼王威严而温和地说道。“狼王，请！”百夫长率领众骑兵重新上马，然后礼貌地将手一让说道。几名守城的士兵提起沉重的门闩，慢慢地推开大门，巨大的铰链随之发出隆隆声，城门内显现出豪华的大殿，用雕凿精美的大理石砌成的台阶足有几百级。狼王让众弟子在石阶下休息，自己带大弟子白狼随百夫长顺台阶向大殿走去。

油画三：红门

作者：朱小丹

创作时间：2006年

材质：布面油画

尺寸：266×345 cm

画面是俯视图，院子里有一群表情既愤怒不屈，又惊恐万状、面露恐惧的人。四周是凶神恶煞的看守。画面的中心是一位气度不凡的女人，她双手握拳，勇敢地怒视着看守，宁死不屈的神情深深感染着身边那些无助的人。画面的北侧是一个用来关人的正房，走廊连着西侧门有一排偏房，约有六七间关人的房屋。东侧是院墙，门开在南边，是两扇敞开的红门。红门外一对恶狗正冲着门里狂吠不止。画家采取了对角线的构图方法，使整个画面显得丰富饱满，立体感很强，并充斥着艺术的张力。画面中的女人无疑是全场色彩最亮丽的一个，突出了誓死抗争的主题，使画面的色彩达到了最高点，也把画面的恐怖气氛渲染到了最高点。

我觉得文白和张欣进京上访一定会在有关部门留有案底，或许到有关部门查一查就会得知他们的下落。于是我让车夫陪着我挨个部门打听，不料我俩去过的部门都没有查到他俩的踪迹。我们从最后一个部门出来时已经夕阳西下了，就在我俩站在大门前茫然不知所措时，一位干瘪的老妪走过来，她那满是皱纹的脸皮令人想起深秋枯败的野草，红肿的眼睛、发青的嘴唇、褴褛的衣衫就是她灵魂的图像。她一把拽住我，面露欣喜地说："女娲娘娘，我可找到你了，这下我儿子有救了！"突然被一位乞丐式的老太太一把拽住我心里有一种莫名的恐惧，但是看见她用企盼的眼神看着我，我心里酸酸的，情不自禁地握住了她枯枝般干瘦的手，动情地问："老妈妈，您为什么要找女娲娘娘啊？"老太太刚好迎着晚霞，焦黄的脸上，没有一点血色，她听了我的问话，显得很激动，塌陷的两腮，紧张地抽动着，黯然的眼神突然闪出泪光，饱含深情地说："女娲娘娘，只有您老人家能够惩治那些恶魔，求求您了，救救我的儿子吧！"我断定老太太身上藏着巨大的冤情，一定是叫天天不应，叫地地不灵才被逼疯的，便同情地问："老妈妈，您儿子怎么了？"我话一出口，老太太便用悲痛在夕阳下织出一片浓重的黑云，她欲哭无泪地哽咽着说："被他们害死了，死得好惨啊！"我怜悯地问："他们是谁？"老太太浑身打着战，从牙缝里挤出两个字："黑魔！"听到这两个字，我的心顿时咯噔一下，文白《神话》里的情景如滚滚波涛般闪过我的脑海，我原以为“黑魔”不过是文白通过想象创作出的一个意象，不承想现实却如最庞大的“黑魔”令我心惊胆战。眼前的老妪不再是一位普普通通的疯女人，而是《神话》里活生生的人物，抑或她就是现实版的蓝姬。我惶惑不安地紧紧握着她一双肮脏的战栗着的手，不知所措地问：“老妈妈，谁是黑魔？”老太太咬牙切齿地说：“黑龙的余孽！”一股邪风骤然吹起，我似乎嗅到了黑桃花的气息，我突然意识到自己的渺小，和现实的狰狞比起来，我感觉我的灵魂不过是一个玩偶。车夫听了老太太的话似乎突然悟到了什么，低声对我说：“小丹，我怀疑这个疯老太太见过文白和张欣，不然为什么她会知道女娲、黑龙、黑魔这些词儿？”我觉得车夫说得有道理，连忙问：“老妈妈，你认识顾文白吗？”不承想，老太太竟然重重地点了点头，语气肯定地说：“当然认识，哪有母亲不认识儿子的。”车夫失望地摇了摇头，我不死心，接着问：“老妈妈，我说的是顾文白，不是您的儿子，您知道顾文白在哪儿吗？”老太太似乎听懂了我的话，支支吾吾地说：“要是我老伴在就好了，他一定知道你说的那个人在哪儿。”我好奇地问：“老妈妈，您老伴呢？”老太太突然露出惶恐的神色，慌慌张张地说：“女娲娘娘，快救救我老伴，黑魔说他敲诈，把他关进了黑魔窟。”我心里交织着恐惧和怜悯，但好奇心仍然催逼着我发问，我一边抚摸着老人家瘦骨嶙峋的肩膀一边温和地问：“老妈妈，你老伴敲诈什么了？”老太太无助地望着我，几滴带着泥土气息的混浊眼泪滚落下来，面如土色地说：“政府。”说完惶恐不安地四下望着。这时车夫拽了拽我，不耐烦地说：“全是疯话，走吧，小丹。”老太太显然不喜欢车夫，一把把我拽到一边，一边用眼睛瞄着车夫一边小声对我说：“女娲娘娘，你怎么跟黑龙好上了，你忘了他当初是怎么害你的了？”我被老太太的话逗乐了，莞尔一笑说：“老妈妈，他是我的朋友，是好人，不是黑龙。”老太太又瞥了车夫一眼，将信将疑地说：“这年头到处是黑龙、黑魔的，哪有几个好人，女娲娘娘，即使他是黑龙、黑魔咱也不怕，我有宝贝，只要你把它吃了，任凭什么黑龙、黑魔都别想加害于你！”说着将手伸进自己拎着的破袋子里摸了半天，才将干枯的手拿出来，将握着的东西放在我的手心里，我定睛一看竟然是一个黑糊糊的桃子，老太太将她的宝贝放在我的手心里后，用叮嘱的口吻说：“女娲娘娘，这是我从世外桃源偷出来专门孝敬您的，但愿您吃了它逢凶化吉，遇难成祥！”说着老太太似乎发现了什么，惊慌失措地拍了拍我的手，像躲瘟疫似的急匆匆地离开了。这时走过来一位长得像瘦狗似的男人，此人穿着鳄鱼牌T恤，裤线笔直，皮鞋锃亮，脖子上挂着条金链子，长着一张狗脸，叼着抽了一半的香烟，晃晃荡荡地走过来，嬉皮笑脸地问：“二位，是来找人的吧？”车夫见此人流里流气的，便没好气地说：“跟你有什么关系？”狗脸儿不以为然地说：“大哥，你知道我是干什么的吗？”车夫一脸厌恶地说：“我管你是干什么的，滚！”狗脸儿喷了一口烟，脸上挂着凝固的微笑，微微扬起眉毛，用深不可测的口吻说：“大哥，你先别急，等我说明白我是干什么的，说不定你还得求我呢。”车夫不屑地说：“看你那个熊样就不像好人。”狗脸儿一脸无辜地说：“大哥，别小看人呀！”车夫眼皮一翻，阴沉着脸问：“你要是好人，刚才那个老太太看见你为什么像见了狗屎似的转身就跑呢？”狗脸儿发出一声便秘似的嗤笑，猛吸了几口烟，然后随手将烟头弹出了很远，用一种轻蔑的口吻说：“那个疯婆子把我当成黑魔的帮凶了。”车夫冷冷一笑，含讥带讽地看了他一眼，一脸愠怒地说：“那位老妈妈认定你不是好人，你定然不是好人。”狗脸儿用狡辩的口吻说：“你说话也太武断了吧，你知道那疯婆子是怎么疯的吗？实话告诉你，是因为死了儿子才疯的，你知道他儿子是怎么死的吗？是为了保护自家的宅基地暴力抗法被抓进县看守所的，据说是玩‘躲猫猫’玩死的，疯婆子的老伴为了查明儿子的死因多次进京上访，劝阻他的工作人员主动提出，只要他不再进京上访，可以给他二十万。她老伴不干，非要去公安部门鉴定儿子的死因，工作人员说不可能，老人家就坚持要三十万，工作人员同意了，他写下了保证书后，随后就以涉嫌敲诈勒索被逮捕了。大哥，你听好了，这件事从头到尾都跟我没关系，你凭什么说我不是好人呀？”我见狗脸儿对老妈妈的事一清二楚，就知道他一定是吃访民黑饭的，就像火车站的黄牛，医院的医托，火葬场专门哭丧的，狗脸儿是那种专诈访民油水的泼皮，便灵机一动，试探地问："听你的口气，你好像对这里的事门清儿嘛！"狗脸儿见我似乎在夸他，便眉飞色舞地说："那当然了，不是有那句话吗，靠山吃山，靠水吃水，不瞒二位说，我就是老百姓常说的'访托'。"我断定狗脸儿一定知道许多上访秘密，便用一种将信将疑的口吻说："其实让我俩相信你也不难，只要你能说清一件事，我就信你。"狗脸儿狡黠地眨了眨眼，脸上挂着淫亵的微笑问："什么事儿？"我尖锐地问："你知道那些失踪访民的下落吗？"狗脸儿像一条冒着巨大的危险嗅到了一根骨头味道的狗似的，拍着胸脯说："当然知道了，如果不知道他们的下落我怎么赚钱呢？"还没等我接着问，车夫便迫不及待地插嘴问："快说，他们在哪儿？"狗脸儿见我俩上钩了，摇头晃脑地卖着关子说："天机不可泄露！"车夫冷哼一声，用肉乎乎的大手拍着他的肩膀说："你小子不就是想赚钱吗？说个数吧。"狗脸儿看出车夫是个有钱的主儿，露出一副敲诈的嘴脸说："不是不可以告诉你们，的确是风险太大，如果二位有诚意的话，一个字一百怎么样？"我和车夫太想知道谜底了，竟然异口同声地答应了。狗脸儿奸诈地笑了笑，伸出狗爪子一般的手，大言不惭地说："先给四百。"车夫二话没说便从钱包里点了四百递给他。狗脸儿满意地塞进口袋里，压低声音说："世外桃源！"听到这四个字，我心头一紧，车夫却不解地问："什么意思？"狗脸儿诡谲地说："意思很简单，失踪的访民都在世外桃源。"车夫猛地踹了狗脸儿一脚，破口骂道："狗日的，你敢耍老子，滚！再不滚，老子灭了你！"狗脸儿被这突如其来的一脚给踹蒙了，知道车夫不好惹，便骂骂咧咧地走了。我埋怨车夫干吗不接着问，车夫却气呼呼地说："小丹，失踪的访民怎么可能在世外桃源，这家伙一看就是骗子。"我想起了《神话》里的世外桃源，没好气地说："你凭什么说他是骗子，没准他说的是实话呢，我俩跑了一天了，毫无线索，好不容易碰上个知情的，让你一脚给踢跑了，你干吗这么没耐性，或许再往下问，就知道世外桃源在哪儿了。"车夫见我生气了，连忙满脸堆笑地说："小丹，你也太天真了，怎么能相信骗子的鬼话，我在京城住了半辈子了，从来就没听说过有叫世外桃源的地方，好了，别生气了，跑了一天了，肚子都饿了吧？想吃什么，我请客。”看他一脸讨好的样子，我也只好作罢。

圣母国大殿顶梁高深黑沉，庄严莫测，整个地面由大理石铺成，光滑如镜，不留缝隙，有一股简洁肃杀之气。大殿之内圣母国的文武百官一个个高矮胖瘦，昂脸腆胸，趾高气扬，不可一世。国王大帝端坐在四边不靠的御座上鸟瞰着殿内，目光晶莹闪烁，头上的金冠和镶在中央的宝石熠熠发光，花白的头发从金冠中散落下来显出几分强者的飘逸，他用阴鸷的目光注视着狼王，大有普天之下莫非王土，率土之滨莫非王臣的傲岸。“我们圣母国是高度文明的国家，一向不与野蛮的族类打交道，听说阁下是兽中之王，不知远道而来有何需求啊？”大帝居高临下慢条斯理地徐徐问道。“既然贵国是高度文明的国家，怎么客人来了，连座位都不知道给让呢？”狼王对大帝的傲慢嗤之以鼻地揶揄道。“我怎么知道你这个兽中之王到底是客人还是敌人呢？”大帝阴郁地问道。“请陛下说话放尊重一些，狼王可是兽神，是兽界至尊。”白狼愤愤地说道。“我们陛下是人中之神，总比兽中之神要尊贵些吧。”圣母国红衣大祭司查理款款走过来傲慢地说道。“岂有此理！凡胎肉眼竟敢自称人中之神，请问陛下手中有光阴之剑和《光阴真经》吗？”白狼轻蔑地质问道。“那是什么东西？”大帝惊厥地问道。“那是女娲传给人中之神的法宝。”白狼悠悠说道。“法宝？”大祭司查理狂妄地大笑道，“在空中，我们有青铜战鹰，在陆地，我们有黑铁战牛，在水里，我们有威力巨大的白银战鱼，我国的军事力量所向披靡，请问还有比这厉害的法宝吗？”“这些只不过是你们制造出来的杀人武器，能杀人，但是杀不了神，算不上什么法宝。”狼王不屑地说道。“既然狼王口口声声说自己是兽中之神，那就试一试我国先进的百箭弩吧？”大帝阴险地大笑道。“那就请大帝陛下拿出来让我们野蛮的兽类见识见识吧。”白狼挖苦地说道。查理挥手叫上来一位持弩的兵士，“既然你们是神，想必能抵挡住这百箭弩的连续进攻吧？”查理不怀好意地笑道。那兵士在他的示意下，瞄准白狼，连发数弹，白狼挥手将弩弹接在手中，然后又一挥手变成一把玫瑰花。“尊敬的大祭司先生，难道玫瑰花也能杀人吗？”白狼潇洒地将玫瑰花插到查理的脖子里笑嘻嘻地说道。文武百官惊异地发出唏嘘声，一位万夫长不服气，他铠甲铮铮马刺佩剑哗哗山响地走到狼王身边，傲慢地说道："这不过是你们兽类耍的巫术而已，有胆量与我的青铜战鹰比一比?""那就让我的徒弟与你们的战鹰、战车、战鱼都比一比吧，不过有一条，如果我的徒弟胜了，圣母国立即停止对星月国的侵略!"狼王诙谐而严肃地说道。"好，如果你的徒弟能战胜我的战鹰、战车和战鱼，你们有什么要求我都答应。"大帝似笑非笑地说道。"那好吧，白狼，让大帝陛下开开眼，让我们兽类也领教领教人类社会的文明。"狼王嘲讽地说道。大帝从御座上起身率文武百官走出大殿。

众人轻车简行来到校场，这是一块濒临大海的空旷广场，校场上停放着十几头黑铁战牛和十几驾青铜战鹰，大海上白银战鱼银光闪烁，炽烈的、白焰般的阳光烤炙着懒洋洋的海面。海水仿佛被烧焦了，粗糙的波澜仿佛蒙上一层黑糊糊的油脂，隐忍着，积蓄着，期待着，在沉寂中承受着如火的煎熬。大帝平时最喜欢兵士们在这里操练，别国的国王喜欢看美女跳舞，大帝不同，他生来喜好穷兵黩武，每天必看兵士们操练。校场中央有上百骑骑兵正在表演马上对抗，刚才那位万夫长一挥手，上百骑骑兵瞬间将校场围起，旗令兵站在万夫长身边发出一道道旗语命令。一驾战鹰腾空而起，这架黑糊糊的大鹰在空中傲慢地滑翔，仿佛天下无敌，与此同时，一只盘旋的苍鹰在青铜战鹰前掠过，战鹰口吐飞弹将苍鹰击得粉碎。圣母国的兵士齐声呐喊："威武！威武！"大帝端坐在御椅上，得意地看了看狼王，狼王不动声色，默谋不语。白狼解下自己的白色腰带抖了抖然后用力一抛，一条丝线像离弦的箭一样，射向战鹰，战鹰猝不及防，即被丝线勒住脖颈，瞬间化作一只风筝。"大帝，难道贵国是用风筝作战吗?"狼王睨了大帝一眼冷笑道。大帝的脸一下子变白了，他瞪了一眼万夫长，万夫长夺过旗令兵手中的小旗，亲自打旗语，只见一头黑铁战牛发出令人发指的狂吼，在校场上狂奔起来。这头战牛奔着奔着用尖锐的利角一头撞向一块巨石，只听"轰"的一声，那块巨石被撞得粉碎。圣母国的士兵继续呐喊："威武！威武！""陛下，您的这头铁牛不常犁地吧，好像浑身有使不完的劲。"校场上一股白色的旋风骤起，瞬间白狼就立在了大帝面前，他风趣地说道。“我的战牛是用来攻击的，可不是用来耕地的！”大帝黑着脸答道。“我看这校场的土壤挺适合种庄稼的，不如我让这头畜生把地犁了吧。”话音刚落，白狼已经立于校场之上，战牛如狼似虎地向他冲来。白狼用一双狼眼凝视着战牛一动不动，两道幽幽绿光照在狂奔的战牛头部，那头铁牛好像撞在了墙上，无论如何怒吼就是不能向前一步。此时狼王站起身，挥手说道：“徒儿，既然这头战牛有使不完的劲，就让它犁地吧。”狼王话音刚落，战牛真的变成了一头温驯的耕牛，白狼手掐法咒，刚才被战牛撞碎的巨石轰然变成了一张如黑蜈蚣般的犁铧，白狼慢悠悠地给这头牛套上犁铧，牛便在校场之上耕起地来，犁铧深深地插入土地，切割的声响像某种疼痛的撕裂声，被翻耕过的土壤像是一整块海面上的凝固的波浪。此时的狼王突然纵声大笑，然而圣母国的士兵却鸦雀无声。他们不知道这些长着狼头人身的家伙使用了什么魔法，会将他们的先进武器化解得如此荒唐。“大帝，还比不比？”狼王高傲地问道。“这个……”大帝脸色黯然地支吾道。“比，我们还有威力无比的白银战鱼。”万夫长气急败坏地说道。“那好，”狼王向白狼喊道，“白狼，地也不用耕了，看样子，你得改做渔夫了。”“狼王，请问你的徒弟怎样与我的战鱼比试？”大帝问道，语气已经有所收敛。“渔夫打鱼当然需要渔船了。”狼王幽默地说道。“给他们一条渔船。”大帝向万夫长说道。白狼弹了弹身上的灰尘，一个箭步跳上渔船，他将手中的桨轻轻一挥，渔船像脱缰的野马冲向大海，仿佛不是浮在海面上，而是潜游在深水之中。突然，海面上倒海翻江地一阵翻腾，好像被煮沸一般，白狼的渔船就像沉没在一片天崩地陷的暴风雨的炼狱之中。一条巨大的白银战鱼在海面上跳跃着向白狼袭来，那白银战鱼口喷飞弹，一颗颗炸响，海面上顿时火光冲天，黑烟滚滚，飞弹的呼啸声就像是魔鬼的呼号。白狼毫无惧色，沉着应对，渔船迎着飞弹迅速向战鱼靠近。白色银鱼似乎占了上风，越战越勇，使出浑身解数，要将渔船炸沉，要将白狼炸死，怎奈白狼一条大桨将船使得得心应手，离战鱼越来越近，战鱼没占着丝毫便宜。就在白狼要发起攻击之时，海面上滚滚腾起的黑烟迅速向天空凝聚，一时间黑云汹涌，遮天蔽日，在漫天黑云之中，凄厉的一声嘶鸣若闪电划破长空，让人听后心惊胆寒，圣母国的文臣武将不知将要发生什么，个个吓得面如土色。“大帝，圣母国大难就要临头了，你还在这里争强斗狠，穷兵黩武。”狼王凛然说道。“狼王，这天上的怪物是何方妖魔呀？”大帝颤声问道。“这是魔国的恶禽玄冥鸟，是黑魔的探子，看来，黑魔要对圣母国下手了。”狼王仰望长空喟然叹道。正在这时，黑云中蹿出一只巨大的玄冥鸟，扇动着巨大的翅膀，虎视眈眈地俯冲下来，海面上顿时波涛汹涌，巨浪滔天，那恶禽一个俯冲便将白银战鱼叼在嘴里，旋即腾起向黑云深处急速飞去。众人惊呼不已！不一会儿从乌云中散落下来无数银色碎片，如冰雹一般砸向大海。刚才白狼的灵力已经让大帝心有余悸了，此时，玄冥鸟的魔力更让他胆战心惊。最让大帝匪夷所思的是神界和魔界为什么会在同一时间光顾圣母国，眼下圣母国的大部队正在攻打星月国的途中，国都列顿城守兵不到三万，如果神界或魔界对圣母国下手，则圣母国凶多吉少。此时，昏暗广袤的海滩上凄凉的风呼号着，细白的沙浪在风中起伏追逐，远处黝黯的树梢暗影在风中婆娑起舞，那只巨大的玄冥鸟锐啸着重新从黑云中俯冲下来，直取白狼。众人一阵惊慌，唏嘘声中，白狼已经腾空而起，恶禽喷出一团魔火，白狼闪身骑在恶禽背上，抽出宝剑，白光闪过，恶禽身首异处，尸体打着旋儿栽进大海，白狼在空中几个鹞子翻身轻轻地落在渔船上。圣母国士兵兴奋地呐喊道：“威武！威武！”呐喊声中，大帝突然想起狼王曾说过，此次拜访是来挽救圣母国的，心想，“这个兽神大概是善意的，不妨向他讨教讨教魔界之事。”“请狼兄大殿叙话。”大帝一反刚才傲慢的态度，和善地将手一让说道。瞠目结舌的圣母国的文臣武将惶惑顾盼后，异常肃静地跟在大帝和狼王身后，默默地鱼贯走进大殿。

大帝没有回坐在自己的御座上，而是和狼王平坐在大殿之上。“尊敬的狼王，近来我一直处于阴暗的噩梦之中，灵魂仿佛在地狱中煎熬，难道所向披靡的圣母国真要遭受什么灾难？”大帝惴惴不安地问道。“狼王，你不来，圣母国国泰民安，你这一来，圣母国就要大难临头了，莫非您是灾难的使者？这天上的恶禽是您的帮凶吧？”红衣大祭司查理不阴不阳地插嘴道。“查理先生，我听法慧大国师说，你早就成了魔国恶禽的俘虏，是什么时候回到圣母国的？不会叛国投敌了吧，莫非回到圣母国是为了与黑魔里应外合？”狼王刀子似的目光逼视着查理问道。查理顿时慌张起来，他心虚地吼道：“你血口喷人！陛下，这些妖兽皆会巫术，分明是星月国的奸细。”“尊敬的狼王，查理是我国举国尊敬的红衣大祭司，怎么可能叛变投敌呢？”大帝惊觉地问道。“大帝有所不知，黑魔惯用的魔法是控人心智，查理先生曾经以使者的身份出访须弥国，被黑魔的恶禽玄冥鸟擒获，眼前站着的红衣大祭司查理已经被黑魔控制了心智。”狼王掷地有声地说道。查理愈发惊慌失措了，他畏缩地靠在大殿中央的柱子上，战栗着双唇说道：“陛下，千万不要听信这妖兽的谗言，我对圣母国一向忠心耿耿啊！”“请问尊敬的狼王先生，您说查理先生是恶魔的奸细，有何凭据？”万夫长怒气冲冲地上前斥道。“那好，我今天就替圣母国解除查理先生身体的魔咒，还他本来面目。”狼王不慌不忙地站起身冷笑道。狼王默念法咒，用阴毒的目光直逼查理，查理根本不敢对视，然而无论他怎么躲闪，也无法摆脱狼王锐利的目光，大约半个时辰过后，查理疲惫地瘫在地上昏死过去，一股黑烟从他口中窜出。“哪里跑？”狼王收回目光大喝一声，一伸手将那黑烟收回手中，攥紧拳头用力一挥，然后伸开手微笑道：“大帝，你看，这就是控制查理先生的黑桃核。”“这颗黑桃核怎么会控制查理的心智呢？”大帝疑惑地问道。“陛下，千万别上当，狼王用巫术打死查理，然后用黑桃核欺骗你。”万夫长警觉地说道。狼王慢步走到壁炉旁，顺手将黑桃核扔入火中，然后冷冷地说道：“查理先生没有死，他只是太累了，睡着了，白狼，让他醒醒。”“查理先生，醒一醒，回国了，到家了。”白狼走到查理身边推了推他笑道。查理慢慢地苏醒过来，微睁双目有气无力地问道：“我这是在哪儿呀？”“查理，你这是在寡人的宫殿上，你不记得了？”大帝惊异地走过去问道。“陛下，”查理懵懂地说道，“我只记得，我离开春秋国时，被一只大鸟叼走，带到了一个黑暗无比的地方，在那里一个白胡子老头问了我出使春秋国的目的后，给我吃了一个黑桃子，我就什么也不知道了。”“大帝，”狼王幽幽说道，

“那就是控人心智的黑桃，他说的那个黑暗无比的地方就是魔国，那里以前叫世外桃源，是人类的一块净土，如今被黑魔霸占，他将以世外桃源为基地，涂炭生灵，统治世界，让光明成为黑暗的奴隶。”“世外桃源，我怎么从来也没听说过这个地方呢？”大帝悚然而悟地问道。“如果不是黑魔发难，人类是无法知道自己还有一块净土的。”狼王嘲讽地说道。“听狼王这么一说，黑魔霸占世外桃源后，人类目前连一块净土也没有了？”大帝骇然地问道。“圣母国要横扫天下，战争一触即发，生灵就要惨遭涂炭，这正是黑魔向人类发难的最好机会，还有什么净土可言？”狼王冷哼一声说道。“陛下，狼王说得对，我们应该停止战争，联合诸国共抗黑魔，否则圣母国危矣！”查理虚弱地说道。“查理，你不是一直想让我成为全天下的王吗？”大帝颓然问道。“那是臣下一时糊涂，这次被黑魔俘去，险些丢了性命，才明白欲望猛于魔呀！”查理意味深长地说道。“胡说，怎么能把陛下与恶魔相提并论？陛下想成为天下之王那是百姓之福，我相信圣母国的军队有能力征服天下，保卫和平。”万夫长大言不惭地说道。“万夫长，你先好好保护你的国家吧，我想黑魔的怪兽很快就要到了。大帝，我劝你抓紧时间动员全城百姓迎战强敌！”狼王阴冷地说道。这时，在城外被白狼教训过的百夫长气喘吁吁地跑进大殿禀报：“启禀陛下，我军城外巡逻部队两百余骑与一百多怪兽军相遇，对方十分凶猛，经过厮杀，我军死伤过半，对方几乎没有伤亡。”“我军剩余部队现在何处？”大帝吃惊地问道。“已经退回城内。”“那敌人呢？”万夫长暴跳如雷地问道。“敌人不知去向。”“是不是龙头人身龙爪的怪物？”查理胆怯地问道。“正是！”“大帝，看来黑魔的怪兽军团要大军压境了。”狼王忧心忡忡地言道。“以狼王之见如何应敌呀？”大帝掩饰着内心的慌乱问道。“火速派信使召回攻打星月国的军队，城内马上布防，动员军民共同抗敌！”狼王斩钉截铁地说道。这时，又有兵士满头大汗慌慌张张地来报：“启禀陛下，空中发现大批怪鸟。”“大帝，圣母国如果不想被灭亡，就赶快行动吧！”狼王怒道。大帝无奈地举起撤回攻打星月国军队的令牌。

一晃几天，车夫陪我走遍了京城许多地方，也没有发现文白和张欣的任何踪迹，车夫不愧是商人，脑子比我灵活，他问我文白在北京有没有好朋友，或许文白进京与他们有过联系，甚至求助过他们亦未可知。一句话点醒梦中人。我兴奋地说："文白的作品都是由文心出版社编审耿直责编的，文白又刚完成长篇小说《神话》，他们之间一定有过联系，或许耿直知道文白的下落。"车夫高兴地说："那咱俩还不赶紧去文心出版社！"就这样，我们原本想去最高人民检察院接待室，却改道去了文心出版社。我俩走进文心出版社刚好是上午十点，在我的想象中，耿直应该正坐在办公桌前聚精会神地看稿子，可是当我向他的同事打听他的办公室时，得到的回答却是他病了，住在北京医院。我们只好买了花篮驱车去北京医院，走进病房时，房间内有四张病床，都躺着病人，其中一张靠窗的病床上，一位五十多岁高大魁梧的男子倚靠床头，一边打点滴一边看着稿子，我断定他就是耿直，便冒昧地问了一句："您是文心出版社的耿老师吗？"果然他放下手中的稿子，一头雾水地问："你们是……"我自我介绍完又介绍了车夫，他一听我俩是文白的好朋友，专门到医院来看望他，脸上顿时露出了既意外又高兴的神情，连忙请我俩坐，车夫将花篮放在窗台上，又搬了两把椅子，我俩坐在耿直的病床边，我用诙谐的口吻关切地说："耿老师，您可够得上劳模了，住院也不放弃工作，一边打点滴，一边看稿子。"耿直微微一笑，温和而亲切地说："没关系，就是热伤风引发肺炎，已经好得差不多了，再住两三天就可以出院了。"这时车夫随手拿起耿直看过的打印稿，狡黠地看了我一眼，用意料之中的口吻说："这不是顾文白的新作《神话》吗？"我一听连忙从车夫手里夺过稿子，随手一翻，刚好是一股邪风将桃落卷走那段，联想到文白和张欣失踪多日，心情顿时百感交集，情不自禁地问："耿直老师，文白是什么时候把稿子发给您的？"耿直想了想，然后用肯定的语气说："大约在一个月前，怎么，你们也知道这本书？"车夫感慨万千地说："何止知道，耿老师，小丹还为这本书配了插图呢。"耿直本来斜靠在床头，听了车夫的话，顿时将身体前倾过来，用渴望的语气说："文白发给我稿子时对我说，等我看完稿子后，他会给我一个惊喜，我一直在猜测会是什么样的惊喜，现在我明白了，这个惊喜就是请大画家朱小丹为这本书配插图，太好了，我在读《神话》时，越看越觉得应该配插图，正想着看完稿子后找文白商量呢，朱老师，如果我没猜错的话，你这次到北京就是专门给我送插图的吧？”听了耿直最后这句话，我燃烧着的心顿时有一种熄灭感，很显然，耿直并不知道文白两口子的遭遇，这说明文白进京并没有和他联系，这太令我失望了，我瞥了车夫一眼，发现他也流露出些许的沮丧，不过我并没有死心，因为顾文白出版的十几部长篇小说都是耿直做的责编，顾文白在这个世界上的知音，除了我，应该还有耿直。以他和文白的交情，应该了解文白在京城的社交圈子，即使他不知道文白的下落，但是当他得知文白两口子现在的处境后，我坚信他一定能提供有用的线索，于是我以沉重的心情向他讲述了文白两口子的苦难，他听了以后，气得面颊像着了火似的涨得通红，几乎能听到他血液燃烧的嗞嗞声。他听了我的讲述后，沉默良久，才怀着十分沉痛的心情说：“复旦大学创始人马相伯说过一句让所有中国人都汗颜的话，我是中国的一条狗，我为中国叫了一百年，也没有把中国叫醒。其实进入二十一世纪的中国仍然没有完全醒，不过是处于一种半梦半醒的状态。朱老师，车先生，文白和张欣是中国知识分子的良心，拯救他们就是拯救知识分子的良心，一个国家只要知识分子的良心没有烂掉，这个国家就有希望。我们就是深入灵风等人寻找的黑魔窟，也要找到他们。你们别急，让我好好想想，让我好好想想，对了，你们还记得文白的成名作吗？”车夫插嘴问：“耿先生指的是《历史》吧？”耿直点了点头，脸上挂着自豪的神情，用十分得意的口吻说：“对，《历史》出版后引起强烈反响，文白在小说里设计了一个驻京办主任，写得既诡谲圆滑，又内有坚守，简直就是一团矛盾，我不相信会有这种人物，他便请我吃饭，饭桌上他让我认识了东州市驻京办主任丁不见，经过一番攀谈，我发现丁不见就是小说里的人物原型。文白当市长秘书时，丁不见是常务副市长秘书，文白当年服务的领导东窗事发后，文白从天堂跌入地狱，丁不见却升任东州市政府副秘书长兼驻京办主任，朱老师，车先生，我建议你们去找一找丁不见，我觉得他一定知道文白两口子的下落。”耿直提供的线索太有价值了，几天来一直被黑暗笼罩着的心一下子亮堂起来，车夫也似乎恍然大悟，仿佛一直关闭的心门被撬开一个缝儿，一束阳光透过缝隙射进他的心里，他用一种佩服的口吻说：“我也读过《历史》，我怎么就没想到应该去找驻京办呢，耿老师，看来姜还是老的辣呀，我听说驻京办有一个重要职能就是‘截访维稳’，文白两口子失踪说不定就是和那个丁不见有关系，耿老师，驻京办主任在文白的笔下被写得神龙见首不见尾的，我们就这么找上门去，这家伙会不会见我们呢？”耿直沉思片刻说：“要不等我出院后，我陪你们去，毕竟我和他在一个饭桌上吃过饭。”等到耿直出院还需三五天，我实在等不及，便用商量的口吻问：“耿老师，三五天会发生许多事情，我想还是尽快见到丁不见为好，您毕竟和他有过一面之缘，能不能现在就和他沟通一下，然后我和车夫马上过去。”耿直听了我的话，面露为难之色，犹豫片刻后，他用抱歉的口吻说：“朱老师，车先生，其实我现在的心情和你们一样，只是我手里没有丁不见的手机号，那次和他在一起吃饭时，他倒是给过我一张名片，上面有他的手机号，不过我没往手机里输，名片可能让我扔在办公室抽屉里了，我看这样吧，我给丁不见写封信，你们带上我的信见他，起码显得不唐突，我观察那个人虽然滑得像个泥鳅似的，但做官似乎还未丧失底线。因为文白请我们吃饭时，当他回忆起那场突如其来的政治风暴时，丁不见颇为清醒地说了一句至今让我印象深刻的话。他说，在官场上，比起野心来，愚蠢总是占上风。当着文白的面，他一个泡在大染缸里的人，竟敢直抒胸臆，我想绝非等闲之辈，朱老师，车先生，只要你们见到他就千万别轻易放过他，因为我坚信他一定知道文白和张欣的下落。”说完他从枕头下掏出一沓稿纸和一支钢笔，沉思片刻，一气呵成地写了一封信，写完之后还意犹未尽地说：“婴儿是我们生命的本源，连生命的本源都受到了毒害，便是幻想也是不自由的，我现在既想睡觉，又怕睡不着，睡着也罢，醒着也罢，周围总是些魔怪的形象，文白两口子的遭遇让我想起莎士比亚的几句诗，我可以是直的，尽管他们自己是斜的。他们的臭味思想，我的行为岂可与之相投。除非他们维持这种普遍的恶：所有人都坏，并以坏为王。这几句黑暗公式式的咒语，说的是我们所有人的处境。文白是与魔共舞的人，魔在哪儿，他就在哪儿。你们说是不是？”车夫重重地点了点头，接着话题说：“小丹画过一组油画就叫《咒语》，主题鞭挞的就是貌似崇高的邪恶。”耿直用充满评价意味的目光看着我，语气期盼地说：“朱老师，不瞒你说，我恨不得现在就看到你为《神话》配的插图啊！”我用遗憾的口吻说：“耿老师，等过两天您出院了，我一定把插图送到您的办公室，只是……”耿直流露出唯恐出现闪失的表情，迫不及待地问：“只是什么？”我叹了口气说：“只是文白还没有看到这些插图，就……唉！我一共画了三十幅，原本想请他从中选出十幅的。”耿直毫不犹豫地说：“朱老师，我也听明白了，你和文白就是高山流水故事的现代版，别看我尚未看到你的画，但是我敢肯定，那些插图和《神话》的文字一定是相映生辉的，因此我决定不用选了，干脆就做一本图文并茂的画册小说，岂不是别开生面。”我听了以后几乎僵住了，像油画里的人物不能呼吸，车夫也似乎不敢相信自己的耳朵，追问道：“耿老师，我没太听明白，您的意思是三十幅插图全用，是这个意思吗？”耿直脸上挂着肯定而和蔼的笑容，重重地点一点头。车夫高兴地拍着大腿说：“耿老师，怪不得文白的作品全给您了呢，您不仅慧眼识珠，而且有胆有识，您这个决定太有魄力了！”耿直淡然一笑，倏然转变了话题，神情凝重地问：“朱老师，到底是什么原因导致那么多孩子一降生就失去了生命呢？”我一下子被问到了痛处，沉重地说：“这其实也正是文白和张欣上访想弄清楚的问题。不过官方的解释是孩子们一降生就被老鼠咬了，是鼠疫传染导致的死亡。”耿直下垂的嘴角本来挂着淡淡的笑容，听了我的话，神情却变成了嘲讽，他冷哼一声说：“我敢保证这件事的确是硕鼠所为，但孩子们绝对不是死于鼠疫，如果是鼠疫，东州官方也用不着千方百计阻止文白和张欣进京上访了。”我觉得耿直分析得有道理，东州死婴事件应该有着更深的内幕，一想到那些深渊般的内幕，我又情不自禁地牵挂起文白，在喘不过气的痛苦中，我不知道命运将把他引向何方？

走出北京医院住院部大楼，我感觉有点眩晕，就觉得自己正处在某个伟大而危险的探险当口似的，此时突然刮起一股贼风，狂沙大作，车夫连忙把我拽进车里，坐进车里的一刹那，我的脑海顿时闪现出英桃落被一股邪风卷走时的情景……

柔和而清澈的天穹延向视线的尽头，看不见一丝儿云花。天，仿佛是刚刚用水洗过似的，蓝得耀眼，晴得出奇。灵风等人发现寻找圣盆的路线后，经过短暂的休整又艰难地踏上行程。他们刚一上路，一股邪风便尾随着他们。起初，谁也没在意，怎奈那邪风像是有灵性一般，又像是有意引起他们的注意，一直尾随着他们，也不骚扰，他们休息，邪风便在不远处盘旋，他们出发，邪风便闷啸尾随。“灵风，天晴得一丝儿云也没有，只有这股邪风一直跟着我们，你不觉得这股风很怪吗?”楚雅警觉地问道。“我已经注意很久了，这不是普通的风，一定有来头。”灵风提防地说道。“不过就是龙卷风，有什么奇怪的?”辞颂不以为然地说道。“我倒觉得挺好玩的。”桃落妩媚地一笑说道。“落儿，千万别惹那股邪风，小心它会伤害你的。”灵风语气强硬地叮嘱道。“不就是风吗？有什么可怕的？你不让我碰它，我偏要碰它，我偏要看看它怎么伤害我。”桃落执拗地说完，散着沁人的幽香飘到邪风跟前，灵风急呼道：“落儿，别碰，危险!”话音刚落，桃落的手已经伸进那龙卷风的风眼，刹那间，桃落便被吸了进去。在风眼中不停地旋转，那邪风将桃落悬在半空中，并随着桃落的粉色衣裳化作粉雾。桃落被粉雾包裹着，根本看不见了。灵风大怒，他拔出光阴之剑，纵身跃向那邪风，妄想夺回桃落，怎奈根本近不了身。无奈他挥剑向风根劈去，灵风不劈这邪风的风根还好，他越劈，这邪风的风力越大，狂风夹杂着粉雾越来越猛，一时间，众人围绕着巨大的粉色旋涡束手无策。“浑蛋，你是何方妖风？还不放下桃落?”灵风破口骂道。那粉色旋涡将桃落裹在里面放出无与伦比的灿烂光辉，并逆天而上，向远方飘去。灵风望着邪风由于心急头脑一片空白。“灵风，快追！”楚雅大喝道。灵风一下子猛醒过来，率领众人没命地追赶着那邪风粉雾，怎奈那邪风粉雾越飞越快，很快在天边变成一颗小粉点看不见了。“天哪！这究竟是怎么回事?”灵风双手抱头绝望地狂吼道。“灵风，你是人神，越在这个时候，越要冷静。”楚雅拍着灵风的肩膀平静地说道。“那邪风抢走了桃落，我怎么冷静？你说，我能冷静吗？”灵风嘶哑着嗓子喊道。“灵风，我理解你的心情，可情况还没弄清楚，我们必须冷静。”楚雅厉声说道。这时，众人仿佛都嗅到了一股气息，辞颂问道：“什么味？这么香。”灵风在楚雅的提示下，冷静了下来，他仔细嗅了嗅说道：“是桃花香，是桃落身上的香味。”“弟兄们，快！快闻闻，是不是邪风过处都会有香味呢？”楚雅兴奋地说道。几个剑士跑出去很远，然后又气喘吁吁地跑回来说：“一路上皆有香味。”“这就好办了，灵风，顺着桃花香味走，一定能找到桃落。”楚雅充满希望地说道。“好，大家跟我来！”灵风振作一下自己沉声说道。灵风在前沿着山路上的羊肠小道，嗅着香气一路狂奔下去。一口气奔出几十里，还是不见桃落的踪影，只是香气更加弥漫了。灵风快要崩溃了，他绝望地喊道：“落儿！你在哪儿呀？”灵风每喊一声，空气便震动一次，震颤的空气像弥漫的雾霜，凝聚着、凝聚着，模模糊糊的像是桃落的影子，那影子在夕阳中无比洁白美丽，将众人迷惑得无所适从。“楚雅、辞颂，难道这又是黑魔在捣鬼吗？”灵风望着酷似自己妻子的云雾痛苦地问道。“这手法不像是黑魔所为。”楚雅和辞颂异口同声地说道。“灵风，莫非与蜥蜴人有关？”楚雅恍然大悟地问道。楚雅一提蜥蜴人，那团酷似桃落的雾气果然变成了一只蜥蜴的形状，只是若隐若现，模模糊糊。“或许《光阴真经》上有答案，灵风，何不翻书看看。”辞颂一拍脑门说道。一句话提醒了梦中人，灵风赶紧从背上拿下包袱，打开竹简，果然书上有一段惊人的文字：福地圣境，圣盆仙子！若寻桃落，先寻圣盆……“经书上写的什么？”辞颂急切地问道。灵风将书中内容念了一遍，楚雅思索半晌，说道：“灵风，这一切或许是女娲娘娘的安排，也说明桃落没有生命危险！”灵风听了楚雅的话深深地舒了一口气，他沉思一会儿说道：“看来盲目地追不是办法，我总觉得答案还得从眼前这块像蜥蜴一样的雾气中找。”“既然如此，我们何不就地休息，看看这团雾气还能耍出什么花样。”辞颂朗声说道。“好，就地休息。”灵风凄楚地一笑说道。剑士们埋锅烧水造饭，楚雅和辞颂上山打野味去了，灵风一个人坐在像蜥蜴人一样的雾气前发呆，他坚信这团雾气一定会给他答案的。此时，夕阳西下，漫天彤云烧红了半个天，山被染成紫色，一只鹞鹰掠过夕阳，滑入大山的暗影中，四野一片静谧，那块像蜥蜴一样的雾气一动不动，不过，它散发出的阵阵香气，让人嗅后心旷神怡。灵风的头脑中忽然复杂起来，眼前这个像蜥蜴一样的雾气如幻觉一般在眼前浮动，虽然像幻觉，却是真实的，或许幻觉就是真实的，真实也可能是幻觉，为什么心爱的桃落失踪了，可她的气息尚在？或许桃落就在这团雾气之后，或许圣盆就在这团雾气之后，或许那股邪风就幻化成了这团雾气。奇怪的是灵风在思考这团雾气时，这团雾气就随着他的思想在变幻，那雾气就像屏幕一样演示着他想的一切内容，而这一切只有灵风才能看得见，其他人看到的还是一团一动不动的像蜥蜴一样的雾气。灵风忽然觉得这团雾气后面或许是另一个世界，怎么才能进入这个世界呢？或许蜥蜴的大嘴就是入口？不对，或许眼睛是入口，也或许是鼻子。灵风正想着，辞颂拍了一下他的肩膀说道："灵风，吃饭了。"灵风居然吓了一跳。剑士们吃罢饭后，休息的休息，警戒的警戒，灵风因担心桃落，吃不下饭，楚雅和辞颂一边陪着他吃饭一边劝他，三个人围坐在篝火旁，促膝而谈。"灵风，你是人神，遇事要冷静，人类与黑魔的战争还等着你来统帅，你要学会统筹全局。"楚雅语重心长地说道。"是啊，也不知道法慧和狼王他们出使诸国怎么样了？"辞颂若有所思地说道。"估计他们遇到的风险不会比我们少。"灵风苦笑道。"但愿圣母国和星月国的战争被化解，合纵之策能成功。"楚雅喟然说道。"要相信法慧和狼王，他们都是智慧的化身。"灵风正容说道。"灵风，你刚才坐在那团雾气前想什么呢？"辞颂纳罕地问道。"我在想蜥蜴人国会不会就藏在这团雾气里。"灵风苦笑着说道。"有道理，不过，怎么才能进去呢？"楚雅赞赏地点头说道。"车到山前必有路，总会有答案的。"辞颂仰着脸想了半晌，突然一哂说道。"辞颂说得对，咱们静观其变。好，你们俩休息吧。我在这周围转转。"灵风起身说道。"小心点！"楚雅叮嘱道。

灵风一个人在山谷中走着，新月细细的弯弯的，像桃落那玉一般纤巧的手，用眉笔仔细地描在那黑里透蓝的苍穹上。微风袭过，山谷中一汪潭水中碧玉般的月影儿被吹碎，宛如灵风的心碎了一样。灵风仰望苍穹，月亮无声无息地隐到云后，很快又挣扎着出来，仿佛在与灵风捉迷藏，这时，一颗流星划破夜空陨落了，宛如一滴感天动地的清泪，灵风暗自感叹："我何尝不是一颗流星，出发了就不问归程……"想到这儿，灵风的眼眶湿润了，他望着月亮双手合在一起，默默祈祷："女娲娘娘，请您保佑灵风找到世外桃源，找到圣盆，找到桃落，打败黑魔！"他不停地祈祷默诵，不知不觉中，他坐在一块大石上渐渐睡去。大石旁的一棵桃树的枝丫在风中摆动发出沙沙的响声，灵风睡得很沉，自从离开夜山，他就没有睡过这么香的觉，他睡着睡着似乎有桃落的声音，那声音很近，仿佛就在耳边萦绕。"风哥，我想你，快来救我，快来救我。""落儿，你在哪儿？"灵风迷惘地问道。"我在这儿，我在这儿。"桃落颤声说道。"可是，我看不见你。"灵风抹着冷汗说道。"那蜥蜴的大嘴便是蜥蜴人国的国门，从那儿进来，快来！快来！"桃落急切地催促道。灵风激灵一下懵懂地从大石头上站起来，睁开眼睛便喊："桃落，桃落。"可是无人回答，他用失神的目光仰望苍穹，悲怆哽咽得不能自已，他一遍一遍地呼唤桃落，蓦地一惊，猛然意识到自己是在做梦。他定了定神儿，心想，原来是在做梦，可是刚才那个梦境太逼真了，逼真得无以复加。难道是女娲娘娘显灵了，托梦给我，让桃落告诉我通往蜥蜴人国的秘密？想到这儿，灵风心中一阵惊喜。他急匆匆地去找楚雅和辞颂，却发现那团像蜥蜴一样的雾气不见了，灵风急坏了，他围着山谷拼命地找，可就是找不着。灵风沮丧地回到营地，除了警戒的剑士外，其他人都睡着了，灵风只好靠着一棵大树，呆望着那团雾气消失的地方，颓然叹息，望着望着，他又睡着了，这回他没有做梦，睡得很沉，一觉睡到大天亮。当灵风睁开眼睛的时候，他惊呆了，那团像蜥蜴一样的雾气正张着大嘴望着他，他一下子跳起来，大叫道："楚雅、辞颂，从大嘴进去就是蜥蜴人国。""灵风，你是不是睡糊涂了？哪儿有什么大嘴呀？"楚雅满脸狐疑地问道。"那团像蜥蜴一样的雾气正张着大嘴等着我们。"灵风指着那团雾气兴奋地说道。"那团雾气和昨天一样啊！"辞颂一头雾水地说道。"不对，它正张着大嘴，昨晚桃落托梦给我，那就是蜥蜴人国的国门，快随我进去。”灵风二话没说，提起光阴之剑便一头撞入像蜥蜴一样的雾气之中，他撞进去之后，众人才看见原来那像蜥蜴一样的雾气确实张着大嘴。“弟兄们，赶紧随灵风撞进去。”楚雅说完也一头撞了进去。众人撞进去以后，突然狂风大作，嗷嗷叫着的龙卷风卷着雾气，形成巨大的旋涡，像顶天立地的玉柱，旋转一阵子以后，像邪风卷走桃落一样，那气旋卷着众人向远方逝去。很快就消失得无影无踪。

东州市驻京办位于潘家园附近，是一座五星级酒店，名曰东州大厦。大堂内有许多官员打扮的人，都衣冠楚楚的，个个都好像准备去参加隆重庆典似的。车夫问大堂经理，驻京办在几层办公，大堂经理说在顶层。于是我俩走到电梯口，不承想从电梯里走出一个娇美的身影，一袭白裙，特别眼熟，还是车夫机灵，他低声对我说：“这不是沈丹娜吗?”我一下子恍然大悟，连忙追上去问：“沈丹娜，还记得我吗?”沈丹娜看到我和车夫立即流露出意外的神情，她惊奇地说：“哎呀，是朱老师，车先生?”我好奇地问：“怎么，你知道我俩的身份了?”沈丹娜喜出望外地说：“尽管你给我画的那张素描肖像没签名字，但是艺术圈里的人一眼就看出了它出自大画家朱小丹之手，我又向他们描述了车老板的长相，他们断定是大画商车夫。朱老师、车总，我一直想谢谢你们，刚好快中午了，能否赏光一起吃个饭?”我用抱歉的口吻说：“改天吧，丹娜，我们着急见东州市驻京办的丁主任。”沈丹娜讶然一笑说：“我就是来采访丁不见的，他根本不在。”车夫略显失望地追问道：“他不在？他去哪儿了？什么时候回来?”车夫的语气一下子诱发了沈丹娜的职业敏感，她用试探的口气问：“朱老师、车总，你们一个是大画家，一个是大画商，和驻京办八竿子都打不着，你们这么着急想见丁不见究竟是为什么?”沈丹娜的好奇心引起了我的警觉，我不失时机地问：“丹娜，像驻京办这种诡秘的机构也不像是引发新闻点的地方，你想在驻京办主任身上采访些什么?”沈丹娜狡黠地一笑，用打趣的口吻说：“看来我们对彼此都很感兴趣，朱老师、车总，反正丁不见也不在，不如我们找个地方聊一聊，这附近有一家鱼馆不错，我请客。”我有一个预感，沈丹娜身上或许有我想要的信息，车夫似乎也意识到了这一点，便和我异口同声地说：“恭敬不如从命了。”

德谟利炖鱼就在东州大厦西侧，前行五分钟就到了。沈丹娜点了鲶鱼炖茄子，又要了三个清淡小菜，我们就在靠窗的位置坐下了。服务员上了茶水，沈丹娜轻轻呷了一口，莞尔一笑说：“那篇关于东州死婴事件的文章登出后，引起了强烈反响，我本来想深入挖掘死婴事件的真相，可是报社领导却在我的案头放了一大堆失踪访民的卷宗。没办法，我只好放下死婴事件，专心调查访民失踪事件，其实两件事也有联系，因为从卷宗反映的情况看，死婴的父母进京上访也有失踪的。小丹姐对我采访丁不见很好奇，或许你们还不了解驻京办的功能，他们除了‘跑部钱进’，还有一项功能叫‘截访维稳’，我想或许驻京办能提供访民失踪的线索，正是因为这个原因，我才到东州驻京办采访丁不见，在这之前，我已经走访了三家驻京办，但是都没见到主任，今天我在东州驻京办等了一上午，丁不见也没露面，他的手下说他回东州开会了，我根本不相信，我已经来过两次了，连个副主任的影儿也没见到，只有一个办公室主任应付我，我知道他们是故意躲我，驻京办是最怕记者的，因为他们干的很多事都见不得光。小丹姐，朱大哥，我的秘密告诉你们了，你们为什么找丁不见也跟我说说吧。”果然不出我所料，沈丹娜确实给我提供了重要信息，她能冒那么大的风险报道东州死婴事件，说明她的职业操守是一流的，这一点充分赢得了我的信任，于是我毫无保留地将文白和张欣在东州死婴事件中的遭遇讲了一遍，她听后震惊的神情，仿佛噩梦化作了现实。良久，她才语气沉重地说：“小丹姐，你知道我听到了顾文白和张欣的遭遇是什么心情吗？不瞒你说，我恨不得拿一把手枪，然后爬到东州大厦顶层往天上痛痛快快地放几枪，再喊一声，永别了，祖国！然后纵身一跳，告别这个到处是罪恶的世界。”我叹了一口气，感同身受地说：“是啊，我们生活的环境太令人窒息了，就好像一直被闷在罐子里。”车夫的情绪有些激动，呼吸明显有些加快，他不可思议地问：“丹娜，难道失踪的访民一个都没找到吗？”沈丹娜沉重地点了点头，用十分肯定的语气说："一个也没找到。"车夫将肉乎乎的大手在餐桌上一拍，气呼呼地说："这可太奇怪了，难道警察都是吃干饭的?"沈丹娜摇了摇头，然后压低声音说："我觉得访民失踪事件背后一定隐藏着一个惊天的秘密，不瞒你们说，这件事本来由我的一位同事负责调查，但是由于他介入太深，目前已经失踪了，报社领导这才将这件事交给了我。小丹姐，车大哥，我万万没有想到大作家顾文白和他的妻子也会加入到访民的队伍中，而且和我的同事一样也神秘地失踪了。这应该是一个特大新闻，尽管访民进京后不断地失踪，《京报》也做了相关报道，但是并未引起全社会的重视，不过著名作家顾文白和妻子进京上访神秘失踪，一旦报道出去，必然会引起全社会的关注，我想这对尽快找到他们也会有帮助。顾文白是我非常喜欢的作家，我几乎通读了他的全部作品，他的作品之所以如此吸引我就是因为真实，他是中国少有的敢说真话的作家，因为在中国说真话是要付出代价的。"从窗户射入的阳光好像在震颤，餐桌上空，飘荡着一种令人沉闷的气息，自从文白出事以后，我一直有一种垂死挣扎之感，听了沈丹娜的话，这种感觉更浓了，我沮丧地问："丹娜，调查访民失踪事件你不害怕吗？不担心自己会像你的同事那样突然失踪吗？"她脸上的表情就像悬在漆黑一团的深渊上，窗外的阳光像沐浴的水一样洒进来，更突出了她此时的表情，她身后的阴影犹如一双灾难的翅膀，仿佛她天生就是一个受伤的天使，她毫不隐讳地说："怕，怕极了！但是害怕的不仅仅是我和我们，还有他们，甚至他们比我们还害怕!"车夫一时没转过弯儿来，一头雾水地脱口而问："他们，他们是谁?"沈丹娜的眼神好像历尽了磨难却又没把苦难放在眼里，她用诙谐的口吻说："当然是那些吃干饭的人!"车夫听罢朗声大笑起来，更被眼前这个有着白皙、粉嫩、透亮皮肤的小女人的勇敢和智慧深深吸引了。笑罢，他像是担心我吃醋似的，微笑着向我投来狡黠的一瞥。这时，服务员端上了香喷喷的鲶鱼炖茄子，车夫用鼻子嗅着说："这鲶鱼炖茄子真香啊！要是不开车，我非喝二两二锅头不可!"没想到这个饱餍了世间山珍海味的男人，竟然被一道普通的鲶鱼炖茄子诱出了酒兴，我醋溜溜地想，刺激车夫酒兴的不仅仅是鱼香，恐怕更主要的是美女的馨香。于是我用善解人意的口吻说："想喝就喝吧，车我来开。"没想到沈丹娜也随声附和道："我没开车，车大哥，我陪你喝。"她话一出口，车夫像喝了春药似的，挥着肉乎乎的大手招呼服务员上二锅头，那感觉就像重获新生似的。酒菜上齐后，两个人推杯换盏喝了起来，我只好以茶代酒奉陪。让我没想到的是，别看沈丹娜娇小，却很有些酒量，这让车夫大有酒逢知己的快感。酒过三巡后，车夫点上了一支烟，深沉地、充满挑战地吸了一口，然后用品味的口吻问："丹娜，丁不见到底是怎样一个人？"沈丹娜嘴上挂着嘲弄人的微笑，不屑地说："了解不多，只知道他在驻京办圈子里享有'盛誉'。小丹姐，我觉得他的'盛誉'和顾老师的长篇小说《历史》也有关系，我认识几个在驻京办工作的朋友都看过《历史》，他们都说小说里那个八面玲珑的驻京办主任的原型就是丁不见。不知你是否认同这种说法？"或许是性嫉妒的缘故，此时此刻我脑海里闪现出一幅美女与野兽的画面，一座高山顶上蹲坐着一头仰望月亮的公狼，它的脖子上拴着一条狗链子，狗链子绑在一个木桩上，黑色的天幕中一弯猩红的月牙上坐着一位身着一袭白裙的美女。我斜睨了一眼车夫，他的神情就像一头公狼，自从读了《神话》以后，我发现自己已经被卷入文白想象力的激流之中，我怕他俩看透我的性嫉妒，连忙收住想象力，神态自若地说："我觉得对号入座是一种病态阅读，和窥阴癖的心理差不多，文白的作品每一部都要求沉思，也正因为如此，每一次阅读他的作品都会让我感受到那近乎创伤的震惊。我觉得文白写的东西永远也摆脱不了黑魔，他有一天死于真理，我一点都不奇怪。"听了我的话，车夫故作深沉地附和道："是啊，如果注定是今天，就不会是明天。"沈丹娜不解地问："黑魔？小丹姐，什么是黑魔？"我沉思片刻，谨慎地挑选着字眼说："我们的社会本质上以什么为本，什么就是黑魔，文白的作品始终在揭示这个道理。"沈丹娜冰雪聪明，她的眼神明亮、黠慧，嘴角漾着笑意，轻启朱唇说："我明白了，只是你说的那个本被谎言遮蔽了。王尔德在他的杰作《认真的重要》中借助替身爱尔杰农申明：我的人生经验是，每当你撒谎，你便在各方面得到巩固。我觉得这个'王尔德法则'在我国被发扬光大了。”听了她的话我突然感到一阵软弱，勉强笑着问：“丹娜，你怎么看待那些访民？”不知为什么，她听了我的问题竟然情不自禁地用右手捂在胸口，就好像我的问题像一根银针刺入她的心脏，她表情凝重地说：“我觉得他们都是厄运之王，是把中国的命运背负在肩的人。”自从文白出事以后，我的心一直被黑暗笼罩着，她的话让我觉得连空气都被黑色污染了，我感觉自己的目光沉甸甸的，当与沈丹娜的目光相会时，她纤弱而无畏的神情充满了神圣感，我恨不得立即拿起画笔再给她画一张肖像，我有信心比前一张画得更细腻更传神，也更庄重神秘，对我来说，神秘感就是美感，沈丹娜身上散发出来的美是独特的，有着与众不同的魅力，难怪车夫的舌头总是不厌于奉承话，此时他用恭维的口吻说：“精辟，太精辟了！这些被逼得走投无路的人能否看到希望，的确诠释着中国的命运。”我酸溜溜地说：“可我现在不关心命运，只关心真相。我想知道死去婴儿的真相，文白和张欣失踪的真相，那些访民失踪的真相。”沈丹娜接过话题，意味深长地说：“其实真相就好像一种陌生的病毒在我们的血液里循环，而我们却全然不知，没有察觉。”她说话的口气仿佛要将痛苦的秘密撒在空气里，言毕，一阵红晕从她的脸颊上泛起，看上去比刚摘下来的玫瑰都娇艳，面对她的美丽，车夫的小眼睛眯成了一条缝儿，就仿佛用碳素笔画上去的两道横杠，我却感到脸上不时有阴影掠过。

由于和沈丹娜谈得投机，分手时已经是下午三点钟了，本来想开车送她，可她婉言谢绝了。我和车夫步行到东州大厦门前停车场，上车前我仰望了一眼天空，发现有几块慢慢浮动的云朵，云絮的淡粉色就像画家用笔即兴涂上去的，我不禁又想起了沈丹娜脸颊上泛起的红晕，我之所以对她脸上的红晕印象深刻，大概是觉得那红晕透着青春的美丽，更代表着希望。车夫上车就打起了呼噜，我开车遇上第一个红灯时发现有一辆依维柯停在了我后面，联想起《京报》曾经的报道，一些访民就是被人强行塞进依维柯而失踪的，我顿时警觉起来，红灯变成绿灯后我极力想甩掉那辆依维柯，可是它紧紧尾随着我，怎么也甩不掉，我赶紧喊醒车夫，让他注意那辆依维柯，想不到车夫竟不以为然地说：“甭管它，送我回画廊，光天化日之下还想绑架我们不成。”既然车夫这么说，我也就不怕了，过了一会儿，它没再跟上来（抑或是远远地跟着，我没发现）。到车夫的画廊时，已经是下午五点多了，黑红色的晚霞就像一锅浓烈的火锅汤，此时此刻，回味刚才开车时的感觉就仿佛正骑着传真胯下的战神被千命金追赶。

法慧率穆萨、小魔头、传真等人赶到阿拉城脚下时，已经夜色朦胧。上弦月刚刚出山，晶莹的一弯，连着映出来的另一半透明的月影，嵌在对面那黑黝黝的阿拉城头上。法慧让传真眺望沉寂在夜色中的阿拉城堡，传真把手搭在额前，眯起眼睛眺望，城堡的轮廓朦朦胧胧，城墙之上人影攒动。“师傅，能看见一些零星的灯火和移动的黑影，而且在远处的河岸上有很多黑影。”传真一边望一边说道。“穆萨将军，看来那些移动的黑影就是围城的千命金的部队。”法慧阴郁地说道。“大国师，我们人这么少，下一步怎么办？”穆萨不安地问道。“别急，让我好好想一想。”法慧的目光深邃辽远，仿佛要穿透城墙一般望着阿拉城幽幽说道。他手捋长髯，望着满天繁星，宁神思索：“千命金已经失去了祖国，他唯一的出路就是投降圣母国。此时的千命金犹如一头被困的猛兽，想必已经失去了理智，这种人已经无药可救，只能找机会除掉他，可如何才能调虎离山呢？”法慧灵机一动，“有了，派人装扮成逍遥国信使，千命金一定会露面，派谁合适呢？千命金认识自己，对了，只好派大徒弟传真了，传真稳重，又得到自己的真传，堪当重任。”“传真，”想到这儿，法慧双目炯炯地说道，“只有这么办了，你伪装成逍遥国的信使，骗出千命金，然后，见机行事，除掉他。”“师傅，我需要逍遥国国王无为赐您的尚方宝剑和虎符。”传真抿嘴笑道。法慧又草拟了一封信，连同尚方宝剑一起交给传真，然后叮嘱道：“传真，一定要注意安全！”“师傅，您就放心吧！”传真诡谲地说道。“大国师，我也去。”小魔头央求道。“你去干什么？”传真诙谐地质问道。“我就去，我要亲手杀了千命金，给我娘报仇。”小魔头咬牙切齿地说道。“传真，小魔头陪你去也好，他可是个好帮手。”法慧目光温存地笑道。“好吧，不过，不许捣鬼，一切听我的！”传真厉声说道。“听你的就听你的。”小魔头高兴地说道。“传真，”法慧的声音干涩得像劈柴一样徐徐说道，“如果不能得手，我和穆萨将军在这个山谷埋伏好，你可将千命金引进山谷，然后伏击他。”传真飞身上了马，说了声：“知道了。”然后拍了一下马屁股，如离弦之箭，飞奔而去。“传真，等等我，等等我！”小魔头气急败坏地喊道，他略施魔法，也消失在夜幕中。传真骑的是法慧的宝马战神，跑起来像风一样快，小魔头并不在意，他天生一对翅膀，飞翔是他生来就会的本事。传真骑着雪白的战神在夜幕中如一道银光掠过地面，小魔头使出飞翔术，一直在传真头顶上飞。两个人一路上也不说话，夜幕中万籁俱寂，只有草丛中的虫子吱吱叫着，阿拉城周围的零星灯火越来越明了，传真突然勒住战神，他定睛望去，原来那零星灯火是军用帐篷里发出来的。“传真，怎么不走了？”小魔头疑惑地问道。“我辨别一下方向，小魔头，你能看清哪里是千命金的大帐吗？”传真眯着眼睛瞭望着问道。“这有何难，咱们围着山城跑一圈，哪个帐篷最大，哪个就是千命金的指挥帐。”小魔头笑嘻嘻地说道。“行啊，不愧是个小魔头。”传真赞许地说道。传真刚要策马而行，突然从四周围上来一百多人。“干什么的？不许动！”“不好，中埋伏了！”传真暗自叫苦道。“传真，怎么办？动手吧。”小魔头跃跃欲试地问道。“别轻举妄动，我们的目标是千命金，看我的。”传真低声说完，从马背上跳下来，大声说道，“别误会，我们是逍遥国的使者。”逍遥国的士兵不分青红皂白五花大绑地将传真和小魔头捆了起来，一百多支长矛对着他们，很显然这些士兵对两个陌生人十分警觉。“怎么证明你们是逍遥国的使者？”一个小头目凶巴巴地问道。“我背上背着国王无为的尚方宝剑。”传真沉着地答道。“我们是普通士兵，不认识什么尚方宝剑。”小头目冷冷地说道。“那好，带我去见大将军，我身上有国王无为给大将军的信。”传真从容说道。“那好，走吧。”小头目说完一挥手，士兵们推推搡搡地将传真和小魔头带进了军营。十万大军的军营黑压压的帐篷一望无际，逍遥国的士兵全副武装，戒备森严，军营内凝聚着大战前的紧张气氛。一队队巡逻的士兵穿梭在营帐间，阿拉城黑糊糊地笼罩在夜幕中，城墙上星月国的士兵也在高度戒备，双方剑拔弩张，形势十分危急。士兵们带着传真和小魔头刚走进营地，就有一位将军模样的人带着一队人马拦住去路。“什么人？圣母国的奸细吗？”那位将军漠然问道。“报告将军，不是，他们说是逍遥国的信使，是国王无为派来的。”小头目谨慎地答道。“是真的吗？有什么凭证？”那将军狐疑地问道。“我背上背着无为国王的尚方宝剑。”传真冷然答道。“把他背上的宝剑取下来，让我看看。”将军命令道。小头目取下传真背上的尚方宝剑，那宝剑一出鞘，便剑光逼人，剑柄上镶有七彩宝石。“不错，确实是逍遥国的尚方宝剑。好了，这两个人交给我了。”将军手持尚方宝剑命令道。“是。”小头目行了军礼，马刺佩剑山响地率众士兵走了。眼前的这位将军不是别人，正是千命金的二弟千命银。“把这二人带去见大将军。”千命银对手下命令道。士兵们应承着推推搡搡地将二人推到千命金的大帐外。千命银下了马，径直走进大帐。千命金正搂着两个星月国的美女饮酒作乐。“大哥，抓着两个奸细，声称是无为的信使。”千命银恭敬地说道。“带他们进来，我倒要看看无为这小子能耍什么花样。”千命金醉眼蒙眬地看了一眼千命银，一边说一边示意两个星月国的美女退下。千命银命令士兵将传真和小魔头推进大帐。千命金站起身走到传真的面前仔细凝视着传真，良久没有说话。千命金在大帐内来回踱步，像是在想着什么，过了半晌，他突然回到座位上，狞笑着狠狠地拍一下桌子，吼道：“你们不是逍遥国人，说，你们是哪国人？意欲何为？”传真没有想到千命金如此狡猾，没容自己说话就看出自己不是逍遥国人，“大将军怎么知道我不是逍遥国人？”传真沉稳地问道。“传真，你师傅法慧在哪里？”千命金阴冷地笑道。千命金一语道破自己的身份，传真惊出一身冷汗，他稳了稳心神问道：“大将军，我的身份你是如何看破的？”“我的探子早已探明，”千命金哈哈大笑地说道，“你伙同法慧帮助无为篡夺朝政，杀死王后则姬，大逆不道，害得我有家无处回，如今来到我的将军大帐，该不是来讨帅印虎符的吧？”“都说逍遥国大将军千命金聪明过人，今日得见果然名不虚传！”传真突然仰天大笑道。“大哥，拉出去宰了算了。”千命银恶狠狠地说道。“不急，想必传真师傅还有话说。”千命金挥了挥手刁声恶气地说道。“千命金，你伙同王后则姬弄权迫害无为母子，毒死国王，罪恶滔天，如今你又叛国投敌，人人得而诛之。”传真凛然说道。“传真，你五花大绑，如何诛我？”千命金似笑非笑地揶揄道。此时，千命银已经将宝剑横在传真的脖子上，小魔头早已忍无可忍，他哇哇大叫道：“传真，我受不了了，我要为我母亲报仇！”小魔头咬着牙将绳索绷断，飞身跃起，打落千命银的宝剑，瞬间就扭断千命银的脖子，头被血淋淋地拎在手上，千命金被小魔头突如其来的袭击震呆了。传真也借机绷断绳索，用尚方宝剑架在千命金的脖子上喝道：“走，跟我们出营。”千命金已无力反抗，只好乖乖地跟随传真走出大帐。大帐外，成千上万的士兵手执弓箭和长矛密匝匝地围住了大帐。“传真，你被包围了，能出这大营吗？还是放下武器，束手就擒吧。”千命金负隅顽抗地威胁道。“莫说你逍遥国大营，就是魔国大营，我们也照闯不误。”传真冷笑着说道。“魔国大营，魔国是哪国？”千命金心虚地问道。“少废话，下令把我的马牵过来。”传真顿喝道。千命金无奈，只好下令叫人把战神牵来。“小魔头，你断后，咱们走。”话音刚落，传真已提着千命金上马，士兵们都看呆了，那千命金一身好武功，在万马军中取上将首级如探囊取物，可是在传真手中，就像是一点武功也不会的凡人，一眨眼就被传真提到马上。传真大喝一声：“不想要你们大将军的命，就给我闪开。”潮水一般的士兵在传真面前闪开窄窄的一条缝，戈戟顿时紧张碰响，头盔红缨攒动，一双双眼睛虎视眈眈，气氛一触即发。有的士兵喊：“大将军，大将军。”千命金在马上一声未吭，小魔头提着千命银血淋淋的人头，飞在空中喝道：“谁敢动？这就是下场。”战神一声嘶鸣，传真人马合一转眼已经冲出两道人墙留下的窄缝。传真和小魔头一冲出重围，后面追兵紧随其后地追赶，领头的是千命金的三弟千命铜。黑压压的士兵手举火把发出震天动地的吼声，传真心想，“快成功了，只要追兵进入山谷，再多的人马也无法施展。”战神像离弦之箭一样飞奔，传真怕把追兵甩得太远，一直控制着战神的速度，眼看双方相距不到十米之时，小魔头将千命银的头抛向千命铜，千命铜手捧二哥的人头喳喳怪叫，一边搭弓射箭，一边拼命追赶。只是射出的箭都被小魔头不费吹灰之力接住，又随手甩出去，便倒下一片士兵。按常理，以千命铜多年的带兵经验，他是不会轻易带兵深入山谷的。怎奈他今天救兄心切，根本没注意观察地形。追兵便像潮水一样涌入山谷，挤得水泄不通。突然间，一阵既嘶哑又响亮的笑声传来：“千命铜，你死到临头了！”千命铜被这突如其来的笑声惊得毛骨悚然，他勒住马，四处张望，发现面前有近百人堵住去路，中间有一白髯老者手执一柄狼头禅杖骑在马上，旁边还有一身盔甲的穆萨将军并辔而立。“穆萨，这些老弱残兵就是你的援兵吗？”千命铜轻蔑地笑道。“千命铜，”穆萨断喝道，“我们星月国对你们不薄，抵御圣母国强兵后，国王古兰陛下答应把白山城割让给逍遥国，没想到，强兵未到，你们却犯上作乱，简直是背信弃义。”千命铜桀骜地一阵狂笑。“千命铜，还不放下武器，交出兵权，回逍遥国请罪，饶你们不死！”法慧厉声说道。“老浑蛋，你是谁？凭什么命令我交出兵权？”黑暗中千命铜看不清法慧的脸，他咬金断玉地问道。“须弥国大国师法慧在此，还不下马投降？”法慧朗声喝道。这时被传真按在马上的千命金喘着粗气冷哼道：“法慧，没有虎符你休想得到兵权。”“传真，搜搜他身上的虎符，他是大将军，应该带在身上。”法慧不慌不忙地说道。传真在千命金身上搜了一遍没有，千命金大笑道：“法慧，那么重要的东西，我是不会带在身上的。”“不可能，继续搜。”法慧沉声说道。传真搜过还是没有，这时，千命铜怪叫着手执大刀杀将过来。“大国师，把这恶贼交给我吧！”穆萨大喊一声手执长枪打马杀上前去，两个人见了面不分青红皂白便杀将起来，只是两个人的武艺不相上下，刀来枪往，杀得昏天地暗。“大国师，这么打什么时候是个头呀？不如我上前扭断千命铜的狗头算了。”小魔头不耐烦地说道。“不急，给穆萨将军一个机会吧。”法慧沉稳地说道。突然，穆萨卖了一个破绽，佯败掉转马头就跑，千命铜大喜，打马就追，结果穆萨一个回马枪正刺中千命铜胸膛，穆萨将尸体挑起扔于马下。“三弟，三弟呀！”千命金看在眼里疼在心上，他绝望地号道。传真将千命金扔在地上，众人喝道：“虎符在哪儿？”“你们休想得到！”千命金垂死挣扎地狞笑着，眼睛却始终盯着自己的剑柄，法慧一眼就看穿了千命金的心事。“传真，夺下他腰间的剑，将剑柄解下来。”传真夺下千命金腰间的宝剑，解下剑柄，半块虎符从剑柄中脱落在地。“师傅，虎符找到了。”传真大喜，捡起半块虎符一边说一边从怀中掏出自己的半块虎符对在一起，递给法慧。“众将士听了，逍遥国虎符在此，听我将令，整队开往星月国，共同抵御圣母国。”法慧高声喝道。“休想！”千命金绝望地吼着，一跃而起去夺法慧手中的虎符，法慧手举狼头禅杖将千命金的头颅击碎，死尸瘫在地上。军令如山，逍遥国大军随法慧黑压压开往星月国。

早餐后，车夫来接我时给我带了一份《京报》，上面登了沈丹娜关于著名作家顾文白和妻子进京上访失踪的报道，我看了以后内心百感交集。我甚至脑海中产生了这样的幻觉：一道冰墙后面传出张欣的呼救声，顾文白为了救张欣不顾一切地露出胸膛贴在冰壁上，却被烫得昏死过去，他的胸膛贴过的地方燃起熊熊大火。在去东州驻京办的路上，我反复问自己那道冰墙是什么？分明就是时代的魔障！直觉告诉我，文白像灵风一样在寻找黑魔的老巢，我不知道这个迷恋阳光的人是否身陷深渊，我只知道深渊一直在虎视眈眈地凝视着他。其实深渊何尝不在凝视着我？何尝不在凝视着我们？进京以来我发现，这种凝视总是跟着我。今天这种凝视一直跟着我到了东州大厦门前，我和车夫刚停好车，就发现不远处停着一辆白色依维柯，我的心顿时一紧，不知为什么自从昨天被一辆神秘的依维柯跟踪后，我一看到这种车心里就紧张。我和车夫下了车，顿时发现四周的气氛不对劲，在白色依维柯四周有十几个着便衣的人，个个严阵以待的样子，似乎在等待一个重要目标的出现，他们占据了各个重要路口和位置，好像布下了一个口袋，就等着目标窜进去，然后一举擒获。这是我第一次仔细观察依维柯，我发现这辆白色依维柯的车身赫然写着五个大字：“金太阳护送”。这时一位穿着朴素的三十五六岁的女人神情警觉地走过来，这个女人体态端庄干练，目光明亮，显然她来之前就已经意识到了危险，所以一靠近依维柯，她便以一种自卫的姿态环视着四周，她似乎并没有找到要找的目标，便从裤兜里掏出手机准备拨号，就在这时，白色依维柯的车门突然打开，说时迟，那时快，从车里冲出两个大汉，像两条狼狗一样扑向那个女人，女人还没反应过来，两条胳膊就被反扣在了身后，她拼命反抗道："你们要干什么？凭什么抓我？难道进京上访还有罪吗？"我一下子想起《京报》报道进京上访人员失踪的那篇文章，那篇文章就报道过这样的情景，想不到我今天竟然亲眼目睹了这种令人惊恐的一幕。我惶恐地看了车夫一眼，意思是问他能不能帮帮这个身陷魔爪的女人，很显然车夫也被眼前的一幕惊住了，眼神里流露出难以置信的目光，这时女人试图挣脱两个大汉的束缚，一边挣扎一边高喊："孩子们死得太冤了，救救孩子！"我被这句话刺痛了，下意识地要往前冲，被车夫一把拽住了。我血灌瞳仁地看着那两个恶狗般的大汉，这才意识到他们穿着与特制警服差不多的制服。女人很快就被塞进了车里，随着车门"咣当"一声被关上，依维柯反射着刺眼的阳光扬长而去。瞬间东州大厦门前又恢复了宁静，刚才那十几个便衣人物不知什么时候也消失了，就好像什么也没有发生过似的。我茫然不知所措地呆立着，好半天才缓过劲儿来，便急切地喊道："快上车，车夫，快追！快追！看看那辆车会把她拉到哪儿去？"我的意思是文白会不会也在依维柯驶往的地方。车夫无奈地拽住我，悻悻地说："晚了，小丹，来不及了。"瞬间，我感到像在水下憋气过久一样的眩晕。痛苦、无奈、恐惧等感受五味杂陈地袭上心头，我无助地问："车夫，文白和张欣会不会也是这样失踪的？"车夫用安慰的口吻说："小丹，别胡思乱想了，咱们找到丁不见或许就清楚了。"我一听到"丁不见"三个字，立即恍然大悟地问："车夫，他们为什么要在驻京办门前抓人？"被我这么一问，车夫似乎也明白了，他用顿悟的口吻说："莫非刚才那个抓人的圈套是驻京办布好的？不然那个女人为什么掏出手机想打电话，一定是有人骗她来到这里，她来了却没发现让她来的人，于是她才想打电话联系那个人，结果还没等联系上就落入魔爪了。小丹，我明白了，骗她的人一定是东州市驻京办的人。如此对付上访人员未免太阴险、太卑鄙了！"我喃喃地说："我记得《神话》里，灵风一行突然被一道魔障般的冰墙拦住了，车夫，看来驻京办就是拦在我们面前的一道冰墙啊！"车夫用鼓励的口吻拍着胸脯说："小丹，管他是冰墙还是魔障，灵风能闯过去，我们就能闯过去。"车夫的话让我很感动，我用佩服的目光看了他一眼，他得意地问：“干吗用这种眼神儿看着我，你该不会是突然爱上我了吧？”他就是这么个不懂得婉转的人，你刚想对他动一点真情，他就会得寸进尺，我用嗔怪的口吻说：“你是不是大脑短路了？”他笑嘻嘻地说：“也许吧，但是我只有在大脑短路时才最清醒。你要不信，我就帮你分析分析刚才那个女人的身份，你看有没有道理。”我好奇地问：“怎么，你看出了刚才那个女人的身份？”车夫用很江湖的眼神看着我，语气肯定地说：“从那个女人干练的气质、炯炯的眼神和朴素的穿着来看，我断定她应该是一名落难的医生。”我狐疑地问：“那么她为什么喊救救孩子？”车夫若有所思地说：“很有可能，她是死婴事件的知情者，是一个有良知的医生，由于看不惯腐败分子的所作所为，得罪了利益集团，惨遭迫害，这才进京上访。”我的确佩服车夫商人式的头脑，刚才我恐怖的心还乱成一团麻，现在经他这么一分析，我越想越觉得有道理，便用赞许的口吻说：“车夫，你做画商有点可惜了。”车夫美滋滋地问：“那我应该做什么？”我瞥了他一眼说：“你应该做侦探。”车夫一本正经地说：“你别说，当年考大学时，我还真报考了刑警学院刑侦专业，可惜分数没够。”我撇了撇嘴说：“说你胖你就喘，走吧，等一会儿见到丁不见，你可要好好发挥一下你的专长。”说完，我看了一眼东州大厦，感觉就像个大染缸。我突然觉得“丁不见”三个字和这座大染缸太贴切了，丁不见本人一定和这座大染缸融为一体了，无论我们怎么“盯”着也不会看见的，正因为“盯不见”才便于“丁不见们”行诡秘之事，我断定刚才那个被抓的女人打手机想联系的一定是丁不见，抑或是他就站在办公室的落地窗前欣赏着他导演的好戏，这种情景想一想都让人心懔。那么文白和张欣会不会也是这样落入虎口的呢？我没有勇气深想，只是一心想见到丁不见探个究竟。然而正如沈丹娜多次扑空一样，我们也白来了一趟，因为丁不见不在，接待我们的办公室主任说，丁主任陪市领导去了毛主席纪念堂，至于什么时候回来说不好。我只好将耿直写给丁不见的信交给了办公室主任。车夫陪我走出东州大厦时，我觉得空气里充满了二氧化碳，我有一种窒息的感觉，我现在太需要氧气了，车夫似乎看出了我的苦闷，说他认识一位画僧，法号色空，每当他自己遇到心灵苦难时都去找他聊一聊，每次都能豁然开朗。我现在太需要一位世外高人指点迷津了，便毫不犹豫地答应了。我俩随便找了一家面馆，吃过午饭后，车夫用手机联系了色空，他说色空听说大画家朱小丹要前去拜访很高兴，于是车夫开车陪我去色空的精舍。起初我以为会去京城某家大庙呢，没想到竟是一处坐落在紫竹禅院旁的高档公寓。乘电梯上十一楼，一位身材魁梧、一身僧衣的和尚正笑容可掬地站在电梯旁静候我们，他长着一张标准的国字脸，眉眼慈和，手里掐着一串上了颜色的楠木念珠。车夫介绍后，色空非常热情地把我们请进精舍，房间布置得既像僧室，又像画室，桌上摆着佛像，墙上挂着画作，我一进客厅就被墙上的一幅画吸引住了。一只可爱的小蜥蜴，引领着一个身背行囊、面容坚定的大和尚跋涉在茫茫沙漠中，和尚右手拿着禅杖，左手拿着一本经书，目光平和而辽远。前面的小蜥蜴留下一连串小脚印，挑战式地仰着头回望着大和尚，那样子可爱极了。如果画面中的主人公不是一位大和尚，我还以为自己走进了《神话》，禅杖变成了光阴之剑，经书变成了《光阴真经》，大和尚变成了灵风。色空为我们沏了菊花茶，我坐在朴素的布艺沙发上一边品茶一边好奇地向他请教画中大和尚手中拿的是什么经书，他目光明亮地看了一眼墙上的画，然后淡然一笑说："这幅画名叫《取经》，画的是玄奘法师，他手里拿的是《般若波罗蜜多心经》。"车夫插嘴问："为什么是《心经》，而不是别的经？"色空和蔼地说："由于受小说《西游记》的影响，世人都以为是孙悟空保玄奘法师在取经途中逢凶化吉、大难不死，其实玄奘法师身边根本没有什么会七十二变的孙悟空，真正支撑玄奘走下去的精神支柱是《心经》。"这段时间我因为文白失踪而心乱如麻，特别需要一本能够抚慰心灵的经书，便将信将疑地问："不过是一部经书而已，怎么会有孙悟空的法力呢？"色空轻轻呷了口茶，语气平和地解释说："'般若'是智慧，'波罗蜜多'是到达彼岸，'心'是精要，所以'般若波罗蜜多心经'翻译过来就是凭智慧到达彼岸的精要之经。《心经》集合了六百卷般若大经的'精要'而成，般若之智慧是无限、圆满，通达宇宙人生真相，能够解脱人生所有烦恼，当年玄奘走到罽宾国时，道路险恶、虎豹横行，简直是寸步难行，只能在一个洞内打坐，幸遇一位满脸疮痍、浑身脓血的老僧传授给他《心经》，并且说只要一路诵读，必能化险为夷，虎豹不能为害，鬼魅不能作祟，玄奘正是凭借《心经》走到东方最负盛名的那烂陀寺，终成正果。”我猜想，或许正因为色空像玄奘一样钟爱《心经》，才叫色空的，但是《心经》能助我找到文白吗？能助我找到那些失踪的访民吗？能助我破解死婴事件的真相吗？我向色空请教，他微微一笑，从书柜里取出一本《心经》送给我，然后语气坚定地说：“朱老师，真正的僧人是以出世的精神做入世的事业，我认为艺术家也是如此，《心经》可以度一切苦厄，我相信这本经书一定会对你有所帮助的。”说完他脸上流露出平和而喜悦的笑容，我这才发现他的笑容里竟然有着和文白一样迷人的光彩。我手捧《心经》，情不自禁地又看了一眼墙上的《取经》，那只可爱的小蜥蜴一下子将我的思绪带进了《神话》。

灵风等人进入蜥蜴人国并未发现蜥蜴人的影子，只是觉得这里山川秀美，温暖可人，漫山遍野开满了野花，蝴蝶飞舞，蜜蜂成群。山坡上一只绿色的小蜥蜴，见灵风走过来，摇着小尾巴拼命地跑，留下一连串慌慌张张的小脚印，灵风好奇地追上去，小蜥蜴突然站住了，挑战似的扬着头，用小眼睛瞪着灵风，那样子可笑至极，尾随上来的剑士们被逗得哈哈大笑。大家被眼前的美景所吸引，全然忘记身处险境，四野里静悄悄的，几只彩蝶在一丛淡蓝色的野花里安详地飞着，两面山坡上茂密的野草发出一股新鲜刺鼻的味道。漫山遍野除了蝴蝶，就是嗡嗡嘤嘤来去翻飞的蜜蜂，一位剑士小心翼翼地侧着身子，捉一只落在野花上扇动翅膀的蝴蝶，无意间触到了一朵野花，那野花忽然变成了一只小蜥蜴咝咝叫着咬了剑士的手指，然后嘻嘻笑着逃走了。众人惊诧之余，那剑士疼得倒在地上翻滚了起来。“不好，他中毒了。”灵风话音刚落，那剑士站起身就跑，边跑边像一尊泥塑一样先是从头开始粉碎，然后是身子，最后是双腿，这剑士刚跑出去不到十米，便像一堆土扬出去一样散落一地死在地上。众人惊得目瞪口呆。“谁也不许动这里的花草，有毒！”灵风骇然喊道。谁也没想到这里的花草如此厉害，居然可以将人变成土。辞颂气得将宽带化作利剑对着这些花草砍了起来，辞颂不砍则已，他这一砍，所有的野花都变成蜥蜴刺溜刺溜地四处逃奔，不一会儿便无影无踪了。“辞颂，这里怪异得很，看来要有一场血战了。”楚雅异常戒备地说道，他话音刚落，空中飞舞的蝴蝶和蜜蜂一下子增大几百倍，像蝴蝶兽、蜜蜂兽一样向众人袭来。“大家小心！”灵风拔出光阴之剑霍然喊道。众人围成一个圈，脸朝外，利用各种武器，砍杀这些怪物，奇怪的是凡是中剑的怪物都化作一条蜥蜴笑嘻嘻地跑掉了。众人厮杀了一阵子，蝴蝶兽和蜜蜂兽却越杀越多。“楚雅、辞颂，这么下去不是办法，快想想招儿。”灵风愕然说道。辞颂掏出长箫，吹奏起来，一管白箫，在手指的颤动中流出了沉郁浑厚的声音，曲调低沉婉转，那音符像颗颗飞弹射向敌人，仿佛音孔里流出了射穿岁月的浊泪，感天动地，这些凶猛进攻的蝴蝶兽和蜜蜂兽听到箫声忽然间停在空中不动了，只是随着箫声越来越小，最后都化成了水滴，一时间天空中像下起了小雨。楚雅是雨神，他默诵法诀一挥手，雨化作雾，灵风一见雾便紧张起来。“楚雅，能不能将这些雾消散？”灵风焦躁地说道。楚雅面色从容地又一挥手，雾气不仅没散，还凝聚在一起了。“遭了，说不定这团雾气又要出什么幺蛾子。”灵风神经质地说道。“灵风，不管它，咱们继续走。”楚雅无所谓地说道。于是，众人又跋涉在森林、湖泊、沼泽、高山之间，只是那雾气一直尾随而来。“楚雅，那团雾气一定有鬼。”灵风嗔怒道。“该不会又张着大嘴让我们进来吧？”辞颂打趣儿地说道。这时，那团雾气化作一块冰幕，拦住了众人的去路，空气顿时寒冷起来，那冰幕上显示出桃落被怪风卷走的情景，又显示了灵风等人钻进状如张着大嘴的蜥蜴一般雾气的情景。过去发生的事情历历在目，众人如坠五里雾中。紧接着冰幕上显示了刚才那个剑士捕蝶被咬牺牲的情景，最后是桃落凄楚的声音：“风哥，快救我！风哥，快来救我！”这声音越来越大，冰幕也就越长越高，越长越厚，最后形成一道一望无际的冰墙挡住了去路，桃落用哀婉的声音不停地呼救，声音撕心裂肺，灵风的心都快碎了。“辞颂，你是雪神，快想想办法。”灵风心如刀绞地吼道。“灵风，你冷静点，这道冰墙看着像冰，但它不是冰。”辞颂劝慰道。灵风不顾一切地露出胸膛贴在冰壁上，却被烫得直冒烟，一股焦煳之气让人不得不捂住鼻子，众剑士见灵风如此，也都纷纷效仿，结果一个个被烫得嗷嗷直叫。“灵风，你疯了，不要蛮干！”楚雅一把将灵风从冰壁上拽下来，嗔怪道。“楚雅，如何救桃落？快想想办法呀！”灵风痛不欲生地吼道。这时，冰壁之上突然燃起火来，这道巨大的冰壁居然放出熊熊火光。“这实际上并不是冰墙，那外面的火看上去似火实际上是冰，里面看上去像冰，但实际上是火。这叫冰火两重天。”辞颂望着冰壁良久叹道。此时，一个剑士用胸膛贴在火上却被冰得大叫了起来，他赶紧后撤，胸膛竟被揭掉一层皮，足见熊熊燃烧的大火其实冰凉刺骨，直入骨髓。“这冰火两重天只有地狱才有，为什么会出现在蜥蜴人国？”灵风的脸色夹杂着痛苦、惊讶、悲伤、疑惑，苍凉地问道。“想必这蜥蜴人国如同地狱般可怕吧！”辞颂涩声说道。“灵风，看来过这道墙只有求助于《光阴真经》了。”楚雅悲凉地说道。灵风慢慢从背上取下包袱，满腹惆怅地打开包袱取出竹筒，打开看时，惊得灵风血灌瞳仁。“灵风，上面写了什么？”辞颂惊厥地望着灵风问道。“就一个字：血！”灵风漠然说道。“难道用人的鲜血可破这道墙？”楚雅诧异地问道。灵风面容寒得像结了冰，他呼地站起身来。“灵风，你要干什么？”辞颂心中猛然一惊厉声问道。灵风不答话，幽幽站了半晌，突然拔出光阴之剑，向自己的左臂砍去，鲜血一下子涌了出来。灵风将血淋淋的光阴之剑扔在地上，不顾一切地冲向冰墙，只见他在冰墙外的火海里翻滚扭曲了好一阵子，那冰墙“轰”的一声倒下了，崩成无数晶莹的碎片，那些晶莹的碎片又化作无数七彩蝴蝶飞走了，飞得无影无踪，只剩下昏死过去的灵风，躺在地上。“灵风，灵风，你怎么了？你醒醒！”众人呼啦一下围上灵风无不焦急地呼喊道。楚雅将灵风的头抱在怀里，痛彻心扉地一边摇晃着灵风一边呼喊。“我这是在哪儿呀？”许久，灵风才缓缓睁开眼睛微微一笑问道。“灵风，我们这是在蜥蜴人国。”辞颂温声说道。“我好像做了个梦，”灵风虚弱地说道，“梦见桃落在冲着我笑，那笑像波浪一样向我袭来，我受不了了，便用剑刺，却刺的都是我自己，我浑身疼极了，血都流干了，像母亲生我时一样，血都流成了血海。后来，那笑容不见了，我像一叶小舟一样苍白地漂在血海里……”“灵风，你刚才击垮了冰墙，你赢了。”楚雅欣慰地说道。“我累了。”灵风说完，又闭上了眼睛，昏死过去。“灵风，灵风。”众人异口同声地喊道。灵风却像死人一样一声不吭，这可吓坏了楚雅和辞颂。灵风生下来就失去了父母，是楚雅和辞颂把灵风养大的，他二人就像灵风的父母一样心疼他，灵风昏死过去，不知眼泪为何物的两位天神，居然急得流出了滚烫的热泪。两个人的热泪滴在灵风的脸上，融在了一起，顺着脸颊流入口中，灵风像是喝了甘泉，又渐渐苏醒，两位天神相视而笑。

离开色空的精舍，车夫问我心情好些了吗？我摇了摇头上了车，车夫上车后问我，多少应该好些了吧？我苦笑着说：“色空劝我放下则自在，可是文白和张欣到现在生死未卜，我怎么能放得下呢？”一句话车夫沉默了，仿佛受到了刺激。进京以来，车夫就像一条忠心耿耿的大黄狗，不离不弃地陪着我，可我需要的是知音式的精神抚慰，关于这一点，除了文白，恐怕这个世界上不会再有第二个男人了。车夫似乎看清了这一点，所以才沉默无语了。他知道把我和文白联系在一起的力量远远超过把我们分开的力量。这正如无法想象把玄奘与《心经》分开一样，这段时间文白的每一部作品都是我的《心经》，特别是《神话》，根本就是文白灵魂的记录。其实真正懂得艺术的人都能看清我的画与文白的小说之间直接的审美关联，两个不同领域的艺术家如果不是心有灵犀，是不可能有这种契合的。拜访色空也不是什么都未得，最起码他的画《取经》坚定了我寻找文白的决心。离开色空的精舍时我这种决心其实已经升华了，文白在我心里不再是一个人，而是一群人，甚至是一个时代，他的不幸不再是他自己的不幸，而是我们的不幸、你们的不幸、大家的不幸、这个时代的不幸，文白从来就不属于他个人，他是我们的、你们的、大家的，他是这个时代的，我坚信早晚有一天，人们会聚集在他的周围，因为现实受惠于他，所以必须这样做。关于这一点，已经从《神话》的陌生性和野性光彩中折射出他的力量和强度以及智慧和对现实的深情，他之所以将自己置于死地，是想将时代置于死地，不如此就不足以唤醒时代，为此他才有意识地在死与复活中冒险。其实文白从来就不是一个乐观主义者，他的乐观都是从悲观中挤压出来的，正是因为还能从悲观中挤压出这么一点点乐观，才让他始终未放弃对未来的希望，不然他不会进京冒险。然而在腐败的豢养下，连真理都可能变成了一条会咬人的狗，谁能保证那点可怜的乐观不会变成诱他入深渊的鱼饵？想到这儿，我的头脑像圣母国与星月国厮杀的战场一样混乱。但是我并未气馁，因为寻找文白就是寻找真相，寻找访民失踪的真相，寻找死婴事件的真相，这种寻找不比玄奘去佛国取经的意义小，这么想着我随手翻开《心经》，刚好是这么几句："菩提萨埵，依般若波罗蜜多故，心无挂碍。无挂碍故，无有恐怖，远离颠倒梦想，究竟涅槃。"看着看着，我竟情不自禁地念出声来。车夫见我情绪有所好转，嘿嘿笑道："小丹，人们生活在现实中怎么可能没有恐怖，不瞒你说，我现在想起那个女人被抓时的情景，还心有余悸呢。"我颇有同感地说："是啊，可是我们正是为了让生活在这个社会里的人永远不再心有余悸才寻找文白的，你说是不是？"车夫感慨道："小丹，我终于明白你为什么视文白为知音了，其实文白和你想的一样，而且是你的先行者，现在他正置身于深渊的迷雾之中。"就在车夫大发感慨之际，红灯亮了，我惊骇地发现一辆写着"金太阳护送"的依维柯和我们的奔驰并列停了下来，我下意识地喊道："车夫，你看！"车夫懵懂地看着我问："看什么？"我用手指了指窗外，车夫顿时满脸惊异地骂道："他妈的，这回看你还往哪儿跑？"我惶恐地问："你想干什么？"车夫像吃了兴奋剂似的，跃跃欲试地说："这还用问，跟着它，非找到这帮家伙的老巢不可！"这时依维柯的司机和我对视了一眼，我感到一阵寒气逼来，浑身打了一个冷战。我感觉自己此时的心情和《神话》里的大国师法慧率领星月国迎战圣母国前的心情差不多，紧张得手心都冒汗了，我心想，这辆依维柯车里会不会也有被抓的访民，如果有，那么这辆依维柯和《神话》里的恶禽玄冥鸟有什么区别？果不其然，我透过茶色车膜看见有人似乎在挣扎反抗，几个大汉正在挥臂抡拳，我甚至隐隐听到了依维柯车内有惨叫声，我暗骂了一声："这群畜生！"然后咬着牙关说："车夫，看你的了！"很显然，车夫也察觉了依维柯车内的动静，他义愤地说："你就瞧好吧！"这时绿灯亮了，依维柯像是要甩掉我们似的，恶狗一般地蹿了出去，车夫唯恐被甩掉，猛踩油门贴了上去，依维柯很快就从三环上了四环，我们紧追不放，我眼睛死盯着"金太阳护送"几个字，心想，不入虎穴，焉得虎子，大不了鱼死网破，真要是能找到这些浑蛋的老巢，我会立刻通知沈丹娜，我相信她的一篇深度调查一定会引爆新闻界以及社会舆论，到时候这些浑蛋一定会成为人人喊打的过街老鼠。或许我想得太天真了，在访民失踪的背后，谁是"金太阳护送"的雇主？这个雇主才是真正的黑魔，依维柯显然发现了我们的车在紧紧地跟着它，突然加快了速度企图甩掉我们，车夫似乎豁出去了，始终咬着依维柯不放，那样子就像是在拼命摆脱时间的独裁。我紧张得近于恐惧，我无法解释这种紧张，或许是为那些无辜地被抛入地狱的人而愤慨，或许是因为这种追踪无异于行驶在地狱的边缘，现实太容易塌陷了，以至于坠入深渊根本无须穿越，从一开始现实就剥夺了我们的想象力。我感到一股煞气从四面八方袭来，带着黑桃花的邪恶气息，我扪心自问：我们除了绝不屈服、绝不顺从的勇气不能败，还能赢得什么？又是夕阳西下了，我感觉整整一天都活在夕阳的血色里，或许我们每个人的血液就是由坠落之光组成的，不然为什么一种黑暗的病毒在我们的血液里循环两千年多了，而我们却全然没有察觉。这时依维柯似乎被我们追得恼羞成怒了，它连转向灯都不打就猛然拐向右侧，然后突然急刹车停在了路边，车夫被这突如其来的状况弄蒙了，他还没有反应过来，奔驰车就冲了过去，"糟糕，"车夫下意识地骂道，"他妈的，想搞什么鬼？"说着他放慢了车速，我也纳闷地问："会不会是他们的车出问题了？"车夫摇着头说："不太像，小丹，咱们怎么办？"还未等我表态，车夫又骂了一句："狗日的，跟上来了，这回可好，改成跟踪老子了。"说完他猛一踩油门，加快了车速，果不其然，跟上来的依维柯紧咬着我们不放。前两天被跟踪的情景一下子浮现在我的脑海中，很显然对方察觉我们跟踪他们后，通过突然停车的方式想给我们一个下马威，看我们是否有胆量停下来，试探后，对方决定跟踪我们，看来是想弄清我们的底细。跟踪别人和被别人跟踪的心情是截然不同的，刚才是追击，现在像是逃窜了，刚才还是满怀希望，现在却满心沮丧，我和车夫都知道，今天不仅不可能找到那帮家伙的老巢，而且还要想办法甩掉他们，不然还不知道那些浑蛋会找我们什么麻烦呢！车夫的状态跟刚才跟踪时完全不一样了，头发似乎都竖了起来，我估计他此时紧张得胃里都打了结，我更是掌心一片潮湿，刚才追踪时的兴奋状态早已烟消云散，剩下的只是一些严酷的危险意识。依维柯不时追上来与我们的奔驰并行，那无疑是一种威胁和挑衅，我甚至听到了依维柯车内有哄笑声，车夫更是紧张得死死地握着方向盘，一路向前开，我甚至担心他撑不住，一瞬间身体里的所有零件都分崩离析了，不知不觉奔驰车已经绕着四环跑了一圈，依维柯依然跟着我们，我感到头晕目眩，真想打开车窗透透气，可是我竟没有这个勇气，我估计车夫心里也一定升腾着令人窒息的急躁，因为尽管车内开着空调，可是他的额头已经渗出了细汗，车开得也像一头发狂的野兽。这时我的手下意识地抓住了什么，我定睛一看是色空送给我的那本《心经》，我情不自禁地大声念道："观自在菩萨，行深般若波罗蜜多时，照见五蕴皆空，度一切苦厄……"读了几句后，我就像突然被从魔咒中解救出来似的，一下子镇定下来，冷笑着说："车夫，不跑了，送我回酒店，我倒要看看，这些黑魔的爪牙想干什么？"我这么一说，车夫也似乎一下子清醒了，他顿时恢复了正常的车速，握方向盘的双手也不像刚才那么僵硬了，他定了定神，随手点了一支烟，一边吸一边自嘲地说："小丹，刚才的一路狂奔让我明白了一个道理，逃是没有出路的，出路只有一个，就是勇敢地面对！现在我越来越理解文白了。"我听了他的话，内心有一种踉踉跄跄的感觉，几乎无法言语，仿佛眨眼之间，我们来到了一个陌生的世界，不，不是陌生的世界，根本就是一个魔幻的世界，我内心深处惶恐得不知所措，仿佛有个声音在无助地呻吟，痛苦、恐惧、绝望，但另一个声音却不屈不挠地在据理力争：民不畏死，奈何以死惧之！想到这儿我自言自语道："他们是不会善罢甘休的！"车夫悲壮地说："大不了我也像文白和那些访民一样神秘地消失了，小丹，不瞒你说，我正巴不得呢！"我不解地问："为什么?”他又自嘲地笑着说:“很简单，我希望你也能像惦记文白一样惦记、惦记我!”不知为什么，我并未被他的幽默逗笑，反倒情不自禁地流出眼泪来。车夫送我到酒店时已经月上柳梢头了，那辆依维柯一直像幽灵一样跟到了酒店，并且一直等到我和车夫走进酒店的旋转门才走开。我本想请车夫在酒店一起吃晚饭，车夫说没胃口，把我送到房间便匆匆告辞了。房间里静极了，静得我有点心慌，就仿佛自己是个没有分量、没有依靠、飘浮在空气中的幽魂，为了让自己的心踏实些，我脱光衣服，走进洗浴间，脸冲着淋浴喷头，任流水冲刷着我僵硬苍白的脸，然而无论怎么冲刷，也冲不走我心头的黑暗，索性不再冲，用浴巾擦干身子，竟突然有一种饥肠辘辘之感便泡了一袋方便面，然后坐在床头翻阅我为《神话》配的插图，翻到溪崖将军偷袭圣母国那张时，耳畔竟然回荡着古兰与法慧的对话:“大国师，敌人来势汹汹，可有退敌之策?”“只有一个办法。”“什么办法?”“迎头痛击!”

千命金起兵星月国前，派出一支上千人的小股精锐部队去偷袭空虚的圣母国，眼下这支部队由溪崖将军率领已经悄悄临近圣母国国都列顿城，但溪崖将军无论如何也没想到圣母国像事先得到消息似的，戒备森严，如临大敌，根本没有偷袭的机会。列顿城四周的石墙有二十多尺高，上面很宽，足可以并排走四个人，城墙上布满堡垒、箭楼、垛口，士兵们不时从防御工事中探头瞭望。深蓝的夜色不知是从土地上升起来，还是从星空里降下来，把星星、城堡、高山和大海融合在一起。为了了解列顿城里的虚实，溪崖将军先派出小股部队打探动静，这股小部队近百人，全部轻装备，星夜向半山腰的列顿城墙摸去。这列顿城两面环山，一面靠海，城后是高耸入云的雪山，城墙是用大石块垒成，密密实实，由于年久，上面长满了潮湿的苔藓，特别滑，攀登起来很不容易。上百名士兵用虎爪钩抛向城墙，顺着绳索向上攀爬，一个士兵爬到一半的时候突然脚底一滑，手一松摔了下去，他“啊”的一声，摔死在城墙脚下。“有人!”守城的士兵大喊道。城墙之上顿时火把通明，号角声声，正在往墙上爬的士兵全部吊在半截腰，暴露在通明的灯火之下，一个个面面相觑，上也不是，下也不是，城墙上的士兵见状拼命地砍断绳索，许多士兵惨叫着摔死在城墙脚下。有十几个士兵爬得快成了俘虏，还有二十几个士兵顺着绳子侥幸逃脱，跑回溪崖大营。城上士兵押解着十几名被擒的俘虏刚刚走下城墙，迎面碰上万夫长骑着一匹高头大马，前来察看情况。“发生了什么情况?”万夫长厉声问道。“报告将军，逍遥国士兵前来偷袭，有十几名士兵被我军擒获。”一名小校恭声答道。“你说什么?逍遥国士兵前来偷袭?”万夫长似乎不相信自己的耳朵追问道。“将军，正是逍遥国士兵前来偷袭。”小校重复说道。“这逍遥国是吃了熊心豹子胆了?”万夫长狞声揶揄道。当万夫长押着十几名逍遥国俘虏走进圣母国大殿时，国王大帝和狼王正在大殿内商量抵御魔兵之事。“发生了什么事情?”大帝沉声问道。“启禀陛下，小小逍遥国居然敢派士兵偷袭我国，结果被我军挫败，这是刚才捕获的俘虏。”万夫长撇着大嘴说道。“狼兄，逍遥国偷袭我国，这不合道理呀!”大帝困惑地紧锁双眉说道。“大帝有所不知，”狼王凝神分析道，“星月国为了抵御圣母国的进攻，以割让白山城为代价联合逍遥国军队共同抗击圣母国，我想这小股部队一定是千命金出征前部署的，一定是觉得贵国大军倾巢攻打星月国，国内兵力空虚，想趁乱偷袭。”“多亏狼王提前一步到来，不然，我会大意，那损失就惨重了。”大帝感激地说道。“目前，须弥国大国师法慧已经前往星月国化解与贵国的干戈，我们是从逍遥国分手的，逍遥国王后则姬叛乱已经被太子无为铲除，我想逍遥国大将军千命金已无路可走，最好的出路就是化干戈为玉帛，不如大帝写封信给偷袭的将军，说明情况，劝其归降，共同抵御魔敌。”狼王侃侃劝道。“好!我这就写。”大帝心悦诚服地说道。“你们带队的将军是谁?”万夫长推出一位逍遥国俘虏厉声问道。“是溪崖将军。”那俘虏低头嗫嚅道。“早就听说逍遥国的溪崖将军是一位虎将，若能归降，圣母国可谓如虎添翼。”万夫长眼冒精光爽然说道。“万夫长，”狼王阴郁地一笑说道，“你把我的意思弄拧了，我所说的归降是让溪崖将军不再与贵国为敌，而是共同抵御魔军，等打败魔军，溪崖照样回逍遥国当将军。而不是归降贵国。”“这样的人放回逍遥国等于放虎归山呀!”万夫长梗着脖子反唇道。“万夫长，魔敌当前，人类只有团结，才能获得一线生机，否则，等待你们的只能是生灵涂炭！”狼王愤然说道。万夫长神色黯然，不再说话。大殿内一片死寂，连落一根针都能听见。红衣大祭司查理凝思良久，起草了一封给溪崖的信，大帝看后迟疑片刻点头同意，将信递给狼王。“将这封信呈给溪崖将军，”狼王看完信后走到一个俘虏的身旁，温和地说道，“若同意，点三堆篝火为号；若不同意，劝他速撤兵。因为圣母国早有准备，他们偷袭是不会得逞的。”俘虏点头哈腰地接过信，惴惴不安地走了。“万夫长，守城的任务就交给你了，严密监视敌人的动静！”大帝命令道。此时，雪峰顶上，十几只恶禽玄冥鸟正在盘旋。溪崖将军接到信后，陷入深深的沉思，想不到自己的祖国突发变故，更想不到人类即将面临空前的磨难。突然大营外一阵骚乱，溪崖赶紧冲出营帐，只见十几只恐怖的恶禽俯冲下来，逍遥国的士兵猝不及防，十几个士兵被叼走了。场面恐怖至极。士兵们从未见过这么恐怖的大鸟，吓得抱头鼠窜。溪崖也被眼前的惨状吓呆了，他连忙命令士兵点起三堆篝火，熊熊大火照红夜空。

法慧担心灵风一行，在收复逍遥国士兵后，就让小魔头连夜寻找灵风。小魔头走了，法慧率逍遥国士兵进驻星月国国都阿拉城。就在法慧率领逍遥国部队进驻阿拉城的第二天，圣母国百万大军在素有“战争狂人”之称的三军大元帅莫恩的率领下，将阿拉城围得水泄不通。百万大军的营帐黑压压绵延十几里，莫恩在黑水河西岸排兵布阵，准备在三日内一举拿下阿拉城。阿拉城内人心惶惶，古兰国王一夜未睡，一大早就急匆匆召见法慧到自己的书院，商讨退兵之计。“大国师，敌人来势汹汹，可有退敌之策？”古兰忧心忡忡地问道。“对付像莫恩这样的战争狂人，只有一个办法。”法慧斩钉截铁地说道。“什么办法？”古兰目光霍地一闪问道。“迎头痛击！”法慧把狼头禅杖往地上顿了顿说道。“大国师，我城内只有三万兵马，加上逍遥国的十万兵马，也不过十三万，怎么对付敌人的一百万强兵啊？”古兰气馁地说道。“这么说，古兰国王害怕了？”法慧正容说道，“如果害怕，就只有投降了，不过，那后果是不堪设想的。因为莫恩是个杀人狂，一旦城被攻破，国王一家必被杀光，全城百姓也会惨遭涂炭啊！”古兰国王是个看上去生性懦弱之人，但在骨子里却有一股韧性，他对法慧的话很在意，也知道法慧在用激将法，只是面临星月国的生死存亡，他不得不深思熟虑。“大国师，你是不是说我怕死呀？我告诉你，如果用我的生命能换回星月国的国泰民安，我会毫不犹豫地献出生命。”古兰默谋良久动情地说道。“那好，那就请国王陛下拿起弯刀与战士们并肩战斗吧！你是他们杀敌取胜的巨大动力。”法慧满怀激情地说道。“大国师，”古兰挺起身子坚定地说道，“多亏你来了，如果你不来，我不会像现在这样有信心。”“我们最大的恐惧所在，也是我们最大的希望所在。”法慧低沉地说道。“大国师的意思我明白，只要我们坚持不屈，就能反败为胜。”古兰决然说道。“总之，置于死地而后生，相信你的战士和人民吧！”法慧深情地说道。这时，穆萨急匆匆来报：“陛下，昨夜莫恩派一万精锐骑兵血洗了白山城，满城百姓全部被杀。”“莫恩，你这个屠夫，古兰与你势不两立！”古兰听到噩耗悲愤地吼道。“穆萨将军因何双眼红肿，面带悲痛之色？”法慧发现穆萨情绪不对关切地问道。“大国师，我的父母兄弟妻儿都住在白山城，昨夜……”穆萨哽咽着说不下去了……这时，古兰的侍卫长门外禀道：“启禀陛下，圣母国的士兵开始攻城了。”“大国师，考验我们智慧的时候到了，走，我要和我的战士们并肩作战！”古兰拿起御用弯刀凛然说道。城外喊杀声一片，城墙上一排一排的弓箭手将箭密密麻麻地射向敌人，城墙脚下留下大片敌人的死尸，但圣母国的士兵十分勇猛，他们不畏死亡，抬着排排云梯不停地向城上攻，城上城下火光冲天，硝烟滚滚。此时，古兰和法慧登临城头，穆萨擎旗高喊：“士兵们，国王陛下与我们同在！”古兰猛地拔出弯刀，凌空挥舞，寒光闪闪，铮铮有声，他高喊道：“弟兄们，让你们手中的武器沾满敌人的鲜血，用你们的鲜血保卫我们的家园，为白山城的同胞报仇！”古兰说完一刀劈向一个刚刚爬上城墙的敌人，敌人的头颅顿时滚落城下，尸体栽在城墙之上，一腔鲜血染红白色王袍，将士们见古兰国王如此英猛，也都奋不顾身，英勇杀敌！法慧率众弟子和逍遥国士兵们也都在城墙上拼死拼杀。天空之上圣母国的战鹰不停地向城墙上射下飞弹，星月国和逍遥国的士兵死伤惨重。“传真，随我击落战鹰！”法慧话音刚落，一驾战鹰呼啸着向法慧俯冲下来，飞弹直击法慧头部，法慧不躲不避用狼头禅杖将飞弹击碎，说时迟，那时快，又迅速从尸体上拔出一把宝剑抛向战鹰，那战鹰正要仰头向上空爬飞，呼啸的宝剑凌空将战鹰劈为两半，星月国的士兵惊呼法慧为神人，士气大振。传真和师弟们也学着师傅的样子向战鹰抛出飞剑，一时间，十几驾战鹰被击落。这极大地鼓舞了星月国和逍遥国士兵的勇气，敌人的一次次进攻被打退了，直杀到下半夜，敌人也没有得逞。莫恩下令暂时停止进攻，圣母国士兵退出了战场，城外黑压压的尸体染红了黑水河。莫恩无论如何也没有想到星月国会有如此强大的抵抗力，一天一夜的战斗让圣母国损兵十万，战鹰损失五十驾。莫恩气得暴跳如雷，亲自斩杀了几个进攻不利的头目。下半夜，圣母国大营死一样的沉寂。这一仗让星月国和逍遥国损兵一半，国王古兰也负了伤，战士们已经疲惫不堪，他们的刀剑砍得卷了刃，盾牌也是刀痕累累，甚至裂了口子，就连攻击敌人最强有力的战器弓箭也所剩无几，但将士们眼看着国王勇猛杀敌，内心仍充满了士气。古兰的肩膀被砍了一刀，伤势不轻，王袍已经被鲜血染红了，御医流着热泪给国王包扎，法慧亲自给他配了草药，古兰喝了法慧的药像喝了魔水一般立刻有了精神。“大国师，明日咱们上阵比赛，看谁杀敌多。”古兰忍痛半开玩笑地说道。“没想到，古兰国王上阵杀敌如此勇猛，今日退敌，我们胜在了士气上。”法慧不胜感慨地说道。“今日我们挫败莫恩，明日他一定反扑，大国师，难道我的敢死队没有冲出重围，不然为什么我们的援兵还没有消息。”古兰悲惋地叹息道。“古兰国王，”法慧长长的寿眉和花白的胡子微微抖动着，脸上露出坚定的笑容说道，“我的师兄狼王已经到达圣母国，相信他有能力征服大帝。我现在最怕的不是莫恩的反扑，而是在我们短兵相接之际，黑魔出兵，那才是最糟的。”

众人听了这话以后，都沉默不语，大殿上的气氛更加凝重了。法慧手执禅杖一个人漫步走出王宫，他仰望星空心中无限感慨。法慧一边沉思，一边徐徐前行，忽然一人急匆匆与他撞了个满怀。“大国师，敌人又开始攻城了！”这个人正是穆萨。“穆萨将军，你去通知古兰国王，我先去城头看看。”法慧手执狼头禅杖健步如飞，向城头奔去。这次，敌人的攻击越发凶猛，战鹰增加了一倍，几百架云梯架上城墙，许多云梯被星月国和逍遥国的士兵推开打碎，但更多的云梯又顶了上来。上千根带钩的绳索很快钩住胸墙，城上的士兵不可能将绳索全部割断或扔回去，所以城墙上已经成了主战场。星月国的箭已经全部射光，士兵只好用石头往下砸，用油泼，法慧和弟子们已经杀红了眼，国王古兰带伤也投入战斗。战场上根本没有了指挥，莫恩在城下督战，张牙舞爪，穷凶极恶。“传真，把莫恩的脑袋给我射穿！”法慧怒不可遏地吼道。传真拉弓搭箭，“嗖”的一声，只见城下张牙舞爪的莫恩突然捂着眼睛嗷嗷直叫暴跳如雷。原来，传真一箭射中了他的左眼，他嗷嗷叫着，满脸是血，军医将莫恩搀下去疗伤。战场上尸横遍野，杀声震天。阿拉城的城门已经被撞了一个洞，但桁条还在，用石块垒成的障垒还在，城门成了双方抢夺的焦点。城门两侧挤满了黑压压的士兵，城门岌岌可危。双方咬得很紧，现在是考验双方意志的时候，敌人一次次地呐喊着冲了上来，又像海潮一样退回去，接着又像海浪一样席卷上来。城上的石头像冰雹一样砸下来，敌人的进攻似乎犹豫了，开始溃退，但并不慌乱，其实，他们是给黑铁战牛让路，上百头黑铁战牛狂奔而来，战牛一边奔跑，一边喷火，还不时射出飞弹。但更主要的是战牛向城墙、城门不停地冲撞，战鹰配合战牛向城上喷射飞弹，星月国士兵死伤惨重。法慧感到了事态的严重，他一声狂吼，凌空而起，被鲜血染红的白袍无风自鼓，猎猎作响，在空中盘膝禅坐的法慧将毕生法力凝聚在狼头禅杖的水晶球上，苍凉雄劲的法咒若低沉的雷鸣，一时间天地肃穆，风起云涌。水晶球顿时变成一个火球，霞光万道，璀璨无比。这些光芒像剑雨一样射出去，空中的战鹰纷纷被击碎，地上的战牛也纷纷被炸飞，城门保住了，然而，法慧使出了毕生的法力催生出巨大的能量，圣母国的战鹰和战牛遭到重创，然而法慧也因消耗过大摔落在地上。“师傅、师傅！”传真等弟子们一个个惊呼着扑向法慧。这时，敌人又开始大举攻城了，这次进攻得更加猛烈，敌人改用箭阵，一排排的飞箭射向城墙，飞箭飒飒，落在城墙周围的石头上崩得四处翻飞。古兰手举卷了刃的弯刀，悲号道："星月国休矣!"然而不知为什么敌人攻了一阵子后，吹起了收兵的号角，圣母国的士兵像潮水般退去。不仅退出了战场，而且拔营撤兵，城上的士兵惊呆了，几乎不敢相信自己的眼睛。突然一位士兵喊道："圣母国退兵了！他们撤走了，我们赢了！"他这一声喊提醒了所有人，人们奔走相告："敌人退兵了！敌人退兵了!""大国师，这是怎么回事?"几近绝望的古兰国王手拄着卷了刃的弯刀气喘吁吁地问道。"大概是狼王出使圣母国成功了。"坐在地上的法慧有气无力地说道。

油画四：挣扎

作者：朱小丹

创作时间：2007年

材质：布面油画

尺寸：129×194 cm

画面上，四周是一望无际的荒草，从一座巨大的坟墓中伸出无数双求生的手，这些手簇拥着、扭曲着抓向空中，仿佛要撕裂大地、撕裂天空。特别是从坟顶伸出的一双枯枝般巨大的手，高高地伸向天空，手里还拿着一块红巾奋力挥舞着，以其强烈的视觉冲击力，让观者从心灵深处体味到生命在绝望中的最后挣扎。画面展现的是那些渴望新生的生命不屈的求生意志和向往自由的抗争精神。整幅画面以金字塔形构图，坟顶上的巨大枯手摇动着一条红巾，为画作强烈的悲剧气氛增添了一抹希望，更彰显了那些强压下的灵魂不屈不挠的悲壮美。作品不是一幅单纯的画，它是画家对现实的影射，是浪漫主义作家对现实的批判精神与反思精神的表达。

晚上我睡不着，文白的样子总是浮现在我的眼前，便情不自禁地支起画板画了一张文白的肖像，背景接近全黑，光源往他的左脸打过来，使他的鼻尖与额头之间产生浓烈的神秘氛围，右脸光线深暗，使他的眼睛显得锐利有神，他的嘴角叼着一支烟，这支香烟的前端小小的火心似乎在那儿滚滚地燃烧，烧得我心里暖滋滋的，我越是痛苦，越是压抑，就越想用亮丽的颜色与华美的点缀在他的肖像上做适当的安排，以做反击。因此我将他的脸画得犹如一朵盛开的向日葵，对抗周遭的一片漆黑，借发光辐射的效果表达他灵魂深处的饥渴与胸中的热情，我还在黑色的背景中点缀了环状的粗线条，像极了围绕的光圈，给他配上光环，代表他不灭的救赎之光。我觉得他的救赎之光为世间苦难的灵魂点燃了一根火柴。坚信这坚韧而温暖的火苗早晚会变成熊熊燃烧的大火燃尽一切黑暗。我的心上人，我感觉我画这张肖像时倾注了我生命中全部的爱，也隐含着高山流水般的忧伤。文白，你到底在哪里？你听到我的心在呼唤你吗？难道你也像灵风一样迷失在蜥蜴人国？否则为什么在我的眼前始终有一团迷雾？这团迷雾就像一片下垂的白旗，白旗掩盖了什么？当然是天机，不然他们不会被访民非暴力的表达吓得草木皆兵，权力烂了不可怕，可怕的是“士”也烂了，好在有你，才一雪文人低贱仰视中的高境界耻辱，文白，颂歌应该献给你，当然狗叫也应该还给权力。我是将文白的肖像画盖在脸上才睡着的，我在梦中梦见了我俩讨论《神话》插图，我问他喜欢哪一幅，他说他喜欢灵风在蜥蜴人国梦见桃落那幅，我问他为什么喜欢这一幅，他说他在魔窟也经常像灵风梦见桃落那样梦见我，我说你坏，你明明梦见的是张欣，却说梦见的是我，他听罢许久没言语，我问他你为什么不说话，他竟双手捂着脸呜呜啜泣起来。我刚想问他为什么哭，却发现他流出的是血泪，那鲜红的眼泪一下子让我想起张欣曾经托梦给我的那个晚上，张欣流的也是血泪，这太恐怖了，我惊得大叫而醒，却发现是一个梦，只是这个梦就像蜥蜴人国那么虚幻。从我的本能出发，我特别希望能在梦中和文白做爱，可是梦与愿违，看来我对文白的担心牵念远远超过了我的性本能，抑或是文白的处境抑制了我的性本能，总之，梦醒后，我对文白的惦念更加强烈了。天光已经大亮了，今天无论如何我也要见到丁不见，我起床洗漱打扮后，迫不及待地给车夫打电话，他老半天才接，一开口就惊得我目瞪口呆，原来车夫昨天离开酒店后，在回家的路上，那辆依维柯又盯上了他，不仅如此，在快到他家的僻静处，那辆依维柯拦在他的车前，几个大汉下车后，不分青红皂白地把他拖下车就是一顿暴打，现在车夫正躺在地坛医院的病床上，医生怕他被打成脑震荡，让他住院观察，我听罢心急如焚地离开酒店，打了一辆车直奔地坛医院。一进病房，我就惊呆了，车夫从头到脚都缠着绷带，眼睛瘀青得像一对熊猫眼，嘴唇肿得像驴唇似的，仅就头部来讲，用鼻青脸肿来形容一点都不为过。我心痛地问："车夫，他们凭什么把你打成这样？"他悲哀地说："他们说是我自找的，这一次是找打，下一次再跟踪他们很可能就是找死！"我愤慨地问："如此丧心病狂，他们到底是干什么的？"车夫痛苦地翻了翻身，忧郁地说："说不好，不过他们口口声声说，和老大哥作对就是找死！""老大哥？"我用鄙视的口吻疑惑地问，"老大哥是谁？"车夫厌恶地说："不知道，可能是他们的主子吧！"我用充满谴责的口吻气愤地说："简直没有王法了，难道他们是黑社会？"车夫眼神绝望地穿过我，脸色阴沉地说："黑社会敢如此明目张胆地绑架访民？我现在敢断言，文白和张欣以及沈丹娜同事的失踪一定与这帮浑蛋有关。"车夫的断言让我受伤的心灵痛苦极了，便不依不饶地追问道："那么他们究竟是些什么人？"车夫寒鸦般的眼神蒙上了一层阴霾，青肿的鼻子因愤怒而微微发紫，他咬着牙关说："他们不是人，是魔鬼的爪牙，是白社会的毒瘤！""白社会？"我不解地问："对！"车夫毫不犹豫地说。"车夫，"我关切地问，"你报警了吗？""报了，"车夫长叹一口气说，"警察问，他们为什么打我，我只好从死婴事件一直讲到访民失踪。"我急切地问："警察怎么说？"车夫无比失望地说："警察说我一定是脑子被打坏了，说他们从来就没有接到过访民失踪的报案。我说关于访民失踪的情况京城各大报都报道过，他说，报上的话怎么能信？现在的报纸为了发行量有几张说真话的？我被他问得哑口无言！"我被他说得心里一阵阵发寒，感觉自己快要冻成一个雪人了。这时我的手机突然响了起来，我从包里掏出手机，发现显示的手机号很陌生，犹豫片刻我才按下接听键，把手机贴在耳边，还未等我把"喂"说出口，对方抢先用沙哑的声音问："是朱小丹老师吗？"我连忙说："对，您是哪一位？"对方令我惊异地说："我就是你要找的东州市驻京办主任丁不见呀。"我简直不敢相信自己的耳朵，竟脱口而问："你是谁？请你再说一遍！"对方又重复了一遍刚才的话，我这才兴奋地问："您真的是丁主任吗？"对方开玩笑地说："错了管换！不瞒朱老师说，我也一直在找你。"我顿时警觉地问："您一直在找我，为什么？"丁不见温和地说："朱老师，见面再细说吧，你不是很想见我吗，刚好我现在有时间，如果你方便的话，我在办公室等你。"我毫不犹豫地就答应了。挂断电话，我把情况跟车夫说了一遍，车夫不放心地说："小丹，你怎么不跟我商量一下就答应见他呢，万一他……"我知道车夫担心什么，可是不入虎穴焉得虎子，我用破釜沉舟的语气说："车夫，管不了许多了，这个丁不见是我们找到文白和张欣以及那些失踪访民的突破口，无论如何我都要见他，只有见到他，我们才能弄清楚'金太阳护送'是怎么回事，车夫，为我祈祷吧，我已经嗅到了黑魔的味道。"车夫青肿的眼睛里充满了担心，他神情焦虑地说："小丹，真想陪你一起去，可是我现在……"他哀叹一声，伸手从枕头底下掏出一串钥匙，接着说："小丹，这串钥匙有我家的、有我办公室的、有画室的，还有我的车钥匙，先都交给你，医生说我无论如何也要在医院里观察几天，怕我留下脑震荡后遗症，这几天我不能陪你了，你就当几天这串钥匙的女主人吧。”车夫对我的信任让我很感动，但我还是不习惯“女主人”的称谓，车夫心智敏锐，又有商人的狡黠，我怕中了他的“苦肉计”，因为我对车夫只有感激、感动，甚至有超越友谊的感情，但没有爱，关于这一点我始终十分清醒。我一向将爱情视为艺术，将艺术视为信仰，这和“女主人”三个字风马牛不相及，我怕是永远也做不了“女主人”，只想做爱的天使、艺术的天使，这一点只有文白能够体味出来。对我来说，文白的爱犹如空气，我虽然摸不着，但他一直在那儿。托马斯·默顿说：“爱是与他人心灵相通，在他人身上发现神的光辉。”自从与文白结识以来，我一直沐浴在这样的光辉中。正因为如此，我只留下了奔驰车和画室的钥匙，车夫见我只留下了这两把钥匙，他苦笑地摇了摇头，神情中隐含着失落的“真诚”，缠满绷带的大圆脸，像一朵凡·高笔下的向日葵。对凡·高而言，向日葵具有特别的意义，黄色意味着友谊与希望，画本身象征“感谢”，这恰恰是我对车夫的感觉。

告别车夫，我心乱如麻，真不知道沈丹娜三番五次找不到的丁不见突然召见我，葫芦里卖的是什么药，他诱发了我内心极度的焦虑，我必须重新整合自我才不至于让自己心里五味杂陈的。此时，我一边开车，一边想，前些日子，有车夫陪着真好，即使被“金太阳护送”追踪时也没有像现在这样心里没着没落的。巨大的孤独感时不时袭上心头。我感觉命运正斜着眼睛瞧着我，仿佛我是自不量力的蚍蜉，那么文白呢？抑或正是由于他慧眼独具，才看到了世外桃源的本质——魔窟，才一步一步地陷入世外桃源的苦狱。这是个冠恶行以美名、冠美名以恶行的世界，我有时不胜诧异地想，文白的心灵是一道别具风格的地平线，正因为如此，我才对他心向往之，我对文白的爱远远超出了肉欲的领域，我觉得我与他已经合二为一，不可能从我身上剥离他而不毁坏我。此时此刻，我从《神话》中深深体味到文白的审美愁思，脑海里闪现的全是他的影子，正如灵风一闭上眼睛就梦见桃落一样。

这几日，灵风只要闭上眼睛就会梦见桃落那清丽而凄婉的身影和哀伤而迷离的眼神，那身影虽然窈窕，但飘忽；那眼神虽然美丽，但少了妩媚和天真。由于对桃落痛彻骨髓、激荡魂魄的思念，让灵风消瘦了许多，但是，使命和磨难让灵风更坚强，更执着，他身上越发显示出人神的浩然正气。这夜，灵风等人夜宿在一个山洞中，令灵风等人惊奇的是，一进这个洞，仿佛飘浮在宇宙中，漫天繁星像花雨一样飘落，各种星座让人目不暇接，进洞时脚下踩的是山石，进洞后却变成水状物，只是这水状物柔中有刚，人们踩在上面，绵软而坚硬。“灵风，我觉得这个洞有些怪异。”楚雅警觉地说道。“我们一路上经历的哪件事不怪异？”灵风诙谐地笑道，“休息吧，如果我们真的遇不上怪异的事就真的怪异了。”剑士们觉得灵风的话有趣儿都情不自禁地笑了起来。这天晚上，灵风成了梦境的主人。他面对着桃落的星座酣睡不醒，在明亮的星光中，思绪像冰澈的溪水，流淌过若桃花般灿烂的心灵。迷茫中，灵风的眼前如雾般映照出一片桃源，漫山遍野的桃花在暮色里恰像一片不散的霞云，在汹汹的春色之中繁花似怒，似乎在责怪灵风：面对如此旖旎的风光，为何这般哀伤？忽然微风拂过，洒落片片红泪，将空气映衬出粉色，一位粉若桃花的女孩，提篮漫步在花海中，忧郁得楚楚可人，竟是惊心动魄般的美丽。灵风定睛看去，正是日思夜盼的桃落。桃落将被风吹落的花瓣拾于篮中，漫步到溪边，低头顾影，细细的睫毛掩着她柔媚的眼睛，却没有笑意，眼圈周围罩着痛苦的黑晕。“落儿，为何这般哀伤？”灵风迷迷糊糊地梦呓道。“因为这些飘落的桃花让我心碎。”桃落拭泪答道。“不过是一些花瓣而已。”灵风想劝慰却又不知如何开口，敷衍着说道。“你懂啥！桃花离开枝头就好比我离开了风哥。”桃落嗔怪地说道。灵风望着桃落一双泪眼，强烈的内疚涌上心头，情不自禁地啜泣起来。“你为何哭泣？”桃落心碎地问道。“落儿，因为我就是你的风哥！”灵风失神地说道。桃落听到“风哥”二字，竹篮中的桃花立刻变成了黑色。“你不是风哥，你坏，你坏！你还我的桃花。”桃落的哭声像一团驱赶不散的氤氲压迫着他，撕心裂肺般痛苦。满脸泪痕的桃落将竹篮置于溪水中洗呀洗呀，终于将黑色洗去，天却黑了，黑暗像是故意捉弄这样一对相爱的人，要么花瓣变成了黑色，要么天空变成了黑色，仿佛他们之间拥有一份美丽就要拥有一份黑暗。桃落终于随着黑暗渐渐隐去，一双失神的眼睛哀婉地望着灵风，痛苦而悲伤地泣道：“风哥，不要离开我，不要离开我！”“落儿，落儿！”灵风失魂落魄地喊道。他这么一喊，众人皆被惊醒，都赶紧围上来，却发现灵风满头大汗，气喘吁吁。楚雅连忙推醒灵风，灵风猛然坐起，发现原来是南柯一梦。此时，天光大亮，洞口有阳光像金剑一样射了进来，一阵怪异的笑声骤起，让人毛骨悚然，骇然之下抬头看去，不禁惊得目瞪口呆！原来周围站满了手持大刀、长矛、盾牌、弓箭的蜥蜴人，成千上万、数不胜数，这些人的身材和一般人一样，只是长着蜥蜴一样的头颅。这巨大的山洞也不是一般的山洞，而是一张巨大无比的蜥蜴大嘴，脚下踩的绵软而坚硬的东西，正是这大嘴蜥蜴的舌头。灵风一下子明白了，昨夜露宿在这蜥蜴大嘴中，那满天星斗，不过是这些蜥蜴人的眼睛。原来蜥蜴人早就设好圈套，在这儿等着自己了。想到这儿，灵风一阵暗喜，因为只有找到蜥蜴人，才能闯出蜥蜴人国，这只是寻找圣盆的第一关啊！一位头戴金皇冠、身穿黄袍的蜥蜴人，威风凛凛地坐在一把形如蜥蜴的御座上，挥了挥手，众蜥蜴止住了鼓噪之声。灵风心下揣度，这大概就是蜥蜴人国的国王了。“你们是什么人？怎么敢擅闯我蜥蜴人国的王宫？”国王趾高气扬地问道。灵风心想，这蜥蜴人果真是怪异，皇宫大殿竟在一头巨大无比的蜥蜴嘴中。“我是人神灵风，来自夜山。”灵风神情自若地答道。“人就是人，神就是神，人神是什么怪物？有什么特殊的本事？”国王撇着大嘴问道。成千上万的蜥蜴人嘻嘻哈哈地嘲笑起来。“蜥蜴就是蜥蜴，人就是人，蜥蜴人又是什么怪物？有什么特殊的本事？”灵风针锋相对地问道。“你们死到临头了，还敢嘴硬，来人哪！把他们都给我拿下。”国王勃然大怒道。“且慢，我们本是路过贵国，并无恶意，何必大动干戈？”灵风从容断喝道。这时，从国王身后闪出一位身穿水香绿罗裙一脸柔媚的蜥蜴女人，她扭捏作态，千娇百媚地说道：“父王，这个人什么神的一表人才，英俊潇洒，不如招为驸马，父王不是多了个好帮手？”“好是好，就怕他是个不中用的花瓶呀！”蜥蜴人国国王轻蔑地揶揄道。“呸，竟敢对人神不敬！”楚雅怒道。“哟，我们招人神为驸马，是大敬，怎么好心当作驴肝肺了呢？”蜥蜴公主媚声媚语地说道。“不识抬举的东西？来人呀！给我拿下！”蜥蜴人国国王耀武扬威地吼道。“慢着，父王，您别着急嘛，让我再劝劝他们。”蜥蜴公主娇嗔地拦阻道。“公主莫劝，我早有妻室，不可能再娶她人。”灵风正色道。“哟，父王，他说他有妻室，真是气死人了，你的妻子是谁？长得有我美吗？她叫什么名字？”蜥蜴公主嗔怒道。“人神之妻当然美若天仙，名叫桃落。”辞颂睨了蜥蜴公主一眼傲慢地说道。“原来是风婆婆抓走的女贱人，不过是端盆的女奴罢了。”蜥蜴公主哈哈大笑道。灵风一听“端盆”二字，内心激灵了一下，心想，“难道这些蜥蜴人知道桃落的下落？我们人少，硬闯不是蜥蜴人的对手，看来只能智取了。”这时，一位手持长矛的蜥蜴人从洞外跑进来兴冲冲地说道：“报告大王，外面下雪了。”“下雪了，好啊，雪是我们蜥蜴人国的祥瑞，难道是这些擅闯王宫禁地的家伙带来的？押着这些家伙，走，咱们看看去！”蜥蜴人国国王眼中闪着绿幽幽的光似乎很高兴地说道。成群的蜥蜴人押着灵风等人走出王宫，果然外面下起了鹅毛大雪，不过，蜥蜴人国的雪很是特别，是七彩的，瑰丽之极，一朵朵从空中飘落下来，婉若毛茸茸的花瓣，一时间整个世界成了七彩的世界。只是天气并不寒冷，而且还暖洋洋的。清晨的阳光透过浓密的枝叶，斜射下来形成无数金色的光柱，映得漫天七彩瑞雪瑰丽多姿，扑朔迷离。忽然，七彩雪花中出现了黑色的，众人皆惊，不一会儿，七彩雪花全部变成了黑色，黑雪铺天盖地，漫天飞舞，成千上万的蜥蜴人吓得四散奔逃，天地间一下子黑了起来。“谁再跑，这就是下场！”国王挥剑砍死两个正在跑的蜥蜴人大骂道。没有人再跑了，但是，所有蜥蜴人脸上都露出了极为恐惧的神色。“我们蜥蜴人国有史以来，从来都是下七彩瑞雪，从未见过黑雪，黑色是我们国人最忌讳的，看来要有大灾难了！来人哪，把这些来历不明的人给我关起来，说不定这漫天黑雪是他们带来的。”国王声色俱厉地吼道。灵风等人重新被带回到在外面看是山洞，走进去就是如蜥蜴大嘴般的宫殿，他们被关在了一间如牙齿般的屋子里，只是这间屋子腥臭难闻，其实这是王宫大殿的厕所。灵风心中一直觉得蜥蜴人国下的漫天黑雪着实蹊跷，“楚雅，辞颂，你们俩不认为这漫天黑雪太奇怪了吗？”灵风满腹狐疑地问道。“会不会与黑魔有关？”楚雅沉思半晌反问道。“难道这恶魔会派爪牙跟踪上来了？”辞颂若有所思地分析道。“不好说，反正黑雪的黑不是一般的黑，是带着魔力的。”灵风蹙额说道。“掌门人，那我们该怎么办？”剑士们齐声问道。“只能见机行事想办法逃出去！”灵风咬着细牙决然说道。夜深了，王宫大殿悄无声息，透过窗户，灵风发现这些蜥蜴人是贴在洞壁上睡觉，而且还睁着眼睛，眼睛闪闪发光，宛如星星，他们睡觉时按着宇宙中的星座位置排列，好生奇怪，此时，除了几个看门的蜥蜴人在门外巡弋外，看不见任何移动的物体。突然，窗前闪过一个黑影，紧接着，扑通几声，像有人摔倒，然后一阵沉寂后，门突然打开了，一个蒙面黑影闪了进来。灵风刚要拔剑，那黑影摘下面罩动情地说道：“人神大哥，莫惊，是我！”灵风一看是国王的女儿蜥蜴公主，心下惊异道，“她来这儿干什么？”心里想着便脱口而出。“人神大哥，”蜥蜴公主温柔地说道，“我喜欢你，所以前来相救，我父王认为你们是黑雪灾星，明日要杀你们祭天，来，我放你们走。”灵风不敢相信自己的耳朵，呆愣着望着蜥蜴公主。“我们怎么相信你是来救我们的？”辞颂将信将疑地问道。“害你们，白天就害了，还用等到这个时候？”蜥蜴公主嗔怪道。“多谢公主！”灵风深鞠一躬说道。蜥蜴公主摸了摸灵风的脸，柔媚地说道：“多英俊的脸啊，杀了你怪可惜的，我救你们出去，可别忘了我！”“公主的大恩大德我们永世难忘！”灵风感激地说道。“快走吧，让我父王发现，就糟了。”蜥蜴公主动情地抹了抹眼泪说道。众人随蜥蜴公主一口气在山洞中跑了两个时辰。“好了，”蜥蜴公主气喘吁吁地说道，“剩下的路你们自己走吧，那是王宫的后门，除了我父王，谁也没进去过，送君千里终有一别，你们多保重！”灵风没有想到，在蜥蜴人国里频频遇险，居然会遇上这么一位重情重义的公主，心里很不是滋味。“公主，请多保重，告辞了。”灵风抱拳辞别道。蜥蜴公主洒泪亲自推开后门，众人一个个出了后门，灵风断后，出后门前他最后回头感激地看了公主一眼，那公主已经泪流满面了。

灵风等人沿着崎岖的小道一路前行，一位剑士诧异地言道："掌门人，我怎么觉得脚下软绵绵的，好像在大蜥蜴的食管里。""莫非我们钻进了大蜥蜴的肚子里?!"另一位剑士插嘴道。"灵风，我看他们俩说得有道理，我也感觉我们是在大蜥蜴的肚子里。"楚雅附和着说道。"真想不到，这蜥蜴人国居然在一只大蜥蜴的肚子里。"辞颂凑趣儿地说道。"前面还不知道会遇上什么危险呢?!"灵风担心地说道。他话音刚落，就听见"当"的一声巨响，一队人马从后面已然追了上来。"站住，不站住就放箭了。""嗖嗖嗖"，"当当当"，原来这些蜥蜴人放的箭击中目标可以爆炸，威力十分巨大。"糟了，看来要有一场恶战了!"灵风手握光阴之剑冷冷地说道。"我早就憋着劲想揍这些浑蛋了!灵风，不跑了，干掉他们再说，我倒要看看这些蜥蜴人有什么本事。"辞颂恼怒地说道。众人停下脚步准备应战，蜥蜴人很快追了上来，领头的蜥蜴人喝道："大胆妖孽，竟敢深夜潜逃，来人哪，把他们给我拿下!"几十个蜥蜴人拉着架势跳上来要打斗，剑士们一个个横剑招架。"领头的，有本事咱俩单打独斗!"辞颂挑衅道。"哟嗬，敢跟蜥蜴人国第一勇士叫号，好啊!有什么本事，你就使出来吧。"领头的蜥蜴人瞪着一对绿汪汪的眼睛七个不服八个不忿地一边说着，一边手执长枪跳到前面，对准辞颂的心口，举枪便刺。辞颂赶紧躲闪，心想，"小子，够狠!专往致命的地方扎。"他解下宽带用力抖了一下，宽带变成一柄长剑，长剑在手嗡嗡颤动，跃跃欲试，一眨眼，辞颂已凌空刺到领头的蜥蜴人眼前，双方战在了一起。起初，辞颂根本没瞧得起他，怎奈，交起手来才知道这个蜥蜴人的身手绝非等闲之辈，仅凭打斗，辞颂一时难以取胜。只见领头的蜥蜴人枪花耀眼，一团红缨在辞颂面前出神入化，让人眼花缭乱!辞颂心想，硬碰硬怕是一时不能取胜，他灵机一动跳出圈外，将长剑一抖，长剑变成宽带，那宽带抛出以后，正好缠在蜥蜴人刺来的长枪上，辞颂用力带了一下，蜥蜴人的长枪瞬间脱手，"嗖"的一声飞了出去，扎在洞壁上，山洞剧烈地抖动起来，仿佛大蜥蜴的食管扎了根刺，疼痛难忍，晃动身躯一般，众剑士头晕目眩，站立不稳。那领头的蜥蜴人见长枪脱手，恼羞成怒，他忽然扭动身躯，脖子粗脸绿，身躯越憋越大，足有十个辞颂那么大，然后他一挥手，一跺脚，长出了千只手，千只脚，这只巨大的千手千脚的蜥蜴人一声怒吼，向辞颂袭来，辞颂被这蜥蜴人的突变吓了一跳，正不知所措时，楚雅挥舞闪电之剑与千手千脚的蜥蜴人战在了一起。只见楚雅砍掉那怪物的一只手，手便长出来，砍掉脚，脚便长出来，楚雅忙了半天，那怪物毫发未损，仍然嗷嗷叫着向楚雅扑来。灵风也拔出了光阴之剑上去帮忙，其他的蜥蜴人见灵风帮忙，也都各执兵刃杀了上来，众剑士毫不示弱与蜥蜴人混战在一起。灵风的光阴之剑与楚雅的闪电之剑一样，砍掉那怪物的手长手，砍掉脚长脚，辞颂见难以取胜蜥蜴人，便拔出长箫，吹奏了起来，箫声呜咽，恍如隔世！没想到，箫声一起，所有的蜥蜴人都不打了，那千手千脚的怪物也慢慢恢复了原样，突然所有的蜥蜴人随着箫声手舞足蹈起来。灵风心想，没想到这些蜥蜴人居然喜欢音乐，可是那些手舞足蹈的蜥蜴人跳着跳着，扑哧扑哧地一个个都化成了摊摊脓水，腥臭难闻，黏稠地蔓延。“嗨，早知道辞颂的箫声能杀死这帮家伙，咱们就不用费这劲了。”楚雅沮丧地说道。众剑士觉得有趣儿，都嘻嘻大笑起来。“还不快跑，再不跑，说不定这些黏稠的脓水一会儿又活了。”灵风诙谐地恐吓道。众剑士一听吓得一个个拔腿就跑，灵风、辞颂和楚雅见剑士们抱头鼠窜的样子，都哈哈大笑起来。

丁不见长着一张酷似青蛙的大嘴，让我情不自禁地联想到《神话》中的蜥蜴人，他见到我咧着大嘴说“欢迎欢迎”时，我感觉他的大嘴就像一口大染缸，里面不知隐藏着多少不可告人的秘密。我甚至觉得那些失踪的访民就藏在这张大嘴巴里。当然那些失踪的访民中也包括文白和张欣。丁不见有一双充满算计的小圆眼睛，黄黄的，滴溜溜转个不停，一看就是个工于心计、诡谲圆滑的家伙。更让我吃惊的是他似乎对我了如指掌，我却对他知之甚少。因此在没弄清楚他想见我的意图之前，我一直处于警觉状态，谈话中也一直处于守势，他却谈笑风生地跟我大谈了一番和文白的友谊，然后大言不惭地问我，怎么看待富贵问题。我说目前的中国社会存在着一个富了以后不知所措的问题。他十分感兴趣地问：“此话怎讲?”我直言不讳地说：“孔夫子讲，富而好学，富而好礼，如今中国的暴发户们无论是官场上的，还是商场上的，大多是富而好利，富而好赌，富而好淫，完全失去了心灵的方向，如果富了以后不会往‘贵’的方向走，必然导致精神的粗鄙化，俄国的思想家别尔嘉耶夫认为，俄国的国民性中有追求神圣性但不追求正直的特质，其实中国何尝不是如此，官场人为了追求权力的神圣性，不知有多少人丧失了良知。”丁不见用审视的目光看着我，若有所思地说：“看来朱老师是话里有话呀，我倒很想听听在大画家眼里的‘贵’是什么？”我讨厌他的居高临下，尽管他表现出纡尊降贵的亲切风度，便抛开所有的警觉，敞开心扉地说：“所谓‘贵’当然是指高贵、高雅、高尚的精神境界，它包括品格的高洁、精神的雄健、心气的骄傲、理性的卓越、道德的完善，自尊、自律、自明。”丁不见不屑地问：“有这样的人吗？”我微微一笑，毫不犹豫地说：“当然有，文白就是这样的人。”丁不见听罢从脸上挤出难看的笑容，未置可否地说：“这家伙的骨子里确实有一种不可征服的傲慢。不然也不会落到今天这个地步。”这是我和他见面后，他不经意间透露出关于文白的最重要信息，从这个信息上判断，文白的处境非常糟糕，我深吸了一口陈腐的空气，鼓足勇气追问道：“丁主任，文白落到了怎样的地步？”他闪烁其词地说：“朱老师，别误会，我的意思是他躲在唯心现实主义的象牙塔里太久了，再这么下去，就被这个时代抛弃了。”很显然，文白在他眼里已经变成了一个异类，我心想，这种人除了权力之外，恐怕再也没有什么值得他敬畏的了，此时此刻，他脸上透露出的是一种“我是流氓我怕谁”的表情，看着他那种毫无原则的表情，我觉得既可气又可笑，便用一种傲慢的口吻说：“没有象牙塔就不可能有高贵精神的熔炼。什么是象牙塔？就是那些有心灵家园的人呈现心灵图景的私人空间，这跟关怀社会并不矛盾，无论是作家，还是艺术家在精神价值创造时必须沉浸在一个自由的心灵空间里，必须要有一个面壁的状态，这样创造出来的作品、艺术品审美形式才可能精致，才可能有深度。正因为文白以重塑象牙塔的精神锻造每一部作品，他才受到广大读者的关注。丁主任，我们的社会正是因为有了文白这样的作家、艺术家，我们才懂得了什么叫人‘贵’！一个国家如果没有人‘贵’，就不可能有民富和国强。你说是不是这个理儿?”丁不见咧嘴一笑，不以为然地说：“小丹同志，你别忘了，没有国就没有家，没有家就没有人，中国的历史可是家天下的历史。中国的历史可从来不是什么象牙塔而是一个瓮，谁忤逆它，它就请谁入瓮。”我十分惊愕于他的谬论，内心深处有一头野兽咆哮起来，但是我仍然从脸上挤出一丝笑容反问道：“这么说那些失踪的访民是被你们请君入瓮的了?”他突然哈哈大笑道：“小丹，想不到艺术家也会扣帽子呀!”我不失时机地问：“那么丁主任怎么看那些失踪的访民呢?”丁不见诡谲地眨了眨小圆眼睛，用冠冕堂皇的口气说：“我不认为他们失踪了。”我对他的回答非常诧异，追问道：“那他们去哪儿了?”他流露出泰然自若的神情，仿佛我的追问荒唐可笑似的，脸上挂着冷漠的微笑说：“当然去了他们该去的地方。”他的回答似乎在故意挑战我的领悟力，我讨厌他卖关子，而他的脸正散发着拐弯抹角的神情，我看着他，觉得他就像一只性情狡猾的蜥蜴蹲坐在我的面前，我感到古怪而惶惑，我焦虑地问：“该去的地方是什么地方?”此时此刻，我感觉自已就像个永远也不可能获得角色的演员。他嘿嘿地笑了笑，笑声就好像是从喉咙深处被迫挤压出来似的，荒谬地回答道：“世外桃源。”这四个字从他那蜥蜴般的大嘴里吐出来，我心头顿时一紧，我记得和车夫去有关部门寻找文白时，有一个长得像瘦猴似的访托，曾经和我们提起过“世外桃源”，只可惜我和车夫把他当成骗子了，看来真有世外桃源，便迫不及待地问：“世外桃源在哪里?”丁不见贪婪而又饥渴地看着我，一双蜥蜴般的眼珠子骨碌碌地转动着，笑嘻嘻地说：“当今中国恰逢盛世，世外桃源无处不在。”我对他的诡谲厌恶极了，但为了弄清真相，又不得不与他周旋，在他面前，我感觉自已就像一只悬浮在一张编织粗糙的蜘蛛网上的昆虫，而他就像一只准备将长舌头吐向我的蜥蜴，我心里恐惧极了，而他却用一种漫不经心的闲适和我讨价还价，我强作镇静地说：“你在回避我的问题。”他似乎很欣赏我此时的危险处境，充满邪恶的目光不停地在我身上上下逡巡，他双眼眯着，伸出舌尖舔了舔黑紫的嘴唇，用充满算计的口吻说：“告诉你世外桃源在哪里也可以，但是我有个条件。”他终于露出了狐狸尾巴，我心里暗自兴奋，迫不及待地问："什么条件？"他神情诡异地看了我一眼，仿佛猎人在审视一个掉入陷阱的猎物，当他确认我无路可逃后，才满意地哧哧笑道："为我画一张画。"想讨我画的收藏家不少，我的画在拍卖市场上也炙手可热，但是一个驻京办主任向我讨画还是第一次，便好奇地问："什么画？"这话一出口，我就感觉有一张充满不祥之兆的蛛网轻轻拂过我的脸庞，毫无疑问，我已经成了丁不见手中的木偶，见我上钩，他心满意足地说："画一个金太阳。"他说话的口吻充满了敬意，我却像被强光灼伤了一般，心头惊恐地一紧，一辆印有"金太阳护送"的依维柯在脑海中一闪而过，下意识地脱口问道："金太阳？"丁不见肃然起敬地说："对。"此时此刻，我的心里顿时感到一阵阵地倒海翻江，就仿佛已陷进了沼泽里不能自拔，然而为了弄清"金太阳护送"的真相，我强压住五味杂陈的心情，尽量用平和的口吻问："你自己收藏吗？"他自惭形秽地摇着头说："不，这是我送给老大哥的礼物。"我发现他提到老大哥时不仅满脸的幸福感，而且充满了敬畏，便莫名其妙地问："老大哥？老大哥是谁？"丁不见听见从我嘴里说出"老大哥"三个字，就仿佛灵光乍现似的眼睛一亮，然后又压低声音说："天机不可泄露。"说完像做贼似的四处看了看，就仿佛老大哥无处不在似的。我见他的样子好笑，便用同情的口吻说："好吧，我不问就是。"然后我话锋一转，用逼问的口吻说："这么说文白和张欣也在世外桃源啦？"他未置可否地笑了笑，算是对我的回答。我不依不饶地问："也是由'金太阳护送'送到那里的？"他笑眯眯地点了点头，然后又突然意识到了什么，敛起笑容，严肃地问："不过，朱小丹，你是怎么知道'金太阳护送'的？"于是我毫不隐讳地将前些天在东州大厦门前看见"金太阳护送"抓那个可怜女人的情景复述了一遍，丁不见听得脸色阴晴不定，等我说完后，他沉吟片刻，用一种充满威胁的口吻说："你看见了不该看的东西，这很危险！"我用挑衅的语气问："有多危险？也会让我失踪吗？"丁不见再一次哈哈大笑起来，仿佛我说的是天方夜谭，然后他突然收住笑容，一本正经地说："小丹，你是大画家，应该相信眼见不一定为实，那么你是凭什么画画的呢？我坚信是内在之光，什么是内在之光？我认为就是金太阳之光在你内心的闪耀。其实金太阳之光闪耀在每个人的内心，这就是我们的社会无比和谐的原因。”我尖锐地问：“这样的和谐能维持多久？”他似乎不愿意与我争辩，故作轻松地说：“小丹，这个话题一时半会儿讨论不清楚，不如我们换个话题，还是谈谈艺术吧。不怕你笑话，有一个艺术上的问题，我想了好多年了，百思不得其解。”我见他的目的是为了找到文白和张欣以及那些访民的下落，而不是为了向他挑衅的，既然他觉得话题沉重，我也就随机应变地问：“什么问题？”他脸上流露出调侃的表情，笑嘻嘻地说：“我想破脑袋也想不明白，杜尚的小便池怎么就成了艺术作品了呢？”我没有想到他会一下子把话题扯得这么远，也不相信一个生活在比小便池还肮脏的大染缸里的人会真正关心杜尚的作品，不过是好奇心使然罢了，便敷衍道：“因为杜尚将小便池放错了地方。”他一头雾水地问：“什么意思？”我耐心地解释道：“小便池放在男厕所是生活用具，但是写上字放在美术馆里就成了艺术作品，这是一个艺术与生活的边界问题。生活用具是常态的生活现象，而艺术品是一种非常态的生活现象。”丁不见听罢脸上流露出一反常态的表情，用恍然大悟的口吻说：“我明白了，这么说进京上访的访民也是一种艺术行为了？”丁不见这句话让我一下子警觉起来，我严肃地问：“这话怎么讲？”他自鸣得意地说：“很简单，进京上访是一种非常态的生活现象。”丁不见说这句话时，脸上流露出诙谐的表情，很显然他在向我显示他的机智与幽默，而我却被深深刺痛了，心头顿生不寒而栗之感，一个人的人性可以丧失到如此令人恐怖的地步，而这个人却浑然不知，这是一件要多可怕就有多可怕的事，因为在官场上像丁不见这样的人不计其数，他们经年累月地藏身于制度化的角色中，组成了一条无法窥视全貌的平庸之恶的链条，正因为他们的“我”隐身在这条无形的恶链中，才可以用角色开脱恶行，因为我不再是“我”，而是“他”，因此“我”可以从恶如崩，正如西方谚语所云：“没有一滴雨会认为是自己造成了洪灾。”除忍受着切肤之痛，我无奈极了，但我仍然不失尊严地说：“丁主任，你曲解了我的意思，非常态的生活现象不一定都是艺术，但艺术一定是非常态的生活现象。不过，访民进京不是什么行为艺术，而是民族心灵的苦难。你知道这种苦难是怎么造成的吗?”丁不见麻木地扯了扯嘴角，充满怀疑地笑了笑，用半开玩笑的口吻问：“是什么?”我用警告的口吻说：“你看一看汉娜·阿伦特的《艾克曼在耶路撒冷》就知道了。”丁不见好奇地问：“这是一本什么样的书?”我知道他已经像艾克曼一样无可救药了，便用一种嘲弄的口吻说：“这是一本关于平庸之恶的报告。”丁不见似乎意识到了什么，用懵懂的口吻问：“这和我有什么关系?”我故弄玄虚地说：“你看过之后就知道了。”说完我起身告辞，丁不见似乎觉得这场谈话意犹未尽，非常诚恳地请我吃午饭，被我婉言谢绝了。走出东州大厦，我有一种从坟墓里爬出来的感觉，我钻进车里，一个人静静地坐着，感觉自己正深陷在炼狱之中，从丁不见身上我似乎看到了整个民族的心灵状态，我有一种等待戈多的不安，此时此刻，我更加想念文白了，文白，我的唯一，投向你，投向你的怀抱，就如同黑水河注入大海，然而，我眼前浮现的不是大海，而是一座岌岌可危的列顿城。我不禁感叹，唯心现实主义在文白的内心世界尚未实现，但在外在世界里已经成为现实。想到这儿，心中如同海浸盐渍一般。

天将破晓，万夫长刚刚将溪崖率领的部队迎进圣母国国都列顿城，成千上万的玄冥鸟如乌云一样覆盖了天空，城外魔国大军已经将列顿城黑压压团团围住，空气中凝聚着恐怖的气息。这次黑魔派出的主要是怪兽军团和玄冥鸟军团，城外扎营的魔兵黑压压一望无际，张牙舞爪的怪兽们不停地呐喊：“杀死大帝，消灭圣母国！铲除人类！”这喊声惊天动地，充满了威慑力和死腐的臭气。大战一触即发，列顿城陷入绝境，国王大帝面临殊死一战！列顿城地势高峻，气势磅礴，城墙都是用巨石砌成的，如铜墙铁壁一般坚固，此时，一轮血红的太阳威严地立于山峰之上，不屈不挠地对抗着恶魔们卷带着的滚滚黑云。狼王和大帝站在胸墙之上瞭望敌人，两个人胸中无不风云激荡，同仇敌忾！“狼兄，原本以为统治这个世界的应该是我，想不到还有比我大帝更凶残的敌人。”大帝望着黑压压来势汹汹的怪兽喟然叹道。“大帝，你不是好战吗？那就拿出你的勇气和野性，率领你的人民迎敌吧！”狼王昂然说道。大帝默然良久，如泥塑般立在地上，脸上有一种野心破灭的沮丧，狼王微睨了他一眼，心想，但愿这一仗，能将这个野心勃勃的家伙打醒！

号角声起，敌人的进攻开始了，怪兽们蜂拥而上，如蝗虫一般涌来，有的攻打石墙，有的冲向城门，黑云压城，遮天蔽日，和玄冥鸟的厉啸悲鸣汇聚在一起，仿佛世界末日即将来临。上万驾战鹰在万夫长的指挥下，早已升空，这些硬家伙一对一虽然不是玄冥鸟的对手，但是三五驾对付一只玄冥鸟还屡屡得手。空中激战正酣，城外攻城更烈，多亏圣母国军队平时训练有素，作战能力强，凭着坚固的石墙还能抵挡，然而怪兽们的攻击如黑潮一样，一浪接着一浪，直杀得尸横遍野，血流成河。城墙脚下的尸体几乎与石墙一样高。这时，红衣大祭司查理气喘吁吁地跑到大帝身边禀道：“陛下，敌人从海上攻上来了。”“万夫长，你去海上指挥战鱼，给我狠狠地打。”大帝瞪着血红的眼睛命令道。万夫长接到大帝的命令一边杀一边往海上退。“陛下，”查理继续禀道，“要塞那边我已经安排好了，伤员可以先退往要塞，那是我们最后一道防线，绝不能丢。”“安排得好，查理，你去配合万夫长阻击海上敌人！”大帝挥剑喊道。查理从尸体上拔出一条长矛，刺向一头怪兽，然后边杀边向要塞退去。“大帝，这样硬拼下去不是办法，得想办法保存实力，等待援兵。”狼王立在怪兽尸山上朗声喊道。“怪兽像黑潮一样，不拼怎么办？对了，你是兽神，可不可以让兽界帮忙？”大帝尖刻地说道。狼王手举长剑，一声振聋发聩的长啸，响彻大地，这啸声如海浪般滚滚滔滔向远方传去，久久在山间回荡，随着啸声四起，漫山遍野的虎豹豺狼狮熊象牛皆来参战，成千上万的野兽发出骇人狂吼，从四面八方狂奔而来，天上飞的，地下跑的，水里游的，简直就是动物总动员。狼王不愧是兽神，一呼百应，好像圣母国的动物都来参战了，一时间战场上人、魔、兽混战在一起，到处是垂死的哀号！“大帝，你的战牛呢？此时不用何时用？”“狼兄，都交给元帅莫恩去攻打星月国了。”“也不知莫恩什么时候能赶回来。”“莫恩不敢违抗我的命令，会到的。”这时，一个怪兽一刀向大帝后背劈来，狼王手疾眼快，用剑挡住怪兽的刀，反手用力向怪兽头部砍去，怪兽的龙头被砍下后还连着筋皮，黑血却喷了大帝一背，死尸一头栽在城墙上，大帝感激地看了狼王一眼。战场上，怪兽们开始喷射魔火，许多动物被烧得漫山遍野乱窜，只有狼群有组织地与潮水般的怪兽们周旋。海面上，大批的怪兽们乘战船在玄冥鸟的掩护下向岸上袭来，万夫长乘战船指挥船队和战鱼与怪兽战船展开殊死海战。由于怪兽们在战船上只是利用魔炮攻打，没有海底优势，战鱼们发挥了突出的作用，一艘艘敌人的战船被击沉，大批怪兽被淹死，然而魔国的空中优势是无法比拟的，圣母国的战鹰几乎全军覆没。这些战鹰根本不是玄冥鸟的对手，玄冥鸟击溃战鹰后，又开始像鱼鹰抓鱼一样，攻击战鱼，一艘艘战鱼被玄冥鸟叼住，然后在空中咬碎，一时间海面上像下水晶银雨一般，很快，战鱼便消耗殆尽。万夫长指挥士兵撤向海岸，怪兽像黑沙拍岸般涌向列顿城海滩，“敌人登陆了，敌人登陆了！”圣母国士兵一边惊叫，一边向要塞方向溃退。逍遥国的溪崖将军本来奉命支援万夫长，见海战士兵溃不成军，惊慌失措地跑上城墙向狼王报告：“启禀狼王，海上失守，万夫长率士兵正向要塞溃散！”“狼王，要塞虽坚不可摧，但那是圣母国的最后一道防线。”大帝听到溪崖的消息心里一寒，心绪沉重地说道。“看来这城墙也难以守住，我们还是边打边往要塞撤吧！”狼王面色凝重地说道。此时，城外的怪兽叫嚣道：“交出大帝！生擒大帝！我们是英勇善战的魔国士兵！赶紧投降吧！”敌人的气势越来越嚣张，大帝只好率士兵向要塞方向撤退。狼王率弟子们随大帝一起撤向要塞，却发现大弟子白狼不见了。“白狼呢？”狼王一边撤一边问身边的弟子。弟子们都说没看见。这时，一只玄冥鸟一个俯冲栽在地上，众人一看这只恶禽的头被砍了下去，黑血喷了满地。狼王猛抬头看去，却见白狼立在一只玄冥鸟背上，正在用力砍杀周围的恶禽，白狼的白袍随风飘舞，剑法娴熟，十分英武。“这小子，长能耐了。”狼王欣慰地说道。突然，两只玄冥鸟配合着扑向白狼，只见白狼凌空而起左右开弓，左面的玄冥鸟被砍断翅膀嚎叫着摔落下去，右面的被砍掉半个脸，悲鸣而去。圣母国的士兵在白狼的勇猛精神激励下，个个奋勇杀敌，怎奈寡不敌众，终于退守要塞。城门在魔炮的攻击下轰然倒塌，怪兽们像蚂蚁一样涌进外城。内城的士兵在城墙上用弓箭、连环弩奋力射杀，怪兽们一片片倒下，又一片片攻上来，他们用飞矛投向城墙，城上的士兵伤亡惨重，但仍然奋力用巨石往下砸，城下黑血横流，腥臭无比。白狼在空中杀得正酣，见内城吃紧，便用剑逼着自己胯下的玄冥鸟俯冲下来，临近地面时，将其头砍下，拎在手中，然后用力扔进怪兽群中，怪兽们被白狼的英武吓得纷纷退却，然而敌人的魔炮又开火了，内城城墙上的工事像遭雷击一样，被炸塌了，白狼不得不率领士兵退回要塞。要塞是圣母国濒临海边的坚固工事，花了将近一百年的时间修筑的，现在所有列顿城的士兵和百姓都藏在了要塞里，怪兽们冲入列顿城烧杀抢掠，无恶不作，列顿城内浓烟滚滚，死尸遍地。

入夜了，魔兵暂时停止了攻击，空中黑云翻滚，几只玄冥鸟侦察着要塞的动静，不时发出几声哀鸣。一轮满月庄严地升起来了，像一个大银盘，白晃晃的一片晶莹。它挂在天边，是那么大，那么圆润，使天空都显得那么高，那么蓝幽幽的。就在东方露出鱼肚白之时，城外突然传来激烈的喊杀声，大帝和狼王赶紧站在要塞胸墙上往外看，所有的人都莫名其妙地向外张望。“师傅，好像是魔兵遭到了袭击。”白狼兴奋地说道。“莫非是援军到了。”狼王自言自语道。这时，一片火光之中，一位身穿白袍，手使狼头禅杖的人正率众与怪兽厮杀。“师傅，是法慧师叔到了。”白狼手舞足蹈地说道。此时，大帝也看见圣母国大元帅莫恩正挥剑杀敌。“圣母国的将士们，”大帝高喊，“援军到了，保卫帝国的时候到了！”大帝言罢率众上马杀出要塞。正在休息的敌人没有想到会遭到突然夹击，措手不及，很多怪兽还没有来得及拿兵器就被砍下了头颅，许多玄冥鸟还没来得及起飞就被炮火击碎，城内城外的士兵像秋风扫落叶一样一起冲向敌人，怪兽们嚎叫着，乱得黑糊糊像成群的苍蝇一样，四散奔逃，溃不成军。战场上留下了堆积如山的尸体。天亮了，久别的太阳从大海的浪尖上爬出来，把万道光芒挥洒到列顿城的每一个角落，山山岭岭镀上了红光，弥漫飘散的薄雾在升腾，林中的百鸟在鸣啭。恶魔们已经逃得无影无踪，晨光中，法慧大国师骑着战神率弟子们凛然进入列顿城，狼王惊喜地迎上去，两个人紧紧地拥抱在一起。“师弟，没想到你会来援助，对了，你怎么会和莫恩在一起？”狼王激动地问道。“他是个战争狂人，我怎么会和他在一起，是他攻击星月国，我们战斗正酣时，他火速撤兵了，我就知道圣母国遭到了魔兵的攻击，便率弟子们和逍遥国的十万大军尾随而来，这不果真派上了用场。”法慧踌躇满志地说道。这时，大帝与莫恩、红衣大祭司查理、万夫长、逍遥国的溪崖一起走过来，莫恩见到法慧仍然横眉立目，法慧也懒得看他。“多亏大国师前来解难，多谢了！”大帝一揖说道。“陛下，该谢的是我的师兄狼王啊！”法慧不温不火地说道。“那是，那是。”大帝惭愧地说道。“黑魔不会善罢甘休的，”法慧凝重地说道，“他会卷土重来的，逍遥国目前国内空虚，我必须将逍遥国大军安全带回去。”“逍遥国的溪崖将军也在这里。”狼王插嘴道。溪崖走过来拱手施礼。“看来溪崖将军是个深明大义之人，”法慧拱手还礼道，“有你带这支部队，我就放心了。朋友们，黑魔攻击的目标是整个人类，攻击圣母国只是刚刚开始，你们今天目睹了黑暗势力的强大，那么，我们要想战胜敌人，只有一个出路，那就是团结。大帝陛下，穷兵黩武是没有出路的。”“我看这魔兵也没什么可怕的，不是照样让我莫恩赶跑了吗？”莫恩在旁边口吐狂言道。“莫恩元帅，”法慧克制着满腹怒气缓缓说道，“今天我们只是打了敌人一个措手不及，侥幸取胜，更残酷的战斗还在后面。好了，陛下，我说的话请你三思，我要和溪崖将军前往逍遥国，目前最让我头疼的是春秋国，这个一向讲礼仪的大国，却分不清是非，不分敌我，甚至连魔国的使者也要善待，狼王，我看你还是去一趟春秋国，把圣母国的情况通报给他们，让他们做好应对的准备，免得魔兵攻击措手不及。”“大国师一路平安，我看狼王出师春秋国就让我国的红衣大祭司查理陪同吧，这样更有说服力。”大帝诚恳地说道。“太好了，陛下，法慧告辞了。”圣母国的文武官员一直把法慧和狼王送到城外，法慧和溪崖将军率逍遥国大军浩浩荡荡赶赴逍遥国，狼王和弟子们在红衣大祭司查理的陪同下，飞马赶往春秋国。

我本想给沈丹娜打个电话，向她反馈一下我见丁不见的情况，我想她一定非常感兴趣，可是拨了几次她的手机，提示音都说不在服务区，这让我很扫兴，只好作罢。和丁不见周旋一上午，既累心又累脑，我想回酒店吃午饭，然后好好休息一会儿，再去医院照看车夫，没想到半路上接耿直打来的电话，他先询问我是否见到了丁不见，然后告诉我他出院了，希望快一点拿到《神话》的插图，我问他下午可有时间，他说如果我方便，下午他在办公室等我，我一口答应了。我理解耿直的心情，他急于通过自己的方式为文白做点什么，当然最好的方式就是让《神话》尽快面世，一旦《神话》引起媒体的关注，就不得不关注顾文白失踪事件。沈丹娜那篇关于文白失踪的报道虽然写得振聋发聩，但似乎并未引起很大的反响，我估计人们可能以为这不过是一个作家为了多卖几本书对自己的炒作而已，也难怪，这就是一个自我炒作的时代，然而，那些麻木的自以为是的人们与那些失踪的人相比，虽然是幸存者，但他们哪里懂得幸存并不等于获救。在金太阳的照耀下，一切都有可能被灼烧成灰烬。我了解访民的每一次心颤，因为我已经站在了他们失踪的边缘，随便哪个访民的梦都会让那些“歌颂现实主义”的作家无地自容。我内心已经不再燃烧火焰，因为我不再惧怕。我在我住的酒店附近的山西刀削面馆要了一碗刀削面，吃面前我又拨了几次沈丹娜的手机，还是不在服务区，这让我对沈丹娜的安全担起心来，要知道她的前任就是因为介入失踪事件太深而神秘地失踪了，这种事会不会在沈丹娜身上重演？这个想法刚一产生，我就“呸”了几口，嘴里还自言自语地骂道：“乌鸦嘴！”吃过面后，我回到酒店，天太热了，我先冲了个澡，然后一丝不挂地披着浴巾坐在沙发上一张一张地欣赏我为《神话》配的插图，一边看一边想，文白的唯心现实主义之所以如此令人震撼和有力，是因为它不仅仅是一种崭新的艺术思潮，而更是对现实一系列强有力的领悟和感知。丁不见告诉我文白没有失踪而是去了世外桃源，而在《神话》中，对我震撼最大的就是“世外也就是魔内”，这是多么强有力的领悟和感知啊！我觉得文白的作品之所以极具社会影响力，不仅仅因为他是一个独具风格的小说家，更因为他还是一个颇有远见卓识的政治预言家。通过阅读《神话》，我领悟到罪恶这黑魔，只要我们麻木地无视它的存在，它就会像空气一样围绕着我们，如此说来，多一个顾文白，就等于多了一分自由的保障。如此一想，我倒觉得文白失踪倒是一种必然，因为通过上访，文白一定会有炼狱般的感悟，而且也只有他才能透过那些感悟看清中国的真相，或许正是为了这些真相，冥冥之中，上帝才安排文白潜入世外，进而窃得魔内的机密，然后以文学的方式泄露出来。这当然是我个人的想入非非，但是我现在为自己排忧解愁的唯一办法就是想入非非。不夸张地说，《神话》写了什么？今天的整个世界。《神话》表面上看像是一部魔幻长篇小说，其实是一部现代精神长篇小说。《神话》无疑是这个世界的肖像画，但更是整个世界的精神档案。正是带着这种想法，我极其兴奋地离开酒店，因为我急于想和耿直分享《神话》的魅力。我开车沿着三环路向文心出版社行驶，这时迎面开过来由五辆依维柯组成的车队，每一辆车身都写着金灿灿的五个大字："金太阳护送"。我愕然了，我不知道如此浩浩荡荡的一行"金太阳护送"正在执行什么任务，我恨不得立即掉转车头跟上去看个究竟，但是我不能，车夫已经躺在病床上了，我不能再遭不测，否则世外桃源的谜底不知何日才能揭开。想到这儿，我加快了车速，然而没开多久，便被红灯拦住了，此时，一辆救护车鸣着笛闪着蓝莹莹的灯闯过红灯，我听到它的鸣笛声渐渐远去，但耳畔却始终重复着两个字：完了，完了，完了……完了，完了……

我是怀着十分沉重的心情走进耿直办公室的，他见到我的第一句话就问："车先生怎么没跟你一起来呢？"我将车夫被打的事情复述了一遍，他听罢愤懑地说："那些自诩为天使的家伙一旦为所欲为起来，比魔鬼还可怕呀！"接着他关切地问："见到丁不见了吗？"我点了点头，他迫不及待地问："他知道文白的下落吗？"我只好将上午见丁不见的情景也复述了一遍。他听后沉默良久才叹息道："有下落了就好，只是我在京城生活了几十年了，从未听说有世外桃源这么个地方，小丹，你判断这会是什么地方？"我惆怅地说："一定和奥威尔笔下的友爱部差不多。"耿直倒吸一口凉气，惊愕地问："你的意思是说丁不见就是奥勃良？"我苦笑了笑，用谴责的口吻说："我敢断定文白和张欣的失踪一定和他有关系。"耿直脸上的肌肉明显地抽搐了一下，显然我的话深深地刺痛了他，他凝眉叹道："这种友爱太可怕了!”我嗤之以鼻地说：“现实中的友爱早就变成了一种借助谎言得以苟延残喘的关系。”耿直嘲讽地说：“可是他们给这种关系起了一个好听的名称：天人合一。其实人是要死的，可天却可以永远不朽！谁是天？当然是他们。”听了他的话，我仿佛被魔杖触动了，语气坚定地说：“可是文白的精神核心是他的不可摧毁性。”耿直赞同地点了点头，备受鼓舞地说：“是啊，人的心灵最深处的东西是不可毁灭的。文白的作品充分表达了这个时代。”接着他话锋一转，悲叹道：“和文白不同，许多作家知道现实发生的一切，但是他们有的一声不吭，有的在因颂圣而名利双收中不但堕落到无耻的地步，而且已经超越了起码的人道底线。”我讥讽地说：“他们已经成为社会肌体上一段经常发炎的盲肠。”耿直冷哼着笑道：“那些依靠权力狐假虎威者永远也不会晓得，不是权力决定一切，而是心灵决定一切。尽管历史可以篡改，但是心灵不能篡改。那些为意识形态歌功颂德的作品与文学无关，早晚会被扔进历史的垃圾堆。什么是不可摧毁性，就是一种当你不能坚持时仍会坚持的状态，这一点我在文白身上看得很清楚。就拿《神话》来说吧，在我们自诩为龙的传人的时候，他却循着历史的源头发现了龙的真相，在揭露了龙的魔性的同时，讴歌了爱的伟大。文白在这部长篇小说中强健地吸收了这个世界的否定因素，读了这部小说让我懂得了一个道理：我们无权反抗这个世界，但我们有权表现它。小丹，你为《神话》配了插图，对这部长篇小说的理解应该比我透彻，快把你的插图拿出来吧，我都等不及了。”说完他朗声大笑起来。我连忙从皮包内拿出插图递给他，他看到第一幅便惊叹道：“这可真是珠联璧合呀!”他爱不释手地一页一页翻看，一边翻一边赞不绝口地说：“小丹，这些画不带一丝模糊暗示的大气，从色彩颤动的力量和闪烁的光彩以及画面活生生的震撼力看，我感受到你在画这些插图时不顾一切的真诚，你的感性掌控了一切，我甚至从这些画中体味到了文白心境的那种抒情力量。小丹，恕我冒昧，我敢肯定，你是文白的知音，不，是他的另一个我。我虽然不懂画，但我懂美，你的这些插图壮丽热情、想象力丰富，色彩强烈，笔调奔放，不仅成功刻画了文白笔下的人物形象，而且复活了他们的内在精神。如果你不懂文白，是不可能做到这一点的。”我不得不敬佩耿直的艺术鉴赏力，有如此深邃的洞察力，一定看穿了我对文白的感情，好在他没有点破，不过他的眼神已经流露出看穿我心思的神情，我极力掩饰着羞怯的心绪，莞尔一笑地说：“耿老师，想不到你的审美眼光如此老道，怪不得文白每一本书都给了你。就连奥德修斯一开始也没有认出雅典娜，你却可以透过这些插图看到我和文白的内心，我可不可以考一考你，你能从这些插图中找到我吗？”耿直胸有成竹地说：“让我试试。”说完他又仔细地翻阅起来，认真得不放过插图的每一个细节，翻着翻着他不可思议地说：“不可能，不可能，我以为你应该把自己画成英桃落，把文白画成灵风，你怎么把自己画成了白天鹅，难道你认为文白不是灵风而是英冰澈？”我用敬佩的口吻说：“其实，我的内心深处是个无可救药的浪漫主义者，当初画时我是无意识的，但是现在我渴望文白像英冰澈一样有朝一日能逃出魔窟，为此我宁愿变成小白去帮助他。”耿直听罢重重地点了点头，沉吟片刻叹道：“不瞒你说，小丹，自从得知文白出事的消息后，我天天为他担心，每天晚上都噩梦连连，经常梦到碉塔之上，魔火熊熊啊！”耿直的话深深触动了我，我望了一眼窗外，发现窗外黑云起伏涌动，来之前，天还只是多云，此时此刻天空中翻滚的黑云中仿佛潜伏着无数魔兵。

世外桃源已经成了名副其实的魔窟，碉塔之上，魔火熊熊，起伏涌动的黑云却像腐败的黑棉絮一样没有了煞气，魔兵攻打圣母国大败而归，令黑魔气急败坏，他一怒之下将怪兽军团军团长和玄冥鸟军团军团长全部斩首，仍不能平复心头之火，想拿英冰澈出出气。刚好，英冰澈走进黑魔大殿。“英冰澈，圣母国对我们的进攻有了准备，会不会是阎罗那个老浑蛋通风报了信？”黑魔越是要发怒就越是显得平和，他目光如刀一般盯着英冰澈，表情却显得很慈祥。英冰澈内心激灵一下，心想，“难道黑魔看穿了自己冥神的身份？”“启禀魔尊，”英冰澈试探地说道，“不可能，我出使地狱之时，阎罗对魔尊非常敬畏，一再表示保持中立。”“你撒谎！”黑魔突然一拍魔案大怒道，“我看你已经被阎罗收买了！”“启禀魔尊，属下不明白撒谎和收买是什么意思！”英冰澈面无表情地说道。黑魔将信将疑地凝视着英冰澈，突然狂笑起来，因为真正的魔除黑魔和五魔以外是不懂“撒谎”和“收买”这两个词的。黑魔满意地看了看英冰澈，重新恢复了英黄炎的口气，只是身着一袭黑袍，脸色漆黑，两只眼睛红得吓人，他端坐在魔椅上仿佛想起了许多往事。“英冰澈，你知道为什么我的祖先是龙，而我不是龙，却是魔吗?”“属下不知。”“这是很久很久以前的事情了。当时世界上还没有人间和地狱，只有天堂，地狱是与人间相伴而生的。我的祖先黑龙正值豆蔻年华，情思萌动，他爱上了一位美艳绝伦的女神，她的名字叫女娲。女娲经常到圣水池畔洗澡，为了博得女娲的芳心，黑龙将情思化作池畔的苇草，有一天女娲洗过澡后，闲得无聊，便在池畔照着自己的样子捏起了泥人，捏了一个男人就是天父，又捏了一个女人就是地母，女娲觉得很有趣，干脆将池畔的苇草结成草绳，伸入池中，将池水搅浑，然后向地上一挥，没想到溅落的泥点居然也变成了许多的人来，就这样大地充满了人类，黑龙的情思也被女娲斩断，化作人类的脐带，人的脐带成了人类传递罪恶的肉缆，圣水池也化作人类的子宫，孕育罪恶的子宫。失去情思的黑龙认为人类夺取了女娲的爱，于是将天空捅了一个大窟窿，企图消灭人类，没想到女娲为了救人类竟然炼石补天，黑龙大怒，掀起滔天洪水，女娲为了平息洪水终于向黑龙宣战，失去了情思的黑龙不再是一条情窦初开的龙，而是变成了名副其实的魔，黑龙的后代从此也不再是龙，永远变成了魔。”“启禀魔尊，那么魔如何才能再次变成龙呢?”英冰澈蓦然发问道。“那就是彻底消灭人类！人类灭亡之日就是魔再次变成龙之时。到那时人间和地狱不再存在，世界只有天堂！”黑魔无限向往地说道。“属下一定为魔尊实现梦想鞠躬尽瘁！”“好了，你们人类自诩是龙的传人，其实是偷了黑龙情思的贼，正因为如此，人类是唯一会自相残杀的生灵，这是黑龙对人类的报复，即使你们人类不被我黑魔消灭，也会被你们自己消灭的。”“魔尊，属下不懂，我本来是魔，而您却把我当成了人类！”“哈哈哈，你不过是魔的傀儡，想成为真正的魔就要将自己修炼得欲望横流，到那时本尊发发慈悲，或许能带你去天堂，那可是你们人类梦寐以求想去的地方。”

“多谢魔尊栽培!”“好了，我宰了怪兽军团和玄冥鸟军团的军团长，你看谁适合担当大任啊!”英冰澈故意沉思了良久没有说话，他自从出使地狱被阎罗点化为冥神以后，下决心要掌握军权，好有朝一日为世外桃源的百姓复仇!“怎么不说话?”黑魔阴森森地问道。“如果怪兽军团军团长不一定非得由怪兽当的话，魔尊看我行不行?”英冰澈惴惴不安地问道。黑魔听了英冰澈的话后心里颇为得意，心想，“这个英冰澈自从出使地狱回来后，欲望越来越强烈，而且越来越能干，快成了我的左膀右臂了，看来我的魔桃真是灵丹妙药，可以把一个人改变成一个魔，而且比一般的魔还聪明。”“好啊，英冰澈，就由你来任怪兽军团军团长，希望你不要让本尊失望!否则，你的前任就是你的下场!”黑魔扬扬得意地冷笑道。“多谢魔尊栽培!”英冰澈单腿跪地冷冷地说道。“起来吧，让我们共同完成统治世界、奴役人类的伟业吧!”英冰澈没有想到这么容易就成了怪兽军团军团长，他甚至不敢相信这是真的，当他走出黑魔大殿时，凝视他的背影的黑魔脸上露出狰狞可怖的冷笑。英冰澈望着漫山遍野的黑桃树，不禁眼眶湿润，想到在地牢中备受煎熬的父亲和日日夜夜受辱的母亲，更是心如刀绞。他暗暗发誓要报仇，但眼下需要想办法与妹妹桃落和妹夫灵风联系上，另外，要想里应外合击败黑魔，自己孤掌难鸣啊!要想办法让所谓的魔兵恢复心智，魔兵不过是自己在世外桃源的父老乡亲，可如何才能恢复他们的心智呢?英冰澈想到了母亲蓝姬，因为只有母亲与黑魔同榻，有机会探寻救乡亲们的解药，只是这样就得委屈母亲讨得黑魔的欢心，这是对母亲最大的污辱，母亲宁愿死也不会做的，母亲早就想死，只是黑魔的魔眼无处不在地看着她，让母亲生不如死。想着想着，英冰澈已经走到了母亲的房前，房屋内传出母亲幽咽凄美的琴音和歌声：闺中怨妇泪沾裳，欲卷珠帘春恨长，独月孤琴哭红树，感天动地旌旗扬。旌旗扬，秋风去，千树万树桃花香……英冰澈听着听着，泪水走珠一般滚落下来，他实在不忍心打扰母亲，更怕巡弋的魔兵发现自己，只好悄悄离开，又情不自禁地走向地牢。其实，英冰澈不知道，自从他和小白喝过阎罗的还魂汤后，体内已经充满了灵力和法力，但是他们没有机会用过，尚不知威力。世外桃源大难，让英冰澈顿悟人类生命的脆弱，任何魔力都可以将生命击碎。要想抗击黑魔，只有团结。然而，世外桃源与世隔绝，真不知怎样能与灵风联络上。想到这儿，英冰澈觉得过去与世无争的世外生活不过是逃避自己的一座监牢。可是，这座监牢囚禁的是什么？他又想不明白，只觉得，战胜黑魔，一定会同时打碎这监牢，世外桃源会随着黑魔一道消失，难道心中无魔便是最大的恶魔？世外也就是魔内，这样说来，世外桃源必然是恶魔的乐土。怪不得谁也找不到的世外桃源，黑魔却不费劲儿就找到了，看来，是世外桃源自己引来了恶魔呀！英冰澈一边走一边沉思，却被凄厉的一声锐啸惊醒了。他抬头望去，一只巨大的玄冥鸟正向他俯冲而来，那大鸟在空中划了一个好看的圈，然后慢慢地飘落在英冰澈身边。英冰澈二话没说，一个箭步跳到大鸟的背上，大鸟又是凄厉的一声长鸣，腾空而起，在世外桃源的上空盘旋一阵子后向山外飞去。这大鸟正是与英冰澈一起出使地狱的小白，玄冥鸟的样子不过是幻化而成。从地狱回来以后，英冰澈就交给小白一个任务，就是想尽办法找到人神灵风，从那以后，小白利用一切可以利用的机会，在空中寻找灵风。山外又是一片新景象。竹海茫茫，千株万棵，拔地而起，在月色里轻轻摇曳着凤尾似的梢头，那么清俊、秀丽，犹如一群群腼腆的山里女子在相互窃窃私语。“小白，你为什么要阻止我去地牢?”“冰澈，还不是时候，千万别感情用事，坏了除魔大事!”“小白，我略施小计，黑魔已经任命我为怪兽军团军团长了，今后接近他的机会会越来越多。”英冰澈得意地说。“不可能！黑魔诡计多端，穷凶极恶，他怎么可能信任你成为他的左膀右臂呢？该不会有诈?”小白警觉地提示道。“管他呢，当上再说，有什么伎俩让他慢慢使。”“他不会识破我和你已经被阎罗解救，现在的样子是幻化而成?”“小白，你们女人就是婆婆妈妈，疑神疑鬼的，常言道，兵来将挡，水来土掩，总之，我们与大魔头势不两立!”英冰澈不屑地说道。“什么女人？人家是姑娘，说话真难听呀!”小白脸色羞红地嗔道，但因为她幻化成玄冥鸟的凶相，英冰澈根本没看出来。其实，白天鹅已经修炼千年，是位绝色仙女，风情万种，妩媚之极！“小白，这些天你寻找灵风，有消息吗?”英冰澈惆怅地问道。“我找遍了桃源以外的山山水水，没发现灵风等人的踪迹，却目睹了两场战争。”小白心痛地说道。“怎么回事？谁和谁打起来了？”英冰澈急切地问道。“一场是圣母国攻打星月国，打到一半时，圣母国突然撤兵不打了。”“为什么不打了呢？”“不知道为什么。”“那另一场呢？”“另一场是魔界攻打圣母国，眼看就要取胜了，后来圣母国援兵赶到，魔兵大败。”“这么说，圣母国从星月国突然撤兵是得到了魔界攻打圣母国的消息？”英冰澈若有所思地问道。“可能吧。”“小白，这说明有高人得知了魔界要攻打圣母国的消息，这位高人会是谁呢？小白，想办法找到这个人，找到这个人就有可能找到灵风。”英冰澈激动地说道。“对呀，冰澈，你真聪明！”白天鹅爱慕地称赞道。“可是黑魔出兵圣母国为什么不让你我参战呢？”“多亏没让你我参加，你想你怎么会去杀你自己的同胞呢？”“是啊！最可恶的是人类居然也会自相残杀！”英冰澈悲叹道。“冰澈，这次黑魔惨败，斩了两位军团长，让你来担任怪兽军团军团长，下一场战争就要由你来指挥。你想想，我们该怎么办？”“没别的办法，只能见机行事，将计就计了！”英冰澈惆怅地说道。“冰澈，你坐稳了。”“怎么了？”英冰澈赶紧抱住小白的脖子说道，小白脸上暗自掠过一抹羞红。“后面有尾巴。”小白说完一声凄厉的锐啸展翅飞入云端。

离开耿直后，我就去了医院，向车夫详细讲述了见丁不见和耿直的情况，一直陪他到半夜，我才回到酒店休息。车夫告诉我，他把他收集的唯心现实主义画作全部放在画室了，他希望我帮他把把关，我听后异常兴奋。因此早餐后，我迫不及待地驱车去了草场地。热爱艺术的人总是在路上，也总能找到属于他们的温柔乡。草场地就是画家们在京城的一座象牙塔。我驱车沿着机场辅路出五环桥，右拐前行，道路一侧是宽阔的五环路，另一侧是宽阔的树木和低矮的围墙。今天虽然晴空万里，却不能朗照我的心情，有太多的氤氲萦绕在我的心头，我期盼着灵光乍现，能够画一幅让丁不见以及他的老大哥满意的画作，以此换得文白和张欣以及那些失踪访民的下落。到路头右转，我的车进入一条幽静和缓慢的小巷。小巷一侧是一层高高的围墙，另一侧是瘦高的杨树，窄窄的巷子里充满了阳光和阴影。乍一看，这里的建筑大多是用红砖建起来的火柴盒，但仔细看却各有千秋、千差万别。表面上看，草场地是安静而闲适的，但是闲适下面却潜藏着画家们灵魂的挣扎，他们或兴奋、或苦恼、或忧郁、或焦虑、或失落、或惆怅，心灵的苦难无时不在撕裂这里的田园般的宁静。我此时驱车穿行在笔直的廊道中，就仿佛穿行在艺术的迷宫里。小巷端头灰砖围墙里就是车夫的画室。这是一处三合的单层灰砖房屋的院子，院墙上长满了绿色的爬藤。我停好车，怀着十分复杂的心情走过院子，院子里一棵孤零零的梧桐树种在草地一角，就像孤零零的我一样。车夫经常约一些画家、收藏家、艺术评论家在这里谈天说地，我也不止一次在这个沙龙里高谈阔论，因此我对这里很熟悉，我无心观察庭院的变化，径直走进画室，一进画室，我就惊呆了，因为墙上挂满了唯心现实主义画家的画作，地上也堆得到处都是，简直成了唯心现实主义画作的藏品库。我顿时被这些画作吸引了，情不自禁地一幅一幅地欣赏着，眼前的一幅，画的是火，五颜六色的火，有天火、神火、自然之火、内心之火、幽冥之火等等，每一种色彩仿佛都是跳动的火苗，我感觉画家表面是在画火，其实是在画燃烧的灵魂，《光阴真经》上说，用火可以和幽灵沟通，这句话显然就是这幅画的主题。这个画家的色彩感有异乎寻常的原创性和敏锐性，我从中明白了色彩可以是高度个人化的。下一幅的画面内容简直来自爱伦·坡所刻画的噩梦情景：一群恶魔般的疯子正聚精会神地对一具死婴开膛破肚，旁边还躺着二十多个光溜溜活生生的婴儿等待开膛破肚，他们有的手舞足蹈，有的号啕大哭，有的目光呆滞，有的咯咯大笑，画面上的每个孩子都那么令人恐惧，我甚至怀疑，画家手中的调色板是不是变成了手术刀，这幅令人毛骨悚然的画作根本就是在画东州死婴事件，我不知道画家是怀着什么心态完成画作的，反正我看了之后恐怖极了，却被其强烈的现实感和构思的品质深深吸引了，其实这幅画的画法很拙笨，令我折服的是画家用调色刀解剖黑暗的勇气。唯心现实主义画家热衷于一切新异和令人惊奇的东西，下一幅画简直就是发自内心的视觉音乐。画面非常简单，就是放在桌子上的花瓶里插着一束鸢尾花，花朵却像受了刺激，每一朵都现惊恐状，不知所措的样子，有的花朵仿佛在哭泣，脑袋不知扭向哪里，无助得楚楚可怜，我哭的时候就是这个样子。触景生情，我觉得现在的我就像是这束孤苦伶仃的鸢尾花。毋庸置疑，文白所倡导的唯心现实主义，着实赋予了这些艺术家的心灵以新的方向，从他们的作品中我可以看出，他们在尽一切努力从所谓的主旋律中突围。我继续往下看，突然被一幅笔触奔放、如火焰一般炽烈的画作深深吸引了，我感觉这幅画根本画的就是艺术家的心灵图景：大团的星夜在漫天飞舞旋转，如烟花般绽放的星星宛如蓝色大海中一个个激流和漩涡。在不同层次的蓝色里，充满了富有节奏感和旋律感的线条，那危在旦夕的强气流旋转着、绽放着，涌动着暗流，深藏着力量，那些颤抖着的线条让我每一根神经都痉挛了，很显然，画家在用心灵传递着一种幻象，这幻象不是别的，就是艺术家熠熠生辉的心灵图景。画家用调色刀在厚实的颜料中大肆挥洒，他的浪漫感完全倾注在质朴的富有诗意的线条上，我从中不仅看到了画家艺术灵感的本真性，更体悟到其艺术良知的紧迫性。不夸张地说，那些近乎炫耀的漩涡，达到了一种优雅的放纵，色彩以一种令人陶醉的强度和纯粹性于绝望中给人以希望。艺术家的每一种感受力都不得不发现适合这种感受力的表达方式，唯心现实主义画家靠的是艺术风格的内在力量。他们或许在生活当中因生存的需要而掩饰自己，但在作品中永远不会用什么伎俩掩饰自己，可以说，从唯心现实主义诞生的那一刻起，一出关于义无反顾的心灵图景的探索者的令人战栗的戏剧就开始了。顾文白无疑是这幕戏剧的主角。尽管他在寂静中将自己隐藏起来，但他从未放弃跟黑暗的斗争，他完全投入到隐藏于“风月宝鉴”后面的现实的绝望探索中，他的艺术目标之一就是将这一现实呈现出来，使它变得清晰可见，为此，他以不屈不挠的目光探索真实，并企图通过唯心现实主义将这种探索转变为光明的精神主义。也正因为如此，他才有了一大批艺术上的追随者，他们互不相识，却志同道合，分别以不同的艺术形式表现着扭曲的和谐，在艺术上，他们宁愿显得笨拙，也不愿对他们热爱的艺术失去忠诚，一切都袒露无遗、光明磊落。我被车夫收集的这些画作深深地震撼了，受这些作品的启发，我好像忽然想起了什么，匆匆走到画布前，灵光终于乍现了，一个巨大的金太阳从我脑海中冉冉升起，天空像《神话》里面巨大的胃湖，白浆四溅，热气蒸腾，一道气势磅礴的虹桥，绿芒闪烁，幽魂缭绕，空气中飘荡着无数宛若五线谱般和谐的音符，是从一望无际的草原上升起来的，草原中央一辆巨大的闪着金光的依维柯与金灿灿的太阳遥相辉映，车顶上站着一个高大的男人，他挥舞着巨手，“这是一个大约四十五岁的男人，留着浓密的黑胡子，面部线条粗犷英俊”，“你不论走到哪里，画中的眼光总是跟着你”，“似乎是一个所向无敌、毫无畏惧的保护者”，尽管这个画面几近荒唐，却是我真实的内心视像，我为这个创意激动不已，完全将丁不见抛在了脑后，毫无顾忌地拿起画笔在画布上涂抹起来，就像是一种发泄，一种呐喊，一种审判！傲视天下的金太阳仿佛发出金属般的铿锵声，天空中由苍白的天蓝与灰绿一道完成了非同寻常的和弦。没有一个色块言之无物，每一根线条对作品深藏的隐喻都具有重要意义。这就是现实，与《神话》如出一辙的现实。那个站在依维柯车顶上挥舞着巨手的大人物似乎在慷慨陈词地说着什么，他在说什么？我静心细听，他的演说通过我画笔下和谐的音乐符号传出来：“权力不是手段，权力是目的。”“你们必须明白的第一件事是，权力是集体的。个人只是在停止作为个人的时候才有权力。”“你们要明白的第二件事是，所谓权力乃是对人的权力，是对身体，尤其是对思想的权力，对物质——你们所说的外部现实——的权力并不重要。我们对物质的控制现在已经做到了绝对的程度。”“真正的权力，我们日日夜夜为之奋斗的权力，不是控制事物的权力，而是控制人的权力。”“光是服从还不够。他不受苦，你怎么知道他在服从你的意志，不是他自己的意志？权力就在于给人带来痛苦和耻辱。权力就在于把人类的思想撕得粉碎。”我实在听不下去了，兰波的绝望之语“真实的生命已然缺席，我们并不存在于此世”萦绕在耳畔，通过画笔下的色块我终于明白，我们不过是权力的碎片，但是那一望无际的草原却是一个整体，一个像大海一样可以掀起海啸一般狂涛巨浪的整体，在这个大海上，依维柯不过是宛如碎片一般的一叶小舢板，那么小舢板上的巨人呢？莫非还会变成千手千脚的蜥蜴怪人？

灵风等人战胜千手千脚蜥蜴人后，一口气逃了两个时辰，来到一处十分黏稠、像牛奶一样白的湖畔，这个怪湖像煮沸一样，冒着气泡，发出“咕嘟咕嘟”的响声，湖面上热气腾腾，薄雾缭绕，灵风向四周望了望，四周都是绝壁，怪湖横在眼前无路可走，要想前进必须通过这个湖。“掌门人，那些白浆中好像有白骨呀！”一位剑士惊叫道。灵风定睛仔细看去，在冒泡的白浆中有累累白骨上下翻动，他一边看一边自言自语道：“好像没有消化完的食物。”“天哪，难道这是大蜥蜴的胃？”几个剑士异口同声地说道。“不管是什么，我们都得想办法过去。”灵风笃定地说道。“灵风，这些白浆一定很危险。”楚雅提醒道。辞颂捡了一块石头扔进去，“扑通”一声，白浆四溅，翻腾的白骨若隐若现，一股浓烟飘起，众人闻后有些头晕脑涨。“大家先退后，”灵风警觉地喝道，“我怀疑这些白浆会把血肉都化掉，否则，白浆里不会有那么多白骨。”灵风话音刚落，一名站在湖边的剑士突然被白浆卷入湖中，很快被化成一架白骨，众剑士被这突如其来的袭击吓傻了！原来这些白浆像爪子一样可以抓住湖边的人，拖入湖中，然后将其化掉，太可怕了，没有人能过这个怪湖，蹚过去就意味着被化作白骨。这时，白浆腾起的白烟，似蜥蜴非蜥蜴，在湖面上漂来漂去，像是在嘲笑他们，不时发出咯咯咯的笑声，瘆得人浑身起鸡皮疙瘩。“灵风，看看《光阴真经》上怎么说吧。”楚雅望湖兴叹道。灵风从后背拿下包袱，取出《光阴真经》，打开竹简一看，上面写着四个字：“求助幽灵。”四个大字旁边还画了一座桥。“上面写着什么？”辞颂焦急地问道。“求助幽灵。”灵风蹙额说道。“这是什么意思？”楚雅似自言自语又似在问灵风。“或许死在这些白浆中的生命的灵魂对我们有帮助。”灵风揣摩着说道。“可是怎么求助湖里的幽灵呢？”辞颂百思不得其解地问道。“我记得《光阴真经》上说过，用火可以和幽灵沟通。”灵风眼睛霍然一亮说道。“火有多种，有天火、神火、自然之火、内心之火、幽冥之火等等，你说用哪种火好呢？”楚雅无奈地问道。“我们是神，当然可以用神火了。”灵风决然说道。“好吧，让我试试雷电之火吧。”楚雅拔出闪电之剑向空中一挥，一道蓝光闪过，电闪雷鸣，湖面上似蜥蜴非蜥蜴的烟雾一下子被激怒了，如恶鬼啸天，张牙舞爪，狰狞咆哮，很快将闪电之火熄灭了，湖面上再次发出咯咯咯的嘲笑声。“我可以凝聚冰雪的能量化作内心之火。”辞颂说完席地打坐，凝神静气，默念法咒，很快冰面上漂来漂去的烟雾燃烧起来，但仅仅是燃烧，辞颂没有获得任何信息。“或许我的光阴之剑可以。”灵风拔出光阴之剑，剑指湖面，一条烈焰一直烧向对岸，然而并未见到《光阴真经》中描绘的桥。大家犯愁起来，灵风心想，“难道《光阴真经》有误?”这个想法刚一闪过，他就暗自啐了自己一口。灵风沮丧地将光阴之剑往下甩了一下，无意间碰到了楚雅的闪电之剑。两剑相接，很快纠缠在一起，两人不得不将剑脱手，而剑像两条幽灵一样互相缠绕，在空中化作一团火球击向那漂来漂去的烟雾，只听见“轰”的一声，那团烟雾变成无数条绿光。“你们看，幽灵出现了!”灵风兴奋地惊叫道。无数条幽灵首尾相连在白浆之上，搭成了一座绿色的拱桥。拱桥绿芒闪烁，像一道气势磅礴的虹桥，碧绿得如翡翠一般。众人面面相觑似乎谁也不敢走上去，灵风第一个走了上去，别看无数幽灵组成万道绿芒，但走上去却无比坚硬，灵风第一个过了胃湖，随后是楚雅、辞颂和剑士们。众人过了胃湖，幽灵桥又化作漂来漂去的烟雾，烟雾中心一个亮点，越来越大，渐渐变成一团火，原来这就是光阴之剑和闪电之剑化成的神火，火团渐渐摆脱烟雾，化作两个互相追逐的幽灵，然后“嗖嗖”两声脆响，分别钻进灵风和楚雅的剑鞘。“这真是女娲娘娘显灵了，是她老人家在暗中保佑着我们。”灵风手握剑柄望着沸腾的湖面虔诚地叹道。“灵风，你是人神，看来这两柄宝剑是剑神。”楚雅诙谐地说道。“什么神不神的，赶紧离开这鬼地方吧!”辞颂说完第一个冲进狭窄的通道。

我精雕细琢地画了三天，终于完成了油画《金太阳》。我几乎是以嬉戏的优雅表达了我对现实最真实的心灵图景和最深邃的直觉，是在对现实的经验参照基础上，凭内心视觉和心灵感受创作的。我通过富有谴责与批判意味的唯心现实主义，通过富有想象的攻击力，折射出一种不可一世的企图控制一切摧毁一切的和谐。在创作过程中，是文白那种英雄般的、几乎无视黑魔的勇敢支撑着我，我的心灵无时无刻不被他的决绝果敢撞击着，可以说是他的灵魂指挥着我的画笔完成这幅油画的。从放下画笔的这一刻，我就对现实不再抱有幻想，也不再胆怯和气馁，当然任何恐吓与威胁也别想让我回头，我将义无反顾地往前走，直到揭开世外桃源的真相。画作虽然完成了，我却无法平复自己复杂的心情，不知为什么，很想找沈丹娜聊聊，尽管已经是晚上十点多了，我还是情不自禁地给她打电话，只可惜她的手机仍然不在服务区，我试着拨了五六次，结果都是这样。扫兴之余，我不禁对她的安危担心起来，严格来说，沈丹娜目前的处境，比在东州调查死婴事件时还危险，她随时都有失踪的可能。最近几天我给她打了两次手机，都不在服务区，难道她真的……？我真的不敢往深里想。我已经三天没去医院看车夫了，也许是他怕打扰我创作，一个电话也没给我打，我不放心他，更想把创作情况和他说说，因此尽管很晚了，可我还是想去医院看看他，于是我拨通他的手机，他听说我的创作完成了很高兴，语气里也非常想让我去医院聊聊，看来他躺在医院里闷坏了。我用相机将《金太阳》拍下来，又梳妆打扮一番，便驱车赶往地坛医院。路上我觉得自己就像一条穿梭在河流里的鱼，我从画《金太阳》那一刻起就有一种咬钩的感觉，尽管我浑然不知鱼钩上是否有鱼饵，而此时此刻，我不仅有咬钩的感觉，而且有被钓鱼竿上的那根线牵着在水里遛的感觉，其实现实中谁又不是即将或正在或已经咬钩的鱼呢？河流里到处是鱼钩，躲是躲不掉的，还不如一口咬住被提溜上岸看个究竟。那么谁是这些鱼钩的掌控者呢？我眼前顿时浮现出《金太阳》油画里那个站在依维柯车顶上的巨人，“那张留着黑胡子的脸从每一个关键地方向下凝视”，在这样的目光凝视下，我觉得自己就像水里一条无处可逃的鱼。走进车夫的病房，发现窗户台上、床头柜上都摆着花篮，甚至床底下也塞着三四篮鲜花，看来车夫并不寂寞。我开玩笑地问：“躺在鲜花丛中是什么感觉呀？”他也自嘲地说：“在我身上盖上党旗就可以去八宝山了。”很显然他的精神状态比刚入院时好多了，这让我感到很欣慰，我愧疚地说：“这几天没来看你，是不是觉得我很不近人情？”他听罢，脑袋像拨浪鼓一样晃动着，有滋有味地说："两情若是久长时，又岂在朝朝暮暮。"恶心得我差点一口吐出去，我轻轻地"呸"了一声，微笑着嗔道："几天不见，你怎么变成大花痴了?"他露出狡猾的意味深长的笑，用强调的口吻说："哪是这几天，我对你从来都是痴心不改，如果你没感觉到的话，说明我痴得还不够，还要百尺竿头更进一步。"那表情就像一条上了钩的鲶鱼一样摇晃挣扎着。我咯咯笑道："好不容易在床上静几天，你就不能想点正经事。"我的话似乎刺激了他，他竟突然收起脸上的笑容，缠着绷带的胖乎乎的圆脸上渐渐渗出痛苦的神情，沉吟片刻，语气沉重地说："不瞒你说，小丹，这几天我躺在病床上就感觉自己躺在了梅杜萨之筏上。"他话一出口，我就有一种摇摇晃晃的感觉，我没想到他会有这么深沉的感觉，便用同情的口吻说："看来你的精神开始了一场悲惨的漂泊。"他一脸苦笑地看着我，像盲人在黑暗中摸索那样用胖乎乎的手摸着他柔软的下颌，用遗憾的语气叹息道："只可惜我没有像你一样的才华，否则我一定会把这种自我受难的委屈，变成惊心动魄的画卷。"我提示道："车夫，席里柯的笔触里不仅有自我受难的委屈，更有自我受难的坚韧。这幅画最让我震撼的是那些受难者求生的意志。他们一个推一个，直到最高处的人被高高地举起，挥舞着一块红巾。你说那个挥舞红巾的人像不像文白，那些筏上的受难者像不像那些进京的访民，远处浪头上那个细微的船影像不像生的希望。"车夫似乎并没有被我的话所感染，而是发出一阵忧郁的笑声，用沮丧的口吻说："可是席里柯笔下的海风偏偏把木筏朝着与生相反的方向吹去，这与我们的现实多么相像啊。小丹，不瞒你说，每当我想到逆风将木筏往后吹行的情景，绝望之情便油然而生。"车夫的话宛如一只冰冷的手霎时攫住了我的心脏，说句心里话，我不允许自己绝望，因为我觉得无论身处什么样的境地，文白都不会绝望的，这也是文白值得我敬佩的地方，于是我用反驳的口吻说："我承认这是一只几近绝望的木筏，但是因为有了爱，木筏上的希望与意志还是朝着生的那个方向的，这幅画之所以伟大，就是因为席里柯用一只陷于绝境的木筏荡涤了现实里所有的自私、欺骗、贪婪和虚伪。"很显然，我这番话深深地触动了车夫，他极力想睁大一双被打得尚未消肿的小眼睛，用自责的口吻说："听你这么一说，我觉得自己根本不配躺在这只筏子上。"我不解地问："为什么？"他慨叹道："你说得对，文白和张欣以及那些失踪的访民才是这个筏子上的真正受难者。我们明明知道他们在那个濒于绝境的筏子上，却无力救他们，只能眼看着他们……唉！"我非常理解车夫此时此刻的心情，用宽慰的口吻说："车夫，你太悲观了，不错，他们的确身处绝境，但是他们并没有丧失希望，因为他们不仅是为了救自己，更是为了救所有的人。他们是为所有的人寻找希望才上木筏的。"车夫听了我的话似乎看到了希望，微笑着说："说说你的《金太阳》吧。"我连忙从包里拿出相机，调出《金太阳》的画面给车夫看，他看后，用若有所思的口吻说："小丹，这幅画无疑是唯心现实主义的上乘之作，只是……"别看车夫是个二三流的画家，却是一个一流的鉴赏者，他的意见我一向十分重视，见他语气迟疑，似有难言之隐，便迫不及待地问："只是什么？"车夫沉吟片刻，用提示性的口吻说："只是丁不见和他的老大哥能接受吗？"我微笑着问："为什么不接受？"车夫用担心的口吻说："是不是太犀利了？！"我振振有词地说："对于常人来说，当然接受不了，但是对于那些饕餮之人来说，或许他们还觉得我画得不过瘾呢。在他们心目中，艺术的核心就是权力，这幅画恰恰表达了他们黑魔一般的欲望和野心，他们高兴还来不及呢！"车夫用怜爱的眼神看着我，真诚地说："小丹，千万别低估了那些家伙，要知道，没有监督的权力会让人变成疯狗的。"我痛苦地说："车夫，如果再找不到文白和张欣以及那些失踪的访民，我也会发疯的！"车夫听了我的话似乎想起了什么，他突然握住我的手，用恳求的语气说："小丹，答应我，等我出院后，再把画给丁不见，你一个人面对他们，我不放心！"我对车夫的关心十分感动，动情地说："等不了了，《金太阳》是丁不见送给老大哥的生日礼物，后天就到日子了，我准备明天上午就给丁不见打电话。车夫，你放心，我能应付！"车夫还是不放心，刚要说什么，我立即转移了话题，用轻松的口吻说："告诉我，这几天你是怎么过的？"车夫随手从枕头底下拿出《神话》打印稿，在我眼前晃了晃说："多亏了《神话》这部小说了。"我饶有兴趣地问：

“看到哪儿了？”他津津有味地说：“灵风等人闯入了蜥蜴人国的监狱，文白这家伙的想象力太丰富了，看得我心都快提到嗓子眼了！”我用调侃的语气说：“那可是蜥蜴人国的禁地呀。”车夫若有所思地说：“小丹，想必丁不见所说的世外桃源也是一块类似的禁地，不然偌大个京城怎么会没有人知道它在何处呢？”我坚定地说：“无论世外桃源是什么，我都要找到它。”车夫一本正经地说：“那就让我做你的柯德吧。”他傻乎乎的样子甚是可爱，我便逗趣地问：“车夫，柯德有一个特殊的本事，你有吗？”他瞪着一双肿胀的小眼睛认真地问：“什么本事？”我戏谑地说：“当然是放屁的本事了。”他嘿嘿笑道：“我还真没有这个本事，不过有一类人这方面的本事很大。”我好奇地问：“哪一类人？”他用诙谐的口吻说：“当然是说话跟放屁差不多的那类人了。”我恍然大悟地附和道：“我明白了，你是指天天讲实事求是的那类人吧？”车夫嗤之以鼻地说：“我是指天天讲以人为本的那类人。”我逗趣地说：“经你这么一说，我终于明白为什么丁不见长了一张酷似癞蛤蟆的大嘴了。”车夫颇感兴趣地问：“为什么？”我用揶揄的口吻说：“是被屁话撑的。”车夫听罢忍不住大笑起来，刚笑了几声就连忙捂着嘴喊疼，样子既可怜又好笑，我连忙递给他水杯，他竟忍不住将一口水笑喷出来。

离开地坛医院的时候已经是下半夜了，马路上仍然是车水马龙的，我开着车感觉自己正穿行在百曲千折如迷宫般的大蜥蜴的肠道里，我百感交集地自言自语道：“迷宫，黑暗中的迷宫。”

这确实是黑暗的迷宫。狭窄的通道内如呼吸般一会儿吸得无人能过，一会儿呼得如圆鼓，人们小心翼翼地前行，因为这肠道的一吸，可以将人夹成肉饼。灵风手持光阴之剑走在前头，众人紧随其后，灵风心里清楚，在这迷宫般的羊肠小道上不知深藏着什么样的危险，他心中惦念桃落，就边走边想着蜥蜴公主的话：“就是那个被风婆婆掠走的贱人。”“风婆婆，风婆婆是谁？她为什么要掠走桃落？桃落在她手上有生命危险吗？难道这风婆婆与圣盆有关系吗？”一系列疑问在灵风脑海中久久萦绕，搞得他心神不定。就在这时，众人突然走出了迷宫般的肠道，眼前是一个巨大而明亮的洞府，而且遍地开满了长着三片叶子的一种妖冶的花。“蝙蝠！”一位剑士喊道。众人向洞府穹顶上望去，密匝匝地爬满了像蝙蝠一样的鸟。“那不是蝙蝠，是会飞的蜥蜴。”另一位剑士喊道。本来洞府中是万籁俱寂的，可是灵风等人的出现让那些会飞的蜥蜴鼓噪飞腾起来。“大家小心！”灵风警觉地喊道。只见那些飞腾的蜥蜴不时掠过花丛，倏忽往来，轻烟般在花丛中飘来飘去，突然那些花朵张开花瓣，凶猛地将掠过自己的蜥蜴一口含在花瓣中，很快那被含住的蜥蜴就被吃掉了，花朵合上花瓣，宛若含苞待放的花蕾。“灵风，这是一种食肉植物，可能叫三叶草。”楚雅诧异地惊道。“三叶草？那可是有剧毒的食肉植物。”辞颂也很吃惊地说道。“你们俩怎么知道的？”灵风疑惑地问道。“这是我们神界人所共知的一种植物。”楚雅机警地说道。“那怎么会在蜥蜴人国出现？”灵风不解地问道。“莫非这蜥蜴人也属于神界？”辞颂沉吟道。“也许吧，不过我们确实是遇上了麻烦，因为这种剧毒连神都能毒死，更何况人类了。”楚雅蹙额说道。“弟兄们，你们先退后。”灵风喝道。这时，吃过蜥蜴的那些花朵发出吱吱的响声，众人一阵惊异，无不屏息凝视，突然花蕾开放，一只只小蜥蜴伸出头嘻嘻笑着，有的扑棱扑棱飞了起来，有的被飞过来的蜥蜴一口叼住几口便吞了下去。“原来会飞的蜥蜴和三叶草花朵互为食物，这里是一个你吃我我吃你的世界。”灵风话音刚落，吞吃了刚从花朵中飞出来的小蜥蜴的蜥蜴又吐出了花蕾，花蕾飘落在三叶草上，那毒草的枯头像长了眼睛一样接住花蕾长在一起。“这真是个你中有我，我中有你的世界。”楚雅大笑说道。话音刚落，所有飞腾的蜥蜴像商量好了一样，全部从洞顶落入草丛中，三叶草的花朵像蛇吞老鼠一样将全部蜥蜴吞噬，然后三叶草开始长高，长到一人多高后花朵也开始长大，三叶草越来越粗，有碗口一样粗，花朵越长越大，有脸盆一样大，那花朵个个像张着血盆大口的怪物。“灵风，咱们怎么办？”楚雅有些不知所措地问道。“别慌，我用光阴之剑砍下一个花朵看看。”灵风说完腾身而起，手起剑落，一个张着血盆大口像怪物一样的花朵被砍了下来，那怪物滚落地上，滚了几滚，变成一颗蜥蜴人的人头。“好疼啊！好疼啊！求求你把身子也砍了吧。”灵风二话没说，挥剑将那如树干粗的无头三叶草连根砍断，只见那“身子”在地上骨碌碌地滚了几滚，变成了一具无头蜥蜴人的身子。“回来！快回来！我在这儿呢！”蜥蜴人头唤道。那“身子”又滚了回来，头也滚到“身子”旁，“身子”与头一对接，忽地一下子站了起来，变成了一个蜥蜴人，而且高大魁梧地站在众人面前。众人惊讶不已，面面相觑。“恩人，求求你快救救他们！”那蜥蜴人对灵风哀求道。“你说实话，这到底是怎么回事？”灵风警觉地盯着蜥蜴人问道。“我叫柯德，”蜥蜴人可怜兮兮地说道，“是蜥蜴人国国王的兄长，二百年前，他为了篡夺王位，在我父王驾崩之日用三叶草毒酒将我毒死，然后又毒死我的家人，连我的同党也不放过，这里是蜥蜴人的监狱，我们被毒酒毒死后，化作三叶草和会飞的蜥蜴囚禁在这里，互相蚕食。多亏你救了我，恩人，快救救他们吧。”灵风听后心里好笑，没想到闯到了蜥蜴人国的监狱，怪不得蜥蜴公主说，这里是禁地，从没有蜥蜴人进来过。原来这里是国王毒害自己兄长的监狱，哪里会允许别人进来，一旦进来就会发现国王弑兄的秘密。灵风看了一眼楚雅和辞颂，楚雅拔出闪电之剑说道：“灵风，既然如此，救人要紧。”辞颂也将宽带抖成长剑。“这三叶草毒性很大，弟兄们闪开！”灵风对众剑士说完，挥剑在怪物林中砍了起来。楚雅和辞颂也不示弱，腾身舞剑。顿时满地滚头，有的头接错了身子，还相互争吵了起来。柯德也借了一位剑士的剑砍了起来。几个人砍得大汗淋漓，终于将全部三叶草砍光，洞内顿时多出了几百名蜥蜴人。这些重获新生的蜥蜴人在柯德的率领下，齐刷刷给灵风跪下，一个个泪流满面。“恩人，您救了我们的命，以后您就是我们的主人！”柯德感激涕零地说道。“柯德，下一步你们打算怎么办？”灵风温声问道。“任凭主人发落！”柯德诚恳地说道。灵风望了望黑压压跪在地上的几百名蜥蜴人发愁地说道：“我们不可能带这么多人走啊！”“主人，你们这是要去哪儿？因何来到蜥蜴人国？”柯德谦诚地问道。“我们是从夜山来，为了寻找圣盆。”灵风爽声说道。“主人，寻找圣盆可太危险了，圣盆有蜘蛛兽和飞狮保护，还有法力无边的风婆婆。”柯德畏惧地说道。“这么说，你知道怎么找到圣盆？”灵风眼睛霍然一亮，兴奋地问道。

"主人，路我知道，只是从来没走过，蜥蜴人国见过风婆婆的只有国王一个人。"柯德憨厚地说道。"太好了，柯德，能给我们带路吗？"灵风恳切地问道。"主人，这正是我的意思。不过，我的这些同胞要一起跟着走。""为什么？""主人，一是他们没地方可去，回蜥蜴人国死路一条，再就是跟着主人走。主人，蜘蛛兽和飞狮十分凶狠，闯过这两关需要人啊！"柯德苦口婆心地说道。"好吧，那么大家就一起走，不过这一路上十分险恶，怕是要连累大家呀！"灵风歉疚地说道。"誓与主人共存亡。"众蜥蜴人异口同声道。"可是，柯德，咱们得先走出这迷宫呀！""这好办，主人，跟我来。"柯德说完率先走出洞府。众人重又挤入羊肠小道，七拐八拐终于走到一扇巨大的石门前。"从古到今，从未有人从这扇门里走出去过，不过，这是寻找圣盆的唯一出路。"柯德说道。"那么打开这扇门会怎么样？"辞颂好奇地问道。"打开这扇门，蜥蜴人国就会化作一团雾永远飘在宇宙中。"柯德瞪大眼睛手舞足蹈地说道。"你是说蜥蜴人国就会消失？"灵风似乎不敢相信柯德的话。"是的。"柯德十分肯定地重复道。"那么怎么样才能打开这扇门？"楚雅凝眉问道。"打开这扇门的方法很奇特，据说需要五百个蜥蜴人同时对着门放屁才能将石门打开。"柯德难为情地说道。众人听了哈哈大笑。"五百个蜥蜴人同时对着门放屁，怎么可能呢？"灵风一边笑一边问道。"主人别笑，我说的是实话！"柯德认真地说道。"瞎扯淡！我就不信这石门打不开！"辞颂说完挥起宽带向石门砸去，宽带虽柔，在辞颂手里甩出去，却有千钧之力，只见宽带打在门上就像砸在棉花上一样，那石门变得绵软且有吸力。辞颂费了九牛二虎之力方才拽回宽带。众人见了无不惊奇。"辞颂，看来这扇门也是一扇神门，确需破门之法呀！"灵风皱眉沉吟道。"可是，怎么可能让五百个蜥蜴人同时对着门放屁呢？"楚雅不可思议地问道。"主人，这倒真把我难住了！"柯德面露窘色地说道。灵风想了想，从背上拿下包袱，取出《光阴真经》诡谲地一笑说道："这里面一定有答案。""对呀，怎么把神书给忘了？"楚雅和辞颂异口同声地说道。灵风小心翼翼地打开神书，上面写了四个字："夜山玫酒。"灵风一下子兴奋起来。"楚雅、辞颂，是夜山玫酒！快拿夜山玫酒！""掌门人，”掌管夜山玫酒的剑士为难地说道，“夜山玫酒在来蜥蜴人国的那个晚上就喝光了。”“什么？你说什么？”灵风怒道。“谁知道打开这扇门要用夜山玫酒，还得放屁，真稀罕。”掌管夜山玫酒的剑士嘟囔着委屈地说道。“酒管不好，还这么多废话！”灵风气得一下子抽出光阴之剑。“灵风，别生气，我们再想想办法。”楚雅赶紧拉住灵风劝道。“能有什么办法？神书上写得清清楚楚的，打开这扇门要用夜山玫酒，如今酒没了，我们只好在这儿等死了。”灵风这么一发火，那位掌管夜山玫酒的剑士赌气地踹了一脚石门，不踹则已，一踹竟把剑士的一条腿踹进了石门，那剑士大叫“救命”，众人赶紧去拉他，怎奈那石门吸力极大，剑士就像是陷在沙井里或是沼泽里一样一点点地被石门吸了进去。众人见状大惊失色！“灵风，这石门不光难打开，还能吃人呀！”辞颂吃惊地吼道。“大家小心！”灵风叮嘱道。柯德和众蜥蜴人也被刚才的变故吓得惊呆了。“主人，我有一个办法，也可以试试，不知可否？”柯德战战兢兢地请求道。“柯德你有什么办法，快说！”灵风催促道。“主人，你们夜山人是不是都喝夜山玫酒？”柯德用探询的口气问道。“是啊，我带的这一百多剑士都喝过。”灵风纳闷地说道。“那就好办了，我想只要我们蜥蜴人喝了你们的血就等于喝了夜山玫酒，一定能行。”“小子，你是不是想害我们呀？”辞颂厉声问道。“主人，你别误会，只有这个办法可试了。”柯德情真意切地解释道。“不用说了，看我的！”灵风说完一剑割破自己的手臂，鲜血一下子涌了出来，他把手臂伸到柯德面前，柯唯唯恐血滴在地上浪费了，张开大扁嘴吸吮了起来。楚雅、辞颂和众剑士也学着灵风的样子割破了手臂让几百名蜥蜴人吸吮起来，然而吸进鲜血的蜥蜴人并没有要放屁的感觉，一个个张着沾满鲜血的大扁嘴，面面相觑。灵风急得来回踱步。柯德满脸歉疚地望了他一眼，扑通一声跪在地上。“起来吧，这事不怪你们。”灵风对柯德温声说道。“主人，我该死，我不该想出这么荒唐的主意，可我是好意。”“我知道，我知道，起来吧。”灵风有些不耐烦地说道。柯德噘着嘴慢吞吞地从地上爬起来，突然肚子鼓了起来，那肚子越鼓越大，像球一样飘了起来，紧接着所有蜥蜴人的肚子也都鼓了起来，而且越来越大，都像柯德一样飘了起来。灵风、楚雅、辞颂和众剑士吃惊地望着他们，只见所有飘着的蜥蜴人上下排成几排，嘴对着石门，柯德一挥手，只听见齐刷刷的一声巨响，一股股臭气射向石门。石门受到攻击后并没有轰然崩塌，而是化作一团烟雾状的门，形状和石门一样，蜥蜴人一个一个放出臭屁后，纷纷摔在地上。“柯德，你们蜥蜴人怎么用嘴放屁？”灵风喷地一笑，惊愕地问道。“主人，我们蜥蜴人一向是用嘴放屁的。”柯德筋疲力尽地说道。“灵风，人类虽然用肛门放屁，但是臭气却是经常从嘴里出来的。”辞颂揶揄道。灵风明白辞颂的意思，他是从神的角度讽刺人类说的一些话就像放屁一样，甚至还不如蜥蜴人放的屁。“辞颂，难得听见你发感慨呀！”楚雅哈哈大笑地说道。“柯德，这石门虽然不见了，却变成了雾门，我们能出去吗？”灵风狐疑地问道。“主人，先看我的。”柯德说完，一个箭步冲向雾门，很快就不见了，只听见雾门外面柯德喊道：“主人，出来吧，没事了。”灵风和众人高兴极了，灵风率先箭步冲向雾门，当他冲进雾门时，感觉自己是被屁崩出来的一样，耳边一声屁响，便摔在了地上。柯德赶紧将他扶起。紧接着楚雅和辞颂也被崩了出来，几个人见了面都忍不住哈哈大笑了起来。想不到他们在蜥蜴人国经历了这么多的风险，却被屁崩了出来。简直像做梦一样。当众剑士和几百名蜥蜴人都出来以后，灵风才开始仔细观察蜥蜴人国，刚才只是盯着雾门了，可是还没有等灵风仔细看，蜥蜴人国化作一团雾气飞向空中，那雾气与起初来蜥蜴人国之前见到的雾气一模一样。眼前是一片草原，野花遍地，蜂蝶飞舞，和煦的阳光照得人暖洋洋的，空气里弥漫着紫花苜蓿淡淡的带苦味的花香。微风从带露珠的草尖滑过，吹在身上，感到分外清爽。回头看时却是一片神秘莫测的黑森林，阴森可怖，死一样的沉寂，让人望而却步。

油画五：铁窗

作者：朱小丹

创作时间：2008年

材质：布面油画

尺寸：121×185 cm

画面上一束强光射向高墙上的铁窗，透过铁窗上一根根坚硬的栏杆可以看到紧扣在窗沿上的五个手指。强光突出了五根手指间渗出的鲜血，画面中所有的线条和色彩都充满痛苦并蕴藏着抗争。这哪儿是一只手，简直就是向往自由的灵魂。画家虽然没有直接画出铁窗内的情景，但这正是画作的高明之处，画家给观者留下了巨大的想象空间，我们似乎可以看到铁窗内破旧的水泥地面、发霉的墙壁、木板床上一团肮脏的棉被凌乱不堪，然而即使在这样的环境中也关不住犹如花朵一般向往盛开的生命要开花、要怒放的追求。画面的视觉冲击力和巨大的想象空间直接撞击着观者的心灵，犹如那不屈的手指痛苦地伸张，似乎要抓破画面的边框，毫无疑问，这是一幅唯心现实主义画作，直接表达了画家对社会问题的关注，对体制的困惑。

早晨八点钟，我就拨通了丁不见的手机，他接听电话时很热情，我说《金太阳》画完了，由于画幅太大，我没办法送到东州大厦，还未等我说完，他就主动要求来取，我说那你就来草场地吧，我把画室的详细地址告诉了他，他说先处理一下手头的工作，大约十点钟到。我挂断电话，将《金太阳》搬到角落里隐蔽起来，我打定主意，等丁不见说出寻找世外桃源的方法后再把画给他。我之所以这样做，一是因为我对丁不见的官品没有信心，二是因为我还无法判断丁不见看见《金太阳》后会有什么反应。他喜欢当然好，他若不喜欢甚至暴跳如雷，我要是先把画给他，就不可能得到去世外桃源的方法了，那岂不是前功尽弃了！因此我必须多个心眼，要知道这可是我找到文白和张欣以及那些失踪访民的唯一线索啊！说句心里话，我现在比被“金太阳护送”跟踪时还紧张，当然我平生也从未这么冷静过，紧张是因为我就要得知寻找世外桃源的方法了，冷静是因为我已做好和丁不见周旋的一切心理准备。我万万没有想到丁不见竟然坐着一辆依维柯来的，只是车身没有“金太阳护送”的字样，他一走进画室就迫不及待地说：“小丹，快把你的大作拿出来让我开开眼吧。”我柔和地瞥了他一眼，看似随和却又不失谨慎地说：“急什么，丁主任，先喝杯茶，再说，你还没告诉我怎么才能找到世外桃源呢。”丁不见哈哈大笑道：“小丹，世外桃源可不是你该去的地方，我劝你还是不去为好。”

他的笑声就像滚滚向前的流水冲击着我落叶般的心脏。笑过之后，他翘起一边的眉毛，饶有兴趣地看着我，我被他看得心里有些发毛，感觉自己就像是一只粘在蜘蛛网上的甲壳虫，我用微笑掩饰着自己的内心，目光里带着质疑的火花直视他的眼睛，用绵里藏针的语气说："丁主任，听你这话的意思，世外桃源不是个好去处。"他听出我话里带刺，微微一笑，笑得眼睛像一对绿豆蝇，这给予他一种奸猾的表情，却故作真诚地说："话不能这么说，小丹，我只是说不适合你去。"说完他再一次用探索的眼神看着我，就像是在欣赏一幅肖像画。我毫不示弱地露出蒙娜丽莎式的微笑，神态自若地问："那么在丁主任看来，什么样的人适合去世外桃源呢？"他脸上露出莫测高深的微笑，用神秘而狡黠的语气回答道："比如像顾文白和张欣两口子就非常适合在世外桃源生活，要知道那可是体验生活的最佳去处，对作家和记者来说，再适合不过了。"他的回答让我断定文白和张欣的失踪一定与他有关，这让我不禁内心凄然，忧从心生，我真想在他脸上掴一记响亮的耳光，如果可以，我想我的动作一定和我挥毫作画时的动作一样潇洒，可是我不能，不仅不能，还要和颜悦色地招待他，只有这样才可能从他嘴里套出有价值的信息。我似笑非笑地看着他，不动声色地问："这么说文白和张欣是您给送到世外桃源的喽？"他道貌岸然地看着我，工于心计地说："这两个人都不是凡人，不是我想送就能送去的，应该说是他们自己找去的。"我用不信任的目光觑了他一眼，仿佛在看一个不同种族的人，语气尖锐地问："那么我为什么找不到呢？"丁不见诡谲地笑了笑，用异样的目光看着我，居心叵测地说："很简单，只要你去了解上访，就有可能知道世外桃源了。"他终于露出了狐狸尾巴，我听了他的话心都快要被寒气冻住了，我甚至不敢相信自己的耳朵，以为自己在做噩梦，可是浑身的寒气提醒我，这是真的，一切都是真的，我尽量掩饰着自己的愕然，追问道："你说的是'金太阳护送'吗？"他竟貌似神秘地说："到时候你自然知道。"然后他用讨价还价的口吻说："好了，我已经把天机泄露给你了，你该把大作拿出来了吧。"这原本就是一场交易，我只好把蒙着白布的画作从墙角拿过来放在画架上，然后一把扯下白布，一轮灿烂的金太阳刺得丁不见一对绿豆蝇似的小眼睛顿时眯成了一条缝儿，他不露声色地端详着画作，渐渐地表情怪异起来，就仿佛看到了什么令人惊骇的怪物，画室里顿时充满了紧张的气氛，连空气都似乎颤动起来，我心想坏了，丁不见大概认为这是一幅忤逆之作，否则他不会气鼓鼓地张着青蛙似的大嘴一动也不动，好像被气成了僵尸似的，就在我紧张得心都提到嗓子眼之际，他突然一拍大腿，赞不绝口地说："好啊！杰作啊！小丹，你画出了我心目中的世外桃源啊！"听他这么一说，我一颗悬着的心才放了下来，见他像吃错药似的样子，我觉得又可气又可笑，便似笑非笑地看着他问："你的老大哥也会这样认为吗？"一提到老大哥，他顿时表现出一副肃然起敬的样子，仿佛老大哥就站在他眼前似的，脸上充满着顶礼膜拜的神情，他用朝拜式的目光注视着《金太阳》中的巨人，用自豪的口吻说："你别忘了，我是驻京办主任，是老大哥肚子里的蛔虫，另外，我必须提醒你，老大哥不仅仅是我的，更是我们的，大家的！"我尖锐地问："也包括那些失踪的访民吗？"他眨了眨一对搭配不当的绿豆小眼，语气肯定地说："当然。"听声音就好像舌头在口腔里已经腐烂。他的回答让我内在的庄重与高贵深受伤害，心口窝就像压了一块大理石，我斜睨了他一眼，用揶揄的口吻说："多么伟大的老大哥呀！我真想见见他。"丁不见和颜悦色地看着我，用充满幸福感的语气说："其实你天天都能见到他，他不在别处，就在我们的心里。"我不屑地问："我怎么感觉不到。"他用难以置信的目光看着我，仿佛我是个戴着面具的双面人，然后又露出琢磨不透的微笑，用道破天机的口吻说："不可能，如果你心里没有老大哥，怎么可能画出《金太阳》这么伟大的作品呢？"我佯装恍然大悟地说："我明白了，其实老大哥就是我们心中的红太阳，对不对？"我这句话似乎说到了他的心坎上，他用赞许的口吻说："大画家就是大画家，站得就是高，看得就是深，不过小丹，有一个艺术上的问题一直困惑着我。"我好奇地问："什么问题？"他脸上露出猎奇的神情，用不可思议的口吻说："凡·高为什么要割下自己的耳朵？他割掉自己的耳朵后为什么要送给一个妓女？"那样子就像一只好奇的青蛙蹲坐在我面前。我一向认为和这种附庸风雅的官场人是无法沟通艺术的，不过他确实问了一个好问题，便用启发性的口吻反问道："凡·高割下的是自己耳朵吗？"他脸上流露出莫名其妙的神情，不解地问："不是耳朵是什么？"我怀着一个艺术家的高傲灵魂，侃侃而谈道："凡·高割下的是他那不被世界理解的灵魂。他把自己的灵魂送给妓女是对这个没有灵魂的世界的绝望和抗议。既然我那高贵的灵魂不能被这个庸俗的世界所理解，那就送给我喜欢的妓女算了，最起码她不止一次地对凡·高说：'伏热'，你愿意把你的可笑的小耳朵给我吗？你答应过要给我的。'"丁不见听罢哈哈大笑，他饶有兴趣地说："有意思，太有意思了！小丹，那么我再问你，艺术家们为什么不把维纳斯的断臂安上呢？在我看来，安上双臂的维纳斯岂不是更完美？"这个艺术白痴的好奇心就像一幅漫画，我真想用画笔勾勒出他现在的神情，不过他的问题很对我的心思，我便用循循善诱的口吻说："丁主任，没有想象空间的艺术品完美吗？难道你不觉得那个永恒的残缺提供给我们欣赏、回味、想象的空间是无穷的吗？"他听罢露出一副豁然开朗的神情，若有所思地问："有道理，那么《金太阳》的想象空间在哪里呢？"想不到这个在官场上诡谲圆滑之人，在艺术面前笨得像头猪，我哭笑不得地说："当然是那一望无际的大草原了。"他似有所悟，又将信将疑地说："是吗？我看看。"他凑到画前瞪着一双绿豆眼看了半天，然后恍然大悟地叹道："还真是这么回事。"我好奇地问："丁主任，你看到什么了？"他无限感慨地说："芸芸众生。"我用夸赞的语气讥讽道："丁主任，看来你已经达到了看山非山，看水非水的艺术境界了。"他一头雾水地看着我不解地问："什么意思？"我耐着性子解释道："禅宗说，人生有三个境界，第一境界是看山是山，看水是水；第二境界是看山不是山，看水不是水；第三个境界是看山仍是山，看水仍是水。"他似乎被我说糊涂了，支支吾吾地说："这第一境界和第三境界不是一样吗！"我寻开心地说："不一样！"他瞠目结舌地问："怎么不一样？"那样子就像一个迷失方向的大蜥蜴，好笑极了，我只好画龙点睛地说："第一境界看到的是生活中的山，生活中的水；第三境界看到的是艺术中的山，艺术中的水。"他露出大彻大悟的神情，兴奋地说："这么说，《金太阳》中的大草原在你看来就是大草原喽？”我不耐烦地说：“非也，我看到的是茫茫大海。”想不到，他竟大言不惭地说：“小丹，这么说我们都在一个境界上喽？”我哭笑不得地摇了摇头，讥讽道：“我们是两个世界的人，怎么可能在一个境界上呢？”他一头雾水地说：“这我就不明白了。”我绵里藏针地说：“你早晚会明白的。”然后我装作赶时间的样子看了看表，用难为情的口吻说：“不好意思，丁主任，我急着去医院看朋友，就不奉陪了。”丁不见流露出意犹未尽的神情，狡黠地说：“小丹，你帮了我这么大忙，哥哥可是诚心诚意想请你吃午饭。”我神态自若地说：“丁主任，你也帮了我一个大忙，咱们谁也不欠谁的。”丁不见像受了刺激似的看了我一眼，表情乖戾地说：“小丹，实话告诉你吧，文白和张欣究竟在哪个世外桃源，我也说不好，如果你执意要找他们，也只能撞大运了。”我见不得他幸灾乐祸式的嘴脸，毫不犹豫地回了一句：“丁主任，但这个世界的太阳永远只有一个。”送走了丁不见，我感觉自己像《神话》里的灿若一样正在遭受地狱之火的煎熬，但是这种煎熬或许是一种救赎，我暗下决心，哪怕世外桃源是魔窟，我也要走一趟。

小魔头的母亲灿若一直在地狱忍受着地狱之火的煎熬，其实，这是阎罗对她的一种救赎。因为灿若自从被黑魔掠走后，被黑魔日夜奸淫，全身都中了魔毒，如果不用地狱之火煎熬将毒发成魔，到时候将无药可救，灿若就会变成无恶不作的女魔头。如今，灿若身上的魔毒渐渐被地狱之火驱散，重新恢复了花容月貌，阎罗怜爱之心油然而生，他命令小鬼们熄灭地狱之火，扶灿若梳洗打扮，他要和爱妻重述衷肠，再筑爱巢。灿若走出地狱之火时，几尽虚脱，此时，她心中最挂念的就是儿子小魔头。这孩子一个人漂泊在外，也不知道是否找到能为自己洗尽耻辱的人。闺房中，灿若一边梳理自己的头发一边暗自呜咽流泪，仿佛看到自己生命的尽头落叶缤纷，自己便是那落叶中的一片，随风起落，哀怨荣枯。魑魅魍魉四大护法纷纷前来拜谒，娘娘长、娘娘短地寒暄了一阵子，阎罗的三宫六院也来问了安。灿若脸上带着笑，心里却流着泪。她心里清楚，自己在阎罗心中仍然处于不可替代的地位。可越是如此，就越觉得对不起阎罗，虽然地狱之火已经驱走了体内的魔毒，却驱不掉心灵深处的魔影，唯有斩魔除妖方解心头之恨。想到这儿，灿若反倒平静了许多。她拿起床头的鬼头琴，凝思良久，好长时间没有抚琴了，这鬼头琴是阎罗向她求爱时的信物，她随便地抚了一下琴弦，琴音如桃花凋落一般哀怨。“若儿，弹一曲吧！很长时间没听你弹琴了。”阎罗站在灿若身后许久了，琴音让阎罗想起了许多与灿若之间爱的往事。他本来只想深沉地看着她，像欣赏一幅绝美的画一样看着她，可还是忍不住开口了。灿若回身望了一眼阎罗，泪花滴在了鬼头琴上，她慢慢坐下，将涟漪般的长发抛在身后，轻抚琴弦，悠扬的琴声仿佛春天花开般醉人，又像秋水汩汩般冰澈，灿若轻舒皓腕，如风摆塘荷般婉转嘤鸣而唱：泪眼问花花不语，笙歌散尽游魂去。地狱深深深几许？悲恨一十九层续！鬼变神，桃花望断无处寻，浩荡东风催人往，斩魔去，斩魔去……阎罗微闭双目，仿佛沉浸在一个美妙绝伦的梦境。这梦境映衬出一个冥神内心深处无限的孤独，无数死过的灵魂掌管在阎罗手中，他不知道那些死魂灵的罪行能否在这美妙的琴乐中被宽恕。但有一点是事实，当煎熬灿若的地狱之火熄灭时，阎罗的脸上重又闪过孩童般的微笑。这笑容很温暖，让灿若心中重新燃起希冀。“我要雪耻，你得帮我！”一曲歌罢，灿若幽咽地说道。“灿若，你的耻辱已经随地狱之火的熄灭而化作了灰烬。”阎罗抚摸着灿若如涟漪般美丽的头发说道。“阎罗，不要搪塞我，不除黑魔，我誓不罢休！”灿若说这些话时脸上透着冰凌般的寒气。“那好，我正要派一名地狱使者出使人类诸国，任务是合纵，共御魔国。”阎罗肃然说道。“魔国？”灿若惊讶地问道。“对，黑魔逃出地狱第十九层后，在人类的世外桃源建立了魔国，黑暗势力越来越大，已经不是我地狱出兵就可以遏制的了，我的意思是联合人、神两界共同御魔。”“真没想到这恶魔会这么强大，我真担心我的儿子小魔头，孤身一人被那恶魔所害！”灿若凄婉地说道。“这次出使人类诸国，也可以顺便找找他。”灿若激动地看了阎罗一眼，没有说话，只是把头深深地埋在了阎罗的怀中。“若儿，你不仅是我的妃子，还是地使之神，你的灵力和神界的天师一样强大，从今以后，你不再纤弱，你可以用你的灵力保护自己。”阎罗捧着灿若如牡丹般美丽的脸，望着她如湖水般清澈的眼睛温存地说道。“阎罗，我既然已经是地使，我就应该有自己的武器，没有武器，怎样才能发挥我的灵力呢?”“你手中的鬼头琴就是你的武器，当你遇到危险时你只要手抚琴弦，便如同有千军万马，每一个音符都如同射向敌人的羽箭。”这时，魑护法悄悄走进来说道:“大王，地使娘娘出发的时间已到。”阎罗挥挥手，示意他已经知道。魑护法退了出去。阎罗牵着灿若的手，迈着沉重的脚步，走出房间。阎罗大殿上鬼火通明，魑魅魍魉四大护法和众小鬼们正在恭迎阎罗和灿若，众鬼们手举酒碗高呼:“恭祝地使娘娘马到成功!”阎罗从桌子上端起一碗酒递给灿若幽幽说道:“若儿，这碗酒你喝下去可以增加你的灵力，这是我们地狱最有名的鬼酒，这坛酒我已经藏了一千多年了。”灿若接过酒碗，向众鬼们示意后一饮而尽。众鬼也一饮而尽。阎罗大殿上一片肃穆，众鬼们心里清楚，灿若此行责任重大，如果不能铲除魔患，不仅人类遭受灭顶之灾，就是冥界也不能幸免，灿若曾是逍遥国公主，此次出行非她莫属。“若儿，这次任务完成后，你回来就是正宫娘娘了，希望你不要辜负本王的一片真心!”阎罗动情地说道。“大王放心，灿若一定不辱使命，为我冥界争光!”灿若说完腾空而起，脚踏鬼头琴，飞离阎罗大殿，穿过十八层地狱，风驰电掣般飞离地狱之门，就像九天仙女一般乘祥云向逍遥国而去。

我觉得有两个现实，一个是表面的现实，也就是伪现实；另一个是实质的现实，也就是真现实，但是真现实被表面的现实遮蔽了，成为伪现实的终极国度。我常常为这个伪现实而沮丧，每当我感到沮丧和伤心的时候，我就闭上眼睛，回想那些世界顶级油画，沮丧和伤心的情绪就会缓解。不知道为什么，这两天只要我闭上眼睛，欧仁·德拉克洛瓦的名画《自由引导人民》就在我脑中萦绕，最让我魂牵梦绕的就是画中那位美丽高傲、象征自由的女神，我真渴望那就是我，一个向往自由的唯心现实主义画家，我甚至不止一次地照着镜子左手拿着调色板，右手挥舞着《神话》插图的复印稿，像画中女神那样露出一对象征自由、自豪地向上翘起的乳房，这时我多么希望文白像画中右侧那个穿黑上衣、戴高筒帽、手中紧握步枪、眼中闪烁着自由的渴望的大学生一样站在我的身边，我知道，这个人其实就是画家本人。但是如果让我画一张我心目中的《自由引导人民》，我会将文白画在女神的位置，身后紧跟着的就是我和张欣，还有车夫、沈丹娜，以及访民，脚踏着被砸烂的依维柯奋勇前进！在我心目中文白早就成了自由的象征，他的每一部作品都会给我一种奔向自由的力量，如今我回忆起文白作品中的每一个句子，都会产生一种撕心裂肺的幸福感。我一时弄不明白为什么将文白和《自由引导人民》这幅世界名画联系起来，不过思来想去都觉得和我做的一个重大决定有关。这个重大决定，我还没和车夫商量，但是一旦我告诉他，我断定他会惊得目瞪口呆！怕影响他在医院养伤，我一直没把我的重大决定告诉他，不过明天他就要出院了，我知道是该采取行动的时候了。昨夜下了一夜雨，我蜷缩在床上，静静地倾听外面的雨声，不知不觉地进入了梦乡。在梦中，我梦见在迷宫一般的桃林中我迷失了，不，不是迷失，是我失踪了，我去哪儿了呢？我也不知道，我变成了一片虚无。虚无是一口黑糊糊的深井，借助不知从哪儿来的火花，我看见了文白和张欣苍白的面孔，不，不是他俩的，还有那些永不放弃权利的访民一张张企盼而痛苦的面孔。我觉得周围的一切都在天旋地转。我在梦里垂死挣扎着，说不好自己是活着还是死了，只是感觉自己正身处在一个到处是死人的世界里，在这个世界里，除了有和天上星星一样多的行走着的死人外，还有繁茂怒放的桃花。找到他们，一定要找到他们，这个想法就像山洪一样撞击着我的灵魂，我之所以躁动不安，是因为我的确想到了一个找到他们的方法，对，这就是丁不见告诉我的方法，自从我知道这个方法以后，我的良知一刻也没有得到过安宁，自从得到了这个方法，我就想好了一个大胆的计划，我本想第一时间把这个计划告诉车夫，可是怕影响他养伤，直到他出院后，我才向他和盘托出。“车夫，”我大胆而谨慎地说，“我想到了一个找到文白和张欣的方法。”车夫听罢，用惊异的目光看着我问：“什么办法?”他的语气像黏稠的空气一样包裹着我，好像唯恐我推开窗户突然跳下去似的。他的惊异的确阻碍着我，我心里油然而生一种磕磕绊绊的感觉，但我还是冲破阻碍，用轻松的口吻说：“这个方法是去访民中了解。”应该说我对车夫听到这个想法后的惊异表情早有心理准备，但是当他圆睁二目地看着我，将嘴巴抿成一条线时，我还是被他那宛如梅塞斯密特雕塑的“个性头”似的扭曲表情吃了一惊，他听了我的话仿佛被黑魔捏了一下肋骨，大声嚷道：“你疯了！”我早就料到他会反对，因此说之前我才顾虑重重的，不过，他这么一嚷，我反倒打消了所有的顾虑，异常冷静地说：“没有别的办法了，只有这个办法才能找到世外桃源，只有找到世外桃源，我们才能弄清楚真相。”车夫似乎连想都没想就连摆手带摇头地阻止道：“不行，不行，这太危险了！小丹，我的伤刚好，一想起那些怪兽一般的恶魔打我时的情景，我就心有余悸，你如果冒充访民，后果是什么，你想过没有？如果你没想过，你就好好想一想那些浑蛋在东州大厦前是怎么抓捕那个女人的，难道你也想像她那样失踪吗？”片刻沉默后，我深吸一口气，感觉自己的表情可以与托马斯·庚斯博罗的《西顿夫人像》相媲美，我淡定地说：“车夫，除了失踪，我们还有别的办法吗？”我这句话像刀子一样刺痛了他的心，他痛苦地直视着我，加重语气说：“小丹，失踪意味着什么，难道你不清楚吗？”他说话时给我的感觉就好像他正在发着高烧，脖子粗脸红的。受他情绪所感染，我也感觉到自己的血液在皮肤下突然涌动起来，但我表现得仍然十分冷静，清清楚楚地回答了两个字：“清楚！”他竟一改往日的儒雅，拍着桌子问：“那你为什么还要冒这个险？”他说话的语气仿佛我正坐在一颗漂浮的炸弹上。我不想再容忍了，因为我现在需要的不是怒吼，而是支持和鼓励，我呼地站起身，满脸愠色地说：“不冒险怎么办？车夫，不瞒你说，每当我想到寻找世外桃源是一件比死亡还要可怕的事，我就觉得自己好像是在别的星球上。但是这件事已经不仅仅是为了寻找文白和张欣那么简单了，如果不弄清楚在他们身上究竟发生了什么，你我会安心吗？反正我已经下定决心，哪怕世外桃源是龙潭虎穴，我也要闯一闯！”车夫被我的样子惊着了，他目瞪口呆地看着我，沉默良久才咬着牙关说：“小丹，要不这样吧，我来假扮访民。”说这话时车夫的双眼红得像爆竹在空中炸开的火花。我心里很清楚车夫能说出这样的话不是为了文白和张欣，更不是为了那些失踪的访民，完全是为了我。然而即使我真爱车夫，我也不会这样做，我是一个为了爱情可以牺牲一切的人，何况我和车夫之间只有感情，没有爱情，进京以来车夫为我付出了很多，特别是害他被打，我的心里一直暗自愧疚，不能再连累他了，想到这儿，我动情地说："万一你失踪了，你的画廊怎么办？你梦寐以求的唯心现实主义画展怎么办？你儿子谁来照顾？算了，车夫，别争了，由我假扮访民最合适。"我这几句话显然点到了车夫的软肋，他支支吾吾地说："只是……只是……小丹，这太危险了！"我淡然一笑，语气坚定地说："车夫，不入虎穴，焉得虎子，只有这样才能弄清楚真相。"他仍不死心，用试探的口吻说："要不然我们假扮夫妻一起深入虎穴，你看怎么样？能和你一起失踪，我车夫求之不得，不然我实在是不放心啊！"我知道车夫做梦都想和我做夫妻，连一起深入虎穴也不离这个主题，我凄然一笑，真诚地说："算了车夫，别看你是男人，但是你根本没有能力保护我，还是我一个人去吧，万一我进入世外桃源出不来，你在外面也好想办法搭救我。"车夫听罢慨然长叹地说："本来维权并不是《神话》，但是在一个只讲权力的国度里，维权真是一个'神话'啊！小丹，既然你主意已定，我也不拦你了，不过你得答应我一个条件。"我长长地舒了一口气，柔声地问："什么条件？"他神情复杂地说："我必须在暗处跟着你，万一他们对你下手，也好有个照应，最起码我得弄清楚他们把你关在哪里了。"难得车夫用心良苦，我欣慰地说："好的，这个条件我答应。""还有，"车夫似乎又想起了什么，连忙补充道，"你总得找个过硬的上访理由吧，而且这个理由足可以让他们心惊肉跳。""理由我早就想好了，"我愤愤不平地说，"和文白、张欣的理由一样，为东州死婴事件的真相讨说法。"话一出口，车夫就长吁短叹地说："如果你以这样的理由上访，你失踪就基本没有什么悬念了！"总算把车夫说服了，我用开玩笑的口吻说："要是在失踪途中遇上灵风等人就好了，到时候准杀得那些怪兽片甲不留。对了，《神话》你看到哪儿啦？"车夫没精打采地说："灵风等人发现春秋国的都城被怪兽们包围了，危在旦夕。"离开车夫时，孤独的月亮宛如一颗被砍下来的绵羊头挂在空中，绝望地看着人间，不知为什么，我钻进车里时感觉自己就像基里柯所绘的“不安的缪斯”，像个木偶似的感觉不到一点点生命的气息，我漫无目的地开着车，穿梭在黑暗中，还真有点穿梭在黑森林里的感觉。

眼前的黑森林阴森恐怖，阴郁漆黑，所有的树种都叫不上名字，那粗如巨蟒，细如草蛇的树根，盘根错节，或如犀利的鹰爪，或如狰狞的牙齿，当灵风率众人走进林子时，仿佛走进了坟墓里，到处是死亡的气息。“主人，”柯德一边领路一边介绍道，“这个大树林子不是原始森林，你看这里有的树木虽然枝繁但无叶，像枯树，估计这里就是蜥蜴人国传说中的大树国的公墓，这些无叶的大树都是大树国的英雄，死后埋在这里。因为这些树木都是大树国的精灵，所以死而不烂。”“原来如此，我们从夜山出来时，我拜访过大树国的国王寅瑶，曾得到过他们的帮助，没想到大树国的公墓会在这里。”灵风边走边东张西望地说道。“既然是大树国的公墓，立在这儿的就一定是英雄，英雄爱英雄，我们还是拜一拜吧。”辞颂恭谨地说完，深深地鞠了一躬。“对呀，看见这些英雄，我一下子就想到了孤寂和英晒。”楚雅说完，触动了真情，眼圈有些湿润。一提到自己的父母，再想起不知是死是活身怀骨肉的爱妻桃落，灵风心中百感交集，他一下子跪在地上，一个头磕了下去，嘴里嘟囔道：“各位前辈神灵，保佑我灵风找到桃落，找到圣盆，找到世外桃源，打败魔国！”众人也都情不自禁地跪在地上，柯德懵懂地问道：“主人，你怎么哭了？”“没事，没事，只是想起了许多事情。”灵风勉强笑道。众人随灵风刚刚站起，就听见林中有人揶揄道：“好笑，好笑，真没想到，还有人给这些死了上千年的树鬼下跪。”“什么人？还不快点现身？”楚雅按剑断喝道。“我不是人，我是魔。”众人一听一下子警觉起来。全都各亮兵器，拉开架势准备应战。没想到，那人哈哈大笑起来。“小魔头，好像是小魔头的声音！”楚雅迟疑半晌自言自语道。“小魔头，别装神弄鬼了，快快滚出来！”灵风话音刚落，只见一个鬼魅般的影子“嗖”的一声从一棵大树上窜到灵风的面前。“灵风，我在这儿等你多时了。”此人不是别人，正是小魔头。“小魔头，你怎么知道我们会来这里?”灵风似笑非笑地问道。“是法慧大师让我来寻找你们的，我寻了不知多少天了，就是没有你们的踪迹。后来，我发现前面有一座山，居然下黑雪，我想一定是魔国施的魔法，有可能有怪兽跟踪你们，就飞了过来。没想到，那下黑雪的山远看是座山，近看是团雾，我就穿过迷雾来到这个林子里。”小魔头说完，腾地跃上树梢搭手向远方望去，然后又轻轻落在地上纳闷地说道:“奇怪，我穿过的那团雾怎么不见了呢? 变成了大草原!”“小魔头，”辞颂哈哈大笑说道，“那团雾是蜥蜴人国，我们从那里逃了出来，破了他们的幻术，那团雾已经化作云气不知飘向何方了。”辞颂说完，众人也哈哈大笑起来。“对了，小魔头，法慧大国师怎么样了?”灵风关切地问道。“我是在圣母国元帅莫恩率百万大军攻打星月国时离开法慧大国师的，现在如何我也不清楚。”小魔头漠然说道。“小魔头，莫恩是个杀人魔王，星月国面临一场恶战，你怎么能在法慧大国师最需要你的时候离开呢?”灵风抱怨道。“我是想留下，可大国师说你们更需要我，他说你们不成功无法破魔兵。”小魔头辩解道。“好了，现在不是争论的时候，灵风，我们还是快点离开这片林子吧，我总觉得这里阴森森的。”楚雅催促道。“好吧，柯德，你带路，大家跟上。”灵风会意地说道。“好的，主人，跟我来。”柯德第一个向原始森林深处走去，众人紧跟着柯德往前走。“灵风，这些带路的怪物就是蜥蜴人?”小魔头轻慢地问道。“小子，你长得人不人鬼不鬼的，你才是怪物呢!”柯德气愤地反驳道。“本来嘛，哪儿有人长着青蛙嘴的?”小魔头一边做着鬼脸一边不依不饶地说道。“小魔头，别惹恼了柯德，他的嘴可会放屁。他放的屁可厉害了，没准他一个屁能把你崩回星月国去。”楚雅开玩笑地说道。“主人，你也拿柯德开玩笑!”柯德憨厚地嗔道。众人哈哈大笑。

密林深处，光线暗淡，这些死了上千年的树精枝杈越来越繁密，但树的颜色就像烧焦了一般。越往里走越潮湿，而且脚下的树根越繁杂，人们迈步越来越困难，众人纷纷拔出剑砍断脚下拦路的树根。“主人，不能砍呀! 不能砍!”柯德慌忙阻止道。“为什么?”灵风疑惑地问道。“这些树精虽然死了上千年，但是仍然有灵性，砍断它们的树根就伤害了他们，它们会报复的！”柯德焦急地说道。“哎，大怪物，有这么严重吗？”小魔头不屑地问道。“臭小子，到时候你就知道了。”柯德回敬道。“他们会怎样报复？”辞颂话音刚落，脚下的树根已经如蟒蛇般舞动起来，紧接着，一些人“哎哟、哎哟”地叫了起来，许多剑士和蜥蜴人被脚下的树根纠缠着绊倒。“大家小心！”灵风手持光阴之剑一边走一边小心翼翼地叮嘱道。柯德跟在灵风后面，众人深一脚浅一脚地往前走，那些树根像摆好了战斗的阵势，呼呼生风地变换着姿态，越往里走树根越多越粗越密。那些变化莫测的树根夹住了许多人的脚，没办法，只能用剑砍断树根，然而，被砍断的树根很快就又重新连接在一起。当人们走到林子中心时，已经无下脚之处。没办法，众人只好又挥剑砍了起来。这一砍不要紧，盘根错节的树根像鞭子一样铺天盖地地对人们抽打起来。为了躲避袭击，小魔头挥动翅膀腾飞起来。没想到头顶上的树枝重重地抽打在他的肩上，让他重重地摔倒在地。一些树根很快将他缠裹起来，无论他怎么挣扎也挣不脱树根的纠缠。“灵风，快救命呀！”小魔头拼命喊叫道。“小魔头，知道苦头了吧？”柯德见状讥讽道。“大怪物，我都这样了，你还说风凉话。”小魔头一边挣扎一边痛苦地说道。“救你不难，忍着点！”柯德说完，张开大嘴对准小魔头，“噗噗”地不停地放屁，那些树根忍受不了柯德的臭屁味，咯吱咯吱地纷纷从小魔头身上挣脱。小魔头终于从无数树根的纠缠中逃脱，但柯德的臭屁味也把他熏了个半死。“大怪物，你不用手中的剑来救我，却用你的臭屁，你是来救我还是害我？”小魔头捂着鼻子责怪道。“用剑我是砍树根还是砍你呀？”柯德幸灾乐祸地笑道。“好了，算我欠你一个人情。”小魔头垂头丧气地说道。“错了，你是小魔头，不是人，应该说欠我一个魔情。”柯德诙谐地笑道。“我母亲是人，而且是逍遥国的公主，我当然是人。”小魔头强词夺理地说道。“你母亲是在地狱里生的你，是鬼，算不得人，你是魔和鬼生的，所以应该叫小魔鬼。”一路上，柯德已经了解了小魔头的身世，他挖苦地说道。“大怪物，要不是看在你刚才救我的分上，我非把你的蛤蟆嘴封上不可。”小魔头气恼地说道。灵风率领众人拼死逃出“树根阵”，“树根阵”在原始森林的中间地带，离开这个地带后，地面上只剩下稀少的树根，虽然也不停地发动攻击，但已经构不成威胁了。众人跟在灵风和柯德后面，小心翼翼地往前走。此时，天色已经全黑了。林子里一片漆黑。折腾了整整一天，他们的脚步越来越重。“主人，前面黑压压趴在地上的是什么？”柯德憨声憨气地问道。灵风定睛看去，黑糊糊的却什么也看不见。原来蜥蜴人的视力特别好，可以透过障碍物看到十几里以外的东西。“柯德，你看到了什么？”灵风警觉地问道。“主人，黑压压的一片，太多了，都趴在地上，好像是埋伏。”柯德不确定地说道。“小魔头，你会飞，去前面看看到底是什么情况。”灵风凛然说道。“好，我去看看。”小魔头说完，张开双翅在林间穿插飞行，一会儿就无影无踪了。“大家就地休息，但不许睡觉。”灵风命令道。众人纷纷疲惫地坐在地上，你靠着我，我靠着你，不一会儿就有人打起了鼾声。“不许睡觉！”灵风喝道，“没睡着的赶紧推醒睡着的。”“灵风，让他们睡一会儿吧，他们太累了。”辞颂望了一眼疲惫不堪的人们沉声劝道。“辞颂，我也知道他们累了，但是不知道前面有没有危险，我怕他们睡着万一遭到袭击就会丢命的。”灵风警惕地说道。“我有预感，好像前面有魔气笼罩。”楚雅蹙眉说道。这时，小魔头慌慌张张地飞了回来，“灵风，不好了，前面的林子里埋伏着成千上万的怪兽。”“别急，小魔头，出了树林子是什么地方？”灵风从容问道。“出了树林子好像是春秋国，反正远处有一座巨大的都城，看样子城里并无人知道城外有埋伏。”小魔头气喘吁吁地说道。“看来魔国要袭击春秋国了，重兵压境，得想办法通知春秋国。”灵风沉思良久说道。“这事还得小魔头跑一趟。”辞颂插嘴说道。“小魔头，你再跑一趟吧，通知春秋国国王圣孔赶紧备战迎敌，我们里应外合，否则，春秋国休矣！”灵风心急如焚地说道。“放心吧，灵风，看来要打一场大仗了，真过瘾！”小魔头兴奋地飞走了。“楚雅、辞颂，我们研究一下迎敌的策略吧。”灵风语气沉重得让人透不过气来。“灵风，我素闻春秋国国王圣孔以礼治天下，倡导和为贵，不喜欢穷兵黩武，怕要疏于防范啊！”楚雅担心地说道。“如果城内兵力不足，如何退敌？”辞颂悚然问道。“你们的担心也是我的担心，”灵风摇头叹道，“这场恶战只能智取，楚雅、辞颂，咱们得好好研究一下迎敌之策。”此时，天色已是金乌西坠倦鸟归林，夕阳的火烧云夹杂的黑雾涂抹了半个天，昏苍苍的暮色中景致不甚清爽，只见连连绵绵十几里地红墙掩映老树绰约，城内繁华而冗长的街道上车水马龙，人来人往。

我从《神话》中明白了一个道理，我们是女娲的传人，我们的民族之所以生生不息延绵至今，就是因为继承了女娲的“明知不可为而为之”的坚韧精神，天可以补吗？这或许有一种原始的天真，但让我们的民族不计较得失，不计较成败，只知一往无前地进取的恰恰是这种原始的天真，应该说明知不可为而为之的文化基因已经成为我们这个民族永不枯竭的精神能源。当我以一个上访者的身份出现时，心中油然而生明知不可为而为之的悲壮感。我知道以我个人的力量我拯救不了文白、张欣，但是我可以寻找真相，最起码我可以将真相公之于众。我忽然醒悟，只有那些强权的崇拜者才是龙的传人，我不是，我是女娲的传人。看来文白早就悟出了这个道理，不然他不会写出《神话》这么精彩的小说，应该说《神话》既是历史的摘要，更是现实的摘要，《神话》好比一幅图画，无论是历史还是现实都是镶嵌这幅图画的框子。这些日子，我曾不止一次地看见文白牵着张欣的手，他俩的眼睛里闪烁的都是明知不可为而偏要为之的目光，那目光决绝地鼓舞着我勇敢地前去。我孤注一掷。不走进访民的队伍不知道，一旦成为其中的一分子，我发现竟灾难性地达到了我有生以来孤独的最高峰。因为我知道接下来我能看到的不是一线希望，而是连绵的梦魇。我承认我生来就不是一个勇敢的人，我觉得所有的勇敢都是被逼出来的！我的勇敢恰恰是对恐惧的最好诠释。我曾经在东州大厦门前目睹那个女人被抓的情景，而我当时刚从有关部门出来，走了不到一刻钟，便被塞进了依维柯。就在车启动的一刹那，我下意识地向后车窗望出去，一辆紫色的别克面包车尾随上来，那辆车我认识，是车夫的，车夫之所以没开奔驰而开这辆车，很显然他是有备而来的，我估计车上一定坐着足可以和我身边这几个如狼似虎的“特勤”相抗衡的大汉，他们都是车夫公司的保安，我知道车夫养了十几个部队里退伍的特种兵。这回我心里有底了，因为最起码我不会失踪了。我壮着胆子问："你们凭什么抓我？"一个留着小胡子的"特勤"好像是他们的小头目，他长得肥头大耳满脸横肉，他不屑地看着我，目光里充满了黏稠甚至有些肿胀的轻蔑，横眉立目地说："你自己心里清楚！"我一脸鄙夷地嚷道："我不清楚，你们要拉我去哪儿？"小胡子冷笑着说："去了你就知道了。"我大声抗议道："我有权利知道你们是什么人，要送我去哪里，你们知不知道，你们这样做是在侵犯人权！"小胡子不耐烦了，他用警告的语气厉声喝道："嚷什么嚷，找死呀！我告诉你，放老实点，否则没你好果子吃！"望着眼前这些凶神恶煞般的爪牙，我一下子想起了车夫的叮嘱："小丹，一旦落入魔爪，千万别和他们硬顶，别忘了你这次行动的目的是找到文白和张欣，了解世外桃源的真相。为了达到我们的目标，你必须保护好自己！"车夫说得对，我身上肩负着重要的使命，决不能做无意义的牺牲。这么一想，我顿时安静下来，小胡子以为我被他的蛮横吓到了，脸上闪过一丝很得意的表情。我懒得看这些帮凶，便把脸转向车窗，望着街上熙来攘往的车流人流，我恨不得自己变成会隐身的小魔头，生出一双翅膀像小魔头潜入咸安城一样潜入种种禁地，看看那些红墙绿瓦之内有没有卡夫卡笔下的城堡，我也恨不得变成《神话》里的灿若，可以随意出入地狱，到时候我一定寻到但丁的小舟，乘"但丁之舟"去欣赏那些在人间妄自尊大、罪行累累、乏善可陈、遗臭万年的腐败灵魂是怎么遭受地狱之火煎熬的，果真能如此，我保证我的画笔不输于德拉克洛瓦。一个多小时后，车开到了位于南四环东路的"金太阳护送"总部大院，也不知过了多久，反正依维柯已经开到没有路标的地方了，我从车窗望出去，瞥见了"京津高速铁路"的箭头，还看到了"红门路"的标志，用木头写的，插在路上，路越走越远了，透过车窗映入眼帘的除了一些破败的工厂、仓库，就是高高低低的树林，荒凉得让人心冷。我情不自禁地望了一眼车的后窗，车夫的别克变成了一个小黑点，这条路车少人稀，车夫大概是怕被发现才远离依维柯的，我现在有一种叫天天不应，叫地地不灵的巨大孤独感，天空中翻卷着黑、白、青、灰四种颜色的云彩，似有暴风雨即将来临，此时此刻，我心中的圣孔早已逃离，我只能效仿文白笔下咸安城内的百姓置之死地而后生。但是我还是幻想着车夫变成了狼王，正在驱马前来搭救我，然而当“囚车”停在一座写着“凯安达储备仓库”的牌子的院子前时，一切幻想都破灭了，我有一种大难临头的恐惧感，恨不能一下子变成小魔头逃之夭夭。

小魔头潜入咸安城后发现城内祥和宁静，根本没有人知道大难即将临城了。小魔头不愿意惊扰城内善良的百姓，使用隐身术悄悄来到王宫。落霞的余晖映照在宫殿上光芒万丈，显得庄重肃穆，雄浑威仪。可是令小魔头疑惑不解的是宫殿内死一样的沉寂，没有侍卫，没有大臣，没有宫女，更找不到国王圣孔。小魔头搜遍了王宫没见着人影。正攒着眉头纳闷之时，从大殿飞檐之上飘落下一位仙姑。只见她身披水绿长裙，长袖漫舞，缓缓而下。小魔头不敢相信自己的眼睛，他揉了揉，定睛看了看不禁喜出望外，大喊道：“娘!”这仙姑不是别人，正是地使娘娘灿若。“儿呀，娘没想到会在这儿遇上你!”灿若激动地搂着小魔头的头泪涔涔地说道。“娘，儿也没有想到您会在这儿!”小魔头眼含热泪抽噎道。“儿呀，莫非你也是来解救春秋国的?”“娘，城外林中埋伏了数不清的怪兽，看样子魔国要洗劫春秋国呀!”“儿呀，娘也是为此事而来。”“娘，你是怎么逃出地狱的?”“儿呀，娘有罪，经地狱之火灼烧后，已经洗清了身子，阎罗派我为地狱使者，出使人类诸国，劝人类诸国团结一致配合地狱鬼兵共同讨伐黑魔。”“娘，太好了，儿为救娘踏遍千山万水，想不到，娘已经得救，真是儿的造化。娘，这春秋国的国王和大臣为何都无影无踪?”“唉，这春秋国崇尚礼治，其实是内耗有余，开掘不足，别看泱泱大国，实际上是外强中干，百姓奴性很强，是经不住风雨的。昨日我偶遇一位美若天仙的女子，也不知是何方神圣，悄悄将魔兵要屠灭春秋国的消息送给了圣孔，然后化作白天鹅飘然而去，圣孔得知后大惊失色，夜里便率家眷和大臣逃出了咸安城。”“娘，圣孔作为一国之王，怎能置百姓的死活于不顾，独自逃命呢?”“儿呀，现在我们已经没有时间顾及圣孔了，得赶紧想办法解救春秋国的百姓。”“娘，是人神灵凤派我进城的，他和雨神楚雅、雪神辞颂，还有许多夜山剑士和蜥蜴人在林中，埋伏在怪兽的后面，我们可以组织城内的守军和百姓里应外合共同抵御魔兵。”“太好了，这真是螳螂捕蝉，黄雀在后，想不到，我儿已经长大了，为娘心中真是高兴！”“娘，不知城内守军有多少？率兵的将军是谁？”“儿呀，娘也不知，我们到城头打探后再说。”“娘，儿听您的。”娘儿俩说完，隐身飞向咸安城城头。守城大将军颜回头戴金盔，身披金甲，正站在城头虎视城外，突然手中的青龙大刀被人夺去，他慌忙喝道：“什么人？”“什么人？真人！”小魔头手握大刀扮着鬼脸嘻嘻笑道。颜回拔出宝剑刚要与小魔头战在一起，灿若阻止道：“大将军，莫动手！那是我儿子小魔头与你开玩笑呢！”颜回回头一看，一位艳若天仙的美女袅袅婷婷地飘然而至，不禁面红耳赤竟未说出话来。“大将军，可知你们的国王去向？”灿若莺声细语如软金缠玉般问罢，颜回唉了一声，无颜地低下了头。“大将军莫叹气，我们是来助战的。”灿若端丽雅致地柔语言道。“不知仙姑是何方神圣？何言帮我？”颜回神情恍惚地问道。“我是地狱阎罗君的使者，特为讨伐魔国出使春秋国。”“怎么？阎罗爷也知道魔兵犯我国境？”颜回嗟呀道。“不止阎罗君知晓，神界诸仙都已知晓，恶魔不除，人、神、冥各界都不得安宁。”灿若幽幽而言。“既然是地使娘娘驾到，我便实话实说，昨天，我王接到一位白天鹅使者的密信，信中说，魔兵已经大兵压境，即将屠城，我王听后大骇，连夜率家眷和大臣们逃往须弥国避难去了，留下我颜回守卫咸安城。”“大将军手下有多少兵马？”小魔头将青龙大刀扔给颜回正容问道。“只有五万精兵。”“春秋国虽不尚武，但也有百万雄师，怎么守卫国都的兵马不过五万？”灿若诧异地问道。“娘娘有所不知，还有两万精兵护我王而去，其余军队皆在边境守土，不知国都被围。”“看来远水解不了近渴了，能不能将城内百姓动员起来，晓之利害，共同抗敌！”灿若镇定从容地说道。“百姓要知道我王已逃，一定大乱，怕不好收拾。”颜回担心地说道。“不怕，这叫置之死地而后生。”灿若决然说道。此时，太阳已经完全沉下了地平线，殷红的昏光给山边镀了一层玫瑰紫，倦鸟早已归林，家家户户的房顶上飘起的霭霭炊烟中，还有一群一群的乌鸦翩翩起落，静谧中给人一种不安的感觉。“多美的景色啊，可惜就要变成战场了。”颜回喟然叹道。“大将军，为了减少百姓的伤亡，保住咸安城，抓紧行动吧!”灿若抚慰地催促道。颜回向副将交代了些什么后，亲自带领一哨人马去发动百姓。灿若望了一眼咸安城周围的森林，似乎已经嗅到了魔气。“儿呀，”灿若温声对小魔头说道，“你速去与人神灵风通报一下城内的情况。”“娘，儿去去就回，你注意安全!”小魔头说完，腾空飞入云端，很快就消失在夜幕之中。四周像坟墓般寂静，突然城内的百姓开始骚乱起来，很显然，百姓已经知晓城外的情况。城头巨大的旗杆上春秋国的大旗紧紧包裹着擎在夜空中的旗杆，像是受到恐吓一样萎靡不振，突然，大旗又像通了电一样迎风飞展起来，巨大的“春秋”两个字在大旗中央不停地抖动，大旗发出呼啦啦震耳的响声。原来是黑云压城，狂风大作，瞬间倾盆大雨便倾注下来。奇怪的是，这大雨只在城外下，城内却寸土未湿。城内的百姓纷纷欢呼：“有神保佑都城，有神保佑都城！走啊！上城墙，保卫家园！杀退恶魔!”就在城内百姓纷纷拿起武器走上城墙之际，城外黑压压的怪兽冒着大雨已经悄悄向咸安城靠近。正在森林中观察魔兽动态的灵风得知地使娘娘在城内接应，心中略觉安慰，忽然，从城北传来惊天动地的喊杀声，一支莫名其妙的人马已经与怪兽厮杀起来。“小魔头，你去侦察一下是什么人与怪兽作战!”灵风一边命令一边暗自揣摩，“难道是春秋国的援军到了?”小魔头答应了一声隐身在大雨之中。咸安城上，怪兽已经开始攻城，城上军民万箭齐发，滚木雷石一齐砸向敌人。城上城下混战中，大雨已将咸安城周围变成汪洋，雨神楚雅收了法咒，雪神辞颂开始默诵冰雪咒，渐渐地大雨变成了大雪，丢棉扯絮一般，气温骤降，城墙上慢慢开始结冰。“灵风，”就在二神施法之际，小魔头突然现身兴奋地说道，“狼王率弟子在城北与怪兽遭遇，已经杀将起来。”“太好了，我们又多了一个好帮手。”楚雅欣然说道。“主人，狼王是谁?很厉害吗?”柯德惊异地问道。“狼王是兽神，是来帮助我们的。”灵风微笑道。“太好了，主人，”柯德突然指着咸安城说道，“你看辞颂已经将咸安城变成了冰城。”众人望去，城墙四周已经被厚厚的冰包裹，夜幕中一座白城十分耀眼，宛如水晶世界一般。城外也已经冻成了冰场，许多怪兽被冻在冰里，已经动弹不得了。“柯德，该你的了，你用大雾将咸安城给我罩起来，弟兄们跟我除魔去！”灵风说完第一个冲出黑森林。大雾中，城上城下杀声四起，大将军颜回见有诸神保佑，斗志大增，率大队人马里应外合杀出城来。灿若指挥城上百姓拼死抵抗，只杀得昏天黑地，怪兽被突如其来的变故弄乱了阵脚，死伤惨重，在天亮前向黑森林溃败。灵风和狼王兵合一处又追杀了一阵，确认敌人已经败走了才罢了手。楚雅、辞颂和柯德都收了法咒，咸安城周围的水、冰、雾顿时散尽，只有怪兽的尸体散发着难闻的臭气。“狼王，想不到，我们会在这儿相见。”灵风兴奋地说道。“是啊，我是从圣母国过来的，在那儿就与怪兽恶战了一场。”狼王威风凛凛地说道。“怎么？黑魔也进攻了圣母国？”灵风失声问道。“是啊！当时圣母国的军队正在远征星月国，情况十分危急，多亏了法慧大国师率援军及时赶到，才解了围。”狼王似乎仍然没有从大战中解脱出来。“狼王，法慧大国师现在何处？”“正在逍遥国，不日将会来到春秋国。”“联合诸国共同抗魔的事进展如何？”“圣母国、逍遥国、星月国都已经同意，只有春秋国尚未沟通。”“可惜，圣孔已经逃往须弥国。”灵风颓然说道。“想不到，泱泱大国之君在危难之际竟然抛弃百姓，只顾自己逃命，这样的国君不如废了他。”狼王鄙视地说道。“不可，圣孔虽然害怕战争，但是春秋国离不开他，因为春秋国贵为礼仪之邦，倡导和平，从未对别国有过非分之想，这都是圣孔的功劳，况且大敌当前仓促废君，会引起国内大乱的！”说话的正是地使娘娘灿若，旁边站着春秋国大将军颜回。“这位是……”灵风情不自禁地问道。“我娘，她是我娘，是阎罗的地使。”小魔头抢嘴道。“原来是地使娘娘，您不是一直在忍受地狱之火的煎熬，怎么会成为地狱使者？”灵风坦然问道。“地狱之火已经烧尽了我的罪孽，我现在受阎罗的委托，出使各国，为灭魔大业架起人与鬼联盟的桥梁。”灿若从容自若，侃侃而言。“太好了！阎罗一出兵，灭魔大业准成啊！”狼王深深舒了一口气，朗声笑道，“不过，灵风，你寻找世外桃源怎么会来到春秋国？”“我们一直在寻找世外桃源，不过《光阴真经》上明示，欲灭魔，必须先找到圣盆，我们是在找圣盆的路上不知不觉来到春秋国的。”灵风怅然说道。“灵风，看来这圣盆必藏在人间的某个地方。”狼王若有所思地说道。“请各位英雄城内叙话吧，”颜回以地主的姿态诚挚地邀请道，“我要代表春秋国的百姓好好款待诸位！”“多谢颜回大将军的美意，”灵风抱拳拱手道，“我们就不打扰了，因为我妻子桃落尚未找到，她的行踪与圣盆有关，我急于上路，告辞了。”“灵风，我好不容易见到了我娘，就先不跟你走了，我和我娘待一阵子，再去找你。”小魔头抱歉地说道。“小魔头，好好陪陪你娘，我们后会有期！”灵风一边挥手一边笑道。众人目送灵风一行人走远，才回到城中。刚一入城，一匹快马从城外飞奔而来，城头小校喊道：“大将军，有情况！”小校话音刚落，快马已经入城，马上一名小将尚未说话，便一头从马上栽了下来，马也栽在地上累死了。颜回赶紧抱起小将的头问道：“兄弟，醒醒，醒醒，出了什么事了？”“快，快救我王！”小将断断续续地说道，“困、困在太极山上，魔、魔……”话没说完已然断气。

这是个破旧工厂，里面有二层，外面有两扇漆着红漆的大铁门。特勤们粗暴地将我们推下车，我心想，这大概就是丁不见美其名曰的“世外桃源”了。接着我们被关押进了大铁门，随着身后大铁门“咣当”一声巨响，我感觉自己的尊严已经荡然无存。院子虽然破败，但面积却很大，关键部位都有全副武装的特勤把守，他们有的手持电棍，有的手里牵着大狼狗，想逃跑是断无可能了。我们先是被强制搜身，身上所有的证件、物品被清缴一空，然后被押送到二楼的一个大会议室内，我一进去就闻到一股难闻的臭气。我彻底和外面失去了联系，也消解了任何反抗的可能，对于外面的人来说我已经像访民一样失踪了。接下来会发生什么，我不敢想，也想象不到，尽管我是个画家，但是被关押在这样的环境里，再丰富的想象力也都将丧失！我之所以没有瘫坐在地上，是因为我没有忘记我来到这里的使命，就是寻找文白和张欣。特勤们训斥一番后走了，我小心谨慎地走到大会议室门前向外望了望，发现走廊里有五六个拎着电棍的特勤来回溜达，他们个个五大三粗、满脸横肉，让人看一眼便不寒而栗。我下意识地用手捂着心口，尽量让自己紧张的心平复下来，然后向屋内无精打采的人询问有没有见过文白和张欣，我仔细向他们描述文白的长相，几乎每个人都问到了，结果一无所获，这里的人没有一个见过他俩，我不甘心，还想试着再问一圈，靠在墙角的一位面容清瘦、神情刚毅的中年男人低声对我说："妹子，楼下还有百十号人呢，别灰心，或许你要找的人在一楼。"我顿时眼睛一亮，连忙问："大哥，怎么才能见到一楼的人呢?"他叹了口气说："排队领饭的时候或者放风的时候都能见到他们。"我忽然意识到男人的口音非常耳熟，便试探地问："大哥，听口音，你好像是东州人!"男人点了点头，脸上掠过一丝笑意，他温和地说："是的，我是东州皇县人。"我凄然一笑说："天哪，想不到在这种地方竟能遇上老乡，大哥，你是因为什么被他们抓到这里的?"他慨然长叹道："咳，说来话长啊！不瞒你说，我曾经是东州市皇县公安局户政科干警，叫肖峰。"我惊讶地看着他说："你是警察?"他重重地点了点头，用十分肯定的语气说："对!"我吃惊地问："警察是抓人的，你是警察你应该抓人，怎么反而被抓了呢?"他目光刚毅地看着我，用痛恨的口吻说："因为我得罪了公安系统的腐败分子。"想不到他竟是位敢于和腐败分子抗争的斗士，我顿时肃然起敬起来，用敬重的口吻说："肖大哥，这到底是怎么回事，能和我说说吗?"他沉吟片刻，语气凝重地说："我在内保科工作时，负责枪支造册登记存档。在工作中，我发现县公安局的枪支管理混乱得令人匪夷所思。"我不可思议地插嘴问："怎么个匪夷所思?"他眉头紧锁成一个肉疙瘩，愤恨地说："一些干警为了牟取私利，不仅凭个人感情将枪借给'房地产商'、'煤老板'、'包工头'，甚至还借给'黑老大'，更有甚者以种种名义违法销售贩卖给一些单位和个人，从中牟取暴利。"我听了他的话仿佛身上的血一下子被抽干了似的，支支吾吾地说："这，这太可怕了!""是太可怕了，"他沉重地说，"正因为如此，我才在一次省厅组织的执法大检查行动中，向'检查团'说出了真相，还递交了翔实的情况反映。结果'检查团'走后，我先是被调离，然后以考勤不及格为由被辞退。不仅如此，我得罪的利益集团还以我的身份证是假为由，拒绝给我办第二代身份证，我成了这个国家没有身份的公民。为此我多次向上级组织反映我的遭遇，希望得到公正的处理，但是每次反映都石沉大海，我的工作始终没有落实。被逼无奈，我才愤然进京上访。没想到刚到有关部门填了表，就接到东州市驻京办主任丁不见朋友的电话，他约我到东州大厦见面，说是要和我谈谈，我问他谈什么，他说当然是我的工作问题。我一听就答应了，结果刚到东州大厦门前，我就发现气氛不对，刚想离开，就开过来一辆依维柯停在我面前，从车上冲下来几个彪形大汉，他们穿着跟警察相仿的制服，不容分说就将我强行塞进了依维柯，我这才知道上当了，丁不见给我打电话不过是在钓鱼，目的是让我进入他们布好的圈套。就这样，我被'金太阳护送'护送到这里，算今天已经是一个月了。"听了他的自述，我愕然了，我觉得他充红的眼睛不乏血的意象，我的同情之心像火一样燃烧着，差一点落下泪来。他此时的表情很像凡·高割下耳朵后的自画像，脸庞硬朗，目光炯炯坚定，虽然没有包扎得又厚又紧的白色绷带，但是他内心的伤势更重，我从他平静的表情，完全能够感受到他内心的倔强和深沉。从这个不向恶势力妥协的汉子身上，我似乎看到了一些文白的影子。虽然他们不相识也不相知，但他们的灵魂都像凡·高笔下的向日葵，迸发出燃烧着的火焰，也正因为如此，他们都有毅然坚定的眼神。我默然良久才怀着沉重的心情问："肖大哥，他们把访民押送到这里，到底想干什么?"他用鼻子冷哼一声，用愤懑而不屑的口吻说："其实目的很简单，就是让我们屈服。"他的话让我眼前顿时浮现出高墙大院、电棍、狼狗，还有那些凶神恶煞般的特勤，便感同身受地问："那要是不屈服呢?"他脸上闪过一丝轻蔑的微笑，平静地说："那就一直关着，直到你屈服为止。"他说这句话时用的是"你"而不是"我们"，仿佛这件事和他无关似的，我用敬佩的口吻问："肖大哥，这些特勤究竟属于什么组织，他们凭什么对访民说抓就抓，说打就打?"他不屑地说："凭他们的主子是老大哥。"我好奇地问："肖大哥，老大哥究竟是什么人?"他回头往墙上努了努嘴，脸上流露出厌恶的表情，嗤之以鼻地说："你看看墙上贴的这幅画就知道了。"我回头一看，顿时惊呆了，我头顶的墙上贴的招贴画正是我送给丁不见的《金太阳》的复制品，我万万想不到，这幅画会作为宣传画贴在这种地方，我心情复杂极了，仿佛推倒了五味瓶，用疑惑的口吻问："肖大哥，如果访民屈服了，他们真的放人吗？"他愤懑地说："不会那么容易，我听说谁要是屈服了，他们会让他在保证书上签字，然后用'金太阳护送'将人押回原籍。"我不解地问："签保证书？保证什么？"他苦笑着说："保证再也不进京上访了！"我深恶痛绝地说："这也太荒唐了！肖大哥，有屈服的吗？"他皱着眉，语气严肃而带有深深的痛楚，双手紧紧钳在一起，骨节咔咔作响，声音低沉地说："别看这些全副武装的特勤们所在部门是非法组织，根本没有执法权，但他们把自己当作了执法者，而访民们被关押在这样的环境里，在他们冷漠的注视并随时训斥下，访民们自然就畏缩起来，情不自禁地就产生了囚犯心理。其实，'情境力量'对个人行为的影响是无法诠释的。"我颇为好奇地问："什么是情境力量？"他深沉地说："所谓'情境力量'就是强调情境对人的影响，环境让你是狱警，你就趋向暴力；环境让你是囚徒，你就趋向畏缩。我曾经看过一个电影，叫《路西法效应》，故事发生在1970年的斯坦福大学，一群大学生进行了一场关于人类行为的研究实验。他们分成两组，一组扮演监狱狱警，另一组扮演囚犯，在二十四小时内开始模拟监狱里的日常生活。结果令人非常震惊，不得不重新审视以往对人性的天真看法。实验证明，扮演狱警的人在模拟监狱的情境中，开始变得有暴力倾向，想方设法折磨囚犯，而扮演囚犯的人，则忍受着折磨，以行尸走肉般的顺从回应。一套制服，一个身份，就轻易让一个人性情大变。这个实验发人深省，没有监督的权力会让掌权者变成魔鬼。这也就是为什么上帝最宠着的天使路西法后来变成撒旦的道理。"我被肖峰这番话深深震撼了，我现在身处的环境与电影中的情境何其相似呀，然而电影中所呈现的毕竟是个实验，而我所处的环境却是活生生的现实，这太可怕了，我的第一反应就是黑魔被放出来了，他正狞笑着注视着我们。正因为如此，我才越来越为文白和张欣担心，以至于我昏昏沉沉睡着时做了一个怪梦，我梦见世外桃源开满桃花的桃林里落满了乌鸦，文白带领着我和张欣正艰难地跋涉在八卦岭上，空气中弥漫着令人窒息的怪兽的尸臭味。

灵风等人离开春秋国后，日夜兼程地往八卦岭赶路，天热得发狂，地上蒸出一种怪味，像是怪兽的尸臭味。“主人，发现成群的乌鸦，就快到八卦岭了，乌鸦是蜘蛛兽最爱吃的一种食物，所以只有到了八卦岭才能发现蜘蛛兽，顺藤摸瓜就能找到蜘蛛兽国了。”柯德热得呼哧呼哧喘着粗气说道。“柯德，喝口水，瞧你热的！”灵风把自己的水袋递给柯德，柯德感激地接过水袋一口气喝了个饱。“柯德，不给你主人留一点儿。”楚雅嗔道。柯德嘿嘿傻笑着紧走几步，带领众人踅进一条弯弯曲曲的小道，小道忽高忽低，在茅草丛里伸展，时隐时现，一会儿山穷水尽，一会儿豁然开朗。一路上柯德一言不发，所有的蜥蜴人都竖起耳朵好像在寻找什么声音，走的时间很长了，也没见到八卦岭的影子。“丑八怪，你竖着耳朵听什么呢？”辞颂有点焦躁地问道。“主人，我在寻找琴娃的声音。”柯德闷声闷气地答道。“琴娃？琴娃是什么东西？找它有什么用？”辞颂不解地问道。“主人，琴娃是一种叫声像弹琴的蛤蟆，顺着它美妙的声音就能找到八卦岭。”柯德解释道。“莫非八卦岭的乌鸦专吃这种琴娃？”灵风倏然问道。“是的，主人，在八卦岭，还有一种枯叶蝶，是琴娃的食物，不过枯叶蝶专吃蜘蛛兽的卵。”柯德嘿然笑道。“真有意思，这真是一环套一环，处处有玄机呀！”楚雅慨叹道。这时，不远处传来了一种曼妙的音乐，那乐音起初很纤弱，众人循声前往，那乐音便强盛起来。一开始还是音乐的声音，慢慢地形成了合奏，而且声声入耳，怡人心扉。众人听后有一种心旷神怡、喜不自制的感觉。“主人，这就是琴娃的声音！”柯德喜道。“柯德，这美妙的声音后面会不会暗藏杀机呀？”辞颂敏感地问道。“不知道，我也是听前人说去福地圣境寻找圣盆必须经过八卦岭，而我找八卦岭的方法就是寻着琴娃的叫声走。”柯德谨慎地答道。“大家还是多加小心，我总有一种不祥的感觉。”灵风感到有一种无可名状的焦虑、隐忧缠绕着他。此时，悠扬的蛙声四起，空气中弥漫着一种迷人的香味，众人跟在柯德后面，深一脚、浅一脚地往前走，谁也不敢掉以轻心。“柯德，空气中的香味是怎么回事？”灵风嗅了嗅警觉地问道。“主人，这香味是漫山遍野的迷魂草散发出来的，这些迷魂草的草汁有剧毒，沾到人的皮肤上就会溃烂而死。”柯德一边手舞足蹈地说，一边露出惊恐的表情。“大家小心脚下的这些毒草！”灵风大声提醒道。路越来越难走了，每个人的心都提到了嗓子眼儿，走着走着，琴娃的声音戛然而止，天空中零星地有乌鸦飞过。“柯德，为什么听不见琴娃的声音了？”灵风疑惑地问道。“主人，这说明快到八卦岭了。”柯德转头答道。“柯德，越过八卦岭离蜘蛛兽国还有多远？”楚雅倏然问道。“越过八卦岭就是太子河，我们沿河乘木筏而下就会到达蜘蛛兽国了。”柯德眼中掠过一丝复杂的神情，似乎对能否到达蜘蛛兽国也没有十足的把握。忽然，天空中飞舞的乌鸦骤然多了起来，呱呱叫着，仿佛在互相通报：“有人来了，有人来了！”“主人，小心这些乌鸦是有剧毒的，啄着谁，谁就会中毒而死。”柯德紧张地提醒道。众人听后都紧握兵器以防不测。这时，眼前微微起伏的山冈上呈现出大片的枯树叶，奇怪的是山冈上虽然有大片大片的枯树叶，却没有一棵树。“楚雅，这个地方真奇怪，漫山遍野的落叶却没有一棵树。”灵风神情错愕地说道。“是呀，越是怪异越是要小心。”楚雅沉声道。“柯德，前面那个枯叶坡是不是你说的八卦岭啊？”辞颂焦躁地问道。“八卦岭应该有遮天蔽日的乌鸦，也许过了这个坡就是了。”柯德若有所思地答道。这时，脚下有许多颜色艳丽的青蛙，个头有马蹄那么大，一蹦一跳地向枯叶坡方向行进，神态旁若无人。“这些青蛙莫非就是琴娃？”辞颂好奇地问道。还未等柯德回答，一个蜥蜴人兴致勃勃地顺手抓了一个，那只大蛤蟆挣扎着发出一种奇怪而恐怖的声音，脚下所有的青蛙像是听到了命令一样聚拢了过来，向这个蜥蜴人喷射一种白液，那个蜥蜴人满身雪白，嗷嗷怪叫，不一会儿就化作一摊绿水。众人无不惊得目瞪口呆！“大家小心，这些蛙像是有组织的，莫惊扰它们。”灵风喝道。这时，漫山遍野的青蛙像是打伏击一样包围了山冈，开始攻击枯叶，那些厚厚的土色的枯叶惊得一下子飞了起来，像是秋日的落叶漫天飞舞。“枯叶蝶，主人，那就是能吃蜘蛛兽卵的枯叶蝶！”柯德兴奋地说道。“看来我们离蜘蛛兽国已经不远了，”灵风挥舞着光阴之剑说道，“弟兄们，前面又要有一场恶战，大家千万当心！”灵风话音刚落，从山坡下面升腾起黑压压的一片乌云，不，不是乌云，是乌鸦，黑压压的，遮天蔽日，看不见一点缝隙。顿时，所有的声音都被乌鸦的鼓噪之声所淹没，只有一种声音像潮水拍岸般地向人们袭来，一些蜥蜴人受不了这种声音，捂着耳朵互相撞头。“柯德，今天有些奇怪，好像所有的攻击都针对你们蜥蜴人。”灵风有些不知所措地问道。“主人，天下只有我们蜥蜴人知道风婆婆在福地圣境的秘密，这是对我们泄密的惩罚。”柯德话音刚落，黑压压的乌鸦从空中俯冲了下来，犹如一块黑云落在了山冈上，一时间攻击枯叶蝶的青蛙和乌鸦、枯叶蝶三方混战在一起，场面亘古未有，惊心动魄！“灵风，怎么办？我们根本过不了这个山坡。”楚雅神色颓然地问道。“辞颂，看看你的箫能不能驱散它们？”灵风沉着应对道。辞颂拿出长箫，凝神吹奏起来。箫声悠扬厚重，如阵阵海涛击向山坡，但是丝毫制止不了坡上的混战。正在众人束手无策之际，山坡上宛若朝阳在地平线上喷薄而出，冉冉升起，放射出灿烂的粉光，照得天空粉红粉红的，一棵巨大的桃树拔地而起，满树的桃花映得天空霞光万道，顿时驱散了所有的枯叶蝶和青蛙，那黑压压的乌鸦也被霞光映照得血红血红的，成了名副其实的血鸦。天空中，漫天血鸦呱呱鼓噪着排成一个巨大的人字，像是商量好了似的，血浪一般向远方飞去。“主人，那些血鸦在给我们指路。”柯德兴奋地喊道。灵风像是没有听到柯德说什么，眼含热泪深情地凝望着那棵开满桃花的巨大而美丽的桃树，嘴里喃喃道：“落儿，落儿……”“灵风、灵风，你怎么了？”楚雅关切地推了推灵风温声问道。“楚雅、辞颂，那是桃落，是桃落在帮我们！”灵风热泪盈眶地说完，拼命地向桃树跑去，他跑到山坡上，驻足半晌，然后一下子抱住桃树泪流满面地说道：“落儿，你让我想得好苦啊，你还好吗？”那桃树像是听懂了灵风的话，一枝开满桃花的树枝温柔地伸过来用花瓣轻轻地抚摸着灵风的脸，仿佛有无尽的知心话要说，又不知从何说起，慢慢地从树干上浸出了两行如清泪般的汁液。“落儿，你哭了，你哭了，不哭，我一定会找到福地圣境，找到风婆婆，找到圣盆，把你救出来。”桃树点了点头，然后慢慢地化作彩虹，一缕缕地向空中飘散。“落儿，你等着我，我一定要把你救出来。”灵风声音嘶哑地喊着，疲惫地跪在地上，无奈地望着缕缕彩虹消散在空中。

灵风等人翻过八卦岭，并未见到波涛滚滚的太子河，而是一条名副其实的蛛丝河。宽阔的河床上，流动的不是水，而是如银丝般晶莹剔透的蛛丝。那些纠缠不清的蛛丝在河床中上下起伏翻滚，宛如大河的波涛，滚滚向前。空中的乌鸦成群结队地沿着蛛丝河向前飞，一些低空盘旋的乌鸦，经常被蛛丝卷起的巨浪裹缠住，蛛丝间像蚂蚁一样的小蜘蛛很快聚集过去，将乌鸦蚕食殆尽。众人站在河边望河兴叹！“柯德，有没有别的路可走？”灵风颓然问道。“主人，只能顺着这条河走，这是通往蜘蛛兽国的唯一通道。”柯德无奈地答道。“看来只能设法闯过这条蛛丝河了，柯德，有没有什么办法？”灵风仰望着太子河两岸的悬崖峭壁沉重地叹息道。“主人，用火试试吧，看能不能烧出一条路来?!”柯德谨慎地建议道。“灵风，让我来试试吧。”辞颂说完，凝神静气从腰间取下宽带，用力一抖，顿时瑞气腾腾，一团火球滚入河中，没想到那火球先是被蛛丝缠裹，然后，从河底爬上来像蚂蚁一样密密麻麻的小蜘蛛将火球团团包住，只听见嘁嘁嚓嚓一阵撕咬声，很快火球就被小蜘蛛们蚕食殆尽。众人看得是目瞪口呆，心惊肉跳！“妈的，这些小蜘蛛连火都吃。”辞颂恼羞成怒地骂道。剑芒闪过，楚雅已然凌空而起，山风吹过，他的脸庞异常冷峻，闪电之剑在空中划过，向河中劈去，一道银蛇般的强光过后，剑芒在蛛丝中炸响，河中的蛛丝若狂涛般翻腾一阵后，却越来越稠密，滚滚滔滔地向前快速奔淌。楚雅嗟呀之时，一个白色的身影随之腾起，山风吹动他的白袍猎猎作响，灿烂的剑芒若天边的银河欢畅奔流，正是灵风的光阴之剑。然而，一声巨响之后，河中的蛛丝越发猖獗，打着旋儿翻腾奔涌。灵风收住剑诀一筹莫展地蹲在河边，用剑尖慢慢地挑起蛛丝，却发现蛛丝下是密密麻麻的小蜘蛛，让人看了头皮发麻，毛骨悚然。“落儿，”灵风惆怅地在心里呼唤道，“你帮帮我，我怎么才能过这条河呢?”“傻瓜，你不是有《光阴真经》吗！”灵风仿佛听到了桃落的声音，他猛地站起来，向四周喊道，“落儿，落儿！”“哪儿有落儿?灵风，你是急糊涂了。”楚雅低声说道。“真的，我刚才听到了落儿的声音。”灵风兴奋地说道。“桃落说了什么？”辞颂淡然一笑问道。“她说，傻瓜，你不是有《光阴真经》吗。”“对呀！我们真是大傻瓜。”楚雅顿悟地说道。灵风赶紧取下背包，打开《光阴真经》，看后，他惊呆了，半晌说不出话来。“书上怎么说的？”辞颂催问道。灵风没有回答。“怎么了？灵风！”楚雅急不可耐地问道。“书上说，用五百个蜥蜴人的血能清除河中的蛛丝。”楚雅和辞颂听后也惊得目瞪口呆。“主人，这是天意，”柯德默然良久悲壮地说道，“看来我们与主人的缘分就到这儿了。”“柯德，《光阴真经》上说，你们的肉身死掉了，但灵魂可以飞向蜥蜴人国，重新投胎成为蜥蜴人。”灵风沉重地安慰道。“弟兄们，我们往前走死路一条，往后走，也是死路一条，死了我们就能回祖国了，还可以送我们的救命恩人完成使命，想回祖国的跟我来！”柯德说完，猛然拔出宝剑就要抹脖子。“柯德，且慢，”灵风赶紧拦住说道，“《光阴真经》上说，只需要五百蜥蜴人的血，你们现在是五百零一人，你不能死，你死了谁给我们当向导？”“主人，我是他们的首领，我当然是要带头的。”柯德执意说道。“蜥蜴人弟兄们，”灵风心如刀绞地说道，“《光阴真经》是一本神书，是女娲娘娘留给人类的瑰宝，书上说你们的灵魂能回到祖国就一定能回到祖国。不过，你们的首领不能走，他还要给我们带路。想回家的就可以献身，不想回家的我也不勉强。”“弟兄们，我给你们跪下了，”柯德扑通一声跪在地上悲痛欲绝地说道，“本来我应该带头去死，但是主人的使命未完，我就拜托你们了。”说完，一个头磕在地上。众蜥蜴人生离死别地与柯德告别，让人看了肝肠欲裂，痛不欲生。一些胆大的蜥蜴人纵身跳入太子河，然后拔剑自刎，绿色的鲜血汩汩喷涌，五百蜥蜴人悲壮地如法炮制，纷纷跳入太子河，引颈自刎，绿色的血液汩汩滔滔地流成了河。蜘蛛丝遇蜥蜴人的血顿时化作缕缕白烟，霎时间太子河上烟雾弥漫，灰蒙蒙的，越来越厚，越来越浓，河里的情况因烟雾遮挡而无法看清楚。只听见嘁嘁嚓嚓的撕咬声，让人悚然惊心。突然，山谷间回响起悦耳的音乐，悠扬起伏，强弱不定，诱人心魄！“琴蛙！”辞颂断然说道。“这儿怎么会有琴蛙？”楚雅诧异地问道。“有琴蛙就会有枯叶蝶。”灵风沉思道。此时，烟雾渐渐散去，惊心动魄的场景显现出来，太子河中的蛛丝全部化作烟雾消散了，河底却留下了厚厚的密密麻麻的黑糊糊的小蜘蛛，这些小蜘蛛鼓鼓涌涌的，让人毛骨悚然。更令人触目惊心的是，五百蜥蜴人的骨架上爬满了啃食肉渣的小蜘蛛，那场景真是惨不忍睹。“主人，这些小蜘蛛是蜘蛛兽排的卵。”柯德悲痛地呜咽道。“柯德，你的意思是说，这条河是蜘蛛兽专门排卵的地方？”灵风轻声问道。柯德揉着红肿的眼睛，重重地点点头。众人正在惊诧之际，斑驳杂陈的枯叶铺天盖地地飘落下来，一派萧瑟风景，似是人间万物凋零。不一会儿，缤纷的落叶将整条河覆盖得密密实实，原来是专食小蜘蛛的枯叶蝶铺天盖地地飞落下来捕食。满眼望去，真是满目枯黄，斑斓萧瑟，萎谢得如深秋一般。此情此景，众人无不感慨。很快，许多琴蛙一蹦一跳地从四面八方奔来，越聚越多，显然琴蛙是为枯叶蝶而来，山谷间顿时回荡起哀哀怨怨的乐律。琴蛙一边唱一边吃，太子河内再现了八卦岭的场景。天空中黑压压的乌鸦呱呱地鸣叫着，在山谷上空盘旋，仿佛滚滚黑云，遮天蔽日，鼓噪得让人心惊肉跳。突然间，大群大群的乌鸦四散奔逃，像是遇到了极其恐怖的事情，惊吓得慌不择路，众人正在惊异时，黑压压的鸦群散处，十几只巨大的玄冥鸟锐啸悲鸣着冲散了大群的乌鸦。与此同时，琴蛙、枯叶蝶也惊得四散奔逃，不到半个时辰，乌鸦、琴蛙、枯叶蝶都消失得无影无踪。山谷间一下子寂静得吓人，只有十几只巨大的玄冥鸟在高空盘旋俯冲，起起落落，但并不敢接近灵风等人。很显然这些大家伙的任务是侦察，恶禽们在空中折腾了一阵子后，悲鸣着向远方飞去。众人紧张的神经终于松懈下来，刚才光顾着抬头望天了，没注意太子河里的小蜘蛛也消失得无影无踪，太子河成了一条蜿蜒伸向远方的河床。“主人，那天上的大鸟十分恐怖，从未见过，不知是什么怪物？”柯德惊异地问道。“柯德，那是魔国的玄冥鸟，是恶禽，十分凶猛！”灵风拍着柯德的肩膀说道。“灵风，看来黑魔已经发现了我们的踪迹。”楚雅怅然说道。“黑魔不仅残忍凶恶，而且诡计多端，十分狡猾，其实他一直没有停止对我们的跟踪。”灵风笃定地说道。“黑魔跟踪我们却不对我们下手，是什么意思？”辞颂不解地问道。“莫非他们也在寻找圣盆？”灵风自言自语地沉思道。“他们寻找圣盆干什么？”辞颂目光霍然一跳问道。“当然是为了销毁圣盆了！”楚雅觑了辞颂一眼说道。“看来我们要十分小心啊！因为黑魔是在利用我们寻找圣盆，一旦发现圣盆，黑魔就会全力销毁，到时候免不了一场恶战啊！”灵风肃然说道。“让他们来吧，保证让他们有去无回。”辞颂咬牙切齿地说道。“不可大意，夺取圣盆我们只许胜不许败，否则后果不堪设想。”灵风叮嘱道。众人顺着河床小心谨慎地往前走，脚下是死去的蜥蜴人的累累白骨，柯德忍住悲伤，默默地流着眼泪，一步三回头地往前走，灵风为了安慰柯德，一直牵着柯德的手。

访民们私下里称“世外桃源”为“黑屋”。我一向认为自己身体很好，一年到头也不感冒，可是我到黑屋的当天晚上竟然发起烧来，烧得我浑身疲软乏力，疼痛难耐，和我同车的一男一女见我烧得吓人，便轮流去洗手间投湿毛巾敷在我的额头上为我物理降温，肖峰通过和他们交涉还给我弄来两片扑热息痛，我吃下后进入了梦乡。想不到我坐在地上一觉竟睡到了天明，但醒来后还是浑身没劲，像虚脱了一般。女的见我醒了显得很高兴，她一边用手轻轻摸着我的额头，一边关切地问：“妹子，到开饭时间了，你想吃点什么，我去帮你打饭。”我感激地看了她一眼，有气无力地说：“大姐，我想喝点粥。”她微笑着点点头，温和地说：“我先去投一投毛巾，你擦擦脸，清爽清爽，然后就去给你打粥。”说完她起身要走，我连忙拉住她的手不好意思地说：“大姐，多亏你照顾了，我还没问你的名字呢。”她慈和地笑了笑说：“我叫丁桂香，叫我丁姐、香姐都行。”说完，又用手帮我捋了捋头发就去了。这时与我同车的男人和肖峰等几个访民都凑上来问我感觉怎么样，我说了自己的感受后，又道了谢，然后连忙问与我同车来的男人的名字，他苦涩地微笑着告诉我，他叫郭卫军，此时他被打伤的脸上一只眼睛是瘀青的，嘴角也肿得老高。这时桂香大姐回来了，她把投好的毛巾递给我，便和肖峰、郭卫军等人去打饭了。

大会议室一下子空旷起来，不知为什么，我的眼睛里竟然一下子涌出几滴热泪。刚走进这个臭烘烘的大会议室时，看到那么多目光呆滞、样子畏缩的访民，还以为自己是来体验生活的画家呢，现在我才知道这是自欺，其实在我被塞进依维柯的瞬间，我就成为他们中的一员了，我不是客人，只不过是我画的《金太阳》里一望无际大草原上的一棵草而已。一旦被关押进黑屋，再高贵的灵魂也会在瞬间变得卑微起来，不过，我仍然不死心，此时此刻，我心里还怀着那么一点不确定的、某种朦胧的希望，尽管说不清道不明，我却像渴望一口热粥一样渴望着它，直到丁桂香嘴角流着鲜血站在我面前时，我心头的那碗粥瞬间就被打碎了。事情其实很简单，就是丁桂香排队打饭时，发现早餐只有汤没有粥了，便问特勤有没有稀饭，没想到那个长着狗脸的人粗暴地回答："没有。"丁桂香大概太想为我讨碗粥喝了，便继续问："能不能为病号熬碗粥?"没想到狗脸人张口骂道："你他妈的以为自己是谁?"丁桂香不服气地顶了嘴，狗脸人不容分说就扇了她一个嘴巴，鲜血顺着嘴角流了出来，狗脸人觉得不过瘾，放下手中的勺子，上去揪住丁桂香的头发又要打，肖峰一个箭步冲上前去，大喝一声："住手!"狗脸人被这突如其来的吼声震住了，肖峰趁机将丁桂香拽到了身后，这时突然围上来几个人，手里挥舞着电棍，噼里啪啦地向肖峰的头上砸下，肖峰起初还用手臂阻挡，渐渐地招架不住了，被五六根电棍打倒在地，他们围着倒地的肖峰一顿乱踹，肖峰被打得面目全非晕死过去。要不是郭卫军、丁桂香和几个胆大的访民上前阻拦，肖峰恐怕要被活活打死。丁桂香向我们哭诉经过后，我简直不敢相信自己的耳朵，许久我才从惊骇中清醒过来，连忙问："肖大哥呢?"郭卫军愤恨地说："老肖被打得昏迷不醒，被他们塞进依维柯里拉走了。"我焦急地问："他们会把肖大哥拉到哪里去呢?"郭卫军沉重地摇摇头，丁桂香抹着眼泪说："估计是去医院了。"这时我环视了一眼大会议室，访民们都回来了，两个像大狼狗似的特勤死守在门口，我感觉自己掉进了一个望不到天的深渊里，周围全是令人窒息的黑暗。经过这场惊吓，我的高烧奇迹般地退去了，可是由于担心肖峰的生死，我心中的焦虑却像浪涌一样撞击着我，使我坐立不安。大会议室里热得让人喘不上气来，小孩子撕心裂肺的哭声，大人们无奈的叹息声，痛苦的呻吟声，愤懑的抱怨声，偶尔还有一两句安抚宽慰的话语，让我感觉自己正身处一幕荒诞剧中，只是我还不清楚自己身在其中扮演的是什么角色。对于访民们来说，进京是他们最后的希望，进京成为他们活下去的理由。他们满怀希望进京，在进京的过程中许多人都遭遇过围追堵截的惊恐经历，但是他们仍然千方百计、千辛万苦地想进京，以为一旦进京成功，一切问题都将得到解决，却万万没有想到，自己却被当成最危险的人物莫名其妙地被押送到黑屋。即使在这里，他们也没放弃希望，因为他们无不相信在这个世界上只有太阳最红。我在陷入沉思时经常思考一个问题，那些唯恐访民进京的人到底害怕什么？以至于到了草木皆兵的程度，他们甚至连像访民的人也不放过。丁桂香是进京寻找农民工丈夫的，她下了公交车四处寻找丈夫盖大楼的工地时，有个人上前盘问她是不是来京上访的，她说不是，那个人要求检查她的身份证，她交出身份证后，就被带走，一番讯问之后，她在笔录上按了红手印，大约一个小时后，一辆印有“金太阳护送”字样的依维柯开了过来，就这样她被塞进了依维柯。我问她丈夫知不知道她来北京看他，她说知道，丈夫本来要请假到火车站接她，她说耽误一天工就耽误一天钱，她没答应，结果被误当作访民抓进了黑屋，她丈夫和她联系不上，还不知急成什么样子了呢！不过自从我被关进黑屋，面对任何谎话我都不再惊讶，因为听多了自然就习惯了，我发现人有着极强的适应性，说白了，生存的本能决定着人的选择，有了这个本能，所有的荒谬我们都能适应。为此，我们不惜做个“好犯人”。我觉得，访民们被侮辱、被殴打却不反抗，是因为他们对未来还抱有一线希望，他们认为天下之大，总会有讲理的地方，当然最讲理的地方一定是京城，正因为如此，他们才千里赴京告御状，因为在权大于法的今天，上访是一条艰难的却又是唯一能给他们以希望的道路，如果这条路被堵死了，那就只剩下绝望了。那么答案究竟如何呢？在这里我只想讲一讲郭卫军的故事，这个有着侠骨柔肠的男人的悲惨遭遇足可以给出一个清晰的答案。以下是他向我讲述的自己的遭遇：“县里要修大广场，我家新盖的房子就在这个大广场上，这是县里的形象工程，你知道形象工程意味着什么吗？这意味着我耗尽一生攒下的积蓄建成的房子注定要被拆除。可是补偿还不到我的房子房价的十分之一，这哪里是补偿，根本就是明抢啊！我坚决不同意，无论我怎么恳求、抗争、下跪，可还是阻止不了房子被拆毁的厄运。为了讨个公道，我申请行政复议，结果是石沉大海，只好向法院起诉，结果是败诉，我坚持上诉，还是败诉。没办法，我只有上访这一条路了，市里、省里，我的鞋不知跑破了多少双，最后都推到了县里，我只好进京上访，没想到我一下火车，还没出京城站呢，就被几个穿便衣的人给拦住了，他们自称是驻京办的，苦口婆心地劝我坐火车回去，连回程火车票都给我买好了，还说我作为公民有责任维护首都的稳定。我上访的决心已定，毅然决然地冲出他们的包围圈，打了一辆出租车，消失在车水马龙之中。在京城，我向相关部门递交了上访材料，怀揣着包青天显圣的梦想，坐火车回到县里。结果一下火车就被人带走了，理由是我进京坐火车用的是假火车票，他们怀疑我与黄牛党有染，我据理力争，但无济于事，第二天来了两个穿白大褂的，问了我几个问题后，他们裁定我患有精神病，不容分说就将我送进了精神病院，一关就是一年多，我这次进京，还是利用我无意中捡到的锯条和几个夜晚秘密工作，锯断窗户上的铁栏杆逃出来的。逃出那座戒备森严的医院后，我连夜坐火车进了京城，结果刚出火车站就被几个大汉塞进了一辆依维柯送到了这里。”讲述完自己的悲惨遭遇后，郭卫军的脸上流露出沉重而绝望的神情，陷入一种古怪的沉默之中，眼睛直愣愣地望着天花板，仿佛雕像一般。我记得文白在他的长篇小说《历史》中塑造了这样一位作家，他将个人脆弱的经验化作文字对抗以意识形态来叙述的历史和政治谎言。我觉得无论是文白小说里的作家，还是生活中活生生的人物郭卫军以及那些访民们，他们都是历史的证人。他们都在以个人柔弱却坚韧的方式反对着强权的野蛮专横。想到这儿，我的心郁闷极了，和《神话》里弃国而逃的圣孔一样“心里如同塞了一团烂絮般混沌不清”，恨不得这黑屋一夜之间变成《神话》里的太极洞，也好杀出个森林国的国王寅瑶，使访民们绝处逢生。

春秋国国王圣孔在逃往须弥国的路上，由于慌不择路，迷失在太极山中，被退败下来的怪兽发现，这群怪兽像饿虎一般地兴奋起来，

里三层外三层地包围了太极山。保卫圣孔的将军是御林军统领颜青，也就是大将军颜回的弟弟，还有圣孔的长子宗法、丞相子路及众大臣。太极洞在太极山的金峰半山腰，国王圣孔和文武大臣正藏在太极洞中召开军事会议，以丞相子路为首的文臣们主张投降，理由是以区区两万人马与强大的恶魔作战无异于以卵击石；以御林军统领颜青为首的武将们主战，理由是宁为玉碎，勿为瓦全。双方争执不休，国王圣孔坐在一块大石板上，目光凝滞，脸色蜡黄，心里如同塞了一团烂絮般混沌不清，他双眉紧锁，表情阴冷，一副犹豫不决的神态。此时，太极洞外，浓重的云中黑云翻搅，如烟如霾，压得太极洞内死气沉沉。突然，洞外好像爆裂了似的一声炸雷应声而响，太极洞被撼得一颤。啃风狂飙穿洞而过，天色暗黑得锅底似的。在洞外护驾的两万士兵心惊肉跳，军心浮动。以子路为首的投降派更是骇然失色，恨不得马上投降，把国王圣孔献出去。颜青脸色铁青，怒目看着子路，良久，他突然拔出宝剑猛然劈在一块垂吊的钟乳石上，“咔嚓”一声，火星四溅，那石头顿时断成两截。断下的一截正好砸在子路脚下，子路大惊。“谁再敢言投降，我就要谁的狗命！”颜青仗剑目光如刀子一般骂道。子路和众大臣见颜青双目赤红，面如黑铁，谁也不敢再言语。这时，颜青的副将急匆匆跑进洞内报告：“启禀陛下，怪兽已经开始攻山，就要摸到洞口了。众人悚然，唏嘘不已。“颜青听令！”圣孔呼地从石板上站起，脸上涨得青筋暴跳决然命令道。“末将在！”颜青拱手接令，声若洪钟，马刺佩剑山响，英气威严。“我命令你率众迎敌，击溃怪兽，并设法派人冲出重围，去咸安城搬救兵！”圣孔决心一下，双眸竟炯炯生光。“末将遵命！”颜青仗剑转身带人杀出太极洞。“陛下，此举万万不可，”子路见颜青杀出洞去，陡然壮起胆子期期艾艾地说道，“怪兽个个骁勇善战，我军不是对手，一旦激怒，后果不堪设想，不如派人去讲和，其实，魔国很看重春秋国，曾经派使者来我国争取联盟，不如我们此时答应联盟，这样既可以解围，又不失春秋国大国风度。”“住口！要不是你们贪生怕死，劝本王逃出咸安城，本王怎么会落到如此地步？”圣孔气得脸涨得通红，连鼻息都有些调息不匀，厉声吼道。“陛下息怒，弃城的确是出于无奈，如果我们不弃城，陛下恐怕……”“恐怕什么？本王一生仁爱天下，居然临阵脱逃，遗弃城中百姓，你身为丞相，陷本王于不仁不义的境地。子路，你该当何罪？”圣孔用阴毒的目光盯着子路，徐徐吐出自己心中的郁怒，缓缓问道。还未等子路回答，洞门口已经混战成一团。“陛下，怪兽已经攻击到洞口来了！”子路抖着双腿颤声道。“众卿听着，与其坐在这儿等死，不如拼了。”圣孔说完，拔出宝剑就要杀出洞外，众大臣一起冲上来抱住圣孔。“陛下，您不能出去！”“怎么，你们要抗命不成？”圣孔怒道。此时，颜青已经杀得血肉模糊地退到了洞口，一头巨大的怪兽手使狼牙锤正要冲进洞来，眼看着颜青已经抵挡不住，洞中一根由地面向上生长的钟乳石突然变成一根巨大的树枝将怪兽缠住，高高地举起，并重重地摔在地上，那怪兽被重创后，惨叫一声，很快就变成一摊黑水，恶臭无比。圣孔和众大臣惊得目瞪口呆，说不出话来。很快，所有钟乳石都变成了大树，威风凛凛地走出洞府，与魔兽们混战在一起。圣孔惊喜万分，他持剑第一个杀出洞去，一边杀，一边问领头的大树：“请问上仙，您是树神，还是石神？”“圣孔，我是森林国国王寅瑶，我们两国可是邻国呀！”那大树一边杀一边朗声大笑着说道。“森林国只是我们春秋国的一个传说，果真有森林国？那你们为什么在太极洞中？”圣孔继续追问道。仗着寅瑶的庇护，怪兽根本伤不到圣孔。“你们春秋国管这山叫太极山，管这洞叫太极洞，其实，这是我们森林国的寅山，这洞我们森林国叫寅洞，是我们森林国的王宫。”“原来你就是传说中的森林国国王寅瑶，失敬、失敬！”圣孔只顾说话了，一头怪兽猛扑过来，寅瑶一把将圣孔扔到树枝上，同时，揪起怪兽抛向山壁。“多谢树兄！”圣孔从树上跳下来，又投入战斗。闪电没能撕碎浓重的黑云，巨雷在低低的云层中滚过之后，滂沱大雨就铺天盖地压下来，沉重的，兽性的，肆意倾泻着，奔腾的声音，如一千亿个瀑布，集中在一起冲落，崩塌下来，异常的疯狂放肆。暴风雨中春秋国士兵死伤已经过半，活着的也都是血肉模糊，虽然有森林国的诸神帮助，但仍然是寡不敌众，再加上怪兽们善使魔火，许多士兵被烧得像黑焦炭一样。树神们似乎对魔火也很打怵，好在大雨滂沱，魔火也发挥不了威力，只见闪电中漫山遍野的人魔、树魔混战在一起，打得是昏天地暗。雨下得是惊天动地，仗打得是血雨腥风，很显然魔兽们渐渐占据了上风，双方正在胶着之际，十几只巨大的玄冥鸟不知何时从黑云中俯冲出来，局面一下子被动起来。春秋国的士兵和森林国的众神都被逼到太极洞附近，人神联手苦苦支撑，眼看着只有招架之功，没有还手之力了，山下传来呐喊之声，狼王率众弟子杀上山来。此时，雨突然停了，一轮火炎炎的太阳穿过黑云虎视眈眈地蹲在金峰顶上，把天边团团块块的乌云烧得鲜红、朱红、橘红。仿佛阳光与黑云激战过后，终于占了山峰，疯狂地示威，恨不得把茫茫苍苍的太极山投进熔炉之中。很快，灿若、小魔头和大将军颜回率春秋国援兵也杀上山来，局面一下子扭转过来，魔兽们纷纷败退，狼王和众神及春秋国将士乘胜追击，直杀得魔兽们嗷嗷怪叫，狼狈逃窜。漫山遍野的怪兽尸体在雨后太阳的照耀下散发着尸腐的臭气。打扫战场后，大家都聚集在太极洞内，狼王抱拳施礼诙谐地说道："树兄，想不到魔兽偷袭春秋国，却打到了你的王宫大殿上了。""狼兄，想不到你们这些被人类称之为野兽的家伙也参与到讨魔行动中来了。"寅瑶拉着狼王的手亲切地笑道。"彼此、彼此，除魔大业不仅是人类的事，天下生灵都是责无旁贷的，这不连阎王爷也派出了地使娘娘出使人神两界，共商讨魔大业呀！"狼王一边介绍灿若一边说道。"狼兄，神界不是问题，关键是人类呀！"寅瑶与灿若寒暄后感慨地说道。"树兄，你这话什么意思？""狼兄，其实人类也是黑龙的后代！""树兄，有没有搞错呀？人类是女娲所造，人、神、冥三界共知，怎么会与魔同宗呢？""狼兄有所不知，当年黑龙钟情于女娲，女娲却浑然不知，将在圣水池畔偷窥女娲洗澡的黑龙的情思无情斩断，捻绳造人，黑龙的情思化作人类的脐带，代代相传，你说人类是不是与魔同宗？""树兄，长期以来，人类有许多连我们兽类都无法理解的行为，比如同类残杀，欲望横流，麻木冷酷，骄奢淫逸，奴颜婢膝等等，今天我终于有了答案，原来人有两性，人性和魔性，人类的罪恶是天生的魔性使然啊！""狼兄，这回你该明白，自从女娲造人以来，人类就你争我夺，一盘散沙，为了利益战争不断的真正原因了，让人类诸国团结起来共同抗魔，难呀！"寅瑶喟然叹道。

“寅瑶兄说的我不敢苟同，”圣孔说道，“春秋国一向以仁爱治天下，我的理想是国民人人都可成为君子，我是最痛恨战争的，想与诸国和平共处，然而，圣母国一直虎视天下，搞霸权主义，搞得天下人心惶惶。”“圣孔，你的仁爱不过是为一国之利的小爱，真正的大爱只有我们神界才有，那是如阳光雨露一样的无私，不铲除人类的魔性，很难到达无私的彼岸！”“那么如何铲除人类的魔性呢？”“你们人类几千年历史其实就两个字：专制！专制就是你们的文明，但更是人类的垃圾。人类诸国各怀心腹事，无非是为了自己的专制统治，而你们春秋国虽然倡导仁爱，却是搞专制时间最长、发扬最光大的国家之一，你的仁爱不过是为了维护统治的假仁假爱，如果是真爱你圣孔也不会在你的人民即将遭受涂炭之时弃他们而去。”寅瑶侃侃而谈，对人类弊端剖析得剔骨挖髓，淋漓尽致。“寅瑶兄的话太过尖刻了，人类并不是一无是处，人类的主流是真善美的，”圣孔狡辩道，“我们春秋国的毛病是太过仁爱了，太过仁爱了，就失去了力量，不过多施仁爱的好处就是得人心，俗话说，得人心者得天下嘛！”“屁话！”狼王勃然大怒道，“圣母国侵略星月国是真善美吗？逍遥国王后为了王权弑夫杀女是真善美吗？你圣孔弃城而逃，置百姓生死于不顾是真善美吗？你们春秋国也出过上千个国王了，有几个得人心的？不是照样坐天下吗？你们人类最大的毛病就是太虚伪，圣孔，你谈仁爱的时候，想没想过被人类无辜杀死的动物？”“对呀，想没想过被你们乱砍乱伐的森林？”寅瑶插嘴说。圣孔被斥问得哑口无言。“好了，要说冤魂哪儿也没有我们地狱多，我就是被母后杀死的屈死鬼。”灿若打圆场地说道。“地使娘娘此话怎讲？”狼王不怒自威的气势让圣孔心慑，他转移话题颤声问道。“我娘活在人间时，是逍遥国的凤凰公主。”小魔头脖粗脸红地插嘴喊道。“原来地使娘娘就是被逍遥国的王后则姬毒死的凤凰公主？”圣孔惊诧地问道。“正是，圣孔，此次我返回人间是受阎罗君委托，联盟人类诸国和神界诸神共讨黑魔的。”灿若幽幽说道。“惭愧，惭愧，我圣孔活了上百岁了，今日让树兄和狼兄说得真是无地自容啊！”“圣孔，好在女娲传下了《光阴真经》和光阴之剑，人类的事自有人神料理，你也不必太自责！”寅瑶抚慰道。“树兄，我有一个建议，事不宜迟，不如我们将人类诸国国王请到这寅洞来，我们在森林国召开一个讨魔联盟大会。”狼王凛然说道。“狼兄，你是不是太天真了？人类诸国各自为政，谁都想吞掉对方，怎么可能来我森林国开联盟讨魔大会？”寅瑶揶揄地说道。“树兄有所不知，我和须弥国的法慧大国师拜访过夜山，见过人神灵风，有过约定，我和法慧已经分别说服了逍遥国、星月国和圣母国国王共同讨魔，因为他们已经遭到了魔国的袭击，人神灵风正在寻找战胜黑魔的法宝圣盆，联盟讨魔还是有希望的。”“人神灵风我倒是见过，曾在我这寅洞中休息过，和他爹孤寂一样英俊潇洒，一表人才，好像比他爹更灵秀些，像是能成大事的样子。不过，灵风不在，谁会是主持联盟大会的最佳人选呢？”“当然是须弥国国王唐宗，因为共讨黑魔最初就是唐宗倡议的。”狼王不容置疑地说道。“狼王的主意甚好，果真如此，我也好回地狱复命了。”灿若媚然一笑说道。“既然大家都同意，就烦劳诸君出使各国发出邀请，我森林国也要做一番准备呀！”寅瑶郑重地说道。“圣孔，我看信使就由你春秋国派出吧。”狼王似笑非笑地说道。“好的，我回咸安城后马上给诸国国王修书。”圣孔说完，慢步走出太极洞。夜已深沉。高悬空中的月亮是鲜红色的，宛如恬静的天空中跳跃的心脏，血盆一样的月亮像黄昏的落日，只是没有晚霞，而是在黑漆漆的天幕中孤零零地悬着一团火球，让人觉得像垂死的太阳。

应该说我到黑屋的最大收获就是巧遇了一个人。我第一次打饭时就看着她眼熟，当时她隔着两个人站在我前面，当她打完饭转过身时，我看到了她的正脸，当时我就觉得这个人太面熟了，可是怎么也想不起来在哪儿见过，一整天她的脸都在我脑海里晃悠。我之所以才发现她，是因为她被关在一楼，而我被关进这里的当天晚上就病了，这两天都是肖峰、丁桂香和郭卫军在照顾我，为了我，肖峰至今生死未卜。今天是我第一次走出这栋二层楼，没想到竟然在这里遇上了熟人。她是谁？为什么她会这么面熟？直到第二天下午放风时，我才想起她是谁，而她也注意到了我，就在我靠着墙根目不转睛地观察她时，她径直走过来，直白地问：“你为什么总是看着我，我们认识吗?”我莞尔一笑说:“当然认识。”她一脸狐疑地问:“我怎么不记得?”我黠慧地笑着说:“准确地说是我认识你,你却不认识我。”她更加疑惑了,懵懂地问:“这到底是怎么回事?”我坦诚地说:“你在东州大厦前被抓时,我也在场,我目睹了你被抓的全过程。”她这才恍然大悟地说:“原来如此!那么你是怎么到这里的?”我沉吟片刻,用惺惺相惜的口吻说:“和你一样,都是为了那些冤死的婴儿。”她似有所悟地问:“这么说你是死婴的母亲?”我连忙摆着手说:“不是。”她不依不饶地问:“那就是记者。”我摇着头说:“也不是。”她彻底糊涂了,用质疑的口吻问:“那你是干什么的?怎么会因那些冤死的婴儿被抓到黑屋来?”我直言不讳地说:“我是画家,叫朱小丹,是著名作家顾文白夫妇的好朋友,他们的孩子就是那二十四个冤魂中的一个,为此他们进京上访却无缘无故地失踪了,我是因为寻找他们被抓到这里的。”她用刮目相看的口吻说:“原来是这样,我读过顾先生的书,他的每一部作品都像一个魔匣,读了以后有一种终于将鼻孔露出水面的畅快,他的妻子我也知道,叫张欣,是《东州日报》记者,他们的孩子死后,张欣是第一个向市妇婴医院质疑孩子死因的母亲。”我纳闷地问:“你怎么对张欣的事这么清楚?”她深深地叹了口气,一脸愧疚地说:“因为我是市妇婴医院妇产科的医生,我亲手接生了他们死去的孩子。”“是吗?”我听罢非常惊异,情不自禁地问,“您贵姓?”她神色黯然地说:“我叫张天红,你就叫我天红吧。”我不解地问:“天红,你是怎么从医生变成访民的?”我显然问到了她的痛处,她凄然一笑地说:“就因为我想做一名合格的医生,所以被医院开除了。”我吃惊地问:“你被开除了?因为什么?”她带着苦涩的表情摇着头回忆道:“市妇婴医院陆续有四名新生儿死亡之后,我意识到问题的严重性,要求院领导暂时停收产妇,待查明婴儿死因后再收产妇。但是院长高国光认为,我是在小题大做,婴儿死亡不过是天热导致新生儿感染肺炎所致,根本不采纳我的建议,直至连续又死了四个之后他才意识到新生儿可能感染了未知病毒,慌了手脚,连忙向市主管领导汇报。我以为市领导得知内情后,一定会采取断然措施,一方面要求医院停收产妇,一方面成立专家调查组,查明婴儿死亡原因,可是让我万万没有想到的是他们竟然上下沆瀣一气，不仅没有停收涌来的大批产妇，还要求全员医护人员守口如瓶，谁要是违反纪律，坚决开除！同时对死亡婴儿父母死看死守，绝不允许出现上访事件。看着病毒肆虐，新生儿一个个七窍流血地死在抢救的手术台上，我心如刀绞。在多次要求院领导停止接收产妇无效的情况下，我只好豁出去了，自己做了一个牌子，上面写着：该医院有危险病毒，导致新生儿陆续死亡，请孕妇及就医者慎入！然后我举着这块牌子站在医院门口，高国光得知后气得暴跳如雷，竟然组织医护人员冲出来打我，我不屈服，天天举着牌子站在院门口，他见我不屈服，竟然找来一些社会上的闲散人员打我。我前后一共有一个多月时间在院门前举着牌子，竟然挨了二十多天的打，我头上的伤口是新伤挨着旧伤，在强权的威逼下，东州市几乎所有的医院都不敢收留我，最后还是一家解放军医院不信邪，为我包扎伤口。后来那十几天，是那些死亡婴儿的父母和亲人陪我站在医院门前，保护着我，才躲过了毒打，不过值得欣慰的是一些孕妇终于止步于我的牌子前，没有将自己和腹中的胎儿交给满是未知病毒的手术台，否则恐怕死亡婴儿的数字绝不会只是二十四个。可是我也因此彻底得罪了那些决定我命运的人，他们以我扰乱医院秩序为名，开除了我，我不服，在层层申诉无效的情况下，只好进京上访。结果刚到京城就钻进了设下的圈套，被塞进依维柯送到了这里。”她说完凄苦地笑了笑，我却陷入一种不能自拔的错乱之中，我甚至失去了用语言表述的能力。毫无疑问，我和张天红以及文白、张欣、肖峰、丁桂香、郭卫军还有被关在黑屋的所有访民，无不是失落了个人命运的个体，“金太阳护送”不是行进在柏油路上，而是碾压在每个人的肉体和灵魂上，可悲的是人们并不清楚。沉默良久，我才痛楚地问：“天红，夺走新生儿生命的究竟是什么病毒？”她脸上流露出一种悻悻的表情，但语气却十分自信地说：“以我十几年的行医经验，我断定问题出在卡介苗上。”我惊异而疑惑地问：“为什么是卡介苗？”她用十分专业的口吻说：“新生儿出生后都要接种卡介苗，接种后可预防发生儿童结核病，特别是能防治那些严重类型的结核病，如结核性脑膜炎。”我不解地问：“卡介苗怎么会传染病毒呢？”她冷哼一声，语气肯定地说：“我怀疑卡介苗的进货渠道有问题。”我觉得自己被数不清的疑惑包围了，反应有些迟钝，用请教的口吻问：“什么意思?”她目光凌厉地看着我，愁眉不展地说：“小丹，官场腐败，医院怎么可能幸免呢?”我这才顿开茅塞地说：“我明白了，正因为如此，文白和张欣才毅然决然地踏上了进京上访之路。可是天红，你掌握那么多内情，他们怎么可能轻易让你进京呢?”她悲愤地说：“当时我家的电话早就被监听了，我的朋友让我出国躲一躲，我知道躲过初一躲不过十五，便将实情告诉了我老公，嘱咐他一旦我进去，一定要在父母、孩子面前撒谎说我出差了，我一边说，一边抹眼泪地问他是否埋怨我？我老公笑着说：其实我埋怨自己不是一名医生，否则就可以和你一起挖出真相！我当时就扑在我老公的怀里大哭了起来。我是在几名死婴父母的帮助下进京的，可是一进京就落入了他们精心布下的罗网。”说完她的脸上挂着微笑，但她的嘴唇却在颤抖，仿佛她正在与某种令她窒息的感觉做斗争。受她的感染，我感觉周遭的一切全都在一团混沌中天旋地转起来，一种尖利的痛楚攫住了我的心，我沉重而又郁闷地说：“天红，其实感染未知病毒的何止是那些死去的新生儿啊!”她颇有同感地慨叹道：“是啊，那些感染了腐败病毒的人终究不会有好下场。”我悲观地说：“天红，我并没有你这么乐观。”她嘴角带着一丝疲惫的微笑，用探询的口吻问：“为什么?”我深深地叹了口气，用一种可以预料的口吻说：“因为在腐败病毒繁衍的地方，就连世外桃源都变成了黑屋!”她用提示的语气问：“小丹，你想过吗？他们为什么要建黑屋?”我直言不讳地说：“当然是为了囚禁访民了。”她轻蔑地一笑，充满自信地说：“不对，是因为他们害怕了!”我疑惑地问：“他们害怕什么?”她意味深长地说：“他们害怕的是访民精神!”我不解地自言自语道：“访民精神?”她坚定地说：“对!”我若有所思地问：“为什么?”她用开导的口吻说：“因为访民精神早晚会转化为公民精神，一个民族的公民精神一旦像大火一样燃烧起来，就会形成摧枯拉朽之势，到那时黑屋就会成为腐败分子的坟墓。”我被她说得心情很激动，感叹道：“你说的像一幅非常深刻的油画，有机会我一定画出来。”她微笑着问：“能送给我吗?”我发自肺腑地说："只要我们能出去，一定送给你！"说完我下意识地仰头看了一眼刺目的太阳，然后我目光平和地看着院子里散步的访民，心想，毫无疑问，现实中的许多人都像《神话》里的桃源人一样被黑魔控制了心智，比如那些驻京办的截访人员，比如那些狐假虎威的特勤，比如那些殴打张天红的医护人员，但是这并不能说明就无人能破黑魔的魔咒，其实，文白、张欣、张天红还有那些访民不就是破解魔咒的人吗？当然还包括我！别以为黑屋会像《神话》里的世外桃源一样因黑魔设置了魔障而无法找到，就像灵风迟早会找到世外桃源一样，黑屋也终将会被发现！

偷袭春秋国是黑魔的一着重棋，是瞒着英冰澈进行的，为了不让春秋国发现，并未派玄冥鸟兵团，然而不知为什么，消息竟然不胫而走，这是黑魔难以置信的事情，黑魔虽然大怒，但并未表露出来。黑魔不敢相信也不愿相信魔国有奸细。因为桃源人除蓝姬和英仓建外，全部用黑桃花控制了心智，谁也不可能破解了魔咒。蓝姬不可能有能力将消息送到春秋国，英仓建在地牢里更不可能把消息送出去。"问题出在哪儿呢？"黑魔百思不得其解，他秘密召回了火魔、水魔、土魔、花魔四大护法。秘密会议的地点安排在黑桃林的碉塔内，为了保密熄灭了桃源所有碉塔上的魔火。整个世外桃源充满了死腐和绝望的气息。黑雾弥漫，魔影重重，悄无声息，一片死寂。黑桃林的碉塔中，黑魔焦虑地来回踱步，四大护法面目狰狞地望着他。"小花儿，外面有什么消息吗？"黑魔倏然站住，绵里藏针地问道。"魔尊，太极山上有动静。"花魔媚眼风情地说道。黑魔凝望着黑桃林，并未急于问话，而是沉思良久，碉塔内死一样的沉寂，一望无尽的黑桃林中有的桃树盛开着黑桃花，有的结满了黑亮黑亮的桃子，煞气中似乎有什么虫子无休止地嘤嘤歌吟，除此之外阒然无声。"什么动静？"黑魔终于徐徐问道。"像是要召开什么会议。"花魔慵懒中带着一丝娇怜地说道。"要不是寅瑶老儿插手，圣孔已经在我们手上了，春秋国早就被我们控制了，"黑魔愤恨阴冷地说道，"更让我百思不得其解的是，春秋国居然得到我们突袭他们的消息，难道我们身边有什么人能破了我们的黑桃魔咒？”“魔尊，这不可能，”火魔恭维地说道，“黑桃魔咒是您祖上黑龙凝聚几千年黑暗精华用魔火煎炼而成，是天地间魔力无边的咒语，人类一旦中了魔咒，无人能解。”“圣孔如果不是得到了消息，怎么会事先逃离咸安城？”黑魔勃然怒道。“能不能是人类的奸细摸到了世外桃源，发现了怪兽军团出征呢？”水魔尖声尖气地说道。“不可能，魔国四野全是魔障，鬼都找不来，何况人呢？”土魔轻慢刻薄地说道。“土护法，这件事就由你来查，一定要查个水落石出。”黑魔阴毒地命令道。“请魔尊放心，属下一定查出真相。”土魔单腿点地垂首道。“小花儿，你刚才说太极山像是要开什么会，你判断寅瑶老儿能召集什么样的会议？”黑魔的语气充满了嗜血的腥臭。“启禀魔尊，属下只是发现人类诸国的国王正在向太极山聚集，还有兽神狼王也去了太极山。”花魔狐媚地喘息道。“看来这次会议是针对我们魔国开的，各位护法，我认为这是一次难得的机会，可以将诸国国王全歼在太极山上，人类必将大乱。到时候，我们分兵各国，各个击破，全歼人类指日可待。”黑魔的声音忽然高亢起来，梦魇般地说道。“魔尊高见！看来离我们消灭人类的日子不远了。”花魔眼波玲珑地一闪，媚声媚气地说道。“水护法，灵风走到哪儿了？”黑魔倏然问道。“魔尊，灵风已经到达蜘蛛兽国。”水魔眼中闪烁着诡异的黑火用孩童般的声音说道。“你给我死死地盯住他，绝不能让圣盆落入灵风的手中。”黑魔面目狰狞呼吸急促地说道。“魔尊，为了能顺利拿到圣盆，我一直没敢打草惊蛇。”水魔身子抖了一下，嘴里散发出浓浓的血腥煞气，眼中的黑火突然红了一下，仿佛血花在夜色里霍然绽放。“只要毁掉圣盆，这世界上就没有能战胜我黑魔的法宝了。到那时，人、神、冥三界都将成为我的奴隶。”黑魔的口气贪婪而邪恶，暴戾而疯狂，脸上闪烁着幽冥似的狞笑。“魔尊，人神灵风一直有雨神楚雅和雪神辞颂陪同，这两个家伙不太好对付。”水魔语气沉沦，声音幽细地说道。“打下太极山后，中护法鬼魔加上你们四大护法联手对付他们，我就不信凭你们的本事会敌不过这两个管闲事的混蛋。楚雅和辞颂与我有不共戴天的仇恨，谁要是将他们的首级献给我，我必将重赏。”黑魔的嘴中闪烁着红、青、黑三色戾气，桀骜邪恶的声音却似乎从遥远的天外传来，带着低沉的雷鸣。“多谢魔尊信任。”四大护法恭声答道，声音撕心裂肺，令人毛骨悚然。

就在黑魔召开秘密会议之际，英冰澈抓住时机，准备救出父亲英仓建。他幻化成怪兽的模样，悄悄走进母亲的闺房。蓝姬斜卧在大迎枕上满腹幽怨，闭目沉思，突然见一头怪兽悄悄地走进来，她恨透了这些脏东西，猛然起身呵斥道：“你是什么东西，敢闯进我的房间？”“母亲，我是冰澈呀！”蓝姬听了一怔，狐疑间，怪兽变成了英冰澈的样子。“冰澈，你没骗娘吧？”蓝姬不敢认眼前的儿子，泪眼婆娑地凝望着他。“娘，我是您的儿子冰澈呀！”英冰澈百感交集地说道。“儿呀，你不是吃了黑魔的黑桃，中了魔咒，心智已经被黑魔控制了吗？怎么会认出娘来呢？”蓝姬又惊又喜，迫不及待地问道。“娘，是儿出使地狱，阎罗救了我，我喝了阎罗的还魂汤已经变成冥神了。”“我的儿呀！”蓝姬一头趴在英冰澈的怀中，险些晕厥过去。“娘，儿想救出父亲，您得帮我！”英冰澈紧紧地抱住母亲迫不及待地说道。“儿呀，你说，让娘怎么帮？只要能救出你爹，娘死不足惜！”蓝姬热泪盈眶地说道。“娘，您只要领我进入地牢就行，您现在的身份，那些怪兽不敢把您怎样。”“儿呀，那黑魔浑身都是眼睛，要是让他发现，不仅救不出你爹，娘怕是连你也得搭上。娘不怕，娘现在是人不人，鬼不鬼的，要不是挂念你爹和你，还有你那不知死活的妹妹，我早就自己解决了。”“娘，可不能想不开，儿告诉你，我妹妹桃落已经逃出魔爪，而且嫁给了人神灵风，现在人神正在着手除魔大计，相信不久就能出兵讨魔，还世外桃源一块净土。”“儿呀，这都是真的？落儿嫁给了人神？”“娘，这都是真的，阎罗命令我配合人神里应外合共讨黑魔。”“儿呀，我以为你妹妹早不在人世了呢，想不到我的落儿还活着，娘的心里真是踏实了许多。”“娘，那恶魔正纠集四大护法在黑桃林的碉塔内召开秘密会议，正是救我爹的好机会，咱们抓紧时间，现在就行动。”“儿呀，娘领你进地牢容易，可怎么送你爹出去呀？他已经被折磨得走不了路了。”“娘，儿自有办法，咱们走吧。”英冰澈又幻化成怪兽的模样跟随在蓝姬的身后，向地牢方向走去。地牢由几十头怪兽看守，戒备森严。但是，蓝姬是黑魔的宠妃，怪兽们再警觉也不敢轻易阻拦，何况英冰澈手中还有进入地牢的腰牌。英冰澈随母亲很快进入地牢。地牢内漆黑一片，只有看守地牢的怪兽的眼睛发出绿色的寒光。“谁?”一个怪兽森严问道。“浑蛋，见到夫人还不跪下?”英冰澈断喝道。“夫人，您这是……”怪兽仍然警觉地问道。“把门打开，我要看看我的丈夫。”蓝姬沉着地说道。“有腰牌吗?”怪兽继续问道。英冰澈拿出腰牌，在怪兽面前晃了晃说道：“这是魔尊的旨意，还不快快开门?”“是是是。”怪兽见到腰牌如见魔尊，毕恭毕敬地连声应允，从腰间拿出一串钥匙，小心翼翼地开牢门。怪兽刚打开门，英冰澈便用力拧断了那家伙的脖子，怪兽“咕咚”一声倒在了地上。“怎么回事?”另一个怪兽问道。英冰澈也不搭话，以迅雷不及掩耳之势，将把门的几个怪兽一一击毙。“夫，我的夫啊!”蓝姬凄婉地叫道。牢内终于有了铁索哗哗的声音。“是谁? 是蓝姬吗?”黑暗中一个佝偻的身影晃动着，声音飘忽。“我的夫，是我! 我和儿子冰澈救你来了。”蓝姬一边说一边在黑暗中舞动着双手企图摸到英仓建。此时的英仓建满头长发，满脸满胸粘连在一起的花白胡须，蓬头垢面，手脚都被铁镣锁着。“蓝姬，你和澈儿是怎么进来的?”“爹，此处不是讲话的地方，儿带你出去，出去后会有一只玄冥鸟接应你，那是儿的好朋友，实际上她是一只修行千年的白天鹅。”英冰澈用钥匙打开英仓建的脚镣手铐，背起英仓建就往外走。蓝姬在前面带路。此时地牢上面正是桃源魔兵与怪兽军团换防时间，一队黑色的魔兵排列整齐地走了过来，蓝姬第一个走出地牢，怪兽与魔兵正在交接，顾不上与蓝姬打招呼，就在这时，英冰澈幻化成怪兽模样，背着英仓建走出地牢，一个怪兽很快发现了英仓建。“犯人逃出来了!”那怪兽本能地大叫着。英冰澈抛出一柄短剑正刺中怪兽的咽喉，那怪兽轰然倒地，地牢门前一下子大乱起来。就在这千钧一发之际，一声锐啸，一只巨大的玄冥鸟从空中俯冲而下，一双巨翅左右开弓，十几头怪兽当场毙命。那大鸟带着一股狂风，吹得飞沙走石，抓起英冰澈背后的英仓建一飞冲天，很快消失在黑云中。“我的夫，多保重啊!”蓝姬望着腾空而去的丈夫，倾尽全身力气一头向地牢前的黑旗杆撞去，鲜血顿时染红了黑旗杆。英冰澈眼见母亲一头撞死，心如刀绞，但他未敢暴露自己，强忍悲痛，趁乱溜走了。他知道父亲被救走，这是黑魔不能容忍的，他一定会血洗世外桃源的。

黑桃林的碉塔内，秘密会议还在进行，黑魔正在与四大护法研究攻打太极山的具体事宜。“启禀魔尊，大事不好！”一头怪兽小头目急匆匆闯进碉塔扑通跪在地上禀道。“浑蛋，我说过，没有我的命令谁也不许进入黑桃林，你找死呀？”黑魔的头发轰然冲天咆哮道。“启禀魔尊，地牢中的英仓建，他，他，他逃出地牢！”怪兽胆战心惊地说道。“什么？我的地牢，任何人插翅难逃，英仓建怎么可能逃出去？”黑魔气得胸中的魔力充盈激荡，眼中的魔火呼啸而出，围住怪兽上下翻腾。“谎报军情，死无葬身之地。”四大护法嘿嘿怪笑道。“魔尊，是夫人，是夫人带着一名怪兽拿着您的腰牌，骗开了牢门。”“什么？夫人？夫人现在怎么样？”黑魔狰狞地问道，围着怪兽的魔火由蓝转黑，熊熊燃烧。“已经，已经撞旗杆而死。”“啊！我的美人！”黑魔“嗷”的一声长啸，围着怪兽张牙舞爪的熊熊魔火，顿时旋转起来，那怪兽在如狞笑如鬼哭如咆哮的旋涡中顿时化成一摊恶臭的黑水，然后，黑魔化成一缕呼啸的黑烟，“嗖”的一声飞出碉塔，四大护法一阵魔嚎哭啸后，也都各施魔技化作黑云汹涌而去。

英仓建从巨大的玄冥鸟背上下来时，仍然惊魂未定，想不到为了救自己，蓝姬撞死在旗杆下，他强忍悲伤，躬身向救了自己的大鸟施礼谢恩。抬头看时，眼前却站着一位美艳绝伦的仙女，月光下，仙女肌肤如雪，清丽无双，明眸流转，眼波若水。英仓建一下子愣住了，惊得说不出话来。“老伯，我是冰澈的好朋友，叫小白，只能送你到此了，去找人神灵风吧，他是你女儿桃落的丈夫，拯救桃源只能靠你们了。”“小姐，你是人，还是神？”“我是天鹅仙子，也是被黑魔所害才落到了魔国。老伯，我不能久留，你一路多保重，我告辞了。”英仓建趁着天上的月华，想记住救命恩人的脸，却见小白明眸皓齿，独自在月华之中，莞尔一笑，一股惊心动魄的美丽闪过，又幻化成巨大的玄冥鸟振翅飞向夜空。英仓建向着夜空深深地鞠了一躬，心想，“儿子能有这么美丽的女子为友，真是做父亲的欣慰。”此时此刻，英仓建茫然环顾四野，发现自己正身处满山青翠，层层叠叠，若波涛起伏的竹海中，月光如水飘落在竹林间，宛若轻纱，小径两旁翠绿色的竹叶上有晶莹的露珠，美丽剔透。英仓建一声长叹顺着小径穿进竹海。

我一直认为文白和张欣一定被关在某个黑屋，我被关进来后更坚信了这一点，可是他们究竟被关在哪个黑屋了呢？我觉得只有在特勤身上下功夫，才有可能打听到他俩的下落。有了这个想法后，我开始留心观察那些人的一举一动，希望能够找到可以买通某个特勤的机会。特别是在放风时，我尽量离那些人近一些，近到可以听到他们聊天时说些什么，希望透过他们的谈话捕捉到他们内心的需求，以便借机下手。功夫不负有心人，放风时，我果然听到一个叫魏毕稳的小头目和他手下的一个胖子之间的谈话。胖子关切地问："大哥，你最近怎么总是愁眉苦脸的。是不是有什么心事呀？可不可以跟兄弟说说，或许兄弟可以帮你出出主意。"魏毕稳深长地叹了口气，一筹莫展地说："胖子，我确实遇上了一道迈不过去的坎儿，不过跟你说了也没用，你听了以后什么忙也帮不上，还跟着干着急。"胖子听罢，拍着胸脯说："大哥，你太小瞧兄弟了，这些年跟着你干，什么事咱掉过链子？"魏毕稳没精打采地说："胖子，正因为这些年咱干了那么多没掉过链子的缺德事，老天爷才如此惩罚我，这他妈的都是报应啊！"胖子听了满脸疑惑地看着魏毕稳，莫名其妙地问："大哥，到底遇上什么事了，让你像变了一个人似的？"魏毕稳的脸上流露出十分痛苦的表情，唉声叹气地说："胖子，我妈得了白血病，我快愁死了。"胖子显然很意外，他一脸惊异的表情，关切地问："这是什么时候的事？"魏毕稳痛楚地说："一个多月了。"胖子仿佛突然遭受了重大打击似的沉吟了片刻，然后用焦急的口吻问："住院了吗？"魏毕稳点了点头，叹息道："我托朋友住进了北京医院血液科，可是，可是……唉！"胖子疑虑地问："可是什么？是不是你的骨髓和老母亲的不匹配？"魏毕稳语气沉重地说："我的骨髓确实不行，可是我弟弟的骨髓和我妈的百分之百匹配。"胖子瞪着一双圆眼睛，表情释然地说："太好了，太好了，那你还愁什么？"魏毕稳脸色阴沉地说："笨蛋，骨髓移植需要一大笔钱，恐怕我这辈子也挣不出这么多钱，可是没有钱就得眼睁睁地看着老人家死，我现在是叫天天不应叫地地不灵，不瞒你说，我他妈的恨不得抢银行去!”胖子一脸同情地问：“大哥，这得需要多少钱啊?”魏毕稳伸出一对结实的大巴掌，胖子顿时倒吸了一口凉气，结结巴巴地说：“大，大哥，这，这得需要这么多钱啊!”魏毕稳愁眉苦脸地说：“这还未必够呢。胖子，既然你知道实情了，就帮大哥想想办法吧。”胖子支支吾吾地说：“大哥，把我卖了也换不回这么多钱，不过，不过……”魏毕稳大失所望地瞥了胖子一眼，冷冷地问：“不过什么?”胖子信誓旦旦地说：“大哥，弟弟别的没有，就有一颗忠心，大哥真要是抢银行，弟弟一定打头阵!”魏毕稳一听鼻子都气歪了，没好气地骂道：“滚！就知道跟你说了没用，你他妈的活腻歪了，我还没活够呢。”说完抬腿踹了胖子屁股一脚，胖子捂着屁股嘟嘟哝哝地走了。我觉得机会来了，毫不犹豫地迎着魏毕稳走了过去。无处发泄的魏毕稳见我毫不畏缩地走过来，没好气地呵斥道：“你过来干什么？皮痒痒了?”我淡然一笑，十分镇定地说：“刚才你和胖子的谈话我都听到了，我过来是想帮你!”说完我用十分关切的目光看着他，他简直不敢相信自己的耳朵，甚至根本没有反应过来，懵懵懂懂地问：“帮我？帮我什么?”我一看他如坠五里雾中的样子就断定他准会上钩，便开诚布公地说：“当然是帮筹集救你母亲的医疗费了。”他似信非信地看着我，流露出相信却又不敢相信的表情，眼睛里似乎在问：“就凭你，一个下贱的访民?”当然他说出口的不是这句话，而是用渴望的口吻问：“你怎么帮?”我采用迂回战术，用启发式的口吻问：“你知道王羲之吗?”他一听我绕弯子，显得有些不耐烦，语气粗重地说：“当然知道，好像是个大书法家。”我用赞许的目光看着他，和颜悦色地说：“对，王羲之是东晋的大书法家。有一次他在街边看见一个卖扇子的老太太生意很惨淡，就发了慈悲心，在老太太的每一把扇子上写了五个字，然后告诉老太太每一把扇子卖一百钱，买扇子的人一看是王羲之写的字，扇子便被一抢而空了。”他似乎听出了点门道，脸上却又流露出这件事和救我妈有什么关系的表情，急不可耐地问：“你到底想怎么帮我?”我颇为自信地说：“你卖掉我的一幅画，就可以得到救你母亲的医疗费。”他将信将疑地问：“你是画家？”我傲气十足地说：“就算是吧。”他显然看到了希望，眼睛明显亮了起来，但还是有些怀疑，用探询的口吻问：“你的画能值那么多钱？”我从容自若地说：“人命关天，我干吗要骗你？”见他仍然似信非信的样子，便用无所谓的口吻说：“不信就算了，我可是诚心诚意想帮你。”说完我转身就走。他连忙拦住我，满脸诚恳地说：“大姐，不是我不信，要知道那可是一百万呀，我必须弄清楚你为什么帮我，是不是有什么事想求我？”我用赞许的口吻说：“你真是个聪明人，不过你放心，我求你的事对你来说轻而易举，对我却是重如泰山，所以我们之间是公平交易。”他如释重负地问：“说吧，你想求我什么事？”我直言不讳地说：“帮我找到三个人的下落。”他警觉地问：“找人？找谁？”我迫不及待地说：“顾文白、张欣和沈丹娜。”然后简单向他陈述了三个人的相貌特征和失踪原因。他沉默良久才一脸愧疚地说：“大姐，不瞒你说，这次我妈得病让我想了很多，你放心，大姐，如果你真能帮我筹到救我妈的医疗费，我一定辞职，再也不帮着‘金太阳护送’助纣为虐了。只是……”我听他这么一说，心里高兴极了，就仿佛眼前站着的不是特勤魏毕稳，而是《神话》里被解除魔咒的英冰澈，我迫不及待地问：“只是什么？”他脸涨得通红，不好意思地问：“只是我怎么才能拿到你的画呢？”我温婉地笑了笑，自信地说：“你帮我找一间屋子，然后帮我准备好画水彩画的纸、笔和颜料，别让任何人打扰我，两三天我就可以画完。”他听罢一脸窘迫地说：“可是买什么样的纸、笔和颜料，我一窍不通啊！”我微笑着说：“到时候我写在纸上，你照着买就行了。”他听罢仍然心事重重的，愁眉苦脸地问：“大姐，拿到画到哪儿卖才能马上拿到钱呢？”我莞尔一笑说：“到时候我会告诉你到哪儿去卖，保准你可以马上拿到钱。”话一出口，我就情不自禁地想起了车夫，有两次放风时，我竟然发现车夫的别克面包车在大红铁门前闪过，我当时的感觉就像突然在黑暗里看到了光明似的，我能感觉到车夫正日夜为我担着心，我心想，现在好了，可以通过这个魏毕稳把我在黑屋里的情况告诉他了。魏毕稳听了我的话，喜出望外地说：“真的，大姐，你的画果真能救我妈的命，你就是我魏毕稳今生今世的大恩人，你放心，尽管‘金太阳护送中心’下面有好多个世外桃源，但是我向你保证，只要你想找的人到过世外桃源，我一定帮你打听到他们的下落！”我动情地说：“小魏，你果真能帮我这个忙，你也是我朱小丹的大恩人！”说话间，放风时间到了，他告诉我明天下午就为我准备好屋子和画画的工具，然后兴致勃勃地和我分了手。我望着他结实的背影，心中好不惆怅，或许是连日来窒息的感觉终于得到了些许的缓解，或许是我太期盼这次行动的成功，我心中复杂的情感越来越汹涌，竟一时不能自制，热泪从我干枯的眼里滴了下来。我太渴望找到文白了，然而我真担心他会像肖峰一样生死未卜。为了早日实现我的计划，我恨不能马上构思出我的画作，然而越是这样，我的脑袋里越是一片空白，我沮丧地往二层楼走，忽然《神话》里天下各路人马汇聚在太极山洞里开除魔大会的情景闪现在眼前，我当即决定，就画太极洞。

太极洞，也就是森林国的王宫大殿，位于金峰的半山腰，突兀森郁，很有气势。洞口像桥洞似的作穹形，很宽。走进去，仿佛到了个大会堂，周围是石壁，头上是高高的石顶，在这里聚集千八百人开会，绰绰有余。泉水靠着洞口的右边往外流，这是外洞，好像里面还有通道，因为里面隐隐透出光线。在森林国王宫大殿之内，真可谓高朋满座，有须弥国国王唐宗、春秋国国王圣孔、逍遥国国王无为、星月国国王古兰、圣母国国王大帝，还有须弥国大国师法慧、春秋国丞相子路、圣孔的长子法务大臣宗法、大将军颜回、逍遥国大将军溪崖、星月国已升为大将军的穆萨、圣母国元帅莫恩、红衣大祭司查理，还有兽尊狼王、地狱使者灿若和她的儿子小魔头。森林国国王寅瑶热情洋溢地致欢迎词：“诸位仁君，今日相会乃不得已而为之，本来人与神各有各的世界，是互不相扰的，怎奈近来人神两界共遭魔患，魔患不除，不仅人类生灵涂炭，就连我们神界也会遭到洗劫，圣母国、春秋国和我们森林国已经领教了黑魔的厉害，所以此次大会我们要商讨消灭魔国的对策，须弥国的法慧大国师一直致力于人类诸国的合纵结盟，我看今天的大会就请法慧大国师主持吧！”“凭什么由法慧主持，我看应该谁的国力强谁主持。”莫恩抢先发难说道。“莫恩元帅，如果你不服，就由在场的诸位投票决定谁主持吧，少数服从多数。”寅瑶鄙视地看了一眼这个不知天高地厚的家伙，不紧不慢地说道。“寅瑶兄，我看没有必要投票，常言道，得道多助，失道寡助，星月国同意由法慧大国师主持这个和平大会，因为法慧是人类和平的使者！”古兰慷慨陈词地说道。“不用说，唐宗自然同意了，那么无为你的意见呢？”寅瑶微笑着问道。“法慧大国师是逍遥国的恩人，一直为除魔大业奔波，最有资格主持今天的大会了。”无为心悦诚服地说道。“春秋国希望由谁主持？”寅瑶继续问道。“我建议由狼王来主持这次大会。”圣孔诚挚地说道。“我们也同意由狼王主持。”莫恩起哄地喊道。“莫恩，此次峰会是要选出人类盟军的盟主，这是人类的事情，不过，我也认为主持此次峰会非法慧莫属。”狼王幽幽说道。“好，众望所归，请法慧大国师主持会议。”寅瑶高亢地说道。法慧不慌不忙地站起身，走到太极洞中央环视一周后徐徐说道：“承蒙各国不弃，我愿意向各位介绍一下当前的形势，各位请看。”法慧将狼头禅杖指向洞壁，水晶球顿时映射出诸国的版图。“魔国的黑势力已经以世外桃源为核心向四周蔓延，形势非常危急，能抑制黑势力蔓延的法宝据说是女娲娘娘留下的圣盆，要想得到圣盆只有靠人神灵风，所以我建议各国兵合一处，将打一家，组成联军，共同讨魔，当然天下兵马大元帅非人神灵风莫属。”法慧的话还没说完，莫恩怒气冲冲地站起来说道：“法慧，凭什么兵马大元帅让这个什么人神当，他是从哪儿冒出来的，我看天下兵马大元帅非我莫恩不可。”“莫恩将军，你在圣母国当元帅尚可，但当天下兵马大元帅未免不自量力了。”法慧哈哈大笑道。“你说什么，莫非大国师要比试比试不成？”莫恩昂着头梗着脖子说道。“要比试不用大国师出面，有我穆萨在此，看看谁敢对大国师无礼！”穆萨说完威风凛凛地手握弯刀铁塔般立于太极洞中央，在圣母国入侵星月国之时，莫恩对白山城屠城，穆萨全家死于莫恩的屠刀之下，此时，穆萨血灌瞳仁，心下一直在找机会为亲人报仇！“穆萨，元帅不是武夫，就是比武你也不够资格。”莫恩哈哈狂笑道。“莫恩，你确实不是真正的武士，不过是杀人不眨眼的屠夫而已！”穆萨冷哼道。“穆萨，你不要得寸进尺！”莫恩恼羞成怒地吼道。“莫恩，我们比试比试怎么样？”溪崖打圆场地说道。“法慧，今天圣母国是为了和平而来，不过我倒觉得诸位似乎并不太友好！”大帝冷冷地挑理道。“各位将军，大帝国王说得极是，今天的大会是研究如何讨伐魔国，不是摆擂台，请各位在原位坐好，我请莫恩将军见识见识人神灵风。”法慧说完，将狼头禅杖用力一戳，狼口中的水晶球快速旋转起来，很快，一块平坦的洞壁上展示出人神灵风和雨神楚雅、雪神辞颂在春秋国城外共同战魔的场景，场面惊险紧张。“这位手执光阴之剑的少侠就是夜山的掌门人人神灵风，他是人中之神，是天父地母的嫡孙，是拯救人类的灵魂，他的父亲孤寂和母亲英晒就是死在黑魔之手，而且黑魔也被孤寂用光阴之剑削掉半边脸，逃到了世外桃源，世外桃源是女娲留给人类的最后一块净土，是人类的精神家园，为了防止世外桃源变异，女娲设置了迷障，黑魔入侵后，又设置了魔障，所以要想找到世外桃源，只能靠人神灵风。”“既然女娲设置了迷障，为什么挡不住黑魔？”莫恩虎视眈眈地问道。“女娲的迷障只能挡住人类的欲望，却阻止不了黑魔的野心。”“大国师过于危言耸听了，我们不能长黑魔气焰，灭自己威风，那人神灵风虽然是神，但要指挥千军万马恐怕也未必有我莫恩行！”“莫恩，你与我法慧比比如何？你若能战胜我法慧，天下兵马大元帅归你。”“此话当真？”“当真！”

此时，洞外一道明闪，将洞内外照得一片惨白，爬满洞口的葛藤在雪亮的电光中婆娑摇曳，一声令人胆寒的炸雷，炸破长空，震得所有人激灵一颤，紧接着漫天漫地的急风响雷压得人喘不过气来。“莫恩元帅，”突然圣母国的一名士兵慌慌张张地跑进洞内报告，“那空中的黑云卷走我们许多兄弟，那黑云像是长了手和脚，还会发出嘿嘿的笑声。”“怎么会是这样？难道那黑云是妖怪不成？”莫恩吼叫道。“莫恩，我猜想那黑云定是黑魔的手下幻化而成，就请将军迎敌吧，如果将军战胜此敌，就可为天下兵马大元帅。”法慧从容自若地说道。“就请列位诸王做个见证，今天见识见识我莫恩的本事。”莫恩一把推开圣母国的士兵，箭步跃出太极洞。众人也随莫恩走出太极洞。只见那大块的黑云射出万道黑光，像利剑一样，所到之处摧枯拉朽，许多士兵被这黑光击倒。“得，我不管你是何方妖魔，有本事现出原形，下来比试！”莫恩狂妄地挥手冲黑云喊道。那汩汩滔滔的黑云似乎听懂了莫恩的喊叫，愈加浓如黑墨，翻滚不止，刺目的电闪和振聋发聩的雷声过后，莫恩已不知去向。“休得撒野！”法慧大喝一声，已然凌空拔地而起直冲进黑云之中。那黑云越发翻卷起来，已将法慧裹在云里，苍穹之中，黑气大盛，锐啸猖獗，众人无不为法慧捏了一把汗。突然，一道白光闪过，从黑云之中撕开一个口子，法慧一手提着莫恩一手高举狼头禅杖如天神一般冲出黑云的包围，只见他全身金光灿烂，黑气遇金光迅速消散，法慧从容飘落在地，顺手把莫恩往地上一扔，莫恩一个嘴啃泥扑在地上。“请各位将军保护诸位君王入洞，狼兄，今天怕是要以死相拼了。”法慧紧锁双眉异常冷峻地说道。“法慧，你看到了什么？”狼王异常冷静地问道。“那黑云后面是黑魔的四大护法土魔、水魔、火魔和花魔。”法慧手执狼头禅杖凛然说道。法慧话音刚落，狼王和白狼、传真等众弟子以及灿若、小魔头，寅瑶和众树神纷纷亮出兵器。此时，黑云化作一个巨大的黑骷髅，覆盖了太极山的苍穹，黑嘴中传出怪异笑声，并吐出四块狰狞可怖的恶云：一块黑云煞气翻滚，一块火云如燃烧的火球，一块白云像滔天的巨浪，一块彩云花雾弥漫。“太极山峰会是绝密之事，黑魔怎么知道得这么快？”法慧怒目凝视，心下骇然，“黑魔派四大护法前来偷袭，看来是来者不善，莫非这太极洞要成为我等的绝地？不行，一定要想办法战胜这四大恶魔。”想到这儿，他凝神聚气地默念降魔咒。正在法慧默谋之时，黑云翻滚着冲向黑洞，意欲袭击诸王，漫天漫地的疾风响雷，惊心动魄。法慧不敢怠慢，手执狼头禅杖凌空而起，一团金光如利剑般插入黑云。狼头禅杖借降魔咒的力量重重地劈向黑云，只听见轰隆一声，像是山崩地裂般的巨响，黑云像撕棉扯絮般漫天飞舞，毁天灭地的戾气顿时消减。然而，土魔哪肯罢休，嘿嘿一阵冷笑，撕棉扯絮般的黑云顿时化作黑土，飞沙走石，狂风大作，刮得那些树神东倒西歪。转眼间，太极洞口已经被漫天倾泻而下的黑土掩埋。但是，黑云毕竟遭到法慧的重击，不敢轻易再战，只是在空中翻滚着黑烟虚张声势。法慧落地之时，觉得胸口一热嗓子眼发咸，一口鲜血喷了出来，身体晃了晃，终于站稳脚跟。“师傅，你受伤了！”传真赶紧扶住法慧。“传真，师傅不碍事，快去迎敌！”传真挥剑拦截土魔，法慧凝神静气稳了稳神儿，他遭到土魔重创，伤势不轻，但法慧毕竟是修仙真人，很快就控制了伤情，因为法慧最清楚，如果不赶紧打开洞口，诸王将会闷死在洞中。其实，刚才法慧如果没有降魔咒助力，根本拦不住土魔的攻势，土魔早就冲入洞中掠走诸王了，那后果将不堪设想！法慧凝视着洞口，将所有法力凝聚在禅杖之上，然后用力推出禅杖，金芒闪烁，一股巨力轰然将封洞的黑土撞开一个大洞，法慧纵身跃入太极洞，正在与花魔激战的寅瑶也担心诸王安危，借机甩开花魔随法慧冲进洞中。法慧入洞后，诸王及众将并无大恙，洞口一开，只是大口吸气。“寅瑶陛下，可有护诸王逃生的路?”法慧焦急地问道。“大国师，顺着后山的山洞率诸王逃生吧，这儿有我和狼王顶着。”寅瑶说道。“后山山洞可安全?”“放心吧，绝对安全。”狼王不放心洞内情况，也随后冲了进来。“狼兄，这是一场恶战，一定要多加小心！”法慧关切地叮嘱道。“放心吧，保护各位君王突围要紧，我一定会死死缠住这几头恶魔！”狼王说完和寅瑶一起杀出洞去。法慧和各国的将军们一起护驾向后洞突围。

油画六：腐烂

作者：朱小丹
创作时间：2009年
材质：布面油画
尺寸：175×279 cm

画面上是一颗落满苍蝇的烂苹果，犹如太阳般挂在天空，仿佛刚刚从臭水沟里捞出来似的不停地滴着腐液，腐液像雨水般洒向大地上耀眼的金山，金山下一望无际的老鼠齐刷刷地列成方队，十分崇敬地昂首仰望着天空中的腐烂的太阳，一个个张着大嘴仿佛在歌唱。这不能不让我们联想起艾吕雅的一首诗：天气晴朗，但我们却晒不黑，因为太阳脏兮兮的，呈铁锈色，它有气无力，上了年纪，长了胡子，还微微有些腐烂。画家采用富丽而夸张的手法，仿佛和卡夫卡心有灵犀，将深邃的洞察通过画作展现出来，使一个正在腐烂的东西在内省和自省的惶恐中辗转反侧，惶恐不安。

画画前我向魏毕稳提出了一个特殊的要求，就是必须先洗澡再作画，否则没有灵感，这要是在平时，如果一个访民向他们提出洗澡的要求，必招致一顿臭骂甚至毒打，可是魏毕稳救母心切，他毫不犹豫地答应了，安排我在专供女特勤洗澡的洗浴间洗了澡。自从我被关进黑屋，已经有十几天没洗澡了，我感觉今天这个澡是我有生以来洗得最清爽的一次。洗完澡后，魏毕稳把我领到了二楼一间把东山的屋子。屋子很干净，有桌子、椅子，还有一张单人床，画画的工具也都准备齐了，东、北、南三面有窗户，最令我欣喜的是墙上还挂着一台很旧的空调，我问他空调好不好用，他一边说好用，一边从抽屉里取出遥控器，冲着空调按了一下，空调顿时撒着欢儿地工作起来，我心里顿时感到一种别样的惬意。我看到摆在桌子上齐全的水彩画工具，用赞许的口吻说："小魏，你能这么快就备齐我所需要的水彩画工具，我判断你身上一定有绘画的潜质。"他听了我的赞许，喜形于色地说："不瞒你说，丹姐，在部队时，我负责连里的黑板报，我确实喜欢画画，就是没有系统地学过。"我觉得魏毕稳的本质并不坏，只不过是环境使然罢了，我想起肖峰跟我讲过的那个"斯坦福监狱实验"，面对情境的强大压力，平凡的男女会变成魔鬼，魏毕稳之所以有所警醒，我认为是他母亲的病从强大的情境中将他拽了出来。我觉得有必要进一步引导他，使他尽快摆脱他头脑中的黑魔，因此我不失时机地说："怪不得呢，想不到你还当过兵。"他满怀自豪地说："而且我当的是特种兵。"我纳闷地问："你在部队那么优秀，怎么转业没找个好工作，却干起了特勤呢？"他沮丧地叹了口气，悻悻然地说："还不是欺负我是农村兵，本来我应该转业到北京市公安局，结果让一个有权有势的混蛋给顶了，不瞒你说丹姐，我们这些人大多都是转业兵，还不是没权没势又没钱，才干起了这个，图的就是这里的工资比较高。"听了他这番话，我心里真是大有感触，肖峰也是退伍军人，但是和这些转业兵比起来，可真是天壤之别呀。想到这儿，我用试探的口气问："小魏，那天因我想喝口粥而被打的肖峰，被依维柯拉到什么地方去了？要知道他也和你一样曾经是一名军人。"我特意将最后一句话说得字斟句酌，他目光复杂地看着我，脸上流露出为自己开脱的神情，不自在地说："那天打肖峰我也动手了，可是我是在执行队长的命令，我也是没办法。打完后我们就把肖峰送到医院了，可是这家伙的伤刚见点好，就从医院逃走了。"我顿时心里一惊，追问道："你说什么？肖峰从医院跑掉了？"他肯定地点点头，直言不讳地说："本来我们有两个人负责看护他，可是他却谎称拉肚子，半夜从医院二楼跳窗户逃跑了，跑了两三天了，目前，'金太阳护送中心'正在全力追捕他。"听了他的话我脑海里顿时闪现出《神话》里法慧和狼王在太极洞前大战火魔、水魔、土魔、花魔时的画面，肖峰目前的处境和法慧、狼王差不多，虽然像法慧、狼王一样逃出了太极洞，可是难以摆脱几大魔的追杀，何况肖峰毕竟不是《神话》里的神仙，而是现实中的凡人。如此一想我不禁为他担心起来，因心里紧张，手心几乎捏出了汗，我用试探的口吻问："肖峰会不会回家了？"他摇了摇头，语气肯定地说："东州市已经反馈了信息，他没回家，据我们判断，他仍在京城。"我担心地问："你觉得你们能抓到他吗？"他毫不犹豫地说："任何访民都别想逃出'金太阳'布下的罗网。"他的话让我沮丧极了，我把目光投在冷压水彩纸上，心想，是否有一种可能，在我完成这幅画作之后，那份属于我的解放将会到来？我不知道这是不是一种奢望，但我一定会向这个方向努力的。想到这儿，我毫不犹豫地用清水刷湿画纸的两面，然后沿着纸张的四边用水溶胶带把画纸粘在画板上，一边等着画板干燥一边下逐客令般地说：“小魏，你去忙吧，等画板干燥后我就可以作画了。”他被我说得有些发窘，涨红着脸说：“丹姐，能不能让我看看你怎么画画，我还从未看过画家是如何画画的呢。”我实在想一个人静一静，便冷冷地说：“咱们之间的约定可不包括你监督我作画，你还是该忙啥忙啥去吧，我保证兑现承诺，你看着我画会影响我的构思。”他极不情愿地说了一句“那好吧”，便恋恋不舍地出去了。十多天没有在床上睡觉了，自从被关进黑屋，我就和一百多名访民挤在旁边那个大会议室里，席地而坐，席地而睡，屋子里又脏又臭，再这么待下去，我非疯掉不可，但愿通过这个姓魏的特勤能打听到文白、张欣的最终下落，我还要通过魏毕稳摸清全部黑屋的所在地，一旦我出去，必通过媒体曝光。我情不自禁地躺在干干净净的单人床上，一连伸了几个懒腰，真是舒服极了。不知不觉间我就睡着了，在梦里，我梦见文白的长篇小说《神话》出版了，我和文白一起坐在王府井书店为读者签名售书，等待签名的读者队伍长极了，长得从王府井排到了天安门广场，在天安门广场绕了一圈后，一直排进了紫禁城，但是我却被这长长的队伍吓醒了，因为我发现每一个读者都穿着特勤制服，而且他们长得一模一样，都有一张冷漠的狗脸。醒了以后，我对这个梦百思不得其解，我记得在《奥德赛》中讲到了两扇门，一扇是牛角门，一扇是象牙门，虚假的梦是通过象牙门进入人脑的，真实的梦是通过牛角门进入人脑的。我不知道我做的梦是真实的，还是虚假的，只觉得梦里的文白像个影子，只能交谈不能拥抱，而且我感觉他是从牛角门进入王府井书店的，而我却是从象牙门走进的。拿起画笔，我不禁想起莎士比亚说过的一句话：“我们是用与我们的梦相同的材料做成的。”此时此刻，我的脑海里云雾缭绕、巍峨磅礴、重峦叠嶂、千岩万壑，太极山高耸入云，处处都是流云走雾，悬崖上的瀑布像银河倾泻，声撼山林。茫茫云海之间一条恶龙撕天裂地地狂吼着，带着排山倒海般的死亡气息在千岩万壑间奔腾，幽险奇峻的山腰上，众神正各持宝器凝望着恶龙。这个画面令我激动不已，我在调色盒内调好颜料，凝视着画纸，胸中激荡着色彩颤动的力量，我觉得这力量既来自艺术本身，更来自对文白的爱与思念，因为我在纸上每画一笔，都觉得更靠近他一些，我觉得这幅画是我平生画的最痛苦也是最幸福的一张。毫不夸张地说，有朝一日收藏家得知这幅画的创作背景，一定会竞相收藏，那么我为这幅画起一个什么名字呢？有了，就叫《诛魔》，因为我画的就是《神话》里的神魔大战。我多么企盼此时此刻法慧和狼王突然降临黑屋，将那些作恶多端的人打得落花流水，将那些印有“金太阳护送”的依维柯砸个稀巴烂，然而这是怎样一个妄想啊！我在画中将那恶龙的头画成了金太阳，法慧手举狼头禅杖腾空而起，以雷霆万钧之势砸向龙头，我脑海中想象着那金太阳像花魔幻化的花球被法慧这么一砸，炸得粉碎。我这哪里是在画画，简直就是在倾诉，表面上像是自言自语，实际上我每画一笔都是在向文白倾诉。文白呀文白，我在黑屋才短短十几日，却觉得已经经受了上千年的折磨，刚才洗完澡照镜子时，我竟然发现了许多根白发，有朝一日我们相见，我要罚你为我的每一根白发作一首诗，当然我也不会让你白作，我会把你作诗的样子画下来，或者为每一首诗配一幅画，我敢断定，你的诗配我的画一定会成为旷世奇作。只是我不知道命运是否会给我们珠联璧合的机会，如果会，为什么我费尽千辛万苦找到了黑屋，却打听不到你的半点消息？我画的《金太阳》在黑屋贴得到处都是，如果你也关在某个黑屋，一定会看见那张招贴画的，你看到它就应该知道我在找你，你能想象得到我会像你一样也被关进黑屋吗？你绝对想不到，因为尽管你创造了花魔，你却没有花魔的本事，在太极洞，花魔很快就发现法慧失踪了。文白，你从那张招贴画上能看出我也失踪了吗？

狼王冲出洞外心下大骇，因为少了一团花雾弥漫的彩云，心想，“坏了，花魔不知去向，莫非这魔头发现了法慧的行踪？”还未等狼王细想，一团火球嗞嗞怪叫着喷了过来，狼王连忙躲闪，原来是火魔向他发起了攻击，随后三头恶魔合而为一，火魔为头，水魔为身，土魔为尾形成一条张牙舞爪的恶龙，与众神展开了殊死搏斗！常言道，水火不相容。那三魔融在一起的恶龙却能将水火融为一体，游刃有余。而且土护水火，威力无比。转眼之间，恶龙撕天裂地地狂吼一声，奔腾呼啸着死亡的气息，排山倒海一般扑向狼王。狼王面色凝重，沉着迎战，一双狼眼闪着幽幽绿光，闪展腾挪，纵横跳跃，剑芒闪处，直取龙头。恶龙见狼王攻势凌厉，掉转龙头，尾巴若狂风一般扫向狼王，周围的飞沙走石袭向众神，狼王不敢怠慢，长啸一声，冲天而起，躲过攻击。恶龙龙躯一挺，在空中旋了一圈，火龙头不再是一个而是分出十几个袭向众神，狼王、寅瑶、灿若、小魔头、白狼、传真和众树神各显神通，与恶龙战在了一起。苍穹之上，恶龙首尾相互配合，卷起巨大的旋涡，水火之中，飞沙走石，狂风凛冽，一派凶戾气焰，嚣张之极。众神无法近身，特别是恶龙的尾部如沙尘暴一般，看上去像一团黑雾，攻击时却十分坚硬，扫起来有雷霆万钧之势，各国的士兵如被秋风扫落叶一般，吹得漫山翻滚，哭爹喊娘，惨不忍睹。“狼兄，必须抑制恶龙的首尾，你想办法控制恶龙的头部，我对付他的尾部。”寅瑶的嗓音如枯枝一样干涩。“树兄，多加小心！”狼王言罢，与白狼、传真、灿若、小魔头一起攻击恶龙的十几个火龙头，寅瑶带领众树神一起攻击恶龙的尾部。云海之上，异芒闪烁，姹紫嫣红，风雷激荡，汹涌澎湃。只见众树神长得顶天立地，繁茂的枝蔓像无数巨蟒一般疯狂地缠绕住恶龙尾部，恶龙为了摆脱树神们的纠缠，尾部只好化作黑云涌向火魔求助，突然，三魔融在一起，一阵混沌过后，交换了位置，土魔为头，火魔为身，水魔为尾，龙尾像一道水墙如海啸一般裹着狂风扑面而来。“快闪开”！狼王怒吼道。众神赶紧跳出几丈开外，水墙所到之处摧枯拉朽，若不是躲闪得及时，碰上那水墙中裹挟的龙尾，怕是要粉身碎骨。狼王立于金峰之巅，如铁塔一般威严，他凝视着张牙舞爪在空中上下翻滚的恶龙，心想，“或许冰雪咒能制服这水魔，只要将三魔分开，就有取胜把握。”狼王诡谲地一笑，主意已定，他默诵咒语，状若痴狂，三魔大怒，尾巴万钧雷霆般再次扫来，巨浪如山，轰隆作响，声势可怖，威力无匹。顷刻间，狼王就被卷入巨浪之中。“师傅，小心！”白狼惊骇地喊道。借狼王与水魔拼杀之际，众神一起攻向火魔。灿若是经过地狱之火煎熬锤炼过的地使，本就是火的克星，因为她是极阴之神，浑身凝聚了地狱之中巨大的阴气，此时，灿若将毕身阴气凝聚于鬼头琴上，充满煞气的音符如行云流水凛然而起，嘈嘈杂杂地射向火魔，漫天音符凝聚成一团蓝气，闪着鬼魅的幽光，幽光中夹带着冤魂们凄惨的叫声，势如破竹。火魔从未遇到过这般对手，猝不及防，被鬼头琴的琴音击中要害，顿时，火龙化作一团浓烟，咿呀叫着，逃向远方。三魔终于被分开了，借狼王与水魔在空中翻江倒海般苦战之机，众神一起扑向土魔。其实，土魔早就被法慧重创，哪经得住众神围攻，招架不久，飞沙走石便失去了威力，只好排山倒海般倾土逃生，众神穷追不舍，最后，土魔嚎叫着化作一团黑雾向远方逃去。只有水魔还在负隅顽抗，狼王在巨浪之中凝神定气默诵冰雪咒，起初，水魔想用巨力将狼王甩出去，但狼王始终不离巨浪的核心，随着冰雪咒的威力显现，水魔已经难耐之极，他奋力挣扎，妄想摆脱狼王，狼王就像定住了一般，任凭巨浪翻滚就是无动于衷，突然，如海啸般翻滚的巨浪在空中不动了，狼王也被安详地冻在了里面。“冻住了！”小魔头手舞足蹈地喊道。“师傅！”白狼凄厉地长啸一声。“白狼，怎么办?”传真紧张地问道。“没事，我心里有数。”寅瑶不慌不忙地说道。就在这时，惊天动地的一声巨响，那冻成冰的巨浪突然炸裂，冰块飞溅，冰浪突然坍塌，漫天冰沫宛如雪花，狼王从冰浪中心飞了出来，在空中翻了几个跟头，稳稳地立于金峰之上。“师傅，没事吧?”白狼急切地问道。“我没事，不过，你师叔可能遇上麻烦了！”狼王眉头紧锁地说道。“师伯，我师傅不是带领诸王突围了吗?”传真不解地问道。“可是花魔早就跟去了。”狼王说完，众神才想起四魔少了一魔，刚才混战在一起，谁也没注意。“狼兄，法慧大国师身负重伤，与诸王怕是凶多吉少，我们速去救人吧。”寅瑶说完率众神冲入太极洞。

此时，法慧与诸国将军正在与一团盘旋在空中飞舞的花球激战。激战处，恰逢一道深谷，两侧峭壁直插云天，峭壁之上开满了五彩缤纷的鲜花，只是那些鲜花都长得像小龙头一样，翩翩欲飞，深谷之内花香袭人。诸王已被这些花香迷倒，诸位将军也感到天旋地转，一个个晃晃悠悠，踉踉跄跄，那花球虽然艳丽无比，却在空中像车轮一样飞转，呼呼生风。法慧的禅杖已经脱手，在法咒的驱使下，独自与花球激战。法慧平时很少取下狼头嘴中的水晶球，今日却水晶球在手，五指屈伸，指尖隐隐发出金光。水晶球在金光映衬下，在法慧手中飞速转动，刹那间，法慧手中一串串金色的法轮不停地射向不可一世的花球。花球被金法轮击中后竟发出呜呜的鬼嚎之声，震耳欲聋，闻之惊心。只是金法轮凌厉的攻势在花魔的鬼嚎声中被一一化解，法慧与花魔势均力敌，双方竟分不出胜负。嚎声过后，花球突然定住，金法轮的强芒击在花球之上，宛如海绵吸水，法慧大惊，花球将金法轮的强芒吸尽后，化作万道异彩射向法慧，法慧连忙默诵法咒驱动水晶球金光大盛，金光与异彩在空中相撞，轰然一声巨响，顿时异芒全无。在金法轮的攻击之下，花球又发出了鬼嚎的声音，此时，峭壁之上的鲜花漫天飞起，向在空中飞旋的花球靠拢，花球变得越来越大，渐渐地又发出万道异芒向法慧射去。此时，几位大将军早已被异芒击中，昏死在地上，只剩下法慧苦苦支撑，只见飞速旋转的花球不仅越来越大，而且越来越实，仿佛要凝聚万钧之力。法慧不敢怠慢，他一边继续发射金法轮，一边默诵降魔咒驱使狼头禅杖从自己的对面配合金法轮一起发射攻击。巨大飞舞的花球前后受敌，躲闪不及，竟被狼头禅杖重击正中，顿时将花球打散，一时间鲜花像无头的苍蝇一样漫天飞舞。不过花魔就是花魔，她“嘻嘻”淫笑一声，很快将打散的花球凝聚起来，那狼头禅杖被震得飞向峭壁，重重地击在石壁之上，乱石崩云，石壁之上竟被打出个大窟窿，毕竟是法慧的得意法器，物随意动。法慧默诵降魔咒，狼头禅杖青光一闪，铮铮有音，竟调头又冲向花球。花球避其锋芒，突然分成两个小球，躲过狼头禅杖的攻势。狼头禅杖从两个花球之间穿过，两个花球又合而为一并发出“嘻嘻”的淫笑声，再次将万道异芒射向法慧，狼头禅杖竟和万道异芒一起冲向法慧。就在这千钧一发之际，狼头禅杖突然横在空中，青光大盛，挡住异芒，法慧抖手甩出水晶球，水晶球若流星一般以雷霆万钧之势，射向花魔。水晶球在峡谷之中划过一道灿烂的白芒，将整个峡谷映照得什么也看不见了，花魔的异芒根本不知所踪，白芒以排山倒海之势，像滚滚大潮一样涌向花球，花球顿时发出振聋发聩的声音，巨响过后那花球炸得粉碎，一缕黑烟向远方逃去。水晶球回归狼嘴之中，法慧口中诵咒收回狼头禅杖，身后“哈哈哈”一阵大笑，回头一看，原来是狼王和众神。大战过后，众神与法慧相遇格外亲热，大家各施法术，救醒诸位君王和将军。“我梦见自己在一个大花海中，美女如云，真是美梦，美梦啊！”唐宗醒来回味无穷地说道。“陛下，”法慧力竭气虚地说道，“那正是花魔设下的色香诱饵，如果不是众神及时赶到出手，恐怕诸王和将军们早就命丧温柔之乡了。”唐宗听后惊出一身冷汗，圣孔却恋恋不舍地说道：“我倒愿意在花海中永眠，也不失为一种解脱。”“圣孔，这不是解脱，而是苦海，因为你在温柔乡缠绵之时，你的百姓已经深陷水深火热之中了。”唐宗苦口婆心地说道。“是啊，我们这次侥幸逃生，躲过一劫，多亏了神界诸君的帮助，我们这些做君王的还有什么理由你争我夺的，通过这一劫，我恍然大悟，作为君王应该懂得‘唯小’、‘守弱’、‘处下’的道理，这才是为君之道。几千年来，人类极尽‘恃强凌弱’之能事，若不是苦海无边，怎么可能让黑魔有机可乘？”无为侃侃而言，不胜感慨。“无为兄，请问何为‘唯小’、‘守弱’、‘处下’呢？”圣孔用挑剔的口吻问道。“就是‘大者唯小’、‘强者守弱’、‘上者处下’呀！”众人听罢无不啧啧称赏！这时，峡谷中一声凄厉的嘶鸣，一头巨大的玄冥鸟在空中悠悠盘旋。“我们又被黑魔盯上了，还是速速离开此地吧！”法慧仰望着天空说道。此时，天色已晚，落日如油尽灯灭，消融殆尽，瞬间的光芒悠然而逝，黑夜随之降临。

三天后，魏毕稳看到我画的《诛魔》惊叹不已，但他对这幅画能否马上换到救母亲的医疗费仍然信心不足，我告诉他到草场地去找车夫，又把车夫的手机号给他，还承诺如果这幅画不能换回救他母亲的医疗费，我愿意接受任何惩罚，他这才拿着画将信将疑地走了。说句心里话，我是怀着极其矛盾的心情创作这幅画的，我既想慢慢地画，好享受与文白心灵相通的快感，又想一挥而就，好让魏毕稳快一点见到车夫，让车夫早一点知道我的处境，以免他因担心我在黑屋发生不测而鲁莽行事。现在《诛魔》完成了，我的心情非常复杂，既恋恋不舍又如释重负，迈着既沉重又轻松的脚步回到了大会议室，一推门，一股难闻的臭味便让我有一种窒息的感觉。郭卫军和丁桂香见我回来了，兴奋地迎过来告诉我肖峰回来了，我吃惊地问："他在哪儿？"丁桂香指了指西北角，我发现肖峰正闷坐在地上像一尊沉思的雕塑，他看上去有些憔悴，脸上仍然青一块紫一块的，我连忙走到他身边，心情复杂地问："肖大哥，我听特勤魏毕稳说，你已经逃掉了，怎么又被抓到了？"他本来有一身硬朗的气质，却被脸上流露出的绝望神情遮蔽住了，那双深邃的眼睛茫然地看着我，长叹道："到处是罗网，逃不掉的！"这几天创作《诛魔》，我一直沉浸在《神话》中，他说"到处是罗网"，我脑海中顿时闪现出白森林的画面，森林中挂满了白色的蜘蛛网，仿佛雾凇挂满了枝头，更可怖的是白色的枝头，七零八落地挂着乌鸦的尸体，让人望而生畏。毫无疑问，肖峰这句话一定是有感而发，他从医院逃出去一定经历了常人难以想象的事情，否则他不会沉重得像一尊雕像，我担心他憋在心里会憋出病，便决定疏导他说出来。我在他面前坐下来，像个小妹妹似的看着他，语气温暖而崇拜地说："肖大哥，你不知道，我听说你从医院逃掉了，心里既为你高兴，又为你捏了把汗，那些特勤一定像狗一样盯着你，你是怎么甩掉他们的？"肖峰显然是一个有着英雄情结的人，英雄都有别人崇拜的需求，我这么问就是想唤醒他的英雄情结，以便打开他的心结。我的心计果然奏效了，他轻蔑地说："狗毕竟是狗，扔根骨头就打发了。其实先跑掉的不是我，而是同病房的一个病友。""病友？"我疑惑地问，"莫非他也是访民？"肖峰沉重地点了点头，愤懑地说："不仅是访民，还是咱们东州的，而且也是遭到毒打，才送进医院的。"我吃惊地问："这么说他被关在另一处黑屋？"他神情阴郁地点了点头，深沉地说："他被关在通州路城镇距留庄东口指路牌二百米远的树林中，是刚刚被关到那里的。"他说话时那仿佛空无一物的目光一直挖进我的眼睛里，使我浑身打了个冷战，我真希望被打住院的是我，而他那个访民病友是个女的，我们住在一个病房，这样我就可以得知文白和张欣是否也关在那里，然而这又是一个无奈的妄想。我关切地问："他是因为什么被打入院的？"他义愤地说："他被关进黑屋后，见到特勤就骂'金太阳护送中心'是黑社会，你想想他们怎么可能容忍访民如此放肆，结果吃了一顿劈头盖脸的电棍，被打得昏死过去，不得不送进医院，就这样我俩成了同病相怜的病友加难友。”说到这里，他身上又恢复了不可侵犯的气质，目光里有一种蔑视一切的镇定。我却觉得一种稠粥般沸腾的涡流挟裹并席卷着我痛楚的心，使我如坐针毡，连叹息都是颤抖的，我不安地问：“他是因为什么进京上访的?”他深长地叹息道：“说来荒唐至极。最近东州市一些地方掀起了一股‘打假’风潮，名为‘打假’，实为搜刮民财，他们以整顿市场秩序为幌子，大肆非法敛财，随意抓人罚款，不管商户有证无证，逢店必罚。他们事先由几个队员着便衣开便车流窜于大街小巷，不管你是否合法经营，只要被他们盯上，便会以各种理由开出罚单，如有不服，不容申辩，立即将人及货物带走，逼迫当事人缴纳两万至五十万不等的罚金，不交罚金，不给货不放人。我的病友告诉我，有一个沿街叫卖豆腐的老奶奶，因为没有戴口罩，就被罚了两千元。他们罚款的理由千奇百怪，卖筷子的要有森林砍伐证，卖馒头的要有小麦种植证，如果没有一律罚款。如今那里，满城尽是卷帘门，各类商户纷纷关门，有人戏称，东州这是一夜回到改革前。我的病友就是一个开馒头铺的小生意人，因拿不出小麦种植证而被罚五十万，结果被罚的倾家荡产，投诉无门，在走投无路的情况下，不得不进京上访，结果他到京城不到两个小时就被塞进了依维柯。在医院，他悲痛欲绝地告诉我，他老婆因经受不起这场灾难，一时想不开，跳楼了，讲完他老婆的死，他绝望地说，生活好，生活好不了；冤难申，有冤申不了。我劝他别胡思乱想，咱们还没到山穷水尽的地步，他苦笑着告诉我，出院后他要送给‘金太阳护送中心’一份礼物，我问他什么礼物，他诡异地说，到时候你就知道了。结果当天晚上他就逃出了医院，我怕他干傻事，也设法逃了出去。我知道他说要送给‘金太阳护送中心’一份礼物，绝不是说着玩的，一个执拗而绝望的人是什么事情都干得出来的，以我多年干公安的经验判断，他很可能去了‘金太阳护送中心’总部，也就是南四环路88号。果然不出我所料，只可惜我赶到88号时晚了一步，我亲眼看到他打开停在‘金太阳护送中心’大门前的一辆依维柯的油箱盖，然后将一根划着的火柴扔了进去，随着一声惊天动地的爆炸声，他和那辆依维柯一起上了天。目睹如此惨烈的一幕，我惊得目瞪口呆，‘金太阳护送中心’也乱成了一锅粥，我那位可怜的病友就这么走了，我觉得我也应该做点啥，便决定去拦车告御状，结果刚到地方，一辆风驰电掣的依维柯呼啸着停到我的面前，从车上冲下四个大汉不容分说就把我塞进车里，就这样我又回到了这里。”听了肖峰的讲述，我内心顿时涌起一股巨大的毁灭感，此时此刻，我感觉自己正身处一座巨大的坟墓中，我在这座坟墓中惊恐不安地束手无策，我的绝望来自于没有人通过我的眼睛看到这里的黑暗，就仿佛这里的黑暗是幻想出来的，是另一个世界的黑暗。我心情沉重地自言自语道：“他们为什么那么害怕访民上访？”肖峰轻蔑地一笑，振聋发聩地低声说：“因为那真相是他们根本承受不起的，所以才不顾一切围堵真相。就拿东州死婴事件来说吧，真相见得了光吗？”肖峰的话深深刺痛了我，我仿佛看见在先农坛年久失修的牌坊下，那些即将被关进黑屋的访民在那条狭长的走道里，他们拿着不同质地、不同字体、不同年代的申诉材料，却不知等待他们的是一个陷阱。我感觉黑暗真的像一口黑锅慢慢地压过来，我仿佛听到轰隆一声崩塌般的巨响，那些访民像灵风等人一样纷纷掉进了一个漆黑一片的鬼窟窿里，接着就是惊心动魄的围追堵截，对一个个惊慌失措的访民展开了亡命追捕，他们像《神话》里的蜘蛛兽一样穷凶极恶，在铁壁合围的绝境中，访民们只能拿自己的身体做最后的武器，于是我耳畔听到了一声又一声汽车爆炸的轰鸣声，这是怎样的一种悲壮，这又是怎样的一种抗争？想到这儿，我郁闷极了，就像一只被困在笼中的母狼，嗥叫之后，却不知道路在何方！我百思不得其解，为什么女娲创造了我们，而我们却创造了黑屋？我试着在《神话》里寻找答案，却油然而生对文白的思念之情，因为我知道这个问题只有文白能给我答案，因为他深刻地发现，世外桃源竟然是黑暗的发源地。此时此刻，我仿佛站在生与死的门槛上，门里面是一个伸手不见五指的鬼窟窿，门外面是一个黑亮黑亮的一望无垠的白森林，在这个死一样沉寂的世界里，却响起了悲痛欲绝、撕心裂肺的犬吠声，这些该死的狗在哪里乱叫？我静心细听，总觉得来自于地下。这种幻觉太奇怪了，我甚至有一种把它画下来的冲动。

灵风等人走出太子河，迎面是一片宛如雾凇般白色的森林，地是白色的，仿佛铺了一层厚厚的白雪，树是白色的，仿佛雾凇挂满了枝头，白茫茫地一望无际，不见边岸。然而天却是黑亮黑亮的，深不见底的黑亮，这是一个黑白分明的世界，万籁俱静。更可怖的是白色的枝头，七零八落地挂着乌鸦的尸体，让人无端生出“枯藤老树昏鸦”的悲叹，大家都不敢轻易踏入白森林。“主人，这是我们蜥蜴人国传说中的白森林，让我先进去走走，如果没事，你们再进去！”柯德说完，便小心翼翼地走了进去。奇怪的是，柯德踩在白色的地面上，发出一种“吱吱”的声音，像是踩在了老鼠身上，脚却慢慢地陷下去，当脚拔出时，脚印中冒出一股恶臭的黑浆。“这黑色的脏东西是什么?”辞颂厌恶地问道。“谁知道，像是什么东西的粪便。”楚雅捂着鼻子说道。“莫非是蜘蛛兽的粪便?”灵风满腹狐疑地问道。柯德放大了胆子继续向前走，突然从两侧的树枝上呼啸着射出许多丝线，凝成蛛网将柯德紧紧粘住，呼的一声吊在了空中。“主人，救我！”柯德恐惧地喊道。众人一下子紧张起来，仿佛空气是停滞的，凝固的，沉甸甸的，原来在这死一样的沉寂中竟暗藏着杀机。“灵风，莫非这就是蜘蛛兽国?”楚雅惊异地问道。“大概是吧，可是为什么没见到那些怪物?”灵风不确定地答道。辞颂猛然抛出宽带缠住柯德将他拽过来，可是那白色的丝网非常有弹性，即使将柯德拽了过来，那蛛丝仍然紧紧地粘在柯德身上，灵风拔出光阴之剑，将蛛丝砍断，柯德才被解救下来。“主人，太可怕了，这白森林里不知还有什么凶险等着我们呢！”柯德惊恐未定地说道。“大家注意了，这里可能就是蜘蛛兽国，不管有什么凶险，我们也要闯过去。”灵风说完，仗剑率先走进白森林，他深一脚浅一脚地往前走，脚下扑哧扑哧地冒着恶臭的黑浆。众人学着灵风的样子，也都拔出宝剑紧跟在灵风身后，越往里走，丝网越密，挂在枝头的乌鸦也越来越多。灵风挥舞着光阴之剑一路前行，除了一些树枝射出的丝线粘住几名剑士外，没遇上别的凶险，那几名被粘的剑士也都被顺利救下，众人似乎松了口气，绷紧的神经没有刚才那么紧张了。可是当人们走进白森林后才意识到，白茫茫的森林无法辨认方向，人们不知道怎样才能走出去。“柯德，为什么还看不见蜘蛛兽？或许看见了蜘蛛兽我们就能找到路了。”灵风沮丧地问道。“主人，我听我们蜥蜴人国的老人们讲过，白森林的出口在地下。”“那就是说，如果找不到通往地下的入口，我们无论如何也出不去了。”“是的，主人。”“柯德，这地下入口有没有什么特征？”“主人，我不知道。”柯德无奈地答道。“灵风，说不定我们走着走着就会掉进什么鬼窟窿里了。”辞颂打趣儿地说道。这时，灵风发现头顶上的天仿佛低了许多，并且发出了轰隆隆的巨响，为了防患于未然，灵风默诵法咒，将光阴之剑高举过头，剑尖儿上的一团剑芒顿时如太阳一般将周围照得通明。众人惊骇地往空中望去，越发觉得诡异，因为人们觉得黑暗就像一口黑锅一样慢慢压过来，诡异的声音夹杂着黑色的云气呼啸而过。借着光阴之剑的光芒，众人终于看清了头顶上压下来的黑云，竟然是无数只黑色的乌鸦，密密麻麻，狰狞可怖，而且不计其数，怕有数百万只，数千万只也未可知。那怪异的轰隆声是数不清的乌鸦震翅鼓噪混杂在一起而发出的，瞬间，数不清的乌鸦如泰山压顶般冲过来，如果不是灵风事先举起了光阴之剑，并默诵法咒，驱动光阴之剑射出万道白光，恐怕众人将葬身在乌鸦阵之中。冲过来的乌鸦遇到白光纷纷被击落，但乌鸦实在是太多了，不一会儿，四周便堆满了乌鸦的尸体，里三层，外三层，越聚越多，如黑色小山一般。这时，楚雅也拔出闪电之剑，高高举过头顶，默诵法咒，一道蓝色的电光闪过，只听见轰隆一声崩塌般的巨响，众人连同乌鸦的尸山一起掉了下去。众人从堆积如山的乌鸦尸体中爬出来，浑身上下恶臭无比，四周漆黑一片，完全是一个黑暗的世界。“主人，你怎么样？”柯德先从尸堆里爬出来摸索着问道。“还好，大家怎么样？”灵风关切地问道。“都还活着，只是不知道这是哪里呀？”楚雅摸到灵风身边说道。“八成这就是柯德说的白森林的入口？”灵风恍然大悟地说道。“这么说，这儿才是真正的蜘蛛兽国？”辞颂不安地问道。“主人，要小心了，这里一定是蜘蛛兽国了。”柯德口气肯定地提醒道。大家深一脚，浅一脚地往前摸着走，灵风继续手举光阴之剑，默诵法咒，光阴之剑的剑尖儿上的一团剑芒再次发出万道白光，众人终于看清了四周。这里嵯峨嶙峋的石壁和石柱林立，狰狞恐怖，像是奇形怪状的巨大雕塑，林立的石柱高峻黝黑，白光不及之处，有一股令人恶心的腐烂味道，让人作呕，再加上满身乌鸦尸体的污秽之物，众人无不狼狈至极。原来这里是一个巨大的地下山洞，洞穴陷于深不可测的黑暗中，除残耸于黑暗之中的嶙峋怪石外，也没有发现其他的怪物，只是洞内深处有一种“沙沙”的声音，像什么东西在爬，而且速度很快，让人感觉有一种呼啸的恐怖。“主人，好像有什么东西过来了。”柯德闪着绿幽幽的目光说道。“是啊，沙沙的，而且速度很快。”灵风警觉地说道。众人屏住呼吸，手握兵器，小心翼翼地往前走，忽然前方映出无数绿色的星星，那些绿色的星星发出既凶恶又贪婪的光。灵风高举光阴之剑将剑光打过去，大吃一惊，原来前面挡路的不是星星，却是巨大如牛的蜘蛛兽的眼睛，大约有几百头这样巨大的蜘蛛兽正在虎视眈眈地盯着众人。此时此刻，真可谓是危机四伏！蜘蛛兽们开始行动了，他们一起将粗如绳索的蛛丝喷向众人。多亏光阴之剑的剑芒挡住了蛛丝的攻击，否则，每个人都将成为丝网上的小虫。喷射过来的丝网虽然没有直接攻击到人，但却在众人面前织起了天罗地网，紧接着，蜘蛛兽们贪婪地包围过来，准备享受这意外的美餐。没有一点退路了，几个胆小的剑士吓得已经开始发抖，众人本能地围成一个圈，灵风默诵法咒，用光阴之剑的剑光罩着大家，无边的黑暗中，一柱白光辐射着汹汹煞气。众人各亮兵器，准备决一死战！蜘蛛兽显然惧怕光阴之剑射出的白光，但他们也舍不得丢弃掉即将到嘴的美餐，不能强攻，他们便调头撅起了屁股。“楚雅，这帮畜生要干什么？”辞颂觉得莫名其妙，脱口问道。“莫非他们是要放屁？”楚雅话音刚落，就听见像鞭炮一样的响声骤起，一股股恶臭无比的臭气夹杂着粪便射向众人。光阴之剑的白光可以阻挡蜘蛛兽的进攻，也可以阻挡他们织的天罗地网，但阻挡不了臭屁的进攻，一些剑士无法忍受恶臭的进攻，已经被熏得东倒西歪。只有柯德闻了臭屁后异常兴奋，他张着大口呼哧呼哧使劲吸着。“柯德，你这是干什么呢？”辞颂捂着鼻子问道。“太好闻了，我从来没有闻过这么好闻的气味。”柯德兴奋地说道。“怪物，你可真恶心！”辞颂厌恶地说道。“主人，你就瞧好吧！”柯德话音刚落，他已经变成一个球飘在空中，只见柯德的肚子越来越大，同时，蜘蛛兽臭屁味也越来越淡，好像都被柯德吸到了肚子里，被熏晕的剑士一个一个又爬了起来。“柯德，你要干什么？”楚雅大惑不解地问道。“主人，你收起剑光，我要攻击了！”柯德在半空中喊道。灵风突然停住法咒，剑光倏然没有了，洞穴内一下子变得死一样的黑暗，说时迟那时快，柯德用足全身的力气放了一个惊天动地的响屁，只听见轰隆一声巨响，柯德用屁崩出一个大缺口。“主人，快跑！”柯德放出响屁以后恢复了原样，第一个向黑暗深处跑去，灵风借着剑光带领众人紧紧跟在柯德后面快速向前奔跑。原来柯德用屁将包围他们的罗网崩开一个大缺口，挡在缺口的蜘蛛兽被这意想不到的攻击崩出不知有多远，有十几头蜘蛛兽摔死在岩壁上。终于冲出了包围圈，灵风带领大家玩命奔跑，后面几百头蜘蛛兽也是拼命追赶，而且蜘蛛兽的眼睛放出的绿光越来越亮。“楚雅，那些畜生的眼睛怎么越来越亮？”辞颂一边跑一边大声问道。“可能是被柯德气的吧？”楚雅气喘吁吁地说道。“掌门人，救我！”就在大家玩命奔跑之时，一名剑士掉了队，身体脱离了剑光的庇护，跑在前面的蜘蛛兽不停地射出蛛丝，很快那名剑士便被蛛丝五花大绑起来，蜘蛛兽们见获得了猎物，全部上前争抢，乱作一团。楚雅见状一个箭步冲上去，一剑劈在一头蜘蛛兽的腿上，只听见扑哧一声，一股巨大的白浆喷涌出来，楚雅躲闪不及，双脚被粘在地上，动弹不得，多亏有闪电之剑的剑光护着，否则很快就会成为蜘蛛兽们的美餐。就在这危急时刻，辞颂抛出宽带，将楚雅缠住，使劲一拽，楚雅被拽了过来，但是脚上的蛛丝也被一起拽了过来。灵风挥剑砍断蛛丝，此时，那名被俘的剑士已经被撕扯成碎块。“趁这些畜生厮杀之际，我们赶紧跑吧。”灵风悲痛地望了一眼同伴说道。众人又随着灵风拼命往前跑。“柯德，这个鬼窟窿有没有出口？怎么总也不到头呢？”灵风焦急地问道。“主人，我也不知道。反正不能往回跑，只能往前跑了。”柯德无奈地答道。就在这时，前面出现了一个岔路口，灵风突然站住了。“柯德，怎么走？”“主人，这个岔路左面的宽，右面的窄，蜘蛛兽体大，我看还是走窄的吧。”灵风用剑光照了照左边的洞口，又照了照右边的洞口说道：“有道理，就按你说的走。”为了防止众剑士被后面追来的蜘蛛兽袭击，灵风让楚雅和辞颂在前面开路，他和柯德在后面断后，众人又开始在这狭长的地道内摸索着前行。说来也怪，后面的蜘蛛兽再也没有追上来，众人似乎松了口气。只是这狭长的地道又黑又长，走了很长时间也走不到头，光阴之剑的剑光穷尽了光芒也照不到头。“灵风，我们是不是走进了一条死胡同呀?”辞颂急躁地问道。“即使是走进了死胡同，也得走到头再说。”灵风镇定地答道。“灵风说的对，我们不可能走回头路了。”楚雅附和道。“这鬼地方可把人憋死了。”辞颂牢骚道。“主人，别看那些蜘蛛兽凶猛，但却是吞噬黑暗的神灵。”柯德解释道。“吞噬黑暗?这些怪兽不是吃乌鸦吗?”辞颂疑惑地问道。“那是因为乌鸦是鸟类中最黑的。”柯德嘿然笑道。“那让这些怪兽去魔国好了，那里是黑暗的发源地，可以吞噬个够!”辞颂诙谐地说道。“柯德，那些怪兽为什么攻击我们?我们又不是黑暗的使者。”楚雅懊恼地问道。“那是因为我们闯进了他们的领地。”柯德憨态可掬地说道。“我觉得在这鬼窟窿里就像在泥里的爬虫。”辞颂沮丧地说道。“主人，这地道内如此黑暗，怕是要遇上更大的蜘蛛兽。”柯德担心地说道。“不可能，我们站起来都碰头，得猫腰走，怎么可能遇上更大的蜘蛛兽?”辞颂摇头说道。“辞颂，别大意，我觉得在这里什么事情都可能发生。”灵风话音刚落，前面微微有了一些光亮。“主人，前面有光!”柯德激动地喊道。看到前方暗淡的光亮，人们都从疲惫与绝望中燃烧起了希望，众人加快速度向前奔去。那光亮圆圆的像夜空中的满月一样，随着人们越来越接近，光芒也越来越强烈，而且是金光，那种像黄金发出的光芒。灵风将光阴之剑远远射去，光阴之剑的剑光像自惭形秽似的，羞愧地退了回来。灵风非常惊异，心想是什么光能挡住光阴之剑的剑芒?他一边提醒大家小心，一边谨慎前行。楚雅也觉得纳闷，他亮出闪电之剑，将剑光射出去。蓝色剑光还未碰到金色的光芒，便被击退，众人无不骇然。遇到两道仙剑剑光后，那金芒突然金光灿烂起来，万道金光甚至照得人们睁不开眼睛。显然前面是一个圆圆的洞口，金色的光芒就是从那里射进来的。“金芒来自哪儿?洞口外面会是什么呢?”灵风心下纳罕，暗自揣摩。很快，人们就走进了金芒的范围。在金芒之外时，还觉得非常刺眼，走进金芒之内，便觉得暗暗的，暖暖的，有一种跃跃欲试的冲动，甚至有一种目空一切的狂妄。特别是灵风，心中油然而生一种傲视群雄的权力欲，这种权力欲让他有一种膨胀感，同时，他对自己的变化也有一种恐惧。当众人走出洞口时，眼前惊现出一个金碧辉煌的大厅，一进大厅，灵风的光阴之剑和楚雅的闪电之剑就黯然无光了。大厅中央有一头巨大如牛的金蜘蛛稳稳地趴在地上，弯曲的金色巨腿有一人多高，金壳之上端坐一位一头金发、慈眉善目的老太太。老太太身披金色纱裙，微闭双目，金蜘蛛后面是一张巨大的金丝网，网上粘着一柄金光灿灿的权杖，那权杖一看就是一件法宝，透着不可一世的威严，凡是看见权杖的人都有一种心理膨胀的感觉，大厅之内的灿烂金光就是这权杖发出的。“灵风，你果真来了！”金发老太太微闭双目缓缓说道。“老人家，你是谁？怎么会知道我？”灵风小心谨慎地问道。“你还没出生的时候我就知道你了，你的前生是女娲娘娘补天的一块石头。”金发老太太微微睁开眼睛，目光瑞霭，温暖可人。“您也知道女娲娘娘？”灵风肃然起敬地问道。“是啊，”金发老太太幽幽说道，“我身后金罗网上挂的是主宰天下的权杖，是女娲娘娘特意留给人神的，本以为你父亲孤寂可以拿到的，可他没有这个福分，好在他有个好儿子，可以替他成为权神。灵风，去拿下这柄权杖，你就可以成为天下的主宰。”“天下的主宰有什么好？”灵风惴惴地问道。“可以唯我独尊，可以为所欲为，可以让天下人唯命是从。”灵风听了沉思良久，他死死盯着金罗网上的权杖一言不发。“主人，你在想什么？为什么不说话？”柯德坦言问道。“柯德，你说，做一个唯我独尊，为所欲为，让天下人唯命是从的人好吗？”灵风不动声色地问道。“主人，那不是你，那是你要铲除的黑魔！”柯德直言不讳地说道。“管他呢，拿了再说，反正是件法宝。”辞颂毫不隐讳地说道。“不可，灵风，你要想好，或许这权杖会使你变成恶魔！”楚雅谨慎地提醒道。“什么？恶魔？”灵风悚然问道。“胡说！”金发老太太怒道，“拿了这柄权杖，灵风就成了权神，拥有无穷无尽的权力，怎么会成恶魔呢？灵风，错过机会，可就再也不会有了。”灵风在金发老太太的劝说下情不自禁地徐徐走向权杖，心中充满了贪婪的膨胀感，这感觉让他内心有一种强烈的征服欲，甚至是野心，他从未有过这种感觉，既新奇又恐惧，但是他仍然没有伸出手。“掌门人，拿吧！”一部分剑士喊道。“掌门人，不可！”另一部分剑士却阻止道。金罗网上的权杖好像磁石一样诱惑着灵风的手，但是，灵风用意志拼命控制着自己的膨胀欲。“灵风，你要是拿到了权杖就可以成为天下的主宰，天下的权力皆归于你一个人。到时候，你想怎样就怎么样，岂不快哉？机不可失，时不再来呀！”金发老太太蛊惑道。“婆婆，你是说，我想怎样就怎样？没有任何人能阻止我？”灵风追问道。“是的，没有任何人能阻止你！”金发老婆婆不容置疑地说道。“即使我成为权魔，也不会有人阻止我？”灵风进一步确认地问道。金发老太太没有说话，却慢慢睁开眼睛凝视着灵风。老婆婆目光如炬，金光灿灿，像是能看透过去、现在和未来。“太可怕了，即使成为恶魔，也无人能阻止，婆婆，那权杖还是您留着吧，我灵风能成为人神就已经是女娲娘娘赐福了，怎么能有唯我独尊的妄想？婆婆，您指一条明路，我们如何才能离开这里？”灵风豁然开朗地问道。“哈哈哈，灵风，不愧是人神，可以抵御住权力的诱惑，你已经走出了蜘蛛兽国，即将到达飞狮国了。”金发老太太的话音刚落，突然金光散去，大厅内一片漆黑，众人还没回过神来，突然眼前一片光明。灵风使劲揉了揉眼睛，发现众人正站在一座山峰之上，放眼望去，云海茫茫，虚无缥缈，宛如仙境。

三天后，魏毕稳又把我请到了那个画画的屋子，一进屋他就要给我跪下磕头，我连忙拦住他，他感激地告诉我画卖出去了，钱已经交到了母亲住的医院。听他这么一说，我欣慰地坐在椅子上，微笑地看着他，用提示性的口吻说：“小魏，我的承诺已经兑现了，你的承诺什么时候兑现呀？”他讪讪一笑，满脸真诚地说：“丹姐，你放心，二十天之内我一定给你一个满意的答案。”我用怀疑的目光扫了他一眼，语气焦虑地说：“二十天是不是太长了，能不能快一点？”他一脸窘态地笑了笑，为难地说：“丹姐，你的心情我可以理解，可是京城周围有多个世外桃源，访民的流动性又大，找个人确实不容易，二十天时间，我还怕不够呢！”他说得很实在，我又不能和他讨价还价，只好淡然一笑，用通情达理的口吻说：“小魏，你理解我就好，不是姐逼你，只是我真是心急如焚呀！”他连连点头，用讨好的语气说：“我知道，我知道，丹姐，你放心，我会尽全力的。”这时门开了，特勤胖子拎着一篮子鲜桃走了进来，他把篮子放在桌子上，愣头愣脑地说了一句：“大姐，买画的车老板我见过。”他话一出口，我不禁心头咯噔一下，就连魏毕稳也诧异地看着胖子，没好气地说：“胖子，你他妈的没喝就多了，你小子怎么会认识车老板？”胖子谄媚地嘿嘿一笑，用既歉疚又肯定的语气说：“大哥，我真认识，那天我陪你去见车老板，一见面我就认出他来了，只是怕影响你卖画没跟你说。”胖子的话显然出乎魏毕稳的意外，他显得有些恼火，脸一沉，急不可耐地问：“快说，你怎么会认识车老板的？”胖子被魏毕稳问得有些惶恐，满脸堆笑地说：“大哥，你忘了，最近半个月，总有一辆别克面包车在咱们门前晃悠，中队长怀疑这辆车欲行不轨，便命令你带人教训一下车主，你便命令我带几个人去。那天我带我们班的四个人开一辆依维柯在红门路前拦住了那辆别克面包车，本想揍车主一顿，没想到别克车门一开下来七八个大汉，看样子都像练家子，一个个虎背熊腰、横眉立目，领头的就是车老板。当时由于我们寡不敌众，双方对峙了一会儿，我心想好汉不吃眼前亏，这真要是动起手来，鼻青脸肿的肯定是我们。我便下命令撤，等下次再发现他们，我带足人手再教训他们。大哥，那次行动失败后，我回来向你汇报过，你当时一听气就不打一处来，命令我再发现那辆车，一定先向你汇报，你要亲自带人教训他们，可是自从那次对峙后，那辆别克面包车就再也没出现过。那天我陪你去卖画，一见到车老板我就倒吸了一口凉气，因为我一眼就认出他来了，他就是那天和我们对峙的那伙人的头儿。”胖子讲得绘声绘色，听得我手心全是冷汗，我心想，多亏车夫事先做了准备，否则后果不堪设想。看着胖子眉飞色舞的小眼睛，我心中充满了苦涩，感觉自己就像一只无助的变形虫在惊恐中抽搐跳动，不知所措。魏毕稳显然没想到世上会有这种巧合，显得头脑有些错乱，脸色一会儿青一会儿白的，缄默片刻，才像是从错乱中逃出来似的，惶恐地说："丹姐，太悬了，我险些铸成大错，如果那天带人去的不是胖子，而是我，那么我还有什么脸面对车老板呢！丹姐，你和车夫大哥的大恩大德，我真的无以为报……"我连忙拦住他的话，苦笑着说："小魏，言过了，言过了，不存在无以为报的问题，把你对我的承诺兑现，我们就两讫了。"他听了我的话，心情沉重地说："丹姐，我知道我们这些人在你的眼里一文不值，关于这一点我也是在我妈得病之后才意识到的。以前我以为我作为一名特勤小队长可以随便绑架拘禁、敲诈勒索任何访民，与那些腐败官员沆瀣一气牛得很，我妈病了以后，那种无力回天的无奈与无助让我设身处地地想到了那些无辜的访民，他们哪个不渴望安居乐业，可是偏偏有人不让他们安居乐业，那些为了个人的乌纱帽和既得利益的人和集团，打着公益的名义，要么掠夺别人的财产，要么砸毁别人的饭碗，社会矛盾都是由那些贪官、恶官挑起的，却强加在访民头上，真是天理难容啊！现在想起来心里惭愧极了，丹姐，你放心，兑现我的承诺以后，我会立即离开'金太阳'，今后即使要饭我也不会再助纣为虐！如果有一天我在姐心目中能成为一个好人、一个有良知的人，而不是一个坏人、一个恶人，我就心满意足了。"我深知像魏毕稳、胖子这些人本性原本不坏，不过是情境的强大压力导致他们随波逐流趋向暴力，我听说"金太阳护送中心"招收特勤的标准很高，身高必须一米八〇以上，而且要求是训练有素的退伍军人，这些丧失独立思考能力的退伍军人，原本就是制服的奴隶，不同的制服和身份，会让他们的性情迥然不同，本质上他们无不是制服的囚徒。指望这些精神上的阉人判断善恶，明辨是非，无异于瞎子摸象，魏毕稳之所以有所醒悟，完全是被他对母亲的爱激发出来的，再加上我画《诛魔》起到了一定推波助澜的作用，他才恢复了独立思考的能力。魏毕稳无疑是幸运的，这让我备感欣慰，于是我用鼓励的口吻说："小魏，你的这番话已经让我对你刮目相看了！"胖子也随声附和道："大哥，过去你唯中队长马首是瞻，最近你可没少让他下不来台，嘿嘿，我对你也刮目相看了，如果你不干了，我也不干了，你去哪儿，我就跟你去哪儿。"魏毕稳扬起眉毛，瞪着眼睛没好气地说："这里没有你的事了，你该干啥干啥去吧。”胖子听了也不生气，笑呵呵地说：“那好，大姐，你们聊着，大哥，桃洗干净了，吃吧，吃吧。”说完顺手从篮子里拿了一个，吭哧咬了一大口，摇晃着大脑袋走了。我好奇地问：“小魏，这桃是你送我的？”魏毕稳摆着手说：“丹姐，这篮子桃是车总让我捎给你的，他说你最喜欢吃桃了。我知道，这篮子桃你一个人也吃不了，拿回去也是给那些访民吃，我干脆就让胖子全洗了。”望着眼前一篮子水晶玛瑙一般的鲜桃，我顿时明白了车夫对我的良苦用心，我随手拿起一个洗得干干净净的桃子递给魏毕稳，直言不讳地说：“其实我最喜欢吃的水果不是桃子，而是葡萄。”魏毕稳不解地问：“那为什么车总不送你葡萄，反送给你桃子，还说你最喜欢吃桃子了，嘱咐我一定把这篮子桃子捎给你。”我苦笑着说：“他是通过你给我传递信息，让我快点逃离黑屋。”魏毕稳这才恍然大悟，真诚地说：“丹姐，我也有这个打算帮你离开这个鬼地方。”我毫不犹豫地拒绝道：“不行，不打听到顾文白、张欣、沈丹娜的下落，我绝不离开黑屋。”魏毕稳被我的决心震撼了，他用恳求的口吻说：“丹姐，你要找的那三个人到底是什么人，能和我说说吗？”我惆怅地叹了口气，意味深长地说：“我还是先给你讲一讲顾文白的长篇小说《神话》吧。我画的《诛魔》就是画的这部小说里的故事。”于是我从黑龙讲到了黑魔，从夜山一直讲到狮身人面鱼，从灵风一直讲到山是金山、树是金树、鸟是金鸟的飞狮国。魏毕稳听入迷了，我们就以鲜桃当晚饭，一直讲到月上柳梢头，最后我问他：“你知道我为什么要给你讲《神话》吗？”他懵懂地摇了摇头，又似是而非地说：“莫非这顾文白就是灵风，张欣就是桃落？那谁是黑魔呢？”我莞尔一笑，画龙点睛地说：“我之所以给你讲《神话》，是因为这部书告诉了我们黑魔是什么，世外桃源是什么。你问我顾文白、张欣、沈丹娜是什么人，我告诉你，他们都是能看清黑魔的人，他们都是能识破世外桃源本质的人，因而也是黑魔最怕的人，因为他们有本事让更多的人看清黑魔，让更多的人识破黑屋。”听了我的话，魏毕稳的表情很沉重，仿佛黑魔就隐藏在他心里似的，满腹心事地和我分了手。走进大会议室之前，我贪婪地看了一眼天空，月牙儿跟《神话》中灵风跳潭前一模一样。

深夜，月牙儿挂在天上，天是暗蓝色的，没有一丝儿云，月光像淡蓝色的雾，充满了水一样的柔情。灵风等人在一处潭边扎帐休息，众人皆鼾，唯独灵风满腹心事地坐在潭边静思。这是个山谷中的深潭，水平如镜，白天是翠绿色的，晚上倒映着满天星斗，波澜不惊，明亮得如镜子一般。灵风心事重重，坐在潭边望着潭水发呆，仿佛心之锚正泊于潭的深处。此时此刻，最让他放心不下的就是桃落，想着想着竟情不自禁地自言自语道："落儿，你还好吗？""风哥，我还好！"灵风不相信自己的耳朵，猛地站起身四周望了望脱口问道："落儿吗？你在哪儿？""风哥，我在你的心里。"灵风恍然觉得是自己太思念桃落了，可能是幻觉，他失望地又坐下，猛地望见水中映着一位清丽粉黛的美女，眼睛里仿佛有淡淡的光辉，脸上还带着几分哀愁和笑意，明明就是桃落的倩影。灵风以为是桃落在身边，回头看却什么也没有，但水中的桃落却是凄美动人。"落儿，你在哪儿？"灵风痴痴地问道。"风哥，我就在你的面前。"水中的倩影妩媚地答道。月光在灵风脸上有几分凄清，他终于看清了是水中的倩影与自己对话，望着爱妻的倩影，感慨万千，恍如隔世。"落儿，你为什么躲着我？你知道我有多想你！"灵风几乎哽咽着说道。"风哥，别难过，我们就快见面了。""真的吗？"灵风怔怔地问道。"真的，风哥，你已经顺利地通过了蜥蜴人国和蜘蛛兽国，我真为你骄傲。不过，到了飞狮国，你要小心，因为飞狮国是最难过的，祝你成功！"桃落的倩影美丽得像一朵带着哀伤在水中盛开的百合，幽怨的眼神像一种痛深深刺入灵风的骨髓。因为这种哀伤而凄凉的延伸早就深入了灵风的魂魄。正在灵风痴痴地望着水中时，倩影却倏忽间化作涟漪不见了。"落儿，落儿！"灵风一边喊，一边下意识地用手去抓那倩影，却忘记了眼前是一处深潭，只听见"扑通"一声，灵风整个人栽了下去。正在睡梦中的楚雅听到巨大的"扑通"声，猛然惊醒，他呼地站了起来，喊道："不好！出事了！"紧接着，辞颂、柯德和众剑士也都醒了，一个个迅速奔向深潭，只见漆黑的潭水泛起一道道涟漪。"主人！"柯德二话没说就纵身跳了下去，接着楚雅、辞颂和众剑士也都纷纷跳入深潭。潭水深不可测，无边无际的黑暗，仿佛永恒，只有来自黑暗最深处的一缕光亮隐约映出沉在潭底的那个一身粉裙的倩影，灵风不顾一切地伸手去抓，仿佛近在咫尺，却抓不到一丝半分。然而，此时灵风的思维仿佛停滞，他只有一个念头，要救桃落，绝不能让她沉入潭底。桃落的倩影温柔地飘落，散发出温暖的粉芒，这粉芒驱散了潭水的深寒，温暖着灵风冰寒的心。望着眼前那虚无缥缈的倩影，灵风的目光迷离了，他从内心涌出一种缠绵的感觉，充满了爱的力量，让他不顾一切地奔向那漂浮不定的粉芒，他要挽住心爱的人，挽住他生命中的女人，融为一体，哪怕化作这深寒的潭水……然而，就在灵风全神贯注地去抓桃落那虚无缥缈的倩影之际，从黑暗的深寒之处涌出无数狮身人面鱼。这些狮身人面鱼穷凶极恶地向灵风扑来，一个个张着长满獠牙的血盆大口，悄无声息地向灵风攻击。桃落的倩影顿时花容失色，从水中一层层传来紧张而温柔的声音："风哥，小心！"灵风听见桃落的声音，像被电击了一下，当时就清醒过来，他从腰间拔出光阴之剑，顿时，寒潭深处光芒万丈。灵风环顾四周，惊得目瞪口呆，原来黑暗的深潭之中，无数的狮身人面鱼张牙舞爪地在水中飘舞游荡，已经将灵风包围。他向上望去，见楚雅、辞颂、柯德及众剑士已经与恶魔般的狮身人面鱼战到了一起，几名剑士抵挡不住狮身人面鱼的攻击，已经被撕成碎块，每块尸体上都有成千上万的狮身人面鱼扑上去撕咬。灵风再也顾不上桃落的倩影，挥舞着光阴之剑向上游去。他是想与楚雅、辞颂等人会合，好解救受围的剑士，然而狮身人面鱼太多了，层出不穷地向灵风扑来，发出鬼哭般的嚎叫，狰狞至极。想不到这个在岸上看上去没有多大的深潭，竟是个大得惊人的巨大深渊，桃落的倩影曾告诫灵风，去飞狮国会更加艰险，想不到还没到飞狮国就已经面临生死考验了。那些修为不深的剑士死伤惨重，灵风心急如焚，他又向潭底望了一眼桃落的倩影，那美丽得动人心魄的倩影手舞足蹈地像是在告诉灵风："跟我走，往下去。"灵风对楚雅、辞颂示意："我开路，你们断后，跟我来。"奇怪的是，狮身人面鱼对柯德不感兴趣，没有一条鱼攻击柯德，这让柯德救了许多剑士。楚雅和辞颂对灵风的示意心领神会，大家围在一起，灵风挥舞光阴之剑，心诵剑咒，剑身寒光大放，狮身人面鱼遇光则粉身碎骨，但是仍然前赴后继地涌上来。就这样，灵风率领众人奋力搏杀，跟着桃落的倩影继续往潭底沉去。越往下沉，越黑暗，黑暗就像巨大的光源，层层散去，让人觉得世界原本就是黑暗的，或许光原本就是由黑暗组成的，无边的黑暗中，只有桃落的倩影微微放出的粉芒引领大家向潭底沉去。然而越往底沉，狮身人面鱼就越多越大，而且进攻也越来越凶猛，更让灵风揪心的是，桃落的倩影越来越弱，最后化作一个亮点。灵风、楚雅、辞颂手中的三件法宝无论威力多么巨大，无奈凶鱼太多，杀不尽，斩不绝，再加上在水中大家都需默诵闭水咒才可长久潜行，情形越来越凶险，而此时桃落的倩影留下的一点点光亮也不见了，除了光阴之剑、闪电之剑和宽带的光芒外，四周死一样的黑暗。灵风心想，要想脱险，只有用自己轻易不用的五行球一试了，这五行球是灵风集金木水火土之灵气，加上自身真气按照《光阴真经》的法子修炼融合而成，由于每用一次，便会将体内的真气消耗殆尽，所以，灵风出道以来从未用过。此时，灵风准备用力一搏。楚雅看出灵风要用五行球打开一条光的隧道，欲上前阻止，灵风正运气于光阴之剑剑尖，楚雅知道阻止已经来不及了。只见光阴之剑剑尖上一颗光球越来越大，像太阳一样光芒万丈，狮身人面鱼见五行球的巨大光焰炽热旺盛纷纷躲避，灵风将全身真气作用于光阴之剑剑尖，由于运气不能行闭水咒，憋得灵风脸色通红。突然，他剑指潭底，只听见一声震耳欲聋的巨响，五行球向潭底轰然飞去，顿时，一条巨大的光隧道向潭底延伸，灵风推出五行球后由于用尽全身真气，筋疲力尽，仿佛失去知觉，昏死过去。柯德见主人危险，第一个冲上去，背起灵风钻进光隧道拼命奔跑，众人紧随其后，狮身人面鱼发现到嘴的肥肉要跑掉，汹涌地扑了上来，纷纷撞在光柱上粉身碎骨，但仍然汹涌澎湃，前赴后继。光隧道的能量集中在前方，人们在前面奔跑，后面的光便随着能量的消散而陷入死一般的黑暗，如果跑得慢，将会赶不上光隧道而永远留在死一样的潭底，其结果就是被狮身人面鱼撕得粉碎。柯德在前背着灵风没命地与光赛跑，楚雅和辞颂断后，耳边响起狮身人面鱼撞击巨大光柱而粉身碎骨的怪叫声。许多剑士听得头皮发麻，毛骨悚然，拼命奔跑，然而好像永远也跑不到头一样，眼看着巨大的光柱越来越短，人们已经挤在了一起。突然，光柱形成一个巨大的五行球，将众人包裹在光球中，以迅雷不及掩耳之势，冲向潭底，只听见轰的一声巨响，五行球将众人大力推出深潭。当所有的人回过神儿来时，众人皆站在了平地之上，回头一望是金色的山壁，大家终于逃出了深潭，一些剑士连累带吓瘫在地上。“楚雅，你看这里的山全是金山！”辞颂吃惊地叫道。众人这才从惊恐中抬起头来，无不惊叹：“呀！这里的山都是金山，树全是金树，鸟全是金鸟。”此时，灵风仍然昏迷不醒。“主人，主人！你醒醒！”柯德带着哭腔喊道。人们突然意识到灵风还在昏迷中，纷纷围了上来。“没事，刚才他将全身的真气都运到五行球上了，是累的，休息休息就好了，”楚雅镇定地说道，“柯德，水呢？”“在这儿。”柯德递过水说道。楚雅把灵风的头抱在怀中一口一口地喂水，随着甘甜的水入口，灵风终于睁开了眼睛。“楚雅，我们是在什么地方？我们逃出深潭了吗？”灵风有气无力地问道。“放心吧，我们逃出来了。”楚雅慈祥地说道。“那我们现在在哪儿？”“还不清楚。只是这里很奇怪，一切都是金色的。”“灵风，我们好像掉进金山里了，这里的一切都是金色的。”辞颂瓮声瓮气地说道。“落儿提醒过我，这飞狮国最危险，大家要小心！”灵风断断续续地说道。“怎么，灵风，你见到桃落了？”辞颂惊讶地问道。“是落儿的影子，是落儿的影子把我引到了深潭里，最后来到了这里。”灵风微闭着双眼艰难地说道。“辞颂，灵风说得对，我看我们要多加小心，”楚雅说完，转头对众剑士说道，“弟兄们，加强警戒！”“主人，主人！”柯德一阵惊呼。灵风又昏了过去。“辞颂，这样不行，你们注意周围动态，我给灵风输入真气。”辞颂率领众剑士围在灵风和楚雅的周围，凝神戒备，楚雅双手扶在灵风后背上往他的任督二脉输入真气。这时，柯德心想，“主人伤了元气，身子太虚了，要是能有点野味就好了。”他一个人沿着一条金色的小路边走边想，“要是有一只山鸡什么的就好了，抓住炖鸡汤肯定大补，主人一定会很快恢复。”正想着，已然看不见大队人马了，走着走着脚下出现几枚金币，柯德大喜捡了起来，心想，“金山搬不动，金币却可以带在身上。”他一边走一边捡，路上的金币越来越多，喜得柯德忘记了一切，低着头哈着腰，沿着小路捡了下去。突然，一声狮吼，吓得柯德一屁股坐在了地上，抬头一看，眼前一头巨大的金狮子正张着金盆大口望着柯德。柯德吓得爬起来转身就跑，却听见金狮吼道："你捡我的粪便干什么？"柯德听后一下子站住了，他回过头来问道："怪物，你说什么？这金币是你的粪便？有没有搞错？""你这大蛤蟆，你偷人家粪便，还嘴硬！"金狮吼道。"大怪物，我不是大蛤蟆，我是蜥蜴人！"柯德辩解道。"人？人是什么东西？为什么喜欢我们飞狮国的大便？"金狮笑道。"什么？你说什么？这里是飞狮国？"柯德又惊又喜地问道。"对呀，连飞狮国都不知道，真是个大傻瓜。"金狮嘲讽地说道。"这么说，你们飞狮国除了金子多外，也没什么可怕的。"柯德大大咧咧地说道。"你马上就要变成我的粪便了，还不可怕？"金狮狰狞地说道。柯德紧张地一下子拔出宝剑。"大怪物，你如果不想死在我的剑下，就赶紧趴下让我骑，否则，小心我斩下你的狮子头！"金狮昂首狂吼一声，硕大的双目透出无尽的凶光，头上的金毛根根竖起，张开一张金盆大口，露出两根长而锋利的金色獠牙，猛扑过来。柯德一边躲闪一边想，"这大怪物果然是极品灵物，发起威来如此凶猛，灵力之强，神力之纯，绝不在自己之下。"他躲过金狮的攻击后，回身就是一剑，剑尖正好划在金狮的屁股上，那金狮疼得一声怒吼，从肛门喷出一堆金币射向柯德。那金币的射力极大，仿佛离弦之箭一般，有一枚射在柯德的手臂上，疼得他嗷嗷叫。那金狮中了一剑，金色的血液滴滴答答地流出来。"大怪物，人类要是见了你就发大财了。"柯德大笑道。金狮哪容柯德取笑自己，回首又是一声怒吼，用尾巴横扫过来，呼呼生风，扫向柯德的腰部，如果扫上，柯德非断成两截不可。他腾空而起，躲过致命一击，那金狮见柯德蹿到空中，越发兴奋，从后背上"咔咔"长出两个巨大的金翅膀，"呼"的一声飞了起来。"大蛤蟆！想不到，你飞得还挺高。"柯德哪里会飞，不过是跳得高一点而已，他落地后撒腿往回跑，心想，"这个大怪物还挺难对付，还是让主人来收拾他吧。"他跑得飞快，金狮飞在他头顶上不时向下攻击。柯德无论怎么奔跑也不是金狮的对手，不断遭到金狮的攻击。他心想，"或许扔掉身上的金币能跑得快点。”于是，他将捡到的金币全都抛了出去，没想到，金币丢掉以后头顶上的金狮却不见了，柯德纳闷地站住回头一看，那个巨大的金狮站在他身后一动也不动地看着他。“哎，大怪物，你怎么不追了？”柯德气喘吁吁地问道。金狮没有反应，只是圆睁二目，看着他，柯德非常纳闷，小心翼翼地走到金狮身边踹了他两脚，金狮一动也不动。“怪了，刚才还没死没活地追我，这会儿却像死了一样，”柯德自言自语道，“死了好啊，我可以拿着金币见主人去，主人见了这么多的金币一定高兴。”柯德哼着小曲捡起一枚丢掉的金币，还没有直起腰，一阵狂风呼啸而过，他抬头一看，巨大的飞狮又在头顶上开始攻击。他本能地奔跑起来。“大怪物，”他一边跑一边问道，“刚才你不是死了吗？怎么又活了？”“大蛤蟆，你为什么偷我的粪便？”金狮一边攻击一边问道。“大怪物，既然你视金币如粪土，为什么还苦苦追我？攻击我？”柯德大口喘着气问道。“大蛤蟆，这些粪便是飞狮国金玫瑰园的肥料，没有肥料金玫瑰就要凋谢，金玫瑰一凋谢，金婆婆就不高兴，金婆婆不高兴我们这些狮子就要倒霉了。”金狮说完，飞到柯德前面冲着柯德放了个屁，喷出一堆金币，打得柯德嗷嗷叫。“好好好，把你的粪便还给你！”柯德实在受不了了，只好把捡来的金币抛向空中的金狮，那金狮见柯德抛出了金币，“咣当”落在柯德面前，像死了一样，一动不动了。柯德小心翼翼地踹了金狮屁股一脚，还是一动不动，他一头雾水地往回走，心想，“这飞狮国真是很怪，”正想着，头顶上“呱呱”叫了两声。他抬头一看，是一只金乌鸦从头顶上飞过，只见那金乌鸦一边叫一边撅屁股。柯德心下暗自叫苦，“不好，那金乌鸦准是要拉屎。”在蜥蜴人国流行一种说法，谁脑袋上落了乌鸦屎，谁就会倒霉。柯德下意识地缩了缩脖子，一块硬邦邦的东西还是砸在了他的头上，他仔细一看，又是一枚金币。“怪哉！这飞狮国连乌鸦也拉金币。”柯德越想越纳闷，甚至有些害怕，他拔腿就往营地跑。跑着跑着，觉得脑袋有点疼，他用手一摸，脑袋被砸出了一个金包。这时，头顶的金乌鸦又叫了起来，柯德心想，“难道这家伙又要拉屎了？”他抬头望去，那金乌鸦嘴中丢下一件东西。柯德用手捂着脑袋，望着那件像树叶一样的东西从天上飘落下来，终于晃晃悠悠地落在了他的面前，他顺手抓住，原来是一封封着的信。那信一落到柯德的手中就龇牙咧嘴地说道：“快去见灵风！”柯德吓了一跳，这飞狮国真是怪事连连，连信都会说话。“喂，大蛤蟆，你轻点捏我，你快把我捏死了。”那封信在柯德手中咕咕哝哝地说道。“老实点，再咕哝，我捏死你！”柯德生气地说道。“小样儿，你捏死我试试！捏死我，你们就别想找到飞狮国。”信猖狂地说道。“哎，邪门了，连你这张破纸也欺负我！”柯德无奈地说道。“欺负你怎么着？瞧你脑门上的金包就长着挨欺负的样儿！”信傲慢地说道。“信不信我马上让你变成金包？”柯德说完将信揉成一团。“大蛤蟆，我要让你付出代价。”信扭曲着脸说道。“还嘴硬，你看看你现在像不像金包？”柯德得意地说道。“大蛤蟆，快点把我放开，不然有你好看的！”那封信好像真的发怒了，脸扭曲得很是吓人。柯德不予理睬，攥着信飞奔回到营地。

一连两天，丁桂香都处于极度抑郁的状态，她蜷缩在角落里，缄默不语，还不吃不喝，更不出去放风，时不时就抹眼泪，她的脸色憔悴，目光中透着恐怖，神经似乎一直绷着，一有响动，就流露出紧张而警觉的表情，仿佛她刚刚经历了一次大惊骇，身心都受到了大伤害，总是战战兢兢、心事重重的，那样子就像她尚未从可怕的阴影中走出来。结识丁桂香以来，她给我的印象非常淳朴，是一个热情、善良、开朗的女人，她突然变成这个样子，我以为一定是想家或者想丈夫和孩子了。然而，任何被关押在黑屋的访民都会突然变成一个抑郁症患者，他们会突然变形、萎缩、衰老。因为他们每天都生活在梦魇中，但这梦魇仅仅属于他们吗？我担心丁桂香再这么下去会出事，便凑到她身边想试着打开她的心结。“香姐，”我关切地问，“你都两天不吃不喝了，是不是不舒服？”她强作笑颜地摇了摇头，眼神里却依然透着恐惧，我愈发觉得她不太对劲，她给我的感觉就仿佛刚从梦魇中醒来似的。“香姐，是不是出什么事了？”我十分担心地问，“咱们是好姐妹，和妹妹说说吧，妹妹好帮你拿拿主意。”我的话似乎一下子触碰到了她的痛处，她的眼泪扑簌簌地滚落下来，刚好赶上放风时间，我好说歹说，她才同意和我一起出去走走。以前放风时，丁桂香最喜欢扎堆，可是今天她却躲着人走，就仿佛做了什么见不得人的事似的，她一直低着头，回避所有人的目光，有人和她打招呼，她也像没听见似的，一副精神恍惚的样子，我一直寸步不离地陪着她，她也用双手紧紧地挽着我的胳膊，走到院墙根的一棵枯树下，我实在受不了了，便用担心而又焦虑的口吻问："香姐，你别再吓我了，快跟我说实话，你究竟怎么了？"在我的逼问下，她终于强忍呜咽地说："妹妹，我不想活了！"我一边用手轻轻地擦拭着她脸上的泪，一边宽慰地说："香姐，无论发生什么事，我们都要活着，不仅要活着，还要好好活着。别忘了，你到京城是来找丈夫的，你被当做访民关在了这里，他知道你来京城了，却见不到你，指不定急成什么样子了，为了你的丈夫，你也要好好活着！"没想到我这么一劝，她竟哽咽地说不出话来，良久，才羞愧且痛苦地说："就是因为我没脸见他了，我才不想活了！"她的话里透着凄凉。我似乎预感到了什么，心里油然而生一股悲凉，我把她揽在怀中，轻轻地抚摩着她的后背，用坚强的语气说："香姐，死是最容易的，也是最不负责任的，常言道，没有过不去的火焰山，到底发生什么事了，还是和我说说吧。"她心有余悸地看着我，用充满耻辱感的口吻说："我被狗脸糟蹋了！"尽管我有预感，但还是吃了一惊，瞪圆了眼睛问："这是什么时候的事？"她痛楚地说："大前天夜里，俺睡醒后去卫生间，一出会议室就碰上了正在巡逻的狗脸，他一脸坏笑地看着俺，看得俺心里直发毛。他打过俺，俺见他心里就慌，为了快点躲开他，俺赶紧去了卫生间，没想到刚撒完尿，裤子还没提上呢，狗脸就一脸淫笑地走进来，俺害怕极了，刚想喊，他便用一把尖刀逼住了俺，瞪着一对狗眼威胁说，你要是喊，我就一刀捅死你，说完他把俺按在墙上。妹妹，俺当时实在是没有办法啊！"丁桂香呈现在我脑海中的画面太令人惊骇了，"罪恶"这个词不停地撞击着我的灵魂，我几乎是从牙缝儿里挤出两个字："畜生！"然后下意识地拽着她就走。她支支吾吾地问："妹妹，去哪儿？"我愤慨地说："走，香姐，我陪你去告发他！"她惊恐万状地抽回手，胆怯地说："可不敢！"我义愤地问："为什么？"丁桂香惶恐地说："要是告发他，俺的名声可就毁了！”她的话一下子刺痛了我，是啊，如果去告发，这件事就会像流言一样散布开来，如果是发生在我的身上，我有勇气去告发吗？这么设身处地地一想，我惊出一身冷汗，如果那天夜里去卫生间的不是丁桂香，而是我，我是反抗，还是顺从？我不知道，我只知道丁桂香被糟蹋了，这是她的秘密，却是访民的耻辱。仅仅是访民的耻辱吗？这么一想，我觉得应该鼓励丁桂香去告发那个畜生。于是我用劝慰的口吻说：“香姐，为什么不告发他呢？那是件罪行，你是这件罪行的受害者，这绝没有什么耻辱的。相反，你越是怯懦，他们就越是变本加厉！”丁桂香听了我的话沉默良久，才哀怨地说：“郭卫军不怯懦，却被那群畜生打得鼻青脸肿的，肖峰就像个大英雄又能怎样？还不是差点被打死。我只是个小女子，除了怯懦还能怎样？妹子，他们把我关在这里难道不是罪行？发生在我身上的这件事，只不过是这罪行的一部分罢了，告发谁？要告发就应该将这里的全部罪行都告发，可是我们向谁告发？如果我们可以告发，这些无辜的访民会被关在这里吗？”我一直以为我应该有一个比丁桂香更坚硬的外壳，却不过是蜘蛛网上那死苍蝇的空壳，丁桂香发自肺腑的一席话就像一阵风，我的空壳便像纸屑一样随风而去了。就在我俩相对而视，默默无语之时，一张狗脸突然出现在我俩面前，他龇着黄牙，半边狗脸上露出讪笑，眼里闪烁着恶魔眼里那种火花，挤眉弄眼地对丁桂香说：“心肝儿，想我没？”丁桂香的脸一下子没了血色，我挺身将她挡在身后，厉声骂道：“滚，你这畜生！”他没想到我敢骂他，脸为一阵痉挛所扭曲，用淫邪的目光看着我，皮笑肉不笑地说：“骂得好，俗话说，打是亲骂是爱，看来你也想尝尝爽歪歪的滋味，你可比她鲜嫩多了！”我对他这副厚颜无耻的嘴脸厌恶极了，嗤之以鼻地说：“你这种畜生早晚会遭报应的！”狗脸听罢疯狂地大笑起来，笑得令人毛骨悚然，然后他突然收住笑，声色俱厉地说：“报应？你知道‘金太阳’的政委是我什么人吗？实话告诉你，那是我姐夫，在这里，我就是报应，我想报应谁就报应谁，想怎么报应就怎么报应。美人儿，我看早晚遭报应的不是我，而是你，不信，你就试试！”说完，他淫邪地冲我挤了挤眼。这时躲在我身后的丁桂香突然骂了一句："回家和你妈试去吧，你和你妈准合适！"狗脸被骂得脸皮红一块紫一块，两眼冒出了火，他气急败坏地吼道："臭娘们儿，你敢骂我，你是不是活腻歪了？"说着就想上前拽丁桂香，我连忙拦住他，用锐利的目光直视他，义愤地断喝道："你想干什么？"狗脸真急了，他抬手便给了我一巴掌，这一巴掌打得我就感觉自己脑袋顶上的太阳轰的一声四分五裂了，他打完还不依不饶地吼道："干什么？老子想干什么就干什么！"虽然鲜血顺着我的嘴角流了出来，但是我并没有被他的淫威所吓倒，屈辱、愤怒像尖刀一样刺痛了我的自尊，我满腔怒火地喊道："你这狗仗人势的畜生，凭什么打人？"狗脸人见一巴掌没镇住我，更加气势汹汹了，他羞恼地冷笑道："这也叫打人，我让你见识一下什么叫打人。"说着他抡起电棍劈头盖脸地向我头顶打下来，可是他的手腕却被一只突如其来像钳子一般的大手抓住了，"哥们儿，怎么跟俩娘们儿较上劲了，走，哥儿几个打麻将就缺你了。"来人不是别人，正是魏毕稳的兄弟胖子，只见他像铁塔一般地站在狗脸面前，笑容可掬地擎着狗脸举起来的胳膊。狗脸一见是胖子，气急败坏地说："等会儿，这俩娘们儿不服管，竟敢骂老子，我他妈的非好好教训教训她们不可！"这时又上来两个人，显然是和胖子一伙儿的，他们勾肩搭背地跟狗脸说："哥们儿，和俩娘们儿一般见识不值得，走吧，打八圈去。"说完，和胖子一起连拉带拽，狗脸没办法，只好骂骂咧咧地跟他们走了。狗脸一走，丁桂香由于太紧张了，腿一软，险些瘫在地上，我连忙一把拽住她，心中暗问自己，如果每个人都不胆怯，黑屋还会存在吗？

这时，灵风已经渐渐恢复体力，正坐在一块金石上休息，老远就看见柯德飞奔而来，一看就是遇上了什么大事。"柯德，后面有恶魔追你呀？瞧把你跑的。"灵风笑着问道。"主人，你醒了，太好了，我本来想给你寻一只山鸡熬汤，却遇上一连串的怪事。这不，一只金乌鸦从天上丢给我一封信，这封信居然敢威胁我。"说着，柯德将信递给灵风，楚雅和辞颂赶紧围了上来。灵风接过被柯德团成球的信展开，那信像伸懒腰一样，龇牙咧嘴地说道："可把我捏惨了，大蛤蟆，我说过要让你付出代价。”灵风看见这封会说话的信也很吃惊，他小心翼翼地拆开信，只听“轰”的一声，从信中飞出一缕金色的烟雾。那烟雾在空中陡然化成一头巨大的长着双翅的金狮，张牙舞爪地吼道：“灵风，对不住了，本来我只想把信送到，既然大蛤蟆不讲理，我也就不客气了，胜了我什么都好说，胜不了我，你们就只好变成我的粪便了。”会飞的金狮吼完，“嗷”的一声向灵风等人俯冲下来，众人连忙躲闪。“柯德，你是怎么得罪这封信的?”灵风拔出光阴之剑，一边抵挡一边问道。“主人，我就把他揉成团了。”柯德委屈地说道。“大家小心！”灵风见这头会飞的金色雄狮来势汹汹，知道又遇上大麻烦了，心想，不管怎样也要闯出这飞狮国。他振奋精神吼道：“都闪开，让我来对付这头金狮。”“灵风，小心！这家伙很凶！”楚雅警觉地喊道。一封信突然幻化成一头会飞的雄狮，众人无不匪夷所思。只见那雄狮，吼声震天，震得众剑士毛骨悚然。吼声过后，众人所处的平地上，发出“咔咔”的响声，突然一声震耳欲聋的巨响，众人所处的平地开始龟裂，剑士们跳开，龟裂处“咔咔”巨响，竟裂为山谷，将灵风、柯德和楚雅、辞颂分开，众剑士也分为两处。那雄狮飞舞在空中，抛下楚雅、辞颂等人，直向灵风、柯德等人猛扑过去。灵风领教了狮吼的威力，没等那家伙再叫，光阴之剑的剑芒直刺雄狮的大嘴。剑芒速度之快令雄狮猝不及防，雄狮的大嘴刚刚张开，剑芒已攻入狮嘴中，狮吼声顿时被挡了回去，并反击雄狮的内脏。雄狮根本没想到灵风的剑芒如此之快，狮吼声反倒在自己的腹内像闷雷一样炸开，震得雄狮一头栽向深谷，辞颂在对岸眼疾手快，随手抛出宽带将雄狮捆住，顺手牵了上来。没想到，被宽带牢牢捆住的雄狮，一落地便幻化成信，挤眉弄眼地说道：“不玩了，不玩了，以多胜少，没意思！”同时，刚刚龟裂的深谷又轰隆隆地恢复了原样，深谷两岸的人们又聚在了一起，当真是虚惊了一场。“丑八怪，怎么不玩了?”柯德愤怒地问道。“不玩了，你们一大帮欺负我一个，算什么本事?”信不服气地说道。“既然如此，快说说信的内容吧。”灵风着急正事，没工夫耽误时间。“我累了，我才不给你们念呢！你们自己看吧！”信说完，像伸懒腰一样将自己展开，灵风定睛一看，上面工工整整地用小楷写着："欢迎来到飞狮国！这是一个没有麻木和暴政的国度，有取之不尽的黄金，与黄金比起来，暴政更可怕；与暴政比起来，麻木更可怕。而你们人类是一个百姓麻木不仁的世界，对黄金充满了贪婪和欲望，那就留下来吧，起码可以摆脱麻木的围剿，享受取之不尽、用之不竭的黄金！请接受飞狮国国王的盛情邀请，到王宫共享荣华富贵。"灵风读完信后，信突然变成一只金乌鸦大小的飞狮，飞在空中兴致勃勃地说道："走吧，我给你们带路。"灵风和楚雅、辞颂对视了一眼说道："想不到这飞狮国还有国王，弟兄们，恭敬不如从命，走，我们先见识见识这飞狮国的王宫。"说完大步流星地追赶前面的小飞狮，楚雅和辞颂会意地一笑，紧跟在后面。"主人，会不会是个圈套呀？我总觉得这飞狮国怪怪的！"柯德一边走一边唠叨道。"柯德，常言道，不入虎穴，焉得虎子？今天就是黑魔的宫殿也得闯闯。"灵风饶有兴趣地说道。"灵风，应该说不入狮穴，焉得狮子。"辞颂插嘴说完，众人哈哈大笑。

大家随小飞狮穿过一片金树林，趟过一条翻腾着金色浪花的小河，又翻过一道金山岭，终于望到了大片的金字塔式的金光灿灿的宫殿。宫殿前有一个巨大的金砖铺成的广场，广场上鼓乐齐鸣，成千上万的小飞狮在空中和地上变幻着队形，好像在跳什么舞。"哎，他们在干什么？"辞颂问由信变成的小飞狮。"这是我们国王安排的仪仗队欢迎你们！""怎么不见你们国王啊？""我们国王率领大臣在宫殿前迎接。"说完小飞狮率先飞向广场，广场上，正在翩翩起舞的小飞狮们让出一条金光大道，灵风率众人向宫殿走去。上了九九八十一级金台阶，一些长着狮头人身的大臣列队两排，中间闪出一位身材高大狮头人面的金须老者，身披金袍威风凛凛，颇有帝王之气势，他哈哈大笑地迎了上来。"欢迎人神驾临飞狮国，没有人能闯过我的黑水潭，能闯过黑水潭的只能是人神，在下飞狮国国王铜臭。"铜臭话一出口，辞颂第一个哈哈大笑起来。"请问国王陛下，为什么起名铜臭呢？""让雪神见笑了，我飞狮国的黄金取之不尽用之不竭，寡人当然要叫铜臭了！"铜臭国王不仅不介意，还哈哈大笑地说道，"既然诸位冒着生命危险来到我飞狮国，当然是来享受荣华富贵的。在飞狮国，黄金是一切的源泉，不仅用于吃穿住行，而且还用来繁育后代，这真可谓有了黄金就有了一切呀！”“主人，铜臭国王说的没错，他们这里的狮子吃黄金拉金币。”柯德插嘴说道。“铜臭国王，我灵风历尽千辛万苦来到贵国，不是为了享受荣华富贵的，而是为了寻找福地圣境。”灵风恭谨地说道。“到了飞狮国就是飞狮国的人了，咱们哪儿都不去，就在这里享受荣华富贵吧，我特意备好了黄金宴，人神请！”铜臭豪爽地说道。“人神请！”两排众大臣齐声说道。灵风无奈只好率众人随铜臭国王走进王宫大殿。大殿之内金碧辉煌，黄金宝座两侧摆了两排金桌，金桌之上摆满了金盆、金碗、金盘子，这些金器之内摆满了金鸡金鸭金鱼金肉金水果。“铜臭，你们就请我们吃这些金疙瘩？”楚雅不客气地问道。“是的，这是我们飞狮国最丰盛的宴会。”铜臭得意地说道。“怎么没有酒呢？”辞颂阴阳怪气地问道。“上酒！诸位远道而来的客人，我们飞狮国的美酒是由金币酿制而成，可谓是天下最贵的酒了。”铜臭国王自豪地说道。“国王陛下，这么说，你们的美酒是用你们的粪便酿制而成的了？”柯德嘲讽地说道。“这位仆人说得很对，我们飞狮国的粪便就是你们人类梦寐以求的金币，这也是天下最珍贵的粪便了。好了，为了欢迎尊贵的客人，让我们举杯畅饮吧！”铜臭说完，将金樽高高举起一饮而尽。诸大臣们喝完金樽美酒，纷纷拿起金桌上的金鸡金鸭金鱼金肉大嚼起来，然而，这些东西灵风等人根本无法下咽，只好大眼瞪小眼地看着飞狮国的君臣们狼吞虎咽。灵风心想，“不能这样耗下去，必须想办法脱身。”“铜臭国王，可知道如何才能到达福地圣境？”“尊贵的人神，飞狮国的黄金世界不知胜过福地圣境多少倍，不如留下来一起享受，福地圣境不过是徒有虚名！”“陛下有所不知，如今人类世界大难临头，只有寻找到福地圣境的圣盆，才有希望拯救人类于危难，还望铜臭国王成全灵风！”“尊贵的人神，人类世界大难临头，来到我们飞狮国就可以躲开大难，何乐而不为呢？”“陛下，此言差矣，我灵风如果不能拯救黎民百姓于危难，枉称人神。”“尊贵的人神，我飞狮国不仅有取之不尽用之不竭的金币，而且还有美艳绝伦的美女，来呀，舞蹈伺候！”铜臭一拍手，十几个艳丽得动人心魄的美女袅袅婷婷翩翩而至，一个个肤如瑞雪，明眸荡漾，望一眼让人心醉魂迷，青筋暴涨，优美的舞姿如九天仙女下凡，连柯德看着都流出了口水。这些美女妙鬓云鬟，舞动着薄如蝉翼的金纱裙，在灵风面前一边随节而舞一边互送媚眼秋波，真可谓花容月貌，英雄动容。起初，灵风并未仔细观看，但这些美女意在灵风，引得灵风不得不注目，结果不看则已，一看让他触目惊心！原来这些美女个个长得像英桃落，灵风按捺着自己激荡的心情，心想，“这个铜臭一会儿金币，一会儿美女，一定在给我设套，我不能上当，不管他有多么狡猾，我都要识破。”“铜臭国王，请问贵国是飞狮国，怎么会有如此美艳绝伦的女子？而且这些女子长得都是一个模样？”灵风悠悠问道。“人神有所不知，这些美女为我国神母金婆婆在玫瑰园中种出的，要多少有多少，人神尽可享用。”铜臭诡谲地笑道。“那可不可以让我等开开眼，见识见识神母金婆婆所种的玫瑰是如何长出美女的！”“那有何难！请诸位随我到后花园一看便知。”铜臭说完，起身拉着灵风便走，众人随国王一起走向后花园。后花园只有一种花，那就是金玫瑰，这些金玫瑰金光灿烂，纤纤的花蕊，金色的花瓣，在金色的枝叶衬托下，各展花姿，充满了灵性，分外令人赏心悦目。见众人赏花，每朵金玫瑰都含笑待放，园中一位身披金袍的老太太正在为花朵施肥，所用肥料正是金币。“神母，这位是尊贵的客人人神，是从人类世界而来，是专门来拜访您的！”铜臭国王恭敬地说道。“是那个叫灵风的小子吧？”说完，金婆婆直起腰转过身继续问道，“怎么，我的那些女儿不遂你的意？”“不是的，我和我的弟兄们是为了到福地圣境寻找圣盆来到这里的。”灵风也恭敬地说道。“对于人类来说，有用之不尽的金币，还有销魂的美女就是福地圣境，小子，你已经到达目的地了，接下来享受生活就是了，还有什么不满意的？”金婆婆从金盆中取一把金币撒在金玫瑰的根部，那朵金玫瑰灿烂地一笑。“婆婆，我灵风心里早有心仪之人，她叫英桃落，在我心中没有再比落儿美丽的女人了，而且对于我来说，早已视金币如粪土，所以，仅靠美女和金币是留不住我的。婆婆，请指点迷津，让我去福地圣境寻找圣盆吧！”灵风苦苦哀求道。听了灵风的话，金婆婆慈祥地眯着双目，看了灵风一眼说道：“我以为人类多是野心家、赌徒和色鬼，想不到还有你这样的正人君子，那好吧，只要你能在这玫瑰园中找到金钥匙，就可以打开这玫瑰园的栅栏门上的金锁，金锁打开你就可以看见福地圣境了。”听了这话，灵风暗喜，可是他望了一眼巨大的玫瑰园，到处都是金玫瑰，如何才能在偌大的玫瑰园中找到金钥匙？灵风情不自禁地皱起了眉头。“主人，这些玫瑰长得都一样，这可怎么找啊？”柯德发愁地问道。“是啊，灵风，这不是大海捞针吗？”辞颂蹙额说道。“即使是大海捞针也得捞，不然寸步难行啊！”楚雅喟然说道。“婆婆，能不能让我一个人在这园中静静心啊？”灵风恳切地说道。“好吧，铜臭，走，领着你的大臣去喝酒吧。”金婆婆说完，率领众人离开金玫瑰园。园中只剩下灵风一行人。灵风望了一眼金光灿灿的玫瑰园，无限惆怅涌上心头，他觉得自己好孤单，不知道何时才能不辱使命拯救桃源。灵风默默地在玫瑰园中走着，却觉得背上的包袱越来越沉，他心想，《光阴真经》从来没有这么沉过，今天怎么这么沉重。他默默地解下包袱，坐在园中，冥想了很长时间，突然，他意识到《光阴真经》可能提示自己什么，他慌忙地打开书。竹简之上只写了一个繁体的“爱”字，起初，灵风不太明白是什么意思，因为“爱”字曾经出现过，提示过自己寻找桃源的线路，今天，“爱”字又出现是什么意思？突然，一丝念头闪过，灵风恍然大悟，他拔出光阴之剑，手掐剑诀，宝剑御空而起，灵风凌空站在剑上，宝剑缓缓升起，果然，他从空中望下去，这玫瑰园是由一个“爱”字组成。灵风没有多想，便御空直奔“爱”字中的“心”字而去，他收起剑诀，独自围绕“心”字来回踱步，心中仿佛升起了一个太阳，他觉得自己离金钥匙越来越近，它就在眼前的花朵中。忽然他发现“心”字中间的一点有一朵玫瑰是盛开的，而园中所有的花朵都是含苞待放的，他心中大喜，挥起光阴之剑将这棵金玫瑰斩下，果然这棵金玫瑰到了灵风的手中，立刻变成了一把金钥匙。灵风欣喜若狂，连忙呼喊楚雅、辞颂等人过来，他万万没有想到金钥匙会得到的这么顺利。“灵风，赶紧试试，看能不能打开栅栏门的金锁？”楚雅迫不及待地催促道。“要不要跟金婆婆、铜臭国王说一声？”辞颂提醒道。“主人，不用了，让他们知道，不知又要出什么花花点子来阻止我们走了。”柯德提醒道。“柯德说得对，此地我一刻也不想多待了，到处是铜臭味。”灵风厌恶地说道。“要不国王怎么叫铜臭呢？”辞颂想起这个名字又喷地笑出声来。灵风毫不犹豫地走向玫瑰园的栅栏门，众人紧紧跟上，这时，铜臭等人似乎发现了灵风的举动，远远地喊道：“人神且慢，本王有话要说。”铜臭说完，展开双翅追了过来，而此时，灵风的金钥匙已经插入金锁之中，他心想，“再见了，铜臭！”然后，手用力一拧，金锁开了。灵风小心翼翼地推开栅栏门，飞狮国顿时化作一缕黄烟消失了。眼前是一个烟霞散彩，白云浮玉，奇花瑞草，岚光锁翠，时闻仙鹤唳，每见凤凰翔的地方，薄雾如温柔仙女的肌肤，阳光照在云气之上散发出七彩颜色，绚丽缤纷，美轮美奂。空中时有仙鹤几只，盘旋长鸣飞过，身临其境有心醉神迷的感觉，豁然开朗之快。灵风赶紧登高远望，青山含翠，殿宇雄峙，果然是福地圣境，气度非凡，大有身处仙境，隔绝尘寰之感，不禁心情激动不已。正在这时，灵风发现从云气中风摆荷花般飘出一位仙女，袅袅婷婷轻步向自己走来。

一晃儿二十天过去了，魏毕稳像失踪了似的没露踪影，我猜想他是为了母亲的病在忙碌，一方面我为他是个孝子而欣慰，另一方面我又为他不能兑现承诺而郁闷。刚好是第二十天的下午，他突然让胖子把我叫到了我画《诛魔》的那间屋子，我预感到他一定打听到有价值的信息了，看来我误解他了，果不其然，我一进屋，他就像有一肚子的话要对我说，却又欲言又止，好像有什么难言之隐似的。我尽管心里有不祥的预感，但还是表现得很淡定，脸上流露出坚强的笑容，从容不迫地问：“小魏，是不是有什么坏消息？”他充满歉意地笑了笑，好像做了什么对不起我的事似的，用非常惭愧的口吻说：“丹姐，我确实给你带来了坏消息，正琢磨着怎么对你说呢。”尽管我心里七上八下的，但我还是表现得很镇静，淡定地说：“实话实说吧，我能挺得住！”他迟疑片刻，咬了咬牙，直言不讳地说：“丹姐，这二十天我到处打听，也没有打听到顾先生的消息，不过我打听到了沈丹娜的消息，她被关押在京城千成雅仓储服务中心。”得知沈丹娜的下落，我很欣慰，但是没有文白的消息我很失望，便迫不及待地问："那么张欣呢？她被关在哪儿？不会和文白一样也没有消息吧？"他的脸色顿时变得有些苍白，但是他很快就恢复了镇定，用十分沉重的口吻小心翼翼地说："张欣死了！"我一听脑袋轰的一声，就仿佛头顶上突然响了一个炸雷似的，耳鸣，振聋发聩的耳鸣，惊得我血液几乎凝固了，良久，我才从牙缝儿里挤出一句话："怎么死的？"他用同情的目光看着我，就像看一只悲凉的掉进陷阱里的啮齿动物，他见我缓过神来，才如释重负地从口袋里掏出香烟，抽出一支递给我，我平生从未吸过烟，竟下意识地接过来，他又从口袋里掏出打火机，给我点上火，我迫不及待地吸了一口，呛得我险些背过气去。他又将事先准备好的矿泉水递给我一瓶，我赶紧拧开瓶盖喝了一口，等我压住咳嗽后，他才自己也点上一支，一边吸一边用叹息的口吻说："张欣被抓捕后本来应该关押在梯子井十号的，没想到在关押途中出了车祸，车上所有的人伤得都没有她重，她伤了脑袋，送医院途中就死了。"魏毕稳的消息太让我意外了，我一时难以平复痛楚的心，脑袋里乱成了一锅粥，为了理清思绪，我不停地吸烟，不一会儿就将一支烟吸完了，我欲哭无泪地想，文白的命真是太苦了，孩子死于黑疫苗，妻子又死于黑囚车，这泰山压顶式的打击，即使是铁打的汉子也会被击垮的。我的丈夫死于车祸，我经历过那种撕心裂肺的痛，此时此刻，我多希望自己能陪在文白身边，为他减轻一点痛苦，可是魏毕稳到处打听，竟然没有打听到文白的一点点消息，文白啊文白，你到底在哪里呢？魏毕稳见我黯然神伤，连忙转移了话题，用谨慎乐观的口吻说："丹姐，我也有好消息要告诉你。"我无精打采地问："什么消息？"他脸上立刻摆脱掉沉重、阴郁的神情，闪现出一丝神秘的、甚至是得意的微笑，压低声音说："我了解到沈丹娜是《京报》的记者，她被'金太阳'关押，不是因为上访，而是因为她一直企图揭露'金太阳'的黑幕，引起了金太阳护送中心老板们的恐惧，于是才抓了她，把她送到了黑屋。摸清沈丹娜的底细后，我私下里见了她两面，我向她提到了你，提到了顾文白和张欣，还提到了车总，便一下子取得了她的信任。丹姐，像沈丹娜这种人，原则上'金太阳'是不放人的，因为放出去无异于放虎归山，可是我不仅通过我的关系放了她，还将黑屋在京城的位置图送给了她，你就瞧好吧，过不了几天，就会有爆炸性新闻。”这的确是个令人振奋的消息，但是我不理解魏毕稳这么做的动机，便用探询的口吻问：“小魏，你为什么要救沈丹娜？”“丹姐，我想像你们一样做人，不想做狗了！”他说完眼睛一下子亮起来，脸上浮现出一种重获自由的微笑。听他这么说，我虽然很欣慰，却十分悲观地说：“在‘世外桃源’下，没有人是幸运者。”他似乎不完全同意我的观点，用近似于反驳的口吻说：“我觉得这一切都是由于胆小造成的。”“胆小”两个字很通俗，却说得一针见血。其实这个国家的一切大患都是因胆怯造成的，如果我们每个人都不怯懦，那么强权就无所施其技，恶就无所施其恶。这么一想，我和魏毕稳之间似乎产生了一种类似于友谊的情感，在这种情感的激发下，被关在黑屋以来，一些谜一般的问题一下子涌上心头，我尽量控制住情绪，用试探性的口吻问：“小魏，姐心里有很多谜团解不开，你能帮帮姐姐吗？”他的脸上流露出开朗、狡黠、智慧的表情，用开诚布公的口气回答道：“只要我能说清楚，决不隐瞒。”我欣慰地笑了笑，直言不讳地问：“小魏，丁桂香不是访民，是误当作访民抓起来的，人家来这是看望打工的丈夫的，‘金太阳’凭什么一直关押着人家不放？”我说这话时，门口的光线变成了金红色。他脸上的肌肉抽搐了一下，那副神情就像牙齿突然疼了一下子似的，嘴角挂着苦笑说：“丹姐，访民是‘金太阳’的财神，他们怎么可能轻易放人呢？要知道，你们在这里多关一天，他们就多一天的收入。”他的话让我感觉门口金红色的光线突然变成一股令人不寒而栗的带有霉烂味儿的湿气，我下意识地缩紧身体，用审视的目光看着他，满腹不解地问：“可是访民并没有付给‘金太阳’一分钱呀？”他苦涩地笑了笑，脸上流露出破釜沉舟的表情，压低声音说：“实话跟你说吧，丹姐，访民关押在黑屋是有人付钱的。做这个生意的‘金太阳’赚了个盆满钵满，截访已经市场化了，出现了黑色的利益产业链！”我惊骇地问：“他们是怎样做交易的？”魏毕稳双手紧紧钳在一起，深吸一口气，直言不讳地说：“在那些美女业务员的文件包里，有两份文件是谈生意时必须携带的，一份是《委托书》，另一份是《特保护送服务合同》，《委托书》其实就是一张‘金太阳’自己的免责声明。《特保护送服务合同》则详细列出了特保护送内容，聘用特保队员的形式、数量、服务期限和服务地点、护送特保人员补助费以及管理费收费标准和付款方式以及双方利益和义务等等。”我费尽千辛万苦，终于弄清了黑屋的真相，这可真是骇人听闻啊！真相就是有人通过与“金太阳护送中心”签订委托书、合同书而关押访民。一刹那的沉默，空气似乎变得沉重起来。此时此刻我无助极了，像《神话》里的英仓建被魔鬼诱入魔尸洞一样无助，我虚弱地问：“‘金太阳’在访民身上都收取什么费用？”他一一列举道：“有稳控费、强制费、关押费、伙食费、押送费等等。总之，每个访民都是‘金太阳护送中心’的摇钱树。”我再也听不下去了，我感觉自己正处在一种无法逃脱却又难以生存的尴尬境地，我记得乌尔都语诗人伊克巴尔说，你一旦能识别出这世界上的美丽，你就不再是奴隶，想到这儿，我毅然站起身，迫不及待地走到窗前向外张望，一棵枯树木然立于阳光之下，我不知道这是美，还是残酷，只觉得耳畔时不时传来一声狞笑，像是《神话》里鬼魔的笑声，不，我敢肯定，那就是鬼魔的笑声。

英仓建历尽千辛万苦终于来到了须弥国，他登上须弥国的不二山，遥望须弥国，真可谓霞光艳艳，瑞气腾腾。不二山上万木苍翠，葱郁浓密，鸟语花香，泉清石白。他喝了一口山间的甘泉，觉得味美津甜，烦渴与焦躁在无形中悄然隐去。他太累了，坐在一块方形石板上小憩，不知不觉中困意袭来，他和衣睡去，梦中好像又回到了日思夜想的世外桃源，上山摘桃的少女身穿粉裙岚裳，笑容像美丽的涟漪，歌声似清脆的甘泉。突然间，天地间一片黑暗，鬼火丛生，世外桃源一下子变成了人间地狱，蓝姬正在被两个小鬼押往阎王殿，阎王殿旁边是熊熊燃烧的炼狱，在大鬼小鬼一片狞笑过后，蓝姬被推进炼狱，熊熊燃烧的地狱之火将蓝姬的心烧得如热锅上的蚂蚁，炼狱中不时传来蓝姬痛苦的惨叫。“快，快救蓝姬呀！快救蓝姬呀！”他在梦中狂喊，惊出一身冷汗，他猛然坐起来，却见一位鹤骨仙风的修真之人坐于对面，慈眉善目地看着自己。“你是谁？”英仓建吃惊地问道。“我叫苦行，在这不二山上修行，见阁下睡在石板上，痛苦呻吟才来唤你！”苦行鹤发童颜，和蔼可亲，一看就是得道之人。“敢问苦行师傅，如何才能见到法慧大国师？”英仓建开门见山地问道。“阁下还未告诉老夫尊姓大名，为何要见法慧大国师？”苦行面色凝重地寻问道。“唉，不瞒师傅，”他长叹道，“在下是世外桃源源主英仓建，只因家园被黑魔霸占，黎民惨遭涂炭，家破人亡，费尽千辛万苦才逃出魔爪来到须弥国。久闻法慧大国师德泽四海，法术高深，欲救天下黎民于水火，正联合诸国共同抗魔，故来到须弥国共商破魔大计！”“想不到阁下是世外桃源源主英大侠，看来你我是有缘之人，今日天色已晚，不如到舍下一叙，待我给法慧修书一封，你拿到我的书信，守城的兵丁自会向王宫通报，到时候，你就会见到法慧大国师了。”“太好了，感谢师傅的大恩大德，但不知师傅与法慧大国师有何关系？”“啊，我们是多年的挚交，都是修道之人嘛。”苦行说完，拉着英仓建的手就走。英仓建不知为什么，见了苦行有一种似曾相识的感觉，情不自禁地跟在苦行身后。也许是被苦行仙风道骨般的气质所折服吧，觉得苦行一定是世外高人，可以为自己指点迷津。在密林中穿梭了很远，天色暗淡下来，英仓建心中开始狐疑起来，这老者要带我到哪里去呢？怎么走了这么长时间还没到？别刚脱离了魔爪再入鬼窟。“苦行师傅，天色已晚，我急于见到法慧，还是改日再来拜访吧。”英仓建说完抱拳转身要走，可是，他刚转身，苦行已如鬼魅般立在他的面前，英仓建吓了一跳，心想，这苦行身法如此之快，简直和鬼差不多。“英大侠，已然到了老朽的舍下，怎么也要喝杯茶再走，来来来，一定要坐坐，一定要坐坐。”说完苦行又拉住英仓建的手往前走。英仓建无奈只好跟着苦行继续往前走。走出密林后，眼前突现出断崖绝壁。英仓建一下子警觉起来，他借着暗淡的夕阳的余晖望去，发现对面绝壁中间有一个巨大的山洞，洞口放着几口几乎散了架的棺材。英仓建心想，这是什么人能把这么巨大的棺材运到深渊般断崖绝壁的洞口，而且从那洞口缓缓散出如妖般的邪气。英仓建似乎意识到什么，他猛然转身往密林中拼命跑，却没想到一阵龙卷风将他高高举起，然后迅速飞往对面绝壁的山洞。龙卷风裹着英仓建以迅雷不及掩耳之势便到了洞口，英仓建还不知发生了什么，已然站在了朽木棺材旁，并且闻到了一股从洞口散发出的浓浓的腐臭味。这种味道英仓建太熟悉了，他在世外桃源的地牢中早就领教过，他知道眼前这位老者必定与魔国有关系，想不到自己历尽千辛万苦以为逃生了，却还是没有逃出黑魔的魔爪。“你到底是谁?”英仓建冷冷地问道。“英仓建，你以为你能逃出魔尊的手心？做梦！”苦行露出狰狞的面目冷笑道。“你到底是谁?”英仓建表情凛然地问道。“英仓建，谅你也逃不出这魔尸洞，我就是黑魔的中护法鬼魔。”英仓建听后倒吸了一口凉气，心想，中护法鬼魔的地位在东西南北四方护法之上，仅次于黑魔，是黑魔的撒手锏，今日黑魔派鬼魔来对付自己，看来自己难逃魔爪了！一股龙卷风闪电般又将英仓建卷起，快如鬼魅般向洞中移去，英仓建只觉得头晕目眩，奇臭无比，转眼间到了洞底，睁开眼睛大吃一惊。这洞底大得无边，而且堆满了恶魔的尸体，真可谓是尸山骸山骨头山，山连山，望不到边，脚下是黏乎乎的东西恶臭无比。那尸骨山上还燃烧着绿汪汪的魔火，简直是骇人心魄，毛骨悚然。英仓建定了定神，只听见凄厉的哭嚎声从尸骨山中传来，幽幽咽咽，狂呼不止，而且夹杂着撕扯吞咽之声，若不是英仓建这等英雄站在这里，常人早已吓得魂飞魄散。鬼魔看着英仓建痛楚的表情露出狰狞的原形，那鬼头之上前后左右长了数十只大大小小的眼睛，这些摄魂的鬼目或露凶狠的目光，或露狡诈的目光，或露残忍的目光，而且鬼魔前后左右有数十条手臂，数十条腿。“英仓建，”只见鬼头之上数张嘴中的一张嘴说道，“你想逃出魔国，门儿都没有，要知道人类与魔是共生的关系，只要有人类，就会有魔鬼，魔不止在世外桃源，在人类世界中，黑魔无处不在，对于我们魔国来说，人类只配当奴隶。人类天生就应该被黑魔奴役，你们妄想战胜黑魔，除非人类不再有欲望，不再争名夺利，不再尔虞我诈，不再一盘散沙，不再冷酷麻木，不再……跟你说这些也没有用，我问你，你是怎么逃出魔国的？是谁帮你逃出来的?说!”鬼魔的意图很明确，看来，他是专程为调查魔国奸细一事而来的，在世外桃源黑魔控制了所有生灵的心智，所以黑魔一直不相信魔国会有奸细。然而，英仓建就活生生地逃了出来，蓝姬也一头碰死在旗杆下，黑魔百思不得其解，恨得咬牙切齿，秘密召回连东西南北四大护法都畏惧三分的中护法鬼魔，要求鬼魔秘密寻找英仓建，一定要从英仓建身上找到奸细。英仓建面对鬼魔，知道自己陷入了万苦之境，鬼魔一挥手，几个怪兽的魔魂绿幽幽地从尸骨山上腾起，那怪兽的魂魄闪着绿光像绳索一般将英仓建五花大绑捆得跟米粽似的，还发出幽厉的低啸，仿佛荒野中的鬼嚎一般。英仓建被捆得骨头咯咯作响，全身经脉里如针扎一般剧痛不已，真可谓筋骨欲裂，万箭锥心。英仓建实在忍受不了这般痛苦，眼前一片模糊，神志也恍惚起来，脑海中只有鬼魔张牙舞爪般狰狞的魔脸，心中只有一个信念，死也不说！周身欲裂的痛苦使英仓建突然昂首嘶喊，声音却已嘶哑得如干柴一般。他干张着嘴却吼不出声来，鬼魔望着英仓建痛不欲生的样子一阵狞笑。“英仓建，想死吧？别做梦了，如果不说出实情，我让你生不如死，来呀！”鬼魔一声喝喊，从尸骨山中又窜出许多幽魔，发出凄厉的幽咽，化作绿色的绳索继续在英仓建身上缠绕，英仓建的骨头再次发出咯咯的声音。“鬼魔，你真想知道是谁救我出来的？”“嗯！”鬼魔圆睁所有恐怖的眼睛冷哼道。“那我就告诉你，有一天阎王爷派鬼来到地牢，那个鬼是来侦察魔国的，见我可怜，就顺便救我出了魔窟。”英仓建有模有样地说道。“他还跟你说了什么？”鬼魔几乎屏住了呼吸，迫不及待地问道。“他还说，阎王爷要派地狱里所有的鬼来撕了你们，把你们消灭干净！”英仓建痛恨地说道。“哈哈哈，就凭阎罗老混蛋的那些不中用的小鬼，想消灭魔国，简直是妄想！来呀！把英仓建捆结实了，咱们回魔国向魔尊复命，表现好了，魔尊高兴了，你们就可以再生了。”鬼魔说完，众幽魔兴奋得一阵狂舞，然后又将英仓建五花大绑起来。英仓建又是一声绝望的惨叫。就在这时，一道白光带着风声呼啸而入，炽热的光芒照得众幽魔纷纷躲入黑暗中，鬼魔被这突如其来的变故震得一怔，他闪电般躲开白光，在黑暗中凝神细看。法慧手执狼头禅杖直逼进来，水晶球发出的炽热白光，光芒四射逼得无数幽魔发出凄厉的哀号，四散奔逃。说时迟，那时快，白狼将英仓建背在背上，凌厉而出，法慧默诵法咒，水晶球发出一团灭魔白芒，在洞内炸响，法慧瞬间遁出魔尸洞。鬼魔哪肯罢休，他发出一声凄厉的锐啸，化作一条由无数幽魔融成的鬼龙追了出去。为了让白狼尽快脱身，法慧默诵法咒，如天神一般立于峡谷的云中，右手禅杖，左手水晶球，两件法器发出的白光将整个峡谷照得如同白昼一般。此时，鬼魔一声巨吼，风云变幻，由无数幽魔发出的绿光夹杂着黑云呼啸而至，鬼魔从龙口中吐出一团巨大的绿芒，这团巨大的绿芒中不知有多少幽魔，电闪雷鸣般的魔力撞击在法慧的白芒之上发出惊天动地的轰鸣，震得法慧和鬼魔纷纷后退到绝壁之上。绝壁之上，须弥国埋伏了几万士兵，由须弥国大将军楞岩指挥，此时，绝壁之上万箭齐发，将鬼魔幻化的鬼龙逼入魔尸洞。法慧立于绝壁之上，正气凛然道："鬼魔听好，回去给你的主子黑魔带个信，就说人类不日将发兵铲平魔窟，想奴役人类，那是白日做梦！光明必将战胜黑暗。"魔尸洞传出阵阵狞笑。"法慧，古往今来，光明和黑暗就未分出过胜负，我不明白为什么光明必将战胜黑暗？这是不是白日做梦呀？"鬼魔说这话时，魔尸洞内散发出一种腥臭的气体，幽幽地弥漫而来，向峡谷对面飘去。"不好，魔毒！后撤！"法慧大喝，他话音刚落，站在绝壁边上的一些士兵因中毒纷纷落入谷底，楞岩大将军赶紧指挥将士们后撤。法慧隐隐感觉到鬼魔将逃，他驱使狼头禅杖发出的灭魔光芒逼住魔毒，口诵："破煞！"左手水晶球射出的光弹击中鬼魔的几只魔眼，魔眼如水泡一样噗噗破灭。鬼魔发出凄厉的怪叫，如鬼魅般从洞口纵身蹿到空中，绿芒闪烁，魔气蒸腾，黑云聚拢，空中的黑云越拢越厚，越拢越实，远远望去，仿佛天塌后，整个压了过来。同时法慧也加强了法力，水晶球光芒万丈。然而，那黑云仿佛凝聚了巨大的魔力，轰隆隆一阵低啸之后，一声炸响，黑云化作无数黑石像雨点般砸了下来，多亏有密林和盾牌做掩护，否则须弥国士兵将损失惨重。法慧晓得鬼魔已逃，这是他为了顺利逃脱而抛出的厄运石，这厄运石威力极大，须弥国士兵损失近三分之一。法慧望着远去的鬼魔收起法术，缓缓走到英仓建身边道："这位英雄，我在须弥国大殿之上发现不二山上黑云翻滚，魔气冲天，知道有恶魔作祟，故率众将士前来擒魔，想不到是英雄落入魔口，敢问尊姓大名？因何落入魔口？"英仓建早从白狼口中得知这位仙风道骨的清瘦老者便是威名赫赫的须弥国大国师法慧，不禁热泪纵横，一时哽咽得说不出话来。英仓建凝望着法慧就像见了久别的亲人，他哽咽良久说道："法慧大国师，我可找到你了，我是世外桃源源主人神灵风的岳父英仓建啊！"此言一出，在场的人无不惊得目瞪口呆！

英冰澈救了自己的父亲，却害死了母亲，悲痛欲绝，兀自在黑桃林中难过，忽听一声嘶鸣，一只巨大的玄冥鸟俯冲下来落在地上。英冰澈知道这是小白幻化而成，并未抬头看她，只是双手抱着头靠着一棵树独自流泪。不经意间，有细碎的脚步走近自己，一只温柔细嫩的手轻轻抚摸自己的头发，英冰澈心里一惊，缓缓抬起头来，更是方寸大乱。"冰澈，人已经去了，伤心也没有用，还是节哀的好！"眼前的女子声音婉转，轻声低吟，脸上荡漾着哀伤的气息。只见她一身白裙柔美而飘逸，长而直的香发披在肩头如水一样柔和，白皙如玉的脸上有婉约的眉，纤巧的鼻子，樱桃般的嘴，如水的眼睛，正在用温柔的手抚摸着英冰澈的头发。英冰澈看痴了，因为自从出使地狱在阎罗殿上见过小白的真容后，这是英冰澈第二次看到小白的美貌。"小白，真的是你吗?"英冰澈半信半疑地问道，目光中流露出惊艳的神情。"冰澈，大敌当前，应该化悲痛为力量，你这样放不下，一旦被黑魔发现，后果不堪设想?"小白被英冰澈直勾勾的眼睛看得脸色微红，但并未回避。英冰澈也觉得自己有些失态，羞愧地岔开话题，低吟道："小白，你说我父亲现在会怎么样?""伯父吉人自有天相，想必已经找到了人神。"小白幽幽地说道，微笑的面容如盛开的百合，凄清而孤傲。"小白，谢谢你对我父亲的救命之恩，如果没有你的帮助，我父亲插翅也逃不出魔窟的。"英冰澈哀伤地说道。"看你说的，自从出使地狱后，受阎罗赐冥神之恩，我俩情如兄妹，救伯父是我义不容辞的责任，何足挂齿?"小白面色羞红，低头顾影，细而长的睫毛，掩着她如水的眼睛。蹲在地上的英冰澈却看得仔细，那如水的眼波，盈盈荡漾，仿佛看透了自己的心底。"小白，我看那黑魔这些日子脾气暴戾，好像对我俩已起疑心，也不知道阎罗何时派冥军攻打世外桃源。"英冰澈慢慢站起身来，望着黑压压的桃林痛苦地说道。"你我出使地狱之时，阎罗说将派地使出使人类诸国，联合人、神、冥三界共讨黑魔，也不知此事进展到了什么程度?”小白凝视着英冰澈憔悴的脸，心中充满断肠般的怜爱，忧心忡忡地说道。“但愿我父亲能找到人神和我妹妹桃落，也好将世外桃源的情况通报给他们，那灵风既然为人神必然有过人之处，想必一定会率领人、神、冥三界不辱使命早日破魔!”英冰澈殷切地说道。“但愿如此，我看黑魔密召东西南北四大护法，一定又在密谋什么阴谋。”小白的眉间凝聚着警觉，柔媚的面庞满是沧桑的美丽。“不仅东西南北四大护法，好像还有一个从未露过面的中护法，叫什么鬼魔的也来了。”英冰澈眉头紧锁地说道。“我们的行动好像黑魔有所察觉，不然，上次偷袭春秋国，为什么不派你去，你可是怪兽军团的军团长呀!”小白美眉紧锁提示道。“我父亲逃了母亲死了，他们自然要怀疑到我，但是黑魔尚未发现我被他控制的心智有什么异样，黑魔太自信了。”英冰澈略微得意地说道。“冰澈，如果黑魔想到阎罗，我们就有危险了。”小白神色凝重地说道。“管不了太多了，大不了，与黑魔拼上这条性命。”英冰澈露出鱼死网破的神情寒声道。“不可，我们要活着，我要让你活着，毁灭的只有黑魔，为了活下去，我们必须用足智慧。”小白那动人心魄的眼睛柔情似水地凝视着英冰澈怜爱地说道。英冰澈被小白百合花般的美丽搞得心旌荡漾，一时间脑海中胡思乱想起来，表情却一脸的茫然。英冰澈怎么也想不到，在这魔窟之中，会有如此美丽的红颜知己，与自己同生死共患难。其实，在小白的心中，早已以情相许，暗暗地恋着英冰澈，只是在这魔窟之中无法表白，也迟迟不敢展露自己美丽的容颜，今日有机会让英冰澈一睹自己的芳容，那呆子竟看得心旌动摇，一脸愕然。“冰澈，”小白暗自心喜娇嗔道，“莫在这黑桃林待久了，小心黑魔察觉我们。”小白说完，一个闪身又幻化成一只巨大的玄冥鸟，嘶鸣而去，英冰澈望着小白飞走的身影，心中无限感慨，他兀自下山，穿梭在黑桃林间，心中无比惆怅。英冰澈走着走着，迎面碰上一名匆匆跑上山来的怪兽。“报告军团长，魔尊到处找您，让您去大殿议事。”“知道了，你去吧。”英冰澈冷冷地说道。“是，军团长!”怪兽一溜烟下了山，英冰澈心想，“看来黑魔这个老魔头又要出什么幺蛾子了。”

此时，黑魔大殿内，黑魔与东西南北中五大护法正在密谋一个天大的阴谋，黑魔仍然幻化成英黄炎的形象，颇有几分鹤骨仙风。火魔、水魔、土魔皆化作英俊小生，鬼魔仍然幻化成苦行模样，慈眉善目，只有花魔幻化作无比妖艳柔媚的女子，眼波如水，盈盈荡漾。“诸位，”黑魔幽幽说道，“那人神灵风已然到达福地圣境，一旦得到圣盆后果不堪设想，我们应该兵分两路，一路由鬼魔率领夺取圣盆，另一路由我指挥准备屠城。鬼魔老弟，你多辛苦辛苦，务必率东西南北四大护法夺取圣盆，我会配合你指挥怪兽军团、玄冥鸟军团和魔兵军团对人类诸国周边城市屠城，将人类联盟大局搅乱。诸位意下如何呀？”“魔尊，”鬼魔手捋白须慢慢踱步沉思道，“近来魔国发生的诸多变故尚无定论，贸然出兵别再重蹈偷袭春秋国和太极山的覆辙呀！”“老弟所言极是，”黑魔沉思良久道，“只是英仓建逃跑一事，你已查明是阎罗所为，难道还有其他顾虑不成？”“我看英仓建那个儿子要严加审问，听说魔尊还任命他为怪兽军团军团长？未免有些欠考虑了吧？”鬼魔狡诈地狞笑道。“怎么，难道老弟怀疑我的黑桃魔咒被他破解？哈哈哈，开天辟地以来，我的魔咒还没有人能破解呢！”黑魔显然对鬼魔的猜测有些不满。“魔尊，难道阎罗那老混蛋也不能破解吗？”显然，鬼魔在东西南北中五大护法中是最狡猾的了，一向以足智多谋著称。经他这么一提醒，黑魔不得不微微一震：“这个……老弟的意思是……”“我的意思是，不如魔尊好好验证一下，以魔尊的魔力一试便知的。”鬼魔诡谲地恭维道。这时，外面有人报告：“启禀魔尊，属下英冰澈求见！”众魔头互相对望一下，似乎心领神会。“进来！”黑魔冰冷地说道。英冰澈大步走进黑魔大殿，大殿之内魔火熊熊，魔气凝重，英冰澈从未见过东西南北中五大护法，心中不免有些紧张，但表面并未露出声色，与往常一样，没有喜怒哀乐的表情，如同傀儡一般单膝跪地言道：“魔尊召属下，敬请吩咐！”黑魔从龙椅上走下来，围着英冰澈转了几圈，英冰澈丝毫不为所动，仍然冷冰冰地跪着。“英冰澈，你父亲是谁？”黑魔突然问道。英冰澈想也没想脱口而出：“魔尊即是属下的父亲！”“那你的母亲是谁？”花魔扭摆着纤纤细腰走过来，眼波柔媚如水，紧紧地盯着英冰澈暗送秋波地问道。“属下的母亲也是魔尊！”英冰澈脱口而出。“那你看我是谁？”黑魔突然露出自己的真容，一个黑龙头被削掉半个脸，狰狞可怖之极。“魔尊，你是属下的父母！”英冰澈看了一眼面无表情地说道。黑魔听后哈哈大笑，笑声中充满了鬼煞暴戾之气。这时，花魔走出来媚声媚气地淫笑道：“魔尊，何不把这小子交给属下用用？用了便知真假。”花魔淫亵的声音刚落，鬼魔和火魔、水魔、土魔也都爆出一阵淫笑，就连黑魔也狂笑不止。“花儿，我看你是心里痒痒了吧？”黑魔说完又是一阵狂笑，笑声中充满了凶狠和淫荡之气。“好了，想用就用吧！不过，可别让本尊失望啊！”“魔尊，你就瞧好吧。”花魔说完，嘻嘻笑着卷起一阵七彩旋风，倏忽间英冰澈不见了踪影。“魔尊，这小花儿又犯毛病了。”火魔面热神昏地说道。“不放荡就没有淫威，也就不是花魔了。”水魔浪声浪气地说道。“你们两个说的都不对，小花儿想试试这小子到底是人还是魔。”土魔狞笑道。“老土说得对，大敌当前，你们以为魔尊有时间让小花儿享受吗？”鬼魔一脸煞气地说道。“是啊，本尊是想让小花儿试试英冰澈到底是人还是魔，”黑魔龙眼赤红地说道，“眼下，人类正在厉兵秣马想联合诸神捣毁我魔国，我们要先下手为强，一个城一个城地杀光，让黑暗永远笼罩大地，这是我梦寐以求的理想啊！”“魔尊，万一那英冰澈是个鬼呢？”鬼魔的声音像是在哀号，笑中有哭，哭中有笑地问道。“你是鬼魔，难道你还看不出来鬼的迹象？”黑魔目露凶光地问道。这时，呼地一阵七彩旋风飞了进来，只听“扑通”一声，一个人被重重地扔在了地上，七彩旋风瞬间化作妖媚的女子，风摆荷叶般妩媚，正是花魔。“魔尊，整个一个傀儡，一点情趣也没有，真扫兴！”花魔凝眉含煞地说道。众魔面面相觑一会儿，突然间狂笑起来，英冰澈仍然像傀儡一样单膝跪地，丝毫未露出破绽。

这几天我一直有一种要发生什么事的预感，这种预感不仅让我心神不宁，还让我有一种莫名的兴奋。我在心里暗自给这种兴奋加温，让它生长，唯恐它消失。我之所以坚信一定会发生什么事情，是因为我知道沈丹娜逃出黑屋后，绝不会无所作为，搞不好还会石破惊天。我甚至企盼沈丹娜将天捅破，惊动女娲娘娘，女娲娘娘发现天破得太厉害了，不再炼石补天，而是干脆换了一片新天地。这个想法在我心里一直鼓荡着，我却没有向任何人说过。当然我在心里默默地向文白说过无数遍。很长时间没有梦见文白了，文白只是在白天使我痛苦地思念，正因为如此，我才害怕黑夜，因为每到夜晚，文白便从我的脑海里消失，取而代之的是《神话》里那些惊心动魄的故事。不过《神话》让我明白了一个道理，这世上不可能有什么世外桃源，世外桃源不过是古人臆想出来的乌托邦而已。相反黑屋却到处都有，幸福无非是在“黑屋”里发现的一缕阳光而已。昨天晚上我梦见《神话》里的福地圣境了，与往日的梦不同，文白化身为灵风，我变成了桃落，沈丹娜也出现了，她变成了我的丫鬟紫衣，更有趣的是我们在福地圣境遇到的风婆婆竟然是张欣。遗憾的是我在梦中就知道我做梦了，因此醒后心里感觉非常失落。灵风费尽千辛万苦，终于找到了他的落儿，可我日思夜盼的文白却不知所踪，这是怎样一种悲凉啊！昨天魏毕稳又替车夫给我送来一篮子桃，按理说既然京城的“世外桃源”都没有文白的消息，我在“黑屋”再待下去也没什么意义了，魏毕稳几次表示想帮我逃离个鬼地方，是该离开了，可我却对黑屋有了几分“眷恋”，因为即使黑屋里充满了邪恶，但也不能说一切都是黑暗的。自从我被关进黑屋以来，这些善良的访民给了我难以忘怀的关爱，我和他们之间有了特殊的感情，淳朴善良的丁桂香，果敢刚毅的肖峰，天使一般的张天红，热心肠的郭卫军，我拍拍屁股走了，他们怎么办？谁来救他们呢？就在我进退维谷之际，我预感的事情突如其来地发生了。

半夜时分，熟睡的访民们被汽车的马达声和杂沓的脚步声惊醒了，就在大家睡眼蒙眬、面面相觑之际，大会议室的门突然被推开了，闯进了十几个全副武装的人，为首的是个大块头，蓄着短髯，他一进门便挥舞着电棍，厉声喝道：“都醒醒，别睡了，有吃有喝的日子结束了，都听我指挥，按顺序排好队，大家抓紧时间，免得受皮肉之苦。”紧接着大家被特勤们推搡着排好队，在他们的监视下一个个战战兢兢地排着长队走出大会议室。此时窗外灯火通明，感觉有几辆车停在了院子里，果不其然，我们走出二层楼后，院子里不仅停着几辆依维柯，而且还站着十几位全副武装的特勤，有的特勤手里还牵着虎视眈眈的大狼狗。我发现自己的周围满是一张张惊魂不定的脸，面面相觑而又惊恐不安，紧接着访民们被特勤们分别推塞进不同的依维柯，我和肖峰、张天红也被推塞进同一辆车，上车后我才发现是魏毕稳和胖子押送我们，我提在嗓子眼的心一下子放了下来，只是狗脸和一个长着一颗獠牙的家伙也在车上，所以我没敢轻易开口和他打招呼，只是和魏毕稳交换了一下眼神。一辆辆依维柯徐徐开动了，开出大红铁门时，我情不自禁地回望了一眼这座破旧的工厂，映入眼帘的除了尾随着的依维柯，还有斑驳的刻有“凯安达储备仓库”的牌子，这时我才忽然意识到好像是同一个地方的访民上了同一辆车。我们的车很快就上了南四环路，肖峰用质疑的口吻问：“你们想把我们拉到哪儿去?”狗脸蛮横地吼道：“就你那个熊样还能去哪儿，实话告诉你，送你回老家!”肖峰毫不示弱地冷哼道：“回老家好啊，要是真能回老家就再也不用听狗叫了!”狗脸一听就火了，破口骂道：“看来你他妈的皮又痒痒了，老子这就给你治治。”说着举起电棍就要打，被魏毕稳一把拽住了，他横眉厉目地看着狗脸说：“都他妈的什么时候了，你还他妈的给老子添乱!”狗脸这才气鼓鼓地收回电棍，用眼梢斜吊着魏毕稳，不服气地嘟囔道：“魏头儿，你别忘了，你可是我姐夫一手提拔起来的。在‘金太阳’还没有几个人敢用这种口气跟我说话呢!”一旁的獠牙用谄媚的口吻帮腔说：“头儿，过去你对付这些贱骨头，可从来没有手软过，今儿这是怎么了?”魏毕稳脸上挂着气势汹汹的神情，没好气地说：“怎么了? 遭报应了! 在‘金太阳’干了那么多缺德事不该遭报应吗? 狗脸，别再狗仗人势了，实话告诉你，你姐夫也快遭报应了，所以你小子路上老实点，不然也得遭报应!”獠牙有着一张略带紫色的长脸，此时腆着长脸不以为然地说：“头儿，不就是一个从‘世外桃源’逃出去的女记者写了一篇屌文章嘛，至于这么草木皆兵吗?”魏毕稳脸一沉，用挖苦的口吻说：“你懂个屁! 这篇文章在《京报》上一登出来，整个社会舆论都哗然了，这可不是一篇普通的文章，那个女记者在黑屋把‘金太阳’摸了个底掉儿，文章还配了黑屋位置图，我估计明天京城的黑屋都会被记者围起来。如果‘金太阳’不连夜把所有访民送回原籍，让‘世外桃源’一夜之间消失，恐怕明天‘金太阳’就变成臭狗屎了，所以老大哥才指示‘坚壁清野’，立即行动。狗脸，你是你姐夫的一条狗，你姐夫是老大哥的一条狗，连老大哥都慌神儿了，你姐夫得吓成什么样子？搞不好就得成为替罪羊！”坐在魏毕稳身边的胖子随声附和地讥讽道：“是啊，狗脸，狗仗人势也得分个时候呀！你姐夫一旦变成替罪羊，你小子怕是连做狗的机会也没了！”我感觉魏毕稳这些话是故意借机说给我听的，他说话时也时不时地看我一眼。狗脸听罢气得一对狗眼通红，但他并没有咆哮，而是脸上挂着一种僵硬而严厉的表情，用教训人的口吻反驳道：“胖子，你他妈的吃‘金太阳’喝‘金太阳’的，才肥得跟头猪似的，‘金太阳’没了对你有什么好处？再说了，‘金太阳’后面站着老大哥，老大哥时刻都在注视着我们，只要有老大哥在，‘世外桃源’就永远不可能消失。不信是吧，不信咱们就走着瞧！”坐在我身边的张天红听了他们的对话抑制不住激动的心情，小声对我说：“小丹，看来黑屋的罪恶被《京报》曝光了！”我重重地点了点头，张天红兴奋地悄声说：“太好了！太好了！”狗脸见我俩一副幸灾乐祸的样子，气急败坏地说：“别高兴得太早了，你们以为就这么便宜地逃离‘世外桃源’了，告诉你们，如果你们不安分，这辈子也别想逃出‘世外桃源’，不信是吧，到地方你们就信了！”狗脸的话让我刚刚见点亮的心头又重新蒙上了一层黑云，我不相信黑屋会像《神话》里的福地圣境那样一夜消失了，此时此刻，依维柯已经驶上京东高速公路，我仍情不自禁地向车后回望，就像一个越狱的囚犯在仓皇逃命途中唯恐被警察追上一样，不停地向后张望。我恨不得自己游离出自己的肉体，甩掉自己囚笼般的躯壳，从而获得一种新生。不知为什么，一路上总有一个画面在我眼前浮现，一排长长的队伍秩序井然地排到护士站，护士们歇斯底里地叫喊着“疯人们”的名字，“疯人们”从护士们手中接过药，在护士们的监视下一个个服下药，画面由于过分放大而显得无比粗糙，正如精神病院破旧的水泥地板、发霉的墙壁、冰冷的铁栏一样坚硬，压抑的空间如同监牢，人同草芥，这是典型的唯心现实主义画面，更令我震惊的是那些领药的“疯人们”的每一张面孔我都熟悉得很，他们不是别人，正是和我日夜相守的访民们。这是怎样一个幻觉呀，我恨不得马上将这个画面画下来，从而以我个人脆弱的经验去揭穿以意识形态来叙述的政治谎言。此时此刻，我对文白充满了痛苦的思念，正是由于思念，我在打盹时竟然梦见了他，梦见我俩在福地圣境相会了。他见到我像灵风见到桃落一样幸福。醒后我暗自揣摩，既然关押在黑屋内的访民全都押回原籍了，文白是不是也应该回家了，不然他怎么会托梦给我？这个梦分明是在告诉我，我们还会见面的。是的，我们很快就会见面的。不对，或许他是在警示我，还会有更危险的时刻等待着我，不然我们见面时他为什么送我一支金玫瑰？要知道五魔幻化的假紫衣手中就拿着一支金玫瑰！这么一想，我竟惊出一身冷汗。

福地圣境，仙气茫茫，从薄雾中走出一位身披紫纱的清艳女人，只见她风姿绰约，缓缓而行，手中捻着一支金玫瑰，一张绝世容颜水一般柔媚。灵风望去心里一怔，暗自讶道：“又是金玫瑰?!”还未容灵风多想，那清丽女子已经走到身前，紫色纱裙在阳光下璀璨夺目，映在脸上美不胜收。只见这女子俏脸上浮着淡淡的笑容，缓缓施礼，甜甜问道：“阁下可是人神灵风?”灵风一路上危机四伏，历经风险无数，此间来到福地圣境也不敢大意。“在下正是灵风。”他望了一眼这位美艳绝伦的女子警觉地答道。“恭喜人神闯关成功，我是圣盆仙子的丫鬟紫衣，风婆婆正等你呢，跟我来吧!”紫衣俏目一闪，仍然是淡淡地一笑，然后转身而去。众人互相望了一眼，灵风第一个情不自禁地跟了上去，众人也紧随其后。不过灵风并未丧失警觉，他手握光阴之剑，与紫衣保持着一定的距离，楚雅一向心思缜密，见灵风如此警觉，自己也不知不觉地握紧了闪电之剑。走着走着，周围的雾气突然剧烈地翻涌起来，如沸水一般，陡然沸腾，灵风拔出光阴之剑，用剑芒护住众人低声说道：“楚雅，不太对劲。”楚雅也拔出闪电之剑想逼住那个叫紫衣的女孩问个究竟，可是，紫衣早有察觉，她忽地一声轻啸，化作一团高速旋转的花球，旋在空中。那花球七彩光芒灿烂如刀，戾气逼人，渐渐地从花球四周又隐隐现出四个形状怪异的魔球：一个是火球，一个是水球，一个是土球，一个是骷髅球。这五个高速旋转的魔球搅得云气雾气汹涌翻滚，隐隐有吸扯之力，从四面八方向众人袭来。如果不是剑芒护体，恐怕早已有人受伤。“何方妖孽敢在福地圣境撒野！”灵风仗剑喝道。五个杀气腾腾的魔球并不答话，只是不停地变换方位，搅得薄雾越来越浓，进而变成了灰雾，瞬间又变成了黑雾，很快众人便陷入由黑雾翻滚的巨大旋涡之中。周围的黑雾杀气之烈惊心动魄。“灵风，我们陷入五魔阵了。”辞颂手抖宽带高喊道。“想不到那大魔头一直跟踪我们到福地圣境。”灵风怒气盈胸地说道。此时的黑雾之中似乎有无数幽魔在厉啸叱咤低吟，声音之恐怖自灵风离开夜山以来从未遇见过，再加上凶戾之气如恶煞般以排山倒海之势向众人袭来，让灵风等人片刻陷入万分危急之中。还未等灵风出手，一声长啸，身边的楚雅纵身飞起，闪电之剑蓝光闪耀，凝成巨大的光刃轰然劈向花球。那花球连忙向旁边躲闪，闪电之剑劈空，但剑气如刀将花球震得飞花漫舞，如花雨一般飘落，黑雾中只听见一声轻咤的低啸，花雨再度凝结成球。楚雅收回剑芒，回身连刺，一道道闪电直劈花球，花球躲闪不及，被闪电之剑劈为两半，一个巨大的花球变成了两个旋转的小花球。花球显然受了重创，厉叱一声让给了火球，那火球蒸腾旋转过来后，一下子变成了张牙舞爪的火龙，顿时热浪盈天，滚滚而来，奔腾咆哮，势不可当。那个被闪电之剑一劈为二的花球游移为火龙的巨眼，七彩利芒频繁射出，二魔融为一体，魔力大增。这时，辞颂一声清啸，挥舞宽带冲天而起，在法咒的驱使下，那宽带化作一条雪龙，场内顿时寒气逼人，冰凉刺骨。咆哮的火龙突遇寒芒微微一顿，瞬间一红一白两条飞龙翻滚在一起，很快雪龙越滚越大，夹杂着阵阵寒流将火龙的气焰压了下去。火龙越来越细，突然辞颂用力一抖，雪龙张开大口将火龙的龙尾一口吞下，很快，火龙的半个身子被雪龙吞没，火龙的龙头回首张着大口，喷出巨焰，两只巨眼也射出七彩戾芒。辞颂毫不迟疑，凌空一甩，像抽动一条巨鞭一样，只听见清脆的一声巨响，龙吟过后，漫天火树银花纷纷飘落，火魔和花魔遭到重创，化作两缕烟雾逃走了。鬼魔见火魔与花魔遭到重创，驱动骷髅球冲了上来，黑雾很快凝结在一起，抬眼望去，像是有无数骷髅在空中旋转，巨大的气流搅得黑雾倒海翻江。灵风刚才怕火魔和花魔伤到众剑士，一直用剑芒保护他们，眼看鬼魔的攻势更加凶猛，如不先行抵挡，恐怕众剑士要遭受重创。说时迟，那时快，灵风御剑腾空直刺黑雾的风暴眼，风暴眼中是一颗巨大的骷髅头，这颗巨大的骷髅头并未躲闪，而是以所向披靡的气势迎着剑芒飞了过去。灵风没有想到这恶魔面对光阴之剑凌厉的攻势不躲反攻，着实凶恶之极，他暗催剑咒，加大攻势，光阴之剑瞬间白芒大放，以迅疾无比的速度刺向黑骷髅。鬼魔对光阴之剑早就如雷贯耳，但鬼魔一向目空一切，鄙视苍生，他根本想不到光阴之剑的剑芒凝聚得如此之纯，威势如此之大，只听见“咔嚓”一声炸响，光阴之剑的剑芒竟将巨大的黑骷髅炸成无数小骷髅。鬼魔凄厉的一声嚎叫，竟现出了原形，鬼头上几十双眼睛盯着灵风，手中数十把骷髅剑在身前催持，煞气之烈让灵风倒吸一口凉气。灵风也没有想到这大魔头居然凶戾到极点。鬼魔一向睥睨生灵，今天终遇对手，神魔相遇，分外眼红，骷髅剑剑芒如山，以排山倒海之势向灵风劈来，其间杀气汹涌，层层呼啸而来，仿佛有成千上万的幽魔带着凄厉的锐啸直噬灵风魂魄。“主人，小心！”柯德大喊道。灵风一双明眸闪动微微红光，直视鬼魔的攻击不避不让，瞬间将光阴之剑剑芒凝聚为光芒万丈的太阳图案，飞速旋转着迎接鬼魔的攻击，又是一声惊天动地的巨响，灵风和鬼魔纷纷倒飞出去。“主人！”柯德一声惊呼，腾身飞向灵风。没想到鬼魔勃然大怒，收住身子，口吐黑气，所有的眼睛圆睁，再次袭来，如山的黑暗排山倒海般砸向柯德，柯德奋不顾身地扑向灵风，他救主心切，根本没想到鬼魔在遭到灵风重创后会再次攻击。灵风收住身子，立于半空大惊失色道：“小心，柯德！”灵风迅速破空施救，猎猎白袍迎风飞舞，然而，骷髅剑的戾气如潮水一般涌向柯德，灵风晚了一步，眼睁睁看着骷髅剑的戾气如泰山压顶般向柯德劈下。灵风只觉得胸口气血涌动，脑中嗡嗡作响，他张口狂呼：“柯德！”与土魔、水魔打得正酣的楚雅和辞颂被灵风的狂呼惊呆了，眼看着柯德微微发绿的身体宛如一片树叶轻轻地向地面飘去。灵风、楚雅、辞颂几乎同时向柯德飞去，想抓住这位一起历经千难万险、患难与共的蜥蜴人兄弟，然而可怜的蜥蜴人全身经脉内脏已碎，他重重地摔倒在地。众剑士惊得目瞪口呆！此时，灵风的脑海中一幕幕旧情旧景闪过：蜥蜴人国遇险，春秋国大战怪兽，八卦岭牺牲，蜘蛛兽国逃生，生死黑水潭，智取飞狮国，无不留下柯德护主的浓浓情谊，灵风第一个冲到柯德面前一把将他抱在怀中。“柯德！柯德！”柯德却紧闭双眼，已经没有了气息。狂风中，灵风杀得血红的双眼流出滴滴血泪，淌过他的脸颊，滴在柯德的脸上。此时，鬼魔、土魔、水魔大喜，纷纷御起魔力以泰山压顶之势向灵风、楚雅和辞颂以及众剑士袭来，就在这千钧一发之际，就在这生死须臾的关头，突然一声凤鸣清啸，天地间金光灿烂，如暴风雨过后的红日穿透层层黑雾，照得人们的脸上也是金波荡漾，连天际间冉冉升起的太阳似乎也变得暗淡无光。鬼魔、土魔和水魔根本没有想到身后会有金光盖顶，一位美艳绝伦的女人，身披粉纱，高举发出万道金光的金盆，凌空立于黑雾之上，如冰如霜，威势惊人，正以锐不可当之势，驱动金盆，劈向恶魔。灵风从大悲大惊中抬头仰望，这一望，竟惊得坐在地上脑海一片空白，那个高举金盆凌空躯魔的九天仙子，正是深深镂刻心间的日思夜想的爱妻英桃落。灵风心中顿时无限温暖涌动，哽咽得就这么呆呆地望着从天而降的绝世红颜发愣，却不知片刻间三个大魔头遭到重创后，魔魂出窍，化作三缕黑烟逃命而去。浓浓的黑雾顿时被金光驱散，而此时，躺在灵风怀中的柯德像水汽蒸发一样慢慢化作一缕绿色的烟雾，随风飘向远方。“柯德！柯德！”灵风无奈地用手去抓那缕散去的绿色烟雾，却两手空空。此时身后响起熟悉而甜美的声音：“风哥，让他去吧，他的任务已经完成，该回到他该去的地方了。”灵风赶紧转身，桃落一身粉裙，艳若桃花，如水明眸闪动盈盈眼波正痴痴地看着他。“落儿，落儿，真的是你吗？”此时的桃落早已是泪眼婆娑。“桃落！”“桃落！”楚雅、辞颂和众剑士无不兴奋地打着招呼，灵风望着心爱的人盈盈泪眼，心潮起伏，无限思念涌上心头，灵风不顾一切将桃落搂在怀中，喃喃地说道：“落儿，你还活着？你还好吗？”楚雅示意众人离开，众人会意地离开了灵风和桃落。“风哥，我还好，你呢？”随着桃落的声音两个人的眼泪打湿了彼此的衣衫。良久，桃落用玉一般白皙的双手，捧起灵风的脸：“风哥，让我好好看看你！”灵风也深情地看着桃落，桃落的瞳孔中映衬着一个身披白袍，腰束玉带，面容英俊出尘，气度英俊勃发，怎么看都透着人神的精气和逼人的锋芒，桃落看在眼里，疼在心里，喜在心头。“小姐，风婆婆等急了，快带人神去拜见吧。”忽然一个手执金玫瑰身披紫纱裙的绝色女子，嫣然说道。灵风见状大惊，一把推开桃落，拔剑便劈，被桃落一把拦住，那绝色女子也是惊讶地闪到一边。“风哥，且慢，这是我的丫鬟紫衣。”桃落连忙解释道。“刚才就是这个叫紫衣的女孩骗我们说风婆婆有请，结果竟陷入五魔阵中。”灵风怒道。“风哥，你误会了，刚才那个紫衣是花魔幻化的，现在的紫衣才是真的。”桃落娇嗔地说道。紫衣也是眼中闪过一丝嗔怒道：“仙子，想不到相公竟是个不分青红皂白之人。”灵风被紫衣说得脸色微微泛红，一时竟说不出话来，半晌才涩声道：“对不起，紫衣。”紫衣轻挑眉梢转嗔为笑道：“罢了，罢了，我可担当不起，相公，仙子，咱们走吧！风婆婆还在等我们呢！”“只顾着高兴了，紫衣不说我倒忘了，风哥，风婆婆还在莲花洞等我们呢，快走吧！”“落儿，这风婆婆是何许人也？你又怎么是仙子，还凭空冒出了紫衣姑娘做丫鬟？”灵风一连串问了几个问题。“风哥，见了风婆婆一切你就明白了。”桃落说完，挽起灵风的手臂就走，灵风感到温暖中有桃落的千般柔情，万般痛苦。紫衣前头带路向莲花洞走去，楚雅、辞颂一看，也率众剑士随后跟了过来。

路上，灵风不时驻足欣赏福地圣境的景色，真可谓一天瑞气，万道祥光，处处仙气缭绕，满目飞花流水，举目美景如画，让人大有流连忘返之感。穿过奇花异草的花园，越过溪水潆潆的小桥，眼前显现出一块冲天绝壁，绝壁上用古篆书写三个朱红色大字：莲花洞。耀人夺目，气宇轩昂。三个大字下面就是宛若拱门的洞口，从洞口处隐隐有紫气升腾，祥瑞温和，望一眼便感到精神振奋，心旷神怡！灵风昂首望天，白云飘飘，鹤鸣声声，心中无限感慨，好一个人间仙境。几只仙鹤翩翩而过，清润悦耳的鸣叫回荡在天际。桃落望一眼痴痴傻想的丈夫，伸出纤纤玉手拽了一下灵风的衣襟，灵风怔了一下，然后摇了摇头，心志如钢的他，脸上闪过一丝淡淡的笑容，走进莲花洞。洞壁之上更是异彩纷呈，充满意境。幅幅壁画都更加增添了几分仙意，金龙戏球，彩凤飞舞，鹤舞松柏，梅兰竹菊，仙女飞天，宝塔辉煌，寿鹿仙狐，灵禽玄鹤，瑶草奇花，青松翠柏，一切都给人宁静和谐的感觉。忽然间洞内一幅金色的水帘遮住了去路，让灵风不禁想起了飞狮国的金色世界。“风哥，先等等，我去禀报风婆婆。”桃落说完，像掀门帘一样走进金水帘，众人无不惊叹，灵风心想，这真是“潺湲名瀑布，真似挂帘帷”。很快，桃落又从金水帘中闪身走了出来。“风哥，风婆婆让你和楚雅、辞颂进去。”这时，紫衣轻挑水帘，桃落带着灵风、楚雅和辞颂走进水帘。走过水帘，眼前闪出一处巨大的湖泊，湖泊之上盛开一朵巨大的莲花，莲花宝座上坐着一位绝世容颜的女子，那女子微闭双目，正在打坐，容颜可闭月羞花，气度赛九天仙女。灵风等人站在湖边心中暗自称赏，却见风婆婆睁开美目道：“你们来了，过来说话吧。”说完，风婆婆手中佛光一抖，一道彩虹桥架在灵风等人面前，直通风婆婆面前的一片巨大荷叶上，灵风等人缓步走上虹桥，心情复杂地来到风婆婆面前，垂手站立，深深施礼道：“见过风婆婆。”“坐吧。”风婆婆缓缓说道。灵风、楚雅和辞颂盘腿坐在巨大的荷叶上，桃落手持圣盆立在旁边。“灵风，你总算来了。”“听风婆婆教诲！”灵风恭谨地言道。只见风婆婆周围紫气仙云缭绕，面容祥和慈爱。“灵风，你的前世是女娲补天的一块石头，是女娲指定的人神。”灵风心想，这话好像在哪儿听过，对了，蜘蛛兽国和飞狮国的婆婆都说过，灵风又定睛看了一眼风婆婆，发现眼熟得很，这不就是在蜘蛛兽国和飞狮国见过的两个婆婆吗？“灵风，女娲料定黑龙的后代黑魔不会对人类善罢甘休，特命我在此等你，等你期间，我目睹了人类的种种苦难，这些苦难皆由人类的冷漠、麻木、残忍、自私和贪婪造成的，这也为黑魔妄想奴役人类创造了条件。由于人类心中有鬼，所以，经常用鬼来吓唬自己，为了拯救自己的灵魂，他们又寄托于神，然而，真正难以战胜的其实是魔，因为对魔来说，人也是魔，是吞噬其他生命，破坏万物生灵的魔，人类打着追求光明和正义的幌子，对万物犯下了滔天罪恶，为魔的产生准备了温床，从客观的角度讲，人和魔没什么区别，不过是一个喜欢光明，一个喜欢黑暗，当今世界之所以魔患猖獗，是由于人类内心世界过于黑暗造成的。”“风婆婆，那如何才能使人类内心世界光明起来呢？”“这正是女娲娘娘没有派你去补天，而让你留下来成为人神的任务。”风婆婆幽幽说道。“那我该怎么做呢？”灵风迫不及待地问道。“年轻人，我能理解你的心情，你是想尽快为父母报仇，但消灭黑魔是急不得的，如果你内心世界只想着为自己的父母报仇，灭魔大业就难成，你的父母孤寂和英晒就犯了这个错误才导致失败的。”灵风听到这儿，心里又咯噔一下，心想，“难道父亲母亲内心世界是因为没有完全消除自私的欲望，才导致失败的？”“天下是天下人的，不是某个人的，”风婆婆顿了顿继续说道，“然而，人类自从产生那天起，就埋下了独裁的祸患，独裁是魔国的体制，人类却热衷于这种体制，你说说独裁者和黑魔有什么区别？”“婆婆，并不是所有的国家都搞独裁的。”灵风惴惴地辩驳道。“是的，有的人只在自己国家搞独裁，结果是要么内乱不断，要么百姓敢怒不敢言，有的人就更可怕了，想在天下搞独裁，想要天下所有的国家都成为他一个国家的，这样的独裁最可怕。这样的独裁和黑魔有什么区别？”“婆婆，那有什么更好的办法，使所有的国家都和平相处，和谐发展呢？”“这也是女娲娘娘把你留在人间的任务之一。但有一点是可以肯定的，这一点解决不好，也就是人类冷漠、麻木、残忍、自私和贪婪不消除，即使黑魔消灭不了人类，人类也会自己消灭自己。好了，你用真爱告诉了我，人神是可以抵御权力、财富和美色的，桃落的前生是为女娲娘娘伺候洗脸的丫鬟，今生成了你的妻子，也是女娲娘娘留在人间的圣盆仙子，人类应该洗洗脸了，黑魔被你的父亲削掉了半个脸，还痛苦不堪呢，我看人类有些地方已经到了不要脸的地步了。灭魔大业的道路充满艰辛，之所以让你先拯救世外桃源，是因为人类太需要一块净土了。遗憾的是，女娲娘娘早就料到人类无法找到自己的净土，所以才安排我在这儿等你，灵风，希望你能够在《光阴真经》的指引下，用你手中的光阴之剑，为人类找到世外桃源这块净土，否则人类真的没有救了。”说到这里，风婆婆突然停顿了一下，凝视了灵风一会儿，灵风被看得有些不自在，赶紧表态说道：“风婆婆，灵风谨遵教诲，绝不辜负女娲娘娘的希望。”“好了，凡事要多和楚雅、辞颂商量，”接着，风婆婆把目光移向楚雅和辞颂说道，“楚雅、辞颂，你们一个是雨神，一个是雪神，你们的前生是女娲娘娘造人时用的那池清水，水是孕育生命的源泉，所以，女娲娘娘把你们留在人间，而不是让你们过天神一样的生活，目的就是为人类清洗灵魂，以免人类死后，灵魂污浊地去见阎罗，也好为女娲娘娘留下一点颜面。”风婆婆说完，又微闭双目，仿佛陷入了沉思。“请风婆婆放心，我们一定会尽心辅佐灵风完成使命。”楚雅和辞颂齐声说道。“落儿，你的任务是用圣盆竭泽血海拯救世外桃源，还世外桃源鸟语花香的本来面目。”“婆婆，落儿记下了。”桃落手举圣盆喃喃说道。“就让紫衣跟着你吧，今日已晚，你和灵风久未团聚，就在这福地圣境休息一晚吧。明日一别，怕是永无见面之日了。”“婆婆，”桃落听后泪眼盈盈道，“承蒙你将桃落带到福地圣境，让落儿成为圣盆仙子，大恩大德至死不忘。只是，落儿舍不得婆婆……”说着哽咽了起来。“好了，天下没有不散的筵席，你和灵风好好团聚吧，去吧，我累了。”风婆婆说完微闭双目，口中诵经不止，座下盛开的巨大莲花花瓣缓缓升起，慢慢将风婆婆包裹在内形成巨大花蕾，然后缓缓沉入湖底中了。月光如水，洒在碧波荡漾的莲花湖中，整个福地圣境一片瑞气祥和，除了不知名的虫鸣声，静极了，只有站在湖边的一对真心相爱的人在窃窃私语。夜色中，桃落的一张俏脸温柔如水，肌肤上的隐隐幽香暗暗传来，望着灵风的眼神也有些凄迷。“风哥，让你受苦了。”桃落怜爱地说道。灵风望着娇美绝艳的妻子，似乎所有的厮杀历险都忘了，仿佛一切都如梦如幻，他紧紧地抱着桃落喃喃地说道：“落儿，这世上真正苦的都是在人的心里……”桃落雪白的脸上几滴泪水，凝结成珠，慢慢滑落，滴在灵风的白袍上，两个人就这样默默地拥在一起，唯恐再次失去彼此。忽然一阵清风吹过，撩动了桃落额前的发际，她用手轻拂香发，发出一声淡淡的叹息。“怎么了？”灵风关切地问道。“也不知世外桃源怎么样了？父亲母亲还有哥哥可还活在这世上？”桃落说完，从一双明眸中滴落几滴珍珠般的眼泪。灵风用衣袖轻轻为桃落擦拭，郑重地说道："落儿，铲除黑魔的日子就在眼前了。"两个人一阵沉默，夜空繁星无数，月冷如霜，只有两颗滚烫的心融在一起，仿佛要将世界照亮。早晨，阳光和煦温暖地照在人们的脸上，楚雅、辞颂和众剑士醒后无不大为惊愕，昨夜还在的福地圣境竟然在一夜之间消失了，只有灵风和桃落相拥在一起睡得香甜，却不见了眼前的莲花湖，就连那个叫紫衣的丫鬟也惊得目瞪口呆。福地圣境变成了荒山秃岭，稀疏的草丛中虫鸣啾啾，楚雅叫醒了灵风和桃落，两个人睡眼蒙眬地站起来，也惊出了一身冷汗。"婆婆，风婆婆！"桃落下意识地喊道，她的声音像水波一样传出去，却再也没有一丝回音，众人面面相觑，一时竟都呆住了。

油画七：笼子

作者：朱小丹
创作时间：2010年
材质：布面油画
尺寸：175×375 cm

画面上是一望无际的荒漠，画面中央是一个罐头式的巨大笼子，里面囚禁着成千上万的男男女女，他们虽然躲在笼子里，却仍然面露惊恐，因为笼子外面到处是张牙舞爪的母狼、狮子和猛豹。这些凶兽一个个虎视眈眈地盯着笼子，跃跃欲试地准备随时冲进笼子，将里面的男男女女撕碎。画家之所以钟情于猛兽，显然是受到但丁《神曲·地狱篇》开篇的启发，在这本书里，母狼象征贪婪、狮子象征暴力、猛豹象征淫欲。画作上数不清的母狼、狮子和猛豹恰恰是对现实的真实写照。画作深刻的隐喻使我们在画面背后感受到的是一种艺术家精神的觉醒。这幅令人充满恐惧感的画作最打动人的是强烈的人性关怀，同时也体现了画家对人性的深刻思考。

依维柯是第二天半夜到达东州王家庄入城口的，车出京东高速公路收费站，有两辆警车闪着红蓝相间的灯停在路边，一起停在路边的还有一辆奥迪，依维柯停在车旁。从奥迪上同时下来两个穿便装的人，魏毕稳叮嘱我们先别下车，他和獠牙下车后我透过车窗发现，其中一个穿便装的中等身材的男人塞给魏毕稳一个大牛皮纸袋，魏毕稳接过大牛皮纸袋，从里面掏出几摞东西和獠牙一起数了又数，然后又塞回牛皮纸袋，双方互相握了握手，魏毕稳先回到车上，让肖峰和张天红先下车，胖子和狗脸押着两个人下了车。我透过车窗看见，几个穿便装的男人分成两组分别将肖峰和张天红押上了车，我陡然起颤，惊惧而急切地问："小魏，他们为什么把肖峰和张天红押上那辆车？"魏毕稳听出了我声音里的愤怒，连忙用安抚的口吻说："丹姐，他们的噩梦还没有结束，不过你可以回家了，那辆奥迪车就是送你的，你知道谁送你回家吗？"我看见奥迪车上下来一个人，但是没看清此人的脸，不过从魏毕稳的口气中我预感到送我回家的人我认识，便局促不安地问："谁？"魏毕稳从嘴角折出了一点微笑，出乎我意料地说："东州市驻京办主任丁不见的朋友。"我一听"丁不见"三个字，神经顿时紧绷起来，还未等我开口问："为什么是他们？"魏毕稳却动情地说："丹姐，沈丹娜那篇文章有我一半功劳，我终于做了一回人，但愿'金太阳'从此就彻底完蛋了。能安全送你回家我很欣慰，回北京后我立即辞职，感谢老天爷让我遇见了你，但愿今后我还能见到你，再见了，姐姐！”说完他陪我下了车，此时肖峰和张天红已经被塞进了车，两辆车分别按了喇叭，似乎是在向奥迪车告别，然后闪着灯呼啸而去。站在奥迪车旁边的小个子男人先是向我挥了挥手，然后主动迎上来，借着月光我顿时看清了一张长着青蛙大嘴的脸，这是我第三次见到这张脸，却再也不能忘记，因为一想起这张脸我便会情不自禁地想起黑屋，想起那些与罪恶抗争的访民。丁不见见到我便自鸣得意地笑道：“大画家，没想到是我来接你吧?”那神情似乎在嘲笑我的惊惧。我抑制着自己心里的厌恶回敬道：“我不是在做梦吧?”他听罢竟毫不掩饰地笑道：“果真能出现在美女画家的梦中是我丁某的荣幸，只是千万别出现在噩梦中。”我用揶揄的口吻问：“为什么?”问罢感觉自己嘴角有一抹不易察觉的讪笑，怎么也抑制不住。他先是向魏毕稳等人挥了挥手，意思是说交易已经完成了，没你们什么事了，赶紧拿着钱回北京吧。魏毕稳等人知趣地上了车，依维柯掉头鸣了一声汽笛，重新上了京东高速公路，消失在夜幕之中。丁不见亲自为我开了车门，笑嘻嘻地说：“上车吧，大画家，上车后我再告诉你为什么。”我望了一眼天上的星星，星星在幽暗的天空中一睒一睒的，我真有恍然如梦的感觉，迟疑片刻我上了车，我坐的是副驾驶的位置，我以为车上有司机呢，一上车我才知道车上根本没有司机，此时丁不见坐在了我的身边，他打着火，一踩油门，奥迪车一头钻进了夜幕中。自从离开黑屋，一路上惊惧感就像幽灵似的一直和我形影不离，此时此刻，我虽然仍然心神不宁，但有一点我可以确认，我终于逃离黑屋了，这么想着，我局促不安的心情有了些许的平复，我身心疲惫地叹了口气，用防备有加的口吻质疑道：“为什么亲自接我?”他扭头看了我一眼，神秘莫测地问：“你真想听?”我毋庸置疑地说：“那当然！”说完我突然感觉他刚才的目光像什么魔怪的触须拂弄着我的眼睛。这时他大言不惭地说：“我这个人好奇心一向很重，大画家朱小丹为了寻找知音顾文白奋不顾身地投身‘世外桃源’体验生活，一定有很多感触，我很想听听，这个理由够不够充分?”我感觉他的语气里充满了戏弄的意味，我暗骂，狗日的，一定长了颗狗心，竟然想在姑奶奶的痛苦中寻找乐趣，此时此刻，我只想变成一匹不屈不挠的猛狼，给他一点颜色。于是我语气严肃而轻蔑地问："我根本没有找到文白，你告诉我，是不是还有比黑屋更黑的地方？"他突然笑了一下，随后又带着一副审视的表情看了我一眼，然后用居高临下的口吻说："小丹，你的话太偏激了，别忘了我们都处在一个和谐世界里，在这样的世界里到处都是世外桃源。"我轻蔑地看了他一眼，冷然一笑，讥讽道："是啊，黑屋之行让我着实领略了和谐的黑暗之花，它在桃花源绽放得多么繁茂啊！"他似乎对我呈现出的画面颇感兴趣，用试探性的口吻问："听你的意思，又找到创作灵感喽？"我纵容着自己的愤恨，不加掩饰地说："我是要把我看到的罪恶画下来，只是我想请教丁主任，如此和谐的黑暗之花，我是用黑色好呢，还是用红色好呢？"他像便秘似地挤出几声嗤笑，转动着一对骨碌碌的蛤蟆眼瞥着我，用诡谲的口吻说："都用，这样才显得丰富多彩，国画大师齐白石笔下的红花墨叶就是最好的例证，我建议你创作时不妨借鉴借鉴，你画吧，到时候我全部收藏。"我顿时警觉起来，不动声色地问："丁主任怎么突然对收藏感兴趣了？"他狡黠地笑了笑，用老谋深算的口吻说："我只对你的新作品感兴趣。"我一下子明白了他亲自迎接我的真实目的，我的新作品当然是要以揭露黑屋里的罪恶为主线，他扬言我画的新作品他全部收藏，这无异于是一种变相的查封，想到这儿，我冷哼道："丁主任，我要是不卖呢？"他大言不惭地说："小丹，别忘了是我给你提供了体验生活的机会，吃水不要忘记挖井人啊！"他的话让我彻底失去了内在的深沉，我感觉心中的寒气鼓荡得我浑身在微微颤抖，猛然间这股寒气从我的口中喷薄而出，带着冰碴喷向丁不见，我直抒胸臆地说："恐怕肖峰和张天红也是你送去体验生活的吧？丁主任，你别忘了，'莫谓无人轻一物，他时须虑石能言'！其实老百姓心里都有数，只是敢怒不敢言罢了，不过他们心里最痛恨什么最痛恨谁，他们心里一清二楚，当然你和你的老大哥也清楚，所以才无所不用其极地摧毁他们心里的诅咒，因为你们害怕那个诅咒，那个诅咒一旦灵验，你们最知道后果是什么。所以我想用卡夫卡的一句话提醒你：你自身接纳恶魔时所怀的隐念不是你的，而是恶魔的隐念。”尽管我现在落魄不堪，但我说这番话时，感觉身上仍然散发着某种艺术家的气派。我就像灵光乍现似的，突然找到了表达形式。他像听海外传奇似的听着，我讲完，他沉默片刻才故作深沉地说：“罪恶其实潜伏在我们每个人的身上，就像有树木就有阴影一样。要知道一切生物都有阴影，有女娲就必然有黑龙，有艺术，就必然有艺术犯罪，是名画总会被偷的。如果想让这个世界上没有阴影，除非你想把地球上的一切树木和生物统统去掉，这怎么可能呢？没有黑暗，光明只是一种幻想。关于黑屋，我觉得这是每一个朝代必然要发生的事儿，从来都是这样，有什么大惊小怪的？小丹，你知道艺术家最大的毛病是什么吗？就是爱幻想，但是幻想是不切实际的。别看你张口黑屋闭口黑屋的，好像这个世界上到处都是黑屋似的，我敢和你打赌，从现在开始，黑屋已经消失了，它从来就没有存在过，你信不信？不信你再去北京时可以去找，你如果能找到，我立即就辞掉驻京办主任，但是请记住，虽然黑屋没有存在过，但是桃花源无处不在。好了你到家了，多漂亮的别墅呀，这不是桃花源是什么？”听了他的话，我的内心几乎要烧成了灰烬，我懵懵懂懂地下了车，丁不见满脸堆笑地要和我握手道别，我不知道我是不是伸出了手，只觉得恍惚之中，丁不见钻进车里和他的奥迪车一起消失了。此时此刻我似乎看见有无数僵尸齐刷刷地站在一个大广场上，一位身着白袍、白须白发的老者，手拿折扇，鹤骨仙风地站在僵尸队伍前，挥舞着手中的折扇正在指挥僵尸们唱大合唱，这位白须白发的老者非常眼熟，当我定睛想看个究竟时，一切都消失了，眼前只是一片幽静的别墅花园。

圣母国边境小城费都热闹非凡，小城主街上熙熙攘攘的人群有赶路的，有叫卖的，有歇脚的，主街两侧的店铺吸引人们走走停停。小酒馆中喝醉的酒鬼骂骂咧咧地走出来，手里仍然捧着酒坛子，一个卖花的小女孩提一篮野玫瑰在叫卖，眼眸中闪烁着天真可爱的光芒。这里到处充满了祥和的人间烟火，忙忙碌碌的人群显现的是一幅真情实景的清明上河图。在人群中，一位身着白袍，白须白发的老者，手拿折扇，鹤骨仙风，气度非凡地流连在店铺之间，像是在选购什么东西，又像是在欣赏小城的繁华市井，身后跟着一位年轻人，一身黑袍，剑眉虎目，英俊潇洒，却像傀儡一样跟着老者。走着走着，那老者在一家酒馆前站住了，正在仰望店牌之际，一位店小二热情地招呼道："老神仙，屋里坐吧，屋里有上好的葡萄酒。"老者看了一眼年轻人，笑了笑说道："走吧，我们进屋喝杯酒。"那年轻人毕恭毕敬地点头称是，店小二撤开门帘，两个人走进酒馆。"老神仙吃点什么？"店小二恭敬地问道。"好酒好菜尽管上。"后面的年轻人冷冷地言道。"好嘞，两位稍等。"店小二眉开眼笑地说道。不一会儿工夫，好菜一盘接一盘地端了上来，好酒也端上了两坛子，黑袍年轻人看了一眼店小二寒声道："两坛酒不够。""客官要喝多少坛？"店小二毕恭毕敬地问道。"先上二十坛吧！"店小二听后惊得一动未动。"小二，快去，快去！莫误了老夫喝酒。"老者哈哈大笑道。店小二只好转身去取酒，不一会儿，桌子周围堆满了酒坛，周围的客人看了全都惊叹不已。几坛酒下肚，老者却面不红耳不赤，他手捋长髯道："小二，这小城的酒，哪家的最好？""当然是我们家的，"店小二自豪地说道，"这城里喝葡萄酒只认我们家的，我们家有圣母国最好的葡萄园。""小二，告诉这城里的人快跑吧，否则就再也喝不到这么好的葡萄酒了。"老者一杯酒下肚，十分认真地说道。"老神仙，你喝多了吧？平白无故我们干吗要跑呀？"店小二乐呵呵地问道。"因为这里很快就要变成人间地狱了！"老者慢条斯理地说道。"这老头喝多了，怎么说胡话呢？"在场的客人纷纷指责起来。"哎，壮士，老神仙喝多了，要不要开房间休息休息？"店小二关切地问道。"小二，他说的是真的，快跑吧！"黑袍年轻人面无表情地说道。"小二，算账，你们店里怎么来了两个疯子？真扫兴！"一些客人牢骚地说道。"诸位客官，多担待，多担待了！"店小二点头哈腰地赔着不是。"英冰澈，看到了吧？这就是你们人类，好赖不分，好心好意告诉他们快逃命，他们却骂我们是疯子，无知呀！"老者摇摇头，又端起酒杯一饮而尽。"老神仙，怎么叫我们人类，难道你不是人呀？"店小二挑理地说道。"小二，叫你跑，你就跑，不要与魔尊无理！"黑袍年轻人厉声说道。"魔尊？什么魔尊？"店小二似乎有些明白了，因为小城费都虽离国都很远，但被怪兽袭击之事早就传到了这个边境小城。店小二的脸一下子白了，他怔了一会儿问道："二位莫非与那魔国有瓜葛？"店小二话音刚落，外面传来凄厉的嘶鸣，紧接着，街上的人大乱起来，东奔西跑，惨叫一片。"小二，这回信了吧？"老者说完哈哈大笑。店小二手中的酒瓶啪的一声摔在地上，一溜烟地跑了出去，店内的人也大乱起来，纷纷跑出酒店。店外的嘈杂声哭喊声伴随着玄冥鸟的凄厉尖啸响成一片。"怪兽来了，怪兽来了！""快逃呀！""救命呀！救命呀！""孩子，我的孩子！""爹、娘，你们在哪儿呀？"刚才还繁华祥和的小城，现在是一片狼藉。酒店内的老者仍然在优哉游哉地自斟自饮，这位老者不是别人，正是大魔头黑魔，站在旁边的黑袍年轻人就是英冰澈。外面的凄惨叫声，正是魔兵在圣母国的边境山城费都屠城。费都城四周滚滚黑烟，从四面八方向城内迅速涌来，空气中传来浓重的腐臭气味。越来越大的咆哮声渐渐汇聚成一股排山倒海的嘶吼，瞬间就将守城的士兵吞没。空中巨大的玄冥鸟见人便俯冲下来抓起，到空中又扔下去，十几万人的小城根本经不住怪兽军团、玄冥鸟军团的上下联合攻击，半个时辰，便横尸遍野，血流成河。冲进城内的怪兽见人就杀，无论老人孩子无一幸免，刚才那个卖玫瑰花的小姑娘被一只恶禽用巨爪抓起，飞到空中，眼看着零散的玫瑰花从空中飘落下来。走投无路的店小二一边踩踏着尸体，一边喊着救命，却被后面追上来的一头怪兽一剑劈死，死尸分为两半倒向两边。起初还有绝望的呼喊声，很快城内便像死一样的沉寂，除了怪兽们发出的死腐臭气混杂着浓烈的血腥气息，一切都在屠戮中消失了。黑魔神清气爽地走出了酒店，英冰澈一脸冷漠地跟在后面。"报告魔尊，军团长，怪兽军团屠城完毕，请指示！"一位怪兽头目跑过来禀道。"继续打扫战场，不要留一个活口！"黑魔一只手捋着长髯，另一只手狠狠一挥。怪兽军团头目领命而去。黑魔回头看了一眼英冰澈，露出狞笑缓缓道："英冰澈，走，我们到下一个城池去犒劳你手下的将士吧。""是，魔尊，下一座城池我们去哪儿？"英冰澈冷漠地问道。"听说星月国的宝石很漂亮，我们何不去欣赏欣赏？"黑魔说完挥了挥手，从空中俯冲下来两只巨大的玄冥鸟，黑魔与英冰澈分别乘了一只，玄冥鸟分别发出凄厉的嘶鸣，腾空而起，英冰澈俯视费都小城悄悄地闭上了眼睛，城内惨烈得如九幽地狱一般！一个月之内，黑魔亲率大军几乎是一日一座城池地屠戮，可谓是白骨森森，哀鸿遍野，圣母国、星月国、逍遥国、春秋国、须弥国等各国的小城尽皆遭到屠城。地狱里的阎罗震惊了，因为一个月内无数亡灵涌向地狱，冤气之重亘古未有。阎罗殿上，魑魅魍魉四大护法分立两侧，众小鬼鸦雀无声，阎王爷怒气冲冲走向大殿。“近一个月来，冤魂如潮水一般涌入地狱，想必是那大魔头在人间肆虐，去把地使娘娘请来，我有事要问。”魑护法眼睛一瞪，一个小鬼赶紧跑出大殿，不一会儿，一身水绿纱裙的灿若犹抱琵琶半遮面地飘上大殿。顿时，阎罗殿上飘荡着淡淡的幽香，众小鬼贪婪地吸闻着，一时间嗞嗞声不断，阎罗坐在骷髅椅上二目圆睁，“嗯”了一声，大殿之内顿时死一般沉寂，只有幽幽鬼火忽明忽暗地闪烁不止。

“灿若，”阎罗幽幽说道，“这一个月以来，冤魂如潮水般涌入地狱，看来大魔头大开杀戒了，我虽为地狱的阎罗，不该管阳间之事，但是当年若不是我未镇住压在地狱第十九层的大魔头，也不会让他如今祸患阳间，怎么说我都有失职责。按时间算，人神灵风应该拿到圣盆了，正在前往夜山的路上，灿若，我想让你再辛苦一趟，通知人类诸国大军做好准备，一旦人神抵达夜山，便会找到去往世外桃源的路线，到时候，我们冥军会同人神大军一起讨伐黑魔。”“是，为妻定不辱使命。”“去吧，黑魔正在人间肆虐，路上凶险重重，一定要多加小心！”阎罗温声叮嘱道。“多谢夫君！”灿若说完，化作一缕青烟消失而去。

晚风习习，不依不饶地吹散了晚霞，渔网似的碎云撒在天上，拼命地滞留着，仿佛要看尽人间的悲凉，却终于悲凉地躲到山后去了。这时，一支疲惫的队伍缓缓向逍遥国小镇东土镇走去。走在最前面的不是别人，正是人神灵风。东土镇位于逍遥国东北方向，是一个非常偏僻的小镇，由于人口不过十几万，所以并不热闹。但由于建镇时间久远，虽然人气不旺，却有一条苍凉的古道在荒野上孤独地延伸。灵风等人沿着这条古道疲惫地走着，眼前的东土镇在夕阳的余晖里仿佛像一座空镇，死一样的沉寂，唯独映入人们眼帘的是满天飞舞的乌鸦，呱呱地叫个不停。“风哥，我觉得不太对劲。”桃落警觉地提醒道。“我也觉得不太对劲，好像空气中有股腥臭味。”灵风嗅了嗅说道。“灵风，你们先在镇外等等，我先进去看看，别有什么埋伏。”楚雅自告奋勇地说道。“好的，一定要多加小心！”灵风嘱咐道。楚雅点点头儿，手握闪电之剑的剑柄，一猫腰矫捷地往镇上跑去。灵风走到一个稍高一点的土坡上四周眺望，隐隐望见由石头和茅草筑成的房屋，远处岩石嶙峋的高山环绕在小镇四周，看来，这是一个土瘠民困的小镇。苍凉的古道上有两条因牛车长年碾压而留下的又深又窄的车辙，曲曲折折地伸向幽暗的小镇，两道车辙中间有零乱的牛蹄痕和晒得如干草般的牛屎。大约一个时辰，楚雅火速赶了回来，脸上一副惊恐和愤怒的表情。“出什么事了？楚雅？”灵风焦急地问道。“真是杀人恶魔，真是杀人恶魔呀！”楚雅怒不可遏地说道。“到底怎么了？”辞颂不耐烦地问道。“东土镇的百姓全部被杀，尸体已经腐臭了，镇内成群的乌鸦在啃食尸体，真是惨不忍睹啊！”楚雅悲愤地说道。灵风听了这话几乎不敢相信自己的耳朵，惊得他身心都颤抖了起来。“楚雅、辞颂，走，咱们去看看。”

小镇之上除了风声和乌鸦的叫声，没有其他声音，有的只是横七竖八的尸体和被血染红后又被风吹干而红得有些发黑的血迹。忽地一阵阴风吹过，不知街道上哪家开着的房门“砰”的一声关上了，发出了响亮的声音，在腐臭的街道上回响着，惊得啃食腐肉的乌鸦扑哧哧飞了起来，几条野狗汪汪叫着与乌鸦抢着腐肉，灵风等人走在横尸遍野的小镇上，无不黯然神伤！“楚雅，你估计是谁干的？”灵风愤怒地明知故问道。“这还用问吗？一定是黑魔那个混蛋。”楚雅义愤地答道。“会不会是山里的土匪？”灵风似乎不愿意相信黑魔屠城的事实，因为若是真的，不知要有多少生灵惨遭涂炭啊！“土匪杀人是为了抢东西，再说，土匪也不会把全镇十几万人都杀光呀！”辞颂根本不理解灵风此时的心情，兀自反驳道。“这么说，黑魔开始屠城了？”灵风终于说出了心中的隐痛。“风哥，你是说，受害的不仅仅是东土镇？”桃落惊恐地问道。“普天之下像东土这样的小镇小城不计其数，看来黑魔不再强行攻打各国的都城，而是开始对各国的小城大开杀戒了。”灵风心情沉重地说道。“风哥，我们得想办法阻止，不能让无辜的百姓惨死在黑魔的屠刀之下。”桃落焦急地说道。“是啊，我们现在唯一的办法就是尽快赶回夜山，用圣盆竭泽血海，找到世外桃源，联合诸国一举消灭这个恶魔。”灵风斩钉截铁地说道。“灵风，我们今天还是在镇外扎营吧，镇内到处都是冤魂野鬼，还是不打扰他们的好。”楚雅喟然叹道。“好吧，不过，大家到街面的酒馆店铺中找些能吃能喝的，然后我们到镇外扎营。”此时，茫茫黑夜已经降临，整个小镇被黑暗吞没，浓密的云层遮蔽了月亮，也遮蔽了星星，沉闷的空气仿佛要将人禁锢，腐臭的气味仿佛要让人窒息。街边的一家酒馆内，凌乱不堪，锅碗瓢盆丢得到处都是，桌椅板凳东倒西歪，到处都是厚厚的灰尘，几十个喝得一干二净的空酒坛却摞放得整整齐齐，仿佛在显示着喝酒人的酒量。“辞颂，什么人会在这血雨腥风中面对惨绝人寰的场面还有这闲情逸致，一边喝酒，一边把酒坛子摆放得整整齐齐的?”灵风觑了一眼站在身边的辞颂问道。“只有那恶魔，还能有谁?”辞颂愤恨地说道。“你是说那恶魔亲自到过这逍遥国小镇?”灵风沉吟半晌倏然问道。“恶魔杀来，百姓四散奔逃，只有那恶魔有这份闲情逸致，一边饮酒一边欣赏这杀人的场面。”楚雅怒恨填胸地说道。“简直是罪恶滔天!”桃落恨入骨髓地骂道。“要是碰上这恶魔就好了，到时候让他尝尝我手中光阴之剑的厉害!”灵风咬牙切齿地说道。“风哥，你不觉得这酒馆内有一种诡异绝伦的氛围吗?”桃落警觉地问道。“我总觉得好像有一双眼睛在盯着我们。怪了，难道是鬼?”灵风下意识地握了握剑柄说道。“仙子，现在外面黑得伸手不见五指，为什么这酒馆中会看见东西?”丫鬟紫衣手捧圣盆讷讷道。紫衣这么一提醒，众人无不惊讶，这小酒馆内仿佛有幽幽绿光映得人们看清了屋内的东西，却不知这幽幽绿光发自何处。多亏灵风等人绝非凡人，否则，早就吓得魂飞魄散。灵风心下惊叹，“这不会是普通的鬼，普通的鬼散发的鬼火像流星一样一闪即灭，可这屋子里的光亮却灵力极强。”想到这儿，灵风越发警觉起来，他慢慢拔出光阴之剑，想用剑芒逼迫隐藏在暗处的鬼现身，却不料剑芒掠处闪出一个黑影，灵风不禁愣了一下，那黑影却发出了“咦”的声音，幽幽地问道:

“莫非是人神灵风？”灵风又是一怔，用剑芒逼着那黑影道：“你是谁？怎么会知道我？”忽然，那黑影像风一样闪到灵风面前现出一张柔美绝伦的脸，灵风定睛一看，在春秋国大战时见过面，原来是冥神地使娘娘灿若。“地使娘娘，怎么会是你？”灵风大喜道。“灵风，真的是你们？”灿若更是喜出望外地问道。“落儿，这位是地使娘娘灿若，自己人！”灵风介绍后，桃落赶紧上前施礼。“可不敢多礼，桃落，你现在是圣盆仙子，女娲娘娘的使者，该灿若先礼！”灿若客气地还了礼，又热情地与楚雅、辞颂、紫衣打了招呼。“灿若，你怎么会在这东土小镇上？”灵风疑惑地问道。“说来话长，我是阎罗派出来寻找你们的。近一个月来地狱之内冤魂如潮般涌入，惊得阎罗吃睡不香，小鬼们探到，说魔国派出怪兽军团去诸国边境小城一个一个地屠城，人间现在是血雨腥风，大魔头已然猖狂到了极点，滔天罪行令人发指。怎奈我孤身一人，怕遇上屠城的恶魔们，贻误了大事，便和我儿子小魔头隐身而行。老天有眼，未到夜山便遇到了你们！”灿若说着，几乎湿了美目。“小魔头也来了？怎么没见到他？”楚雅兴奋地问道。“这不，东土小镇横尸遍野，尸体没有超过十日的，我怕恶魔们还未走远，便让小魔头出去打探打探，估计也该回来了。”灿若话音刚落，一个黑影如鬼魅般闪了进来，正是小魔头。“咦，灵风，楚雅、辞颂，哎呀，还有桃落，你们怎么会在这里？我和我娘正想去夜山找你们呢！”小魔头激动地说道。“小魔头，春秋国大战一别，你就没了踪影，真想你呀！”灵风拍着小魔头的肩膀说道。“我也想你们呀！咦，这位妹妹是谁呀？”小魔头瞪着一双小魔眼问道。“小魔头，这是你紫衣姐姐，我的丫鬟。”桃落笑着说道。一番寒暄之后，灵风率众人在离东土镇南十多里处的树林中扎营造饭，夜幕之下，篝火燃着了，周围的一切突然跳动摇摆了起来，影子像被烧得害怕似的，向林子深处逃去。火堆里的湿树枝吱吱作响，如怨如诉，一条条黄灿灿，红闪闪的火舌快乐活泼地嬉戏，互相拥抱，有时又蹿向空中，溅出火花，烧得树叶飞腾起来。

走进家门，我有一种恍如隔世的感觉，但是恐惧感并没有消失，甚至更甚了，我感觉魔鬼们无形的躯体充斥着整个房间，正张牙舞爪地想将我撕碎。我发现一个人即使逃离现实的恐怖布下的圈套，这种恐怖也不会消失，因为它会转化为想象的恐怖如影随形。人一旦坠入恐怖不能自拔，命运就会像娼妓一样向魔鬼们卖弄风情，魔鬼们就会变本加厉地欺负人的怯懦，甚至像病毒一样进入人的躯体，将人的体液化作它们的胆汁，以助长它们恶的气焰。魔鬼们，休得猖狂，既然你们用恶的残忍从头到脚置注于我的全身，我就有了恶的抗体，既然我见过了恶的真面目，从今以后，我就永远也不会让黑暗在光明的重衾里探出头来。我就这么恍恍惚惚地站在黑暗中良久，才发疯似的从楼下到楼上一口气点亮了所有的灯，每点亮一盏灯，我便自言自语道："别想在光明的重衾里探出头来！"然而，满屋子的灯都点亮后，我发现屋子里的每一个角落都亮了，唯独没有照亮的就是我自己。我沮丧极了，像一摊泥似的一屁股坐在地上，刚坐下，我又像被针扎了似的忽地站起来，三步并作两步地冲到客厅里的电话机前，迫不及待地拿起话筒，刚想拨号，我又下意识地看了一眼墙上的石英钟，已经是下半夜两点多了，我迟疑了片刻，还是果断地拨通了车夫家的电话。电话响了很长时间，我才听到车夫的声音，此时此刻，我的心情复杂极了，眼泪像断了线的珠子似的扑簌簌地滑落下来，以至于车夫由懵懂中醒悟过来，急切地追问："小丹，是你吗？你终于逃出来了？你是怎么逃出来的？"我竟哽咽得说不出话来，良久，我才抑制住激动的情绪，抽泣着说："车夫，为什么弥赛亚总是迟到？为什么它总是在最后一天的次日才会来？"车夫听到了我的声音，激动不已，他用悲欣交集的语气说："可他终于还是来了！"我愤懑地说："可是他并没有拯救所有的人，和我同车的肖峰和张天红一到东州就被带走了，另外文白始终生死未卜，而他的妻子张欣……"我哽咽得实在是说不下去了，车夫用安慰的语气说："每个人的命运都不可能一样，其实逃得了一时也逃不过一世，因为在官本位下，我们身上没有哪个部位可以逃脱老大哥监督的目光，因此拯救也是一种惩罚，环境要求每个人都做一个囚犯，只有这样社会才会和谐，其实几千年了，莫不如此。小丹，你虽然逃出来了，却仍然如此痛苦，为什么？

因为逃出来的只是你的肉体，你的精神仍然在囚禁中。囚禁是我们的现实，也是我们的生活。我们是戴着手铐和脚镣来到这个世界上的，手铐和脚镣是我们仅有的装饰品。明白了这一点，你就无需难过了，好好睡一觉吧，你太累了，我忙完手头的工作马上去东州看你。”看来我被关进黑屋的日子里，车夫顿悟了许多，但我并不同意他的观点，太消极了，文白之所以吸引我，就是因为现实可以囚禁他的肉体但休想囚禁他的思想。这么一想，我不再哽咽，而是固执地说：“文白还没有找到，我哪儿有心思睡觉，车夫，你帮我分析一下文白到底在哪里?”车夫迟疑片刻，用推测的口吻说：“不知为什么，我总觉得文白不在北京，而在东州，你何不往他家里打个电话，万一他和你一样已经逃出来了呢!”一句话点醒梦中人，我匆匆挂断车夫的电话，连忙往文白家里打电话，然而我一连拨了五六次也没有人接电话，显然家里没有人，一种隐忧顿时袭上心头。我放下电话心想，明天早晨我一定先去文白家看个究竟。如此想来，我心里有了些许释然，觉得浑身乏累极了，近来我总觉得心慌气短，脸色也比以前苍白了，就像得了贫血症，被关在黑屋的日子里，我觉得身心都备受摧残。要不是心里怀着对文白的爱，我真不知道能不能撑过来。不过，每次设想与文白重逢时的情景，都会让我体验到一种刹那间爆炸性的幸福。一想到这种幸福感，我又兴奋起来，打开浴缸的水，又将卧室简单收拾一番，然后走进洗浴间，泡在浴缸内恨不得化在水里，这是一种久违了的舒畅，我竟有了一种渴望被男人抚摸的欲望，由于太放松了，不知不觉间我竟然睡着了，在梦中，我听到有人高喊：“快跑，张欣，别管我!”我定睛一看，惊得目瞪口呆，高喊者不是别人，正是文白，只见张欣和文白一前一后拼命奔跑，随着一阵狗叫声，夜色中追上来十几个全副武装的人，为首的竟然是东州市驻京办主任丁不见。这时文白和张欣跑到一处悬崖边上，下面就是礁石林立的大海，礁石间无数浪涛在疯狂地跳跃，它们互相冲撞着、拥挤着、旋转着，陡然蹿出水面，高高地向上抛溅，远处黑色的大海像一个一望无际的深渊，时而呜咽时而怒吼。此时张牙舞爪的人们在丁不见的率领下步步围上前来，文白绝望地将张欣挡在身后，然后突然纵声大笑道：“丁不见，你终于露出原形了!”丁不见皮笑肉不笑地说:“文白,没办法,我这也是按合同办事。”文白轻蔑地讥讽道:“出卖灵魂也要签合同?这可真是千古奇谈啊!”丁不见厚颜无耻地说:“凡事总要讲个诚信嘛。”文白冷哼一声,嗤之以鼻地说:“既然你对你的老大哥如此忠诚,叫丁不见就不太合适了,不如我给你起个名字。”丁不见恬不知耻地问:“那我应该叫什么呢?”文白用斥责的口吻说:“你应该叫‘沙里科夫’!”丁不见恼羞成怒地吼道:“顾文白!”吼完他猛一挥手,站在他身边的特勤撒开手中的大狼狗,恶犬顿时猛扑过来,文白的左胳膊被恶狗死死咬住并不断地撕扯,文白不敌恶狗,被恶狗撕扯着倒在地上,紧接着有两名膀大腰圆的特勤扑上来,要抓张欣,惊慌失措的张欣绝望地喊道:“文白,我先走了!”说着她纵身一跃。我顿时大惊而醒,连喝了几口水,被呛得险些背过气去。不知为什么,醒后,我竟有一种被死神抓伤的感觉。我从浴缸里爬出来,水淋淋地站在镜子前,发现自己的脸色像石蜡一样苍白,眼神里充满了对自己那带有油彩气味的不幸爱情的幽怨和隐痛。我拿过浴巾,一边擦身上的水,一边走出卧室,本以为自己躺在床上就能沉入梦乡,可是刚才那个噩梦像幽灵一样在我脑海里萦绕,搅得我竟毫无困意,就这么裸着身子躺在床上一直挨到天亮。就在早晨的第一缕阳光透过窗帘的缝隙射进房间时,我睡着了,一觉竟然睡到了下午两点,醒来后我简单吃了一袋方便面,就迫不及待地开车去文白家。路上我在心里不停地默念六字大明咒:唵嘛呢叭咪吽,祈祷文白一定在家,为了期盼梦想成真,出门前我都没敢往他家里打电话,也没敢拨打他的手机号,当然我也做了最坏的打算,我心想,万一文白不在家,他家对门的邻居大姐也应该知道一些他的消息。然而当我兴冲冲地上到五楼时,不仅文白家里没有人,就连他家对门我敲了半天也无人回应,我失望极了,茫然不知所措地站在楼梯间徘徊,渴望奇迹突然发生,一听到楼下有脚步声,心就会提到嗓子眼儿,眼前不时闪现与文白重逢的一幅幅幻象。可是我等了一个小时,既没见到文白的影子,也没见到邻居大姐,我失望地走出楼道,情不自禁地望了一眼西斜的太阳,然后钻进车里十分郁闷地拿起放在副驾驶座位上的一个牛皮纸袋,我抽出里面的一摞白纸，竟然是《神话》插图的复印件。这是我去京城前放在车上的，我手捧插图有一种久违了的慨叹。我随手一翻，映入眼帘的是法慧与狼王与一位鹤骨仙风的老者正在竹林深处烤着一头野猪，我一直私下里认为在《神话》中，法慧这个人物形象身上一定有灵宣住持的影子，因此看到法慧，我一下子联想到了灵宣，一想到灵宣和尚，我心里一下子亮了起来，一个念头顿时掠过心头，文白会不会在西山慈恩寺？对呀，慈恩寺有文白的工作室，那个僧客楼里的耕香斋是他平时最喜欢待的地方，对，他一定在那里！这么一想，我心中油然而生死而复生的快感，我连忙把车打着火，兴冲冲地开出文白家的小区，径直往西山驶去。

幽幽古道上一哨人马风驰电掣地向春秋国方向狂奔，跑在最前面的是一匹白马，那匹白马飞驰如箭，白色的尾鬃逆风飞扬，犹如一匹飞驰的白龙。马上端坐着一位白袍老者，仙风道骨，白髯飘飘，猎猎白袍迎风飞舞，面色凝重，仿佛胸中装着十万火急的事情。此人正是须弥国大国师法慧，旁边大青马上并辔而驰的正是他的师兄狼王，后面紧跟着的是白狼、传真等弟子。法慧和狼王此次日夜兼程奔赴春秋国，是受须弥国国王唐宗之托商讨联手抵御魔国屠城之事。近一个月以来，须弥国有三座小城被黑魔屠城，须弥国举国震惊，黑魔此次屠城不仅手段极其残忍，而且非常狡猾，采取的策略是闪电袭击小城小镇，杀光便撤，来无影，去无踪，搞得唐宗寝食难安。由于事关重大，法慧出发前特意派大弟子传真邀请狼王共同前往，狼王在黑魔屠圣母国小城费都的时候就听说了，不过，狼王对黑魔的所作所为并不震惊，因为这是迟早要发生的事情。法慧亲眼目睹了须弥国百姓惨遭屠城后的悲惨场面，真是欲哭无泪，痛不欲生。须弥国与春秋国既是邻国，又都是大国，两国联手防御黑魔屠城事关重大，他心急如焚，所以胯下战神马不停蹄地日夜兼程，终于进入春秋国边境，却已是入夜时分了。时值夏季，天气闷热无比，映入眼帘的是一大片竹林，明月高悬，月光如流水一般静静地泻在每一片竹叶上。法慧和狼王下了马，走进竹林准备扎营，却感觉竹林之内充满诡异气氛，借着明月，仔细察看，却发现竹林本来应该是竹青叶绿，眼前的竹子却黄了，萎了，干枯的叶子瑟瑟地往下掉，剩下些零零落落的叶子，大半截仿佛是烧焦了，还有星星点点的绿色，怪可怜的秧挲着。法慧心中纳闷，本来看见青山绿竹，就该想起“苍翠欲滴”这四个字，眼前的竹子却好像水灵灵的美人忽然变成了骷髅，还闻到一股尸骨的霉臭。地上的枯枝落叶又干又发霉，霉菌就在空气中飞扬，死亡的气息在竹林中盘旋。“法慧，这片竹林好奇怪，好像被煞气所伤，全都枯萎腐臭了。”狼王折了一片干枯的竹叶嗅了嗅警觉地说道。“狼兄，这林中会不会有大凶之物？”法慧面色凝重地问道。“不如我们往里走走，也许会有所发现。”狼王沉声说道。“好吧，反正今晚在此扎营，干脆就在这竹林里过夜吧。”法慧说完，率先走进竹林，众人紧随其后。竹林中有一条弯弯曲曲的小道，众人静悄悄地往前走着，却发现前面透过竹林间的缝隙隐隐有火光，众人一下子警觉了起来，自觉地散开，慢慢向火光靠近。那火光起初很微弱，越靠近火光越亮，竟然闻到了烤野味的香气。众人继续往前靠近，忽然，在竹林中闪出一大片空地，竟是寸草不生。空地中间一大堆篝火之上，一位仙风鹤骨的老者正在烤一头野猪。只见那老者须发皆白，面容清瘦，看上去满是儒雅风范得道高人的模样。身后站着一位结结实实的黑袍年轻人。那老者手中的烤猪轻轻转动，烤猪表面的色泽已经变成了金黄色，浓郁的香气中夹杂着微微的焦味，一粒粒油脂凝成圆珠，滴到火中，发出“吱吱”的声音，四溢飘散的香气顿时让人食欲大振。四下无声，只有火堆中不时发出竹枝爆裂的声音，法慧和众人围了上来，那老者和年轻人旁若无人地望着火堆，炙烤着手中的野猪。“敢问这位老先生，因何夜宿竹林呢？”法慧一拱手谨慎地问道。“同是天涯赶路人，看阁下像是修道之人，一路上风尘仆仆，何不坐下来一同品尝这山中美味？我身边还有好酒，可以一醉方休！”那老者说话时并未抬头，仍然认真地烤着野猪。法慧和狼王谨慎地走到火堆旁席地而坐。“看老先生不像是凡人，敢问在哪座仙山修行啊？”狼王试探地问道。“什么时候把人分成凡人和非凡人呢？在我看来，人就是人，和这烤野猪一样，皆为生命，不过是苍生中的一种而已。”老者冷然答道。“按老先生的话讲，人可以像这野猪一样放在火堆上炙烤了?”法慧凛然道。“千百年来人类互相残杀比放在火里炙烤残忍得多，又有什么稀奇的?”老者撕下一块烤猪肉放在嘴里大嚼道，身后的黑袍年轻人像傀儡一样一言不发。“听老先生之言似有所指，能否明示呢?”法慧试探地问道。那老者撕下一块野猪肉递给法慧，然后又拿出酒壶自己喝了一口淡淡地道:“就拿这春秋国为例吧，春秋国国王圣孔一向倡导弱德之美，以仁爱治天下，可是他刚驾崩，十几个儿子就为争权夺势自相残杀起来，请问阁下你什么时候见过野猪之间兄弟互相残杀了?”老者说完，众人无不大惊失色。“怎么，圣孔驾崩了?老先生从何得知的?”法慧吃惊地问道。“此处乃春秋国第一要塞，史称云门关，由圣孔的第十四个儿子带重兵镇守，可是你们去看看，城内已经无一兵一卒。”老者抬起头，用手指着云门关道。法慧和狼王听了这话，无不倒吸了一口凉气，脸上露出惊讶之色。法慧心下骇然，“云门关无兵镇守，一旦魔国攻来，后果不堪设想。”“老先生，可知道这城中将士的去向?”法慧急切地问道。“这还用问，圣孔的第十四个儿子朝杜起兵咸安城，与他的哥哥们夺权去了。”老者慢条斯理地说道。“老先生，不知这圣孔何故驾崩?”法慧继续问道。“听说寿诞之日突然染恙而亡。”老者叹息一声道。此时天光已经微微见亮，巨大的银河穿过深邃广阔的天空，像一道气势磅礴的瀑布，偶尔有流星坠落，绽出无声的闪光。“老先生，多谢你的野猪肉，咱们后会有期!”法慧起身仰望了一眼洁净的星空长叹一声，然后给狼王递了一个眼神，率众人向云门关而去。临走前法慧凝望了一眼黑袍年轻人，大有似曾相识之感，只听见后面老者幽幽道:“人从何处来，又往何处去?何所为而来，何所为而去?当真是令人费解啊!”

晨光中，云门城呈现出隐隐的轮廓，高大的城墙将山谷锁住，真可谓一夫当关，万夫莫开。这里之所以称作云门关，是因为云门城建于地势险要的云山隘口，高高的城门常有云雾缭绕，此处乃春秋国国门之一，一旦失守，敌军便可长驱直入。谁料想，王子朝杜竟置城中百姓死活和国家安危于不顾，弃城率大军直取咸安城，要与其他王子分争天下，圣孔地下有知，黄泉路上何以安息?法慧和狼王率众弟子没遇到任何阻碍便进入了云门城，在朝杜率大军撤出云门城之后，城中百姓便骚动起来，目前春秋国百姓无人不知圣孔驾崩的消息，更晓得魔国屠城的恐怖，城无守军，真是人人自危。如今守城大军撤走，一旦魔兵屠城，谁能逃过做刀下鬼的命运，所以城中百姓携妻带子偕老扶幼推车赶牛排着长长的队伍向城外逃难，其场面之悲烈，令法慧等人心如刀绞。“狼兄，我看我们还是抓紧时间出城，尽快赶到咸安城，将这里的情况向宰相子路报告一下。”法慧双眉紧锁断然说道。“估计咸安城的情况也未必有这里好，朝杜大军兵临城下，其他王子也不是吃素的，弄不好已经打了起来。”狼王说完飞身上马，法慧也一跃坐到战神之上。“狼兄，事不宜迟，阻止朝杜叛乱只能靠我们俩了。”法慧说完，一拍战神的屁股，战神一声嘶鸣，已然冲出城去。马蹄声声，几乎将人的胸膛崩碎，一溜烟已经把云门城甩在烟尘之中。可就在这时，城中隐隐传来惨烈的叫声……

圣孔虽然在寿诞之宴上死得突然，但确实是染疾而亡，非某个王子为篡权而谋杀，但是普天下都在传言，大王子宗法为了夺王位在酒中下毒害死了父王，这也是宗法平素执法太严，得罪人太多所致。朝杜正是借着讨伐凶手为父王报仇的幌子兵临咸安城的。实际上，按照春秋国的军法，朝杜在没有接到王命的情况下擅离职守，置国门安危于不顾，已经犯了杀头之罪。然而，朝杜仗着手中几十万大军兵临城下，宗法一时还真没了办法，此时，他正与众大臣在紫薇宫中商议对策，身边站着御林军统领颜青。“丞相，颜回大将军的兵马至今未到，会不会是传令兵路上出了什么事？”宗法眉头紧锁地问道。“殿下，不会的，传令兵是在朝杜大军未至前出城的，应该能把信送到的。”子路揣度着说道。“请殿下放心，有我颜青在，保您安坐紫薇宫。”颜青仗剑道。“可是大军不退，我寝食难安呀！”宗法面色凝重地说道。“殿下莫急，可否用计将朝杜骗入宫门，乱箭射死，正所谓擒贼先擒王啊！”子路狡黠地言道。“我和朝杜一奶同胞，如何下得了手呀？”“殿下，你下不了手，朝杜可下得了，常言说得好，先下手为强啊！”“不行，我身为长子，在父王尸骨未寒之际，就亲手杀弟，世人难容，也有违春秋国仁爱治天下的礼教。”“殿下，如果大将军颜回大军一到，两军对垒打起来，春秋国可有陷入内战的危机，局面将不可收拾呀！”“走，我们先到城墙上看看，我要与老十四直接对话。”宗法起身要走，一个传令兵气喘吁吁地跑进大殿报：“启禀殿下，颜回大将军带兵马已在咸安城外扎下大营，正在与朝杜大军对垒。”宗法听后又兴奋又忧郁。“丞相，既然颜回大将军的兵马已到，我们还是去城墙上看看吧。”宗法说完，率大臣走出紫薇宫。镇守青龙关的大将军颜回三千铁甲军开路，引军十万浩浩荡荡在咸安城外扎下大营，与朝杜大军形成对垒之势。朝杜自恃自己人马多于颜回，并无畏惧之色，两位大将军在咸安城外摆开阵势，叫骂起来。“朝杜，你擅离云门关，率大军兵临咸安城，难道是要造反吗？”颜回在马上斥问道。“颜回，我父王死得不明不白，父王身边必有逆臣弑父，不然父王寿诞之日怎会突然驾崩？这是我们兄弟之间的事，休要你管，否则别怪我手中长矛不认识你！”朝杜理直气壮地言道。“据我所知，国王寿诞之日喝得高兴，饮酒过量，突发心疾，这也是老毛病了，只是这次抢救无效，不幸驾崩，你却为了争夺王位置国家安危于不顾，兵临国都，其罪当诛，还不速回云门关，难道想让魔军乘虚而入不成？”颜回好言相劝道。“颜回，你算什么东西？敢在本王子面前指手画脚，来来来，你我大战三百合，我倒要领教一下你这位春秋国第一好汉的厉害。”朝杜恼羞成怒地说道。此时，城墙上宗法带众王子和大臣正在瞭望势态，见双方剑拔弩张正要动手，宗法连声高喊道：“十四弟住手！颜回大将军住手！都听我说。”宗法毕竟是大王子，平素又威严八面，这一声声嘶力竭的断喝还是十分有威力的。双方的战马虽然已经奔出阵来，又纷纷打马返回各自方阵。“十四弟，父王尸骨未寒，常言道，长兄如父，你这样杀气腾腾，未免让父王九泉之下太心寒了吧？”“宗法，你少在我面前摆老大的威风，你说父王是怎么死的？”朝杜斥问道。“父王的死因，颜回大将军已经明示，你我本是同根生，相煎何太急？”宗法劝道。“你说的好听，父王既然没有遗诏由你接替王位，就应该让位能者，凭什么由你来坐王位？”“朝杜，你终于暴露了你的狼子野心，告诉你，王位即使轮不到我坐，也不会交给你这样的人，交给你，父王闭不了眼，百姓安不了心。”宗法怒道。

“那好，我们只好刀兵相见了。”朝杜说完拉弓搭箭射向宗法，一声厉啸，呼啸着的箭头直取宗法的哽嗓咽喉，说时迟，那时快，站在旁边的颜青也同时拉弓射向朝杜，两支箭像两只发怒的龙，在城外空中箭头对箭头撞在了一起，火光闪处，颜青的箭将朝杜的箭劈成了两半，但并不减速，直逼朝杜的心口窝。朝杜大惊，侧身闪过，怒道：“弓箭手，对准宗法杀无赦！”阵前上万名弓箭手，一起张弓搭箭，瞄准了宗法，此时，阳光强烈得像凝住了一般，气氛骤然紧张。“朝杜，你将万劫不复，弓箭手准备！”颜回厉声喝道，神态坚不可摧，气宇轩昂。黑压压的铁甲军箭在弦上，一触即发，箭头全部指向朝杜，双方箭阵森严，士兵们发出低低的吼啸。此时，城墙之上的宗法面色凝重，威武不屈，并未躲避，风声骤起，王袍猎猎，而子路等文臣已经吓得把头缩在垛口之下。宗法心想，此时恐惧就损了王者的尊严，一个真正的王如果死，也要以王者的姿态去死。宗法觉得自己就是春秋国的王，真正的王，有着惊世骇俗的梦想和流传百世的野心。特别是在魔国妄想奴役人类的今天，春秋国更需要一个像自己这样的视法如天的王，没有法，任何仁爱都是虚伪的，都是无力的，只要有法可依，即便是魔也左右不了天下。想到这儿，宗法的目光更深邃了，他的王者风度震惊了春秋国的士兵，城外如黑潮涌动的士兵鸦雀无声，只有朝杜张牙舞爪地叫嚣着。“弟兄们，杀进咸安城！活捉宗法！”朝杜手执长矛一马当先冲向颜回的阵地，朝杜手下大将军都是随他多年征战的兄弟，巴不得他能登上王位，自己也沾光加官晋爵，纷纷厉啸着紧随其后。双方士兵喊杀声震天，颜回提大刀迎击朝杜，双方混战起来，场面一塌糊涂。就在这时，站在城墙之上的宗法，远远望见一队人马呼啸而来，马蹄声踏破耳鼓，卷起腾腾尘烟。跑在前面的白马如一支离弦之箭，俯在马上的一位长髯老者手提一柄狼头禅杖，正是须弥国大国师法慧，与其并肩而驰的就是兽神狼王。这队人马动作快如闪电，暮色茫茫，残阳似血，旋即冲入黑压压的战场，马上之人个个如天兵天将般神勇，横冲直撞，但并不伤人。不过，宗法站在城墙上看得清楚，这一队人马的目标很明确，就是活捉朝杜。宗法的内心一阵激动，因为魔国偷袭咸安城时，他在与父王圣孔逃往须弥国的途中，被魔兵包围在太极山上，解围的正是狼王，而在太极山峰会上，大战花魔的正是法慧，在宗法心中，这两位都是了不起的神。只见那狼王一马当先仿佛愤怒到了极点，直取朝杜，朝杜正在指挥人马作战，见一狼头勇士在战场上左突右冲如入无人之境，目标竟是自己，大惊失色，打马便逃，刚刚拨转马头，就被飞身赶到的狼王提着盔甲擒了下来。狼王将朝杜夹于腋下马不停蹄地冲到护城河吊桥之下，将朝杜重重地扔在地上摔得昏死过去。“宗法听着，朝杜被擒，快命令你的人马别打了。”狼王高声喝道。法慧也和众弟子纷纷擒了朝杜手下几十员大将赶到桥头。宗法命令城头传令官挥旗停战，其实，朝杜的士兵见朝杜被擒，早已乱了阵脚，见城头停战令旗高高举起，双方军马全都停止了厮斗。此时，法慧高声喝道：“春秋国将士听着，由于朝杜擅离云门关，云门城已经被魔国屠城，十几万百姓全部被杀，罪大恶极，不配继承春秋国王位。”此时，宗法率众王子和大臣已经迎出城外，他深施一礼道：“承蒙法慧大国师和狼王及时赶到，不然，我真不知道如何收场呢！”“宗法，”法慧肃然道，“魔国屠城，各国无不受害，在这场大劫面前，只有众国联手才可抵御。不料，在这危急时刻，圣孔驾崩，我等无不悲叹，还望大王子稳定国内乱局，早登大位。”“大国师和狼王对春秋国的大恩无以为报，快请诸位入城叙话，”宗法一边侧身礼让法慧和狼王，一边喝道：“来人呀！还不将朝杜拿下交刑部法办。”手下人应声将朝杜等人五花大绑拿下。宗法又命令道：“颜青，你速带朝杜人马火速赶往云门关，守护国门，不得有误！”颜青领命纵马而去。颜回也领宗法之命率大军折回青龙关。此时，夜黑如墨，“腾、腾、腾”，城头上一支又一支火把点燃，越发显得黑暗如潮，将大地淹没。夜风习习，吹得城头火把呼呼作响，诡异中透着寒意和冰凉。

走进古朴的松木庙门，依着石笋峰的山势拾阶而上，一座座净院、禅院渐次分布在山间，那种典雅的幽静，时不时让我耳畔产生“梵籁流觞”般的幻听。不，不是幻听，当我接近僧客楼时，铮铮琴音，袅袅传来，时而缥缥缈缈，时而隐隐轰轰，我抑制不住激动的心情，快步来到楼下，此时，琴声杀伐激越，悲壮而浪漫，宛若一首恢宏的长诗，曲折动人，气贯长虹。我听得呆住了，驻足良久猛然醒悟，这奇妙绝伦的琴声分明就是从二楼耕香斋传出的，我的心顿时狂跳起来，如纷披灿烂、矛戈纵横的琴音，我三步并作两步跑上楼去，激动地跑到门前，脑海中只有一个念头：投入他的怀抱！抱紧他，再也不撒手！然而当我欣喜若狂地推开门时，我失望得仿佛迎头被泼了一盆冷水，因为映入眼帘的不是我日思夜盼的心上人，而是一个大和尚仙风道骨般的背影。此时大和尚已然抚完那怨恨凄恻、悱郁慷慨的古曲，正沉浸在余音的回味之中，突然听到门被咣当一声推开了，竟然无动于衷，良久才长叹一声问："门外之人可是文白的知音？"我这才意识到自己失礼了，连忙解释道："师傅，实在对不起，我还以为是文白……"听到我的声音，大和尚似乎有些兴奋，连忙起身相迎，双手合十慈眉善目地说："果然是文白的知音，请进吧，朱老师，我是文白的好友灵宣。"我诧异极了，怎么也弄不明白眼前这位慈和的大和尚从未见过我，竟然背对着我，就猜出了我的身份，我瞪着一对惊讶的眼睛问："大师，听您的口气，您好像知道我要来？可我们并不相识啊？"灵宣听罢淡然一笑说："大画家朱小丹的油画和大作家顾文白的小说其神韵有异曲同工之妙，你是文白的知音，我是文白的好友，我和朱老师可是神交已久，怎能说不相识呢？至于我是怎么猜到你要来，其实也很简单，文白失踪了，你是最思念他的人，你怎么能不来耕香斋呢？只是我不明白，你为什么来得这么晚？"听了他这番话，我一屁股坐在藤椅上，失望地问："大师，这么说你也不知道文白的下落？"灵宣摇了摇头，惆怅地说："不瞒朱老师说，我从日本回来后就再也联系不到他了。为了寻找他，我甚至到公安局报了案，可是没有用，他就像一块石头沉入了大海。自从他失踪以后，为了排解心中的郁闷，我每天都抽时间到耕香斋坐一坐，用古琴和他沟通一番，希望他能听到我的心声，可是……唉！"灵宣对文白的深情着实令我感动，我毫不保留地将我寻找文白的遭遇告诉了他，灵宣听罢喟然长叹道："在那阴曹地府，阎王有面业镜，人间是非不清，镜中善恶分明啊！不是不报，时候未到，时候一到，一切准报！"他说到镜子，我下意识地看了一眼窗外，仿佛在看另一个世界，我与黑暗纠缠得太久了，突然置身于禅意之中，感觉有些虚幻，我起身走到古琴旁，轻抚琴弦，琴音悠远，没有一丝烟火气，想起初来耕香斋文白抚琴的样子，心中感慨万千，我惆怅地问："大师，你刚才弹的是什么曲子？好不慷慨悲壮啊！"灵宣意犹未尽地说："我弹的是文白最喜欢的一首古琴曲，叫《广陵散》。"我的心顿时为之一动，脱口而出："这就是嵇康临死前弹奏的那曲绝唱？"灵宣见我听到《广陵散》如此激动，欣慰地点点头说："正是。"我兴奋地说："怪不得有一种慷慨愤懑、悲壮激昂之情，嵇康是最痛恨强权的。"灵宣赞同地笑了笑，意味深长地说："是啊，嵇康对那些传世久远、名目堂皇的教条礼法不以为然，更深恶痛绝那些乌烟瘴气、尔虞我诈的官场仕途，正因为如此，离开官场大彻大悟的顾文白才最喜欢嵇康。只是他对文学的忠诚与挚爱，对自由的毫不犹豫的选择，难免要遭受强权的压迫与惩罚啊！"灵宣的话引起了我的共鸣，我深有感触地说："是啊，从他的特立独行来看，很难想象他曾经是官场上得意过的小官僚。"别看灵宣是出家人，我却从他的眼神中捕捉到一种不可思议的苦闷，我总觉得他的眼睑下随时会迸发出红色的火苗，他听了我的话深深地叹了口气，颇有同感地说："这恰恰说明他大彻大悟了，否则，他也不会写出《神话》那样的作品的，那根本就是把'神话'从传统的监狱里解放出来，并把'神话'从历史的呆板状态中救出。"我兴奋地问："大师，你也读过《神话》？"灵宣津津乐道地说："你别忘了，文白的《神话》是在耕香斋完成的，我可是这部长篇小说的第一读者，他写完一部分我就读一部分。可以说，《神话》是文白最随性的一部作品，透过这部作品，我看到的不是一个作家，而是一个精神流浪者。"我似有所悟地问："大师，从佛教的角度讲，精神流浪是不是也是一种出家？"灵宣慈和地笑了笑，温声说："也是也不是，精神流浪者都是四海无家、四海为家的人。"我不解地问："这话怎么讲？"灵宣沉思片刻，深沉地说："家实际上有两层含义，实际家园和精神家园，对于有精神追求的人来说，后者的意义更大。无论是作家，还是艺术家，为了找到自己的精神家园，常常被迫离开自己的实际家园，所以是无家，但是他们可以在时空的坐标中用他们的审美目光搜索到美的踪迹，也正是家的踪迹，所以到处有家。正所谓路上无家，心中有家。我当年也是因为精神上找不到归宿，才出家当和尚的。”灵宣这番真知灼见着实触动了我，我用半开玩笑的语气说：“怪不得你和文白如此投脾气，原来你们都是精神上的流浪者。”灵宣听罢，爽朗地笑道：“朱老师，难道你不是?”我莞尔一笑，若有所思地问：“只是我不明白，文学艺术与权力本来井水不犯河水，作家、艺术家不过是官场的局外人，文学和艺术创作也是非常私密的，为什么强权非要苦苦相逼，千方百计要设法围剿打压呢?”灵宣沉吟片刻，然后一针见血地说：“正所谓旁观者清啊，正因为作家、艺术家是局外人，才对局内看得一清二楚，你们看到了局内最黑暗的地方，并通过文学艺术表现出来，这让强权无地自容啊，那些掌握强权的人能不恼羞成怒吗？他们当然要围剿打压了。”灵宣的话让我突然打了个寒战，我不寒而栗地问：“大师，他们会不会是为了剥夺文白写作的权力，才让文白失踪的?”灵宣重重地点了点头，表情复杂地说：“非常有可能，强权是最害怕思想的，而文白的作品最闪光的就是思想。但是有一点我敢肯定，无论文白被关在什么地方，他都会奋笔疾书的。他和那些官本位世界里想通过文学艺术达到做人上人的目的的所谓作家、艺术家不同，他最令人钦佩的是人文主义气节。我相信，文白永远不会沉默，哪怕他死了，他的作品也会继续发出独特声音的。”眼前的大和尚着实是个异类，难怪文白如此迷恋慈恩寺，文白曾经告诉我，灵宣一直强调佛教的本质是放下名利是非，追求内心的宁静，而并非烧香拜佛，我想这种惊世骇俗的观点一定会被那些只贪恋香火钱的和尚们视为异端邪说的，而人类的那些伟大经典有几部不是以异端邪说面世的？想到这儿，我颇为感慨地说：“是啊，如果作家或艺术家面对现实的黑暗沉默不语，那么文学和艺术就沉默了，文学和艺术沉默了，世界也就沉默了，世界沉默了，佛祖也就沉默了。”

告别灵宣，我内心宁静了许多，我沿着石阶走到石笋峰脚下时，夕阳已经西下，太阳就像《神话》里的圣盆，金光闪闪的，这时我突然感觉有些腹痛，我连忙钻进车里，不知为什么，脑海中竟然浮现出

《神话》里桃落即将生产时的情景，当时她面无血色，雪白的肌肤痛苦地抽动，殷殷的鲜血顺着大腿流下来，想到这儿，我下意识地将手伸进私处，觉得有些发黏，我连忙抽出手，食指上竟然是殷红的，我脑袋顿时嗡的一声，无缘无故下面为什么会有血？一种恐惧感顿时袭上心头，我惴惴不安地想，该不会是得了什么绝症了吧？我越想心里越害怕，越害怕越觉得自己可怜，越觉得自己可怜就越觉得自己委屈，眼泪竟然情不自禁地涌了出来。

经过艰难的跋涉，远远地已经可以望见夜山的轮廓了，还有两天的路程就回到日思夜想的故乡了，灵风心中无限感慨。桃落挺着大肚子望着表情复杂的丈夫怜爱之情油然而生，“风哥，给我们的孩子起个名字吧！”桃落挽着灵风的胳膊深情地说道。灵风望了一眼桃落的大肚子，脸上露出幸福的微笑，他沉吟良久道：“就叫桃灵吧！”“那小名呢？”紫衣手捧圣盆插嘴咯咯笑着问道。“小名就叫落灵儿吧，好不好？风哥？”桃落兴致勃勃地问道。“好，就叫落灵儿。不管生儿子还是女儿，就这么定了。”灵风用手指刮了一下桃落的鼻子说道。众人见状哈哈大笑。“笑什么？笑什么？没见过老婆跟老公撒娇呀？”桃落不好意思地泼道。“见过见过，眼前就有一个！”辞颂呵呵笑着说道。“辞颂，连你也取笑我？”桃落嗔道。就要回到夜山了，人们的心情放松了许多，特别是灵风，虽然平日里凝重稳健，但是，今日也不免有些喜形于色。他登高眺望远处的山峰，在阳光的映照中，绿的碧绿，蓝的翠蓝，灰的银灰，各层浓淡有致，层次分明，正像桃落头上的装饰，清秀淡雅，粉黛天成。这里的一草一木，他太熟悉了，见到这里的草木，就相当于又见到了自己的父母。忽然一群乌鸦呱呱叫着从人们的头顶上飞过，灵风顿时心里一惊，夜山从来见过乌鸦，更不用说大群的乌鸦从头顶上飞过，他脑海中一下子想起了东土镇的街道上横七竖八的尸体。“不好，莫非……”灵风不敢深想，只是对众人言道，“别歇了，快走！”“夜山从来没有乌鸦，今天怎么会有这么多的乌鸦？”剑士们有嘴快的脱口问道。“看方向好像往我们山寨飞呢！”“掌门人，该不会是黑魔袭击了山寨吧？”剑士们议论纷纷。听了这些话，灵风的心中更是心急如焚，他最担心的是天父、地母和自己父母的陵墓被毁，还有，就是寨子里几千人的性命。灵风不敢再想，只是高声喊道："弟兄们，无论发生什么，大家都要沉住气，我相信，天塌不下来，弟兄们，出发！"人们回到夜山的兴奋劲儿，被这突如其来的变故洗得干干净净。一路上，所有的人都沉默不语，浓密的原始森林中杀气腾腾。人们仿佛已经闻到了淡淡的血腥味。惯常的鸟鸣声听不见了，更看不见任何常见的动物，林子里死一样的沉寂。煞气浓重，鬼气森森。灵风的心都快提到嗓子眼儿了，紧紧抓住桃落的手，两个人的手沁出的汗融在了一起。很显然，桃落也感到了事态的严重性，倒是从未来过夜山的紫衣姑娘东张西望地看个不停。忽然紫衣"哎呀"一声，众剑士由于紧张纷纷拔出宝剑，旁边一个巨大的坑里伸出一扇巨禽的翅膀，散发出恶臭的气息。辞颂甩出手中的宽带，缠在那巨大的翅膀上，用力一拽，轰的一声，一头无头的玄冥鸟被拽出坑来，压倒蒿草一片。"灵风，这家伙的头被人砍下去了。"辞颂鄙视地说道。"一定是这家伙袭击山寨，被剑士们砍掉了头颅！"楚雅冷然说道。"怎么会掉到猎人挖的坑里？"紫衣惊异地问道。"大概是这家伙没头没脑地误撞进了猎人挖的坑里。"辞颂蹙额说道。"楚雅、辞颂，你们怎么看这件事？"灵风浓眉紧锁地问道。"灵风，可以肯定，山寨被袭了，究竟损失到什么程度，还不好说。"楚雅看了看辞颂心情沉重地说道。众人继续往前走，空气中的血腥味越来越浓重了，林中到处都是怪兽军团埋伏过的痕迹，灵风心里越来越清楚，山寨出事了，而且是毁灭性的。其实，所有的人心里都是清楚的，悲痛渐渐浮现在人们的脸上，已经可以看见尸体了，有怪兽的，也有剑士的，在山寨的入口处，所有的人都惊呆了。很难想象当时的战斗有多么惨烈，每个牺牲的剑士身边都有无数的怪兽死尸。继续往前走，便是残肢断臂，有老人的，也有孩子的，有男人的，也有女人的，当然更多的是怪兽的。很显然，当时夜山男女老幼无不投入了保卫家园的战斗，而且无不抱着必死的决心，致使怪兽的尸体堆积如山，各种兵器有折断的，有崩刃的，有插在肉里的，有散在地上的，满目残肢断骨，四分五裂，密密麻麻的满地都是，几乎看不见空隙，根本认不出尸体。山寨被鲜血染红，景象之惨烈，场景之恐怖，宛如地狱一般，灵风看见了乡亲们全部惨死在怪兽军团的屠刀之下，已经完全控制不住自己，双手张着，疯子一样地踉跄几步，发出嘶哑的狼嚎一样的声音，似乎在哭，似乎又在笑，扑通跪在了地上撕心裂肺地喊道："黑魔，我与你不共戴天啊！"众人无不痛不欲生。桃落一边哭一边扶起灵风道："风哥，快看看公公、婆婆的坟墓被破坏了没有？"一句话惊醒了灵风，他面容惨淡，踉踉跄跄地向山上跑去。桃落怕灵风出事，腆着大肚子拽着灵风的衣襟紧跟不舍，紫衣拽着桃落，楚雅和辞颂率众剑士紧随其后。一路上，景象更为惨烈，显然，夜山的剑士们为了守候天父、地母和灵风父母的陵墓，与魔兵展开了殊死搏斗，到处都是激战的痕迹，怪兽们拼死争夺，剑士们拼死抵抗，双方拼死争斗，尸体高高地堆了起来。可是越往山上走，剑士们的尸体越少，而怪兽的尸体却越来越多。透过巨大的玫树林的缝隙，宛如阳光一般的强芒直射下来。起初，还有薄薄的雾气，越往上走，雾气越淡，终于一片耀目的光芒，竟让所有人都无法目视，金光大盛处怪兽尸体如山。很显然，怪兽向山上陵墓攻击时，遭到耀眼金芒的阻挡，并重创怪兽。此时，黑沉沉的乌云峥嵘而起，一阵风扫过，吹得灵风浑身起栗，天阴得跟夜晚一样，他心想，"难道是天父，地母和父母显灵了？"他满眼是泪，滚动着不肯落下，此时金芒更盛，似有穿透乌云之势，苍穹上黑云翻滚电走金蛇，不时传来沉沉的雷声，像巨大的车轮从冰河上碾过，发出吓人的炸裂声。电闪一个接一个，照得如同白昼一般，倾盆大雨倒海翻江地下起来，搅得四周天地成了混沌世界，雨水冲刷着怪兽的黑血向山下流着，天地肃杀，只有陵墓金芒如电光般刺穿苍穹。灵风和桃落一起喊了一声："爹、娘！"便扑通扑通跪在地上深深地将头磕了下去。想到夜山人全部惨遭魔爪，两个人泪雨滂沱，汩如泉涌。众人也是呜咽跪拜。灵风一边哭一边诉道："天父、地母，爹、娘，我和落儿来晚了，没有保护好乡亲们，居然被黑魔屠了寨子，全部遇难，风儿有罪呀！"他在天父、地母，孤寂、英晒的墓前边诉边哭，哀切得痛不欲生，此时，悲风瑟瑟，凉雨潇潇，更增添了苍凉悲壮之气，漫山遍野一片哭声，连楚雅、辞颂也哭得瘫坐在地上。“爹、娘，此仇不报，枉为人神，儿将举天下之兵诛伐黑魔，为天下苍生誓死一搏，还天下朗朗日月，浩浩乾坤。”他说到痛处，抵心疾首，攒眉扼腕，字字句句椎心泣血！众剑士个个同仇敌忾，齐声怒喝道：“为天下苍生誓死一搏，还天下朗朗日月，浩浩乾坤！”声震山谷，久久回绕。此时，雨似乎更大了，天也更暗了，只是两座合葬墓的道道金光似有灵性，听得懂灵风的话，显得祥和瑞气，仿佛老人慈爱的目光缓缓泛起，天地一片肃穆。金芒流转中，瑞气庄严，似对灵风充满希望。灵风缓缓站起身，轻轻扶起桃落，此时电光一闪，一连十几个炸雷，桃落骇然一怔，险些摔倒，但就这么一扭，肚腹突然疼痛起来，脑门上豆大的汗珠伴着雨水一起往下淌。“落儿，怎么了？”灵风焦急地问道。“风哥，我的肚子疼得很，好像是要生了！”桃落咬紧牙关痛苦地说道。灵风见桃落面无血色，雪白的肌肤痛苦地抽动，殷殷的鲜血已经顺着大腿流了下来，众人一阵惊慌，风雨交加的夜山，遍地死尸，连个女人都找不到，上哪儿去找接生婆呀？灵风一眼盯上了惊慌失措的紫衣。“紫衣，你行吗？”他急切地问道。“掌门人，我不行。我从来没给别人接生过。”紫衣胆怯地说道。“这漫山遍野就你一个女人，不行也得行！来人哪！快搭帐篷！”众剑士一边应和一边动手支帐篷。此时的桃落痛苦的脸都扭曲了。“仙子，仙子！我先做什么？”紫衣手忙脚乱地说道。“快，快，烧开水。”桃落喘着粗气说道。“紫衣，快烧开水！”灵风命令道。不一会儿，帐篷搭好了，灵风和紫衣将桃落扶进帐篷，刚刚躺下，桃落就将灵风推了出去。“风哥，我能行，再说，还有紫衣呢！”无奈，灵风一步三回头地离开帐篷。这时，天色已经过了傍晚，黑了下来，倾盆大雨从漆黑的天空上没完没了地倾泻着，夜，漆黑阴沉的夜，好像只有它才是世界的统治者。“弟兄们，加强警戒！”楚雅命令道。众剑士围成一个大圆圈，面向外，个个执剑凝神戒备。“楚雅，这么大的雨，你是雨神，快想想办法，别让老天下了。”辞颂不耐烦地说道。“我也不能逆天行事，不过，我可以让我们头顶上的雨停下来。”楚雅说完拔出闪电之剑，直指苍天，剑芒闪过，“咔嚓”一声巨响，电光闪处，炸开了压在头顶上的乌云，顿时，头顶上的雨不见了。灵风望着帐篷，听着桃落痛苦的呼喊声，真是撕心裂肺般难过，他想起楚雅和辞颂跟自己讲的母亲英晒生自己时的情景，不禁激灵灵地打了个冷战，心想，“此时若黑魔来袭，岂不和当年母亲生自己时的情景一样么？”他越想越紧张，心里不断祈祷女娲娘娘保佑桃落顺利生产。他仗剑环顾四周，发现四周的雨像水帘般落着，独众剑士围成的大圆圈内雨停了。他抬头望天，四周黑云压顶，只有大圆圈上面的天是晴的，而且还有皎洁的月光射下来，仿佛落入了一个天井里。桃落的呻吟声更强烈了，这声音回荡在夜空中山谷间，让人油然而生绝望的感觉。突然，紫衣从帐篷中慌慌张张地跑了出来，急切地说道：“相公，仙子难产，生不下来，怎么办呀？”灵风听罢不顾一切地跑进帐篷，他紧紧握住桃落的手说道：“落儿，你怎么样？一定要坚持住！”“风哥，我快不行了，我生不出来呀！”桃落的脸上大汗淋漓沾满了头发，她痛苦地呻吟着，拼命地挣扎着。灵风急得眼眶里浸满了泪水。“仙子，再使劲！再使使劲！”紫衣鼓励地说道。“不行，我没劲儿了，我已经没劲儿了！”桃落说完，紧紧抓着灵风的胳膊，指甲已经刺入肉中，她拼足力气向下使劲，痛苦地呻吟着，一阵折腾后还是徒劳无功。“风哥，我要死了，我不行了！”桃落痛苦地喊道，已经累得筋疲力尽。“苍天啊！快救救我的落儿！”灵风声嘶力竭地喊道。灵风这一喊，背上的包袱震动起来，他猛然想起《光阴真经》，立刻解下包袱，打开了竹筒，只见上面画了一张女人生孩子的图，只是接生的不是接生婆，而是一个金盆。“紫衣，《光阴真经》上接生的是一个金盆，是什么意思呢？”灵风纳闷地问道。聪明的紫衣姑娘脸上一下子露出欣喜的表情。“相公，可能是圣盆！”紫衣一边说一边取下背在背上的圣盆，打开包袱，圣盆顿时光芒大盛缓缓飘荡起来，金芒柔和祥瑞，照在脸上柔柔的，暖暖的，舒服极了。金盆飘荡起来后定在空中，金芒闪处，圣盆上映出几个字：人神临盆，闲人回避！灵风和紫衣相互看了一眼，似乎明白了什么，桃落在金芒的照射下痛苦也缓解了许多。“落儿，我们先出去，一切交给圣盆了，你加油！”灵风殷切地说道。桃落点点头，恋恋不舍地将玉一样的手从灵风的手中抽出。灵风和紫衣缓缓离开了帐篷。此时，雨已经停了，楚雅也收了剑咒，满天的繁星跃出云层，鬼眨眼般辉耀着，黑暗中，四周都是黑黝黝的树影，只有帐篷里的金芒映照得四周金灿灿的。起风了，灵风望着帐篷打了个寒战，心想，“圣盆显灵，看来落儿真要给我生个小人神了。”

第二天上午，我怀着惴惴不安的心情来到市妇婴医院做妇科检查。我躺在内检床上叉开双腿，当医生扒开我的私处，将一个类似于铁钳子的东西伸进我的阴道的刹那间，不知为什么，我一下子想到了《神话》里桃落临产时那个金光灿灿的圣盆，我觉得它很像一个子宫，对，它应该是女娲娘娘的子宫，怪不得“五魔”突袭时，圣盆可以用金光罩住正在生产的桃落，使其顺利生下落灵儿，原来那就是人类生命的源泉。这再一次证明了我的观点：中国人不是龙的传人，而是女娲的传人。阴道内一阵隐痛，让我想起女人生孩子时的阵痛，尽管我没有生过孩子，但是我是多么渴望有一个属于自己的孩子啊！又是阵阵隐痛，我闭着眼睛想象着孩子拼命钻出阴道时母子血肉相连、心灵相应的幸福，不禁为那二十四个刚刚来到人世就被剥夺了生命的小冤魂而难过，竟然情不自禁地流下眼泪。医生不解地问我为什么流泪，我用掩饰的口吻说：“刚刚的隐痛让我想起了女人分娩时的阵痛，尽管我还没有生过孩子。”她微微笑着说：“你年龄也不小了，干吗不生一个？一个没有生过孩子的女人不能算一个完整意义上的女人。”我懵懂地问：“为什么？”她认真地说：“没有孩子就无法体验母爱，没有体验过母爱，总是女人的一种缺憾，因为母爱是这个世界上最无私、最不求回报的一种爱。”我叹息道：“是啊，鸟有和鸣之欢，兽有舐犊之情，可我的孩子在哪里呢？”她不解地问：“这么说你还没结婚？”我点点头，她好奇地问：“为什么？你这么漂亮，应该不愁嫁，是不是太挑了？”我苦笑着说：“我不是找不到男人，我是怕一旦嫁了，难免生儿育女，可是这个世界脏得就像黑水河，干吗要让孩子们到这个世界上受苦呢？”医生明显不同意我的观点，收起笑容说：“你的观点太偏激了。”我用辩解的口吻说：“一点也不偏激，市妇婴的死婴事件就是最好的证明。”一提到死婴事件，她顿时警觉起来，连忙换了一副表情，严肃地说：“好了，检查完了，子宫肌瘤。”我连忙问："严重吗？"她一本正经地说："很严重，要做手术。"我试探地问："手术复杂吗？哪个大夫给我做？"她不以为然地说："现在这样的手术都是微创，不复杂，而且你运气好，手术由高院长亲自做，他是我们医院做这种手术最权威的医生。"我听罢心里一阵窃喜，我窃喜不是因为高国光是最权威的外科医生，而是希望借机结识他，以便打探死婴事件的真相。

做妇科检查的下午我就住进了市妇婴医院。当天晚上我做了一个梦，梦见自己怀孕了，生孩子时，几个穿着制服的大汉突然闯进产房，他们不容分说就从我怀里夺走了刚刚出生的婴儿，我惊恐地问："你们是什么人？为什么要抢我的孩子？"一个长得像丁不见的人狞笑道："我们是老大哥的人，之所以抢你的孩子，是因为我们怀疑他是访民！"我一听肺都快气炸了，据理力争道："可她只是个刚刚出世的婴儿！"那个人厉声喝道："婴儿？实话告诉你，我们早就调查过了，她前世叫张欣，是个顽固不化的访民！这种扰乱社会和谐稳定的人怎么可能让她转世呢？"说完，抱着我的孩子扬长而去。为了夺回我的孩子，我连忙下床追，结果"扑通"一声，我从病床滚到了地上。从那天晚上开始，我每天睡梦中都能听到婴儿凄惨的哭声。

我本想借手术之机接触上高国光，没想到此人忙得很，也傲慢得很，为我做完手术后就再也没露面。没过几天我就出院了，出院的当天晚上，车夫打来电话，问我近日过得怎么样，我把做手术的情况告诉了他，他埋怨我为什么不早告诉他，他可以安排我到京城大医院做，我说不过是个小手术，他不放心，第二天就从京城飞到了东州。这是我逃离黑屋后第一次见到车夫，他来我家看我时，我俩一见面便百感交集地抱在了一起，抱了很长时间才分开。车夫见我身体很虚弱，提出想在我家住几日以便照顾我的想法，我犹豫片刻后说："车夫，谢谢你的好意，可是我一个人住惯了，突然多一个人，我实在不习惯。"他听了以后虽然有些失望，但还是用理解的口吻开玩笑地说："我本来以为可以乘虚而入呢，想不到你的心门关得更紧了。"我也用开玩笑的口吻说："车夫，我早就告诉过你，我不是金丝雀，千万不要把我当做小女人。"他重重地点了点头，认同地说："闯荡过黑屋的女人既不是小女人，也不是大女人。”我好奇地问：“那是什么？”车夫认真地说：“是天使！”我莞尔一笑，然后详细向他讲述了我在黑屋的遭遇，他听了以后颇为感慨地说：“狄更斯在《双城记》开篇的一句话很适合这个时代。”我好奇地问：“哪句话？”他用深沉的口吻说：“这是一个最好的时代，也是一个最坏的时代。”我似懂非懂地问：“能详细解释一下吗？”他长叹一口气说：“繁华的背后隐藏着肮脏，光荣的背后潜存着罪恶。我现在越来越理解文白为什么非要写黑暗了。正如易卜生所说，我之所以描写肮脏，是因为社会本来就肮脏，我是因为要打扫阴沟才会下到阴沟里去的。一个对身边的黑暗视而不见的作家或艺术家，我充分怀疑其伟大性。”我也感叹说：“是啊，没有文学和艺术，这个世界只能变成‘非人’的世界。”他点着头说：“正如凡·高所说，没有经历过苦难的人没有东西可画，幸福麻木了人们的感官，艺术家靠痛苦滋养。小丹，身体快点好起来吧，我相信被抓进黑屋的经历在你心灵深处所造成的苦难一定会滋养你的画笔，我期待你画出反映时代本质的唯心现实主义力作。”车夫的话深深地感染了我，我动情地说：“是啊，罪行虽然已经犯下，但罪证却会因时过境迁而销声匿迹，因为许多过往都因为悲惨而变得脆弱，脆弱将导致许多罪恶被遗忘，作为艺术家，有责任记录个人在历史中、时代中、现实中深切而真实的感受。”接着我把我在黑屋时就构思的一些创作想法告诉了车夫，他听后很激动，恨不得马上就看到我的画作。

车夫是全国知名的大画商，一到东州，一些收藏家就听说了，非要请他吃饭，车夫推掉了一些，但有几个收藏家是好朋友，实在推不掉，便答应了。晚上我陪车夫去阿一鲍鱼馆赴宴，突然意外地发现了收藏家中有一位不速之客，此人不是别人，正是刚刚为我做完手术的市妇婴医院院长高国光，想不到他也爱好收藏，而且专门收藏油画。得知我是油画家朱小丹以后，露出一副相识恨晚的嘴脸，声称是我的粉丝，却没有认出我是他的患者。我也就没有必要画蛇添足地捅破这层纸，因为这是一个难得的探究死婴事件真相的机会。为此，在酒菜上齐后，我没少敬他酒，见他有了几分醉意后，便用试探性的口吻问："高院长，前一段市妇婴的死婴事件闹得沸沸扬扬，你是怎么躲过这一劫的？"他和几个收藏家是好朋友，显然放松了警觉，用餐巾纸抹了抹满嘴的油，用吹嘘的口吻说："这件事的天机我可从未泄露过，今天没有外人，我就和你们说说这件事的来龙去脉，也借机泄泄我心里的火。不瞒你们说，问题出在疫苗上，刚出生的婴儿，为了预防儿童结核病，特别是那些严重类型的结核病，如结核性脑膜炎，必须接种卡介苗。可是为那些死去的新生儿接种的是劣质疫苗。"我一听大吃一惊，连忙问："市妇婴怎么会进劣质疫苗？"高国光蹙着眉头说："朱老师有所不知，这批卡介苗来头太大了。"车夫警觉地问："到底是怎么回事？"高国光吞吞吐吐地说："这批疫苗是……是……是从北京过来的。"坐在他旁边的一位胖胖的收藏家迫不及待地问："老高，干这种缺德生意的人到底是什么人？"高国光一咬牙，道破天机地说："是老大哥的小舅子，他找到卫生厅厅长，卫生厅厅长找到市委领导，市委领导亲自打电话给我，我当时接到电话后受宠若惊，二话没说就同意了。再说也由不得我不同意。"我插嘴说："这显然不符合进药法规，你就不怕这批疫苗有问题？"高国光惭愧地说："这批疫苗来头这么大，哪里会想到它会有问题呀！"车夫不动声色地问："高院长，那么这批疫苗到底出了什么问题？"高国光用纸巾擦了擦脑门上的细汗，表情复杂地说："不瞒你们说，这批卡介苗上携带一种病毒，可以导致婴儿七窍流血死亡，但到底是一种什么病毒到现在还没弄清楚。"我质疑道："连什么病毒都没弄清楚，你们怎么可能过关呢？"高国光诡谲地说："为了应付上面，我们报的是柯萨奇病毒。"车夫用讥讽的口吻问："上面能信？"高国光狡黠地说："这就不用我操心了，市领导和卫生厅领导都会想办法让上面相信，你们别忘了，他们才是这场悲剧的始作俑者。"我恍然大悟地说："怪不得他们要千方百计掩盖真相呢，高院长，他们是怎么对付死婴父母和媒体记者的？"高国光神情不太自然地说："一句话，只要能封嘴，可以不择手段，不计后果。"车夫用揶揄的口吻问："比如呢？"高国光语出惊人地说："进京上访的会神不知鬼不觉地失踪。在死婴父母中，最有影响的是著名作家顾文白和他老婆张欣，如今这两个人，女的因车祸上了天堂，男的被关进了东州市精神病院。”高国光的话一出口，我的脑袋就像是被突然砸了一闷棍似的，嗡的一声，脑子一片空白，高国光再说什么我一句也听不清了，就感觉在场的人一个个都变成了鬼魔、花魔、水魔、土魔和火魔，耳畔回荡着五魔的狂笑，直到酒席散了，我都没再说一句话，我甚至记不清和那些收藏家是怎么分手的，一直撑到人走光了，我才一头扑到车夫的怀里号啕大哭起来，哭得撕心裂肺，哭得肝肠寸断……

月光带着凄凉的温柔照在灵风百感交集的脸上，他久久地凝视着帐篷中圣盆发出的柔柔的金光，暖暖的，仿佛母亲的手在温柔地抚摩着孩子细嫩的皮肤，如果忘记了桃落即将临产，让人看了有一种痴痴的醉。此时灵风的心如细雨缠绵，远处噼啪的篝火声在热烈地爆响，灵风的心仿佛听到了花瓣的震颤，优雅的花瓣落在他的肩头，给了他一些细小的抚慰，他的表情是焦急的感动，嘴唇微微地张着，那些说不出的伤痛深深地埋藏在心里，只有爱弥漫了整个心灵。此时的桃落映在他的眼里，无论怎么看都是一滴清泪。金芒更加柔和了，仿佛在吸吮这滴泪水，这幸福而苦涩的泪水宛如一泓清流，虽然孤独，却带走了一个世界的污浊。灵风的眼睛布满了血丝，桃落的苦难让他失重的心上下旋转，几乎耗尽了他的生命，此时的心被囚禁在爱的帐篷中随金光闪动，仿佛一种灼伤，隐约听到桃落宫内的胎儿被什么刺痛似的尖叫，他渴盼一声响亮的啼哭，震撼黑夜，却被桃落痛苦的挣扎折磨得痛不欲生。其实，灵风的身体一直是战栗着的，战栗的微响足以压弯他精神上的枝丫，他几乎怕自己挺不住，连最后的一点勇气也葬于深渊。然而，灵风毕竟是女娲的后代，生来就有补天的胆量，是从无数绝望中站起而永生的人神，从他诞生的那天起，就注定要等待一场战争，那战争的对手不是魔，而是自己。魔不过是一座面目狰狞的纸堡，纸上记载的全是人类的欲望，这是一场莫名的战争，却只能用战争证明一切。夜凉如水，照着灵风孤单的身影，他的身影在圣盆金芒的映衬下，像山一样高大，金芒的光越来越盛，仿佛预感到有什么不测，灵风的心一下子揪了起来。突然，金芒满天闪耀，仿佛如临大敌，灵风的心咯噔一下，心想，“难道真的要出什么事吗？”远处两座圣坟也发出耀眼的强芒，此时的夜空划过几道异芒，然后如烟花般绚烂无比，满天奇异的花瓣姹紫嫣红缓缓飘落，仰天望去，让人心中痒痒的、暖暖的迷醉。远处的剑士已经被迷倒，灵风心下大骇，他拔出光阴之剑大喝道：“花魔来袭，小心防范！”众人大惊，纷纷拔出宝剑。此时空中传出一声柔媚的狞笑。“灵风，别来无恙？恐怕你是没有这份福气见到自己的亲生骨肉了。”话音刚落，奇花异芒，香气盈鼻，所有的花瓣化作利刃呼啸着射向桃落分娩的帐篷，顿时，火花四溅，圣盆腾起的金芒宛若一个巨大的金盆将帐篷紧紧罩住，所有射向帐篷的花瓣撞上金芒之后，火花溅后化作青烟，但是满天花瓣像无数利箭无休止地射向帐篷，发出怪异的锐啸。灵风被激怒了，帐篷中是比自己生命还重要的妻子和未出世的孩子，他拔出光阴之剑直指苍穹，发出一声撕心裂肺的呐喊，化作血旋风腾上天空，那条血柱卷着光阴之剑，只见剑芒被血旋风卷成一团火球越旋越大，鲜红无比，血旋风化作血太极，太极图案清晰可见，犹如风火轮高速旋转，顿时将满天花瓣化于无形，现出花魔娇媚的人形。说时迟那时快，血太极以雷霆万钧之力打向花魔，花魔未来得及调头，已被血太极击中，花魔顿时现出狰狞可怖的魔形，是由无数飞舞的苍蝇聚合在一起的一条毒龙。毒龙在空中上下翻飞，发出巨大的嗡嗡声，灵风看罢不禁仰天大笑，高声断喝：“妖孽！如此肮脏之物，留你何用？”灵风刚要凝聚灵力再发血太极，想将其彻底毁灭，忽然林中发出撕天裂地的狂奔声，好像有无数怪兽势如破竹般向夜山涌来。灵风心中一紧，定睛看去，夜山已经被怪兽团团围住，而自己也被水魔、火魔、土魔、花魔还有五魔之首的鬼魔包围。形势一下子变得万分危急，楚雅、辞颂和几个灵力高强的剑士也已经腾空升起，紫衣和其他剑士紧紧护住桃落分娩的帐篷，此时圣盆金光大盛，已经将夜空映得如同白昼。灵风心想，自己当年出生的情景果然再现了，此时密密麻麻的怪兽已经将紫衣和剑士们里三层外三层地围住，整个夜山充满了死亡的气息和死腐的臭气。“灵风，你完了，怪兽军团已经将夜山团团围住，就凭你们百八十人断难取胜，何况你老婆还在生孩子呢，我看你还是乖乖地投降，让我们几个擒了，魔尊高兴了，说不定饶你不死，赏你做花魔的性奴，你可就有的享受了。”鬼魔说完发出淫荡的大笑，其余四魔也都狂笑不止。此时花魔得到喘息，已经恢复魔力，又呈现出柔媚妖冶的美女形象。“鬼兄有所不知，人类常说，食色性也，殊不知，性由心生，在性这一点上敢情人魔是相通的。”花魔娇媚地向灵风抛了一个秋波，灵风赶紧用光阴之剑挡了一下，只听“咣”的一声，秋波化作四溅的火花。“花魔，休得胡言！自古人魔势不两立，你们吞噬光明，奴役人类，无恶不作，还不快滚回黑暗里去！”灵风说罢，眼中精光大盛，鄙夷地看着花魔，但并未动手，他清楚敌众我寡，当见机行事。“灵风，你枉称人神，却不知魔是消灭不了的，就像人死后做鬼一样，人活着就要被魔奴役，因为人类离不开利益的争夺，权力的倾轧，淫欲的诱惑，金钱的向往，而要想永远得到这些，只有躲在黑暗之中，光天化日之下是做不来的，人类的欲望是无止境的，魔之所以能奴役人类，用的也是欲望的枷锁，想消灭魔，就得先消灭人类的欲望，而消灭人类的欲望，人活着跟石头又有什么两样？”鬼魔说罢，眼中异芒如鬼火，幽幽燃烧，嘴里发出鬼嚎般的冷笑，众魔无不狂笑不止。“一派胡言！”灵风冷然断喝道，“世外桃源是人类的一块净土，那里没有邪恶、暴力、谎言、虚伪、奸诈、告密、腐败、权争、无道……百姓善良、友爱、互助、信任，因何成为你们这些恶魔的老巢？”“哈哈哈……”鬼魔大笑后言道，“遗憾的是，人类已经愚蠢得找不到自己的精神家园了，而世外桃源正是我们魔国培植邪恶和黑暗势力的最好堡垒，那里安全、舒适，没有任何反抗，是黑势力和邪恶休养生息的理想家园。”“鬼魔，不要得意得太早，人类不为天使而生，更不为魔鬼而亡，人类的问题自有人类自己不断地解决，绝不会成为助魔为虐的工具，我相信女娲娘娘的神恩必将普降寰宇，而人类的精神也必将放射出高贵神圣永恒的光辉！”灵风白衣飘飘，英俊潇洒，声如洪钟，正气凛然。“灵风，少跟这群恶魔废话，对付这些脏东西，只有一个办法，除了他！”楚雅说完，挥舞闪电之剑，凌空化作霹雳扑向鬼魔，一时间，天地肃穆，剑气纵横，万千气象，锐芒无限！灵风、楚雅、辞颂各施绝技，三神战五魔，一时间，夜山之上黑气翻滚，剑芒奔腾，杀声四起，血肉横飞。一阵激战之后，灵风渐渐清楚了五魔的意图，心想，“看来，他们是为圣盆而来的，”一想到圣盆，不禁更为桃落担心起来，这一分神，竟险些被火魔抓住空隙，魔火翻滚带着浓重的焦臭气息，以锐不可当之势扑面而来。灵风心下一惊，急速闪身躲过锋芒，反手一剑将火龙斩为两半，没想到，火魔此招是虚中有实，实中有虚，火魔低吼一声，奔腾咆哮着直奔圣盆。灵风刚才一剑由于用力过猛，一时收不住攻势，眼见火魔夹着狂风热浪呼啸着攻向圣盆，紫衣和众剑士大惊！怪兽军团乘势开始攻击，紫衣率众剑士迎敌，就在这时，一声婴儿的啼哭声如脆铃般划破夜空，那火龙竟被惊得猛然一愣，收住了攻势，楚雅和辞颂借机避开诸魔，直取火魔。那火魔感到后面有大力如排山倒海般袭来，昂首狂啸，喷出冲天火龙阻挡楚雅和辞颂的攻势。只听得若狂雷般的巨响，那火魔喷出的火龙竟被辞颂的凝雪咒冻住，又被楚雅的闪电之剑射出的剑芒炸得粉碎，好一个雨神和雪神，二神配合默契，灵力大增，火魔哪是对手，竟被打出了原形，原来是一条巨大的阳具，肉乎乎、毛茸茸的，在空中咕咕涌涌的，上下翻滚。“我当是什么东西呢，这一击竟打出根蛆来！”辞颂鄙视地大笑道。“辞颂，别小看这条大蛆，那是火魔集天地生灵的欲火修炼千年而成，当真是威力绝伦，能诱出八方火龙，焚尽世间万物。”楚雅凝眉说道。“楚雅，一不做，二不休，干脆除了这脏东西。”辞颂说完，抖了一下宽带，向那根巨大的肉棍子追去，火魔见辞颂来势凶猛，已无力再战，咕咕涌涌向黑暗处逃去。此时，灵风施展血旋风将圣盆周围的怪兽全部剿灭，吓得怪兽们竟一时不敢攻击。灵风借机向帐篷中问道：“落儿，我听到了孩子的哭声，你们母子怎么样？”“风哥，圣盆已经将孩子接生出来，是个儿子，我们母子平安，只是我体力异常虚弱，尚不能站起，儿子还在圣盆之中。”桃落虚弱地说道。“落儿，你好好歇着恢复体力，有我在，保你和儿子平安。”灵风话音刚落，退回森林中的怪兽黑压压呼啸而至，再一次发起了攻击，光阴之剑是何等宝物，可吸天地之灵气，集日月之能量，斩魔越多，灵力越强，此时，光阴之剑似乎也像人一样杀红了眼，在灵风手中跃跃欲试。然而，此次五魔率怪兽军团来袭似乎是做了充分的准备，怪兽们手持各种兵器前赴后继，凶猛无比，简直是杀不尽斩不绝，不一会儿，帐篷周围怪兽的尸体便堆积如山了，恶臭的黑血黏糊糊地汇成河流向山下流去，空气中充满了死腐的臭气。鬼魔不甘心怪兽军团的失利，他亲自指挥怪兽们进攻，并用魔力将死去的怪兽复活，这样灵风无论怎样拼杀，也杀不完不断进攻的怪兽，形势变得越发危险。水魔、土魔和花魔见鬼魔围住了灵风，互相一阵狞笑，似乎在暗示着什么，然后一起扑向楚雅，楚雅和几个灵力高的剑士沉着应战，但由于三魔合围魔力巨大，楚雅和几个灵力高的剑士只能招架，却无法还手，一时间，夜山上空风起云涌，电闪雷鸣。忽然之间，土魔一声诡异的怪笑，宛如信号和水魔一起撇开楚雅和灵力高的剑士的纠缠，分别化作高山和大河从空中翻滚着以泰山压顶和黄河之水天上来的气势，冲向桃落所在的帐篷。在空中正与花魔苦战的楚雅见状，大惊失色，脱口喊道："灵风！快救桃落！"灵风挥舞着光阴之剑激战正酣，猛然听见楚雅的惊呼，抬头望去，当时惊得他面目苍白，肝肠欲断。只见一座巨大的山丘轰然砸下，一条波涛翻滚的大河以雷霆万钧之势狂泻下来，此时，灵风血色顿失，根本来不及阻挡，他本能地卷起血旋风快如闪电般奔向帐篷，多亏灵风比土魔和水魔离帐篷近，那血旋风如一道红色的光柱卷起帐篷迅速移开，只见那山丘轰然砸下，正中帐篷所在地。山崩地裂般的震颤之后，大河并未泻下，而是收住攻势狂涛般地怒吼一声，水魔心想，"不愧是人神，血旋风速度竟如此之快。"那山丘再次腾起，水魔化作水龙，二魔再次联手向灵风攻击，此时，灵风刚想将帐篷放下，见二魔再次攻来，不敢怠慢，一边祭起血旋风，一边挥剑劈向土魔。土魔见一道血光劈了过来，大惊，山丘进攻之势戛然而止，却来不及躲闪，只见血光闪处一声巨响，一块岩石从山丘上落下，竟是土魔的一只龙爪。土魔疼得凄厉地锐啸，整座大山顿时化作乌有，幻化成龙形在空中上下翻腾，却少了一只前爪，断处黑血淋漓。水魔并未停止攻势，龙身旋转，大河滔滔，以一泻千里之势砸向灵风，灵风因照顾着桃落母子，无法还手，只好祭起血旋风躲闪，被动至极。鬼魔见灵风只能招架，无法还手，心中大喜，祭起魔力唤出山野间的孤魂野鬼一起袭向灵风。灵风心中暗自叫苦，正在这时，辞颂及时赶到，挡住鬼魔，即便如此，灵风、辞颂和楚雅只能各自为战，上百个剑士也被怪兽们一个一个地团团围攻，事态越来越严峻，大家只能各自为战苦苦支撑。土魔断掉一只前爪，对灵风恨之入骨，恨不得一口将其吞下，又幻化作山丘砸向灵风，恨不得将其砸得粉身碎骨，魔力似乎又增百倍，加上水魔的滚滚怒涛，竟将灵风逼到山崖边。二魔一阵狞笑，心想，“灵风，去死吧！”纷纷加大魔力再次袭去，灵风回头望去，身后是万丈深渊，不禁仰天长叹。“苍天啊！为何要绝我灵风！”话音刚落，一阵惊天动地般的鬼哭狼嚎从深渊处传来，惊得夜鸟四处奔逃，灵风暗自叫苦，“难道这深渊处也有黑魔的伏兵？”就在灵风几近绝望之际，从深渊深处传来一声鬼嚎：“人神莫惊！魑魅魍魉四大护法来也！”嚎声刚落，从深渊腾起冲天幽绿之光，无穷无尽的鬼火从深渊处浮起，瞬间将土魔、水魔团团围住，灵风不敢相信自己的眼睛，仍然祭起血旋风不肯放下帐篷，却见漫天鬼魅、骷髅张牙舞爪般撕咬着土魔和水魔，一阵阴风骤起，团团围住灵风。“你们是谁？”灵风手握光阴之剑警惕地问道。阴风骤停，四具骷髅立在灵风面前。“人神莫惊！我们是阎罗身边的魑魅魍魉四大护法，因夜山孤魂野鬼作乱，阎罗得知人神有难，派我等前来救你！”魑护法幽幽道。“感谢阎罗相救，不久前我还见过地使娘娘灿若，我已经烦请她前往各国通知诸国派大军在夜山集结，不日将发兵魔国。”灵风激动地说道。“人神放心照顾妻儿，这些妖孽交给我们吧！”魑护法言罢，一声悠长的鬼嚎将天地之间阴森鬼气凝结成无数巨大的骷髅如暴风骤雨般砸向土魔和水魔，漫天骷髅看似无形却暗含阵法，密密麻麻，如噬人蜂群，铺天盖地。土魔和水魔被这突如其来的强大攻势打得抱头鼠窜，魑魅魍魉四大护法乘胜追击，一时间天地之间鬼火如天上浩渺繁星，骷髅如疾风骤雨，鬼哭狼嚎，山野之上绿光幽幽，鬼气森森，杀气阵阵，一场鬼魔大战惊天动地。由于鬼军团突然杀到，一下子扭转了灵风、楚雅和辞颂等人被动的招架局面，事态急转直下，灵风率众剑士与鬼军团一起大举反攻。魑魅魍魉四大护法将鬼魔团团围住，打得鬼魔原形毕露，长满眼睛的魔头不时就有眼睛被打碎，鬼魔痛苦不堪，像一条巨大无比的鱿鱼漫天飞舞，试图借巨大的触手负隅顽抗。魑魅魍魉何等手段，很快鬼魔便招架不住幻化作黑烟向森林中逃去。土魔和水魔见鬼魔已逃，不敢恋战，也鼠窜而去。怪兽见五大魔头都跑了，群魔无首四散溃去。鬼军团乘胜追击，杀得夜山上下横尸遍野，黑血横流，青山绿水荡然无存。此时，桃落已然恢复体力，她抱着儿子落灵儿走出帐篷，紫衣接过桃落递过来的圣盆，落灵儿见到满身污血的父亲竟然咯咯大笑不止。东方已经现出一片薄薄的玫瑰色薄雾，曙光逐渐照亮了脚下起伏的群山，朝晖透过薄雾，斜射在灵风和桃落身上、脸上，极目远眺，血海之上，一轮红日正冉冉升起。

毫无疑问，我在黑屋听到太多这样的故事。在我心目中，有的精神病院已不是救死扶伤的所在，而是一个戒备森严、阴暗坚固的“黑屋”。在我的梦中，精神病院和《神话》里的“黑魔洞”差不多，它周围是万丈深渊，洞口黑雾缭绕，不时有煞气从洞口呼啸而出，令人毛骨悚然。我难以接受却不止一次地梦见，文白被关押进了“黑魔洞”，他被强行穿上了蓝白相间的病号服，被捆绑在狭小的铁床上，就像一只被和谐号动车碾过的盛世斑马。自从我从高国光嘴里得知文白被关进东州市精神病院那一刻起，“救文白，一定要救出文白”就成了我心灵深处的最强音。我和车夫仔细研究了东州市精神病院的资料，觉得强行救人肯定不行，必须智取，因为我和车夫分别以文白亲友的身份去精神病院要求探视文白，均遭到拒绝，拒绝的理由是顾文白是一个极具危险性的精神病患者，拒绝探视是为了防止探视者受到伤害。如果非要探视必须院长同意，但这几乎是不可能的。因为东州市精神病院女院长叫上官玉，一向以“铁面无私”自居，是个极难打交道的人。我和车夫不止一次试着去见她，可是连她办公室的门都没摸着。不过我从侧面打听到她有一个爱好，就是酷爱读小说，这让我灵机一动，计上心来。我在市精神病院宣传栏里看到过她的照片，对她的相貌特点已经了然于胸，我决定画一幅画送给她，作为求见她的敲门砖。我构思了两天，画了一张“女医生读书图”，画面是一位年轻的女医生侧面而坐，仪态万方，典雅而文静，色彩的抒情表现力恰到好处。完成这幅画以后，我请车夫提意见，他看着画，兴奋地说："这幅画很有娴静与知性之美，画作中的色彩不再是颜料，诗意已从中翩然起舞，女医生成熟而知性的美与愉悦达到了完美的统一，特别是她手中捧的书，一看就知道是文白的长篇小说《历史》。小丹，看来你对唯心现实主义的理解已经到了一个全新的境界。我敢保证，即使上官玉是个女魔头，也会被这幅画打动的。"我却悲观地说："但愿如此，不过，文白在写《神话》时一定不会想到黑魔的黑手会从小说中伸向他的生活。"车夫用鼓励的口吻说："小丹，我相信希望不管多么非理性，毕竟比绝望强大。"我却痛楚地说："可是拯救总是来得太迟，为什么弥赛亚总是在最后一天的次日才会来呢？"听了我的话，他那本来就肥胖的脸更加涨红起来，仿佛被某种神秘的东西从内部撑成这个样子似的，两只小眼睛难以捉摸地看着我，用安慰的口吻说："小丹，毕竟你就要见到文白了。"说这句话时，他的声音就像一下子浓缩起来似的，让人感觉特别厚重悲壮。听了他这句话，我感觉一股溪水流过心头，心中似乎燃起了一丝希望。

第二天我让车夫将我的画送到市精神病院咨询台，请她们转交上官玉。我之所以没有亲自去，是因为送画就要留下姓名和电话，我毕竟是著名画家，上官玉知道我的名字后一定会起疑心，万一她提防着不敢见我，我的良苦用心就白费了，不过让我万万没有想到的是，送画的第二天下午，车夫就接到了上官玉亲自打来的电话，请他到办公室来一趟。我惴惴不安地问车夫，上官玉打电话时的口气热情吗，车夫兴奋地说，还可以。我听罢内心顿时激动起来。

我和车夫开车赶到市精神病院时，一位端庄的女护士正站在门前等我们，在这位女护士的引导下，我俩一路顺畅地来到上官玉的办公室门前。女护士示意我俩敲门，然后莞尔一笑地转身告辞了。我怀着探寻黑魔洞的紧张心情敲了敲门，一个女人清了清嗓子，清脆地说："请进！"我轻轻推开门，只见办公桌前一位身穿白大褂的漂亮女医生正伏案写着什么。毫无疑问，这一定是上官玉了。不知为什么，一见到上官玉，我就情不自禁地想到了《神话》里的花魔，她是个妖艳的冷美人，浑身上下都散发着令男人失魂落魄的魅力。我甚至想，她这么年轻就当上了院长，是不是狐媚领导上来的。这么漂亮的冷美人，要是想狐媚男人，多么强大的男人也别想逃掉。这么一想，我竟然莫名其妙地担心起来。一进门，车夫就做了自我介绍，然后向上官玉介绍了我。一听我的名号，她竟然恍然大悟地说："这么说你才是这幅画的作者喽？"我这才发现，我画的那幅画已然挂在了墙上。我暗问自己，这说明了什么？这说明上官玉很喜欢这幅画。有了这个底，我用开玩笑的口吻说："上官院长，没有这幅画，我们还真不知道怎么才能见到你这个活菩萨呢！"车夫也颇有同感地附和道："是啊，东州市精神病院简直就是一座戒备森严的城堡，我估计这里面怕是连只苍蝇也休想逃出去！"车夫说到"戒备森严"这个词时，犹豫了一下，我估计他是想说"简直就是一座戒备森严的监狱"，可能他是怕"监狱"这个词刺激到上官玉，所以换成了"城堡"。即便如此，上官玉听到了也不太自在，她不愧是个冷美人，自始至终脸上都没露出一丝笑容。听了我俩的话，她轻蹙蛾眉道："两位言重了，看来你们把我当成黑魔了，把精神病院当成黑魔洞了。实话告诉你们，我们这儿不是魔窟，而是真正的世外桃源。"她一说出"黑魔"和"黑魔洞"，我的心仿佛偷停似地咯噔一下，她怎么知道"黑魔"和"黑魔洞"这些词汇？这可都是文白的长篇小说《神话》里的专有名词，难道文白和她谈到过《神话》？抑或是一种巧合？车夫似乎也意识到了这一点，他不经意地看了我一眼，然后语气慎重地问："上官院长，如今'被精神病'这个词已经成了流行词汇，听你的意思，好像东州市精神病院不存在这个问题了？"上官玉的嘴角掠过一丝几乎算不上微笑的微笑，不以为然地说："你说的是时代病，哪个精神病院也无法幸免，关键是院方怎么对待那些'被精神病的人'！"车夫用揶揄的口吻饶有兴趣地问："你的意思是'被精神病的人'一旦进入这座戒备森严的城堡，就都乐不思蜀了，没有一个人想逃出去？还是根本就逃不出去？"上官玉突然大笑起来，笑得让人心里发毛，然后她又突然收起笑容，认真地说："车先生，你又言重了，我实话告诉你，没有人愿意从这里逃出去。因为只有在这里，他们才是最安全、最自由的，那些被抓进来的人，没有一个愿意逃出去的。当然有的精神病院的确是黑魔窟，但我们这里不是，我们这里是真正的世外桃源。每个患者不仅可以得到身心的治疗，更能体验到人的尊严。”或许是出于女人的直觉，我总觉得上官玉与文白之间有着一种暧昧的关系，为了验证我的想法，趁他和车夫对话之际，我不动声色地走到她的办公桌前，想发现点他和文白之间交往的证据，没想到我一走到她的办公桌前，就惊得目瞪口呆，我发现她刚才伏案不是在写什么，而是画了一幅画：画面上不仅有漫山遍野的黑桃，而且还画了一个阴森的黑魔洞，洞口前有一对正在侧耳倾听的俊男靓女，男的画出了凛然之气，女的画得决绝动人，分明就是《神话》里的英冰澈和小白。天哪，看来这个上官玉和文白之间还真有非同一般的交往。看了这幅画，我就感到胃里一阵翻滚，嗓子眼儿里发酸，一下子涌出一股老陈醋的味道。借着上官玉的话题，我酸溜溜地问：“这么说你是小白了?”上官玉用乖戾的目光看了我一眼，走到办公桌前，将她画的那幅画扣过来，也用酸溜溜的口气说：“朱小丹，你我都不配做小白，在我心目中张欣才是那个冰清玉洁、舍生取义的白天鹅。”上官玉这番话足可以证明我一见到她时的直觉，听了她的话，我的心就像被电流击了一下似的，有些茫然不知所措，我稳了稳神儿，故作镇静地问：“这么说你早就知道我与文白的关系了?”她淡淡一笑，用挖苦的口吻说：“这年头，红颜好寻，知音难觅啊！朱小丹，你的确与众不同。”她的话虽然有些刻薄，却让我的心头涌起一阵狂喜，我竟然语无伦次地问：“这么说文白真的关在这里?”上官玉脸色微愠地说：“不是关在这里，而是疗养在这里。实话告诉你，他在这里和在西山慈恩寺里的耕香斋没有什么区别。”我惊异地质疑道：“在精神病院疗养？这怎么可能!”上官玉用得意的口吻说：“不信，我领你们去看看。”

魔窟黑桃林中的桃树结满了酷似人头的黑桃，那些黑桃和人头一样大，有眼睛，有鼻子，有嘴巴，有耳朵，较成熟的眼珠还会转动，而且表情凶恶，熟透的居然能开口说话。英冰澈和小白偷偷上山约会，第一次发现了这些黑桃长成了人头。会说话的人头黑桃不停地说，“为魔祖效劳，为魔祖效劳!”不会说话的就龇牙咧嘴面目狰狞。

"小白，我觉得我们应该行动了!"英冰澈低声说道。"可是我们至今没有和人神联系上。"黑暗中，小白的身影幽幽而美丽。"大魔头自从屠城回来后，像有什么巨大的秘密一直躲在山洞里，我想弄个明白。"英冰澈目光凝重地说道。"冰澈，那太危险了，我们还是一起逃走，去寻找人神吧。"小白眼波温柔，仿佛带着几分苦涩说道。"小白，我知道你担心我，但是如果不摸清大魔头的阴谋，一旦人神率大军攻来，不知要有多少人死在这阴谋之中，"英冰澈双眼闪烁着果断而智慧的光，他接着说道，"小白，越是在逆境中，越需要我们像青松一样顽强，像竹笋那样坚韧，像雪莲那样坚毅，像雄鹰那样勇敢!""听你这话好像我生来就贪生怕死似的。"小白噘着嘴嗔道，眼神中似有一种淡淡的痛，清丽的脸上掠过一丝淡淡的愁容，越发惹人怜爱。"我不是这个意思，我是说……"英冰澈望着眼前这个与自己一起出生入死的绝艳女子，竟一时语塞得支吾起来。"我明白你的意思，可是，那也不能蛮干，不懂得保护自己!"小白伫立在英冰澈面前，痴情的目光里有一丝惊慌，好像唯恐英冰澈消失一样。"好了，小白，我一定听你的话保护好自己，不过，必须马上摸清大魔头的阴谋，我答应你查清这件事以后，我们就一起逃出魔窟。"英冰澈果断地说道。"要去，我们就一起去。"小白的声音虽然低沉，却如断冰切雪般坚决。"小白，你不能去，太危险，万一我出不来，你也好把这里的一切告诉人神!"英冰澈深深地凝望着小白美丽而清纯的眼睛，断然阻止道。"别争了，我一定要去!"小白不容争辩的眼神冷得让人心碎，凄凉天地间，两个相爱的人静静凝视，仿佛目光已深入骨髓和魂魄。英冰澈将小白拥入怀中似有千言万语缠绕心头，夜风吹过，小白身上的淡淡幽香在身旁若隐若现地飘荡着。英冰澈隐隐有一种不祥之感掠过心头。他拉着小白的手沿着黑桃林中崎岖的山路向黑魔洞摸去。桃源人过去称黑魔洞为"仙桃洞"，这里冬暖夏凉，是专门储藏仙桃的天然仓库。自从黑魔霸占了世外桃源以后，这里便成了禁区，黑魔只允许五大护法入洞，擅闯黑魔洞者死无葬身之地。黑魔洞终年黑雾缭绕，阴风呼啸，洞口周围以及山上没有一棵树，一根草，漫山遍野光秃秃的，就连黑桃树也没有。"仙桃洞"三个字还在，只不过原来是红色的，现在变成了黑色，洞口五十丈之内没有怪兽，也没有魔兵，洞口上方也不允许玄冥鸟飞过，巡逻的怪兽和魔兵只在五十丈之外，违令者杀无赦。英冰澈和小白小心翼翼地向黑魔洞靠近，黑魔洞的洞口前是万丈深渊，通往黑魔洞洞口的是一座石桥。此时，黑雾从峡谷地带慢慢升起，缭绕在黑魔洞洞口，不时有阴风从洞口呼啸而出，一股刺鼻的腥臭味让人窒息。远处巡逻的怪兽身穿乌黑的盔甲，手握骷髅剑一排排一队队整齐地走来走去，铁鞋阵阵，甲胄声声。黑暗中，英冰澈和小白已经摸近石桥，由于紧张，英冰澈被脚下一块石头绊了一下，险些摔倒，石头顺着山坡噼里啪啦地滚下山崖。两个人赶紧趴下，远处高塔上熊熊燃烧的魔火中，一个怪兽吹起魔号，这是向巡逻的怪兽发出警告。魔窟内，很快响起杂乱的脚步声和飞驰的马蹄声，空中十几只巨大的玄冥鸟在高塔上熊熊燃烧的魔火映衬下，像巨大的黑云闪过，并发出阵阵尖厉的长啸。虽然怪兽、魔兵和玄冥鸟山上山下地搜索，却没有敢靠近黑魔洞洞口的。英冰澈心想，“真应了那句话，越是危险的地方越安全。”他定了定神，仔细观察黑魔洞里的情形，黑漆漆的，什么也看不见，又侧耳细听，倒是有咆哮的声音，像黑暗中隐藏着无数孤魂野鬼妄想重返阳间，啸声凄烈，幽幽从洞中传来，仿佛有熊熊魔火正在燃烧他们。英冰澈看了小白一眼，好像担心她被这些孤魂野鬼给拉走似的，却发现小白婉约的眉轻轻挑起，瓜子一般的脸，有些许刚强的线条。她抿着嘴，眼波决绝，好像做好了一切准备，有一种大义凛然的气质。“小白，你在洞口守着，我进去看个究竟！”英冰澈低吟道，严肃中透出一丝温存。“不行，要去，我们一起去。”小白不容商量地凝视着英冰澈道。“小白，别争了，我在里面万一发生了不测，你在外面也好有个接应。”英冰澈委婉地劝道。小白听了这话有些犹豫了，因为心上人说的有道理。“那我先进去，你在外面接应我！”小白的语气如飞蛾扑火般决绝。这时，黑魔洞中猛烈吹出一股阴风，搅得洞口缭绕的黑雾上下翻滚，顿时让人感到煞气十足，英冰澈一下子回想起与小白一起出使地狱的情景，他感到这黑魔洞中比地狱要恐怖百倍。其实，洞内的情形英冰澈再熟悉不过了，每到世外桃源喜获丰收储存仙桃时，这里都热闹非凡。小的时候，这里也是他和小伙伴们一起嬉戏的场所，而如今，这里成了大魔头的魔窟。绝不能让自己心爱的人与自己一起冒险，想到这儿，他面色凛然道："小白，不要再逼我了，再逼我，我就从这桥上跳下去！"小白望了一眼黑暗深渊，心一下子软了，见心爱的人因担心自己的安危而急得眼中泪光闪动，无尽的温柔涌上心头，她伸出纤纤玉手，轻轻擦去英冰澈眼角隐约的泪花。此时，夜凉如水，寒意入骨，小白低头沉吟良久，缓缓道："你去吧，我在外面等你！"英冰澈听了这话如释重负，重重地望了小白一眼，仿佛怕这张绝世容颜在脑海中消失一样，然后，猛一转身，猫着腰闪进黑魔洞中。小白望着幽深可怖的洞口，这个婉约美丽的女子，两行清泪悄悄地从眼眶中滑落。黑暗在无边地延伸，一股股煞气扑面而来，越往里走越浓重，还夹带着浓烈的血腥味，英冰澈的心突突地跳着，在黑暗的甬道中摸索着前行，唯恐弄出什么声音让大魔头发现。洞内的黑暗越发深邃，伸手不见五指，好在英冰澈从小就在洞中玩耍，对洞内的路线十分熟悉，走在这黑暗可怖的道路上，他甚至可以闭上眼睛。不知走了多长时间，前方隐隐约约地出现了一缕幽光，英冰澈的心一下子紧了起来，他轻轻拔出宝剑，一点点向明灭不定的幽光靠近，他知道，只要靠近那缕幽光，就会发现大魔头的秘密。那幽光在黑暗中忽明忽暗地闪烁，借着那一点点幽光的照耀，英冰澈发现黑魔洞里到处是累累白骨，而且都是人类的。英冰澈忽然明白了，那幽光闪烁之处，就是过去桃源人贮藏仙桃的仓库，那洞穴浑然天成，巨大无比，可以储藏桃源人一年的收成，而入口处却只有一个人的进身，但是进去便豁然开朗了，看来，大魔头的阴谋就藏在那个宛若大厅的洞内。山洞内的穹顶倒垂着大小不一的钟乳石，千奇百怪的样子狰狞可怖，洞壁的岩石在幽光的照耀下，显露出纵横交错的裂痕。黑暗中，隐隐听到咕嘟咕嘟的声音，幽暗的光渐渐泛出红色，让英冰澈心中狐疑不止，魔火幽幽，什么颜色都有，甚至有黑色的火焰，却不曾见过红色。此时，英冰澈听到身后传来鬼魅般的声音，他赶紧隐身在一块巨石后面，一个黑影呼的一声飞了进去，英冰澈倒吸了一口凉气，不禁为躲在黑魔洞外面的小白捏了一把汗。"但愿小白没碰上这家伙。"英冰澈心下骇然道。他暗自揣摩，“看身形像花魔，自从夜山大败而归后，五魔的魔力大减，而自从屠城以后，黑魔的魔力倒是大增，难道这些魔头躲在这黑魔洞中静修魔力？”他边走边想，竟发现原先的一缕幽光越来越亮，越来越红，而且血腥味也越来越浓。他越发紧张起来，感觉前后左右到处是鬼魅盯着自己，而且越往前走，煞气越重，以他冥神的灵力也忍不住心有忌惮。就要接近发出红光的洞口了，从里面发出了一声冷酷而苍老的声音：“外面到底出什么事了？”他太熟悉这声音了，这是黑魔的声音，只是不知为什么这么苍老。“启禀魔尊，高塔之上的怪兽只听到异样的声响，却未发现异常。”回话的正是花魔。他心想，与小白在洞口时不小心踢在一块石头上发出声响，当时并未发现花魔从洞口出去，看来花魔是一直在外面巡视，刚刚才进来。“小花，这些日子要多加小心，为了让魔祖复活，我等魔力消耗大半，为了不出意外才没让你加入，如果我们几个的魔力都消耗在这里，一旦发生意外，恐难应付。”黑魔仍然有气无力地说道。“请魔尊放心，小花一定尽心防护，为魔祖复活效命！”英冰澈心中大惊，“有一个魔尊就已经把天下搞得大乱，还要复活魔祖，那人类社会将永无宁日，这魔祖是谁？难道比黑魔的魔力还强？不然，为什么这些大魔头如此臣服于这股巨大的煞气？不行，我一定要弄清楚。”想到这儿，他蹑手蹑脚地向洞口靠近，不看则已，一看骇得他目瞪口呆。只见洞内大厅中央魔火之上架了一口巨大的铜锅，锅内满是煮得沸腾的人血，浓烈的血腥味让人窒息，整个大厅被映得通红。五魔围在大铜锅四周，毕恭毕敬地跪在地上，黑魔身披黑袍，口诵魔咒，手握骷髅剑，好像做着什么法事，大铜锅咕嘟咕嘟冒着红烟。英冰澈仰头望了一眼大厅的穹顶，不禁骇然，只见穹顶上有一条巨大的黑龙影像正在慢慢游动，煞气蚀得穹顶直掉石屑。突然，黑魔将骷髅剑在大铜锅里搅动了一会儿，然后伸手从怀里轻轻掏出一个酒罐，他嘴里三魂七魄地诵着咒语，手中的骷髅剑漫天飞舞，猛然将小酒罐里的东西倒在大铜锅里，顿时，大厅里充满了冤魂野鬼的哭声。五魔跪在地上不停地磕头，样子极为虔诚，英冰澈仔细看去，那酒罐中装的竟是几十万人的死魂灵。这些死魂灵被倒入大铜锅内的鲜血中，好像异常兴奋，那穹顶映出的黑龙的影子游动得更厉害了。“魔祖，吃吧，这是孩儿屠城时掠来的几十万死鬼的欲望精魂，够您享用一阵子了，只要魔祖您老人家复生，人神无论带多少人马也不是老人家的对手。”黑魔一边将几十万幽绿的死魂灵倒入大铜锅，一边虔诚地祈祷着。大铜锅下面的魔火噼啪作响，沸腾的血沫四处飞溅。英冰澈越发骇然了，心想，“难道黑魔口称的魔祖就是当年被女娲娘娘杀死的黑龙？黑龙早就死了，怎么可能被黑魔复活呢？如果不是真的，那眼前的大铜锅内明明游荡着一条大黑龙，好像魔力不足，还不能跃出大铜锅，不过，大铜锅内的黑龙果真要被黑魔复活，人类何止是生灵涂炭啊！”这时，大铜锅内传出了沙哑而冷酷的声音：“我要人神的鲜血才能复生，否则，只能永远泡在这个大铜锅里。”黑魔和五魔都被这沙哑而冷酷的声音惊住了，似乎不敢相信声音是从大铜锅里发出来的。“敢问魔祖，是您老人家开口说话了吗？”黑魔臣服地低头垂问道。大铜锅内突然热浪翻滚，血沫四溅，一股阴风从大铜锅内猛然吹起，在大厅内上下飞舞后消失在热血中。“孩儿们，是我！”沙哑的声音里充满了复生的渴望并传出粗重的喘息声。“我的魂魄已被你收到血锅中，又得到了几十万死鬼的欲望精魂的滋养，已然可以开口说话，但魔力并未恢复，还离不开这个大铜锅。”“魔祖，那您让孩儿怎么做呢？孩儿们这些日子已经用身上的一半魔力催动魔火，盼望您老人家恢复魔力，重新复生，如今功夫没白费，果然听到了您老人家的声音了。”黑魔惴惴地说道。“孩儿们辛苦了，其实让我复生就差一步了，那就是取人神身上的一滴血，最好是婴儿人神的一滴血倒入这锅内，便可恢复我的魔力。”大铜锅内的声音显得魔力又增加了许多。“敢问魔祖，为什么非要人神的或人神儿子的血才管用呢？”黑魔表情痛苦地呻吟道，看来这个大魔头为了让黑龙复活耗尽了许多魔力。“笨蛋，只有仇敌的鲜血才能使我复生！”大铜锅内的声音越发冷酷了，黑魔赶紧跪在地上。“启禀魔祖，当年你与女娲那个臭婆娘大战后，那女娲为人类留下一个圣盆，是专门对付我们的，东西南北中五大护法几次突袭都未得手，那人神灵风果然厉害，他即将率人类和神界的联盟大军攻打魔国，要是魔祖能够复生，率领孩儿们大战一场，一雪魔国战败之耻，是多么扬眉吐气呀!”黑魔跪在地上喘着粗气说道。“那就想办法得到人神的鲜血，到时候整个世界将属于我们了。”大铜锅内红光大盛，好像黑龙在跃跃欲试。英冰澈大骇，心想，“如果此时不毁了这大铜锅内的脏东西，日后要是真复活了，人类将永无宁日。”想到这儿，他咬咬牙，一头闪进洞内，挥剑指向大铜锅，他将全身的灵力凝于剑尖，剑尖处一个巨大的火球冲向大铜锅，英冰澈由于用力过猛，整个人随剑芒一起飞向大铜锅。只听“轰”的一声，大铜锅轰然倒地，沸腾的血水四处弥漫，地上，一条黑色的大虫噼里啪啦地扭动着巨大的身躯沙哑道：“快，快救救我!”英冰澈突袭后并未停手，他一剑向那黑色大虫劈去，那大虫尚无能力躲闪，“哎哟”一声，后背中了一剑。他不敢怠慢，飞身逃出洞去。“小花，快，快杀了他!”黑魔沙哑地喊道，一个鬼魅般的身影紧跟着英冰澈追了出来。小白在洞外一直焦急地等待着英冰澈出来，但是，好长时间也没有动静，正想进去查看之际，一个妖媚的女子飘了进去。小白赶紧隐身石后，她心里清楚，一定是花魔进去了，她不禁心头缩紧，为英冰澈捏了把汗，心想看来五魔没全在洞内，还是再等等，说不定还会有大魔头一会儿进洞，万一冰澈遇到危险，自己在外面接应方便。于是，小白隐身石后静心观察洞内动静，过了很长一段时间，洞内传出呼啸的声音，洞口黑雾也翻腾起来，一股极强的煞气从洞内涌出，小白的血像一下子被抽干了一样，紧张得呼吸急促，她因担心英冰澈的安全，脸色变得煞白。就在这时，两个人影从洞内呼啸而出，小白定睛一看，最先呼啸而出的正是英冰澈，他手持利剑，一啸冲天，后面紧追的正是花魔。花魔一张媚脸笑声不断，柔媚之音入骨三分，有极强的惑人心智的魔力，小白眼见英冰澈不是对手，哪敢怠慢，手持羽剑飞身刺向花魔。只见小白秀发飘动，抚过白皙俊脸，凄美的身姿大有毁灭天地之势。花魔知道后面有人来袭，不敢怠慢，随手打出一朵花瓣阻击，身形并不停，继续追赶英冰澈。击向小白的花瓣魔力极强，发出“嗞嗞”的锐啸之音，即将接近小白时，幻化作十几朵花瓣袭向小白，小白身形随风飘荡，一柄羽剑在纤纤素手中婉转腾挪，一一将花瓣击落。此时，花魔已然现出原形，无数苍蝇拧在一起的大虫正在围着英冰澈嗡嗡作响，小白心下叫苦，“不好，那花魔本是苍蝇精，无论哪只苍蝇叮上英冰澈，都会中毒身亡，无药可救。若是被那龙口咬上，连尸体都要化作脓水。”小白真是天下奇女子，只见灿烂而美丽的白天鹅展开洁白而美丽的双翅，一声哀婉的鸣叫，冲向苍蝇阵，被围在苍蝇阵中间的英冰澈手持利剑，正在巨大的旋涡中挣扎，见小白现身原型，冲过来救自己，大惊失色！“小白，不要！”话音未落，已被一只巨大的翅膀夹于腋下冲出苍蝇阵，花魔没想到小白会以同归于尽的气势与自己轰然相撞，夜山大战被灵风血太极重击后，本来魔力大失的花魔连忙收起原形，又幻化作妖媚女子，一声凄厉的媚笑向夜空中两道黑影追去。天空中三道锐芒若流星疾驰而去，按理说，以花魔的魔力，英冰澈和小白加在一起也不是对手，不应该也不可能逃出世外桃源，然而，魔头们只有魔力不足时才会现出原形，夜山大战，花魔险些命丧灵风之手，魔力大减，所以，英冰澈和小白才借机逃出了魔窟。但是，花魔哪肯放过他们，在后面拼命追赶，不知不觉已追到一片竹林之上。“小白，看到月亮了，我们已经逃出魔窟了。”英冰澈兴奋地说道。“可是那魔头仍在穷追不舍。”小白挥动双翅仍奋力飞翔不敢怠慢。“小白，我看那魔头魔力大不如从前，不如我们联手除了他，也算为民除了一害。”英冰澈口气坚决地说道。“冰澈，我已然中了花魔的魔毒，你快走，我来挡住花魔。”小白深情地凝望着英冰澈说道。这一眼是怎样的情怀！“小白，要不要紧？我们不逃了，到竹林等那魔头。”英冰澈抱着小白缓缓向竹林飘去。“冰澈，花魔的魔毒无药可救，你快走，灭魔大业要紧。”小白痛苦地紧握羽剑说道。“不行，小白，死我们也要死在一起！”英冰澈悲壮地说道。“冰澈，你真糊涂，忘了桃源人还在魔爪之中，忘了你身上的使命！快走！”小白用尽全身之力将英冰澈推出去，自己羽剑一挥腾空而起，直奔花魔而去。只见苍天之上一道亮丽的白光闪过，花魔正在奋力疾追，没想到夜色里一道耀眼的白光直刺过来，刚要调头躲闪，那白芒突然大盛，灿烂夺目，锐利无比，如秋水长天般劈下。花魔大骇，凝成一个巨大的花球抵挡，小白为爱人倾尽痴情之火的一剑，势不可挡，与花魔轰然相撞，一声巨响，震动了整个天际苍穹，花魔一声凄厉的哀鸣，魔力四散，万花飘落，化为乌有。月光中，一个清丽若百合花般美丽的身影，凄婉地从空中缓缓落下，静夜中英冰澈一声撕心裂肺的狂吼："小白……"他腾身而起，伸出巨手将小白紧紧托住，那一瞬间还有一丝温热温暖着伤心人的双手，两个人缓缓落在竹林中。英冰澈颤抖着双手将小白抱在怀中，那张凄婉的脸，紧闭双眸，楚楚动人，夜凉如水，照着英冰澈孤单的身影。他悲痛欲绝地低低道："小白，是我害了你呀！都是我害了你呀！"天地间，万籁俱寂，只有一个男人伤心的呜咽，曾几何时，出生入死，恍然如梦，到如今，绝情女为爱赴死，任由他绝情伤心。他就这样痴痴地抱着小白，眼泪静静地流淌，风吹干了，又缓缓淌出，直到自己两行血泪滴在洁白如雪的绝世容颜上。一滴一滴仿佛伤心人要用血泪将爱人唤醒，然而夜风吹动竹叶，沙沙作响，仿佛那绝情女呜咽回答。就这样，他抱着小白在竹林中痴痴地呆坐了三天三夜，一声惊雷惊醒痴情人，大雨滂沱中，他恋恋不舍地掩埋了心爱的人。英冰澈跪在坟前良久，突然，他仰天长啸，脑海中浮现的是一双温柔如水的眼眸，他揣起从小白白裙上扯下的一块白纱，仿佛带上了心上人缠绵不去的幽魂。英冰澈凝望坟头良久，心怀满腔仇恨，转身消失在雨夜中。

我和车夫随上官玉走进住院部大楼，乘电梯来到五楼，沿着幽长的走廊走到了尽头，来到一扇有一个小窗户的白森森的门前，透过小窗户，我看见一个既熟悉又陌生的身影背对着门站在窗前一边抽烟一边思考，房间的办公桌上不仅摞着很多书，还有一台打开的笔记本电脑，最有视觉冲击力的不是这个久违了的男人身上一袭蓝白相间的患者服，而是他一头雪白的长发，犹如一头银丝，显得既沧桑悲凉，又堂皇气派，真可谓是悲欣交集！望着这个我苦苦寻找的身影，我浑身酸软，险些瘫在地上，我连忙扶住墙，望了一眼上官玉，她微微一笑，示意我推门进去，我感激地点了点头，怀着极其复杂的心情轻轻推开门，轻轻走进去，然后下意识地轻轻地关上了门，根本没有意识到我已经把上官玉和车夫关在了门外。窗外一缕阳光正嬉戏着窗户上坚固的铁栏杆，陷入沉思的文白似乎意识到有人进来，他没有回头，却用若有所思的口吻问："上官，在《现实》这部长篇小说里，如果主人公像我一样失踪了，那么他的知音，也就是和他心有灵犀的那位美女画家会不会去寻找他？"他话一出口，我的双眼便浸满了泪水，我咬了咬嘴唇，动情地说："当然会，她会用生命去寻找！"我的声音显然震撼了他，他惊得杵在窗前良久才用不敢相信的口吻低沉地试着问："我不是在做梦吧？"我靠在门上悲欣交集地说："这不是梦，是你的小说接下来必须这么写。"他这才缓缓转过身，好像唯恐转快了看到的是梦境似的，声音有些颤抖地问："小丹，你能找到我，该不会也从地狱里走了一遭吧？"我终于看到了他的脸，只是那满头堆雪般的白发让我一时无法接受，其实我在梦中无数次地梦见过与文白重逢的场面，但从未梦见过在精神病院的病房里相见，也从未梦见过他披着一头长长的雪发，此时此刻，我们重逢得虽然有些悲壮，但他的表情并无积怨，而是透着一股大彻大悟般的悲悯。我甚至幻听到他的心曲犹如一望无际的水波，就像缎子一样平滑而柔润，却又势不可挡地被一抹瑰丽的晨曦照耀着向前奔放着涌去。不知为什么，他给我的印象很像是劫后余生的嵇康。我爱极了，恨不得立即扑上去和他相拥而泣。然而，他的心曲太动听了，简直可以和嵇康弹的《广陵散》相媲美，我之所以没有扑到他的怀里，还因为我从他的心曲中听到了他和张欣及孩子团聚在一起的喜悦，张欣和孩子上了天堂，而他的心也早就随之而去了，不然他的心曲不会像天籁般动听，像《广陵散》一样悲壮，他们一家三口从来就没有分开，而且比什么时候都幸福。我甚至痛苦地感到我一直是多余的，心中甚至莫名地升起一股幽怨。我痛楚地问："文白，家里出了那么大的事，为什么不告诉我？"他像兄长一般走到我的身边，伸出文弱的双手搀扶着我坐在办公桌前的椅子上，语气愧疚地说："小丹，实在对不起，起初我是怕连累你，后来我想告诉你已经没有机会了。"我伤感地说："文白，你让我找得好苦啊！我一直以为你被关进了黑屋，可是我在黑屋并没有找到你，你是怎么被关到这里的？"我似乎问到了他的痛处，他悲凉地望了一眼窗外，然后深长地叹息了一声，悲愤地说："小丹，说来话长啊！孩子死得不明不白，张欣一直怀疑这背后一定有黑幕，为了给那些冤死的孩子们讨说法，她只身进京上访，她进京后我便和她失去了联系，我有一种不祥的预感，便设法进京寻找，结果一下火车就被丁不见接走了，路上他告诉我张欣刚刚出了车祸正在医院抢救。我赶到医院时张欣已经在重症监护室躺了两天了，我见到张欣时她的脑袋上缠满了绷带，你知道吗小丹，我当时心都快碎了，我握着张欣的手不停地呼唤她的名字，可是她一点反应也没有。我坐在她身边把她的手贴在我的脸上，想用爱唤回她的生命，我不停地呼唤、诉说，眼泪都快流干了，可是她没有一点苏醒的迹象，我就这样整整陪了她一天一夜。第二天早晨我终于发现她的眼角流出了两行热泪，嘴角也微微动了一下，我惊喜地赶紧喊护士，护士急忙跑了进来，所有的人都惊喜地跑了进来，可是这时监测心脏的心电图一下子成了一条直线，她贴在我脸上的手一软，重重地从我手中滑落下来。我当时惊呆了，简直就是晴天霹雳，我的心顿时坠入了无底的深渊，张欣就这么撇下我走了，连一句话也没留下，我一时接受不了，这时丁不见进来假惺惺地让我节哀，我当时揪着他的脖领子质问他，张欣的死是不是一场阴谋，他当时被我突如其来的举动吓坏了，支支吾吾地无言以对，只是一个劲地劝我冷静。我断定张欣的死是一场阴谋，因此张欣的尸体火化后，我捧着张欣的骨灰盒要去上访。丁不见早就看穿了我的心思，他把我骗到了他的车上，用同情的口吻说，他知道我要去哪里，他要陪我一起去，结果却把我拉到了东州市驻京办，我质问他为什么不送我去上访，却把我拉到了这里？他说他也准备了一些上访材料，要到办公室取一下，让我先在车里等一会儿，结果我等了他半个小时，他也没出现。最后我等得实在不耐烦了，便捧着骨灰盒下了车，我是想干脆打个车自己去，没想到我刚下车，一辆依维柯呼啸着驶来，一个急刹车停在了我的面前，还没等我反应过来，车门就打开了，从车上下来四个大汉，不容分说就把我塞进了依维柯。我知道上丁不见的当了，可是为时已晚，我被连夜送回了东州，一到东州就被几个警察送到了这里。好在有张欣的骨灰陪着我，要不然我真不知道能不能熬过来。”说到这里，文白的目光无限怜爱地投向床头，我这才发现一条粉色的枕巾盖着一个四方四棱的东西放在他的枕边，我顿时全明白了，心灵像被撞击了一般，眼泪顿时夺眶而出。我感觉自己的内心一直在燃烧，几乎要烧成了灰烬！我一边抹着眼泪一边问："后来呢？"文白长叹一声，沉重地说："被关进精神病院的第一个晚上，我抱着张欣的骨灰盒一夜未眠，我苦苦思索，终于顿悟，上访无异于自投罗网，其实黑屋不是现在才有的，黑屋存在的时间很长，那么如何才能摧毁黑屋呢？我想起了灵宣大师跟我说过的一句佛经：千年黑屋，一灯能破！那么何谓灯？我认为就是思想。明白了这一点，我不再绝望，我要用思想冲破精神病院的牢笼，即使身体逃不出去，也要让心灵逃出去。于是我重新拿起笔开始创作。"我不解地问："文白，这怎么可能呢？他们把你关在这里，其实就是要封你的笔。"听了我的话，文白露出了万幸的神情，慨叹道："是啊，这一点我心知肚明。可是天无绝人之路，我原以为这里是一座牢笼，没想到却成了我的耕香斋。"我更加不解了，连忙追问道："这话怎么讲？"文白脸上露出些许欣慰的表情，动情地说："这里的院长叫上官玉，她不仅是一个充满爱心的院长，还是我的'粉丝'，我出版的十几部长篇小说她都看过，我被关进来后，她不仅把我安置在最好的病房，还为我配备了笔记本电脑，为我买了很多我想看的书。说句良心话，这里的医生从来就没把我当成精神病患者，我在这里不仅是自由的，而且是个有尊严的人。上官玉经常过来和我畅谈文学，还千方百计地为我的创作提供帮助，当然她不仅仅对我关怀备至，其实她对所有'被精神病'的人都充满了同情，不仅不虐待，而且尽量为他们提供帮助，她是一位真正的天使。小丹，如果不是她在这里当院长，我恐怕早就变成疯子了！"我发现文白一说起上官玉，目光像音符一样跳动，我心里顿时涌起一股酸水，我压抑住醋海翻波的心情，醋味十足地说："她不仅富有爱心，更是个大美人。"文白从我的语气里嗅到了醋味，连忙转移话题，关切地说："小丹，别光说我，也说说你吧。"文白问得既亲切又温和，我心里却寒得涌起一阵悲凉，脑海中像拉片子似的不断闪回黑屋的片段，情绪顿时激动起来，我虽然坐在椅子上，却觉得自己好像正踩着摇摇欲坠的高跷，我竭尽全力保持平衡，鼻子竟突然有一种酸胀的感觉，眼睛也感觉湿湿的，我用沉默平复着自己的情绪，然后尽量以平和的语气讲述了自己如何发现了“死婴事件”，如何进京寻找他和张欣，如何和车夫一起发现了访民失踪的秘密，如何通过耿直认识了丁不见，如何假扮访民被关进了黑屋，如何得知张欣的死，又如何逃离黑屋后从高国光嘴里得知了“死婴事件”的真相以及他被关进市精神病院的秘密，听得文白瞠目结舌，全身战栗，久久说不出话来。沉默良久，他才用怜爱的口吻伤感地说：“小丹，对不起，让你受苦了！”他话一出口，我的眼泪险些涌出眼眶，但是我还是忍住了，用幽怨的口气说：“你以为我冒死找你，只是为了听一句对不起吗?”文白情不自禁地一把将我揽在怀里，大滴大滴的泪珠滚落在我的头上，我再也抑制不住自己的眼泪，将头深深地埋在他的怀里大哭起来。文白不停地用大手抚慰着我的后背，我哭得昏天黑地、痛快淋漓，仿佛要将一生的委屈都哭尽似的。良久，我才止住哭声，抬起头喃喃地说：“文白，在黑屋的时候，我时常想，为什么在这个世界上人们为了弄清真相非得要付出失去尊严甚至生命的代价？现在我终于想明白了，就是那些心智被黑魔控制的人一直企图复活黑龙！”他无限悲凉地慨叹道：“其实黑龙一直没有死，它就像害死孩子们的未知病毒一样一直隐藏在权杖里，统治着人们的灵魂，不然不会有那么多的人顶礼膜拜！小丹，我正愁我的新小说如何向下发展呢，你这段令人战栗的经历刚好为我的创作提供了活生生的素材啊！”我关切地问：“你又在创作什么?”他深沉地说：“长篇小说《现实》。小丹，这部小说完成后，无论如何你都要为它配插图啊！”一句话提醒了我，来的时候，我特意带了一套为《神话》配的插图的彩印稿，我连忙从皮包里拿出牛皮纸袋，深情地说：“文白，我为《神话》配的插图，你还没看过，这是一套彩印稿，你看看吧。”说完我将牛皮纸袋递给他，他激动地接过牛皮纸袋，一边从里面抽画稿，一边意味深长地说：“我写过一部《历史》，如今又在创作《现实》，其实无论是历史，还是现实，都是神话啊！”文白对我为《神话》配的插图爱不释手，看得认真极了，当他翻看到诸国大军齐聚夜山脚下，山下旌旗蔽日，伞盖遮天，滚滚尘埃中金光大盛的画面时，连连称赞画得壮观；然而当他翻看到英仓建与女儿桃落重逢后，高兴地举起黑头顶、红脸蛋、鼓鼻子、大眼睛、穿着红肚兜的落灵儿，落灵儿咯咯笑着揪住英仓建的胡子的画面时，他久久凝视着，眼睛里闪烁着晶莹的泪花。

大战后的夜山满目疮痍，灵风无暇重整家园，因为诸国灭魔大军陆续抵达夜山。翌日，天高气爽，晴空万里，看不见一丝云花，天仿佛是刚刚用水刷洗过似的，显得特别的高，特别的蓝，简直是蓝得耀眼，晴得出奇。山风徐徐吹来，给人以心旷神怡的感觉。灵风率春秋国国王宗法、逍遥国国王无为、圣母国国王大帝、星月国国王古兰以及各国的大将军等人，立于天父、地母及孤寂、英晒陵墓前等待须弥国国王唐宗、大国师法慧还有狼王等一干人马。山下旌旗蔽日，伞盖遮天，滚滚尘埃中金光大盛，号角声声，须弥国国王唐宗和兽神狼王并辔齐驱，旁边白马之上端坐着大国师法慧，与法慧并辔齐驱的正是世外桃源源主英仓建。桃落在山上一眼就看见了自己的父亲，心情万分激动，眼泪夺眶而出，灵风携桃落率众国君臣快步迎下山来。一时间，夜山脚下各国的百万雄兵浩浩荡荡，威武雄壮。“欢迎唐宗国王驾临夜山，领袖天下诸国，除魔灭妖，善莫大焉！”灵风抱拳拱手英气从容地说道。“久闻人神大名，今日得见，果然气宇轩昂，英气非凡！”唐宗下马拱手，表情慈悲祥和地说道，“灵风，还不快见见你从未见过面的老泰山？”这时，英仓建已经老泪纵横，他颤抖着伸出双手左看看女婿灵风，右看看女儿桃落，一家人抱头痛哭。

夜山的夜空，蓝得深邃，蓝得透明，无数星斗眨着神秘的眼睛，远远地眺望着沸腾的夜山。山下诸国的军队扎起的帐篷在篝火的映衬下，黑压压朦朦胧胧望不到边际，篝火舔着黑红的火焰，吊锅里的猪肘子散发着扑鼻的芳香，巡逻的士兵全副武装，一队队一群群戒备森严。山上议事堂内诸国国王和将军们在灵风的召集下，正在召开军事会议。英仓建首先介绍了世外桃源的地貌特征，又叙说了魔国的大致情况，众国国王及将军听后无不唏嘘不已，面面相觑了好一阵子。“数月以来，”唐宗国王面色凝重地说道，“黑魔率怪兽军团屠杀无辜百姓疯狂至极，诸国十几座城池，几十万百姓惨遭杀害，其滔天罪行罄竹难书，令人发指，常言道，除恶务尽，此次盟军百万雄师开赴世外桃源，要形成合围之势，关门打狗，绝不能放走这个恶魔，所以军事部署一定要周详。”“我王说的极是，”法慧沉思良久言道，“圣母国士兵的战斗力最强，我建议把他们放在正面战场上，再加上圣母国的空中优势，必定能给怪兽军团以重创。”“大国师，你这是把圣母国的士兵往火坑里推呀，我倒觉得须弥国泱泱大国国富民强，放在正面战场上正合适！”莫恩瞪着一只独眼愤愤地说道。“莫恩，怎么害怕了？你率军攻打星月国的勇气哪里去了？”狼王眼中陡然放出冷光凛然道。“这……”莫恩心中忌惮狼王，支吾着说不出话来。“莫恩元帅放心，须弥国和狼王的兵马全部投入正面战场，其他三国兵马在副面战场上形成合围之势，咱们来个瓮中捉鳖，看黑魔这个大魔头往哪里逃！”法慧神情自若地说道。“大国师排兵布阵，怎么可能少了我们这些幽魂冤鬼呢？”话音落处，两个鬼魅般的身影闪了进来，众人无不一惊，却正是地使娘娘灿若和她的小儿子小魔头。诸国会盟夜山，正是这位地使娘娘送的信，所以，诸国国王、将军们都认得这母子二人，人人拱手欢迎。“灿若娘娘，夜山大战五魔多亏了地狱军团，一定要替我谢过阎罗。”灵风感激地说道。“人神太客气了，灭魔大业不只是人类自己的事，我们神冥两界也责无旁贷，我这次来就是奉阎罗之命领任务的。”灿若兴奋地说道。“太好了，有地狱军团助阵，何愁灭不了黑魔！”灵风情绪高昂地说道。法慧起身踱了几步，灯下看去，越发显得仙风道骨。“大国师似有心事，不妨说说。”灵风微笑着说道。法慧踱了一会儿又坐下来，古井一样的眼睛闪烁着深邃的目光。“这些天，我观水晶球，魔窟的魔力忽明忽暗，似有大事发生。”法慧话音刚落，一阵寒风扑了进来，满室灯烛摇曳不定，窗纸都不安地簌簌作响，议事堂刹那间变得阴森可怖，逍遥国国王无为一激灵打了个寒战。“还会有什么大事发生呢？”无为耸了一下肩问道。“恶魔们不会内斗起来吧？”星月国国王古兰追问道。“内斗只可消减魔力，不会忽强忽暗，此事确实怪异。”圣母国国王大帝望了一眼窗外萧索的月色说道。“要是能与我儿英冰澈联系上就好了，他最了解此时黑魔的情况。”英仓建叹了口气喟然道。“只是这世外桃源除了恶魔们以外，连英老源主都找不到回桃源的路，不然我和辞颂摸进魔窟定能与英少侠联系上。”楚雅慨叹道。“是呀，连桃落仙子也无法找到去往世外桃源的路。”辞颂插嘴道。“不怕，这回咱们有了圣盆，只要竭泽血海之水，按《光阴真经》上的口诀施法，便可找到世外桃源。”桃落信心十足地说道。“这事说起来还是欲望在作怪，搞得人类连回家的路都找不到了，人类只剩下这么一块净土了，一定要找到去世外桃源的路，驱走魔寇，还世外桃源本来面目！”唐宗国王沉思良久悠悠道。“是啊，唐宗国王说得极是，我们明日清晨祭祀天父地母和我父母后，便请圣盆竭泽血海，发兵世外桃源，铲除魔患，为冤死的同胞们报仇！”灵风目光熠熠闪烁凛然道。这时，屋外一阵骚乱，一声凄厉的锐啸划破了夜空，紧接着一阵脚步声，狼王大弟子白狼走了进来。“启禀人神，发现一只玄冥鸟，已被我击落毙命。”众王交头接耳议论纷纷。“白狼，看来这只玄冥鸟是来侦察的，想必黑魔已经察觉我们的行动，诸位将军请责令各自人马加强戒备，务防魔兵偷袭。”灵风肃然命令道。众将军领命出去了。“我看今晚的会就到这儿吧，英老英雄难得与女儿女婿劫后重逢，咱们给他们留点时间说说话吧。”唐宗国王慈眉善目地微笑着说完，环顾诸王，诸王无不赞同。就在这时，院外士兵们吆五喝六地好像在训斥什么人。“小魔头，看看外面怎么了？”灵风给小魔头使了个眼色说道。小魔头二话没说，闪身出去了。不一会儿工夫，小魔头带进一个人来，只见那人身高体壮，剑眉虎目，只是被五花大绑，面容很憔悴，而且身穿魔兵的军官服。“启禀人神，士兵们抓了一个魔国的奸细。”小魔头说完，一脚将那个人踢倒在地，那人竟不服气地呼地站了起来。“冰澈，真的是你吗？”英仓建见到此人一脸的惊愕，老泪纵横，沙哑的嗓子像堵了半截子木炭般喊道。“哥哥，是你吗？”桃落也悲喜交加地问道。“爹，落儿，是我，我是冰澈，我可找到你们了。”英冰澈激动得半天才说出话来。小魔头见此情景赶紧给英冰澈松了绑，父子相拥而泣，兄妹喜极生悲，父子三人一阵苦诉之后，桃落将灵风介绍给英冰澈，两个人相见分外激动，紧紧拥抱良久。“让兄长受苦了！”灵风眼睛湿润地说道。“灵风，我还有大事相告。”英冰澈犹如大梦初醒般言道。“兄长从魔窟逃出来一定知道不少内情，快快请讲。”灵风迫不及待地说道。英冰澈转向英仓建目光炯炯地问道："爹，你还记得仙桃洞吗？""记得，那是每年丰收时我们桃源人储藏仙桃的仓库。"英仓建诧异地答道。"现在已经变成了黑魔的黑魔洞了。"英冰澈痛心良久道。"黑魔洞？难道黑魔在里面搞了什么名堂？"桃落疑惑地问道。"那黑魔自从把仙桃洞变成黑魔洞后，把黑桃林树上结的熟透的黑桃都运到黑魔洞中。"英冰澈正说着，小魔头插嘴问道："那熟透的黑桃是什么样的呀？""熟透的黑桃个个酷似人头，有眼睛，有鼻子，有嘴巴，有耳朵，一个个面目狰狞可恶，还会说话。"英冰澈手舞足蹈地说道。小魔头好奇地问道："说什么呀？""他们只会说一句话：'为魔祖效劳！'"英冰澈话一出口，灵风、法慧、狼王无不倒吸了一口凉气。"难道这酷似人头的黑桃与黑龙有什么关系吗？"法慧情不自禁地问道。"正是，那漫山黑桃可招引黑龙当年被女娲娘娘打散的三魂，招魔魂聚于黑桃之内，再用人血置于大铜锅内精炼煎熬，化几十万冤死鬼的欲望精魂为七魄。"英冰澈说得眼角抽搐，双目放出可怖之光，却被灵风打断。"兄长所言几十万冤死鬼的欲望精魂可是被黑魔屠城而亡的几十万百姓？""正是。"众人唏嘘嗟叹不已。"那日，我与小白商定一定要探知洞内秘密……"英冰澈一提到小白眼圈发红，有些哽咽。"儿呀，小白可是那日救我出世外桃源的姑娘。"英仓建关切地问道。"正是，爹。""那可是个好姑娘啊！""爹爹有所不知，小白为了保护我，被花魔，被那花魔……"说到这儿，英冰澈已经泣不成声。屋内死一样的寂静，良久，英冰澈才断断续续地诉说了逃离魔窟的全过程。"看来，我从水晶球观察到的情况，在英少侠这儿得到了应验，也不知被英少侠重创过的大虫后来如何？"法慧手捋长髯喟然问道。"黑龙果真复活，无疑为我们灭魔增加了更大的难度啊！"狼王眉头紧锁黯然说道。"英少侠说黑龙复活还差人神一滴鲜血，这鲜血得不到，即使黑龙复活，其魔力也恢复不到当年与女娲娘娘抗衡的程度，只不过我们又增加了一个强敌而已，"法慧满面风骨地说道，"何况花魔已经被小白姑娘毙命，少了一大祸害！""话虽如此，但黑龙复活之事事关重大，不得不防呀！"狼王默然良久叹道，"大战临近，灵风、桃落一定要保护好落灵儿，我估计几个魔头知道取你们之血难，很可能想尽办法，取你儿子身上的血，绝不能让他们的阴谋得逞！”“不过最令人担心的是黑魔若舍得自己，与那黑龙的三魂七魄合在一起，黑龙也是会复活的，而且魔力还会大增。”楚雅微叹一声道，脸上的表情也是焦虑重重。辞颂眉棱骨不易察觉地抖了一下，眼中闪着寒森森的光言道：“从古到今，邪不压正，邪可猖狂一时，但终究要被正义的力量打得魂飞魄散，我坚信，即使黑龙复活了，也翻不了大浪！”“大家说得都有道理，在战略上可以藐视敌人，但在战术上必须重视敌人，我们付出的代价太大了！”灵风冷峻地说道，一双眸子也是寒光烁烁。“灵风，我看今晚就到这儿吧，诸王也都累了，你们一家难得团聚，英老英雄还未见到自己的外孙子呢。英少侠一路艰险，已是疲乏之极，早点休息吧。”法慧一边说一边示意诸王离开，诸王心领神会，纷纷告辞。众人寒暄离别后，屋子里一下子静了下来。紫衣怀里抱着熟睡的落灵儿走进来，桃落接到怀里，英仓建和英冰澈赶紧凑上去仔细地看着孩子，英仓建禁不住一大滴混浊的眼泪滴落在落灵儿的脸上。桃落见爹如此难过，也是鼻子一酸问道：“爹，您怎么了？”“落儿，要是你娘还活着，亲眼见到落灵儿，不知会多高兴呢！”英仓建言罢用袍袖拭泪啜泣，桃落和英冰澈想起母亲也都是泪流满面，众人的啜泣声惊醒了落灵儿，孩子睁开眼睛，打着哈欠。“对不起，落灵儿，外公把你惊醒了。”英仓建赶紧止住啜泣喃喃说着，努着满脸胡子的嘴去亲孩子。落灵儿不同一般的孩子，他生来就是人神，天生的灵力，若是普通的孩子早就哭了，只见桃落怀中这个黑头顶、红脸蛋、鼓鼻子、大眼睛、穿着红肚兜的娃娃，举着小藕节一样的胳膊，张着小肉虫一般的小手，揪住英仓建的胡子咯咯地笑了起来。全家人望着可爱的孩子，也都破涕为笑。

油画八：信仰

作者：朱小丹
创作时间：2011年
材质：布面油画
尺寸：351×782 cm

画面中央是一堆巨大的庙堂废墟，废墟堆里到处是红墙和黄色琉璃瓦碎片，这些碎片彰显了庙堂曾经的金碧辉煌，特别是散落在残垣断壁间的红色的断柱和门窗，以及青绿色略点金的建筑彩画残片更彰显了庙堂昔日的富丽堂皇。画面上尤为突出的是一根插在废墟中央的气势雄伟的华表，直冲云霄，汉白玉的柱身雕满了盘龙和祥云，宛如一根不可一世的权杖，彰显着唯我独尊的威严。发人深省的是废墟四周摆满了望不到边际的用于跪拜的蒲团。画家高超的色彩运用技巧在画作中体现得淋漓尽致，特别是红、黄、青、白等色彩在太阳余晖的照耀下，散发出摄魂荡魄的光辉，强烈的视觉冲击力直逼心灵。

我万万没有想到，英仓建高高举起落灵儿的画面会让文白触景生情，便安慰道："文白，其实你们一家三口一直在一起，对吗？"他没有直接回应我，而是意味深长地问："小丹，你怎么看待生与死？"他问我时眼睛是湿润的，我揣摩着他问这句话的心理，用商榷的口吻说："死亡是有止境的，生命却没有，所以才有生生不息之说。"他点点头，未置可否，然后放下手中的插图，突然转移了话题，用试探的口气问："这么说你刚才提到的车夫先生也对唯心现实主义感兴趣？"一提到车夫，我的味蕾仿佛受到了刺激，唾液不由自主地源源分泌，我情不自禁地咽了口唾液，脸上挂着一丝尴尬的神情，表情窘促地说："是啊，他一直想在北京搞一次唯心现实主义画展。还想请你做这次画展的总策划呢。"文白颇感兴趣地说："想法不错，不过我不建议这个画展在北京搞。"文白是一个有大智慧的人，他这么说一定有出人意料的想法。我连忙追问："不在北京的画廊搞，那在哪里搞？"文白没有马上回答我，而是背着手在屋子里来回踱了几回，突然在窗前停住了脚步，然后猛然转过身来，目光炯炯地说："小丹，我一时半会儿离不开这里，画展就在这里搞怎么样？"我被他的异想天开惊呆了，简直不敢相信自己的耳朵，下意识地追问道："在这里？这里是哪里？"他掷地有声地说："这里就是东州市精神病院呀！"我终于听明白了，瞠目结舌地看着他，发自肺腑地说："文白，这个创意太疯狂了，简直就是前无古人，后无来者呀！”文白点了点头，然后抚摸着自己的下巴深思着说：“唯心是一种现实，接受也好，不接受也好；承认也罢，不承认也罢，它就在那里！唯心也是一种自由，人在选择、创造自我本质的过程中是无法与唯心这样一种现实割裂开来的。唯心现实主义的艺术目标就是要追求人的真正的价值。艺术的本质是虚构，其实虚构就是唯心的。我们可以通过虚构说出我们不能说出但必须说出的，我们可以从虚构那里获得力量，从而直面现实。这大概就是艺术创造的价值所在。”文白的想法的确令我激动不已，我咬紧牙，生怕自己的心从嘴里跳出来，在我心里，文白是一位生活在伤口里的智者，他习惯用伤口对世界发问，他是一位疼痛的收割者，在东州市精神病院搞一次唯心现实主义画展，无疑是对时代痛苦的一次收割。长期以来，文白的笔就像一只隐藏在现实中的听诊器，刺探着社会的良知，感受着生命的脉动。翻开他创作的小说，罪恶的人也会开始反思，善良的人必然要祈祷。我望着眼前这个饱经苦难的男人，心里爱极了，但是我望着他枕边那个被粉色枕巾覆盖着的骨灰盒，心里那份沉甸甸的爱无论如何也没有勇气升华，虽然它不能升华，它却不停地膨胀着，我尽量压抑着内心的骚动，试探地问：“文白，虽然这个创意惊世骇俗，可是这里有画展的场馆吗？”文白胸有成竹地说：“当然有，上官玉在东州市精神病院一直推广绘画疗法，为此她在这里成立了艺术病区，在艺术病区，每个病房就是一间小小的画室，而且这里还有一座精神病人艺术馆，定期展览病人们的画作，当然这座艺术馆从来没有对外开放过，参观者仅限于在这里治疗的精神病患者。如果车夫同意我的建议，我会说服上官玉让那些精神病人的画作与艺术家的画作同时展出，都说艺术家和精神病人有时只有一线之隔，是不是这样，将他们的画作放在一起展一展，一看便知。”我惊异地说：“绘画可以治疗精神病，我还是第一次听说，这可真是一次既有趣又意义非凡的画展，文白，我都有些等不及了！”文白也被自己的创意搞得十分兴奋，他用催促的语气说：“那你还不赶紧把车夫请进来，咱们好好商量一下。”我这才意识到，虽然车夫和上官玉是陪我一起来的，但我却把他们挡在了门外。我赶紧开门喊车夫，结果门口既没有车夫，也没有上官玉的踪影，便拨通了车夫的手机，结果他出乎意料地告诉我，他已经登上了回北京的火车，他用祝福的口气说："小丹，看到文白安然无恙，我就放心了，好不容易找到文白了，你好好陪陪他吧。"我把文白关于画展的创意告诉了他，他听了以后赞不绝口，兴奋地说："顾文白就是顾文白，这个画展一旦成功，必将通过艺术家的发声震惊全社会，'被精神病'这个时代的毒瘤也必将被暴露在阳光之下。小丹，先替我向文白道一声谢，我会专程回来和你们商讨画展事宜的。"挂断车夫的手机，我心里五味杂陈，很不是滋味，在这个世界上恐怕文白也不会像车夫那样对我唯命是从，这个男人为我付出的太多了，可我又能给他什么呢？就在我低头沉思的时候，一只纤纤玉手轻轻地拍了拍我的肩膀，我回头一看，竟然是上官玉，也不知她从哪儿冒出来的，冲我莞尔一笑，用关切的口吻问："久别重逢，你们谈得怎么样？"我十分感激地说："你把文白照顾得这么好，真不知道该怎么谢你才好！"她语气平和地说："你已经谢过了。"我纳闷地问："谢过了？我怎么不知道呢？"她淡淡一笑说："你送我的那幅《女医生读书图》，就是对我最好的感谢。"我这才恍然大悟，慷慨地说："如果你喜欢我的画，抽空来我的画室，你可以随便拿。"她爽朗地大笑道："那我岂不是要发大财了！朱小丹，你用不着对我那么客气，我知道文白视你为知音，可我也是他的知己呀，你爱他，实话告诉你，我也爱他。"关于这一点，我早就预感到了，便酸溜溜地问："你向文白表达过吗？"上官玉表情复杂地笑了笑，颇为自信地说："对于两个心有灵犀的人，爱是不需要表白的。"她的话就像一瓶老陈醋，一下子灌进了我的胃里，我下意识地用手捂了捂胃，蹙着眉头问："既然你那么爱他，为什么不放他离开这里？"上官玉翘起一边的眉毛，口气无辜地说："这个问题你不应该问我，应该问文白。"我不想和她搞僵关系，便缓和了语气，微笑着问："我读过文白的全部作品，你既然是他的知己，一定也读过喽？"她得意地看了我一眼，十分自豪地说："那当然！"我将信将疑地看着她，用质疑的口气说："未必吧，有一部长篇小说你就未必读过。"上官玉不服气地问："哪一部？"我洋洋自得地说："《神话》。

尽管你也知道小白。”我以为我话一出口，她会十分沮丧，没想到她却不以为然地说：“读确实没读过，不过文白亲自给我讲过，不瞒你说，已经讲到黑龙复活那一段了，大铜锅里的精血全部洒在地上，血光冲天，将黑魔洞照得通红，那大虫丑陋无比，龙不龙，蛇不蛇的，中了英冰澈一剑，在地上痛苦地翻腾，用沙哑的声音呼救。对不对？”我妒忌地问：“既然文白给你讲了这部书，那你觉得哪一段最深刻呢？”她沉思片刻，认真地说：“其实我觉得黑龙复活这一段最深刻。”我不解地问：“为什么？”她振聋发聩地说：“道破了盛世的真相。”她话一出口，我的脑海里顿时浮现出一个画面：复活的黑龙吞噬了黑暗后，一挥手，旭日东升，冉冉红日将东方映得火红一片，张牙舞爪的玄冥鸟幻化成五颜六色的各种鸟类，迎着红日漫天飞舞，怪兽们变成了各种牲畜，魔兵们变成了百姓，世外桃源一片盛世祥和的景象。此时此刻，我的耳畔不停地回荡着黑龙的那句话：“光明没有了，我们吃什么？”想不到上官玉对《神话》竟然有如此深刻的见解，这不免让我心里有了一种莫名的危机感。不过我也不得不对她刮目相看，远的不说，就说她管理的这座世外桃源般的精神病院吧，就和一般人心目中黑魔窟般的精神病院迥然不同。毫无疑问，这是一位值得信赖的白衣天使，我用敬佩的目光看着她，心想，文白找到了，可是肖峰和张天红却失踪了，这两个人很可能“被精神病”了，何不求助于她呢？想到这儿，我由衷地说：“上官，求你一件事可不可以？”上官玉用开玩笑的语气说：“你是文白的红颜知己，我也是，你的事当然就是我的事喽。”我很喜欢上官玉的大气，便直言不讳地向她吐露了心扉，我简单讲述了我去北京寻找文白在黑屋的遭遇，然后忧心忡忡地说：“在黑屋，我结识了两个难友，一个叫肖峰，一个叫张天红，他俩是和我一起被押送回东州的，可是到东州后，我被东州市驻京办主任丁不见送回了家，他俩却被押上车，到现在生死不明，我怀疑他俩‘被精神病’了，你能帮我打听打听他们的下落吗？”上官玉听罢紧锁眉头叹了口气，然后语气坚定地说：“鲁迅先生说，唯有民魂是值得宝贵的，唯有他发扬起来，中国才有真进步。小丹，我从文白、张欣、肖峰、张天红，还有那些不畏强权的访民身上看到了民魂。放心吧，我一定帮你找到肖峰和张天红。”

英冰澈逃出黑魔洞后，大铜锅里的精血全部洒在地上，血光冲天，将黑魔洞照得通红，那大虫丑陋无比，龙不龙，蛇不蛇，中了英冰澈一剑，在地上痛苦翻腾，用沙哑的声音呼救，“混蛋！快救救我！快把我放到精血中去。”然而，精血已经倾锅而出，只有魔火还熊熊燃烧。“魔祖，精血倾覆，如何救你？”那大虫背上被英冰澈利剑砍的伤口冒出袅袅黑烟，他在地上如一条大鱼一样拍打着身体痛苦而冷酷地低吼：“孩儿们都过来，这些天辛苦你们了，既然我不能复生，就让我们告别吧！”黑魔率领鬼魔、火魔、土魔、水魔爬到大虫身边，痛哭流涕。“魔祖，孩儿无能，不能让您老人家复生，不如让我们陪您老人家去吧！”黑魔说完，大虫的眼睛冒出诡谲的黑光，伤口冒出的黑烟似乎被魔力多所控制，已经将黑魔、鬼魔、火魔、土魔、水魔紧紧困住，五魔同时警觉不好。“既然孩儿们有这份孝心，为了黑暗大业，本祖也就不客气了。”大虫说完，张开狰狞的大口，一口咬住黑魔，其余四魔想逃，却被黑烟缠住，动弹不得，黑魔被大虫咬住痛苦不堪。“魔祖，孩儿哪里做错了，你如此惩罚孩儿？”“你的错误在于让世人知道了我的秘密，所以只有死路一条了！”“魔祖，小花已经追杀那小子去了，凭小花的魔力，那小子必死无疑，不存在世人知道您的秘密之说。”黑魔痛苦地辩解道。“孩儿，你已经将我的魂魄聚到一起，离我复活只差一步，如果你们与我合而为一，我仍然可以复活，否则，凭你们几个只剩下一半的魔力，是抵挡不了人神率领的诸国大军的。”大虫从牙缝中一字一字地蹦出来，眼睛里的黑光大盛，贪婪之色达到极点，他一点一点地往嘴里吞噬着黑魔，同时大虫体内发出“砰砰”的响声。“魔祖，孩儿知道我错在哪儿了。”黑魔哀嚎地喊道。此时，大虫已经将黑魔的躯体吞掉了一半，但仍然从牙缝中挤出几个字：“你错在哪儿了？”大虫因吞噬黑魔，脸已经扭曲得更加狰狞恐怖。“我错就错在忘记了我们是魔，魔是欲望之祖，是可以互相蚕食的。”黑魔说完哈哈大笑，那笑声凄厉哀嚎，在大厅内久久回荡。此时，鬼魔、火魔、土魔、水魔看到了黑魔的下场，无不绝望地挣扎，但他们根本挣脱不了黑烟的束缚，而此时黑魔只剩下一颗狰狞的龙头，并且发出最后的哀号。“你们几个还不逃命，想和我一样等死呀?”鬼魔张着满脸十几张嘴，痛苦地嚎道：“魔尊，我多次劝你不要复活魔祖，你不听劝，害得弟兄们如此下场，真是可悲呀!”鬼魔话音刚落，黑魔的头已然被大虫全部吞下，此时，大虫体内的砰砰声音更加强劲了。“魔祖，在你吞下我们之前，我想知道这砰砰声响是怎么回事?”土魔扭曲着面目可狰的脸问道。大虫吞掉黑魔好像很累，他呼哧呼哧喘了一会儿粗气说道：“要不说你们这些蠢材难成大器，连心跳声都听不出来，这是本祖的心跳声，黑魔变成了我的心脏，心活了我也就活了。现在我还缺四只利爪哦，只好委屈你们了!”这时，大虫的头开始变化，像蛇蜕皮一样发出嗞嗞的声音，不一会儿，头上脱掉一层黑皮，露出狰狞可怖的黑龙头，怦怦的心跳声更强烈了。显然，那颗刚刚复活的黑心正洋溢着崭新的活力，接着发出哗哗的声音，好像是奔流的血脉从心脏中呼啸而出，如万马奔腾般不可阻挡，疯狂而桀骜！这突如其来的变化将鬼魔、火魔、土魔、水魔震呆了，突然，大虫一声巨吼，那吼声如同被禁锢千万年的怨毒忽然释放出来，猛烈而奔腾，整个仙桃山都被震撼了。大虫一口咬住鬼魔那长满眼睛和嘴巴的鬼头，一口一口地往下吞，鬼魔痛苦的声音如无数鬼魂一起呐喊，一阵鬼哭狼嚎过后，大虫长出了一只前爪，只是雪白无肉，白骨森森，竟是一只骨爪。紧接着，大虫又吞下了火魔，火魔在挣扎时发出犹如原始森林被大火吞没的噼啪声，不一会儿，大虫又长出一只前爪，只是这只前爪红焰大盛，因为它是由火焰构成并熊熊燃烧着。此时，土魔和水魔已然吓得魂飞魄散，两个魔头的魂魄化作一股黄烟、一股白烟在山洞大厅内盘旋，却无论如何也逃不出黑烟的束缚，慢慢地，三股烟合为一体，缓缓地飘落，大虫后背被英冰澈砍伤的伤口，一开一合地将烟尘吸入体内。烟尘入体后，伤口慢慢抚平，完好无损，却长出两只后爪，一只是黄色石头的，一只是白色水状的。大虫顿时精神百倍，他用力一抖，仰天长啸，活脱脱一条巨大的黑龙复活了，倾覆于地上的精血发出沙沙的异响，每一滴血都兴奋不已，狂欢舞蹈，最后向大铜锅聚集。很快，大锅内鲜血荡漾，每一滴血都迫不及待地奔向大铜锅，黑龙眼放红光一声厉啸，端起大铜锅将鲜艳的精血一饮而尽。顿时，阴风骤起，大厅内一下子黑暗起来，剧烈的风声慢慢被一阵阴森的狞笑打断，黑暗如无边的大海，无声地淹没了一切，只有一双赤红的眼睛幽幽地放出幻想的曙光。黑龙似乎不敢相信自己又复活了，他在黑暗中静静地聆听自己的心跳声在古洞中回荡，长眠了无数的岁月，太久的等待，终于可以再战女娲，却没了对手，黑龙无限感慨。突然，黑龙一个念头闪过，“我复活了，那女娲会不会……”他越想越兴奋，一声长啸，卷起一阵黑烟冲出黑魔洞。一时间，天地肃穆，魔气冲天，黑气升腾，万千气象，黑龙在黑魔洞口盘旋片刻后轰然跃起，腾云驾雾，在世外桃源上空雄视天下，天地间黑云肃杀，汹涌澎湃，黑龙像久旱逢甘霖一样，在空中上下飞腾，搅得天地黑气如旋风一般滚滚奔腾。“太黑了，太黑了，我讨厌黑暗！”天空中断断续续传出喑哑的低吼，黑桃林的人头黑桃全都沸腾了：“愿为魔祖效劳！愿为魔祖效劳！”人头黑桃的喊声此起彼伏，响彻天宇，怪兽和魔兵们不知发生了什么事，乱作一团，一群群的玄冥鸟凄厉嘶吼纷纷腾空而起，与黑龙齐舞。整个魔窟天上地下，倒海翻江，群魔狂舞，哀嚎声，嘶鸣声，乱作一团。黑龙在天上撒欢折腾了一阵子，转眼间俯冲到黑桃林中。人头黑桃沸腾了。“愿为魔祖效劳！愿为魔祖效劳！”一个个人头黑桃在树上乱颤，不停地呐喊，声音此起彼伏，穿梭在树林间的黑龙异常兴奋，他突然停下用鬼魔幻化的骨爪捏着一个人头黑桃问道：“快快找到花魔的魂魄，我要幻化作人类，小花的模样俊，快找！”人头黑桃被黑龙捏得龇牙咧嘴像蹦豆一样挤出一句话：“魔祖，只要您将山上的黑桃吃光，花魔自然就在您的体内了。”“为什么？”黑龙低吼着问道，手上又加了一份魔力。“魔尊培养我们就是为了吸食魔魂妖魄的，”人头黑桃扭曲着脸道，“我们吸食魔妖的魂魄就相当于仙桃吸食阳光雨露一样。我们离不开死亡妖魔的魂魄，花魔的魂魄早就被我们吸食了。”还未等人头黑桃说完，黑龙已将他扔进嘴里大嚼起来，很显然，这黑桃的滋味很适合黑龙，他一声厉啸，腾空在林间一阵穿梭，如风卷残云一般，不一会儿工夫漫山遍野的人头黑桃皆入黑龙口中。吃罢这些人头黑桃，黑龙似乎魔力大增，他大吼一声："太热了！"黑龙张开大嘴向漫天黑暗吞噬起来，黑龙的魔力冲天，漫天黑云、黑雾、黑烟汹涌翻腾，滚滚滔滔，被吸入黑龙口中，如永无止境的潮水，一波压过一波，一浪高过一浪，狂风卷过桃林，化作旋涡，黑龙便置身旋涡之中，以毁天灭地之势，吞噬着。黑龙血红的眼睛精光大盛，一切黑暗皆在他冲天魔力震慑下俯首称臣，肆虐着，狂欢着，跋扈着，撒欢滚进黑龙口中，不可阻挡，大有顺我者昌，逆我者亡的气势。渐渐地，世外桃源上空出现了自黑魔霸占以来从未有过的幽光，怪兽、魔兵，还有漫天飞舞的玄冥鸟无不发出末日般绝望的悲鸣。这些在黑暗中偷生的东西，见不得光明，却不懂得光本身也是一种类似黑暗的东西，而且是更大的黑暗。紧接着是漆黑的苍穹中升起一轮闪烁着怪异银光的奇异之月，高悬在远空天际，所有的怪兽、魔兵和玄冥鸟都发出了低沉幽怨的声音，仿佛在哭泣，天际的幻月却闪烁着幽幽的冷光。黑龙一挥手，漫山遍野的黑桃林发出了痛苦的咯吱咯吱的异响，不一会儿黑桃林不见了，呈现出的是世外桃源的原貌。漫山遍野的桃林花香扑鼻，天边也露出了鱼肚白，怪兽、魔兵和漫天飞舞的玄冥鸟悲鸣哭嚎，仿佛世界末日即将来临。然而，黑龙却仰天长笑，朗朗说道："孩儿们，你们应该是吞噬光明的勇士，光明没有了，我们魔吃什么？不用怕，黑暗到了极点必然迎来光明，同样，光明到了极点，也必然迎来黑暗，现在你们解放了，不用对人类和光明如临大敌，因为，人类和光明都是为魔服务的，我们要善待他们，只要他们为魔尽心尽力地服务，魔就会成为人类的灵魂。"黑龙停顿了一会儿，又挥了挥手继续言道："去吧！去享受生活吧！"黑龙的声音浑厚洪亮，魔力随着声音弥漫开来，一波一波地将整个世外桃源覆盖，此时，旭日东升，冉冉红日将东方映得火红一片，张牙舞爪的玄冥鸟幻化成五颜六色的各种鸟类，迎着红日漫天飞舞，仿佛到了极乐世界。黑龙又挥了挥手，魔兵们恢复成世外桃源老百姓的模样，怪兽们也都变成了各种牲畜，这些百姓互相问候，仿佛早起的邻居，砍柴造饭，茅屋的烟囱很快就炊烟袅袅了。黑龙望了一眼世外桃源祥和的景象哈哈大笑，摇身变成一位身披红袍的英俊少年，细眉丹目，薄唇尖颌，皮肤细腻白皙，细细看去颇有几分像花魔。少年飞身上了一棵桃树，右手搭着树梢，用欣赏的眼光目视世外桃源盛景，脸上露出几近妖冶的微笑。他站在桃树的树梢上，一袭红袍在微风中猎猎飘摆，使得他看起来像一朵巨大的桃花。忽然，少年轻声地叹息，宛如几千年前的惆怅。“人就应该让悲欢离合纠缠一生，人就应该让纸醉金迷迷惑一生，人就应该让爱恨情仇折磨一生，人就应该让金钱权力诱惑一生，一切都应该是偿还的。”少年的叹息犹如一位久经沧桑的老人，他喃喃自语，伸手摘下一片桃花放进嘴里轻轻咀嚼，仿佛在咀嚼粉红色的精灵。他一边嚼，一边叹息，阳光像雪一样飘落下来，少年似乎被世外桃源的景色感动了，他的眼睛慢慢湿润起来，竟于不知不觉中流出两行晶莹的泪珠，滴落在花瓣上，桃花散发出一种奇异的幽香。

我知道如果东州市精神病院诊断文白的“精神病”已经痊愈，可以出院，只要他不向强权屈服，即使出去了，还会被送进来的，而且还会牵连上官玉。如果上官玉丢掉了院长的头衔，东州市精神病院在上官玉领导下所取得的一切成果不仅将丧失殆尽，而且很可能还会变成一座戒备森严的黑魔窟。这是文白最不想看到的。因此无论我怎么做工作，他也不同意借助上官玉的帮助离开市精神病院。我知道他在市精神病院被上官玉照顾得很好，但是这无法改变著名作家顾文白“被精神病”的事实，我无法接受这个事实，应该说，我所有的努力就是为了文白能够获得自由，眼下的症结在上官玉身上，我只好求助于上官玉了。上午我给上官玉打电话，她接到我的电话连忙说正想找我呢，让我到她办公室去一趟。我求上官玉帮我打听肖峰和张天红的下落，我估计她已经打听到了，所以我挂断电话，开着车迫不及待地赶了过去。一进她的办公室，她便反手将门锁上了。她请我坐在沙发上，为我倒了杯水，然后坐在我的对面心事重重地说：“小丹，肖峰和张天红的下落我已经打听到了。”我兴奋地问：“太好了，他们在哪儿?”上官玉连忙摆着手，用非常遗憾的口吻说：“但是很不幸，他们没被送到我这里，却被送进了省精神病院，不瞒你说，患者关进了那里，无异于关进了黑魔窟啊！”我一听，心里焦虑极了，忧心忡忡地问："那可怎么办呀？上官，真的就没有办法救他们了吗？哪怕将他们转到市精神病院也好！"上官玉露出沉重的表情，用十分同情的口吻说："小丹，你先别急，情况没有你想象得那么简单。事情是这样的：肖峰和张天红被关进省精神病院后，两个人一直预谋着逃出去，经过一个多星期的准备，有一天半夜，他们真的采取行动了，结果被发现了，肖峰为了掩护张天红受了伤，被抓住了，张天红侥幸逃出去了，但是下落不明。小丹，你估计张天红逃出去后会去哪里呢？"我毫不犹豫地说："张天红是一个非常执着的人，她一定会去北京继续上访的。"上官玉轻蹙蛾眉，担心地说："如果她继续上访，很可能再次被抓，以我的经验，凡是'被精神病'的人，如果再次被抓很可能会再次被关进精神病院，但是能送到哪家精神病院，我就说不好了。"听她这么一说，我的心一下子揪了起来，我用祈祷的语气喃喃地说："但愿女娲娘娘保佑天红逢凶化吉，遇难成祥！"上官玉似乎也预感到张天红凶多吉少，深长地叹息道："女娲娘娘也有自己的宿命啊！"我知道，在文白的《神话》中有一座"宿命山"，女娲娘娘的欲望就埋在这座"宿命山"下，在《神话》这部书中，我最不喜欢的就是这一段，因为在我心目中，女娲娘娘是至高无上的。正因为如此，我质疑道："难道黑龙、黑魔就没有自己的宿命吗？"上官玉莞尔一笑，慢条斯理地说："当然有，无论是黑魔、花魔、鬼魔、土魔、水魔、火魔，他们的宿命就是黑龙，在文白笔下，他们不是和黑龙融为一体了吗，当然黑龙也有黑龙的宿命，我的理解是黑龙的宿命取决于人类对权力的欲望，欲望达到极限便是黑龙，欲望损而又损，减而又减，损减到什么也没有了，便是圣盆，圣盆或许就是黑龙的宿命。"上官玉的观点让我陷入沉思，我起身走到窗前，看着窗外的阳光嬉戏着一树黄叶，无限感慨地说："上官，既然与黑龙决战是我们的宿命，我们便迎接命运的挑战吧！只是我不希望精神病院成为文白的宿命山。因为这里毕竟是精神病院，你不觉得西山慈恩寺的耕香斋更适合文白的创作吗？"我的话似乎刺痛了她，她呼地从沙发上站起身，面向我，脸上流露出委屈的表情，却用义无反顾的目光盯着我，那样子就像刚刚挣脱了茧的束缚，嘴角噙着一抹迟疑的微笑，摇了摇头说："这个问题我想过无数次，只要文白想离开这里，我会不惜一切代价。只是文白执意不肯呀。"我不依不饶地问："你知道他为什么不肯吗？"话一出口，我感到了一种淡淡的悲凉的得意。她对我的质问并不以为然，脸上流露出深思熟虑的表情，出乎我意料地说："当然知道。正因为如此，即使他现在想走，我也不肯。"她的话灌入我的耳中，我听到了类似耳膜破裂的声音，我面露愠色地问："为什么？"她含义丰富地笑了笑，语气庄重地说："因为唯心现实主义画展不仅对你们意义重大，对东州市精神病院同样意义重大。"我这才恍然大悟地转愠为喜，用认同的口气说："我明白了，其实这场画展对社会、对时代、对现实的意义更大。"她点了点头，微微一笑，笑容中包含着善意的诡谲，用毋庸置疑的口吻说："所以我不能答应你让文白离开这里。"说完，脸上挂着一副偃旗息鼓的满足神色。我终于在她的话语中找到了裂缝，不失时机地问："那画展结束后呢？"上官玉用破釜沉舟的目光看着我，斩钉截铁地说："我会全力以赴帮助文白离开这里。"她话一出口，我的心像一块悬着的石头似的终于落了地，连忙伸出右手的小手指头做出拉钩的样子说："一言为定！"上官玉微微一笑，脸上露出一种庄重的傲慢神情，也伸出右手的小手指头勾住我的小手指头，双眼闪着光说："一言为定！"此时此刻，我就像一个一直被压抑着的气短的人，终于痛快淋漓地打出了舒长的哈欠，那么轻松，那么舒畅，更像心里潜蜷着一个窃笑的小妖精，兴奋地说："那好，你忙吧，我去找文白。"说完我头也不回地离开了上官玉的办公室，恨不得一下子飞到文白的病房。我一边走一边想，应该把上官玉刚才对我的承诺告诉文白，可是快走到文白病房门前时，我又改变了主意，因为我太了解文白了，以他的为人，恐怕只有在一种情况下，他才会离开市精神病院，那就是不牵连上官玉。可是这怎么可能呢？我愁肠百结地走到文白的病房门前，透过门上的小窗户看见文白正聚精会神地伏案画着什么，以至于我推门进去，他都没发现，我轻轻走到他的桌前，发现他在一张白纸上画了一个仅有四扇窗户与窄小高墙的监狱，一群犯人正在绕圈行走，左侧站着三位穿白大褂的人既像医生，又像狱卒，此时文白涂抹着中间唯一戴帽子、眼睛直视着他的男子，我觉得文白涂抹的不是别人，其实就是他自己。更引起我注意的是，画的左上角还画了两只翩翩起舞的蝴蝶，我顿时明白了，文白画的恰恰是他被拘禁在疯人院里的心理状态，毫无疑问，他是多么向往外面的世界呀，可是他却像被困住的那两只蝴蝶一样无法飞越出去。更让我胡思乱想的是，文白在这张画里画了两只蝴蝶，这两只蝴蝶如果一只代表文白的话，那么另一只代表谁？张欣、上官玉，还是我？这时文白发现了我，他显得很高兴，连忙起身请我坐，还为我刷杯子沏了茶，我坐在办公桌前端详着他的画，用欣赏的口吻说："文白，这画画得有点凡·高的《绕圈行走的囚犯》的味道。"他不好意思地说："小丹，你高抬我了，其实我画的是我昨晚做的一个梦。"我逗趣地说："这可不是一般的梦，很有点唯心现实主义的味道。"他用手理了理雪白的头发，嘿嘿笑着说："我不过是日有所思夜有所梦罢了。"人的毁灭在于对追求的停止，文白是一个心灵遭受着大苦难的人，在这种情况下，他仍然有梦，可见他在艺术上的心理能量是多么强大，我用敬佩的目光看着他，由衷地说："其实梦是最现实的。"他愉悦地摩挲着细长苍白的手指，温和地说："我同意，爱因斯坦也说过，现实不过是幻象，尽管这幻象挥之不去。"我若有所思地感叹道："只是这幻象有时像黑魔一样令人心惊胆战。"文白颇有同感地说："是啊，你这句话让我想起了托马斯·曼在《魔山》里纳夫塔说的一句话：我们时代的神秘性和准则，不是自我的解放和发展，我们时代所需要的、它所追求的，它将为自己创造的，是——恐怖。这句话说得太现实了。"我饶有兴趣地问："那么你通过《现实》这部长篇小说究竟想讲怎样一个故事呢？"文白的嘴边噙着淡淡深思的微笑，在这个荒诞费解的世界里，我时常惊叹他脸上那种淡定自信的神情，更让我痴迷的是他目光中流露出的淡淡的忧郁，就感觉他生来就是属于为艺术的，此时文白点了一支烟，深深地吸着，夹在指间的香烟缭绕向上，像是一个颤动的问号，他深思熟虑地说："长篇小说《现实》通过一个'被精神病'的人的精神内省和自我分析，深刻揭示了在物质极大丰富的今天现代人经受着前所未有的、异常严重的精神危机。"说完，他意犹未尽地深吸一口烟，表情很像凡·高戴着绷带、叼着烟斗的自画像。我若有所悟地说："看来你在这部作品中朦胧又确切地、曲折而又透彻地揭发了这个社会伪善的神话。文白，我逃离黑屋以后，一直想以我的那些难友的故事为题材创作一些组画，可是苦于没有一个好名字，听了你这番话，我决定也将我的组画命名为《现实》，因为我的画和你的小说反映的是一个主题。"文白听罢兴奋地说："太好了，这才叫珠联璧合呢！小丹，我总觉得你是另一个我。"我开玩笑地说："这不正应了伍尔夫的那句话，伟大的脑子是半雌半雄的。"文白听罢爽朗地大笑起来，笑着笑着，他似乎想起了什么，然后收起笑容，若有所思地说："小丹，从时间上推算，《神话》应该快出版了，我被关在这里行动不方便，我想请你去一趟北京，找耿直商量一下，可不可以将我的新书发布会和唯心现实主义画展一起搞。"我刚好有去京城的打算，一是想专程看望沈丹娜，二是想寻找一下张天红的下落，再说文白的这个想法甚合我意，便毫不犹豫地答应了。

清晨，天父、地母和孤寂、英晒的陵前，摆着祭祀用的九鼎八簋，每个祭器上都刻着：赫赫吾祖，德衷永长，祚我浩土，弥刚弥强，灭魔除妖，载宁民康，鼎铸大同，用祀永享。人神灵风，圣盆仙子英桃落，世外桃源源主英仓建，少侠英冰澈及丫鬟紫衣怀抱落灵儿，法慧、狼王及地使娘娘灿若、小魔头率天下诸王、将军及百万大军，头戴黄色佩巾立于天父、地母和孤寂、英晒墓前，剑士们鸣钟击鼓后，灵风率诸王敬酒、献茶、奉帛行三叩九拜大礼。辞颂吹起浑厚悠扬的箫音作为祭乐，楚雅率剑士们手持宝剑铿锵而舞。剑舞过后，灵风拔出光阴之剑，剑指苍天，面向百万将士，面色肃然，目光炯炯，环视片刻言道："黄天厚土，魔患猖獗，杀害百姓，毁我家园，血海深仇，天地动容，大道为公，先祖作证，煌煌天威，诛魔灭妖，以我血躯，虽死不悔！"灵风话音刚落，百万将士齐声高喊："以我血躯，虽死不悔！"这喊声惊天地，泣鬼神，震山河，撼日月，将士们手中的刀枪剑戟斧钺钩叉铿锵霍霍，威武不屈。此时，法慧走到灵风身边耳语道："灵风，祭祀先祖完毕，请圣盆仙子施法吧！"灵风点点头对桃落道："落儿，请出圣盆吧！""风哥，风婆婆曾经对我说过，圣盆施法的口诀在《光阴真经》里，还是先请出《光阴真经》一睹便知。"灵风会意地点点头，郑重地取下后背上的包袱，小心翼翼地从包袱中取出《光阴真经》，此时，那一卷竹简与往常不同，熠熠发出五彩之光，光芒柔和温暖，像彩虹一样笼罩着竹简。灵风从未见过《光阴真经》如此神奇，眼睛中闪烁着惊异之光，他轻轻打开竹简，五彩光芒大盛并形成彩虹，与桃落手中的圣盆相接，圣盆顿时金芒大盛，金芒沿五彩虹桥缓缓通向竹简，就在两种光芒相通之际，《光阴真经》现出鲜红如血的一段咒语。这咒语的文字连灵风也看不懂，这是灵风第一次看不懂《光阴真经》上的文字，他赶紧喊桃落过来，这鲜红如血的文字只有桃落能读懂："血海深仇，圣盆尽收；以血为路，直至净土；光阴之剑，降魔除龙；压于山下，圣盆为山。"桃落将咒语默记于心，这些文字每个字都闪耀着如血的红芒，仿佛跃跃欲试，桃落默记于心后，将五彩光虹随金芒缓缓收于圣盆。竹简恢复常态，鲜红咒语全无。圣盆却一直有五彩光芒萦绕。灵风心想，"有点意思，这竹简遇到圣盆就像自己遇到桃落一样，也像两口子一样有心灵感应，看来，这两件圣物一定是一雄一雌，一阴一阳了。"正在胡思乱想之际，桃落手捧圣盆已经如九天仙女般飞升而起，粉红色的长裙迎风飘逸，五彩光芒随着桃落的飞升向天际弥漫，漫天五彩，灿烂夺目。忽然，从姹紫嫣红中如花雨般飘下五彩花瓣，灵风率诸神诸王及众将士沐浴在五彩花瓣中，缓步向血海逶迤而去。此时，血海之上异常平静，只有海中嬉戏的鱼儿不时跃上海面，渐渐地海上起了微波，一层一层的细浪，受到五彩光芒的返照，一时光辉起来，霍霍地闪烁着。一片浩瀚无际的红光，红红的细浪，简直就像一片霍霍燃烧的火焰，闪烁着，滚动着，消失了，而后面的一排，则又闪烁着，流动着涌了过来。在这浩瀚天际的红光中，有一条特别红特别亮的大路，一直从夜山通到血海，灵风率领诸神诸王及将士们汇聚血海畔，为圣盆仙子桃落竭泽血海祈祷。桃落在血海上空缓缓盘旋，动若夏花，静若秋叶，身姿与五彩齐飞，衣裳共血海一色，此时，紫衣怀中的落灵儿望着美若天仙的母亲，咯咯地笑了起来。婴儿的笑声清脆稚嫩，回荡在血海上空，血海之上的云雾仿佛听懂了这笑声，缓缓凝聚，朦胧中让人觉得温暖慈祥。百万雄师的目光全部投向慈祥的云雾，渐渐地那云雾清晰地呈现出两张和颜悦色的脸来，众人无不惊讶，还是落灵儿咯咯地笑道：“爷爷！奶奶！”灵风这才透过泪眼看清爹娘的脸，原来是圣盆显灵，透过血海迷雾映衬出孤寂和英晒的面庞，慈祥和蔼，向百万雄师微笑着满意地点点头。“爹！娘！”灵风喊完一个头磕在地上。百万雄师无不俯首跪拜，就在众人黑压压齐刷刷跪下去之时，血海之上传出一声苍老的声音。“风儿，黑龙已经复活，此次出征要多加小心！”灵风听后心中咯噔一下，心想，“听英冰澈说，用我和我儿子的血才能复活，莫非黑魔和其他诸魔已经与黑龙融合，那黑龙的魔力岂不更增一层。”灵风缓缓抬头想仔细看看日思夜想的父母时，血海之上阵风骤起，吹散薄雾，孤寂和英晒和蔼慈祥的脸又化作缕缕薄雾看不见了。法慧扶灵风站起来，神色黯然地说道：“看来被楚雅言中了，我们面临强大的敌人啊！”“常言道，兵来将挡，水来土掩，”灵风面色凝重地说道，“我们是女娲的后代，生来就是黑龙的克星。”两个人正窃窃私语之际，百万雄师被圣盆惊天动地之势惊得瞬间屏住了呼吸，仿佛沉睡了几千年的声音从圣盆中响起。桃落飘在空中伸出纤纤玉手将圣盆抛向空中，那圣盆飞升到血海中央高速旋转，发出悦耳的异响，圣盆如太阳般射出的五彩光芒紧紧罩住血海，随着圣盆的高速旋转，血海之上波涛翻滚，汹涌澎湃。渐渐地从圣盆中形成一股巨大的吸力，那吸力若龙卷风一般将血海之血水如狂涛般吸入盆内，整个血海在圣盆巨大的吸力作用下，轰然旋转起来，在海中心形成一个巨大的旋涡。那巨大的旋涡飞速旋转，在旋涡中心，一根巨大的水柱被高高卷起，血光冲天，源源不断地飞向圣盆。桃落端坐于圣盆之上，如九天仙女，默诵咒语，凄美的身姿婉约而灿烂，在这一刻，天地间，她是唯一的光彩。桃落微闭双眼，脸色潮红，秀发之上一轮金光灿烂流转，好一个凝神静气的圣盆仙子于惊涛骇浪、波澜起伏中感动天地，大悲大苦、血海深仇，仿佛瞬间竟让她一一尝尽了。巨大而旋转的血水直上九霄，血海之上，巨大的旋涡震得海边的高山瑟瑟抖动，森林呼啸吼叫如万鬼哀号。圣盆之威席卷天地，仿佛要让世界原形毕露一般，它旋转着，要吸干血海每一滴血，它呜响着，要以敲山震虎之势，摧枯拉朽。圣盆在桃落咒语的驱动下，正忠实地执行着女娲娘娘的旨意，五彩光芒尽染层林，仿佛是百万雄师出征的战旗，滚滚滔滔的血海轰然旋转，仿佛是百万雄师出征的步履，血雾弥漫的萧萧水气，仿佛是百万雄师出征的铁蹄荡起的烟尘。没有人不惊叹，小小的圣盆会将血海搅得天翻地覆，茫茫血海竟尽收盆底，云端之巅端坐圣盆之上的桃落由于圣盆的高速旋转，整个人已经化作一团粉芒。此时，太阳已然西去，漫天残阳如血，天海相连，红遍每一个角落，百万铁甲雄师无人不红光满面，只有灵风的脸色像是血被抽干了一样，因为圣盆是女娲的圣物，如果灵力不足，将被圣物所伤。灵风由于担心桃落灵力不足，发生意外而惶恐不安，提心吊胆，一直为妻子捏着把汗。“相公不必惊慌，仙子的灵力是风婆婆所授，不会有问题的。”紫衣怀抱落灵儿莞尔一笑地劝慰道。“紫衣，我担心如果此时黑魔来袭，恐落儿施法一半，前功尽弃不说，还会伤及落儿。”灵风紧握双拳款款说道，其实手心已经沁出了汗来。“相公，此时正是圣盆灵力最强盛的时候，如果恶魔们来，保证让他们有来无回。”紫衣信心十足地说道。血海之水终于尽收圣盆之内，圣盆已经停止旋转，但是五彩光芒仍罩着血海，桃落微闭双目，口中念念有词，周身金光大盛。只见五彩光芒慢慢收起，凹陷在海平面以下的土地，随五彩红光慢慢升起，超过海平面时土地发出沉重的响声，随着五彩光芒竟长出一座高山。高山之巅托住圣盆及圣盆之上的桃落，桃落缓缓从圣盆之上下来，手托圣盆立于高山之巅，身边飘荡着五彩祥云，只是在她脚下如刀削般的岩壁上，写着三个血红的大字：宿命山。三个大字一出现，山前之人无不震惊！“灵风，其实这不是一座山，而是一座坟。”狼王正容说道。“是一座坟？为什么？”灵风不解地问道。“是啊，说它是一座坟皆由‘宿命’二字而来，看来人类这场浩劫是由天命而来，挡是挡不住的，这‘宿命山’下埋藏的就是女娲娘娘的欲望。”狼王徐徐说道。“女娲娘娘的欲望，那会是什么？”灵风吃惊地抬起头，脸色急剧地变幻着。此时，桃落已从高山之巅缓缓飘落到灵风面前，她清丽白皙的面容略显疲惫。“风哥，女娲娘娘是人类的母亲，她的所有欲望都是为了人类，这次浩劫过去之后，一切都要靠人类自己了，因为女娲娘娘已经将她所有的欲望埋在宿命山下了。”“看来女娲娘娘希望人类也像她一样将欲望埋葬掉。”灵风自言自语道。“谈何容易！女娲娘娘是神，可以抛弃自己的宿命，而人类是万难摆脱自己宿命的。”法慧长叹一声道。“这么说，无论神界、凡界还是魔界，各有各的宿命了，”灵风叹道，“那么魔界的宿命是什么？”“邪恶，邪恶是魔的宿命，就像人的宿命是欲望一样，欲望达到极限便是邪恶。”法慧幽幽说道。“当人类的欲望彻底消失的时候，便达到了神的境界，神的宿命是无欲。”狼王插嘴道。“既然与黑龙决战是我们的宿命，我们便迎接命运的挑战吧！”灵风慷慨激昂地说道，“落儿，请打开宿命之门，让我率领大军去收复世外桃源，铲除恶魔！”桃落见丈夫如此激动，不禁生出万分怜爱。“风哥，这一去，不知是福是祸，好在我们一家人都在一起。”“落儿，我知道去世外桃源只有靠圣盆引路了，一路上，你的责任最重，决不能走错路，否则，就前功尽弃了！”灵风看着桃落憔悴而略带痛楚神情的脸庞，严肃而温和地说道。桃落郑重地点点头，凝神定气默诵口诀，然后将圣盆向空中一抛，圣盆在空中越转越大，突然像散了架子一样幻化成几十根鱼骨从空中摔落下来，戳在地上形成两个门框，一个门框宽，向里一看，一条金光大道笔直无垠；另一个门框窄，崎岖小路曲曲折折，也是望不到尽头。“灵风，摆在我们面前有两个门，到底进哪一个呀？”辞颂为难地问道。“当然是走宽门了，难道放着金光大道不走，偏走羊肠小道呀？”圣母国国王大帝踌躇满志地说道。诸王纷纷点头认为有道理。“再说，百万大军挤在羊肠小道上，猴年马月能到世外桃源哪？”圣母国元帅莫恩插嘴道。众将军频频点头称是。“莫恩，我倒觉得走窄门可靠。”星月国国王古兰反驳道。“为什么？”莫恩暴躁地问道。“因为事物都是辩证的，或许从金光大道开始越走越窄，而从羊肠小道走，越走越宽呢！”古兰睿智地答道。“是啊，我劝诸位走窄门，因为从一条宽广大道出发的人常常走投无路，从一条羊肠小道出发的人却能够走到目的地。不要被宽阔的大门所迷惑，那里面的路没有多长。”须弥国国王唐宗附和道。“我王说得极是，引到灭亡的门是宽的，路是大的，去的人也多，引到永生的门是窄的，路是窄的，找着的人也少。”法慧深沉地补充道。“道理不辩不明，我也同意走窄门，而且我们这么多人走进窄门，能得到永生是人类之福啊!”灵风哈哈大笑，双目炯炯生光，顾盼之间，显得神采照人。“我们逍遥国一向以人神马首是瞻，人神走宽门，我们便走宽门，人神走窄门，我们便走窄门。”逍遥国国王无为虔诚地言道。“会不会有第三个门?”春秋国国王宗法突然问道。“宗法是说，摆在我们面前的两个门未必能进?”灿若插嘴问道。“以我看，我们要进窄门才能引我们到世外桃源，我们若是进宽门走大路，就是枉费了女娲娘娘的慈爱怜悯。”须弥国国王唐宗决然说道。“我相信，我们走进窄门是为天下人找到了救赎之路，其实，人类从来就没有第三个选择，大多数人是愿意进宽门走大路的，这样的起点是不会得到女娲娘娘的恩助的，所以，请大家随我一起走进窄门。”灵风说完大步跨进窄门，随后，诸神诸王及将士们陆陆续续走进窄门。有的将士一边走，一边抱怨道:“放着金光大道不走，偏走羊肠小道，简直是匪夷所思!”然而，将令如山倒，谁敢违抗天下兵马大元帅的将令，大队人马陆陆续续走进窄门，只是圣母国的莫恩元帅不信邪，暗自打定主意，偷偷率一小队人马，跨进了宽门。走进窄门中的大帝突然发现莫恩不见了，便高声喊道:“莫恩!莫恩!”随行的红衣大祭司查理小声道:“陛下，我见莫恩元帅率一小队人马走进了宽门。”“混蛋，你怎么不拦住他?”大帝怒道。“陛下，这是他自己选的路，莫恩的脾气谁惹得起，再说，或许殊途同归，没准莫恩走大路快，先到呢，也省得别国抢了头功!”查理话音刚落，就听见一声惨叫，从很远的地方传来。“什么声音?”灵风警觉地问道。“像是莫恩的声音。”狼王答道。“怎么，他没跟上来吗?”灵风疑惑地问道。“他压根就没进窄门，而是走进了宽门。”法慧平静地说道。这时，怀中抱着落灵儿的紫衣说道:“他们一踏上金光大道便掉进了万丈深渊，听说莫恩作恶多端，这也是他的劫数。”众人听罢唏嘘不已。“原来那金光大道只是虚妄，踏上去便是深渊。”圣母国国王大帝感叹道。“我们经常陷入两难境地，人生如此，国家也是如此，天下也是如此呀!”灵风说完回头望去，百万将士艰难地走在羊肠小道上，周围是茂密的森林。桃落等百万雄师陆续跨入窄门后，才默诵法咒，收起圣盆，自己御盆而起，追上灵风，她微微气喘，秀发拂动，灿烂而美丽的粉色身影成为林中的一道风景。“风哥，我总觉得有些异样，我们这么大的举动，为什么魔国竟然没有一点动静。”桃落担心地说道。“桃落说得有道理，往常玄冥鸟早就在我们头顶上盘旋了，这次我们举天下之兵，魔国一定会得到消息，竟然没有一点动静，令人匪夷所思！”楚雅仰望苍穹肃然道。“法慧，看看水晶球有什么反应。”狼王皱着眉头沉吟道。法慧默诵法咒，凝神向狼头禅杖里的水晶球望去，没有任何反应，法慧心中暗自纳闷，疑惑地看了一眼狼王。“怎么了？”狼王疑惑地问道。“狼兄，水晶球没有任何反应，好像世外桃源的魔力消失了。”法慧大惑不解地说道。“狼王，法慧，我倒觉得这是不祥之兆。”灵风手握剑柄沉思道。“何以见得？”辞颂插嘴道。“所谓物极必反，我看魔力消失正是魔力大增的征兆，黑龙的魔力不是黑魔所能企及的，别忘了我们面临的是曾经与女娲娘娘抗衡的强敌呀！”灵风说完，仰望天空，正是云暗天低；环顾四周，丛幽苔滑，林中一派雾气溟濛，氤氲升腾的景象，这时，前面探路的剑士回来报告：“掌门人，前面好像是一片死亡沼泽，大队人马需谨慎前行！”“灵风，我带几个人先去探一条安全之路插上标记，然后大队人马再前行吧。”小魔头自告奋勇地说道。“好，有劳小魔头了！”灵风笑了笑说道。“小魔头，一定要多加小心！”灿若在后面叮嘱道。小魔头应承了一声，已经展开双翅没了踪影。灵风传下命令，先就地安营扎寨，待探明死亡沼泽虚实再度前行。千军万马开始生火造饭，一时间林中炊烟袅袅，惊得林中鸟儿四散奔逃。各国国王哪受过这份劳乏，一个个累得筋疲力尽地瘫在地上。灵风望一眼在紫衣怀中熟睡的落灵儿，心中生出无限怜爱。

我到京城后没有直接去文心出版社，也没有给车夫打电话，而是去《京报》大厦找到了沈丹娜，沈丹娜见到我非常高兴，在《京报》大厦附近的一家环境清雅的小酒馆请我吃饭。她不仅要了牛腱子肉、水煮青菜，还要了一瓶二锅头，目的是庆祝我俩劫后余生。她兴奋地为我斟满酒，动情地说："丹姐，见到你可太高兴了，我先敬你一杯，感谢你的救命之恩。"我饮尽杯中酒后，快慰地说："如果要谢的话，我得先感谢你，要不是你那篇揭露黑屋的报道在全社会掀起轩然大波，我恐怕还煎熬在黑屋呢！其实所有的访民都应该感谢你。"她动人地笑了笑，然后蛾眉轻蹙地说："丹姐，你过奖了，其实我也只是揭露了冰山一角，至于'金太阳'背后是何方神圣，内幕实在太厚。"我担心地问："丹娜，难道黑屋还会卷土重来吗？"她轻轻翘起一边的蛾眉，似乎正在仔细思忖我的问题，然后淡淡一笑，露出毋庸置疑的神情，用深思熟虑的口吻说："丹姐，我们千万不要忽略这样一个事实：黑屋看似消失了，但是黑屋之恶并没有消失，它仍然隐藏在体制里。"沈丹娜的话让我不寒而栗，联想到文白、肖峰、张天红以及许多难友目前的处境，我的胸口就像压着一块大石头，我愁眉不展地慨叹道："是啊，只要腐败垂而不死，黑屋之恶就永远也不会消失。"沈丹娜却满怀信心地说："丹姐，希望还是有的，其实那些勇于维权的访民就是希望，你想一想，一个人的维权勇气会激发众多人的参与，一个媒体的有效监督也会带动诸多媒体的加入，二者合力推动的维权成功，就可能形成制度变革的契机。"我尽管很悲观，但仍然附和道："你说的也有一定道理，毕竟星星之火可以燎原。其实每一个勇于维权的访民都是一粒火种。"她没有和我深入探讨这个话题，而是话锋一转，妩媚的脸上悄然绽放着微笑，亲切地问："丹姐，找到你的大作家了吗？"她突然这么一问，我就感觉脸上瞬间掠过一抹羞红，心脏也开始不规律地跳动，我下意识地捂着胸口说："找到了！"她兴奋地说："太好了，在哪儿找到的？"我的心头顿时掠过一块乌云，低沉地说："在精神病院。"她惊异地问："怎么？他疯了？"她似乎一下子意识到了什么，杏目圆睁地问："丹姐，莫非他'被精神病'了？"我无限悲凉地点了点头，然后情不自禁地干掉了杯中的二锅头，稍稍稳了稳心绪后向她详细讲述了文白"被精神病"的过程。她听后良久才惆怅地说："丹姐，我想破头也想不到作家顾文白被关进了精神病院。"我悲叹地说："这就是现实。"她若有所思地说："我读过他的长篇小说《历史》，我看他还应该写一部《现实》，而且就在精神病院里写。”我用一种神秘的口吻说：“不瞒你说，他正在写。”她惊异地问：“是吗？他被关在哪儿了？”我叹了口气，无奈地说：“东州市精神病院。”沉思片刻后，她既深沉又兴奋地说：“著名作家顾文白‘被精神病’，这是多么有价值的新闻啊，我最近一直想对‘被精神病’做深入报道，可是各地精神病院都戒备森严，直接采访根本不可能，我甚至想要不要自己‘被精神病’后深入进去，但我真怕一旦‘被精神病’就再也逃不出来了。我在黑屋时就听难友说过，一些‘被精神病’的访民，一旦‘被精神病’就再也别想逃离精神病院，因为他们无论怎么证明自己不是精神病患者，也无济于事，直到真的被逼疯。丹姐，你能不能帮我一个忙？”我好奇地问：“什么忙？”她眼波灵动地看着我，诚恳地说：“帮我搭个桥，采访一下顾文白。”我爽快地说：“没问题，他正在创作的长篇小说《现实》就是写‘被精神病’这个主题的。”她莞尔一笑，快慰地说：“太好了，到时候我把我知道的关于‘被精神病’的素材都提供给他。”我欣慰地说：“不瞒你说，丹娜，我也在创作大型组画《现实》，能把你的素材先跟我说说吗？”她妩媚地一笑，风趣而又艳羡地说：“丹姐，你和顾文白真是珠联璧合，我感觉你们俩很像萨特和波伏娃。”我未置可否地笑了笑，她接着说：“丹姐，最近有一位和我一起被关进黑屋的难友来找我，他就是从精神病院里逃出来的。”我听罢心头掠过一丝寒意，眉头紧锁地问：“这么说他被押回原籍后又被关进了精神病院？”“是的，”她重重地点着头说，“他被押回原籍后，直接被送进了精神病院，在那里被当做精神病人，不仅要吃难以下咽的食物，定时服用效用不明的药片，还多次遭到电击和殴打，甚至被单独囚禁，更不允许和家人、朋友见面。他实在忍无可忍，便冒着巨大的风险，终于在一天夜里逃了出来。逃出来以后，他费尽周折，又回到了京城。身无分文的他，只能住在桥洞中，靠捡破烂为生。丹姐，你根本想不到，他费尽千辛万苦回到北京就是为了找我。”我惊异地问：“为什么？”她无奈地笑了笑，忧郁地说：“丹姐，在黑屋时，他像大哥一样关照我，保护我，他信任我，认为我是一个有良知的记者，绝不会出卖他，因此他到京城后，每天上下班时间，他都到《京报》大厦门前等我，等了一个多月，他才见到我，见到我时他蓬头垢面，简直像个乞丐。”我纳闷地问：“他找你的目的是什么呢？”她蹙着蛾眉说：“找我是为了借钱，他想到京城最权威的精神病院做鉴定，证明自己没有精神病，而且求我帮他找一家电视台，他要讲述自己的悲惨遭遇。”我同情地问：“你一定帮他了，对吧？”她点了点头，痛苦地说：“帮了，可是就在他到电视台准备讲述自己的经历时，突然来了几个便衣，二话没说，就强行把他押走了，又重新关进了精神病院。”话题太沉重了，沉默良久，我才猛然意识到什么，心情沉重地说：“丹娜，我也有一个难友，和你这位朋友的遭遇差不多，叫张天红，上访前是东州市妇婴医院的医生。”“张天红？”她似乎想起了什么，目光明亮地看着我说，“我听说过，她可是在‘死婴事件’中唯一勇敢地站出来为死去的孩子们喊冤的医生。”我惊异地问：“你怎么知道她？”她用自豪的口吻说：“丹姐，你怎么忘了，我可是第一个报道东州‘死婴事件’的记者。”我这才恍然大悟地说：“正因为张天红没有和领导保持一致，才被医院开除了，当时她不服气，进京上访，结果进了黑屋，和我关在一起，你那篇揭露黑屋的文章发表后，她和我一起被押回了东州，我没事了，她却被关进了精神病院。后来她逃了出来，她是一个非常执着的人，我估计她一定也在京城，丹娜，她是一个苦命的女人，姐求你一定想办法找到她。”沈丹娜凝视着我的眼睛，郑重地说：“丹姐，你放心，只要张天红在京城，我一定设法找到她。”

和沈丹娜分手时，我已经有半分醉意，本来想去车夫的画廊，不知为什么，一打上车就告诉司机去红门路。坐在车上，我迷迷糊糊地睡着了，熟睡中我竟然听到万鬼哭嚎的声音，声音凄厉哀怨，惊悚可怖，我好像变成了一缕幽魂漂到了一片沼泽上，声音就是从沼泽深处发出的，我心想，莫非我到了“死亡沼泽”？这么说，前面就是世外桃源了？这时出租车猛然晃动了一下，我一下子惊醒了，原来是左面的后车轮爆胎了。司机赶紧下车换轮胎，我也借机下了车，放眼四方，到处都是破烂的工厂、仓库、高高低低的树林，再远一些就是农村了，这条路我太熟悉了，虽然我坐着依维柯只走过一次，我知道离黑屋不远了。触景生情，曾经的苦难像拉片子一样在脑海里闪回。出租车司机见我望着远方直愣神儿，便一边换轮胎一边好奇地问：“大妹子，这就是红门路了，这一带破败不堪的，你打车到这里究竟想去哪儿呀？”在车上睡了一小觉，又被刚才的爆胎惊了一下，此时此刻，我半醉的头脑已经清醒，我环顾一下四周，用谨慎的口吻问：“师傅，你知道黑屋吗？”司机迟疑了片刻，摇摇头说：“不知道。”我接着问：“你知道凯安达储备仓库吗？”他想了想，摇着头说：“不知道。”我干脆直截了当地问：“你知道关押访民的地方吗？”我本以为他听了我的问话会突然停住手中的活，可是他头也不抬地说：“不知道。”我没好气地问：“那么你知道什么是人民，什么是公民吗？”这时他已经换好了轮胎，一边用一块破抹布擦手，一边讥讽地说：“大妹子，以后少喝点，省得大白天说胡话。好了，上车吧。”我失望地摇着头上了车。车只开了一刻钟，我就看见黑屋了，我赶紧让司机停车，我刚下车，就看见从黑屋方向跑过来一个蓬头垢面的疯女人，她手里举着一个破盆，一边跑一边喊：“黑龙来了，快救救孩子！黑龙来了，快救救孩子！”后面还跟着一帮戴着红领巾的孩子，领头的是一个红衣少年，他一边向疯女人扔石子，一边骂：“打死你这个冒充女娲的疯婆子！打死你这个冒充女娲的疯婆子！”很快疯女人就从我面前跑了过去，还没等我反应过来，她突然停住脚步转过身，用十分惊恐的口气说：“还不快跑，黑龙来了！”说完沿着红门路又拼命跑起来，一边跑一边敲着破盆喊：“黑龙来了，快救救孩子！黑龙来了，快救救孩子！”这声音我太熟悉了，那熟悉的面孔更是让我肝肠寸断，“天红啊天红，真的是你吗？你怎么会变成这个样子了！”这时那群孩子也从我面前跑了过去，我没来得及给出租车司机钱，就跟着那群孩子追了上去……

半夜时分，成千上万的林中小虫唧唧唧地叫个不停，林中燥热难耐，而且又潮又湿，咬人的小虫不时地骚扰士兵，没有人能睡得着。灵风更是盼着小魔头快点回来，好决定下一步怎么走，前面是死亡沼泽，如果不找到一条安全的路线，不知要死伤多少将士。灵风越来越烦，起身想在林中走走，却发现死亡沼泽方向腾起一望无际的绿雾，那绿雾幽亮幽亮的，缭绕不散，看不到边际，仿佛无数恶鬼纠缠一起冤魂不散。“楚雅，辞颂，有情况！”灵风语气短促有力地说道。此时，绿光大盛之处传来万鬼哭嚎之声，声音凄厉哀怨，惊怵可怖，一些士兵吓得缩成一团。“地使娘娘，这死亡沼泽为什么会有这么多孤魂野鬼？这是你们冥界的事，莫非是阎罗发兵助阵，望地使娘娘明察。”灵风坦言道。“灵风，我看前方虽然幽光大盛，鬼气森森，但有章有法，像是地狱军团常摆的鬼太极方阵，一定是阎罗派来的冥军前来助阵的，只是阎罗说地狱军团在世外桃源与大军会合，为何出现在死亡沼泽，一定另有隐情。”灿若话音刚落，那一望无际的幽绿阴光迅速地向森林中移动，仿佛无数不灭的魂魄从沉眠中惊醒，感觉到林中人体的温暖，迅速聚集过来，越来越近，漂游不定的幽光，如薄雾轻烟，幻化出无数面容，男男女女狰狞可怖。走在前面的是四具巨大的骷髅骨架，步履矫健，阴风凛凛，戾煞可怖，还有一个小男孩在他们中间蹦蹦跳跳地穿梭，正是小魔头。“地使娘娘，那四具巨大的骷髅骨架是什么鬼？如此戾煞！”法慧惊叹地问道。“我见过他们，他们在夜山救过我，是魑魅魍魉四大护法。”灵风抢先道。“正是我们地狱军团的四大护法。”灿若补充道。各国兵士从未见过这么多鬼魂飘舞游荡，一个个吓得脸色煞白，惊恐不定，军队发出阵阵鼓噪之声。小魔头领着魑魅魍魉四大护法已经来到灵风面前。“人神元帅，久违了！”魑护法伸出两只巨大的骨臂抱拳说道。“欢迎四大护法率地狱军团前来助阵，上次夜山解围，大恩大德还未当面致谢，四大护法，灵风谢过了！”灵风感激地说道。“人神元帅太客气了，都是为了除魔大业。”魑护法阴森森地说道。“四大护法，我与阎罗商定，地狱军团在世外桃源与大军会合，为何改变了计划？”灿若肃然问道。“娘娘有所不知，我等派出鬼探马得知世外桃源情况有重大变故，进退两难，才在离世外桃源不远处布下死亡沼泽阵法，等待大军到来，也防恶魔偷袭。”魑护法幽幽道。“噢，有什么重大变故，连四大护法都觉得为难？”灿若继续问道。“世外桃源百姓农耕劳作，鸡犬相闻，一派祥和景象，没有一点魔的迹象。”魑护法讶道。“四大护法有所不知，黑龙已经被黑魔复活，你们看到的是假象，这说明黑龙魔力冲天，已经到了以假乱真的地步。”灵风慨然说道。“黑龙已经被复活，再加上黑魔，这仗可不好打了！”魑护法惊叹道。“黑魔、火魔、土魔、水魔、花魔已与黑龙融合为一体，现在的黑龙若是不现身，我等怕是谁也认不出他来了呀！”法慧惆怅地言道。“好了，我看我等也不用长黑龙的气势，正所谓兵来将挡，水来土掩，我们也不是泥捏的。”狼王挥了挥手泰然地说道。“狼王说得极是，既然我们离世外桃源已经不远了，不如星夜兼程马上出发，打黑龙一个措手不及！”灵风紧握着拳头用力一挥决然道。“现在出发，清晨便可赶到世外桃源。”魑护法说道。“四大护法，过了这片死亡沼泽，前面可是一片竹林？”英仓建尽量掩饰着自己激动的心情问道。“哪里有什么死亡沼泽，其实，出了这片林子就是竹林，过了竹林就是世外桃源。”魑护法摇着骷髅头说道。英仓建和英冰澈互望一眼，父子俩的眼神中隐隐有泪花闪烁，桃落伸出玉手给英仓建擦了擦。“爹，瞧你，沉住气，还有一场恶仗呢。”“落儿，爹没有，爹知道。”英仓建重重地点点头。英冰澈也生生将眼泪憋了回去，右手紧紧握着剑柄，黑得深不见底的瞳仁晶莹闪光，他想起为自己赴死的小白就埋在前面的竹林中，不禁又涌上阵阵伤感。此时，百万雄兵唏嘘不已，他们做梦也想不到会与阴灵厉鬼们并肩作战，一时间黑压压的大军鼓噪不止。灵风心想，看这几个国王各怀心腹事，越早赶到世外桃源越好，正所谓夜长梦多，省得发生事端。想到这儿，他挥手道：“出发！”大军继续沿着羊肠小道逶迤而行。

清晨，当阳光从玫瑰色的朝霞中泼洒下来的时候，灵风率大军到达黑魔山脚下。漫山遍野的桃花像一片不散的霞云，汹汹的晨色之中繁花似怒，似在责怪：面对如此旖旎风光，为何刀兵如此？此时，高山之上琴声骤起，清奇幽雅，悲壮悠长。众人仰望，见一红衣少年在一石台上正襟危坐，勾挑抹拨，正抚琴谴怀，悠然自得。石台旁一缕香烟在微风中袅袅回旋，看样子，那少年抚琴正抚到尽善尽美之处，正所谓啸虎闻而不吼，哀猿听而不啼。“灵风，此人贪杀之意露于丝桐，必是黑龙的化身。”法慧厉目凝视道。灵风心下暗自惊异，此少年英气逼人，却又露出几分妖冶，猎猎红袍中含着戾煞邪气，绝不可等闲视之。“抚琴之人可是魔祖黑龙吗?”灵风高声喝道。少年却不理不睬，继续抚琴，高山流水，了然于胸。突然，嘣的一声，琴弦崩断，少年兀自愣了一会儿，然后摇了摇头。“扫兴，真是扫兴!”少年缓缓站起，微风吹过，红袍飘逸，更透出几分戾煞之气。看样子虽然面貌稚嫩，举止却沉稳老成。“女娲，我们终于又见面了!”少年一出口，百万雄师惊得目瞪口呆，人人面面相觑，不知少年所言女娲是指何人?许多人的目光都投向了桃落，以为少年所指女娲必是桃落。然而，怀抱落灵儿的紫衣却向前迈了一步，面带笑容轻声言道：“黑龙，想不到我们会在这世外桃源相见!”“女娲，你化作民间女子仍是艳若桃花。”少年的声音像穿过了千万年岁月的光阴，久久在山间回荡。“黑龙，当年我一时手软，只打散了你的魂魄，本指望你收敛欲望，重新轮回，想不到，你欲壑难填，利用黑魔再次聚拢魂魄，妄想奴役人类，这次，你难逃天国严惩!”紫衣说完，黑龙哈哈大笑。“女娲，也不知是哪个欲壑难填，当年清平世界，朗朗乾坤，你因自私，难耐孤独寂寞，造出这些尔虞我诈的人类，他们为了私利，年年发动战争，搞得人间生灵涂炭，整个世界不得安宁，如果你不造人，你我早就做成夫妻了，生下的孩子也会和人类一样多。”黑龙话刚说完，紫衣愤怒地啐道：“住口！一派胡言！算我瞎了眼，当年你出现在我面前时，我以为你是堂堂男子汉，烈烈大丈夫，却不承想你暗藏觊觎天国的狼子野心，想让我与你同流合污，幸亏我识破你，黑龙，受死吧!”紫衣说完将怀中落灵儿递给桃落，又从桃落手中接过圣盆。“女娲，想不到你还是那么绝情，你手中的圣盆不就是当年你造人的池塘幻化而成的吗?其实你已经将圣盆的精髓转化成了人类的子宫，灵力怕是大减了吧，想用它战胜我，没那么容易。”黑龙一拂红袍极潇洒地坐在瑶琴前轻抚琴弦，悦耳之音徐徐传来。“大家小心!”紫衣提醒道。可是她话音刚落，有些士兵已经颓然倒地。“紫衣姑娘，不管你是不是女娲，打仗是男人的事，你一个女人家先站一边。”辞颂不耐烦地说完，猛然取出长萧与少年对决起来，好家伙，瑶琴若千军万马，十面埋伏；长箫如剑雨刀兵，撕天裂地。正在黑龙与辞颂琴箫斗法之际，世外桃源的“百姓”全都聚集过来。“冰澈，世外桃源从来没有过这么多的百姓，怎么会一下子冒出数不尽的百姓？”英仓建惊讶地问道。“爹，这百姓中虽然夹杂着咱桃源人，但绝大多数都是黑龙用魔力幻化的，八成是以前的怪兽已经幻化成百姓了。”英冰澈倏然悟道。“如果是怪兽幻化成了百姓，怪兽岂不是已经将大军包围了？”英仓建大惊道。“不好，危险！”英冰澈倒吸了口凉气道，“灵风，我们已经被怪兽包围了。”灵风环顾四周，也是不胜骇然，他低头与法慧耳语几句，法慧会意地走了，此时辞颂已经气喘吁吁地吹不成调了，显然黑龙魔力巨大，辞颂无法与之抗衡。“辞颂，你且休息，我来会会这少年。”楚雅见状勃然大怒言道。话音刚落，一道闪电当空炸响，楚雅已然立于空中，闪电之剑直指少年。正在楚雅与黑龙斗得不分胜负之时，桃落怀抱落灵儿已然翩翩跪下给紫衣磕头。“桃落见过女娲娘娘，桃落有眼无珠，失礼了。”“仙子快快请起，我哪里是什么女娲娘娘，我不过是女娲娘娘的一根头发幻化成的，你见过的风婆婆才是真正的女娲娘娘，还是叫我紫衣吧。”紫衣说罢将桃落扶起，桃落心下骇然，女娲娘娘何等神力，一根头发的灵力便可抗衡黑龙，正想着，一声惊雷响起，楚雅的闪电之剑再次向少年劈去，却如劈在无形的墙上一般，不仅无济于事，而且无形之墙反弹之力极强，生生将楚雅震落在地，险些受伤。雪神雨神纷纷失利，不由得军心大乱，此时，少年身后黑云骤起，如潮水般黑气腾腾，一波波向大军涌来，周围围观的百姓都现出了怪兽的嘴脸，不知谁高喊一声，“我们被怪兽包围了！”大军一阵骚乱。灵风暗自叫苦，拔出光阴之剑，用洪亮的声音高喊道：“弟兄们，除魔的时候到了，杀呀！”说完呼啸着杀入怪兽群中，一时间诸国大军与怪兽军团摆下战场，直杀得昏天黑地，天空中所有的鸟都变成了恶禽玄冥鸟，不断地俯冲到人群中，圣母国万夫长骑马立于国王大帝身边指挥战鹰升空对抗玄冥鸟，国王大帝高举长剑立于马上高喊道：“勇士们，冲啊！冲啊！”圣母国的士兵勇往直前，所向披靡。此时国王大帝身边护旗的人寥寥无几，正在一箭地处奋勇杀敌的星月国国王御前统领穆萨将军远远望见大帝在风中举剑高呼，一下子想起自己的父母妻儿都死在圣母国士兵手中，心里顿时涌起仇恨之火，仇恨的念头无论如何也压不下去，此时，报仇正是机会，他摸了摸怀中的火弹，一个恐怖袭击的方案闪过脑海。穆萨一不做，二不休，打马向大帝冲去，正在指挥作战的圣母国国王大帝根本没想到会有人偷袭自己，他手舞长剑，立于马上，高喊道："勇士们……冲啊！"还没来得及喊完，后背一阵风起，一个大汉从飞奔而来的马上纵身跃向自己，那大汉紧紧抱着大帝，两个人刚坠于马下，就听见一声巨响，一团火光腾起，那大汉和圣母国国王大帝早已炸得血肉横飞，立在旁边的万夫长也被炸得奄奄一息。这突如其来的变故刚好被法慧看见，他打马向这里飞奔，战神白色的尾鬃像战缨一样飞扬，他赶到万夫长的身边，将万夫长的头抱在怀里，急喊："万夫长！醒醒！""大国师，不要声张，星月国人报复，恐怖袭击，大帝国王升天了，小心别乱了军心，我不行了，去天国报到了！"万夫长说完，头垂了下去。法慧将万夫长的头轻轻放在地上，用力举起圣母国的国旗立于战神之上，继续高喊道："勇士们，冲啊！"此时，战场上已经分不清哪国是哪国的军队，黑魔山上那少年仍然抚琴不止，众神一个个与之抗衡仍占不了便宜，此时魑魅魍魉四大护法正在与少年较量。战场上，法慧大弟子传真见师傅高举圣母国大旗，赶紧过来接应，狼王率白狼等弟子也打马赶了过来。"法慧，发生了什么事？"狼王紧锁眉头问道。"圣母国国王大帝阵亡了，还有万夫长，"法慧压低声音说道，"我没声张，别乱了圣母国士兵的军心，只要这杆大旗不倒，圣母国的士兵就会勇往直前，传真，这杆大旗交给你了。"说完，法慧和狼王率众弟子再次杀入敌群。黑魔山上，少年的琴声如撕天裂地，高天之上滚滚黑云疯狂汹涌，四堆散了的骨架发出幽幽的绿光，一会儿从黑云中冲出四颗巨大的骷髅头震向少年，一会儿四根巨大的白骨巨臂砸向少年，但都被撕天裂地般的琴声反震回来。战场上，诸国士兵血肉横飞，死亡惨重，灵风看在眼里，急在心里，他手举光阴之剑，断喝道："四大护法，散开，灵风来也！"一阵血旋风冲天而起，光阴之剑剑芒闪过，一团血太极如万马奔腾般扑向少年，那少年哈哈大笑，毫不畏惧，却不曾想到灵风的血太极灵力如此巨大，几乎将少年设置的琴音之墙震碎，灵风也被巨大的反震之力震回，一口鲜血喷了出来，桃落大惊，赶紧扶住灵风。灵风这一击着实让黑龙吃惊不小，当众人将目光投向黑魔山时，少年已经变成了须发皆白的老者。“仙子，灵风这一击消掉黑龙不少魔力，待我来会会他。”紫衣说罢，高举圣盆若九天仙子，腾空而起，顿时一片紫芒大盛，紫衣将圣盆抛在空中，自己端坐在盆上默诵咒语，只见紫衣身后金光大盛，如万道霞光，冲破黑云。老者不敢怠慢，琴音大振，黑云中翻滚无数丈尺许的黑龙，张牙舞爪扑向紫衣，紫衣身后万道霞光忽然幻化出无数金凤凰漫天飞舞，与无数在黑云中翻滚的黑龙战在一起。空中是龙飞凤舞，地上是血雨腥风，灵风强忍伤痛，对诸神沉吟道：“此时正是黑龙魔力最弱之时，我们何不联手一起上？除了他！”诸神会意，各展法宝各施灵力，一起劈向黑龙，紧接着，楚雅、辞颂、魑魅魍魉四大护法，灿若、小魔头，一起跃起，从四面八方直取黑龙。黑魔山下只剩下桃落怀抱落灵儿，就在诸神各施绝技大力袭来之时，老者现出原形，一条巨大的黑龙长啸怒吼一声，腾云驾雾而起，挥舞着四只怪异的龙爪避开众神攻击，直取桃落。众神大惊，但谁也收不住攻击的势头，一声巨响过后，只见刚才黑龙抚琴的石台被击成了粉末，一团白雾腾起，简直是地动山摇。可怜桃落大惊失色，只顾护着怀中的落灵儿却忘了躲闪，黑龙骨爪夺落灵儿，火爪攻击桃落，就在这千钧一发之际，灵风猛扑过来，光阴之剑直刺黑龙后心。黑龙的注意力都在落灵儿身上，根本没顾及身后的袭击。“桃落，快跑！”灵风大叫道。桃落这时才猛然惊醒，一转身却来不及了，被黑龙的骨爪深深刺入后背，与此同时，黑龙的后心也被灵风贯入一剑，黑龙剧痛狂啸一声，卷着黑云腾起。“落儿，怎么样？”灵风抱起倒在血泊中的桃落惊呼道。“风哥，我后背受伤了。”桃落仍然紧紧地抱着孩子，凄苦地笑了笑，灵风从白袍上扯下一块布为桃落包扎，却听见众神惊呼，灵风仰头看去，黑龙的龙头变成了蛇头，却从后背灵风刺中的地方冒出一股黑烟。那黑烟像一股龙卷风一样盘旋一会儿，突然低吼一声，一条缺了半个脸的黑龙从黑烟中挣扎了出来，上下翻滚，飞舞窜动。“灵风，我们终于见面了！”一个沙哑恐怖的声音卷着一团黑气如旋风般喷出。众神惊呼！“黑魔！”魑魅魍魈四大护法一见黑魔复活异常兴奋。“黑魔，奉阎罗之命前来擒你，休走!”“风哥，我没事，快去助战!”桃落推开灵风。灵风、楚雅、辞颂、灿若、小魔头、紫衣从四面八方以雷霆万钧之势，袭向黑龙，那黑龙中剑后，体内不安分的黑魔借机逃出，致使黑龙魔力大减，龙体已经变成了蛇身，但仍然借助四个怪异的利爪负隅顽抗，一边抵抗，一边低吼，“孩儿，救我!”为了保护落灵儿，紫衣已将圣盆抛给桃落，她化作一条金绳索，飞向黑龙，那正是紫衣的原形，女娲的充满灵力的发丝。黑魔再次出现，世外桃源顿时黑云滚滚，天昏地暗，黑桃林再次出现，只是人头黑桃不见了，因为，这些人头黑桃早被黑龙吞入腹中，玄冥鸟军团、怪兽军团、魔兵军团从四面八方向诸国大军攻击，战斗已进入白热化阶段。诸国大军各自为战，战前部署被全然打破，法慧和狼王率领各自的弟子如救火队员一样，哪里吃紧就奔向哪里。须弥国国王唐宗左臂挂了彩，逍遥国国王无为右腿中了剑，春秋国国王宗法受了内伤喷血不止，星月国国王古兰被怪兽削掉一个耳朵，也是流血不止，圣母国国王大帝阵亡，由红衣大祭司查理暂行兵权。灵风瞥了一眼战场，异常悲愤，他没有想到，这场决战会打得如此惨烈，愤恨之余再次举起光阴之剑，劈向黑龙。此时，紫衣的原形金绳锁已经将黑龙紧紧缠住，并高喊道:“灵风，我已奉女娲娘娘之命捆住了黑龙的三魂七魄，你们将其四爪砍下，黑龙的魔力便会消失。”灵风直取伤了桃落的骨爪，楚雅直取火爪，辞颂一抖宽带化作长剑直取石爪，灿若和小魔头直取水爪。风云之间只见异芒闪动，灿烂无比，黑龙的三魂七魄被紫衣缚住，魔力消失一半，虽然越发肆虐，却已经外强中干，四只怪异的龙爪在一阵排山倒海般的璀璨过后，伴随着充满戾煞的嘶吼被砍了下来。黑龙又变成大铜锅里无能为力的大虫，生生从空中摔了下去，大虫嘶吼声中，漫天花雨纷纷落下。“小心花魔!”灵风话音刚落，被生生砍下的四只龙爪腾起黑云化作原形，分别是鬼魔、火魔、土魔、水魔、花魔，五魔也复活了。鬼魔一声厉啸，五魔形成五魔阵，直取魑魅魍魉四大护法，欲解救黑魔。摔落在地的大虫发出最后的哀鸣:“孩儿们，快来救我!”黑魔借五魔助阵之机，故伎重演，忽然杀向桃落。桃落在圣盆金光的抚慰下，伤痛略有好转，她见黑魔袭来凝神默诵法咒，与圣盆一起腾空而起，璀璨的金芒与黑魔的戾煞之气相撞，火光冲天，黑魔和桃落都被反弹出去。灵风见桃落祭起圣盆可以与黑魔抗衡了，心下大喜高呼："桃落，用血海破魔！"一句话惊醒桃落。桃落一手怀抱落灵儿，一手高举圣盆高声颂道："血海深仇，圣盆尽收，以血引路，直至净土，光阴之剑，降魔除龙，压于山下，圣盆为山。"桃落的声音斩钉截铁，如断冰切玉一般，声音刚落，圣盆之中倾盆血水如瀑布般滚滚冲向黑魔山，所到之处黑气皆无，恢复净土，被血海洗过的黑桃林重新现出鲜花盛开的景象，漫山桃林花吐胭脂，烂漫怒放，血海冲到山下战场，所到之处怪兽遇血水即化为黑水，被血浪卷走，决战的士兵却安然无恙。战场上的怪兽鬼哭狼嚎般逃命，被黑魔锁定心智的魔兵也都解了咒语成了世外桃源的百姓，一个个捡起地上的兵器加入除魔的战斗。空中的玄冥鸟也都化作黑烟，被冲天的血雾化解，黑魔山重新变成了仙桃山，然而，山巅之上诸神与诸魔仍然对峙。此时的桃落成了诸魔的主攻目标，因为谁吸到落灵儿的血，谁就会魔力大增，此时的桃落一手擎圣盆倾覆血海，一手怀抱孩子，口中高诵法咒，根本无法抵御诸魔的攻击，围绕着桃落，诸神与诸魔大战起来。桃落高擎圣盆，相当耗费灵力，又担心怀中的落灵儿，脸色已然惨白，灵风怕诸魔伤着桃落母子，求胜心切，一分神被土魔的石尾重创，灵风回手以剑将土魔劈为两半，小魔头又口喷魔火将土魔化为灰烬。可怜灵风重重地从空中摔了下去，刚好落在大虫身边，一口鲜血正好喷在大虫身边，那大虫兴奋不已，拼命吸灵风喷在地上的鲜血。立于空中的桃落见丈夫从空中重重地摔了下去，心中大惊，一失手，怀中的落灵儿也摔了下去。众魔大喜，向落灵儿袭去，正在这千钧一发之际，大虫吸了人神之血魔力大增，竟长出龙头，腾身跃起，袭向昏死过去的灵风。惊慌中的桃落下意识地高喊："不要！"将圣盆脱手砸向黑龙，黑龙魔力刚刚附身不能完全使出，根本抵不住圣盆的巨大灵力，重重地被圣盆扣在底下。那圣盆果真是女娲娘娘的圣物，轰然砸下之时，如巨石一般，砸在大虫身上后发出隆隆巨响，猛长膨胀，竟若一座山一般将黑龙压于山下。黑魔最先得到了落灵儿，正要一口吞下，被楚雅的闪电之剑重重劈下，龙脸本来就剩一半，却被楚雅生生劈掉了另一半。黑魔没了脸万分痛苦，更无法吞食落灵儿，在空中翻腾了一会儿，抱着落灵儿逃向远方。桃落一声哀吼："还我儿子！"却因惦记昏死过去的灵风，一股急火攻心也昏死过去，重重地从空中摔了下去。诸魔见黑魔逃走，也卷起一股狂风随黑魔而去。"辞颂，你照顾灵风、桃落！"楚雅说完如一道闪电疾追而去，众神都知道落灵儿落入魔手的后果，也都疾追而去……

2012年11月15日

于沈阳耕香斋

后　记：生命体——小说的一次基因突变

众所周知，基因其实是十分稳定的，能在细胞分裂时精确地复制自己，但这种稳定性是相对的。在一定的条件下基因也可以从原来的存在形式变成另一种新的存在形式，就是在一个位点上，突然出现了一个新基因，代替了原有基因，于是后代的表现中也就突然出现了祖先从未有的新性状。这就叫基因突变。基因突变是生物进化的主要因素之一。毫无疑问，《油画》出现了传统小说没有的新性状，是一种新的存在形式，是一种“新文体小说”。正因为如此，《油画》是一次小说的基因突变，它在叙事结构上，独创了一种崭新的文体——生命体，即DNA双螺旋结构，也就是说《油画》的叙事是一个不断旋转的过程，是一种螺旋式的叠加，小说的“现实”部分与“魔幻”部分相当于DNA的两条链，八幅画相当于四个碱基对，《油画》恰恰以“现实”这条链为模板，复制出“魔幻”这另一条链。阅读《油画》可以使读者领略到一种螺旋反复、迷宫式的阅读快意。在《油画》结尾，顾文白对朱小丹说，自己要写一部长篇小说《现实》，其实《油画》的“现实”部分，就是他要写的《现实》。

很显然《油画》是由《现实》和《神话》两部长篇小说组成。两部长篇小说互相依赖、相互交织，《现实》是作品的重心，而《神话》则是对现实的虚写与影射。这显然是一种文中文的结构，即在一个文体中对另一个文体进行创作、解读、分析与思考。我认为优秀小说之所以优秀，并不是因为作家所讲的故事，而是因为他怎么去讲这个故事。毫无疑问，《油画》既是对梦境的一次写生，更是对现实的一次写生，无论是魔幻部分的情节，还是现实部分的情节，画面感无不强烈而清晰。整部小说犹如一系列连贯激昂的组画，或磅礴震撼，或哀怨婉转，如行云流水，浑然一体。读者可以多维地、立体地认识人物，从而获得启迪。我之所以把更多的注意力集中到反思传统叙事方式的局限上来，是因为在审美观念日益陈腐的当下文坛，我坚信，我怀疑故我在，我创造故我在。马尔库塞在《审美之维》中指出："形式就是否定，它就是对无序、狂乱、苦难的把握，即使形式表现着无序、狂乱、苦难，它也是对这些东西的一种把握。艺术的这个胜利，是由于它把内容交予审美秩序，而审美秩序就其本身的要求看是自律的。因而，内容被形式所改造，从而获得了超越其内容组成成分的一种意义。这种超越的秩序，就是作为艺术真理的美的显现。"可见形式创造至高无上。我始终认为，原创性是对一部长篇小说的最高赞誉，而原创性首先体现在叙事艺术的创造上。当一个作家努力用独创的新颖形式来表达自己的心灵图景时，就能培养起自己独特的洞若观火的洞察力。生命体所追寻的方向，一是心灵，二是审美。小说力求以优美悲壮的笔触、富有节奏的行文对人的生存、命运及强权、良知、艺术、爱等问题进行深入探讨。应当说，《油画》是一个用强权、欲望、罪行、寻找、梦幻、魔幻、艺术和悲悯编织而成的故事，我在创作过程中尽量将自己的内心最大限度地敞开，以斧劈式的笔法和描述性极强的语言，逼真而令人战栗地写出了"黑屋"对人造成的巨大心灵冲击。应该说这是一部与虚构交错的时代的非常规自传。

小说是语言的艺术，在挖掘语言的内在品质方面，《油画》笔法细腻，情感深沉，以力透纸背的气势，充分彰显了强烈的悲剧意识和悲悯情怀。歌德说："任何一种伟大都是由人在反抗神祇中实验出来的。"我恰恰是通过《油画》完成对现实的"抵抗"。我觉得对人类命运的总体性思考始终是一切真正优秀艺术作品的内在景观，在《油画》中，历史与现实其实是无处不在的，通过对历史与现实的描写，个体精神结构中的挣扎和冲突间接而尖锐地表现出来。其实，自从我拿起了笔，我就与身处的时代保持着一种深刻的思想性的联系。里尔克在《安魂曲》中有一句诗："因为生活与伟大的作品之间总有一种古老的敌意。"讲的就是作家应该与其生存的时代保持一定的紧张关系。《油画》无疑与时代保持了这样的紧张关系，是一部充满人文主义气节的作品。这部作品实际探索的是生活在官本位下的我们，如何同时面对希望与绝望。那么《油画》叙述的是真相本身，还是由真相带来的“恐惧”与“期盼”？在勘破真相后，我们当如何直面现实？在这方面，《油画》为读者留下了巨大的思考空间和想象空间。

作家就是深入到黑暗深处寻找光明的碎片的人，就是深入到“风月宝鉴”的后面探寻未知存在的人，《油画》就是一部跨过光的门槛揭露了黑暗真相的长篇小说。在这部作品中，官本位主导下的邪恶势力成为破坏我们精神家园的黑魔。那些无助的访民虽然是弱者，却无不拥有孤独而高贵的灵魂。毫无疑问，在当下中国，一些利欲熏心的人只要能像虱子一样寄生在官本位这袭华美的袍子上，他们宁愿把自己托付给黑魔。一些人越来越被打磨成为现时功利生存的、失去灵性与情感的、为权力所驱使的工具。一个活生生的人被官本位吞没之后，官本位一切如常，甚至在吞没处见不到一丝波动，这就是腐朽最可怕的地方。很多人在认清官本位之后会彻底抛弃幻想，从此专心于经营、钻营，顾文白却是一个对世外桃源孜孜以求的人，以至于一边活在梦幻里，一边直面真实世界的丑陋与残酷。值得人们深思的是，为什么在善与恶的斗争中，恶似乎总是在人们不经意间就占了上风？或许正因为恶的强大，我们才需要放弃某些心爱之物，踏上征途去寻找未被权力污染的心灵家园。然而，在官本位世界里，我们无权自由地表达意愿，而追求自由、做自己、寻找心灵家园的人在这个社会被视为疯子；只有那些循规蹈矩、情愿做精神上的阉人也不愿意做自己的人，才被视为正常人。最可悲的是，我们被权力和欲望异化却不自知，以至于丧失了自己的灵魂却满不在乎，进而失去了良知与善良。

对现实的重新理解是当代文学面临的重要问题，“新文体小说”以深入开掘现实为己任，试图站在时代的制高点上体味时代痛苦。我通过关注脚下的现实来拷问自己的灵魂，又通过写作过程去不断修正自己的精神结构，力求使自己的精神痛苦与时代痛苦相契合，以至于心灵感受成了我把握现实世界的媒介，应该说，《油画》既是我的内心独白，也是这个时代的内心独白。其实生活和写作的目的就是为了获得对世界最清醒的认识，《油画》不是浅尝辄止地停留在表现人间世态的表层，而是把笔深入到现实深处最隐秘的角落，描绘了一个无情的世界。在这个世界里，读者面对的是强权与压抑，是猎人与猎物之间的根深蒂固的秩序。“新文体小说”对现实的兴趣与传统现实主义作家一样强烈，但它关注的是“风月宝鉴”后面的现实，是深藏的和隐藏的现实。对个人生存真相的体认、对生命之美的发掘与回味是寻找生存意义的关键。《油画》不仅是对人类精神世界的生动反思，也是对个人命运与社会存在之间关系的一种特殊阐述。在《油画》里，人物性格、情节和各种艺术理念的讨论水乳交融地组织在一起，无论是思想，还是艺术理念都是通过具体的人物和情节来阐释的。真正做到了故事为艺术服务、为语言服务、为思想服务、为“新美”服务。我通过《现实》和《神话》所组成的《油画》展示出了我的心灵图景。在文学创作中唯一不变的只有美的原则，一部有价值的作品应该在内容和形式两方面都体现出审美者意想不到的、看后心灵受到震撼的美。这也正是《油画》力求达到的美。

《油画》确实处在时代的气息中。小说中的《神话》与《现实》展开了一场诗与思的对话，每一个梦境、每一段现实，都犹如一幅油画，独特的审美特征增强了作品的感染力。作品摆脱了传统现实主义的羁绊，把现实与魔幻结合为一个整体，对人的命运做哲理思考，使作品对现实的反映达到了新的深度和广度。用天马行空的方式来凸现人的困境是《神话》的一大特点。《神话》并非美丽的谎言，我们确实是女娲的传人，而非黑龙的传人，这是真实的，然而我们虽然是女娲的传人却一直被黑龙所奴役，这也是真实的。龙是什么？当然是强权的化身！应该说《神话》是人类心灵的镜子，真善美皆在其中。从古到今，“神话”都是一种真实的存在。虽然魔幻世界与现实世界处在不同的时空，但读者对两个世界阅读后会获得同样的共鸣。《神话》的结尾一改正义战胜邪恶的俗套，而是留下巨大的悬念，这样既给读者留下巨大的想象空间，也给读者留下深刻的启示。正义的力量虽然强大，但邪恶的力量也不可小觑，搞不好正义会彻底被邪恶吞没。与“神话”相比，现实不过是一种虚幻而已。在一个物质极大丰富而精神却徘徊不前的世界里，像顾文白、朱小丹那样的艺术家难免有女娲补天的冲动。“神话”本身具有真理般的朴素与善意，我们可以挣脱的只能是某种真实。“世外桃源”不仅不是理想国，而且很可能是“黑屋”。在承认现实的基础上，《油画》更多表达的是对历史与现实的批判性反思。寻找世外桃源，实际上就是寻找心灵家园，然而当下的现实是心灵家园早已被横流的欲望所占领。身处在黑屋般的官本位世界里，人们的生活早已丧失了诗意与激情。

应该说《油画》既写出了我的心灵独有的特征，也是我笔下的主人公顾文白真正的有血有肉的沉醉。在我们生活的这个惶惑不安的时代，当占有欲全力控制人性之时，《油画》告诉我们怯懦是人类最可怕的缺陷。应该说，顾文白、朱小丹、车夫、张欣、肖峰、张天红、沈丹娜以及那些执着的访民都是不怯懦的人，在《油画》里，正因为有了这些人，才使人物形象逼真起来，书中刻画了多个人物形象，无不个性鲜明，没有雷同。做人低调勇敢且颇有人文主义气节的作家顾文白，既诡谲圆滑又真诚干练的画商车夫，虽九死而不悔的女画家朱小丹，富有正义感且嫉恶如仇的警察肖峰，善良而勇敢的医生张天红，用良知和智慧报道真相的记者沈丹娜……以及《神话》中的人、神、魔，人物画廊可谓丰富。同时小说采用烘托的手法，如张欣、顾文白以及一些上访者的形象都借助他人之口得以展现，尤其从多个“他人”口中得出的形象，能使读者得到一个客观总体的印象，读来兴趣盎然。当然悬念迭起也是《油画》的一大特征。顾文白失踪就是主要悬念，读者对这个悬念越揪心、越猜想，说明顾文白的处境越危险。这种扑朔迷离的悬念设置方法，让读者仿佛置身其中，享受着独特的审美体验。

普鲁斯特说：“任何时候，艺术家都应该听从他的本能，这样，艺术才成为最真实的东西，成为生活最严格的学校和真正的最后审判。”总之，《油画》听从了我的本能，但就本质而言，它应该是一部精神长篇小说。

2012年11月22日
于沈阳耕香斋

附　录：独抒己见

2012年10月初，我应邀参加了香港国际文学节，启程前、在港期间以及回沈之后，就《公务员笔记》英文版分别接受了英国《卫报》、美国《外交政策》、香港《南华早报》、《纽约时报》、香港电台电视部“作品”栏目、路透社、法新社、意大利《媒体日报》、美国全国公共广播电台（NBR）、《亚洲文学》月刊、《华尔街日报》、《印度教徒报》、《中国日报》、英国BBC、《环球日报》等媒体的专访，以下是这些媒体共同关心的问题：

一、《公务员笔记》写了什么？

《公务员笔记》力求抓住时代本质，浓缩历史与现实，讲述了一个非常中国的官场故事。小说讲述了东州市副市长彭国梁为争权夺势在陷害市长刘一鹤的过程中东窗事发，小说通过彭国梁东窗事发之前和之后对东州市政府办公厅综合二处公务员杨恒达、许智泰、黄晓明、欧贝贝、朱大伟等人物命运的影响，深刻揭示了蛰伏于人的心灵深处的危机，也就是在官本位下那些工于心计、勾心斗角的官场人，透过风光的表面，其实都是些丧失自我、没有信仰、没有心灵家园的精神上的阉人。《公务员笔记》讲述了这些人罐头式的生活，呈现给读者的是一部厚重的精神档案。什么是罐头式生活？就是表面看上去很光鲜，其实是没有生机的。我通过《公务员笔记》的思考，就是想打开封闭的罐头，哪怕见到空气，它馊了，也是一种自由的状态。一句话，《公务员笔记》通过对人性的解剖，深刻批判了官本位对人性的戕害。

二、你为什么选择“官本位”这个主题？

首先我写是因为我相信文学，相信文学艺术胜过相信其他一切。文学是我的心灵家园，信徒如何信仰宗教，我就如何信仰文学。其次，不是我选择了官本位这个主题，而是这个主题总是来找我，我无法摆脱它的纠缠。在官本位这个主题纠缠我的过程中，我情不自禁地对这个主题进行深入的思考，渐渐就有了心灵感悟。《公务员笔记》就是我对官本位这一主题思考的心灵感悟。我认为作家应该记录个人在历史中、时代中、现实中的深切和真实的感受。一个不关心身边黑暗的小说家，我充分怀疑其伟大性。

三、你在政府部门的工作经历对你的写作，特别是这部书的写作产生了何种影响？

我了解官本位在办公室日常事务的全部细节，这些细节会像画笔一样将我的心灵图景呈现出来，而且会呈现得很真实。另外，在政府工作多年的人生经历，让我更了解中国的改革开放，更了解民生民情，深知官员的七情六欲决定着老百姓的生活。但是小说的本质是虚构，虚构考量的是小说家建立在丰富生活底蕴基础之上的想象力和创造力。"想象力"靠"思"，"创造力"靠"智"。只有写出"思"与"智"相得益彰的小说的作者，才可以称为小说家。我不是靠经验写作的作家，我是研究型、创造型作家，所以千万不要低估了我的想象力和创造力。可以说，我的每一次创作都是一次心灵的苦旅。

四、清江省、东州市、黑水河有什么寓意吗？为什么你一直在写清江省东州市？

我的每一部小说之所以写的都是东州市，是因为我在写中国。其实东州就是东方的神州，就是中国。当下中国，在繁华的背后隐藏着肮脏，光荣的背后潜存着罪恶，我将这种隐藏着肮脏、潜存着罪恶的状态隐喻为一条黑水河。之所以让东州隶属于清江省，也是一种隐喻，我希望有一天黑水会变成清江。

五、在《公务员笔记》中，如何区分真实与虚构成分？您是公务员的时候也像书中的公务员一样吗？

在真实与虚构之间没有严格的区别，一个情节，不一定非真即假，它可能又真又假。因为小说是通过一些想象的人物对存在进行思考。如果非要区分的话，我只能说小说中的心灵感悟是真实的。我说过，小说的本质是虚构，虚构考量的是小说家建立在丰富生活底蕴基础之上的想象力和创造力。成功的虚构会让读者误将艺术的真实当作客观现实，其实艺术的真实是远高于客观现实的一种真实。因为客观现实不过是“风月宝鉴”映照出的表象，而艺术的真实是“风月宝鉴”后面的未知的存在，不经过心灵的炼狱是很难发现镜子后面未知的存在的。只有虚构的艺术，才能说出我们不能说出但必须说出的。我们可以通过虚构获得力量而直面现实。这或许就是艺术创造的价值所在。应该说《公务员笔记》的人物比现实中的人物还要真实，因为他们是现实人物中的典型。现实中的人物只是镜子映照的表象，我笔下的人物不仅描绘了他们的表象，更解剖了他们的灵魂，因此比现实中的更真实。

D.H.劳伦斯说：“相信故事，但不要相信讲故事者。”齐白石先生最擅画虾，他画的虾虽然栩栩如生，但生活中并不存在。因为真虾是六节的，而齐白石笔下的虾不仅是五节的，而且是河虾与海虾的结合体。齐白石认为，艺术的最高境界就在于似与非似之间，太似媚俗，不似欺世。这句话和D.H.劳伦斯的话其实是一个意思。在《公务员笔记》中，最真实的就是我的心灵感悟。尽管我也曾经像小说中的公务员一样生活过，但他们只是一个个虚构的人物，他们既是千千万万公务员中的一员，更是他们中的典型，他们身上有着千千万万公务员的影子。

我赞赏纳博科夫的说法：“对于一个天才的作家来说，所谓真实生活是不存在的：他必须创造一个真实以及它的必然结果。”纳博科夫一再强调，“小孩子听你读故事的时候会问，这故事是真的吗？如果不是真的，他会缠着要你讲一个真故事。我们读书的时候最好不要采取孩童般的执拗的态度。”“读书时幼稚地把自己同书中人物混为一体，把他们当作生活中的真人，是最坏的读书方法。”

六、谁对你的文学创作产生过影响?

我自认为是一个创造力很强的人，同时我最可贵的天赋就是有勇气怀疑，所以谈不上谁对我的文学创作产生了影响。可以说所有的优秀作家我都喜欢，只要他的作品有巨大的原创性，对文学有贡献。当然我对巴尔加斯·略萨更偏爱一点，因为巴尔加斯·略萨对小说的叙事艺术不遗余力地进行探索与创新，我也是；巴尔加斯·略萨对现实中的黑暗进行火一般的批判，我也是；当然巴尔加斯·略萨是世界的，但是我正在走向世界。

七、您为什么放弃仕途生涯，弃官从文？

我是一个有着传奇经历的人，在大学时为救一个刚刚入学的女同学曾经与一个膀大腰圆的强奸犯进行过殊死搏斗；到政府工作后，去新疆乌鲁木齐开会跳天山天池救了一个十一岁的小女孩；当然最惊心动魄的还是我亲历了一场炼狱灵魂的政治风暴，那场政治风暴后，我被重新安排了一个非常不错的职位，但是我不想重复自己，也不想再做一个精神上的阉人，于是我毅然决然地辞职，拿起笔开始寻找自我，寻找心灵家园。一切都似乎是上帝的安排，上帝需要一个具有文学天赋的人预先到官本位里闯荡一番，窃得其中的机密，然后以文学的方式泄露出去。我觉得上帝选择完成这一使命的人不是别人，就是我。那么我窃得了什么样的机密呢？就是我们常说的天机。有人说天机不可泄露，我要问，天机为什么不可泄露？其实答案很简单，天机大多不可告人。天底下只有见不得阳光的东西才不可告人，但是见不得阳光的东西多了，会让喜爱阳光的人受到伤害。于是我才鼓起勇气拿起笔做了这个道破天机的人。

八、你如何看待官场小说？

中国人有官场情结，所以官场文学便应运而生，当腐败成为全国人民深恶痛绝的一种社会现象时，一批关注现实、富有社会责任感的作家为了再塑良知和正义，创作了一批揭露腐败现象的文学作品，这就是官场文学产生的背景。目前官场文学的状态是既有激浊扬清的严肃文字，也有揭露官场黑幕的猎奇作品，更有功利性的做官秘诀、做官指南，总之是鱼龙混杂。当然，要想写好官场文学作品并不容易，需要作家有丰富的生活底蕴和政治成熟度，更要有对整个社会历史和现实洞若观火的能力，最主要的是要有勇气触碰那些最坚硬的问题。

其实按题材给小说分类很荒唐，怕是只有中国如此分类，翻看世界文学史，都是按作家对文学的贡献进行分类的，于是才有了异彩纷呈的众多主义和流派，比如普鲁斯特为文学贡献了意识流，福尔斯为文学贡献了开放式结尾，巴尔加斯·略萨为文学贡献了结构现实主义。这个名单可以拉得很长。只可惜翻开二十世纪的世界文学史，我们发现没有任何“主义”、“流派”是中国作家创造的，究其深层次原因，主要是由于中国文学在叙事艺术方面一直走重复和模仿的路子，包括所谓的先锋派，也不过是在国内先锋而已，根本没有逃脱重复和模仿的窠臼。如果非按中国的这种分类，那么巴尔加斯·略萨的很多作品都是官场小说，比如《潘达雷昂上尉与劳军女郎》、《公羊的节日》等。不光是巴尔加斯·略萨，契诃夫的《一个小公务员之死》、《变色龙》等都算官场小说，只是这种伟大作品在中国凤毛麟角。

九、您觉得《公务员笔记》更多的是面向哪类读者?

我是用生命在写小说，用灵魂在写小说，为了找到能够表达我的心灵图景的方式，我对叙事艺术不遗余力地进行探索与创造，从不考虑流行。我从不讨好读者，我只保证一点，读者读了我的作品心灵必须得到滋养。优秀的小说家不是讨好读者，而是创造自己的读者。我的作品之所以深受读者喜欢，是因为我的作品力求紧扣时代脉搏，抓住时代本质，试图站在时代的制高点上体味时代痛苦，力求通过心灵看到比现实更多的东西。一部小说如果不揭示点未知的存在一定是平庸之作。

十、你如何评价一部长篇小说是否优秀?

当代美国极富影响的文学批评家哈罗德·布鲁姆说：“任何一部要与传统做必胜的竞赛并加入经典的作品，首先应该具有原创魅力。”也就是说，“一切强有力的文字原创性都具有经典性”，原创性是对一部作品的最高赞赏。我认为原创性应该体现在四个方面，这四个方面可以作为衡量一部长篇小说优秀与否的标准：

第一，衡量一部长篇小说是否优秀要看它在叙事艺术或文体上是否有创造。小说是叙事的艺术。如果一部长篇小说在叙事艺术或文体方面毫无创造可言，采用的是别人创造的叙事方法或文体，那么我们只能说这部小说在叙事艺术方面走了重复和模仿的路子，对文学创作没有贡献。对这样的创作，奈保尔批评说，“它很大程度上是一种对以往长篇小说的不高明的抄袭。”坏作品永远是千人一面的，而伟大的作品却千差万别。目前中国小说的最大问题就是千人一面地凭经验和欲望讲大故事、大评书、写大记叙文。

第二，衡量一部长篇小说是否优秀要看它在语言上是否有创造。小说是语言的艺术，小说是将语言的诗与思的魅力发挥得淋漓尽致的一种创造。小说家要发出新的声音，新的语调，也就是创造出一种新的语言风格，必须深入挖掘语言的内在品质。故事是通过语言表达的，小说的本质只能在语言中寻找。小说必须直面语言。

第三，衡量一部长篇小说是否优秀要看它在思想上是否赋予小说以灵魂。“小说是形象化的哲学。”小说家首先是思想家，当然他的思想一定是通过他的小说生动地表现出来的。仅凭没有灵魂的故事就可以写出有文学价值的小说的时代已经过去了。正如一个没有灵魂的人犹如行尸走肉一样，一部没有灵魂的小说难免走向庸俗、低俗、媚俗。所谓小说的灵魂，就是对存在的思考，小说家是存在的探究者。创造思想，要求小说家对现实要有最起码的独立看法和判断，要勇于深入到灵魂深处表达内心对我们生存的这个世界的真实感受。因为思想不能模仿，只能创造。而我们的全部尊严就在于思想。

第四，衡量一部长篇小说是否优秀要看它是否发现了美、创造了美并制定了美，给人以美的享受。正如歌德所说，真正的大艺术家制定美，而不是接受现成的美。只有发现美、创造美的人才有权力制定美，那么美是什么？就是发现美、创造美的人的心灵图景。伟大的小说无不诗意地存在着。小说的终极目标就是审美。优秀小说所创造的“新美”应该是审美者意想不到的，看到后心灵受到震撼的，虽然没有想到，但实际上是十分向往的。这才叫美的享受。

十一、《公务员笔记》为文学贡献了什么？

《公务员笔记》开“新文体小说”之先河，为文学贡献了一种崭新的小说形式。其艺术特色主要体现在四个方面：

第一，在叙事结构上，独创了一种崭新的文体，就是中国汉字的“工”字结构，完全摒弃了小说开头、发展、高潮、结尾的单线封闭的传统线性模式。而且人物与事物成了平等的叙事者。

第二，在语言方面，注重挖掘语言的内在品质，具有思辨的诗意。

第三，在思想方面，《公务员笔记》无疑是对人类精神的一次生动反思，对中国的官本位进行了深刻的批判。它指出，在这种体制下，很多人都会成为精神上的阉人。

第四，创造了“新”美：《公务员笔记》是由十个中篇、十个风格各异的短篇和一个长篇以及引言和尾声组成，犹如镶嵌在一张画框中的拼贴画，浑然一体，别具风格。小说不仅采用了多声部的叙述方式，所有有幸占据一个章节的角色都像主角一样发言，从各自的视角陈述各自版本的故事，而且运用隐喻、荒诞、象征、讽刺、梦幻等手法深化主题，还采用了意识流的全部手法，使小说文本表现出思想性与艺术性的完美融合。翻开《公务员笔记》，犹如走进了灵魂博物馆，仿佛在欣赏灵魂万花筒。

十二、您让小说中每一个人都有一个发言的机会，你希望展示的是什么？

我的创作所追求的就是创造出与众不同的艺术，创造出千变万化。原创性是对一部小说的最高赞誉。我之所以不仅采用了多声部的叙述方式，所有有幸占据一个章节的角色都像主角一样发言，从各自的视角陈述各自版本的故事，而且运用隐喻、荒诞、象征、讽刺、梦幻等手法深化主题，还采用了意识流的全部手法，就是为了使小说文本表现出思想性与艺术性的完美融合。

十三、您为什么让没有生命的东西，如椅子、订书机等在您的小说里能够说话，他们对故事所能起到的人不能起的作用，这个作用是什么？

在《公务员笔记》中，人物与事物成了平等的叙事者。让没有生命的东西，如办公椅、办公桌、钢笔、文件柜、订书器、订书钉、专车、公文包、手机、电脑、名片等在小说中像人一样能够说话，是我展现心灵图景的一种创作方法，采用这种拟人的方法，可以从另一个视角揭示“风月宝鉴”后面的东西，揭示未知的存在，是我对存在的思考方式之一。小说是通过一些想象的人物对存在进行思考，其实小说也可以通过一些想象的事物对存在进行思考。通过人物和事物这些不同的“我”的平等叙述，次第串联，互为对应、弥补、诠释，可以全视角深层次地探究官本位下公务员的灵魂。

创作一部优秀小说，应该是一次文本的冒险，是一次思想的游戏，是一次语言的探析，是一次审美的体验，是一次灵魂的炼狱。

十四、您怎么看那些随他们的领导而地位起伏的公务员，是否同情他们?

人生最痛苦的就是不能做自己，真正的成功就是做自己，不能做自己就只能做精神上的阉人，这是很痛苦的，我对所有不能做自己的人都很同情。我一向认为成功有两种，一种是平庸的成功，一种是高贵的成功，平庸的成功靠经营、甚至钻营，高贵的成功靠创造，而我从骨子里是一个崇尚创造的人。不过我不得不痛苦地指出，官本位是中国人传承至今的最主要的心理习惯和思维定式。官本位在中国的特点是历史特别长，影响特别广，根子特别深，生命力特别强，几乎成了中国人的生活方式，甚至可以说是中国人的本土宗教。要改变一种生活方式，要改变一种本土宗教太难了。只要官本位“垂而不死，腐而不朽”，就很难铲除制度上带来的腐败。也就是说，只要官本位的土壤不铲除，官场中的悲剧就会不断地上演。

十五、小说中勾画的彭国梁是中国官本位的牺牲品吗?

我觉得腐败分子有两种：一种是有好的制度约束可以不滑向腐败的人；另一种是即使有好的制度约束也会腐败掉的人。在现有的腐败分子中，前一种占绝大多数，后一种占极少数。这说明腐败不能靠人性的自我约束，必须要有好的制度约束。《公务员笔记》中的彭国梁就属于前一种。因此，在他被执行死刑前，《清江日报》记者黄小光去监狱采访他，他发出了自己不过是官本位牺牲品的慨叹。我在几部书中都表达过这样的思想，反腐败不能寄托在个人修养上，世界上根本没有什么特殊材料制成的人，遏制腐败只能靠制度改革，否则只能是前腐后继。还是那句话，绝对的权力产生绝对的腐败。绝对的权力是体制造成的，体制是有原罪的。因此还是要有好的制度。有好的制度制约，已经腐败掉的一部分人完全可以不滑向腐败的深渊。在中国，官本位的历史太长，权谋太深，黑箱太大，内幕太厚，兵法太多，只有阳光可以穿透历史，揭露权谋、照亮黑箱，掀开内幕，识破兵法。一句话，阳光是最好的防腐剂。

十六、能谈谈你的“新文体小说”吗?

在中国，我第一个提出了小说是形象化哲学的观点。我一向认为原创性是对一部作品的最高赞赏。艺术规律最根本的一条就是创新、创造，为此，我创造了属于自己的表达方式，这就是“新文体小说”。它有如下特点：第一，叙事艺术创造至高无上；第二，描述作家的心灵图景；第三，语言上追求诗与思的艺术境界；第四，形象化的哲学；第五，故事是为艺术服务的；第六，对存在进行思考；第七，以审美为终极目标；第八，紧扣时代脉搏，抓住时代本质。《公务员笔记》就是这样一部“新文体小说”。至今我已经创作六部“新文体小说”，《驻京办主任四》（魔术体）、《公务员笔记》（“工”字体）、《白道》（阴阳体）、《天上人间》（透视体）、《致命漩涡》（双流体）和《油画》（生命体）。阅读这些小说可以感受到前所未有的、令人震撼的真实性的原味。博尔赫斯借助他笔下的人物赫伯特·奎因说：“在文学所能提供的种种幸福感之间，最高级的是创新。由于不是人人都能得到这种幸福感，许多人只能满足于模仿。”总之，小说创作最大的风险来自于自身头脑的禁锢，在中国，占据主流地位的还是传统小说，由于我们的文学观念陈旧，缺乏洞察力，即使出现了引领时代甚至超越时代的伟大小说，我们也看不到。

2012年12月3日

于沈阳耕香斋整理

图书在版编目（CIP）数据

油画/王晓方著. -北京：作家出版社，2014.1
ISBN 978-7-5063-7073-8

Ⅰ.①油… Ⅱ.①王… Ⅲ.①长篇小说-中国-当代
Ⅳ.①I247.5

中国版本图书馆 CIP 数据核字（2013）第 216655 号

油　画

作　　者：王晓方
责任编辑：刘英武
装帧设计：曹全弘
出版发行：作家出版社
社　　址：北京农展馆南里 10 号　**邮编**：100125
电话传真：86-10-65930756（出版发行部）
86-10-65004079（总编室）
86-10-65015116（邮购部）
E-mail：**zuojia@zuojia.net.cn**
http://www.haozuojia.com（作家在线）
印　　刷：三河市紫恒印装有限公司
成品尺寸：170×240
字　　数：390 千
印　　张：28.5
版　　次：2014 年 1 月第 1 版
印　　次：2014 年 1 月第 1 次印刷
ISBN 978-7-5063-7073-8
定　　价：38.00 元
